U0018076

Fairy Tales From Literary Giants

大文豪的童話

魔法魚骨、異想王后、藍鬍子的幽靈……

狄更斯、馬克吐溫、卡爾維諾等 30 位文學大師，寫給大人與孩子的奇幻故事

杜明城

——編選、翻譯——

盧梭 Jean-Jacques Rousseau、伏爾泰 Voltaire
歌德 Johann Wolfgang Goethe、霍桑 Nathaniel Hawthorne
狄更斯 Charles Dickens、托爾斯泰 Leo Tolstoy、王爾德 Oscar Wilde
史蒂文生 Robert Stevenson、馬克吐溫 Mark Twain、威爾斯 H.G. Wells
里爾克 Rainer Maria Rilke、赫塞 Hermann Hesse
康明斯 E.E. Cummings、辛格 I. B. Singer、
卡爾維諾 Italo Calvino 等

——著——

目次

導言　大廚與小鮮

杜明城

多年來我一直有個揮之不去的困惑，童話也者，無非就是我們所熟知的安徒生、格林兄弟或是王爾德那些故事嗎？而這些故事經由影像媒體的傳布，構成我們的想像世界。果真如此，則童話，小道也。雖然隨著年歲的增長，多認識了貝洛（Charles Perrault, 1628-1703）的《鵝媽媽故事集》和卡爾維諾的《義大利童話》，甚至是巴西爾（Giambattista Basile, 1575-1632）的《五日談》，也掌握了朗格（Andrew Lang, 1844-1912）百科全書似的十二卷「顏色童話」，遠遠擴充了對這文類的視野，但好奇依舊，只是沒有深究罷了。對童話過度認真，豈非形同在王子、公主過著幸福快樂的日子之後，還要追問，然後呢？不無掃興！

童話，跳脫了時間的框架

困惑與好奇是一體的兩面，交互糾葛。這個乍看之下淺顯自明的概念，界定起來卻是矛盾重重。把英文的 fairy tale 或是德文的 märchen 譯作「童話」（孩童的故事），一開始就讓這種文學類型走進一條窄路，附庸於家庭與學校教育背後的童年觀。於是我們孩提時代所熟知的〈睡美人〉和〈小紅帽〉都是有較圓滿結局的格林版，而不是充滿口腔原欲的貝洛版。童話學者瓊斯（Steven Jones, 1949-）在《童話：想像力的鏡子魔術》（*The Fairy Tale: The Magic Mirror of the Imagination*, 1995）提出童話的幾項特徵，包括：魔法與幻奇想像的運用，這是最顯著的特色；問題的探索與目的之尋求，此為故事不可或缺的成分；快樂的結局；以及，閱聽人與毫不含糊呈現出來的核心人物產生高度的認同。哲學家蘇珊・朗格（Susanne Langer, 1895-1985）在她的《哲學新鑰》（*Philosophy in a New Key*, 1979）為童話與神話這兩種亙古以來的民間文學做了清楚的區分：簡言之，神話通常帶著宗教的嚴肅性，主角面對的是人類或是民族的共同難題，結局往往是悲劇；童話則在滿足個別的欲求，王子公主與庶人無異，情節未必合乎道德，卻必然以弱勢者得勝的喜劇收場。童話是主觀的，其作用在彌補現實生活的不足，擺脫實際的衝突與挫折，儘管主角具有某種魔力，卻不會像神話那樣被賦予超自然的神性。神話人物有其系譜，構成一個大家族，但童話則各自獨立，故事與故事間的角色則毫不相干。麥思・柳錫（Max Lüthi, 1909-1991）的《從前從前：童話的自然始源》（*Once Upon a Time: On the Nature of Fairy Tales*, 1970）為童話美學提出一套很具有說服力的見解，我們習以為常，始於「很久很久以前」終於「幸福快樂的日子」的童話套式，跳脫了時間的框架。故事發生的地點並不具體明說，有之，也僅是含糊帶過。主角不是無名無姓，就是一呼百應的湯姆、韓思這種街坊小名，不外乎在營造出讀者的認同感，即使是貴胄也不是高不可攀。凡此種種，雖然與寫實文學背道而馳，卻衍生出一種心理的普同性（universalism）。再者，童話以簡樸為美，枝繁葉茂的敘述與千迴百轉的情節皆在所不宜。童話既然出自民間口語傳統，無論是直接採錄，或者是有意編修，都必須奉此為圭臬。

緣起於中世紀歐洲的脈脈長流

一般習慣把童話二分為民間童話和作家童話，貝洛、格林兄弟屬於前者，安徒生、王爾德屬於後者，但這種區分無疑過於簡化。類似格林兄弟和卡爾維諾這種一流的文體家，即使故事源自德國黑森林或是義大利海岸，仍然必須服膺其美學的品味，能讀出風格的統一性。卡爾維諾就曾說過，他在編纂《義大利童話》的兩百餘篇故事時，如何在翻譯方言之餘，也在文字上力求簡約明晰。反之，安徒生的作品不乏來自中世紀歐洲傳說的靈感，〈國王的新衣〉就是個著名的例子。我們只能說，只要意識到自己是童話作家，在形式上是以民間故事馬首是瞻的。

學者齊普斯（Jack Zipes, 1937-）在一篇題為〈古典童話的跨文化連結與汙染〉（Cross-Cultural Connections and the Contamination of the Classical Fairy Tale, 2001）的文章中指出，經典童話由民間流入宮廷，成為流行文化的時尚，又回過頭來影響民間的敘事。如此周而復始，很難斷定故事是否完全來自民間或是特定的作家。童話的敘事結構大約成於中世紀早期的歐洲，以拉丁文記載，最後再轉化為各種民族語言。十四世紀的義大利通俗作家薄伽丘的《十日談》雖然頗多腥羶的內容，卻直接影響了後續的童話作家，特別是號稱歐洲童話之父的史特拉帕羅拉（Giovanni Francesco Straparola, 1480-1558），以及直接賡續其框架故事形式發表《五日談》的巴西爾。義大利的經典童話流傳到法國，結合當時仕女名流的沙龍文化，迅速成為一時風尚，迎來法國童話的黃金時代。

除了貝洛之外，奧諾依（Marie-Catherine d'Aulnoy, 1650-1705）、菠娜德（Catherine Bernard, 1662-1712）、樂霍思（Charlotte-Rose de la Force, 1654-1724）、蕾莉媞爾（Marie-Jeanne L'Héritier, 1664-1734）、沐哈特（Henriette-Julie de Murat, 1670-1716），以及後來的波芒（Jeanne-Marie Leprince de Beaumont, 1711-1780）為女性書寫的童話文學留下了璀璨的扉頁。法國的珈藍（Antoine Galland, 1646-1715）由波斯文翻譯了《一千零一夜》是童話史上的一道里程碑，為這文類注入東方異國的元素。

德國的約可．格林（Jacob Ludwig Carl Grimm, 1785-1863）與威廉．格林（Wilhelm Carl Grimm, 1786-1859）的文學事業固然是受當時浪漫主義思潮的影響，以崇尚、保存民間文化為要務，但仍承襲了部分法國童話的流風。五百多年下來，我們從三個文化流傳下來的作品可以看得出來，義大利的童話較為情色，法國的童話頗多調情，德國童話則比較嚴肅內斂，之後匯流傳到英國則又是另外一番風貌了。十九世紀堪稱英國童話的黃金時代，但包括羅斯金（John Ruskin, 1819-1900）的《金河王》、金斯萊（Charles Kingsley, 1819-1875）的《水孩兒》、麥唐納（George MacDonald, 1824-1905）的《北風的背後》、卡洛爾（Lewis Carroll, 1832-1898）的《愛麗絲漫遊仙境》、葛拉罕（Kenneth Grahame, 1859-1932）的《柳林風聲》、米恩（A.A. Milne, 1882-1956）的《小熊維尼》，或是波特（Beatrix Potter, 1866-1943）的「彼得兔」系列，主流的敘事已經轉向帶有小說形式的長篇，動物取代凡人成為故事的核心角色，雖然也被稱為童話，卻屬於另一種幻奇文學的形式。美國的發展亦然，鮑恩（Frank Baum, 1856-1919）的《綠野仙蹤》可以說是這類作品的延伸，只是把背景從山川水澤轉移到廣袤的天地罷了。

地理因素似乎決定著童話故事的情緒調性，如同希臘神話與北歐神話的情色和悲涼南轅北轍一樣。緯度越高，童話的內涵也由露骨的熱帶肉欲轉向陰寒的灰暗憂鬱。丹麥的安徒生及愛爾蘭的王爾德，勉強把「蒙主寵召」作為圓滿的結局，像〈堅定的錫兵〉、〈賣火柴的小女孩〉，或是〈快樂王子〉、〈自私的巨人〉，似乎只在於對童話的典範有所交代，讀來其實無比淒涼。我們在各國童話看出民族風格的變異，往往故事的主軸雷同，差別只在細節與結局。由於幾部主要童話的編著者都宣稱作品採集自民間，所以孰先孰後難以定論，只能說存在著相互流通與影響，齊普斯以「連結」（connection）和「污染」（contamination）來說明這種文化傳布的現象，童話在不同的民族間相濡以沫，沒有哪個國家可以宣稱是某一則故事的唯一源頭。

ATU分類法構築出民間童話的寶庫

許多民俗學家對於童話這種俗文學下足蒐尋的工夫，依照主題分門別類進行比對，他們不急於逕自將童話的形成與演變通則化，本著田野工作者的學術謙遜，點點滴滴的構築出民間童話的寶庫，而以「阿爾奈—湯普森分類法」（Aarne-Thompson Classification System）集大成。這項磅礡的學術貢獻由荷蘭的阿爾奈（Antti Amatus Aarne, 1867-1925）和美國的湯普森（Stith Thompson, 1885-1976）開其端，後來又經德國的烏特（Hans-Jörg Uther, 1944-）發揚光大，號稱ATU分類法，故事約兩千五百則，內分動物故事、一般民間故事、笑話與軼聞、套式故事和其他等五大類，以及歸在各分類下的種種細項。不過任何分類法都有其局限，故事往往不僅有一種類型歸屬，攤在我們眼前的毋寧是一幅琳琅滿目的世界民俗地圖，其中蘊含的心理意義，以及社會文化功能則有待深層的理論探索。

或許人心不分種族，並無二致，故事的講述，萬變不離其宗。所依循的，不外乎是一套普世皆然的心理結構，而表現為故事的文法。ATU分類法剛好可以用來印證這種文學上的形式主義，原來各民族自以為獨特的故事，換個人名地名，稍微變化一點點情節，此起彼落，處處都是回聲。俄羅斯學者普羅普（Vladimir Propp, 1895-1970）的《民間故事的型態學》（*Morphology of the Folktale*, 1928）正是這種結構主義觀的核心。他的分析取材自俄羅斯民間故事，共歸納出七種角色，三十一種「功能」，敘事總是依照一定的套式進行，而以男女主角結合的圓滿結局收場。「型態學」（morphology）這個字無疑代表著一種放諸四海皆準的主張，不管是俄羅斯的、日耳曼的、法蘭西的、中國的、阿拉伯的、非洲的民間故事，都只是大同小異，人類能見得到的顏色不過就局限在光譜的變化，能被言說的故事自然也只是心靈結構的作用。

心理學家對於童話的詮釋理論

心理學家佛洛姆在《夢的精神分析》指出，作為民間故事的神話與童話是民族集體無意識的表現，「欲辯已忘言」，而以夢境般的象徵圖示潛藏的集體心理。以佛洛伊德為首的精神分析對於童話的詮釋貢獻甚偉，不過佛洛伊德雖然以性壓抑的觀點來闡明若干童話故事，他並未以他所創造的那些主要詞彙貫穿故事的解讀，童話一如通俗浪漫小說，反映了作家的白日夢。愛情、命運與死亡環繞著無法言說的性交互糾葛。他拿格林童話中的〈十二兄弟〉、〈灰姑娘〉對照莎士比亞的《威尼斯商人》、《李爾王》，指出象徵緘默的灰色實為至愛的表徵。他用「詭異」（uncanny）的概念解析霍夫曼（E. T. A. Hoffmann, 1776-1822）的〈睡魔〉，已經成為一項通用的文學術語。佛洛伊德的理論是分析性的，文學魅力十足，讀來趣味盎然。

然而最能代表精神分析立場的童話理論莫過於貝特罕（Bruno Bettelheim, 1903-1990）的《童話的魅力》（*The Uses of Enchantment: The Meaning and Importance of Fairy Tales*），在所有的童話理論中難有出其右者，曾被紐約市立圖書館選為二十世紀最重要的前百本著作。同為維也納出身的猶太人，貝特罕自認為最了解佛洛伊德的學說，曾著書批判其各種英文版本的誤譯。身為精神分析醫生，貝特罕主要關注的並不在於作為一種藝術形式的童話，而在於其孩童心理發展的「用途」（uses）。民間童話所提供的安全感，讓孩童於成長過程中安然面對種種存在的議題，得以免除故事主題所揭櫫的普遍焦慮，因此也是培養健全人格所不可或缺的。相對的，像安徒生之類的作家童話就無法達到這種效果，神話中超凡入聖的英雄和生存的鬥爭更為不宜，使孩童由於無法企及而過早承受生命的挫敗感。《童話的魅力》大量運用佛洛伊德學說的基本概念，其缺憾也就在於過度套用，貫穿一切的理論體系都帶有危險性，讀者在讀過這本書後，無論如何刻意擺脫其影響，理解童話就很難跳脫精神分析的觀點。

與佛洛伊德分道揚鑣的榮格所主張的分析心理學在無意識的觀點上略同，但後者不著重在伊底帕斯情結的演示，而提出「原型」的幾個基本概念，包括阿尼瑪（anima）、阿尼姆斯（animus）、自我（ego）、自性（Self）、陰影（shadow）、假面（persona）、聖童（puer）、貞女（kore）、智慧老人（wise old man）、魔神（trickster）等等，男女主角循著「個體化歷程」（process of individuation）以臻自性。榮格學說帶有神祕主義的色彩，這套理論自成體系，用以詮釋各種民間故事可以說無往而不利，足以和精神分析分庭抗禮。榮格本人的作品晦澀難讀，思考跳躍，準宗教的氣息頗為濃厚，他那篇〈童話中的神靈現象學〉（The Phenomenology of the Spirit in Fairytales）堪稱學派的代表作，卻無法清晰的表述原型心理的要旨。

好在他傑出的弟子，特別是法蘭茲（Marie-Louise von Franz, 1915-1998）和諾伊曼（Erich Neumann, 1905-1960）分別在童話與神話將他的思想發揚光大。法蘭茲於童話的涉獵無遠弗屆，相對於榮格文筆的艱澀，她以親切的口吻敘寫演說，於女性的個體化歷程尤多著墨，代表作《童話中的邪惡與陰影》（*Shadow and Evil in Fairy Tales*）、《解讀童話：從榮格觀點探索童話世界》（*The Interpretation of Fairy Tales*）、《童話中的女性》（*The Feminine in Fairy Tales*）等等，為童話的原型心理學開創了寬闊的版圖。法蘭茲對童話的界定不局限於西方作品的歸納，譬如她將唐傳奇李朝威的〈柳毅傳〉也涵蓋在探討的範圍，分析龍女的個體化歷程，收錄在尚未有中譯本的*Archetypal Patterns in Fairy Tales*。諾伊曼的《邱比特與賽姬》（*Amor and Psyche*）則探討了羅馬作家阿普留斯（Lucius Apuleius, 124-170）《變形記》中一則膾炙人口的愛情故事。諾伊曼精采的演繹了原型的基本概念，是理解分析心理學的絕佳途徑。榮格學派出身的河合隼雄（1928-2007）代表作《日本人的傳說與心靈》則意味著原型心理學可以融會東西民間故事。要附帶一提的是，神話與童話有時處於灰色地帶，有時則是混合體。譬如《變形記》裡出沒的大都是希臘羅馬神話中的角色，但其敘事型態與結局卻蘊含了更多童話的元素。

無論是精神分析或是分析心理學，乃至於普羅普式的結構主義都預設了人類心靈的普同性，但比較實證取向的人類學家、民俗學家和文化史家則持相對的立場，不為童話的產生遽下通則。普羅普的「型態學」是建立在俄羅斯童話，而精神分析和分析心理學也特別倚重德語文學傳統，就算有ATU分類法作為依據，真能越俎代庖，妄自為別的民族文化下定論？美國民俗學家鄧迪斯（Alan Dundes, 1934-2005）對精神分析和分析心理學採用的文本提出方法上的質疑。民間故事既然源自口語傳統，所謂民間童話不外經過文人的潤飾與改編，此外經由傳布與雜糅，根本無法遽以認定何為原初的文本。那基本上是複合式的作品，也就是民俗學家習稱的「偽俗」（fakelore，而非folklore），即使是格林童話，也難以用來推斷德意志民族的價值觀與世界觀。他在〈用精神分析學解釋小紅帽〉一文中大加撻伐佛洛伊德、佛洛姆和貝特罕依據其性心理學所詮釋的童話，認為他們是選擇性的以作品來遷就理論。

西方童話與東方筆記小說

當代文化史學家達恩頓（Robert Darnton, 1939-）的《貓大屠殺》（*The Great Cat Massacre and Other Episodes in French Cultural History*, 1984）主要在探討十八世紀的法國社會史，首篇〈農夫說故事：鵝媽媽的意義〉也是從口語傳統的立場敘說貝洛童話所呈現的時代風貌。從人口學的資料，我們得以了解，在生存維艱的時代，江湖險惡，惡棍橫行，因此具有街頭智慧，以詐騙爭取生存空間不再是道德上的負數，惡毒與機靈實為一體的兩面。法國童話不說教，而是活生生的展現世道的危險與無情。精神分析可能會以「口腔欲望」來解釋童話中層出不窮的食人習俗（cannibalism），但如果知道貝洛時期的法國人平均一年只能吃上兩次肉，就能理解何以願望滿足往往是以食物的型態出現。十八世紀的法國人有百分之四十五活不過十歲，女性死亡率極高，繼母的數量也大為攀升，生命不外是無止境的苦勞，這也成為童話反覆出現的主題。

西方童話擺明了是一種想像的幻奇文學（fantastic literature）的形式，但達恩頓把童話當作現實的投射，在他筆下，童話背後隱含的是非常殘酷的社會現實。在這層意義下，童話根本就是苦難文學的一種變體，表達的是苦中作樂的無奈，或許我們可以用奇幻寫實（fantastic realism）一詞來涵蓋這類民間童話。

附帶一提，或許我們也可以把若干筆記小說大家的作品視為一種童話形式，譬如段成式（803-863）的《酉陽雜俎》、蒲松齡（1640-1715）的《聊齋誌異》、袁枚（1716-1797）的《子不語》、紀昀（1724-1805）的《閱微草堂筆記》或者是尹慶蘭（嘉慶年間作家，生卒年不詳）的《螢窗異草》。他們的作品大都是承襲「道聽塗說」的古小說風格，「雜俎」頗有天南地北、無所不談的氣勢，題材至為廣泛，其中的〈葉限〉篇被視為所有灰姑娘故事的原型。《聊齋誌異》並不專寫鬼狐，「誌異」當然就是要記載奇聞軼事。但以異史氏自稱的蒲松齡顯然有更高遠的意圖，以小說的形式書寫野史，而與司馬遷的正史相呼應。故事結尾來一段「異史氏曰」，相當於貝洛《鵝媽媽故事集》的道德教訓（moral），只是貝洛總是流露調侃的詼諧語氣，頗有沙龍文化眉來眼去的風尚；而蒲松齡師法司馬遷，因事論理而不流於教條。《螢窗異草》的書名予人一種鬼氣森森的印象，作者尹慶蘭師法蒲松齡，而自稱外史氏。袁枚的《子不語》擺明了要講的是怪力亂神，他比較詩人氣質，作品富於諧趣。紀昀則表現學問家的風範，《閱微草堂筆記》的規模宏大，作者敘說故事之餘也兼論玄理，「閱微」不外乎意在以小見大。這些作家的作品並非憑空杜撰，雖未進行田野工作，卻是經過採集而來。蒲松齡是有客自遠方來，奉茶請告他鄉逸事，而紀昀則往往以「如是我聞」開篇。

相對於西方童話中角色隱姓埋名、時地不詳，這類「中國童話」卻務必具體明示故事發生的時間、地點和人物，以徵其信。前者是奇幻寫實，後者則是寫實的奇幻（realistic fantasy）。文人筆記小說與貝洛的《鵝媽媽故事集》或是格林兄弟的《兒童與家庭故事集》頗多相通之處，兩者都具有民俗的性質，但都由作家加工做料。筆記小說反映的是民間信仰與意識型態，西方童話對於民間故事諸多模仿，投射或者折射了時代的社會現實。

童話別有洞天，暗藏魚龍

我們目前為止的討論都集中在所謂「經典童話」的範疇，它是民間故事的採錄、重述、改寫與模仿，但這不是本書的主題。回到我深感好奇的部分，既然童話是那麼引人入勝的文類，難道一流的作家不會一時技癢，想在這上頭顯顯藝術家身手？或者以這種文學形式作為傳達思想的手段？他們會玩出什麼花樣呢？在風格上的表現是否與其主要作品並行不悖？境界最高的政治家「治大國如烹小鮮」，而大廚所調製出來的小菜與點心豈非也必能膾炙人口？我更感興趣的是「純」創作型的童話。好奇並沒有引起我的深究，直到邂逅了齊普斯主編的《召喚童話的魅力》（*Spells of Enchantment:*

The Wondrous Fairy Tales of Western Culture, 1991）才驚喜過望，後來又「循線」找到了露芮（Alison Lurie, 1926-）主編的《牛津當代童話選》（*The Oxford Book of Modern Fairy Tales*, 1994），讓我起心動念，編纂、輯譯一部西方大家的作品分享讀者，好讓大家知道原來童話別有洞天。

齊普斯堪稱當代最重要的童話史學者，著述等身，是格林童話的權威。露芮則是普立茲小說獎得主，康乃爾大學的文學教授。有這兩位當代極負盛名的學者撐腰，我大可不愁童話界定的問題，且以此兩部專書為基點，再延伸網羅幾篇我特別青睞的作品。我的原則是不採用巴西爾、貝洛、格林兄弟和安徒生這些大家已經耳熟能詳的、「道地的」童話作家。納入王爾德主要是基於自己的偏愛，但排除眾所皆知的那幾則。葉慈的《愛爾蘭童話》和卡爾維諾的《義大利童話》雖然也出自民間，類似格林兄弟的德國童話，但單看這兩位二十世紀絕頂的詩人與小說家如何為他們的民族文學動手腳，就已夠令人期待了。我總共選定了三十位作家，從生於十七世紀末的伏爾泰到歿於二十一世紀初的萊姆，橫跨了大約三百年，作品依照出版年分排序。他們最主要的身分有思想家、詩人、劇作家、小說家，只有德國的霍夫曼、英國的麥唐納、丹麥的愛沃德被習稱為童話家，其餘大抵皆屬「玩票」性質。作品長短不一，從瑟伯的未滿千字，到麥唐納的兩萬三千多字不等。

本書作品選譯之初以未有中譯本者為原則，即使在翻譯進行中發現前人已經譯過，為求譯筆統一，順自己的筆調，刻意忽略他譯。首度嘗試文學翻譯，著手時不免生澀，幾則長篇後方覺順手，進入尾聲，則感妙趣橫生。在這過程中深深體會只有翻譯才有可能真正做到細讀（close reading），即使如此，誤讀的情況仍然此起彼落。大家手筆畢竟不凡，任何字詞的採用、位格的擺置皆非出於隨性，而旨在營造出特別的故事氛圍與人物效果。誤讀必然導致誤譯，何況有不少作品是轉譯自英語以外的歐洲語言，這是期望方家指正的。眼尖的讀者會立即發現這部選輯並未納入任何女性作家的作品，這一方面是不得不然，另方面則是有意為之。二十世紀之前，能與這些巨匠相提並論的女性作家並不多見，即或有之，也未必寫過童話。我尚未能從珍．奧斯汀、喬治．艾略特、喬治．桑（George Sand, 1804-1876）或是維吉尼亞．吳爾芙這種等級的作家身上找到她們的童話作品。此外，童話其實是女性作家頗為擅長的文類，從十七世紀的沙龍女主人到二十世紀的詩人，說是枝繁葉茂，名家輩出，絕不為過，值得以另一部專書來表彰她們的文學風采。

大作家一展身手，不落俗套

童話有如一汪深潭，望之水波不興，實則暗藏魚龍。又可比一片廣袤的森林，有繁花爭奇鬥豔，偶爾迎面而來幾株奇葩，仰頭凝望，卻見古木參天。寫的是童話，自然必須恪遵若干童話的規則。但「法豈為我輩而設」？規行矩步豈不讓大作家也落了俗套。他們才是真正的文學立法者，文類的解放者，不斷在拓展和界定既有的疆域與意涵。他們優游其間，且又遊刃有餘。盧梭活躍於沙龍文化盛行的法國，也是童話盛行的時代，他的〈異想王后〉（The Queen Fantasque, 1758）既是童話，但也是對於童話的調侃。才華洋溢的伏爾泰或許並不同意他的〈白牛〉（The White Bull, 1774）被歸為童話，作品所呈現的博學多才，善用古典文學與聖經典故，都與典型童話所著重的簡樸原則背道而馳，但出人意表的圓滿結局仍滿足了所有讀者的期盼。韋蘭德（Christoph Wieland, 1733-1813）被認為是德國教育小說（Bildungsroman）的開創者，他的〈賢人之石〉（The Philosopher's

Stone, 1789）展現中世紀傳奇文學的餘緒，主角起初熱中黃白之術，從騙局中反璞歸真，獲得啟蒙。歌德的〈青蛇與麗百合〉（The Fairy Tale of the Green Snake and the Beautiful Lily, 1795）如夢似幻，帶有濃厚的神話色彩。喜歡榮格學說的讀者，應該會見獵心喜。事實上，人智學和華德福教育系統的創始人史泰納（Rudolf Steiner, 1861-1925）就深受歌德的影響，也為文分析了這篇神祕的故事。四位作家分別表現出啟蒙時期的磅礴氣勢，在他們筆下，童話遠非只是鄉野奇譚。

浪漫主義是個意義分歧的概念，表現在童話上自然也就呈現多樣的面貌。蒂克的〈金髮艾克柏〉（Eckbert the Blonde, 1797）仍帶有中世紀的遺跡，簡單的敘述卻蘊含透骨的驚悚。童話史上最重要的作家之一霍夫曼的〈華崙礦山〉（The Mines of Falun, 1819）依舊是一貫的詭異風格，在幽暗中以悲劇收場。兩位德國作家，加上美國小說家霍桑的〈毛羽頂〉（Feathertop, 1846），以及王爾德的〈坎特維爾之鬼〉（The Ghost of Canterville, 1890）分別呈現了哥德式小說的風貌。浪漫主義時期的作家著重情感奔放甚於一切，常有驚世駭俗之舉。詩人諾伐利思的〈海雅辛與若思華〉（Hyacinth and Roseblossom, 1802）隱含理性與感性的思辨，而普希金的〈漁夫與金魚的故事〉（The Tale of Fisherman and the Fish, 1835）則又回歸到民間文學的傳統，暗諷女皇貪婪的朝政。葉慈的〈無羈之夢〉（Dreams That Have No Moral, 1902）把我們帶到凡人與仙鬼雜處的時空，無異是一則鄉野傳奇。卡爾維諾的〈迷離之宮〉（The Enchanted Palace, 1956）則讓我們回到童話與神話的南歐發源地，永遠不缺活色生香。

〈藍鬍子〉的故事由貝洛開其端，成為童話中最重要的一樁公案，早已引起後世無數的仿作與續作，直到二十一世紀仍然層出不窮。擅長描寫「勢佬」（snob）的小說家薩克萊在〈藍鬍子的幽靈〉（Bluebeard's Ghost, 1843）中不改辛辣的嘲諷本色，揭露世情冷酷，充滿江湖詐術。而法朗士沉穩的筆調有如在還原歷史真相，以〈藍鬍子和他的七個太太〉（The Seven Wives of Bluebeard, 1909）一心要為頗富爭議而歹命的藍鬍子平反，娓娓道來，如做考證。狄更斯的〈魔法魚骨〉（The Magic Fishbone, 1868）中的角色雖然以國王、王后、公主、王子的名號出現，骨子裡卻是不折不扣的寫實主義作品，反映維多利亞時期小資產階級追求小確幸的生活觀。馬克．吐溫曾經說過，在文學作品的表現上，英國人滑稽，法國人機智，美國人詼諧。薩克萊與狄更斯的作品讀來的確有濃厚的漫畫味道，在誇張中見真趣。

有些童話其實更接近寓言，托爾斯泰雖然改編過不少俄羅斯民間故事，作為孩童的語文教材，但多數童話學者並不把他列為童話作家。〈三個問題〉（The Three Questions, 1903）警世意味濃厚，讀來令人震撼。這正是托爾斯泰偉大之處，明知道他的作品總是文以載道，讀者卻心悅誠服的臣服在他高超的藝術下引頸受教。馬克．吐溫除了以「密西西比河三部曲」成為最重要的美國作家外，也寫過奇幻故事和偵探小說，他被奉為幽默大師，以優雅的散文寫成〈生命中的五種恩賜〉（The Five Boons of Life, 1902）這種寓言童話，實在是出人意表。《金銀島》與《化身博士》的作者史蒂文生是最受孩童歡迎的作家與詩人，他的作品平鋪直敘，淺顯易懂，但他這篇寫於凋謝之年的〈明日之歌〉（The Song of Morrow, 1894）卻令人費解，需細細品嘗才能明瞭他對光陰的寓意，也讓我們見識到他風格的另一面貌。瑞典劇作家史特林堡〈無我的猶八〉（The Story of Jubal, Who Had No "I", 1903）為那些在名利場中迷失自我的人做了啟示，而里爾克的〈叛亂降臨俄羅斯〉（How Treason Came to Russia, 1904）自然是一則權力贏不了公理的政治寓言。愛沃德簡潔的〈童話的故事〉（The Story of Fairytale, 1905）為童話的存在做了強有力的宣告，在童話的魅力下，功名利祿、醇酒美人皆不足觀。

麥唐納的〈日童與夜女〉（The Day Boy and the Night Girl, 1879）是一則典型的邪不勝正的故事。童話發展到維多利亞時代，已經和小說合流了，雖然人物單純，但情節的布局變得相當縝密。麥唐納顯然特別善於運用物理學現象作為想像力的來源，他的另一篇故事〈輕輕公主〉運用了重力原理，〈日童與夜女〉則是對光學的巧思。男女主角其一怕暗、其一懼光，最後陰陽合體，克服巫婆的擺布。德拉梅爾的〈美麗的麥凡薇〉（The Lovely Myfanwy, 1925）讀來似曾相識，儼然是阿普留斯《金驢記》、莎士比亞《李爾王》和貝洛〈驢皮公主〉的綜合體。這兩篇故事都環繞在女主角的觀點與行動，令人想起，童話故事中的角色以女性更為足智多謀者居多。赫塞的〈森林居民〉（The Forest Dweller, 1918）對於林中人懼光的描述和麥唐納的〈日童與夜女〉相互輝映，讀來有如人類學著作，父權制社會的淫威與神怪儀式歷歷在目；但〈森林居民〉又帶有德國教育小說的內涵，主角經歷一番浪遊，得以自我省察，回歸本族成為救世主。

美國作家的確比較樂於把童話作為一種詼諧的遊戲體裁，詩人桑德堡的〈珀麗希・萍波與金色鹿皮鬚的魔法故事〉（The Story of Blixie Bimber and the Power of the Gold Buckskin Wincher, 1922）非常具有美國中西部的本土色彩。善於文字遊戲的康明思〈吃蚊子餅的房子〉（The House That Ate Mosquito Pie, 1924）故事極其簡單，詩人寫作，故事本身往往不是首要，趣味必須藉由朗讀表現。瑟伯的〈花園裡的獨角獸〉（The Unicorn in the Garden, 1940）戲謔美國現代人的夫妻生活，總能令人會心一笑。童話超越國界，卻又能判然表現民族色彩，即使不標明三位作者的國籍，也能讀出美國文化的趣味。堅持以意第緒語寫作的辛格以弘揚猶太文化為己任，是童話與小說足以等量齊觀的作家，其〈孟納瑟之夢〉（Menaseh's Dream, 1968）反映猶太信仰的生死觀，主角離家進入森林，於夢境中進入城堡宮殿，與已故親人重逢，領悟前世今生，醒來遇見夢中注定的新娘，收拾孤兒的身分，快樂的回歸現實，宛如重生。

童話歷經千餘年的發展，早已具備各種可能的文學表述形式。從最早的史詩、韻文、口語化的散文、戲劇、小說到圖像與影像，有時甚至可以結合不同的形式，無奇不有。思想家有思想家的措辭，像伏爾泰；詩人有詩人的口吻，像普希金；劇作家有劇作家的神情，像史特林堡；小說家有小說家的布局，像法朗士。有的作家兼具多重文學身分，我們即可從中讀出多樣的趣味，像歌德、王爾德或葉慈。若由科幻小說家來寫童話，又會讀出何種意味呢。現代科幻小說之父威爾斯的〈魔法鋪〉（The Magic Shop, 1903）讀來有如《時光機器》的童話版，時值相對論物理學方興未艾之際，小說家運用科學知識寫就這篇有若海市蜃樓的故事。科幻小說的基調是陰暗悲觀的，具有濃厚的文化批判色彩。科幻小說家克拉克曾說包括童話在內的想像文學，主要在表現不可能達成的願望；科幻小說剛好相反，想規避通常由科技所帶來的災難，卻是在劫難逃。若將兩種文類結為一體又將如何呢？經常被視為當代歐洲首席科幻小說家的萊姆為我們提供一個解答。在〈菲利斯王子與克莉思朵公主〉（Prince Ferrix and the Princess Crystal, 1967）中，作者把場景架設在宛如中古宮殿的宇宙星河，追求愛情的王子帶著他的國師涉險求見被象徵當代科技的蒼顏（paleface）所蠱惑的公主，經過幾番考驗，公主終於幡然醒悟，領悟科技污染之危害，情歸王子。童話戰勝了科幻，兩者巧妙的結為連理。

終於完成這漫長的旅程，其間斷斷續續，雖有曲折，終歸是圓滿的結局。譯到得意篇章，往往擲筆三嘆，大概只有過來人領略得到箇中況味。想依照喜好的程度為這三十篇作品定個高下排序，終究成了庸人自擾。才氣縱橫的伏爾泰、王爾德，沉穩內斂的赫塞、法朗士，或者是磷光閃爍的霍夫曼、霍桑，各個作家綻放的異彩，無一不令人折服，我們自然可以各取所好。民間童話已成歷史遺跡，只能藉由不斷被重述與改編重生。但以口語傳統作為基調的童話創作實大有可為，大作家的絕頂之作已經為我們示範了無限的可能性。我以「大廚與小鮮：西方童話觀止」作為這部《大文豪的童話》之別稱，向這些文學巨匠獻上至高的謝忱。

（作者杜明城為美國南加州大學博士，目前任教於台東大學兒童文學研究所）

大文豪的童話

異想王后

盧梭

「從前有個愛護子民的國王……」

「那不就是童話的開場白！」德魯伊賢人打了岔。

「對啊，正是童話。」賈拉米大師回答。

所以，言歸正傳，有一位國王愛護人民，人民於是也就都敬愛他。雖然他盡心盡力為人民尋找同樣關心他們福祉的大臣，但到頭來理解這樣的努力愚蠢至極，於是決定事必躬親，以掩蓋臣子的劣行。他滿腦子淨是讓臣民快樂的古怪念頭，並且集一切努力來達成目標，他的作為就被王公貴族認為無稽透頂。人民愛戴他，但在宮廷裡他被視為傻蛋。簡言之，他德高望重。而他的大名，正好名叫菲尼斯。

如果說國王不同凡響，他的夫人就更非比尋常了。熱情、輕率、反覆、滿腦子怪念頭，心思聰慧、本性良善，但同時也因為善變而壞事。這就是王后，她的名字是「芳妲思剋」。這鼎鼎大名其來有自，傳承自她母系的祖先，她帶著尊榮承襲了下來。這個女人亮麗而聰敏，兩者都讓她的丈夫著迷與折騰，而她也深深愛著丈夫。

儘管相愛，多年下來的結合卻沒有產出任何果實。國王為此苦惱，而王后則沒了耐心，感受得到她挫折的不僅僅是她的好丈夫了。她因自己未能有孩子而責怪任何人，宮廷上上下下她都逐一不恥下問受孕的竅門，在嘗試未果後，她也都怪罪別人。

王后當然也沒忘了就教醫生，事實上，她非常高規格的對待他們。他們為她訂製各類的藥，她也一一備妥，只是她根本不服用而朝他們臉上丟。接下來就輪到僧侶了。她理當祈求註生女神，許願還有奉獻。可憐了那些廟堂的僧人，王后駕臨朝聖來啦！她動輒毀損一切，以呼吸有助於懷孕的空氣為由，掀翻僧人的斗室。她戴著他們的聖器，有時穿扮起古里古怪的服裝，一會兒是白色束腰帶，再會兒是皮帶，一會兒是長斗篷，又一會兒是無袖法袍，沒有哪一樣僧衣是她不盡情去嘗試的。由於有一股精靈之氣附身，她怎麼穿都迷人，在離開之前也總沒漏了留下畫像。

終於，她以作為榜樣所表現出來的誠心，還有明智的用藥，天地成全了她的祈願。就在大家正要絕望的時候，她懷孕了。我得讓你猜看看國王和他的人民多麼歡欣，至於王后本人呢？她表現感覺的方式正如其人，也就是揮霍無度！幻覺來時，她砸壞眼前的一切。見了誰就抱，不管是男的、女的、妓女或是僕從。她所經之處，被碰到的人都有窒息的危險。誠如她所說的，她不知道還有比這更令人神往的了——有個孩子，心情不佳就可拿來出氣。

由於她懷孕完全出乎意料，大家都當作不尋常的事件。醫生歸功於他們的藥物；僧侶則說是由於他們的法器；人民認為是他們的禱告；國王說是因為他的愛情。每個人都對尚未出生的孩子深感興趣，視若己出，而且誠心期望是個王子。人民、貴族、國王在這一點上有志一同。王后認為對她該生哪種孩子指指點點太過失禮了，她宣告她要的是女兒；又說，在她看來，任何膽敢挑戰她處置那理當僅歸她所有之寶貝的權利，實在是不折不扣的僭越。

菲尼斯徒勞的要她聽從理性，但她直截了當的說那不干他的事，說完就把自己關在房間賭氣。她樂於此道，一年當中至少有六個月這樣的慣例。當然這六個月不是持續不斷的。這類彆扭的發作與消退，要不是間隔不當而帶來困惱，倒是可以讓她丈夫喘一口氣。

國王非常明白，母親的怪異決定不了孩子的性別，但他有點氣惱她在宮廷當眾提出訴求。他寧可犧牲一切以向世人證明他對妻子的愛，在這場合他試圖做的不僅是蠢事一樁，還荒誕的希望她聽從理性。

他不知道還該尋求何方聖賢，轉而祈求謹慎仙子，也就是王國的保衛女神。仙女告誡他，該對妻子甜言蜜語，也就是向她道歉。

「所有女人的奇思異想，其唯一目的在於讓男人的自負受點挫折，讓男人習慣於她們所要的順從。」仙女說：「要治療你妻子的荒唐，最好的辦法就是和她一起荒唐。一旦你不再妨礙她的任性，放心吧，她就會放棄她的任性。她得把你完全逼瘋，自己才會好起來。高高興興的去做吧，退一步海闊天空。」

國王採納仙女的建議，加入王后的朋友圈，伴隨左右，悄悄道歉為了那樁事和她起爭執，將來會盡力改善態度來彌補失禮的行為。

芳妲思忖疑心菲尼斯不過是想要掩飾那荒唐的事件，不假思索的說他的道歉簡直比爭論更傲慢，但丈夫的過失並不等於讓妻子有權利犯錯，像平常那樣她願意讓步。她高聲補充說：「我的君王，我的丈夫命令我生個男孩，而我很明白自己的職責，不會違背。我很清楚國王以他的溫柔讓我為榮，如此作為主要並不是為了對我的愛，而是他愛他的子民，他日日夜夜惦記的就是人民的福祉。由於我應當順服大公無私，所以要求在宮廷留下備忘錄，指導我適宜王家的孩子數與性別。這將是重要的備忘錄，攸關國家福祉，每個王后將據此而學到如何在夜裡規範自己的行為。」

所有在場的人都全神貫注聽進了這番高雅的陳述，你不妨猜猜看有多少轟隆笑聲是被硬生生壓制下來的。

國王聳聳肩，傷感的想著：「喔，我心知肚明，人要是有了瘋狂的妻子，自己就不免成為蠢蛋。」

謹慎仙女呢，她的名字與性別有時在她的性格上形成了宜人的對比。她發現了這個爭執的趣味，決心享受這場好戲到底。她公開告訴國王，已經詢問過掌管王子誕生的星辰，她可以回答國王，未來的孩子是個男孩。可是私底下她又向王后保證，她會有一個女兒。

得歸功於這個消息，芳妲思剋馬上變得明理，就如同往常的善變一般。她表現無限的溫柔，竭其所能讓國王和整個宮廷覺得心疼。她令人趕製最漂亮的嬰兒服，故意做成男孩的式樣，若用在女孩身上就會顯得滑稽。為此她改變了好多種款式，卻一點也不在意。她讓人製造了一條鑲著寶石、閃閃發光的項鍊，堅持要國王預先為小王子指定導師。一待確定她會有個女兒，她就只談論兒子，她採取了毫無意義的預防措施，反而讓大家忘了那些真正重要的。她想像那些王公貴卿屆時親臨她生育的現場時那驚訝與愚蠢的表情，不由得爆出笑聲。她告訴仙女：「在我看來，可以想見我們可敬的掌璽大臣，扶著大大的眼鏡在鑑識孩子的性別；另一方面，則是可敬的國王垂下雙眼，嘴裡嘀咕著：『我還以為……可是仙女對我說了……諸位先生，這不是我的錯……』還會有宮廷學者收集的機智警句，很快就會流傳到遙遠的印度。」

她帶著不懷好意的愉悅，想像著不可思議的場面會如何為人群投下恐慌與騷動。她的畫面有的是宮廷仕女的爭執與議論，為的是要聲明、調整、斡旋她們自身的職權。整個宮廷會為了點芝麻小事而亂成一團。

也就是這時候，芳妲思剋首創了一個習俗，讓法官為新生的王子講道。菲尼斯試著說服她，這樣一來會讓司法降格，而且沒什麼用處。此外，在孩子無法理解與回應時，讓他置於如此古怪的絢麗場景，那也將讓宮廷儀式淪為奢華的笑劇。

「再好不過了！」王后熱切回答：「讓你的孩子在還沒明瞭以前，把他會聽到的蠢事先聽完不是更明智嗎？難道你想讓他們把一切虛矯留待日後，等他到了明理的年紀，然後把他逼瘋？看在老天的分上，趁我們確知他什麼都不懂，不會被煩死時，讓他們隨意去高談闊論吧！身為人君，你可要知道孩子有此際遇實為幸運。」

王后秉持了她的主張，國王下令議會與研究院的主持要開始創作、研究、修訂、翻閱他們的德莫西提尼之作，以便學會向一個胎兒說話。

關鍵時刻終於到來了。王后帶著無可比喻的狂亂與歡欣感受到第一次陣痛。她抱怨的時候很優雅，哭泣的時候則帶著愉悅的姿態，讓人把生產想成無上的樂事。宮殿為之沸騰。僕從有的跑去找國王，有的則去找來親王、大臣與院士。多數人只是為跑腿而跑腿，像第歐根尼一樣，滾著他們的酒桶，舉手投足都是一副忙碌的模樣。就在這麼盡可能聚集那麼多人時，他們最後才想到醫生。國王六神無主，隨口要人找個產婆過來。這個失誤引起宮廷仕女一陣大笑，她們的笑聲伴隨著王后的好脾性，讓這次生產成為有史以來最歡娛的一次。

雖然芳妲思剋已盡力固守仙女的祕密，但還是滲入到宮廷的婦女當中。她們謹慎的守密，直到三天後這個謠言才傳播到舉城皆知，因此有很長的時間，國王是唯一被蒙在鼓裡的。每個人都等待著這懸疑如何落幕。公眾關注提供了一個拿王室取樂的藉口，她們安排著慶典，以便看看國王與王后的表情，同時也想瞧瞧仙女如何從中解套，在做了兩個相互矛盾的承諾後仍能保持信譽。

「大人啊，你得承認，」賈拉米停頓了一下，「我遵循了合宜敘事風格的準則，讓你產生了懸念。你必然感到岔開話題的一刻來臨了，任何機巧的作者，都會運用描繪以及許多美妙的事物在最有趣的情節上取悅其讀者。」

「天哪！你真以為有哪些傻瓜留意到這些布局嗎？你當曉得，大多數的讀者都聰明到會跳過那一切，不理會作者，快速瀏覽過那些漂亮的篇章。你啊，在此表現得像個邏輯家，當真以為區區言詞比別人的妙語更為珍貴嗎？就為了要免於愚蠢之譏，你就告訴我只有你知道下文，以保持我的懸念！真的，你這麼說正好證明你的愚蠢，可惜書不在手上，不然我就翻頁了。」

「稍安勿躁，」賈拉米輕聲說：「若有人寫下這故事，自會有人幫你翻頁。無所謂，只要相信所有人聚集在王后的寢宮，那是我描述過最為美好的場景，最有頭有臉的人都在那裡，只有在那個時刻你才能認識他們。」

「你到底在講什麼啊？」德魯伊快活的回答：「我會從他們的作為好好認識他們，故事需要就讓他們上演吧，派不上用場就一字也別提。我要的只是事實。」

賈拉米說：「由於沒法子讓我的故事藉著一點點玄學而活化起來，我就回頭用簡單明瞭的方式來講我的故事吧，但為講而講太過無趣了。你就不知道你會錯過多少妙事！請幫我找找，我已經脫了軌道，不知道故事講到哪裡了？」

德魯伊不耐煩的說：「你在講那個王后，記得啊，你讓她在生產時搞了一堆麻煩，花了我一小時在那邊催生！」

賈拉米回答：「喔！難不成你認為王室子女的誕生就像禽鳥下蛋？你將會明白，不厭其煩講細膩點值不值得。」

於是，在好一陣子哭哭笑笑之後，王后終於揭開了人人好奇的謎底和仙女的計謀，她生下一男一女，美麗勝過日月。兩個孩子長得一模一樣，幾乎無法分辨，特別是在嬰兒階段，讓他們穿著同樣的衣服是樂事一件。

在這企盼已久的時刻，國王丟掉所有的拘泥禮儀，讓自己回歸本性，他以前不讓王后做的荒唐事，現在自己也當仁不讓了。他跑上陽台，聲嘶力竭的對子民說：「朋友們！讓我們盡歡吧。我剛剛有了兒子，你們現在有了身為人父的國王和為人母的王后！」

由於王后碰到這種事還是第一遭，她搞不清楚自己完成什麼大作，仙女很高興的宣布她生了女兒，正如她所願。嬰孩被帶過來到王后跟前，旁觀者看著王后溫柔的抱著孩子，但兩眼泛淚，帶著傷感，和之前的心境並不一致，都頗為意外。

我說過，她和丈夫真心相愛，陣痛時她讀到丈夫關愛的眼神，大為感動。在這個確實有點不合時宜的時刻，她反省著，對這麼善良的丈夫一切是那麼殘酷，當別人讓他看剛出生的小女兒而不是小王子時，國王會是多麼遺憾啊！謹慎仙女以其性別的智慧和仙女的天賦，能夠輕易讀懂人們的心意，此刻她就掌握了王后的心思。由於沒什麼道理對芳妲思剋隱瞞實情，她也把小王子帶到王后跟前。驚喜過後，王后發現這樣的結局太如意了，爆發出對她身體狀況有害的大笑。她果真暈倒了。好不容易才讓她甦醒過來，要不是仙女在場救了她，最椎心蝕骨的哀傷將會取代國王的內心以及宮廷裡所有人浮在臉上的歡樂。

但整件歷險最奇特之處在於，王后對自己如此折磨國王真心懊悔，因此她對小王子投入的感情就遠多於小公主。另一方面，鍾愛王后的國王則如他妻子先前所期盼的，很偏疼女兒。於是這對夫妻以此間接表達了對彼此的愛意，從此王后身邊不能沒有兒子，國王不能沒有女兒。

這讓每個人都稱心如意，至少人們可以確定不必擔心王位繼承的問題。一直認為自己比別人見識高明的人，還有那些取笑仙女承諾的人，發現自己反過來成為被取笑的對象。但是他們不願意承認被打敗，卻說他們既不駁斥仙女的謊言，也不否認她翻轉預言的能耐。而宮廷裡的人呢，根據他們所見到的，這對伉儷開始展現出對孩子的偏心，大言不慚的認為把兒子給了王后，女兒給了國王，根本就與預言背道而馳。

就這樣，兩個新生兒的受洗典禮就要轟轟烈烈的展開了，人類的驕傲眼看就要在神的祭壇上卑微發光……

「且慢！」德魯伊打岔了，「你搞得我一頭霧水，我想知道這故事發生在哪裡？首先，為了讓王后懷孕，你任她逍遙在法器僧侶之間。接著你又把她放洋到印度。現在你又提到洗禮與祭壇。萬能的撒米拉斯啊，我簡直不清楚你準備的盛典是要膜拜朱庇特、聖母馬利亞或是穆罕默德。對我這個德魯伊教徒而言，嬰孩是否受洗或是受割禮根本無關宏旨。但你前言總得對上後語，別把神父誤當穆夫提，把禱告書當作《可蘭經》。」

賈拉米說：「你居然那麼在意這些！明智如你，也都在這上面犯了錯。神佑世人，免除妻妾成群之神職人員的罪孽，也保佑那些無法區分拉丁文與阿拉伯文祈禱書的子民。主也賜福那些真小人，他們對麥加先知的排斥亦步亦趨，永遠都準備以造物主的榮耀為名屠殺人類。但請你謹記，我們是在仙女的國度，沒有人會因為靈魂良善而下地獄，也沒有人會去檢查別人的包皮以決定給予懲罰或寬恕。主教帽和包頭巾在這裡同樣遮住那些神聖的腦袋，在智者和傻瓜眼裡都是一種訊號。我知道根據規範世界上種種宗教的地理法則，兩個新生兒應該是回教徒，但只有男的需要行割禮，我需要兩個雙胞胎接受同樣的儀式，你當會高興兩個都行洗禮。」

德魯伊說：「隨你！隨你！作為宗教人士的信仰，在我有生之年，沒有聽說過比你為嬰孩選擇宗教更好的動機了！」

王后以顛覆禮儀為樂，在過完六天時就想起身，想在第七天出門，理由是她身體好了。實情則是她親自餵乳，這是令人憎惡的壞榜樣，所有女人都向她陳述後果不堪設想。但是芳妲思剋覺得浪費母奶可恥，主張在死亡前該當收集生命的樂趣，人死乳房隨之枯萎，不管有沒有哺育過孩子。她接著以奶母的口吻說，在丈夫眼中最美的胸部就在於餵乳的母親。當芳妲思剋提到丈夫參與了那男人罕見的家務事時，引起婦女們爆笑。王后太漂亮了，免不了因此受點連累，從那時起，王后在她們看來就如同國王那般荒謬，她們戲稱國王為「沃吉拉的布爾喬亞」！

「我知道你的用意了，」德魯伊打岔，「你想把我當作沙赫班，那我就會問印度是否有條沃吉拉大街，或者波倫森林是否有個馬德里，巴黎有個歌劇院，宮廷有個哲學家之類的。儘管天馬行空吧，我不上這個當。我既未結過婚也不是蘇丹，我不想被當傻瓜。」

最後，賈拉米沒有理會德魯伊，接著說萬事齊備了，天庭的大門就要為兩個新生兒敞開。是個晴朗的早晨，仙女來到王宮，對國王伉儷宣布她將賜予兩個嬰兒禮物，用以表彰其出身之尊貴與她權柄的象徵。

她說：「在孩子接受聖水脫離我的保護之前，我要用禮物使他們富足，賜予他們名字，比聖曆上那些指定的名號更有效，表達我關照給予的完善圓滿。不過，既然你們更了解何者最適合你們家庭和你們子民的福祉，就自己選擇吧。只消說出你們的意願，每個孩子就能獲得恩賜。年輕人就算受了二十年教育也難達到如此效果，成年人理智所不能及的境界。」

國王與王后馬上展開激烈的舌戰。她宣稱要憑一己之意規範全家的性格。善良的國王認為茲事體大，不放棄自己的權責，準備不向任性的女人讓步。他愛她的瘋癲，但不跟她一般見識。芳妲思剋想要的是漂亮的孩子，只要他們能亮麗到六歲，管他們是不是在三十歲時幹什麼蠢事。

仙女想讓他們達成共識卻是徒勞，新生兒的性格很快成為爭吵的藉口。對夫婦來說，講道理已不可能，他們只想讓對方屈服。最後，謹慎仙子想出一個法子，可以協調紛爭而不必非議任何人。夫婦倆可以隨意決定屬於自己性別的那個孩子的性格。國王贊成這個解決辦法，如此一來，王后的古怪願望就不致危及王儲。他看到兩個孩子被抱在保母懷裡，趕緊趨前抱住小王子，同時對小公主投下憐惜的一瞥。芳妲思剋沒有理由反對，她也像瘋婦一般上前緊緊抱住小公主。她說：「妳將在所有的屬性上超過我，但為了讓國王的怪癖至少讓其中一個孩子受惠，我的願望就是，讓我抱著的孩子得到與國王所要求另一個孩子的恰好相反。選吧！」她得意洋洋的請求國王。「既然你認為主導一切如此迷人，就用一個字決定你家族的命運吧！」

仙女與國王試著勸她莫執著這個決定，卻是徒勞，國王因此處於罕見的困境。她拒絕讓步，還說她很樂於有這機會把國王無法賦予兒子的所有特質贈予他的女兒。

「哇！」國王為這惡意激怒了。「妳總是跟女兒作對，在她生命中最重要的一刻，妳就只想證明妳所感受的。」他氣得失去理智，「為了讓她因妳的惡意而完美，我要祈求我懷中這孩子像妳。」

王后激烈的回應：「這對你和他都好，而且我大可以報復，你的女兒將和你一模一樣。」

這些話藉著無比的衝動說出口，國王絕望得幾乎窒息，恨不能統統收回，卻為時已晚。兩個孩子得到他們各自的性格，而且永遠無法更改。男孩名叫「善變王子」，女孩取了古怪的名字「理性公主」，她表現得如此恰如其分，從此沒有任何女人膽敢取這名字。

就是這樣。未來的王位繼承人被賦予美麗女人的所有完美，而他的妹妹則注定有朝一日擁有誠實男人的美德和好國王的素質，這個安排看來不是頂好，但無法逆轉。有趣的是國王夫妻對彼此的愛又爆發了，這種愛總會在關鍵的場合出現，但往往又來得太遲。長得像彼此的孩子，在這賭注裡各取其短。做父母的不會滿意，只有埋怨。

國王將女兒納入懷裡，溫柔的抱著。「妳會有母親的美貌，卻沒有天分讓它成為妳的資產。妳的理智會讓人們無法回頭看一眼。」

芳妲思剋對自己的德性看得比較審慎，對未來國王的智慧不置一詞，但從她愛撫兒子哀傷的模樣很容易看得出來，在她內心深處，她對自己賭注的部分評價不高。

國王看著她，有點好笑，但又對剛發生的事情輕聲責備。「我想我犯了一些錯，但那是妳造成的結果。我們的孩子可望比我們更傑出，而妳是使他們只長得像我們的原因。」

「至少，」王后頂了回去，「我確信他們會盡可能愛著彼此。」

菲尼斯被這溫柔的回答感動了，他用一個經常有機會引用的想法安慰自己：良善的天性與易感的心胸足以彌補一切。

「我猜想得到接下來的故事，說不定可以幫你續完。」德魯伊說：「你的善變王子引人側目，和他母親一樣，注定要成為她的剋星。他渴望改革，而把王國弄得天翻地覆。他要讓臣屬快樂，卻使他們瀕臨絕望，而且總是為著自己的錯誤譴責別人。他由於輕率而有失公正，他懊悔舊的過錯就又犯上新的。智慧從不引領他，他想要行的善偏偏增添未來會行的惡。簡言之，儘管他的根柢善良、感性、慷慨，他的德性總是與他作對。冒失輕率加上權力無邊使得他比有意為之的惡行更令人憎惡。另一方面呢，你的理性公主成為仙子國度的女英豪，智慧與審慎的奇才。她沒有什麼崇拜者，卻廣受人民愛戴，希望由她統治。她對每個人的善良與仁慈只有對她的哥哥不利，他的古怪行徑總會被拿來做比較。事實上，公眾的偏見總會把她沒有的過錯都歸到他頭上，即使他一點也沒犯錯。不久，王位繼承是否該顛倒過來的問題就被提出來了，愚民是否當臣服於女性繼承人以及運氣服從理性等等。博學者明確解釋這種例子的後果，並且證明人民最好服從瞎眼的瘋子，運氣會給他們帶來主子而不是自行選出明智的領袖。雖然無人應當禁止狂人統治他的領土，但最好讓他對我們的福利與生命有無上的裁量權；最不理性的男人仍然比最有智慧的女人更受青睞；就算雄性或是頭胎生下來的是猴子或野狼，在他之後出生的女英豪或天使咸有必要在政治上遵行他的意志。至於在煽動者那一端，自有他們的反對與辯駁。我們將會看到，上主讓你的機智發光，我了解你的。你樂於把憤怒發洩在貶低過往的事情，你辛辣的坦白看來會使你所提出的譴責發光。」

「看在神的分上，德魯伊教士，你太誇張了吧！」賈拉米很訝異的說：「真是言詞犀利啊！你如何學來的雄辯滔滔。我很確信你在聖林裡從未講得那麼好，儘管你並沒有談出真理。我要是讓你繼續說下去，你很快就會把童話轉成政治論述，有朝一日我們會發現藍鬍子或驢皮公主被王家官員用來教導王子，甚於用馬基維利。別費那麼多工夫來猜測故事的結局，我會視情節需要提出許多大結局，現在就先提供一個。也許不如你的那麼聰明，但起碼一樣自然且出人意表。」

你當然知道如我先前所說的，雙胞胎長得一個樣，連衣著也完全相同。所以當國王在那關鍵時刻認為他帶著兒子時，實際上卻是抱著女兒。王后呢，被國王的選擇所愚弄，也將兒子誤為女兒。仙女能夠從這個錯誤中得利，賜予兩個孩子最恰如其分的。所以善變成了公主的名字，而理性成了她哥哥的名字。儘管王后行事古怪，事物卻找到合乎自然的秩序。

國王死後，理性王子繼承了王位，他未曾對外國人開戰，也不違逆臣民，他獲得的感恩多於讚美。父親在上一任構想的計畫，他都在任內一一完成，統治權父子相傳，儘管沒有改朝換代，但人民倍感快樂。善變公主讓許多愛人喪失了生命或理智，最後嫁給她偏愛的鄰國國王，因為他蓄有很長的鬍子，而且單腳跳無人能及。至於芳妲思剋呢？她有一次在睡前想吃燉肉裡的雞腿，死於消化不良，國王則是在等候她時驚嚇致死，因為就在當晚她以美色引誘他來共眠。

(The Queen Fantasque, 1758)

作家側記

盧梭（Jean-Jacques Rousseau, 1712-1778）

我一直認為把盧梭那部著名的自傳譯作《告白》（*The Confessions*），要比《懺悔錄》來得貼切，儘管作者可能要呼應羅馬前賢奧古斯丁的傑作，但此書自我坦白的元素居多，並沒有多少懺悔的成分。但或許正如盧梭本人的認知，人能自我披露，面對自己的劣行惡狀，就已經是上帝面前的正人了。這本書的續作《孤獨漫步者的遐想》也是優雅的散文，更豐富的是作者的內省與沉思。盧梭和啟蒙時代的文人一樣才華洋溢，早年一篇得獎論文〈論科學與藝術的復興是否有助於使風俗日趨純樸〉讓他一舉成名，他自稱這是他一生霉運的開端。話雖如此，他命中倒是貴人不斷，特別是大他十一歲的華倫夫人，既像姊姊也像母親，更是不吝給予的情婦。

他的《社會契約論》為法國大革命預留了思想的火種，《新哀洛旖思》是一部轟動一時的師生戀愛情小說。他是時代的開創者，集所有浪漫主義的精神於一身，把感覺堂而皇之的凌駕於理性之上。追求愛情可以不計毀譽，從荷馬史詩尋求口語傳統的源頭，政治理念以顛覆不平等為志。他是徹頭徹尾的自然崇尚者，鄙夷那些見了花草就考量藥性的俗人，晚年如願寫了一部《草木誌》。《愛彌兒》堪稱史上最重要、也最好看的教育文獻，以兒童為中心的教育思想自此再無逆轉。他主張讓孩童遠離都市塵囂，順乎自然養成習性，不宜過早讓孩童閱讀。他認為當時流行的《拉封丹寓言》只是在灌輸成人的道德偏見，非常不宜孩童。但他推崇《魯賓遜漂流記》，培養實用與獨立自主的精神。孩子不應該讀歷史，但適合讀普盧塔克（Plutarch）書寫典型人物具有高度文學價值的《希臘羅馬名人傳》。

且不論個人是非，盧梭的價值在於呈現給世人純粹自由的精神面貌，理性的桎梏一旦鬆綁，後續的浪漫主義者紛紛追隨其後，攫取了這位最重要的啟蒙思想家某些元素，成就文學上無數的滔滔洪流。歌德、托爾斯泰都深受他的影響，就連嚴謹的哲學家康德也不例外，致力調和理性與感知。〈異想王后〉是遊戲之作，而遊戲人間的盧梭所點燃的世界變化，罕有人及。

白牛

伏爾泰

I 阿瑪西黛公主如何與公牛相逢

埃及塔尼斯王阿瑪西斯的女兒阿瑪西黛由隨從仕女伴行，漫步於佩魯修姆的道路上。她深陷於哀傷中，淚水從她美麗的雙眼奪眶而出，她憂傷的原因可以理解，卻也擔心如此會引起父王的不快。老者曼布瑞是自古以來的法師，法老王的宦官。他隨侍在側，須臾不離。公主誕生以來他就在了，他教導她所有身為一位優雅公主所容許知曉的埃及知識。公主的慧心一如她的美貌，她的善感與柔情也和其魅力相當，正是這種善感，招來不盡的淚水。

公主年方二十四，法師曼布瑞則高齡約一千三。人人皆知，與摩西有過那場著名爭辯的正是他，至於兩位哲人之爭的勝負為何，仍久懸未決。若說曼布瑞退讓了，那是由於對手有可見的天上勢力保護，唯有神祇才克服得了曼布瑞。

阿瑪西斯任命他做女兒的總管，他以自身尋常的慎思盡忠職守。美麗的阿瑪西黛連連嘆息激起了他的慈愛。

她自言自語：「喔，情人啊！我年輕、親愛的情人啊！征服者中的至尊，功業至高，最美貌的男人啊！你從世上消失近七年了，是何方神聖把你從柔弱的阿瑪西黛身邊奪走啊？你還活著，明智的埃及先知如是說。但我只能當你死了，在世上孤零零的。世界在我即是荒漠。但究竟是什麼驚天動地的事端讓你拋棄王位和情侶？你的王位，冠絕天下。然而這畢竟無關緊要，拋棄了我，誰還會景仰你呢？喔，我親愛的尼……」

她還要繼續，這時法老古時的宦官暨法師曼布瑞說：「道出那要命的名字令人顫抖。妳可能會被宮廷的侍女發現。她們對妳都全心全意，每一位好仕女自然也都想讓公主高尚的激情有好的安頓。但不擔保沒有口風不緊或甚至是出賣妳的人。妳也知道，儘管妳父王愛妳，但他曾經立誓，只要妳發出那隨時準備從妳雙唇脫口而出的名字，就會把妳處死。這法令無比嚴苛，但妳未從埃及智慧中得到教益，對唇舌疏於管制，要謹記最偉大的眾神之一希波克拉底總是把手指放在嘴上。」

美麗的阿瑪西黛垂著淚，安靜下來。她哀戚的望著尼羅河畔前行，隱約看到在遠處河水沖積的草地上，有一位穿著灰色斑駁外套的老婦人，端坐在一處小丘上。她身旁有一隻母驢、一條狗和一頭公羊。在她對面的是一條蟒蛇，與尋常的蟒蛇不同，牠雙眼柔和，容貌高雅而專注，皮色極盡光鮮亮麗。一條巨魚，身軀半浸於河水之中，在這群體中並不算最令人瞠目結舌的。而在鄰近的樹上則棲息著一隻烏鴉和一隻鴿子。這些生靈似乎正在進行一場生動的對話。

公主輕聲說：「天哪，這些動物無疑是在談情說愛，偏偏就只有我不准提到自己情郎的名字！」

老婦人手裡持著一條百尋長的細長鋼絲，用來繫住在草原覓食的公牛。公牛白身，構造完美無瑕，豐腴而不失精明，世所難尋！正是這種屬中之至美者。帕西菲的公牛，或是朱庇特背負歐羅芭的化身都難與之相提並論。伊西絲變身的宜人小母牛更難望其項背。

公牛一見到公主就以阿拉伯健馬的迅疾，豎直耳背，飛越平原和古沙阿那河川朝她奔來，就如朝向牠常駐心頭的愛侶那般。老婦人盡全力抑制公牛。蟒蛇吐信嚇牠，狗緊跟著牠，同時咬牠漂亮的腿。母驢半途攔截，踢著要將牠趕回。巨魚躍於尼羅河上端，自水裡射出，威脅將牠吞噬。公羊文風不動，顯然受到驚嚇。烏鴉在牠首部鼓翼，作勢要取其雙眼。只有鴿子帶著好奇陪伴牠，以甜美的呢喃聲為牠喝采。

如許非凡的景象讓曼布瑞陷入嚴肅的沉思。此時白牛拉曳著鋼鍊和老婦人，已經到了公主面前，她因驚嚇和害怕而動彈不了。牠置身在她的腳下，吻著。淌淚。朝上看著她的雙眼帶著奇妙的悲喜交集。牠不敢哞叫，免得嚇到美麗的阿瑪西黛。牠不能言語。上蒼賦予某些動物聲音的有限用途已離牠而去，然而牠的舉止盡皆優雅。公主有牠就覺得欣喜。她感覺儘管有最沉痛的悲傷，但微不足道的愉悅也宜令其駐留些許時刻。

她說：「最令人喜愛的動物莫過於此，我誠願有牠在我的馬廄裡。」

這些話令公牛屈膝，吻著大地。

「牠了解我，牠表示要歸我所有。」公主呼喊著：「喔，天神般的法師啊，神聖的宦官！讓我得到這個慰藉吧。買下這頭美麗的牛。和老婦人談好價碼，牠無疑是屬於她的。這動物務必要成為我的。別拒絕我這無傷的寬慰。」

侍女們都同氣連聲加入公主的懇求，曼布瑞應其所求，隨即去向老婦人說話。

II 前法老王的法師，明智的曼布瑞如何再度認出老婦人，老婦人又如何認出他

曼布瑞對她說：「夫人，妳知道，那些仕女，尤其是公主需要些樂子。國王的女兒瘋也似的喜愛上妳的公牛。求妳能把牠賣給我們，金錢隨時奉上。」

老婦人回答：「這珍貴的動物非我所有，我，還有你看到的所有禽獸都是負責小心照顧牠的，要看管牠的所有行動，並且鉅細靡遺的報告。上天禁止我有任何讓售這無價動物的念頭。」

在這對話中，曼布瑞開始浮起若干尚無法理清的模糊記憶。他以更大專注力，目視穿著灰袍的老婦人。他對她說：「可敬的女士，也許我搞錯了，我之前見過妳吧。」

老婦人回答：「我倒沒弄錯。我在七百年前見過你，在特洛伊毀滅之後數月，我從敘利亞旅行到埃及，當時西蘭二世即位於泰爾，而尼佛爾克勒斯則在古埃及登基。」

老者呼喊著：「喔，夫人啊，妳是恩鐸鼎鼎大名的女巫！」

「而先生您呢，不就是埃及偉大的曼布瑞！」女巫說著擁抱了他。

曼布瑞說：「喔，好個不期而遇啊！值得紀念的日子！天意啊！若非上蒼的旨意，我們斷然無法在這尼羅河畔，靠近名城塔尼斯的草原相遇。」曼布瑞繼續說道：「果真是妳啊，名震約旦河兩岸，世上第一位召喚鬼靈的人。」

恩鐸的女士回答：「正是你啊，化繩為蛇，易日為夜，變河為血，舉世聞名！」

「是啊，但高齡已經剝奪了我部分的知識和法力。我全然不知妳何時擁有這美麗的公牛，也不

識這些與妳一起圍著看顧牠的動物。」

老婦人舉目朝天，一面回憶著，接著回答：「親愛的曼布瑞，我們是同行，但必須明說，我是被禁止說出公牛是何許人的。至於其他動物，我倒是可以滿足你的好奇。從牠們身上標明的記號就能輕易認出來。那蟒蛇是勸誘夏娃吃顆蘋果，並與她丈夫共享者。驢子呢，就是曾告訴你同時代的巴蘭那知名路徑的那一隻。頭總是冒出水面的魚則是數年前吞噬耶拿的那一條。那隻狗曾追隨拉法葉和青年托比特於偉大的撒拉曼剎時代旅行到米底亞的拉古薩。這隻公羊為你的民族贖了罪。烏鴉與鴿子則曾置身於諾亞方舟的偉大事件中！舉世滔滔的災難啊！當時世人幾乎都懵懂無知。你現在明瞭了。至於公牛，我無可奉告。」

曼布瑞懷著敬意聽完後說：「喔，傑出的女巫啊，永恆之神對祂認為正當的或揭或隱。和妳一起的動物受託付看顧白牛，只有妳那慷慨宜人的民族得而知之，幾乎全世界都無從知曉。妳以妳能力之所及，我以我能力之所及展現出的奇蹟，來日會是可疑的課題，在追根究柢的哲人來看則是醜聞。但可喜的是，虔誠的賢人會從奇蹟中找到信仰，奇蹟會在人們屈服於啟蒙之餘獲得一席之地，而這正是所需的一切。」

他說這些話時公主拉拉他的袖子，對他說：「曼布瑞，你就不買那頭牛了嗎？」

法師陷入沉思，沒有答覆，阿瑪西黛熱淚盈眶。於是她自己對老婦人說：「我的好婦人啊，我懇求妳，以妳世上最珍愛者之名，汝父、汝母、汝奶親，他們想必仍健在，把公牛賣給我吧，還有鴿子，牠似乎和公牛很投契。至於別的動物呢？我並不想要，若妳不賣給我迷人的公牛，一切都將化為幻影，牠是我一生幸福之依歸。」

老婦人慎重其事的吻吻薄紗外袍的邊緣，回答她：「公主，公牛是不賣的。妳賢明的法師明瞭。我能為妳效勞的是容許牠每天在妳宮殿附近就食。妳可以愛撫牠，給牠糕餅，隨妳高興與之起舞。但那必須隨時都在伴隨我的這些動物眼前為之，牠們也都負有看管之責。若非牠想盡力逃離，牠們必然都平和到底。但要是牠企圖掙脫鎖鍊，像牠見到妳時那樣，悲哀就要降臨牠頭上了。那時我就不能擔保牠的性命了。這隻大魚，妳見到了，必然會將牠吞到肚裡至少三天，要不就是這蟒蛇，在妳看來很溫和，卻會給牠致命的一螫。」

白牛完全了解老婦人的談話，卻口不能言，牠溫順的接受了所有的提議，在她腳邊躺了下來。

牠輕聲哞叫，溫柔的看著阿瑪西黛，宛如告訴她：「要隨時來看我啊，在草地上！」

蟒蛇接過話頭說：「公主，我勸妳做什麼都得把恩鐸來的小姐告訴妳的一切當真。」母驢也依

阿瑪西黛很是苦惱，蟒蛇和這驢子話說得這麼好，而美麗的公牛，徒有高貴柔和的情操，卻無法表白。她低聲說：「老天！沒什麼比宮廷更庸俗了。每天看到的淨是言談無味的王侯，不然就是說起話來信心滿滿的粗鄙庸才。」

曼布瑞說：「蟒蛇可不是粗鄙的庸才。牠也許是至道的化身。」

此時白天已過，公主承諾隔天同個時刻回來之後，不得不回家去。宮廷的仕女都覺得驚奇，對自己所見所聞完全不能理解。曼布瑞反覆思考著。阿瑪西黛回想蟒蛇稱那老婦人為小姐，隨意下了她仍未婚的結論，也為自己相同的處境自怨自艾。那是可敬的苦惱！然而，她把這份心事，連同她情人的名字悄悄的隱藏起來。

III 美麗的阿瑪西黛如何與美麗的蟒蛇進行一場祕密的對話

美麗的公主告誡仕女們就她們當日所見保密。她們也都答應了，而且守了一整天的承諾。可想而知，公主當晚睡不成眠。一種難以言喻的魅力，令那美麗的白牛不斷的縈繞心頭。所以，一待可以自由與她明智的曼布瑞談話，她就說：「賢人哪！那動物搞得我神魂顛倒。」

曼布瑞說：「牠也耗掉我不少心神。我毫不費事就看得出來，這牛遠比牠的同類更為優越。我見得到其中必有重大祕辛，而且我猜會是生死交關的事件。妳父王性情猜疑且剛烈，這件事情妳需好自為之，謹慎以對。」

公主說：「太多的好奇令我無法慎重。我心思所僅存的情感，因失去情郎之故而惶惶不可終日。是否因為白牛身分不可得知，引起我如此奇怪的騷動？」

曼布瑞答說：「坦白說，我曾經跟妳表明，我的知識隨年紀增長而下滑，但若說蟒蛇對於妳渴望知道的一無所知，那就是我失算了。蟒蛇不缺理智。牠展現自己恰如其分。牠素來習慣介入女人家的事務。」

阿瑪西黛說：「啊，那就不在話下了。是那首尾相銜，成為永恆的象徵，張開雙眼就點亮世界，闔上兩目就天地無光的埃及美麗蟒蛇嗎？」

「不是，小姐。」

「那麼，就是埃斯丘勒匹厄斯之蛇了？」

「還差一點。」

「或許是朱庇特化身為蟒？」

「差遠了！」

「喔，那我懂了，我知道了，那可是你以前用來變海蛇的那條繩索？」

「不，當然不是，但這些蟒蛇都屬於同個家族。這隻蟒蛇在牠自己的國度聲望崇隆。牠離開時被視為前所未見的非凡蟒蛇。妳自己去向牠陳述發話吧。但我必須警告妳，那是危險的舉措。設身處地，是我的話才不會為什麼公牛、母驢、公羊、巨魚、烏鴉或是鴿子自尋煩惱。但激情驅策著妳，我所能做的就是同情妳，同時戰慄不已。」

公主懇求法師，讓她獲得和蟒蛇面對面交談的機會。曼布瑞擔下責任，他同意了，而且在深刻沉思過後就去找女巫溝通。他迂迴的道出公主的古怪念頭，老婦人說阿瑪西黛可以自行下達指令：蟒蛇有完美的教養，對女士持之以禮，除了為她們效勞之外，別無他求，也不會對她爽約。

老法師回去告訴公主這好消息，但他依舊擔憂會有什麼不幸而沉吟不已。「小姐，妳渴望和蟒蛇談話，只要殿下認為恰當，隨時都可如願。但切記要恭維牠，因為任何動物都頗為自戀，蟒蛇更不在話下。據說牠以前被逐出天堂正是由於過度驕傲。」

公主說：「我倒是未曾聽說！」

老人說：「我深信不疑。」

於是他告訴公主關於這著名蟒蛇散布在各地的所有傳聞。「但是，親愛的公主，不管是這些冒險的哪一樁，除卻恭維，妳休想從牠那裡訛詐出任何祕辛來。牠以前欺騙過女人，現在倒過來為女人所騙，也算公平。」

公主說：「我盡心盡力就是。」然後帶著她的宮女出發。

老婦人在相當遠的地方餵食公牛。曼布瑞讓阿瑪西黛隻身獨行，自己去和女巫交談。一位宮女和母驢寒暄，其餘的就去和公羊、狗、烏鴉和鴿子找樂子。至於那會嚇到任何人的大魚，則奉老婦人之命，潛到尼羅河裡。

於是蟒蛇就與阿瑪西黛相會於樹叢，他們在那裡的對話如下所述：

蟒蛇：小姐，妳無從想像，有幸蒙殿下召見，在我是何比榮幸。

公主：先生，你了不起的聲望，美麗的外貌，明亮的雙眼，在在都令我鼓起勇氣尋求這場對話。若是大眾的傳聞無誤，你之前是天庭裡的至尊。

蟒蛇：沒錯，小姐。我在那裡有顯赫的地位。說我偏好不倫，純屬妄言。這傳聞曾一度遠傳到印度，婆羅門僧侶最早為我的歷險書寫歷史。而我懷疑，有朝一日北國的詩人會以此作為誇張史詩的題材，事實上他們的本事也不過如此。但我並非如此墮落，我為地球留下廣袤的疆域。我可以自豪的宣稱，整個世界歸我所有。

公主：我深信不疑。因為他們告訴我，你勸誘的能力無人可擋，投其所好，才是王道。

蟒蛇：小姐，當我看著妳、聽妳說話的時候，我感覺到，妳歸因於我過人的那種能力，已經被妳凌駕了。

公主：我相信你是個親切的征服者。據說你征服的女性不可勝數，從我們共同的母親開始，她的名字我可惜給忘了。

蟒蛇：他們對我並不公道。她以信任榮耀我，而我給她最好的忠告。我願她和她丈夫衷心吃下知識之樹的果實。我想像如此做可以迎合萬事萬物的統治者，在我看來，那麼符合人類需要的樹，不會平白被種出來。難道上帝期望讓傻子白痴服侍？心智的形成豈不是為了獲取知識和進步？善惡的知識於事物何者當趨，何者當避，豈非必要？我確實值得他們感謝才對。

公主：但他們告訴我你因此而蒙難。或許就是從這時期開始，那麼多教士因為提出忠言而被懲罰，又有許多真正的哲人和天才，由於寫下有益世人的作品而遭處決。

蟒蛇：告訴妳這些故事的，非我的敵人莫屬。他們說我在天庭失寵了。但我的影響並未式微的證據表現在他們自己的告白。他們用動搖心志來考驗好人約伯，我適時來到議會；又再度被召喚來欺騙某位名叫亞哈的小國王，以尋求事情解套。我單獨榮膺這光榮的使命。

公主：喔，先生！我不相信你是為欺騙而生。但由於你一向位居要津，我可以請你幫個忙嗎？但願親切的貴人不會拒絕我。

蟒蛇：小姐，妳的請求即是法律，下達妳的命令吧。

公主：我懇求你告訴我這白牛是誰，我感覺對牠有極不尋常的情愫，我受影響，也被儆醒。有人說你會降恩以告。

蟒蛇：好奇是人類所需，尤其是妳們可人的性屬。沒有好奇心，女人會活在可恥的無知中。我總是在力所能及之下滿足女士的好奇心。沒錯，我總是被指控，這般洋洋自得，只會讓世界的統治者難堪。我向妳發誓，再沒有什麼比遵從妳令我更加愉悅的提議了。但是老婦人必定告訴過妳，揭開祕密會讓妳身陷險境。

公主：啊！那只會讓我更加好奇。

蟒蛇：在這上頭，我發現了之前曾效勞過的異性。

公主：如果你也有我那樣的感受，如果理性動物應該相互幫忙，如果你對不幸的生命尚有慈悲之心，請別拒絕我的請求。

蟒蛇：妳打動我了。我會讓妳滿意，但別打斷我。

公主：我答應再也不會。

蟒蛇：有一位年輕的國王，貌美宜人、風姿綽約，戀愛中，也被愛著……

公主：年輕的國王，貌美宜人、風姿綽約，戀愛中，也被愛著！但被誰所愛呢？那國王是誰？年紀多大？他是什麼出身？他的國度在哪裡？他名叫什麼？

蟒蛇：看吧，我都還沒開始呢，妳就已經打斷我了。好自為之。妳再不把持就沒戲唱了。

公主：啊，先生，抱歉。我不會再如此莽撞。繼續說吧，拜託。

蟒蛇：這位偉大的國王是男人當中最有勇氣的，拿起武器時所向披靡。睡覺時經常做夢，醒來就遺忘一空。他要求他的魔法師記下夢境並且告訴他夢見了什麼，宣稱若是辦不到就絞死他們，說來也算公平。從他做了一個好夢開始算起至今也快七年了，但一醒來就忘得一乾二淨。有個年輕的猶太人，深諳此道，為他揭示夢境，這位仁慈的國王立刻變成一隻公牛……

公主：啊，正是我親愛的尼布……

她名字還沒念完，就暈了過去。曼布瑞從遠處聽到，看到她倒了下去，認定她已一命不保。

IV 他們如何想要犧牲公牛為公主驅邪

曼布瑞奔向公主，流著淚。蟒蛇也被感染，牠無法流淚，但發出哀悼的嘶嘶聲。曼布瑞喊著：「她死了。」母驢跟著說：「她死了。」烏鴉也反覆的說著。所有動物顯然都受到感染了，除了耶拿的魚之外，因為大魚向來冷酷無情。宮女和宮廷仕女也來了，她們撕扯自己的頭髮。

在遠處食草的白牛聽到他們的哭喊，拖著老婦人奔向樹叢，牠高聲吼叫，周遭回音不絕。仕女們不知所以的把一瓶瓶玫瑰、桃金孃、安息香、吉利香膏、豆蔻、紫丁香、龍涎香的花草水傾倒在氣若遊絲的阿瑪西黛身上。她已經沒有任何細微的生命跡象了。然而當她意會到美麗的公牛正在身旁，她回過神來，比以前更燦爛、更美麗、更可愛。她親吻迷人的動物不下千次，而牠則是脈脈含情的把頭依偎在她雪白的胸前。她喚著牠：「我的主子，我的王，我的情人，我的生命！」她讓美麗的手臂環繞著牠的頸子，其白勝雪。就算是輕盈的麥草之於琥珀，蔓藤之於榆樹，常春藤之於橡木，不能夠附著得再緊了。聽得見她甜美嘆息的呢喃。她的雙眼閃爍著柔和的火焰，此時在因愛而淌的淚水下變得黯淡。

我們可能過於容易論斷那些宮女和仕女是如何驚疑未定，她們一進入王宮，就紛紛告訴情人她們的境遇。由於每個人都有自己的際遇，也就增進了事情的獨特性，歷史得以五光十色，總得歸功於此。

塔尼斯國王阿瑪西斯一獲得整起事件的通報，王者的胸膛激起憤慨的火焰。正如同米諾斯知道他女兒帕西菲把柔情揮霍在牛怪米諾陀父親身上的那種憤怒；也像抓狂的朱諾眼睜睜看著朱庇特愛撫伊納科斯河神之女，美麗的雌牛伊歐。嚴厲的阿瑪西斯受激情的牽引，把悶悶不樂的女兒美麗的阿瑪西黛監禁在廂房，由黑人宦官嚴加看管。接著召開樞密院會。

大法師主持會議，但他的影響力已經式微。所有大臣都斷定這公牛乃是巫師。事實正好相反，是牠中了法術。但在宮廷裡，凡是敏感的事件總是被錯待。他們大都主張應當為公主驅邪，以白牛和老婦人為犧牲。

明智的曼布瑞想法與國王和議會格格不入，驅邪是他的權利，可以用某些說得過去的託詞將其延後。阿匹斯神不久前死於孟斐斯，一頭好牛死去和別的牛沒什麼兩樣。在埃及，還沒找到新的公牛以取代逝去的公牛前，不得為任何人驅邪。

根據議會所登錄的聖旨，犧牲祭典得等到孟斐斯的新神提名後。

老好人曼布瑞意會到他心愛的公主暴露於危險當中。他知道她的情侶是誰。「尼布」音節起頭的那人離她而去，擺在這賢人眼前的，是個展開的完整謎團。

孟斐斯王朝這時候屬於巴比倫人，他們保有這阿瑪西斯的死敵，也就是世上最偉大的國王所征服之處的遺存地。曼布瑞置身於諸多困難之中，窮其智慧讓自己表現得宜。要是阿瑪西斯王發現了女兒的情郎，她勢必難逃一死。國王曾經發下誓言。她所熱戀的這位偉大、年輕、英俊的國王曾把她的父親趕下王位，而阿瑪西斯也大約七年之久才重振他的王國。自那時候起，就沒人知道這可敬國王的下落了。他是征服者，是諸民族的偶像，也是美貌的阿瑪西黛既溫柔又豪邁的情人。犧牲掉白牛也注定會是美麗公主死亡的場合。

在此關鍵的時刻，曼布瑞能做什麼呢？在會議不歡而散之後，他去找他親愛的乾女兒。他說：「親愛的孩子，我會為妳效命，但我必須重申，若是妳念出妳情郎的名字，他們會讓妳人頭落地。」

美麗的阿瑪西黛回答：「我的脖子有什麼要緊呢，若我不能擁抱尼布……父親殘忍，他不僅拒絕給予我所鍾愛的君王，還對他宣戰。在被我的情人征服後，他發現將他變成公牛的祕術。有誰見過比這更駭人的惡意嗎？他要不是我的父親，我真不知道該如何對付他呢。」

明智的曼布瑞說：「和他開如此殘酷玩笑的不是妳父親，那是一位巴勒斯坦當地人，我們遠古敵人之一，置身於眾王國間之某小國的居民，妳的情人令他們臣服，就是要教化、改善他們。

「這類變形應該不至於讓妳訝異。妳知道之前我也展現過更不可思議的。在那年代沒有什麼比這類變幻更尋常的了，但如今令哲人傻眼。我們一起讀過的真實歷史告訴我們，阿卡迪亞的國王萊卡翁變成了狼，而他美貌的公主卡莉絲多則變為熊。伊納科斯河神之女伊歐，還有我們景仰的伊西絲則化為母牛。達芙妮變成月桂樹，西琳克絲變為長笛。羅德是舉世皆知最好、最深情的丈夫和父親，他美麗的妻子伊蒂思不就在我們的鄰國化為一根鹽柱嗎？其味辛辣，保持了她的風格與形式，就像偉人曾誓言見過的那般。我年輕時目睹過這些變化。我見過七座雄偉的城市，位於世界最乾旱的地帶，一瞬間就變成一汪美麗的湖泊。在我生命的早期，世界到處都是變形。

「總之，小姐，要是所舉的例子能寬慰妳的哀傷，妳還可記住維納斯也把賽勒斯提變成公牛。」

公主說：「我不知道例子是否能安慰我們，但如果我的情人死了，我可否用凡人皆有一死這樣的看法來讓自己好過？」

賢人回答說：「那至少可以紓解妳的痛苦，由於妳的情人變為公牛，從公牛變為人也不無可能。對我而言，若非我擁有區區力量，用來為值得全天下愛慕的公主效勞，我應該是夠格變成老虎或是鱷魚的。我想要的是，為那從孩提照顧到大、美麗的阿瑪西黛賣力，她生死交關的命運正暴露在如此粗暴的考驗裡頭。」

V　明智的曼布瑞如何展現他的智慧

賢人曼布瑞說過了一切能寬慰公主的話後，就此打住，前去找老婦人。

他對她說：「我的夥伴啊，我們的專業令人著迷，卻也非常危險。妳冒著被絞死的風險，而妳的公牛不是要被燒死、淹死就是摧毀。我不知道他們會如何對付其他動物，我雖然是先知，卻不得而知。但請小心藏好蟒蛇和大魚。別讓大魚冒出水面，也別讓蟒蛇冒險出洞。我會把公牛安頓在我鄉間的一處馬廄。妳會和牠一道，因為妳說牠不容許遭遺棄。在這番境遇上，可以找一匹好的待罪羊，把牠送到充斥罪孽的荒漠。牠熟悉這儀式，於牠也無傷，而人人知道罪愆可以藉公羊而得補贖；牠走來走去隨牠高興。我僅要求妳借我托比之犬，牠是迅即無比的灰狗；巴蘭之驢跑得比駱駝還好，方舟上的烏鴉和鴿子飛起來快得不可思議。我差使牠們到孟斐斯，事關緊要。」

老婦人對法師說：「托比之犬、巴蘭之驢、方舟之烏鴉與鴿子還有羔羊可以隨你的意思差遣，但你不可把公牛放進馬廄。誠如〈但以理書〉五章二十一節所說，牠必須以鐵鍊行齋戒，以天庭露水溼其身，食草於野，並與野獸為伍。牠既然受託付於我，我就必須遵守。若交付他人，而不是我自己，但以理、以西結和耶律米會如何看待我呢？我了解你已經知道非凡公牛的祕密了，但我不想因為揭示讓你知道而自責。我要指引牠遠離這污染之地，前往西爾本湖，牠可以在那裡安居，免於塔尼斯王的殘暴。大魚和蟒蛇會保護我，我為自己的主子效勞，誰也不怕。」

明智的曼布瑞回答：「我的好婦人啊，就順著上帝的旨意吧！要是我還能找到妳的白牛，不管是在西爾本湖、摩理斯湖或是索多瑪湖，對我都沒什麼兩樣。我只想對牠好，也對妳好。但妳怎麼會提到但以理、以西結和耶律米呢？」

老婦人回答：「你和我一樣明白，這樁重要的事與他們有關。但我沒有時間耗下去了。我不想被絞死，也不想讓我的公牛被燒死、溺斃或摧毀。我將帶著我的大魚和蟒蛇啟程到卡諾普斯的西爾本湖。再見！」

公牛展現出對仁慈的曼布瑞感激之意，若有所思的跟隨老婦人。

明智的曼布瑞極為煩惱，他看塔尼斯國王阿瑪西斯於女兒對公牛的激情感到心煩意亂，認為她中了妖法，一定會上天入地追討不幸的公牛。牠不免將以巫師之名於大庭廣眾下被燒死在塔尼斯，不然就葬身於耶拿之魚，再不然就是被燒烤為食。曼布瑞無論如何都要拯救公主免於這殘酷災難。

他用聖潔的字體，寫信給他在孟斐斯的高僧好友，那種紙張當時在埃及還沒使用。信的內容字字如下：

世界之光，伊西絲、奧西里斯、荷魯斯的麾下，官宦之首，閣下的祭壇正直高舉在一切王權之上！本人得知，您的神阿匹斯牛薨逝。本人正有一牛，可為閣下效勞。請即刻帶您的僧侶到此確認、膜拜，引牠到您廟堂的居所。願伊西絲、奧西里斯、荷魯斯以其聖靈庇佑閣下，也盼孟斐斯僧侶如是照看。

您的摯友　曼布瑞

這封信他共做了四份，並封在最堅實的黑檀木盒子裡，以防閃失。然後召喚四位信使，牠們（也就是驢子、狗、烏鴉和鴿子）注定要肩負這項職責。

他對驢子說：「兄弟，我知道你是如何效忠巴蘭的，連獨角獸都不及你的速度。也請效忠我。去吧，親愛的朋友，把這封信送去給所指示的本人，然後回來。」

驢子回答：「先生，我會像服侍巴蘭那樣服侍你，我去去就回。」

賢人把檀木盒子放到牠嘴上，牠隨即出發了。

曼布瑞接著呼叫托比之犬，說：「忠誠的狗啊，你的速度勝過步履敏捷的阿基里斯，我知道你為托比，也就是托比特之子做了什麼。你和天使拉法葉陪他從尼尼微到米底亞的拉古薩，再從拉古薩回到尼尼微，為他父親帶回十泰倫紋銀，那是奴隸托比特借給奴隸佳布魯的。對那時的奴隸來說是極為富有的。依照指示送這封信，它比十泰倫的銀子更有價值。」

狗回答：「先生，我當時能追隨信使拉法葉，也定能輕易執行你的委託！」

曼布瑞把信放到牠的嘴裡。接著他用同樣的方式告訴鴿子，鴿子回答：「若說我把樹枝帶回方舟，我也同樣能帶回答覆。」

牠把信銜在喙上，三位信使轉眼就消失得無影無蹤。曼布瑞接著對烏鴉說：「我知道你曾經供食給先知以利亞，他當時受困於基立附近的湍流中，此事舉世皆知。你每天為他帶回麵包和肥雞，我僅要求你把此信帶到孟斐斯。」

烏鴉用下面的話語回答：「是的，先生。我每天為偉大的先知以利亞、提斯比人帶回晚餐，我看他端坐在由火馬牽動的車駕裡，雖然這不是尋常的旅遊方式。不過我總是關照自己的半份晚餐，我很樂意為你送信，若是你能擔保每日有兩頓好飯的話，而就這份委託我得預先支領。」

曼布瑞動怒了，他回答：「貪食而心術不正的畜生啊，阿波羅把天鵝弄白，而把你弄得像痣那麼黑，看來就不足為奇了。像你之前所為，在特沙立平原出賣了埃斯丘勒匹厄斯可憐的母親，也就是美麗的寇若妮思。告訴我，你在方舟整整十個月，難不成每天都吃牛排和肥雞？」

烏鴉說：「先生，我們那時過得很快樂。他們每日供應我們禽類兩頓滷肉。我們禽類包括兀鷹、鳶、老鷹、蒼鷹、獵鷹、鴞、鷲、禿鷹、鵰，還有數之不盡的掠食性鳥禽。他們極盡奢豪之能事為我們張羅，餐桌擺的淨是獅子、豹、老虎、鼠狼、野狼、熊、狐狸、臭鼬等等肉食的四足獸。方舟上有八位貴人（當時世上僅存的八位），他們照料我們的餐桌和羽飾從不間斷。諾亞和他妻子當時大約六百歲，還有他們三個兒子和兒媳。不可思議的是八位當家的可以那麼細心、靈巧、潔淨的服務四千位最貪婪的客人，還不包括一萬到一萬兩千頭其他的動物，從大象、長頸鹿到蠶與蒼蠅，而不招致意想不到的擾亂。我感到訝異的是，身為掌舵的承辦人諾亞，在萬國中竟然沒沒無聞。但我不太在意這個。我也曾在色雷斯王謝思特瑞那裡現身於類似的娛樂，這類事情只要有烏鴉就會時時出現。簡言之，我要的是找到樂子，並且支領現金。」

明智的曼布瑞慎重的沒把信交給這貪婪且喋喋不休的動物，兩者不歡而散。

但我們必須知道白牛的下落，也不要錯失老婦人與蟒蛇的身影。曼布瑞命令他聰明且可靠的家僕跟隨他們。至於他本人，則是隨意沿著尼羅河畔前行，不時沉思著。

他告訴自己：「蟒蛇幾乎是世界的主宰，牠如此自誇，而有識之士也都承認，但牠又得聽命於老婦人，這如何可能呢？為何有時牠會被召進天庭參議，卻又得在地面爬行？牠單以自己的能力就能進入人的軀體，靠的是什麼？為什麼那麼多男人藉著話術假裝要驅逐牠？簡言之，為什麼牠要透過一個微不足道的鄰居來毀滅整個人類？何以人類對此全然無知？我老了，終身都在用功學習，卻看到許多我難以統整的前後不一。我無法說明什麼事情發生在我身上，不管是很久以前我幹過的了不起事情，或者是我眼前目睹的。衡量所有事情，我開始認為世界靠矛盾，也就是不和諧中見和諧而存在。正如同我的老師索羅亞斯德所說的那樣。」

當他陷入這番晦澀的形上推論時（晦澀如所有的形上學），一個船夫唱著爽朗的歌聲從河流一端飛快而來，三位端重的人物，穿著半髒的衣服、襤褸的外套上了岸。但在貧窮的外觀下，他們仍保存著高雅、莊嚴的姿態。這些陌生人正是但以理、以西結和耶律米。

VI 曼布瑞如何遇見三位先知，並提供一頓美食

這三位大人物容貌散發著先知的光輝，他們從明智的曼布瑞仍存餘的同樣光芒標記，知道他是同道中人，於是匍匐在他的轎前。曼布瑞也同樣知道他們是先知，非由他們襤褸的衣著，而是莊嚴額頭放發出來的閃爍光芒。他猜想他們是要來了解白牛事件的。他以一貫的謹慎應對，從車駕下來，帶著尊嚴的禮數，朝他們走了幾步。他讓他們起身，架起帳篷，準備晚餐，他判斷無誤，先知們的確非常需要飽餐一頓。

他也邀請了僅離他們五百步之遙的老婦人。她答應了，牽引著她的白牛前來。

兩道湯已經上桌，分別是蔬菜濃湯和濃燉雞湯。第一道菜包括魚脣餅、鯰魚肝、梭子魚；淋上

開心果醬的雞肉、加了松露和橄欖的鴿子；澆上蝦醬、蘑菇和龍葵的小火雞；還有洋蔥肉腸。第二道菜包含雉雞、鷓鴣、鵪鶉和蒿雀，配上四種沙拉。餐桌擺設品味高雅，小菜美味無比，甜點更是華麗且別出心裁。明智的曼布瑞特別留意免去煮牛肉、牛小排、牛舌，牛顎，以及母牛膛，以免在左近的王者覺得受到羞辱。

這偉大而不幸的君王就在帳篷不遠處進食，他從沒如此感覺過，命運的轉折何等殘酷，王位被剝奪竟已有七年之久。他對自己說：「天啊，這位但以理，就是他把我變為公牛，而照看我的女巫呢，正享用她的佳餚。至於我本人，貴為亞洲之王，卻降格到只需要食草飲水。」

他們興致勃勃的喝過了恩卡地、塔德摩和西拉釋等名酒後，眾先知和女巫比吃第一道菜時更開誠布公的談起話來。

但以理說：「我得承認，我在獅子欄裡可沒那麼好過。」

曼布瑞說：「什麼？他們把你放進獅欄裡？你為什麼沒被吃掉？」

但以理說：「你又不是不知道獅子不吃先知。」

耶律米說：「至於我呢？一輩子都餓得半死。這是我享用美餐的唯一一天。要是生命能重新來過，有權力選擇自己的處境，我必須承認寧可當巴比倫的審計長或主教，而不是耶路撒冷的先知。」

以西結喊著說：「我曾經受命側睡三百九十天不得翻身，那時能吃到的就是小麥麵包、大麥、豆子和扁豆，煮法古怪無比。我得承認曼布瑞先生的廚藝精巧多多。然而先知這行業自有好處，證據在於有許多人追隨。」

在隨意交談過後，曼布瑞切入正題。他詢問三位求道者，為什麼會旅行到塔尼斯王的國度。但以理回答說，巴比倫王國自從尼布甲尼撒失蹤後，烽火連連。根據宮廷的慣例，他們迫害所有的先知，先知在國王腳下卑微喪命，有時承受百下鞭笞。最後他們不得不到埃及避難，以免餓死。

以西結和耶律米也分別說了一堆，字斟句酌到幾乎沒人聽得懂。至於老婦人則是緊盯住她的看管對象。耶拿之魚仍在帳篷對面的尼羅河裡，蟒蛇則遊動於草地。喝過咖啡後，他們沿著尼羅河漫步。白牛認出三位先知正是牠的敵人，發出最駭人的嘶吼，憤怒的奔向他們，用牛角牴著他們。先知都已經瘦成皮包骨了，牠自然可以將他們穿透。但世界的主宰眼觀一切，自有妙方，立刻把他們變為喜鵲。他們仍然像之前那樣說個沒完。此後同樣的事情也發生在庇厄利亞女神身上，寓言總是在模仿聖史。

這事件又讓曼布瑞沉思起來了。

他說：「三位大先知化為喜鵲，這應該是教導我們話別說太多，必須衡量場合。」他的結論是智慧勝於雄辯，當奇觀展現在眼前時，他照例都想得深遠。

VII 何以阿瑪西斯王想讓耶拿之魚吞食白牛而未果

雲塵由南向北浮動，鼓、笛、弦樂、豎琴和低音喇叭的喧鬧聲處處可聞。數組騎兵團和軍隊由騎在阿拉伯馬上頭的阿瑪西斯王領軍行進，戰馬盛裝著深紅色鑲金服飾。前鋒部隊誓言捕捉白牛，綑綁後丟到尼羅河，讓耶拿之魚吞食。「為公正的吾王復仇，因為白牛讓他女兒中了邪法。」

老好人曼布瑞思考更進一層了，他看得明白，奸惡的烏鴉把一切都告訴了國王，公主面臨了被砍頭的危險。他對蟒蛇說：「親愛的朋友啊，請趕快到我美麗的乾女兒阿瑪西黛那裡去，安慰她。無論發生什麼事都不用怕，講些故事紓解她的不安。故事總是能夠讓女人愉悅，只有讓她們欣喜，吾人才能成就世俗之業。」

曼布瑞接著俯伏於塔尼斯王阿瑪西斯駕前，如此對他說：「吾王萬歲！白牛當然要當犧牲，陛下永遠聖明。但世界的主宰說，在孟斐斯尚未找到新的神祇，登上薨逝的神祇位置前，不得讓耶拿之魚吞食犧牲。否則您會受到報復，而您的女兒也就無法驅邪了。您有至誠，必會遵從世界主宰的旨意。」

塔尼斯王阿瑪西斯沉默片刻，陷入深思。最後他說：「阿匹斯神死了，願上帝讓祂的靈魂安息。你認為再找一隻公牛君臨豐饒的埃及需要多久？」

曼布瑞回答：「陛下，我只要求八天。」

極為虔誠的國王回答：「那就如你所請，八天之間我都會留在這裡。時刻一到，我就要以我女兒的敵人來獻祭。」阿瑪西斯馬上命令帶來他的營帳、廚子和樂師，在此留了八天，這是根據埃及史學家曼涅托的說法。

老婦人很絕望，她負責的公牛只有八天可活。她夜夜召來鬼靈，為著讓阿瑪西斯打消這殘酷的處置，但是阿瑪西斯一早就會忘掉他夜裡見到的鬼靈。一如尼布甲尼撒，總是忘記自己做的夢。

VIII 蟒蛇如何說故事來安慰公主

此時蟒蛇正講故事安慰美麗的阿瑪西黛。牠告訴公主，以前牠如何顯示摩西的杖端，就治好遭到小蛇噬咬的國人（〈民數記〉二十章九節）。牠告訴公主一位英雄的戰果，他和底比斯的建築師安菲翁成就了一樁對比事物。安菲翁藉著他的提琴聲就可以集結碎石，只消演奏雙人舞曲和小步舞曲就可以築一座城；但另一位英雄用羊角之聲把它們給毀了。他於長寬各四里格的鄉村處決了三十一位強勢的國王。他讓石頭降如雨下，擊落在潰散的亞摩利軍團，就此消滅了他們。在前往伯和崙途中，於基遍和亞雅崙之間，光天化日之下讓日月停止運行，以進一步將其滅絕。這是得自巴克斯的榜樣，他在前往印度的旅途中也曾經停止日月的運轉。

身為蟒蛇應有的謹慎不容牠告訴美麗的阿瑪西黛有關傑夫薩的故事，他因為贏得一場戰役而發誓砍掉女兒的頭。這會讓美麗的公主心生恐懼。但牠告訴她偉大參孫的歷險，他用驢子的顎骨殺掉上千名非利士人，把三百隻狐狸的尾巴綁在一起，而他掉入女色的陷阱，那女子的美貌、溫柔和忠實都比迷人的阿瑪西黛遜色。

牠還告訴她倒楣的示劍與底拿的故事，還有路得與波阿斯更為人稱道的歷險。那些猶大與塔瑪的故事，甚至是羅德兩個女兒的故事，還有亞伯拉罕和雅各侍女的故事，流便與辟拉、大衛與拔示巴以及偉大的所羅門王的故事。簡言之，任何能消解美麗公主哀傷的故事，不一而足。

IX 何以蟒蛇未能寬慰公主

阿瑪西黛說：「這些故事統統都令我厭煩。」因為她有的是悟性和品味。「它們只配由狂人阿巴迪講給愛爾蘭人聽，或是由學舌的浩特維爾說給威爾斯人聽。這些會讓我祖母的祖母的祖母開心的故事，在我這種受到明智的曼布瑞教導，又讀過名叫洛克的埃及哲學家寫的《人類悟性論》還有《以弗所的女管家》的人來說，顯得太乏味了。我選擇的故事必須建立在或然性，而不是像夢境那般。我不想要任何枝枝節節或是誇大不實。我最想要的是在表面上是寓言，卻顯現出某些隱含真理的故事，那在明辨的人顯而易見，而庸俗的人則會失察。

「老太婆隨心所欲搬弄日月，群山跳舞，河流奔回源頭，死人復活這一概令我厭煩。而最受不了的是這些無聊的故事還用誇張、無法理解的方式寫下來。一個等著她的情郎被大魚吞噬、操心被自己父親砍頭的女人是需要娛樂，但娛樂也得合乎我的品味。」

蟒蛇回答：「那妳就強蛇所難了，我先前可以讓妳度過幾小時快樂時光，但過了一段時間，我的想像與記憶兩者皆失。天哪！我從前那些令女人愉悅的能耐怎麼啦？不過，再讓我試試，看能不能想個德行的故事讓妳開心。

「兩萬五千年前，葛瑙夫國王和芭特拉王后執政於有百道城門的底比斯，葛瑙夫國王英俊，芭特拉王后美貌猶有過之，但他們家中無子嗣，沒生下繼承人延續王家血脈。醫藥學院和手術醫學科的成員對這議題寫了完善的論文。王后被賜飲礦泉水，既齋戒又禱告，為朱庇特的神殿獻上厚禮，但一切都徒勞無功。總之……」

公主說：「老天哪！我知道接下來怎麼回事。這故事太尋常了，而我必須同樣告訴你，這故事冒犯了我的質樸。講講真實和激勵人心、而我又沒聽過的故事。那才能像埃及學者林諾所言，完成我悟性和心思的改良。」

美麗的蟒蛇說：「小姐，有了，正好有個確鑿不疑的故事。

「有三位先知，他們都一樣滿懷抱負，對自己的狀況也不滿意。他們的共同點是蠢到想當國王，因為從先知到國王僅一步之遙，而男人總盼望能爬到命運的最高階。但他們在性情和趣味等等其他方面截然不同。第一位令人佩服的向他的會眾兄弟宣教，他們報之以掌聲。第二位醉心於音樂，而第三位則是熱愛女性的情種。

「某日天使伊思烈現身在他們面前，他們正在餐桌上談論皇家的甜點。天使對他們說：『上帝差遣我來獎賞你們的美德。不僅要讓你們為王，也要讓你們不斷的滿足統治的熱誠。你，第一位先知，我讓你當埃及王，你將可持續主持會議，你的口才與智慧將會得到喝采。你呢，第二位先知，我讓你當波斯王，你會不停的聽到仙樂飄飄。而你，第三位先知，你當印度國王，我給你一位不離不棄的美貌情婦。』

「被分派到埃及的那位當上國王，一開始就召開約兩百位賢人組成的議會。他發表了一場冗長而華麗的演說，得到許多掌聲。國王享受著被討好的滿足感，沉醉在不折不扣的阿諛讚美中。

「外交議會緊接著樞密院會，這個議會的成員更多，新的演說得到更多稱頌。其他的議會也都諸如此般。埃及先知國王無時無刻不處於愉悅與榮耀之中。他的口才名揚世界。

「波斯的先知國王從一齣義大利歌劇開始施政，合唱團由一千五百位太監合聲。他們的歌聲穿透他的靈魂，直入骨髓，並長駐於此。歌劇一齣接著一齣，從未間斷。

「印度國王閉起門來和情婦在一起，在她的圈子裡享受無窮的快樂。他把不斷討好她視為無上的幸福，還同情兩位弟兄可憐的處境，一個總是在召開會議，另一個則不斷置身在歌劇院。

「過了一些時日，這幾個國王厭惡起自己的職業來了，從窗子看到某些伐木人從酒館裡走出來，準備到附近森林上工。他們與愛人比肩拉手而行，在一起就是快樂。國王們請求天使伊思烈代為向上帝求情，讓他們當伐木人。」

溫柔的阿瑪西黛打了岔說：「我不知道上帝是否准其所請，也不在乎下文。但我很明白，我不會跟任何人請求什麼，只要能和我的情人在一起，我親愛的尼布甲尼撒！」

宮廷的走廊響起這威武姓名的回聲。阿瑪西黛剛開始只發出「尼」，然後「尼布」。最後激情驅策著她，念出完整的要命名字，顧不得她在父王面前立下的誓言。宮廷裡所有的仕女都重複念著尼布甲尼撒，邪惡的烏鴉也沒有漏了向國王通風報信。塔尼斯王阿瑪西斯臉色沉了下來，心思亂成一團。只有動物中最明智、最精巧、總是迷惑女人的蟒蛇，想著為她們效勞。

阿瑪西斯在盛怒之下派遣十二名御林軍抓他女兒來，這些人總是在執行野蠻的命令，因為拿人錢財之故。

X 何以他們想把公主斬首而未果

公主一進入國王的營帳，國王就說：「女兒啊，妳知道任何公主違抗父命都得處死，若非如此，不可能妥善治理王國。我勸妳絕口不提妳情人的名字，他是我的死敵尼布甲尼撒，七年前推翻了我的王位後消失得無影無蹤。妳選擇一頭白牛替代他，又喊出尼布甲尼撒，合該把妳斬首。」

公主回答：「父親啊，您辦得到，但容我些許時間哀泣自己的苦命。」

阿瑪西斯說：「那也合理，歷來賢明的君王制定了這規則。我如妳所願，給妳一整天時間。明天是我駐紮在這裡的第八天，我會讓大魚吞噬白牛，早晨九點整，將妳斬首。」

美麗的阿瑪西黛滿懷悲傷，哀慟父親的殘酷，由仕女們陪同，漫步於尼羅河畔。明智的曼布瑞在她身邊沉思，計算著時刻。

她對他說：「那麼，我親愛的曼布瑞啊，你都能把尼羅河水變成血，就無法讓我父親塔尼斯王阿瑪西斯回心轉意嗎？你難道要讓他明天早晨九點因為把我斬首而受苦嗎？」

曼布瑞邊想邊回答：「那得取決於我信使的速度和勤奮。」

隔天，當方尖碑和金字塔的影子在地面標示時辰為九點時，白牛被綑綁得穩妥，即將丟給耶拿之魚。他們呈上軍刀給國王。

尼布甲尼撒對自己說：「天哪！我身為國王，卻當了將近七年的公牛。才剛找到我失去的情人，卻注定得葬身魚腹。」

明智的曼布瑞在深思熟慮過後，心思滿懷傷感，這時就從遠處看到了他所期待的。

數不清的群眾自遠而近，三尊神像伊西絲、奧西里斯和荷魯斯居中前行，由百位孟斐斯元老牽引著配上黃金寶石的車駕，前頭有百位童女搖響著聖樂器叉鈴。四百名去髮的僧侶，各個騎坐在河馬上。

更遠之處，壯觀依舊。有底比斯之羊、布巴斯底之犬、霍比之貓、阿西諾之鱷、孟德斯之羊，以及所有埃及的小神，祂們都來向偉大的公牛，雄偉的阿匹斯致敬，神通廣大如同伊西絲、奧西里斯和荷魯斯，統合為一了。

在小神之間有四十位僧侶抬著巨大的籃子，裝滿著聖物般的洋蔥，千真萬確，這些都是神祇，只是樣子很像洋蔥。

眾神走道的兩側，跟隨著數不盡的群眾，四萬名行進的戰士，頭戴盔甲，左股佩刀，兩肩背箭，雙手帶弓。所有僧侶齊聲而唱，奪人心神，歌聲融為：

蒼天！蒼天！吾等公牛已崩，
願以尤勝者替代！

每次歌聲停頓處，都可聽到叉鈴、鐃鈸、鈴鼓、弦琴、風笛、豎琴和喇叭的樂音。塔尼斯王阿瑪西斯被這奇觀震懾住了，女兒沒被斬首。他遮蓋了他的彎刀。

XI 白牛肉身成聖，明智的曼布瑞得勝，但以理的七年宣告功德圓滿，尼布甲尼撒恢復人形，與美麗的阿瑪西黛成婚，登上巴比倫王寶座

「偉大的王啊，」曼布瑞對國王說：「事物的秩序改變了，陛下必須身為表率。吾王啊！請即刻

為白牛鬆綁，率先敬拜牠。」

阿瑪西斯如是遵照，率臣民俯伏下拜。孟斐斯的高僧為新任的阿匹斯神獻上第一把稻草，阿瑪西黛公主在牠漂亮的牛角繫上滿是玫瑰、海葵、毛茛、鬱金香、石竹和風信子的花飾。她自在的吻著牠，帶著深切的景仰。僧侶沿途撒下棕櫚和花卉，將引導牠到孟斐斯。仍在沉思中的曼布瑞，輕聲對他的朋友蟒蛇說：

「但以理把君王變成公牛，而我把公牛變為神祇！」

他們依同樣的次序返回孟斐斯，猶在困惑中的塔尼斯王跟隨著僧侶樂團。曼布瑞帶著安詳與老於世故的姿態隨行在側。老婦人之後來到，非常訝異。伴隨著她的是蟒蛇、狗、母驢、烏鴉、鴿子以及羔羊。大魚於尼羅河上升起，化為喜鵲的但以理、以西結和耶律米殿後飛翔。

到達離王國不遠的邊境時，阿瑪西斯王離開阿匹斯牛，對女兒說：「回到我的領土吧，我要把妳斬首，王家氣度，斷然如此。因為妳念出我敵人尼布甲尼撒之名，七年前他推翻我。一個父親誓言砍女兒的頭，要是沒有遵照誓言，就得永遠淪落地獄。我再怎麼愛妳也不詛咒自己。」

美麗的阿瑪西黛回答阿瑪西斯王：「親愛的父親，您要砍誰，悉聽尊便，但那不會是我，因為現在我已經在伊西絲、奧西里斯、荷魯斯和阿匹斯的國度了。我永遠不離棄我美麗的公牛，還要不斷親吻牠，直到在孟斐斯聖城看牠在自己的棚子肉身成聖為止。對出身高貴的年輕女士來說，這是可以原諒的弱點。」

幾乎就在她講這些話的同時，白牛呼喊著：「親愛的阿瑪西黛，我愛妳不渝！」

這是阿匹斯神受敬拜四萬年來首度有人聽見祂說話。蟒蛇與母驢呼喊著：「七年之期已屆！」

三隻喜鵲也重複著說：「七年之期已屆！」

所有埃及僧侶舉手朝天！

神祇的後腳瞬間不見，前腳則變成一雙人腿，兩隻白色的健壯臂膀從肩上長出，牛的臉龐變成迷人英雄的容貌，他再度成為凡人中最美貌者。

「我決意當美麗的阿瑪西黛的情人，而不當神。」他高喊：「我乃尼布甲尼撒，萬王之王！」除了曼布瑞之外，所有人都對這變形驚訝不已。然而，尼布甲尼撒立刻在眾人面前和漂亮的阿瑪西黛成婚，則是沒人感到意外。

他讓他的岳父完全掌管塔尼斯王國，恩賜母驢、蟒蛇、狗、鴿子，甚至是烏鴉，還有三隻喜鵲和大魚。向全天下展現，他能征服，也能寬宥。

老婦人擁有供她任意揮灑的可觀養老金。

待罪羊被放到野地，讓過去的一切罪愆能夠得贖。之後牠自有十二隻活潑的羊為伴。

明智的曼布瑞回到了宮廷，沉思著。

尼布甲尼撒擁抱過他的貴人法師後，平和的統治著孟斐斯、巴比倫、大馬士革、巴爾貝克、泰爾、敘利亞、小亞細亞、斯基泰等王國，還有惕拉斯、莫索科、杜霸爾、馬大依、郭葛、馬過葛、賈方、索地安那、阿洛黎安那、印度地區，以及群島地帶。這廣袤帝國的子民，每日清晨都對著旭日高呼：

「尼布甲尼撒萬歲！萬王之王，不再是公牛！」

從此，巴比倫有了一種習俗，當君王被他的總督、法師、財務大臣、后妃蒙騙時，他最後都得自承錯誤，修正德行，因為人民會到他宮門前高呼：

「偉大的君王萬歲，他不再是公牛！」

(The White Bull, 1774)

作家側記

伏爾泰（Voltaire，本名François-Marie Arouet, 1694-1778）

啟蒙時代的法國四大思想家各個博學多才，在個別領域開花散葉。孟德斯鳩（Montesquieu, 1689-1755）是小說家也是社會學的先驅，他的代表作《法的精神》奠定了三權分立政治理論的基礎。布封（Buffon, 1707-1788）是內斂的博物學家，《自然史》的作者，他身體力行自己的風格論，典雅的散文也成為文體學的典範。最年輕的盧梭影響最為全面，開啟了浪漫主義的風潮。而最才華洋溢、最意氣風發、最性格矛盾的莫過於伏爾泰。傳記作家說他「瘦骨嶙峋，長鼻，痳面，眼小有光，含著一股譏誚的神氣——他大約是巴黎最醜陋的人，卻又是最受歡迎的人，女人尤其對他奉若神明。一生中疾病纏身，精力卻極旺盛」。

伏爾泰是詩人、劇作家、小說家和監獄的常客，一生數度進出巴士底監獄，伏爾泰這個筆名就是為了規避思想檢查而取的。啟蒙思想家自稱哲人（philosophies），與我們所稱的哲學家（philosophers）不同。他們具備宏觀的視野，百科全書式的知識，正在告別神學統治的時代，隨時準備為嶄新的政治局勢定規則，為社會的演進下條理，為生命萬物分門別類，對世界的人種與歷史預先鋪設人類學與考古學的道路。伏爾泰的皇皇巨著《風俗論》是一部博古通今的世界文化史。以個人之力完成一部《哲學辭典》必須具備超人的才學，儘管那與我們當代的學院哲學頗不相類。《哲學書簡》從探討教會、哲學、科學到文學，真是無所不包。理性主義時代，大家服膺萊布尼茲（G. W. Leibniz, 1646-1716）的哲學，所謂「我們所生存的世界是所有可能的世界中最好的」。伏爾泰的《憨第德》正是為顛覆這科學的偽宗教而作。

歌德說伏爾泰結束了一個時代，而盧梭開啟了另一個時代，這一對亦敵亦友的文學雙璧，以超凡的想像，成為古代與現代的分水嶺。〈白牛〉基本上是古典文學作品，伏爾泰信手拈來，俱是典故，而揮灑自如，毫不生澀。他帶我們進入巴比倫、埃及、印度、希臘、兩河流域等古代文化，《聖經》所未盡的情節，竟成了他說書的源泉。至於公主與蛇的對話，更讓我們領略到沙龍文化中男女語詞交鋒的風情。

賢人之石

韋蘭德

在康瓦爾仍有自己君主的年代，有位名叫馬克的年輕國王統治著大不列顛的這個小小半島，他是以娶了美麗的伊索德，又稱為金髮伊索德而聞名的那位馬克國王的孫子，金髮伊索德與里翁諾伊思的崔斯坦有過一段可歌可泣的愛情。

年輕的馬克國王和他祖父一個樣。他驕傲而沒有抱負，好色而缺乏品味，貪婪而不知節制。他很年輕就繼承了王位，才一登基，他就任由激情與興致主宰，過著即使大得多、富有得多的國家也會毀於一旦的生活方式。當進帳供不起開銷時，他就對臣民課新稅。當臣民再也繳不出稅時，他就把他們賣給鄰國換錢花。

這所有狀況出現時，馬克王仍舊保持華麗的宮廷，料理一切，好像找到取之不絕的金礦似的。當然，他並沒有找到這個來源，但至少他找得不遺餘力。一待淘金之舉廣為人知，他的宮廷就充斥著奇奇怪怪的人，急切的要來幫他如願。來自世界各地的尋寶家、靈媒、鍊金師和江湖術士都自稱財神赫米斯的門徒，在宮廷裡受到熱切的歡迎。事實上，可悲的馬克除了那一切的惡德之外，他還是天底下最容易受騙的人。所以當第一個浪人光臨，誇口具有神祕力量能讓他予取予求後，這種惡棍在他的宮廷就不絕如縷。

有一位就自稱具有與生俱來的天賦，可以聞出寶藏掩埋之處。另一位則說可以藉由仙繩之助令寶物現身。第三位則使得國王確信，必須有一位以智者姿態，或是戴著恐怖面具，或是化鬼為僕的人物出現，這人掌有為鬼催眠的祕法，否則一切都歸枉然。他不著痕跡的讓人知道，自己精通這套法術。

也有一些人對法術嗤之以鼻，他們所作所為都訴之自然。他們排斥護身符、咒語、符咒、聖像等諸如此類的，視之為無知的騙術。凡是有誰宣稱可以從超自然獲得的，相信他們的就說，這些人可以從自然的力量獲取。他們說，這些人已經參透自然最深沉的神聖本質；這些人熟悉事物的真實本質，自然界正反合的神祕運作；這些人能藉著自然的鹽分把呈現各種形式存在的事物統整合一，溶解一切，憑藉星空之火維持變幻莫測的力量，穿透萬事萬物，迫使其回歸本原。這種人才是真正的賢者，只有他配稱為賢達之人。他無所不能，因為他掌控了自然，而自然帶動一切。他能把礦物轉劣為優，掌握各種疾病的醫療手段，如果他和神靈願意，他可以讓死者復生。他想活多長就多長，直到他覺得轉到別的世界更自在。

這一切都非常合乎馬克王的胃口，但由於他決定不了這些術士何者當留，也無法忍受遣走其他，他就把他們統統留了下來，一個接一個試看看。白天花在做實驗，夜晚就用來驅邪挖寶。當這些江湖郎中理解他不喜歡定於一尊，就很快學會彼此容忍，合他的意，好像裝在大袋子裡的就可以諸事相容似的。

如此過了幾年，馬克王並沒有離想要的目標稍近些許。他命人挖遍半個王國，財寶一無所獲。

他把銅、錫倒入煙囪，盼能化成黃金，連同祖先很久以來從礦坑取得的黃金也賠進去。

這些災難要是發生在別人身上一定可以讓人看穿一切，但馬克可不然。國王的雙眼偏偏越來越含糊了。他此時沉迷於尋找賢人之石，越是沉迷，越是無跡可尋。有朝一日終能獲致這種變幻莫測力量的期望，隨著挫敗的次數水漲船高。他相信那只是還沒找對人。才從他眼下放逐十個術士，他又能同時張開兩臂歡迎下一位來到宮廷的人。

最後，有一位出身於赫米斯法術學派的埃及達人現身在馬克王的王廷。他自稱米斯福雷穆托西里斯，長鬚垂腹。此外，他戴的帽子成金字塔狀，附在帽尖的是金色獅身人面像，長長的袍服縫上象形文字，錫鍍的帶子鑲著十二黃道的符號。馬克王看到相貌如此大器的智者出入王廷，認為世上再也沒有比他更幸運的人了。雖然這位埃及人很客氣，他們很快就成了好朋友。他的身材、服飾、言談、姿態、舉止在在都顯示他不同凡響。他總是單獨進食，吃得與眾不同。房間裡有幾條大蛇和一隻肚子鼓鼓的鱷魚。他侍奉牠們必恭必敬，像是隨時和牠們進行祕密談話。神奇玄妙的大事他可以高談闊論而不帶感情，好像這是世上再稀鬆平常不過的事。然而，他幾乎不回答問題，如果他答覆了，問的人就會有一種不知如何問下去的感覺，但又沒比不問多知道一丁點。他談論起幾百年前的人物就好像和他們很熟一樣。從他的言談至少可以下個定論，說他乃是當代的阿瑪西斯王，雖然他從未明確的置其是否。在馬克的眼裡，最可信的是他帶著大量黃金，還有一大堆稀寶，大筆錢財在他口中猶如糞土。這所有一切都強化了輕信的馬克王的好奇心，他再也按捺不住了。無論國王的客人如何推辭，適可而止就好，聰明的米斯福雷穆托西里斯最後還是被國王的懇求感動了。要不是因為如此，就是他的心思再也不容許自己對國王的禮遇與厚賜不存感激。於是，他終於對馬克王揭示身分的全部祕密；當然，那是在引導國王通過各種赫米斯循序漸進的儀式之後的事。

米斯福雷穆托西里斯說：「神明賜予珍貴禮物給任何祂們喜歡的人。我和常人沒什麼兩樣，仍然年輕，但對於埃及哲學的奧祕略懂皮毛。我的好奇心驅使我穿透孟斐斯偉大的金字塔內部，那究竟有多久遠，連埃及人都不得而知。第一殿的入口處鑲著某種象形文字，我發現了就把它寫下來，費盡心力猜測它的意涵，我推測這金字塔正是偉大的赫米斯的陵寢。我在一小時內就決定冒險進入宮殿，想必沒有凡人來此造訪過。即使到現在，若非憑我自己心思所無法產生的一個想法說服了我，我仍然難以理解當時的大膽，那是由某種上乘的力量所衍生的。簡言之，我在沒有任何光線的半夜裡爬進了金字塔，完全讓自己落在驅使我進行這趟勇敢冒險者的掌心。我花一些時間走下一道緩坡，沒有留心又開始上坡，突然間我的目光被一道在眼前翱翔的亮光所吸引，樣子就像是純粹的固態火球。」

米斯福雷穆托西里斯略微停頓一下，讓馬克王有機會詢問，他像個嚇傻的聽眾那樣坐在對面，身軀前傾，雙腳後伸，兩手靠膝，儘管對要發生的事情有些戰慄，卻深恐遺漏了故事的任何一個字眼。事實上，他是屏住呼吸，睜大雙眼聽著。他說：「你就放膽追隨那道光嗎？」

埃及人接著說：「我緊隨那道光前行，穿過一道越走越低、越走越窄的廊道，一直到四壁是發亮大理石的房間，那裡有一道門引導我到另一條走廊。走了約莫五十呎，出現兩條通道。一條看似朝上陡升，在我左側那一條則是直行。我隨著光球直行，一直到一個深井的邊緣。由於光線極為明亮，我發現許多短短的鐵製階梯，大概有兩呎間距，從上到下附在井壁。它們構成一道險梯，危急的時候可用來爬下井底。我沒想太久就開始進行這令人目眩的下移，光球瞬間消失，留給我的是一片駭人的漆黑。

「我百思不解，何以在可怕的時刻，我沒有在驚駭之下跌入深淵。無論如何，我收束心神，繼續往下攀爬。我一手抓住頭上的階梯，另隻手和兩腳探索著下一道。最後階梯終止了，我聽到底下有潺潺水聲。然而，就在此時我發現置身之處旁邊有個洞口，裡頭射出一圈光暈。我跳進這個洞口，掉到一條陡徑，延伸進入花崗石閃爍的巨洞，拱形天花板的正中央懸掛著巨大紅玉照亮周遭。且想想我此時的驚訝，我突然發現自己處於潺潺溪流的邊緣，溪流從穴口流出，越過亂石，發出可怕的嘈雜聲。我只花片刻思量如何是好。我已經遠到無法回頭，而且好像有神祕的幽靈對我低語，擺在眼前的這一切障礙無非是在考驗我的勇氣。於是我脫掉所有衣物，結成一團綁在頭頂上，躍入溪流。我迅速被溪流的力道帶動，經過一道黑暗的拱道。逐漸的我留意到水變淺了，而且很快就消失得無影無蹤，留下我坐在一個大山洞的苔蘚地面。此時我感覺到一股不尋常的熱度，全身很快就乾了。我立刻穿好衣服，看到一個頗為狹窄的洞口指引著我。亮光從洞口透出來，朝洞口前行可以聽到顯然是發自焰火的滋滋劈啪聲。我爬進洞口，最後寬敞開來，我發現自己置身在一間開闊的圓拱房間入口，在這裡我碰到比之前更為令人驚嚇的障礙。

「在我眼前是深不見底的火焰著實的布滿房間。火焰沸騰，火舌上揚，宛如火湖覆蓋了周遭的花崗岩岸，像是在我的腳邊顫動。四塊銅片連結的鋪板當橋梁，從一端連到另一端。然而那鋪板尚不足一呎寬。我得坦白承認，儘管這可怕的地方熱氣逼人，我仍然覺得寒透脊梁。但除了硬著頭皮繼續探險之外還能如何？再也無暇思量其他可能。我自己也不明白，到另一頭是怎麼辦到的，但在我不知所以之前，我就是越過了。我感覺被捲進一陣漩渦，以無法形容的速度把我推入最駭人的暗黑。我意識盡失，但在猛然撞到一道門時又立刻恢復知覺。門馬上就彈開了，我發現自己站在一個華麗明亮的殿堂裡。拱形天花板塗著天空藍，數不盡的紅玉和天體充斥其間。兩排黃金巨柱支撐著天花板，上頭有無數的象形文字，由五彩斑斕的寶石構成，不停閃爍著。我駐足好幾分鐘，完全為這裡的華美感到目眩神迷。」

馬克王高呼：「我深信不疑！特別是在你所經歷的每一件事之後！我盼能有你的境遇！」

米斯福雷穆托西里斯不加理會國王的興致勃勃，他接著說：「我再度收攝心神，就看到一道黑檀木製作的巨門，巨形的獅身人面像分據兩端，由象牙雕成，極盡華麗。但令我遺憾的是牠們離門太近，彼此又太靠攏，要將門打開，滿足我投入這番探險的欲求幾乎毫無可能。此時我站在禁止入內的門前，開始無望的想著克服這個困難的種種途徑，我看著門的頂端，鑽石形成的字母吸引了我的目光，我知曉神聖的銘文：赫米斯．崔世美吉斯塔斯。我朗聲讀出這名字，巨門應聲而開。獅身人面獸活了過來，閃耀著雙眼瞧著我，牠們退開以便我可以從牠們中間走過去。我才跨過黑檀木門的門檻，門就自行關閉，像是由無形的精靈在移動。我發現自己置身於一座烏玉構成的圓頂，每間隔十秒才有一閃一閃的光照亮可怕的暗黑，它閃過平坦的烏黑牆壁，明滅都在瞬間。

「這道華麗神奇的光線不斷閃爍著，我見到圓頂當中有一張巨大、壯觀的床，裝飾得極為富麗堂皇，非言語所能形容。有一位看來頎長、莊嚴的老者，光頭，長鬚如雪，躺在床頭熟睡著，雙手交疊在胸前。兩條龍守衛在他頭部一端，牠們的樣貌奇特惡怖，幾世紀過了我相信還能看見牠們就站在我面前。牠們的頭部扁平，耳朵長而下垂，圓圓的眼珠像是要奪眶而出，脊背有如恐龍，頸子像天鵝般細長，龐大的羽翅就如蝙蝠雙翼。牠們的前軀覆蓋著硬邦邦的閃亮鱗片，爪子像老鷹一般。背部末端是厚實的尾巴，長度足以將自己環繞七圈。我立刻明白，每隔十秒照亮房間的亮光正是出自神龍的鼻息。這兩隻凶暴的怪獸儘管看來嚇人，卻似乎對我沒有惡意，反倒是容許我盡情觀察這位聖賢。他在此長眠，而光芒仍自閃爍。我隨即看到在這位賢人腳下厚厚的一卷埃及紙張卷軸，上面顯然布滿象形文字和圖像。一見到這卷軸，我就無法克制擁有它的渴望，因為我確信那裡頭包藏著偉大赫米斯的奧祕。我十度伸手去取，但又由於害怕而縮回。最後，我的渴望戰勝了自己，終於碰觸到這神聖的寶物，在我眼裡，上天入地再也沒有比它更為珍貴的了。突然有道閃電出自其中一隻神龍的嘴，把我擊倒在地，我渾身麻木，無法站立。這時有一條帶翅的小蛇，頭上頂著王冠放出太陽般的光芒，從圓頂上方飛降下來，為我注入氣息。我感覺那氣息有如銳利的精神火焰貫穿我的五臟六腑，有好一陣子我就僵在那裡。然而，當我可以動彈的時候，看到眼前有位童子坐在蓮花葉上，他以右手食指壓著嘴，用左手給予我那擺在沉睡聖賢腳邊的卷軸。我認出那正是聖默之神，於是雙膝下跪。但是他消失了，我這才明白自己並不在偉大的孟斐斯金字塔，而是在自己的床上，我完全不知道究竟是怎麼回事。」

「精采啊！我以名譽保證，其妙無比！」馬克王高喊，一個徹頭徹尾可信的故事所能引起的驚奇訝異莫過於此。

米斯福雷穆托西里斯回應說：「你我所見略同，我肯定告訴自己，要讓自己相信這些神奇事物不過是個夢境，但我手上卻拿著那神祕的卷軸，這讓我確信自己經歷的一切都是真實的。如今我以無法比擬的愉悅看待此物。我前後上下嘗嘗嗅嗅，連自己的感官都難以置信，這連國王都願意以江山換取的寶物，竟屬於我這微不足道的人所有。紙張是最漂亮的紫色，象形文字是畫出來的，圖像則微微燙金。」

馬克王說：「那想必是一本絕美的書，我願賜予一切，但求能有片刻拿在掌心。你覺得如何？」

「樂意之至，要是我仍舊擁有的話！」

「什麼？你不再擁有？」馬克王哀聲高喊。

「我只保有七天之久。到了第八天，蓮葉童子再度現身，從我手裡取走卷軸，再也不曾出現。但區區七日已經夠我精通七種奧祕，其中最微不足道的，在我眼裡都是難以估計的財富。從那不尋常的夜晚至今，算來竟然已經過了千年……」

馬克王打了個岔，「過了千年？可能嗎？過了千年？」

「凡事皆可能，」這位偉大赫米斯的門徒以尋常冷靜的態度說：「這來自第七種奧祕的力量！自從我學會掌握它，舉世皆為我的故土，我看到王國與民族在我周邊衰亡，有如樹葉飄落。我居無定所，時東時西。我會說各種人類的語言，通曉萬民事務，無所失，也無所得。我無意主宰他人，也不想為人臣屬。但當我遇見明君（那微乎其微），我樂於加持他行善的能力。」

馬克王向他保證，成為那種明君正如他所企求。總之，他一向樂行善舉，不斷的祈求獲得賢人之石，不外乎在於能無止境的行善。

米斯福雷穆托西里斯讓他知道這是可以商量的，他似乎把這當作瑣事一樁，不想把事情說得太明白。

馬克王一直想要有一位化萬事為可能的朋友，他相信自己感覺得到賢人之石已如囊中之物，日常舉辦的宴會將可以由金礦支付，其實是銅礦，只是即將可以化銅為金了。事實上，這位帽頂有獅身人面獸的神奇人物，高齡上千，能醫治各種疾病，以鱷魚當寵物，名聲已經舉國皆知。由於人民對他的評價極高，國王低迷的信任度也再度提升。

且說他的王后瑪碧兒盡心盡力讓宮廷的節慶更加生動光彩，長期以來，喜新厭舊的馬克王讓她有理由感覺備受冷落。她認為以嫉妒表現她的感情勢在必行，這讓他感到壓力沉重，有時甚至會吐露一種願望，（在無傷她美德的情況下）讓她可以驅除煩悶，而不是從妨礙他的趣味中取樂。這也就是為什麼他要麼就是沒有留意到，不然就是（如同某些廷臣以為的）私心喜歡看著一位名叫孚洛里貝爾的年輕英俊騎士最近出現在王廷。騎士開始以最為撩人的方式向王后示好，而且大有進展。事實上，每一件事情的演變都讓瑪碧兒本人到了無法拒絕孚洛里貝爾的地步。由於她堅決的勇於抗拒，這樁情事占據了她所有時間，再也無暇過問國王的外遇。

不管馬克王如何喜歡在派對上自取其樂，他的目光須臾不離主要目標和激情。自從他開始以國君之禮對待偉大的崔世美吉斯塔斯的傳人以來，幾個月過了，他相信可以合情合理的以朋友的身分對米斯福雷穆托西里斯提出一些要求。的確，米斯福雷穆托西里斯常常宣稱他反對重賞厚賜，但他常說沒有一位朋友可以拒絕接受另一位朋友的薄禮，因為那不過是友誼的象徵。然而，由於厚薄是相對的，且由於我們這位達人談起一般估量價值不菲的東西總是不足為道的樣子，他開始樂於點點滴滴接受好友的薄禮時，這位窮國王的財庫很快就耗盡了，正是以新穎而一本萬利的財源挹注的時候。這位埃及人本人似乎也感覺有此需要，國王第一次暗示那七種奧祕時，米斯福雷穆托西里斯毫不猶豫的坦白告訴他，第一個也是最小的奧祕在於籌備賢人之石的技藝。馬克向他保證，只要能學到七項奧祕中最微不足道的這一項就心滿意足了。這位達人欣然為他揭示奧祕，的確，他沒有投下重資，但很明智的說，即便如此也得永遠保密，免得被俗人濫用。

他說：「真正的、玄奧的賢人之石只能從最好的石質裡萃取：鑽石、翡翠、紅寶石、藍寶石和貓眼石。賢人之石的備造是透過大量赤色水銀硫化物，以及數滴陽光提煉出來的油，開銷少而不複雜，只是有點費事，除了格外的留意和耐心之外，幾乎別無他求。這就是為什麼犯不著先做個小實驗。整個操作的結果由我親手執行不會多過七三二十一天。那是一種猩紅色的實體，非常重但可以刮出細粉。抓一把大麥種子一半大的量就足夠把兩磅的鉛轉變為黃金。這就是一般通稱的賢人之石。」

馬克王熱切的渴望能盡快有幾磅這種燦爛的產物以供不時之需，所以他小心翼翼的詢問，要得到一磅這種賢人之石，是否需要很大量的寶石。

米斯福雷穆托西里斯說：「喔，我了解問題之所在，我們將不缺寶石，因為我也掌握了製造最美麗純粹寶石的奧祕。然而，我必須坦白說，那操作起來有點慢。賢人之石數日間能達成的，它需要二十一個月，但……」

「不，我無法等那麼久！」馬克打斷了他，「我寧願捨棄冠冕和我剩餘的所有珠寶來換取。二十一個月是很漫長的時間。一旦我們有了石中至尊，就會有許多別的一切。你可以拿走任何含金的東西。無論如何，如果你興之所至要去製造寶石的話，我也不反對。」

達人說：「就照你的意思。只要兩百磅鑽石和多一倍的紅寶石、翡翠和其他寶石，我們就可以得到一塊一萬兩千克的石頭，就可以拿它來做點別的。以前要想有那麼多得花掉我一百年。」

馬克王說：「那是芝麻小事，我敢擔保單是我皇家王冠的寶石就超過你需要的，但當我們真的開始辦事，這麻煩就值得了。就讓我來打理一切吧！我們一定要得到重達兩萬四千克的石頭，不然我就不叫馬克王。」

達人說：「幸運的是我已經有一些現成的太陽油，那是所有成分中最珍貴的，需要二十一年才能煉成。我總是小心翼翼的隨身攜帶著瓶子。它除了是煉石最主要的成分之外，也是長生不老油的原料，那又需要二十一年的三倍長才能成事。在不久的將來，我會在容許的範圍為你揭示那神奇的力量。」

馬克王很慶幸有這麼一個可以揭發諸多奧祕的朋友，他盡可能迅速的安排這樁大事的一切事物。宮廷自有許多渦爐和各種化學設備，因為多年來已經做過不少實驗。但是米斯福雷穆托西里斯宣稱，除了他房間密室內建的火爐和一袋煤炭之外，其他的都不需要，因為操作所需的一切他都有了。當萬事就緒，他就請示星辰，為這奧祕的實驗設定良辰吉日，時間就在午夜過後的第一個時辰。在此之前，他讓國王啟動這神祕的實驗，如此馬克就可以見證有關這偉大實驗的所有工作。他唯一不能目睹的是最終的祕密，三倍偉大的赫米斯精靈會現身為這項實驗認證。只有最高段的達人才能承受得起他的出現。米斯福雷穆托西里斯讓國王知道他本人正是可以自誇有這本事的唯一活人。結果他就成了整個奧祕步驟的無形高僧。

漫長等待中的午夜終於到了，馬克王親手給予達人一件黃金甲冑，裡頭滿是鑽石、翡翠、紅寶石、藍寶石和從他祖先繼承來的兩三個王冠所摘下來的東方貓眼石。就在這場合他才首度被容許進入密室。直到此時，除了達人之外，沒有一個生人可以踏進一步。密室四周點綴著埃及神祇和象形文字，只有一盞天花板垂下的孤燈照明。中間則是一個黑色大理石製作的圓形小火爐，以祭壇的樣式擺設，偉大的工作就在上頭執行。米斯福雷穆托西里斯穿上埃及高僧的道袍，儀式開始是向國王噴一股香氣宜人的煙，讓他感覺麻痺。達人接著就在祭壇周圍畫個大大的魔法圈圈，大圈圈裡頭又有小圈圈。他在內圈做了七個象形圖案的記號，如同他在外圈做了九個記號一般。他命令國王站到外圈，自己則進入內圈祭壇前，在盤子裡丟進幾粒香，以國王聽不懂的話念念有詞。煙霧開始升起時，祭壇上方出現了一位坐在蓮葉上的長耳童子，以右手食指按著嘴，左手拿著一把燃燒的火炬。童子現身時馬克面白如鬼，連站都站不穩。但是達人趨前在童子耳邊喃喃數語，童子點頭代答，就此消失。米斯福雷穆托西里斯要國王鼓起勇氣，給他一勺丹藥，那是強化精神的有力處方，要他隔天清晨七點再來。國王離開去休息的同時，他自己可以看顧，等著偉大的赫米斯現身，這是已經宣布過的；若要保證諸事圓滿，在偉大的實驗行將開始時就得完成這些祕法。

馬克王滿懷信任與希望回到自己的房間，由於達人給他的是安眠劑，他睡得久而沒受干擾，直到預定到米斯福雷穆托西里斯廂房的時間過後兩小時才醒過來。他終於起床之後就匆匆穿上衣服，趕到達人的密室，一切都和他離開時沒有兩樣，只是聰明的米斯福雷穆托西里斯和黃金甲冑連同寶石都消失得無影無蹤。

國王看到他滿腔的期望和無限的信任竟然被這精通奧祕的大師殘酷的背叛，沮喪之情實在不是言語所能形容。他在克服錯愕之後就開始自責，接著針對這位可能躲在安全地方嘲笑馬克容易受騙的江湖術士爆發詛咒和劇烈的威脅。正當國王要上朝下令所有騎士和臣僕追索逃犯時，馬上來了一位華麗俊俏的青年，穿著亮麗的服裝，頭戴金冠，手持百合，站在他面前開口說話了。

他說：「苦惱你一生的災難我一清二楚，我為你帶來補償。你正在尋找賢人之石，那麼，拿著這塊石頭，在你額頭和胸前來回擦三次，你的願望就會達成。」

話一講完，年輕人把一塊猩紅色的石頭放在他手上就消失了。馬克王的心境迴盪在沮喪與狂喜之間。他凝視著這塊以神奇不可測的方式獲得的石頭，徹頭徹尾的檢視。雖然他沒有掌握願望會如何達成，擦額頭和胸口又和這有何關聯，但他已經很習慣相信並且做他完全不了解的事情。的確，要讓他懷疑、抗拒這位神靈的指示根本不可能。結果他就用這塊魔法石在額頭和胸口前前後後擦了三次，他才剛做完，就站在那裡變成一頭驢子。

國王發生這一切事情的時候，城堡的另一端正好也爆發可怕的流言。英俊的年輕騎士孚洛里貝爾（我們無法否認他涉嫌在王后的寢室過夜）這早晨席捲了王后珠寶中較好的部分消失無蹤。宮廷裡第一位發現的是瑪碧兒，她由於羞恥和憤怒，正開始扯下頭上的秀髮。這時有位美得不可方物的女士，穿著玫瑰色的衣服，頭戴薔薇花冠，在她面前說：「美麗的王后，我知道什麼事令妳苦惱，我是來幫妳的。拿著這朵薔薇，放在妳的胸前，妳就會比以前更加快樂。」

女士說著就從王冠拿下一朵薔薇遞給她，然後消失得無影無蹤。王后沒有更好的主意，就遵照女士的指示。她把薔薇貼在胸前，發現自己瞬間變成了玫瑰色的山羊，移位到了荒郊野地。

那天早上當侍女在尋常時刻進入房間時，王后、她的珠寶，甚至連英俊的孚洛里貝爾都找不到時，她們的驚惶嘈雜可怕得超乎想像。王后任由自己被年輕的騎士誘拐是再明顯不過了，臣僕就去向國王稟報。當他們找不到國王和他那留著長白鬍子的新寵時，就更加驚疑不定了。他們無法勾畫出馬克王任由白鬍子老人誘拐的樣子。結果他們就停止試著去想像到底發生了什麼事，即使在康瓦爾整整一星期沒有別的事情被拿來談論。騎士和他們的隨從上馬尋找國王、王后，花了四個月找遍了大不列顛各個角落，但徒勞無功。他們回來時和出發前一樣一無所知。唯一能告慰人民的是，如果不在乎非比馬克王聰明不可，找個新王還來得簡單一些。

此時這隻王驢為了不讓人們發現，小心翼翼的尋路從城堡來到荒野。他無精打采，兩耳下垂，在森林平野已經踩踏了好幾個小時。他在峽谷遇見一個年輕的農婦，肩上扛著一口大袋子。她美好的身材、清秀的外表、美麗的金髮燃起他昨是今非的欲望。他默默站著以便端詳這位年輕婦女，她走得氣喘，累到無法再邁前一步。也許是基於同情，這隻怎麼看都不像有主人的驢子引起她的注意。她走過來，用她柔軟的素手開始撫摸牠。由於牠乖乖不動，露出牙齒（以便表示牠喜歡這樣柔軟的手輕撫牠），把耳朵伸得長長的，她馬上有了讓牠效力的願望，於是就躍到牠的背上。驢子溫順的承受這還不習慣的工作，這年輕農婦搞不懂牠背著她能如此快樂的神祕原因。這迷人的負荷似乎令牠引以為榮，從負載她的那個地點開始，牠暢快疾行起來就像是安達盧西亞最好的驢子。雖然除了牠短短的鬃毛之外，她沒有什麼可以用來引導牠的，但牠似乎能理解她手上的動作，甚至是話語的意思。於是牠就載著她穿過一連串她引導的小路，在夜幕低垂時來到海岸邊一處由峭壁和樹林圍住的荒原，只有部分對著鄰近的海洋敞開。

他們在一個有圓石和樹叢環繞的岩洞前停了下來，年輕的農婦以銀鈴般的聲音連續兩三聲喊著：「是我啦，卡西黛！」一個約莫三、四十歲，穿著水手服，好看而且魁梧的人從岩洞出來，她的到來讓他大喜過望，幫她從驢背上下來。他擁抱她，高喊：「感謝上天，妳到了，親愛的卡西黛！我好擔心妳有什麼三長兩短。」

「你應該說的是，多虧有這頭好驢子。」農婦笑著回答：「沒有牠，你也許沒那麼快就可以再見到我，如果還見得到的話。」

「所以，作為獎賞，我會讓牠休息，在這不毛之地，牠能找到多少草薊就隨牠高興吃。」男人說：「我永遠感激牠把妳送來，還有啊，親愛的袋子，平安完好的來到我懷裡。」

王驢聽到對牠極為熟悉的聲音，感到萬分錯愕。他借助從巖石垂吊下來的燈光，端詳著這兩個人（他們沒注意到牠跟隨進入山洞），牠似乎認得這個水手和年輕農婦的樣貌。牠更仔細瞧著水手的臉，相似度越看越大。牠走進一張從岩壁冒出來的石桌，兩眼看到一副長長的白鬍子，牠那喑啞的腦殼馬上驚覺此人是誰。

年輕的農婦大笑，「哈，哈！煉丹翁在此。」

男人以同樣的腔調說：「我也真的搞不懂為什麼沒有沿路把它丟到籬笆內。它已經物盡其用，我們再也不需要它。」

少婦輕拍著袋子說：「你可以確信不疑，瞧一瞧吧，看我配不配當當代阿瑪西斯王的情婦。」聰明的米斯福雷穆托西里斯高喊：「妳當然配！只要妳願意，妳的價值甚至比偉大的赫米斯高三倍。」他接著說：「卡西黛，那讓妳看來像個英俊騎士的絢麗服裝妳怎麼處理呢？」

「就如你所看到的，我把它賣給我遇到的第一個漂亮農婦，她正要去城裡的市場。」

這位祕術宗師檢視著袋子裡的珍寶說：「我們抵得過損失。但是啊我的女孩，看看這一切，妳並沒有過於誇耀自己的才能。告訴我，我在宏偉的孟斐斯金字塔探險，還有在偉大的赫米斯靈床前面對雙龍閃電的恐怖，這一切是否值得！」

可憐的驢子陛下看著由他逐日餽贈這惡棍的禮物、王冠上所有的寶石，還有大部分王后的珠寶，散放著閃亮的榮光攤在石桌上，我們就不妨想像一下他的感受！要不是他目前所歸屬的獸類富有無窮耐心的美德，那借給他力量，要不然，他體內沸騰的怒火將不可避免的會以真正可怕的方式爆發。他想：「喔，為什麼我變成的是一隻驢子，若是一隻豹、一隻老虎或是一隻犀牛，我會讓他們好看！但落得如此，真是無能為力。他們可以輕易擺布一隻驢子。」

可憐的馬克王就這樣子自言自語，靜靜的繼續窩在角落旁，盡力抵著牆壁，這樣他就可以偷聽那兩個設計讓他如此落難的惡棍親密的對話。

他們好好把那些珍貴的贓物大飽眼福後，都迫切的覺得需要填飽肚子，因為他們整天都沒有進食。這位達人總是思慮周到，從御廚裡準備了豐盛的食物，在城堡裡什麼都在他的掌控之下，這些食物可以維持好幾天。他從口袋裡取出一些，還有美酒，兩人享用餐點的同時，也沒忘了取笑康瓦爾國王那麼好騙和他賢妻的弱點，彼此回憶大大小小的事件。

那美貌的女流氓說：「親愛的珈布里通，我必須告訴你，我是如何設法迷惑貞潔的王后才實現我們的計畫。」

「卡西黛，妳是怎麼設計的？妳穿起騎士服的樣子，再加上妳的一切才情，天底下還有什麼王后能不乖乖就範？」

「你好諂媚！我的王后在我的羅網裡不斷掙扎，差點就撕破了我的網子。事實上，她幾乎抵擋住我挑逗的才能。但對國王的花心吃醋、生活無聊、激昂的想像，加上受挫的欲望在在都對我有利，雖然掙扎到最後一刻，究竟還是被我克服了。我們消失的那一天國王所舉辦的派對在我是天賜良機，我以嫉妒為甲冑來贏得她的芳心。跳舞和希臘美酒燃燒她的血液，她縱情歡樂，無拘無束，信任每一個人。她做了一些以前不會做的，也就是說她和我玩起感情遊戲來了。她越是掉進我的圈套，就越看不見危險。最後，我滑落到她酒裡的迷藥起了作用。她的感官被愉快的感覺弄得精疲力竭。她兩眼仍在發亮，但是兩膝癱軟。她想應該是舞跳太多了，就回到臥房。她的侍女送她上床後就回到舞廳，我則偷偷溜出來。瑪碧兒半睡半醒，看到我站在床頭大驚失色。然而，我知道自己也不是全然出其不意，任何處於相同處境的別人，都會比我更上道，稍後再來。簡單的說，我能贏得這位善良女士是運用了身為女性的細心優點。我懂得如何在關鍵時刻虛情假意而不顯得操之過急。所以，即使安眠藥沒那麼見效，也不會處於尷尬的狀況。然而，麻藥很快就發揮作用了，我輕輕撫摸她，我猜她在醒來時或許會認為自己犯的錯多於我讓她感覺到的。這裝著她最好珠寶的小檀木盒足以證明我在她沉睡的時候沒有覬覦她的美色，設身處地，聰明的米斯福雷穆托西里斯可就不會如此善了。」

「惡人！」珈布里通說著拍拍她的肩膀。「我們兩人都贏得挑戰。妳把角色扮演得像個行家，對被我說服離開亞歷山卓劇院來協助我追求這項計畫的人，我所期望的不亞於此，我們執行得很成功。現在我們有的遠遠足夠我們自己玩樂。明天會有一艘漁船送我們到布列塔尼，從那裡就可以從容回到家鄉了。美人兒卡西黛啊，此時就讓我們以驢子為榜樣吧，牠就睡在角落邊。這裡不虞追討，而我們也需要休息。」

這隻王驢也只是裝睡，被騙得如此不光彩，親眼目睹江湖術士遂其所願，（最糟的是）從國王變成驢子，看到敵人就在眼前卻無法報復。事實上，因為身為驢子，成為他們成功的工具，這一切都讓他嗆到難以呼吸。但另一個場景則翻覆了憤怒的毒素，讓牠體內所有的感受整個沸騰起來，牠突然不再能克制自己的行動，火冒三丈。牠從地面躍起，發出可怕的叫聲，攻擊這對快樂的情侶。

他們沒有預料到驢子發野的行為，在能抵抗之前著實挨了一頓猛烈的驢蹄。但這番動作到頭來還是對倒楣的國王不利，這必然如此，憤怒的達人找到一根木棍，朝這長耳動物的頭部、背部狂打一頓，打得牠癱倒在地，半死不活。最後也是因為卡西黛同情這畜生，向珈布里通求情，他才終於息怒，把倒楣透頂的驢子拖出岩洞。

之前身為人類和國王的可憐馬克竟淪落到如此慘境，唯一留給牠的似乎是只求一死了之。但是巨大的求生動力，會讓所有的生靈只要一息尚存，就會設法與死神抗爭。於是這被虐待的驢子就爬呀爬，爬到遠離那可恨的岩洞，進入叢林。休息了幾個小時之後，新鮮的空氣，樹林裡找到的青草，在在都讓牠在天亮時就精神抖擻，可以站起來輕快走動。牠終日在荒野裡四處遊走，只想遠離人煙，因為發生在牠身上最糟的不幸只可能出自人手。幸運的是，野狼和其他獵食動物不常在那地帶出沒。牠整天奔行在被踏平的路徑上，餓了就盡情滿足食欲，渴了就從溪流或水坑就飲，夜裡睡在樹叢，儘管回憶讓牠無法睡得久。最奇怪的是，牠的腦海總是無法驅除那令牠付出如此代價的可咒念頭。雖然身為驢子，卻仍然渴望擁有賢人之石。牠白天想著那石頭，夜裡在夢中也沒有兩樣。

決心醫治國王愚行的仁慈神靈利用馬克的心思氣質，透過夢境來影響他。事實上，舉世的智者若想在他清醒的時候跟他說理，都不會像夢境那麼有成效，在夢裡他仍是康瓦爾國王，他看見自己急躁的站在實驗失敗的火爐前。突然有位英俊的年輕人出現在面前，他記得這正是給他猩紅色石頭的那位青年。

神靈很嚴肅的對他說：「馬克王啊，我發現我尋求醫治你瘋狂的方法並沒有見效。你不斷祈求賢人之石的方式合該受到懲罰。我要讓你明白，你窮盡一生尋找這種石頭，到頭來都是一場空，因為這種石頭根本就不存在。但拿著這百合吧，凡是你用它碰觸到的任何東西都會變成黃金。」年輕人說了這些話，把百合遞給他就消失了。

馬克王疑惑了片刻，不知道該不該相信這禮物。但是他的好奇心和對黃金的渴望壓過一切的懷疑。他拿百合碰了一下堆在面前的鉛塊，鉛塊就變成成色最佳的黃金。他重複用鉛塊和房間四處的銅來實驗，成果依然。最後他碰觸一大堆煤炭，馬上就變成一大堆黃金。這位狂熱的國王如何驚喜實在難以形容。他馬上蓋了十二座鑄幣廠，讓人民夜以繼日的用他由百合變來的黃金生產各種不同的硬幣。夢境如飛，城堡裡的廂房充斥的現錢比地表上流通的還要多。馬克想：「如今，天下都是我的！」他問自己真心想要的是什麼，他的黃金就替他做出什麼，不管那有多昂貴奢華。由於他掌握了源源不絕的黃金，他就自然的以想要什麼皆無不可來自欺。於是他要求自己的期望一起心動念就要被執行，不管他下達什麼命令都得瞬間應驗。他的臣屬並沒有從他那無窮盡的開銷中獲利，因為他沒有給他們時間來創造或生產任何供他取樂所需的原料。此外，舉國藝匠不足，他又不可能動念等待訓練出夠多的藝匠。他有什麼理由贊助他們呢？工人、藝匠來自天涯海角，現身在他的宮廷。所有可以想像得到的產品和商品紛紛從義大利、希臘和埃及送來。他移山填谷，讓海水枯乾，使運河通航。他建造華麗的宮殿，設計魔幻花園，裡頭滿是自然界的富饒之物、各種技藝產生的驚奇，而這一切都實現於反掌之間。最漂亮的女人、最完美的音樂大師、最聰明的發明家都提供了新的感官享樂。任何可以喚起、滿足他激情、色欲和心情的一切都隨時待命。他籌辦前所未見的大賽、劇場、宴會，往往一天耗費的黃金比最富有的國王一年花的還多。

還有就是，馬克王傾注到世間的巨量黃金也帶來極大的不便。起先是外國人從世界各地湧進他的王廷，供給陶瓷器，他們的才智、手藝或腳力，一旦得知他有取之不盡的黃金，就抬高價碼，首先是百分之百，接著是百分之千，最後則是百分之萬。由於黃金過剩，工匠的產品就因為金價便宜而變得昂貴，到後來黃金不再是買賣中價值的象徵。在這種事情發生之前，在國王手上取代了賢人之石的魔法百合也自行顯現了另一個後果，而那要比別的一切更糟糕。雖然他的宮廷生活以鋪張、奢侈、浪費的方式操持，黃金淹沒了半個世界，他多數臣民卻處於飢餓中，因為他們被排除所有營生的機會。他們不再耕田經商，如果一個人隨時在王國所有的碼頭都能弄到一切生活的必需品和奢侈品，要多少有多少，要多好有多好，那還需要做什麼呢？再者，所有長得俊俏的鄉下青年只消到大城，就能以不費力的方式找到成千的機會和截然不同的財富，那是無法在家鄉寄望靠勞力與節儉賺得的。

馬克王一待接獲人民需求的稟報，還相信自己擁有萬無一失的對策，著手在他領地的所有城市鄉鎮盡可能分配大量黃金，所以最貧窮的計日工突然發現自己竟然比王國裡的貴族更為富有。馬克相信問題已經解決了，其實卻是引起更多的問題，因為人人都不再工作，並且放棄所有家庭倫理。大家只想及時行樂，很快的他們一切不勞而獲的財富就銷磨在放蕩墮落的生活。國王造不出足夠的黃金，當黃金最後喪失其價值，人民的需要就復甦了，而這次遠遠更難以忍受，因為他們記得繁華的黃金歲月。由於人們已經失去道德感和對法律的畏懼，事件的轉變就以搶劫、凶殺和暴動成為普遍的徵象。國王看著自己和人民由富轉貧，不知如何是好，但他還沒嘗遍那非理性期望的果實。他的身體最後臣服於極端緊繃的肉體享樂，腸胃停止消化，喪失力氣，知覺不再能喚起。疾病和難以招架的疼痛對他過度銷磨的身體展開報復，在他生命最好的年華折騰凌遲。

馬克王現在明白的確有一種生物比被打得半死的驢子更可悲，而芸芸眾生中最可悲者，莫過於被某個惡魔賜予製造黃金的能力、而且蠢到去接受這要命禮物的國王。且想想，痛苦到了頂峰，醒來發覺那不過是一場夢，慶幸自己仍然是那之前如假包換的驢子，他有多麼興高采烈！現在他回憶著栩栩如生的夢境，開始進行某些在他之前沒有任何人類為之的省察。深思熟慮的結果讓他更加確信，永遠維持當驢子要勝過當國王而沒心思、做人類而沒心肝。

當這隻王驢從夢境獲取教訓時，太陽開始升起。牠起身探索度過一晚的區域，發現那是在一處岩石山腳下，有松樹、巨岩覆蓋著。那兒有隱士的居所，一些山羊爬上爬下，在石縫或是平坦石面上前前後後尋找長出的草來吃。隱士房舍前有一道緩坡沿著岩石而上，其中一部分已經以某人雙手的辛勞做成菜園，連最蠻荒之地都可以馴服。同樣的雙手也在別的部分種植各種果樹，有鄰近群山保護，看起來長得很茂實，凸顯出荒野的浪漫風貌。善良的馬克已經很靠近了，但被一些薄薄的灌木遮掩住。他興致勃勃的凝視這一切，就看到一個少女頭上頂著大水罐走出草屋，要去約莫離岩石五十呎外的潺潺山泉取水。她看來約二十四歲，身材苗條，她是個健康、性情良好的造物。馬克這時已經回復人的感覺，他從她靈巧的步態和哼唱自娛的歌聲如此判斷。她穿著潔淨的農裝，沒上領巾，頭髮綁成一束，她一邊走一邊彎下腰，摘了一朵新鮮的玫瑰花，把它別在胸前。這提供馬克一個觀察的機會，她的胸部和他尋常宮廷所見足以媲美。她的裙子不足以讓他把雙足盡收眼底，但目光所及之處，讓他更堅決確定他對這位質樸的自然之女開始形成的見地。在他進行這些觀察時，他再度因為目前的長相感到一陣刺骨的沮喪，頭和雙耳都垂了下來。此外他開始轉著念頭，想把自己摔進峭壁峽谷，這是沒有驢子做過，或是來日會做的事。他深深嘆了一聲，朝著或許可以實現他計畫的地方移動，突然他的眼光落在一朵從地上冒出來的華美百合。他閃過一邊，但同時又被吞食百合的強烈渴望逮住，避無可避。他才剛把百合連花帶梗吞噬下去，驢子的形貌就神奇消失了！他發現自己變成一個粗獷的農夫，大約三十歲，渾身健康強壯。他具有成熟男人該有的一切，但一點也不像第一次變形前的那個人的樣子。最奇妙的是幾天前他完全相信自己是馬克，康瓦爾的國君，對他那時期幹的一切蠢事記憶猶新。但現在他的思緒大不相同，感覺心跳都截然有別，此外，他也相信自己的心神魂魄都在這個互換中贏得天地磅礴。

他帶著恐懼想，如果再變成馬克王下場會如何。夢境的印象刻印在他心靈仍然如此鮮明，若是非得選擇，他寧可再變成驢子而不是康瓦爾的馬克王。

帶著這番心思，他不期然的發現，自己就在那看見頂著罐子的年輕女人從中走出的草屋前。他感到有一股見不到的力量驅使他進入草屋。到了裡面，他看到一個男人，老如山丘，鬍鬚灰白，坐在安樂椅上。在他對面的是一位皺巴巴的老婦人，坐在紡輪前。他看到那灰色鬍子時就勾起一陣回憶，把他擊退一兩步。但是老者臉上其他部位都和這可敬的鬍子相稱，激起敬重和愛心，所以他立刻收攝心神，要求這孤宅的居民原諒他未經許可就進來。

他說：「我因為出了一樁意外而迷路，在荒郊野外盤旋了兩天，很高興在這裡發現人跡。若是不向屋子的住戶問候，縱使沒有別的理由驅使我來到這裡，大概再也走不下去了。」

兩位老人以和善的方式歡迎他，由於那年輕女郎同時送來早餐，他們就邀馬克一起坐下來吃。短短的時間他們就成了好友。馬克自稱席爾維斯特，很自在的為他們服務。

他說：「如你們所見，我健康又強壯。你們老了，這裡的年輕婦女或許可以為你們照料房子裡的大小事情，因為她看來細心賢慧。我現在喜歡工作，要是你們可以雇用我，我會接手所有需要男人力氣的勞務。我會敬你們如父如母。」

那女郎在他們討論時走來走去，仔細端詳這位陌生人，以為沒有人注意到。當他提出條件時，她感到害羞，似乎為此高興，她假裝沒在聽，繼續工作。

老人高興的接受了年輕夥子的條件，席爾維斯特就在草屋旁的棚架找到必備的園藝和耕作工具，為自己新的職務備妥就緒，同一天在住處周邊除地翻土，整頓好土地以便在這邊種白菜蘿蔔，另一邊種小麥。這項工作讓他忙碌了幾星期，完成之後又開始在岩石間鑿開一個貯藏室，他不用再忙於花園或是田裡的工作，把所有時間都奉獻在這個計畫。老夫妻很喜歡他，當他是自己的兒子。他本人則未曾如此快樂過，這種生活方式如此簡單熟稔，就像是他天生培養要來做的。當國王時，飲食未曾嘗來如此甜美，因為他從未餓過、渴過。他也未曾睡得那麼好，因為他從來沒有工作到疲憊。他也未曾如此心滿意足的躺下來休息，或者帶著愉快的心情起床面對他令人疲勞的工作。他從未體驗過做人有用的歡樂。總之，他有生之年從未感受過這種快樂，這種心境的安詳，給予和他一起生活的人如此多的關懷體貼。事實上，現在的他才是真正的人類。他以前怎麼可以當國王，而且是那麼愚蠢、醜惡的王。

席爾維斯特和他們叫她蘿辛的年輕婦女每天都有機會見到彼此，就他們的情況來看，在他們第一次見到對方的時候就已經激起情感，如果他們的情誼沒有很快化為愛情的表示，那將會是對自然法則的強大對立。雖然他們對自己的感情不發一語，但彼此的愛意以許多不同的方式呈現出來，心思意念對兩方都不是什麼祕密。

他們終於在一個美好的夏夜明白表達自己的情感。他們在森林裡相遇，他忙著綑綁一些枯株，而她則在為公羊找尋嫩草。起初他們在一個大圈圈幹活，保持著直徑的距離。但他們沒注意到圈圈逐漸縮小，於是他們就近到可以開始一場朋友般的談話，看來有點不像是有意為之。白天的熱度和勞動，使蘿辛紅潤的兩頰更形生動，另外則有我不太確定的什麼，讓她的胸脯看似要從衣服裡迸出來。此外，她的兩眼冒出火花，讓席爾維斯特再也抵不住停下來帶著渴望好好瞧著她，那無疑配稱是最好的求愛。蘿辛不愧是道地的大自然之女，她不裝作自己不明白他的感覺，也不想隱瞞自己對他同樣有心。她友善的瞥他一眼，紅透了臉，兩眼低垂，出聲嘆息。

「親愛的蘿辛！」席爾維斯特執著她的手，卻說不出話來，因為內心充實。

蘿辛停頓一陣子，輕聲說：「直到現在，我已經注意好一陣子了，就是……你喜歡我，席爾維斯特。」

「喜歡妳而已嗎？蘿辛。世上沒有我不願為妳效勞或是受苦，以表現我愛妳的事！」席爾維斯特高聲呼喊，他強有力的按著她的手抵在自己胸膛，她感覺得到他的心在跳動。

蘿辛回答：「我也是，但……」

「但是什麼？如果像妳說的，不討厭我，為什麼有個但字？」

「席爾維斯特，我不知道該如何回答你。我全心全意愛你，我寧可當你的女人，而不是世上最有名望的女人。但……我覺得行不通。」

「我們彼此相愛，還會有什麼行不通？」

蘿辛結結巴巴的說：「席爾維斯特，因為……因為我不太尋常。」

席爾維斯特放下她的手問：「什麼意思，蘿辛？」

「說了你也不信。」

「妳說什麼我都信，親愛的蘿辛，就告訴我吧。」

「在和你初遇的前兩天，我還是……一隻玫瑰色的山羊。」

「玫瑰色的山羊？若僅是如此，親愛的，那我們彼此就沒有什麼好責怪的。瞧，也大約在同個時候我是一隻驢子。」

「驢子！」蘿辛喊出聲，訝異同他一般。「好怪喔，你怎麼會變成驢子？又怎麼會再變成人？」

「有那麼一次，我絕望透頂，想自行了斷，這時有個風華絕代的青年現身，手裡拿著百合。他給我一塊石頭擦拭自己，說那會使我快樂。我如此照做，就變成了驢子。」

蘿辛說：「奇妙啊！就如同我哀傷欲死，撕裂我的頭髮時，有一位戴著薔薇冠冕的絕世佳人在我面前出現。她給我一朵薔薇，叫我別在胸前，說那會讓我比之前的生命更快樂。我照著做了，立刻就變成一隻玫瑰色的山羊。」

「好妙啊！那妳又怎麼變成蘿辛的？」

「我整天漫步在群山林野，不知何去何從，一直到荒野中老人家的茅舍。離此不遠的地方，我注意到通往山泉的路上有一片玫瑰花叢，突然有一股無法抗拒的衝動想去吃一朵薔薇，才吞下花瓣，我就變成你眼前看到的少女，但那不是以前的我。」

「我和妳一模一樣，」席爾維斯特回答：「我在森林發現一株百合，忍不住吞下它的衝動，馬上變成妳眼前看到的我，那也不是以前的我。蘿辛，我們相似的故事其中必有奧妙。然而，妳在變成山羊之前又是什麼呢？」

「天底下最不快樂的人。起因是一位江湖術士，他想方設法，以最聰明的偽裝贏得我的歡心，而且我不知道他是怎麼辦到的，他找到一條途徑潛入我的臥房，席捲了我所有的珠寶。」

「越來越神奇了！」席爾維斯特驚呼，「別的術士也對我做了差不多同樣的事。他讓我相信自己擁有一套法術，可以使我成為世上最富有的人。但那不過是騙走我大量黃金珠寶的手段，他連同所有贓物消失得無影無蹤。但就這一切看來，我們都是很有名望的人，妳認為呢？」

「你也許不信，但我是如假包換的王后。」

席爾維斯特高喊：「我親愛的蘿辛，再好不過了，那妳嫁給我就可以不必擔心了，因為我是道道地地的國王。」

「如果此話當真，那真是絕頂奇妙！但……」

「什麼？蘿辛，又來一個我始料未及的但字！」

「我不能嫁你，因為我丈夫還活著。」

「坦白說，恐怕我的情況也是如此。」

「你不愛你的妻子嗎？」

「她是非常美麗的女人。當然啦，無法和妳相提並論。但妳想要的是什麼呢？我是國王，也的確不是最好的其中一位。我喜歡變化，我妻子對我來說是太乏味了，太過溫柔，太多德行，太愛吃醋。妳無法想像這一切特質對我是何等的負擔！」

「畢竟你還是沒有哪一丁點強過我還被稱為瑪碧兒王后時，當他妻子的那個國王。」

「什麼？蘿辛！妳丈夫是康瓦爾的馬克王？」

「僅此一位！」

「爬到妳床上，偷走妳珠寶的英俊年輕騎士……他是不是名叫孚洛里貝爾？」

「天哪！」蘿辛驚訝的大叫，「你怎麼會知道這一切，如果你不是……」

席爾維斯特打斷她，同時也擁抱她。「正是妳丈夫本人，親愛的蘿辛，或者妳喜歡的話，親愛的瑪碧兒。如果妳愛我有一半像我愛身為蘿辛的妳那樣，那麼，拿著百合的青年和戴著薔薇花冠的女士，都信實的說到做到了。」

「喔，我多麼期望自己對你只是蘿辛，但是，可憐的席爾維斯特啊！」她說著落淚，推開他的擁抱。「我怕是配不上你了，的確，發生的事情違背我的意志。那惡人必定是施展了魔法，我不幸被超乎常情的睡意征服了！就在那一刻，我得使盡全力讓他近不得身，但恐怕他……」

席爾維斯特笑著說：「這一點妳倒是完全不用擔心，那個惡人是女扮男裝，一個來自亞歷山卓的舞者，她悄悄入夥，與造金客米斯福雷穆托西里斯串通竊取我們的珠寶。還在當驢子的時候，機緣巧合，我到了他們逃亡窩藏贓物的山洞，從他們的脣舌聽到一切。」

「如果這是真的，」蘿辛說著投入他的雙臂，「只要你保持席爾維斯特不變，那我就是天底下最快樂的人了。」

「而只要妳不停止當蘿辛，我就是天底下最幸福的男人。」

「你們真的那麼快樂嗎？」他們聽到兩個熟悉的聲音在問。他們一轉頭就很驚訝的看到灰白鬍子的老人和善良的老婦。

席爾維斯特想找話來講，還來不及開口，老人就變成手拿百合的青年，老婦則變成頭戴薔薇花冠的女士。

英俊的青年說：「你們又見到在你們自認為世上最不幸的人時，把使你們快樂的責任扛下來的人了，而這是最後一次見到我們。你們還有一次機會成為變形前的你們，不然就保持席爾維斯特和蘿辛。但是你們必須馬上選擇。」

「讓我們維持現在這樣吧，」他們同聲高喊，在兩位神仙跟前雙雙下跪。「上天保佑，讓我們可以免於別的期望！」

女士說：「所以，你們看我們說到做到，你們也已經在這荒野中找到了賢人之石。」

兩位神靈留下這些話就消失了，席爾維斯特和蘿辛在美麗的月光下互挽臂膀，迫不及待的回到茅屋。

(The Philosopher's Stone, 1789)

作家側記

韋蘭德（Christoph Martin Wieland, 1733-1813）

文學史經常出現一個不合理的現象，我們習慣仰望絕頂的高山，卻往往無視於拱起那座聖山的重嶺，其實，文學的造山運動有如眾星拱月，絕無孤懸的天才。舊俄三大小說家屠格涅夫、杜斯妥也夫斯基、托爾斯泰分庭抗禮，各領風騷。唐詩李、杜之外，我們也青睞王、白，他們都是整個文學風潮的精粹。但在英國，伊莉莎白時期的戲劇有了莎士比亞，又有多少人在意與他比肩的班·強生（Ben Jonson, 1572-1637）、馬羅（Christopher Marlowe, 1564-1593）呢。而在十八世紀的德國，多少目光集中在歌德與席勒（Friedrich Schiller, 1759-1805），韋蘭德的熊熊火焰，終究抵不過太陽的光照。

初識韋蘭德是在海涅（Heinrich Heine, 1797-1856）的《浪漫派》，這位才華卓越的詩人損人絕不嘴軟，但對韋蘭德卻頗為禮遇，還說韋蘭德是當時的大詩人，被奉為偶像的是他，而非當時的歌德。我後來又在俄國理論家巴赫汀（Mikhail Bakhtin, 1895-1975）論長篇小說起源的論文中得知，韋蘭德的《阿珈通的故事》是德國教育小說的先驅，比歌德的《威廉麥斯特的學習年代》更早。〈賢人之石〉讓我有機會親炙這位文學巨人的筆法，故事仍是中世紀的風景，以馬克王王廷為楔子，那是鍊金術沸沸揚揚的時代，江湖術士應運而生，變形並非迷信。騙徒孳生，而且藝高膽大，連國王都可成為獵物。韋蘭德的故事五光十色，有密室的黑暗，也有郊野的明媚，古今中外，詐術如出一轍。但韋蘭德的布局何其巧妙，情節何其可愛，魔術最後是教化之方，放空權位財利，賢人之石在焉！

韋蘭德的貢獻包括開風氣之先翻譯了二十二部莎士比亞的劇本，還有賀拉斯（Horace, 65-8BC）的諷刺詩文、西塞羅（Marcus Tullius Cicero, 106-43BC）的書信，而他本人就是一位孜孜不倦的通信者。他曾在歌德之前應威瑪公爵之邀，擔任公子的教席，這段期間他開創了一份文學報紙《南方信使》，讓他的通信網絡直接見報。就文學思想的傳布與流通而言，這無疑是重大的貢獻。韋蘭德深受法國啟蒙思想家的影響，在古典與浪漫中取得折衷，童話仍帶有法國沙龍的趣味，詼諧而不像伏爾泰那麼濃烈。他也是「四海一家」（cosmopolitanism）這個概念的領頭羊，「唯真四海同心方是好公民」（Only a true cosmopolitan can be a good citizen.）正是他的名言。

青蛇與麗百合

歌德

老擺渡人整天努力工作，疲憊的躺在河岸邊的小屋睡覺，大河被豪雨所吞噬，河床都被淹沒了。半夜裡他被吵鬧的聲音叫醒。聽得出來那是旅客的叫聲，要求渡河。

他一走出來就看到兩團磷火，盤旋在停泊的船上。他們說明因有事情告急，必須趕到對岸。老擺渡毫不耽擱，立刻撐船離岸，以嫻熟的技巧渡過河川。兩位陌生客用他不懂的語言嘶嘶的交談著。他們不時高聲笑著，在船緣和座位上來來回回跳著。

「你們要砸了這艘船了！」老人叫著：「你們再繼續這樣跳，船會翻覆。坐下來，小火球！」

一講到翻船，他們爆出更大、更粗魯的笑聲，嘲笑著老人，比剛才更加猖獗了。老人耐心忍受他們的劣行，很快就抵達了對岸。

「這是你的酬勞。」乘客喊著，從身上抖落許多閃爍的金塊，掉在溼冷的船上。

「看在老天的分上，你們在幹麼？」老人喊著：「你們將降禍於我。要是有一塊掉進水裡，河水就會翻騰把我連船一起吞沒，你們或許也難幸免。河流不承受金屬，收回你們的金子吧。」

「我們收不回抖落下來的東西。」磷火說。

「也就是說得煩勞我撿拾，帶到陸地，把它掩埋就是了。」老人說著，彎下身，把金子收集好放在帽子裡！

此時磷火躍出了船，老人把他們叫住：「那我的費用呢？」

「不收錢就做白工！」他們喊著。

「但你們難道不知道，我僅能接受用地上的果實支付？」

「地上的果實？我們沒把它們放在眼裡，也不食用它們。」

「站住，除非你們承諾給我三顆白菜、三個洋薊、三粒洋蔥，否則我不讓你們走！」

磷火想捉弄老人悄悄溜走，偏偏感覺完全不可思議的定在地上，那種不愉快的體驗前所未有。他們承諾盡快滿足他的要求，他讓他們離開，撐著船走了。他聽到他們的呼叫時已經離得很遠了，「老人家！聽著啊，老人家！我們忘了最重要的事了。」但是他根本就聽不見了。他沿著河岸讓船隻往下漂流，想到河水所不能及的山區，埋掉危險的黃金。他發現山岩中的一道深谷，把金子倒進去，然後划船回到小屋。

深谷裡有一條美麗的青蛇，金幣掉落的聲響喚醒了她。她僅看了一眼這些小小圓圓的東西，就開始貪婪的吞下去。甚至所有掉落在叢林與石縫間的金子也沒遺漏掉。

一待吞噬了金幣，她感覺到金子在體內融化了。它們貫穿全身，令她高興的是，她看得見自己變得透明發光。許久以前，她曾經得到許諾，有朝一日會變成這樣，現在她開始好奇這樣的明亮是否可以持久。好奇與對未來的確認驅使她從岩石出來，看看是誰散布了這些美麗的金子。她誰也沒見到。但她樂得孤芳自賞，穿行於草木之間，美好的光芒映照著鮮綠。每片葉子都有如翡翠，每朵花都鮮豔增輝。她漫遊在沉寂的野地，終無所獲，但她到了空曠處，極目眺望，希望隨之而起，因為她看到了與她可以相提並論的光芒。她喊著：「我找到同伴了！」她朝那個方向過去，無視艱難，爬過了沼澤與蔓草。雖然她喜歡活在乾燥的山地草原和深谷，也習慣以清泉止渴，但是為了黃金和美麗的光，她已經準備承受一切。

當她終於來到磷火嬉戲的沼澤地時，已經疲憊不堪了。但她追趕上他們，和他們打招呼，也很高興和兩位宜人的先生有關聯。磷火輕輕觸摸她，跳過她，笑著。他們說：「好啊，好表親，就算妳是來自於我們家族的水平世系也無所謂。當然，妳明白我們有什麼關聯的話，那只是因為我們會發光，因為，且看——」他們把自己化為火焰，讓自己盡可能變得又尖又長。「瞧瞧這道細細的形狀如何搭襯我們紳士修長的身材！莫生氣，好朋友，妳可否指得出來有哪個家族能夠和我們相提並論？自有磷火以來，沒有哪一個不是坐臥從心！」

青蛇在這親戚面前開始覺得不舒暢了，因為無論她如何努力抬頭，她清楚知道，必須再垂下頭來才能向前移動。方才在黑暗的小樹林裡，她滿心為自己歡喜，但此時在兩位表親跟前，她的光芒每分鐘都在減弱。事實上，她開始害怕最後會化為烏有。

因此在尷尬的心境下她很快詢問兩位先生，是否可以提供訊息，告訴她不久前滾落到她深谷的金子從何而來？她想或許是直接自天而降的黃金雨。磷火笑著、搖動著。大量的金幣從他們身上滑落，青蛇滑行過去，迅速的吞噬掉它們。「享用吧！享用吧！表親。」兩位好紳士說：「我們還可以給妳許許多多！」他們極機靈的搖動著，青蛇吞噬得再快不過了。她的光亮看得出來是更為強烈了，她現在真的是很美的發著光。然而磷火卻變得極為細微，只是不失幽默。

「我會永遠感激，」青蛇喘過氣來，說：「告訴我你們想要什麼，我會竭盡所能來回報。」

「很好！」磷火喊著：「那麼，告訴我們麗百合住哪裡？快快引領我們到麗百合的宮殿和花園。我們迫不及待要拜倒在她跟前。」

「我無法立刻效勞，」青蛇嘆口氣說：「麗百合住在河的另一端！」

「在河的另一端！我們才剛在這狂風暴雨夜渡河呢！何其殘酷的溪流啊，分隔我們！妳覺得我們可以把老人家召回嗎？」

青蛇說：「一點用處也沒有，即便是你在這一頭遇見他，他也不會渡你過河，他能把人帶到這岸，卻不能帶到對岸。」

「罷了，那我們真的完了，沒別的法子可以渡河了嗎？」

「有是有，但不是此時。我能帶你們過去，但必須等到中午。」

「那正是我們不想出動的時候。」

「所以你們就得傍晚渡河，在巨人的影子下。」

「那如何進行呢？」

「住在離這裡不遠的巨人有龐大的身軀，卻什麼也不能做。他的雙手舉不起一根麥穗，肩膀擔不起一捆柴薪，但他的影子能做許多事。的確，任何事！這就是為什麼他在日升日落時最強。你們要做的，就是夜幕低垂時坐在他影子的頸項，然後他輕輕的走向河岸，他的影子會帶人過河。如果你們想中午在那林木覆蓋的外緣遇到我，那兒有灌木叢長在水邊，我可以渡你們過去，引介你們給麗百合。但你們不喜歡中午的熱氣，能夠做的也就是傍晚在遠處的岩岸找到巨人。我確信他會樂意幫忙的。」

年輕的磷火輕輕鞠了躬就離開了，青蛇很開心的擺脫他們，一來是她想要好好欣賞自己的明亮，二來是想滿足好一陣子以來莫名煩擾著的一個好奇心。

經常在岩石嶙峋的深淵爬行，她有個獨特的發現，雖然直到此時她無須借助光線，也能夠憑著感覺區分不同的物體。她習慣於發現自己僅置身於大自然不規則的物種之間。有時她滑行過尖銳的巨大水晶，或者也能感受到純銀的尖凸與流動。有時她把寶石帶著就光。然而讓她吃驚的是，她在一處封閉的山岩中感覺到人的雙手創造出來的物體：光滑到爬不上去的牆壁、鋒利而規則的稜角、美觀勻稱的柱子，最離奇的則是人的雕像。她有幾次纏繞在他們身上，認為這些雕像肯定是金屬製品，要不就是拋光的大理石製品。所有這些體驗，她都希望最後能夠經由視覺驗證一番。凡是能猜測的，她都想要證實。她相信自己可以透過自己的光，照亮埋在地下的不尋常事物，而且迫不及待要親眼目睹。她急匆匆的循著慣經的路徑，找到了一處岩石裂縫，她經常就由此鑽進那聖地。

她來到目的地，帶著好奇環目四顧，雖然她的光照不到圓形大廳裡所有事物，但仍可以把就近的看得一清二楚。她帶著敬畏之心朝上望著發亮的壁龕，就看到一尊金裝貴氣的國王雕像。看起來似乎大於實際大小，但其造型說大實小。他穿著樸素的披風，髮上戴著一圈橡樹葉。

青蛇才一看到這令人生畏的景象，就聽到國王對她說：「妳打從哪裡來的？」

青蛇說：「從深谷中有金子的地方來。」

國王問：「比金子更榮耀的是什麼？」

青蛇回答：「是光！」

國王問：「比光更令人舒暢的又是什麼？」

青蛇回答：「是交談。」

他們一邊說著，青蛇一邊順著光線瞟見下個壁龕有另一尊威風的雕像。銀色的國王就在裡頭，他高大而細瘦，披著長袍，王冠、腰帶與權杖都鑲嵌著寶石。他臉上有自得之色，似乎就要開口說話時，牆上一道深色的紋理突然亮了起來，散出一道舒適的光，擴散到整個廳堂。青蛇在亮光中看到第三位國王，他是青銅色的，身材威武，倚著棍棒坐著。他也一樣，以橡樹葉為冠，看起來更像一尊岩石而不像人。青蛇東張西望，想找第四位國王，他離得最遠。此時牆壁突然打開，明亮的紋理有如電光，一閃即逝。青蛇的注意力這時貫注在從縫隙中冒出來的一個中等身形男子，他穿著像個農夫，手上拿著燈火，火焰靜靜燃燒，柔和得讓人直瞧，燈火照亮整個廳堂，而且妙在沒有投下一絲影子。

金色國王問：「你來做什麼？你看得到我們有光。」

「你知道我不被容許照亮黑暗。」

銀色國王問：「我的王國氣數盡了嗎？」

老者回答：「言之過早。」

青銅色國王放聲問：「我何時可以站起來？」

老者說：「快了！」

青銅國王問：「我將與誰結盟呢？」

老者說：「與你的兄長。」

青銅國王又問：「最小的弟弟又將如何？」

老者說：「他會坐下來。」

第四位國王以喑啞結巴的聲音喊著：「我可不累！」

殿堂裡的每個人都在交談，唯獨青蛇在周遭爬行，欣賞著一切事物，此時她就近看著第四位國王。他站著，靠在圓柱上，他的樣貌突出，與其說是華美，還不如說是深思。不太容易分辨出他是用哪種金屬塑造的，細看之下，似乎是他三位兄長的混合體，但在雕塑時顯然金屬並沒有融合妥當，金銀有如靜脈不規則的流經青銅，使得他看起來不太宜人。

此時金色國王對老者說：「你知道幾個奧祕呢？」

老者說：「三個。」

銀色國王問：「何者最重要？」

老者說：「那最顯而易見的。」

青銅國王問：「你會向我們顯示嗎？」

老者說：「一待我知道了第四項奧祕之後。」

那金屬合成的國王喃喃的說：「都不干我的事。」

青蛇說：「我知道第四項。」

她爬向老者，對他耳語。老者當下以宏亮的聲音說：「時候已到！」

殿堂回響著他的言語，金屬雕像環繞著他們，老者朝東，青蛇朝西，盡其所能的快速穿過岩石的縫隙，消失得無影無蹤。

老者所經之處旋即化為黃金，因為他的燈帶有神奇力量，能夠化石為金，化木為銀，化死去的動物為珠寶，也能摧毀一切金屬。但要做到這些，就得獨自發光。若與別的光芒齊發，就只能散發柔和的光芒，讓所有活物都覺清爽。

老者進入他背山建造的小屋，看到他妻子正沮喪愁苦。她坐在火邊嗚咽著，安慰不了她。她哭著說：「好可憐啊我！我今天不讓你出門就好了！」

老者平靜的問：「怎麼啦？」

她哽咽著說：「你一離開就來了兩個裝腔作勢的旅人，我太不小心讓他們進來，他們看樣子似是親切高雅的人，穿著帶著明亮的火焰。你可以當他們是磷火。他們連門都還沒踏進來就說一堆頂無恥的恭維，到後來卻知道全是鬼扯，我一想到就覺得無地自容。」

先生笑著說：「我想他們只是開開玩笑吧，但衡量一下妳的年紀，他們的確應該抱持尋常的禮節才是。」

妻子喊著：「年紀！我幹麼無時無刻得聽到我的年紀？我很老嗎？什麼尋常的禮節！我有自知之明。你且看看四周，看看牆壁，你看見那些數百年難得一見的舊石頭嗎？上頭的金子被他們津津有味的舔掉。而且一再的讓我確信嘗起來比尋常的黃金好得多。他們舔牆壁時看來是興高采烈的，為什麼不呢？他們確實在片刻之間變得更高、更壯、更亮。可是後來他們也變得粗俗無禮，稱我為后，還搖動起身子，大量金子掉得滿地都是。看啊！就在長凳子底下閃閃發亮。災難啊！我們的小獅子犬吃掉了一些，躺到煙囪……死掉了。可憐的傢伙，我愛莫能助，直到他們走了才留意到，否則我寧可不要答應幫他們付擺渡人的帳。」

老者問：「他們欠了他什麼？」

妻子說：「三顆白菜、三個洋薊、三粒洋蔥。我答應他們天一亮就把這些帶到河邊。」

老者說：「就幫他們吧，他們來日會為我們效力。」

妻子說：「那我不曉得，但他們的確如此保證。」

爐火已經燃盡，老者將灰燼撒在煤炭上，移走那些閃爍的金塊。此時他的小燈獨自發光，牆壁重新覆上黃金，而小獅子犬則變成美得不可方物的瑪瑙。這種貴重的礦石黑棕相間，成為罕見的藝術品。

老者說：「拿著妳的籃子，把瑪瑙放進去，再拿三顆白菜、三個洋薊、三粒洋蔥擺在四周，然後提到河邊，將近中午時讓青蛇送妳過河。接著妳去求見麗百合，把瑪瑙交給她。她能藉由觸摸殺死所有生靈，也同樣可以觸摸救活小狗。她有了小狗就有了忠實的陪伴。告訴她別憂傷，得救的日子將到了。她得把至大的不幸視為好運，因為時機已到！」

老婦人裝好籃子，天一亮就動身上路。初升的太陽明亮的照著河流，在遠方閃爍。她走得緩慢，因為頭頂上的籃子沉重，但重壓她的倒不是瑪瑙。只要不是活物她帶著就無足輕重，因為籃子會隨著走動在她頭頂上飄浮，但頂著蔬菜和活生生的動物則是繁重不堪。她悶悶的步行了一些時候，猛然吃驚的停下腳步，因為她差點就踩上巨人的影子，影子延伸在她正在步行的地面上。直到此時她才看到這龐大的傢伙在河裡沐浴。他離開了河道，而她不知道如何躲開他。當他看到了老婦人，愉悅的向她打招呼，影子的雙手探向籃子，敏捷的拿走一顆白菜、一個洋薊和一粒洋蔥，一併放進巨人嘴裡。然後他往上游方向漫遊，老婦人眼前的步道就豁然開朗了。

老婦人猶豫著不知道該不該回頭到自家的園子補上少掉的蔬菜，她舉棋不定卻繼續前行，很快就到了河岸。她在那裡坐了良久，等著擺渡人，最後終於看到他渡了一個陌生旅人過河。一個高貴而俊俏的年輕人下了船。婦人兩眼直勾勾的看著他。

老擺渡人呼喊著：「妳那裡有些什麼呢？」

老婦人回答：「磷火欠你的蔬菜。」她秀出來給他看。老人看每一樣只有兩個，大為光火，斬釘截鐵的說他無法收下。婦人一直拜託，說明她現在無法回家補齊，而且仍得繼續往前走，不收下的話，籃子對她來說就未免太重了。老者仍然堅拒，說這連他也做不了主。他解釋著，「不管我到手的是什麼，我必須把它們放在一起九個小時，在給大河三分之一前，我什麼也不能取。」幾經討論，老者最後聲明，「我們還有一個辦法，如果妳跟大河掛保證，承認祂是妳的債主，我就接受這六件……但這有風險。」

「我信守承諾還會有什麼風險呢？」

「當然不會！那麼把一隻手放進河裡，並且承諾在二十四小時之內還清債務。」

老婦人照著做了，但手從水裡伸出來時變成炭黑了，她驚訝不已。她責怪老者，說她的雙手向來是她身上最美的部位。儘管是幹粗活，但她知道如何保持這美麗的雙手白皙柔美。她懊惱的看著她的黑手，絕望的哭喊：「但還不僅止於此，比這還糟得多呢！我的手萎縮了。現在這隻手比另一隻手小！」

老者說：「那只是看來如此。如果妳沒有信守承諾，那就一去不回了。妳的手會慢慢萎縮直到消失殆盡。但它的用途仍在。妳能用它做所有的事情，只是沒有人看得到它罷了！」

老婦人說：「我寧可有手而什麼都不做，手無法被看到就什麼都不對！但其實也無所謂啦，我說話算話，會擺脫這隻黑手和惱人的事。」

老婦人迅速提起籃子，而籃子則自動飛到她頭頂上，懸浮在空中跟隨著。然後她緊追著那年輕人，他沿著河岸慢慢走著，陷入深思。他那絕妙的體態與怪異的服裝令她印象深刻。他胸前覆蓋著一副閃閃發亮的鎧甲，肩上搭著紫色披風，堂皇的身軀移動自如。棕色的鬈髮覆蓋著他的頭，漂亮的臉部暴露在一束束的陽光下，形狀美麗的雙腳亦然。苦惱似乎令他對外界的印象視若無睹，他默默赤足走在發燙的沙子上。

饒舌的老婦人試著引他談話，但他總以三言兩語打發。最後，儘管年輕人有美麗的眼睛，徒然說話還是讓老婦人感到疲累。她向他道別，說：「先生啊，我怕你未免走得太慢了，我可耽誤不得時辰啊，我還得靠青蛇幫忙渡河，向麗百合呈送我丈夫的厚禮。」話聲一落，她就迅速前行。但年輕人好像立刻還魂了，快快跟了上來。他喊著：「妳要到麗百合那裡嗎？那我們就是同路人了。妳帶了什麼禮物給她呢？」

老婦人說：「先生，這可不公平，你那麼吝於回答我的問題，打聽我的祕密偏又那麼熱切。不過你如果願意打個商量，告訴我你的遭遇，我也不會隱瞞我的，包括禮物在內。」他們達成協議，老婦人告訴他自己面臨的事情，小狗的事情，還讓他看了那奇妙的禮物。

小獅子犬看起來很自然的躺在籃子裡，像是在休息。年輕人把它舉起來放在手臂上，他喊著：「好運的動物啊，她的手會觸摸你，會讓你重生，而我活著的人卻得避開她，以免哀傷以終。但說什麼哀傷呢？在她的面前癱瘓不是遠比死在她手裡更加悲傷可怕？」他對老婦人說：「瞧瞧我，我的青春受了多少苦！我穿戴的甲冑榮耀於沙場，我的紫袍因治國賢明而得之。可是命運卻讓甲冑成為累贅，讓紫袍成為虛飾。王冠、權杖、寶劍盡付流水，一窮二白，和其他人沒什麼兩樣。她美麗雙眼的魔力能奪生靈魂魄，沒被她的手觸殺的人，活得像遊魂一般。」

他的悲痛滿足不了老婦人的好奇，她關切他的物質地位甚於他的心靈。她還不知道他父親的大名，或者是來自哪個王國。他撫摸著僵硬的小獅子犬，陽光與青年的胸膛所灌注的暖意讓它像是活著的。他問了一些提燈老人的事，以及那神聖之光對於他可憐處境可能產生的效果，期望能用來逢凶化吉。

他們在看見遠方巍峨的大橋時仍在交談，橋梁從一端橫跨到另一端，在炎炎的日光下神奇的閃爍著。兩人都驚愕不已。他們未曾見過如此輝煌的跨河大橋。王子喊著：「怎麼回事？真是美不勝收啊！擺在我們眼前的好像是碧玉和石英建造的！也像是用祖母綠、綠玉髓和橄欖石鑲嵌的，美得令人望而卻步，不敢跨越。」他們不曉得這座橋是青蛇變的，她每日午時會把身軀騰躍到對岸，以橋的型態橫亙於寬闊的水面。兩個趕路人滿懷虔敬，默默的走了過去。

一待他們抵達對岸，橋就開始搖動起來，很快觸及水面，青蛇以她應有的樣貌，滑行到陸地，跟隨著兩位漫遊者。他們才剛跟她道了謝，讓他們可以在她的背上渡河，就發現除了他們三位之外，在場的還有別的，只是他們無法看見。但他們聽見左右兩側的嘶嘶聲，而青蛇也用同樣的方式回應。他們仔細聆聽，終於得出以下內容：「我們首先想在麗百合的花園張望一下，不被發現，如果在我們夜晚現身時你向我們引介這位絕代佳麗，我們將感激不盡。我們就在大湖邊邊。」

青蛇回答：「好啊！」嘶嘶聲在風中消逝。

三位旅人商量著去見麗百合的順序，雖然要接見多少訪客隨她高興，但他們都必須單獨來去，不然就得受盡煎熬。

老婦人提著變形小狗躺在裡頭的籃子首先來到花園，探訪她的施主，找到她並不難，因為她正彈著豎琴歌唱。甜美的音調首先有如鈴聲掠過靜靜的水面，接著像西風吹拂，擺動著綠草與樹叢。她坐在那綠茵圍繞的草地上，在形形色色的繁茂枝葉遮蔭的影子下。老婦人的耳目心靈俱感陶醉，興高采烈，信誓旦旦的認為，多時不見，麗百合出落得更動人了。還在遠處，好老婦人就放聲招呼，讚美著美貌的女子。「見到妳真是榮幸啊！天空因妳而遼闊！豎琴迷人的依在妳的腿上，以妳的雙臂柔和的環繞著，像是渴望妳的懷抱。妳纖纖玉指彈奏的聲音何其美妙！要是哪個男人可取而代之，那就是三倍的幸運了！」

她隨著這些話越走越靠近。麗百合抬起雙眼，垂下兩手回答：「別用不合時宜的讚美來煩擾我，那只會讓我更強烈的感受到不幸。瞧瞧，我可憐的金絲雀，牠一向都以美聲陪著我歌唱，如今躺在我腳下死掉了。牠會棲息在我的豎琴上，也被細心的訓練別碰到我。今晨醒來我覺得神清氣爽，引吭高唱一首安詳的晨歌，我的鳥兒以往常唱得更加和諧有勁。有隻蒼鷹飛過我的頭頂。鳥兒受到驚嚇逃到我的懷裡，我馬上感覺到牠生命的最後一下抽動。我朝著那獵鷹一瞥，牠無助的墜落在湖邊。但懲罰牠又有何用呢？我的寵物已死，牠的墳穴只能用來滋長我花園裡哀傷的灌木叢！」

「開心點吧，麗百合！」老婦人一邊哭，一邊擦乾她聽了這不幸女孩的故事所流下的眼淚。「莫哀傷，我老伴要我告訴妳會否極泰來，而且時候已到。真的，世事難料。就看看我的手，黑成什麼樣子，而且真的小了許多。我必須趕快，不然它就會消失殆盡。噢，我幹麼承諾要幫磷火的忙呢？

我又為什麼要遇上巨人，把手伸進河水中？妳能給我一顆白菜、一個洋薊、一粒洋蔥嗎？我帶去給大河，那麼我的手就會白皙如昔。那幾乎可以和妳的相提並論哩。」

「妳還是找得到白菜與洋蔥，但洋薊恐怕就枉然了。我花園裡的植物不會開花結果，但我採摘種植在寵物墳穴的嫩枝都會立即青翠發芽。這一叢叢的樹木、灌木叢、小樹林，我看著它們成長。這些傘松啊、方形柏樹啊、巨大的橡樹和山毛櫸啊，原本都是柔嫩的枝條，我親手栽種在這原先的不毛之地，當作一座座寄哀的紀念碑。」

老婦人對麗百合的話不怎麼上心，她一直盯著她的手，在麗百合面前分分秒秒的越變越黑、越變越小。她想提起籃子趕快離開，卻想起自己竟然忘了最棒的事。她從籃子裡舉出變為瑪瑙的小狗，放在草地上，離麗百合不遠之處。她說：「我先生要我帶這個給妳，妳知道的，只要妳觸摸一下這寶石，就能讓牠活過來。這善體人意的乖巧小犬會為妳帶來許多歡樂，念及妳擁有牠，就會驅散我失去了牠的沮喪。」

麗百合愉快的看著那小動物，似乎帶著些訝異。她說：「許多跡象湊在一起，帶給我新的希望。唉，這莫非是錯覺，在我們發生諸多不幸時，總會幻想幸福就在眼前。」

吉祥的徵兆將如何撫慰我？
使我的鳥兒死去，使吾友的手變黑，
讓化為寶石的狗來寬慰我——管牠有多珍貴？
也是神燈所差遣來的。

人的歡樂已經遠遠離我而去，
我知道的僅有濃濃的憂傷，
噢，殿宇何時能在河邊矗立？
噢，河岸的橋梁何時能高舉？

麗百合以豎琴曼妙伴奏的歌曲愉悅了每個人，唯獨老婦人是例外，她聽得毫無耐性。她剛要離開就又被打斷，這次是因為青蛇的出現，她聽到歌曲的最後兩句，馬上要去鼓舞麗百合。她呼喊著：「橋梁的預言已經實現了，且問問這位好婦人，橋道何其壯觀！原本不過是碧玉和石英的材質，陽光照射頂多讓稜角發亮，如今則成為透明寶石。沒有什麼綠寶石可以更清澈，也沒有什麼翡翠有更美的色澤。」

麗百合說：「那就恭喜妳了，那可以為妳帶來好運。但請妳見諒，我還不考慮讓預言實現。人們只能用腳通過妳的橋梁，但我們得到的承諾是馬匹和馬車以及形形色色的旅人也能同時在上面來去自如。預言不也說巨大的墩柱會從河中升起嗎？」

老婦人雙眼沒離開過她萎縮的手，此時打斷了談話，正要告辭。麗百合說：「稍待一會，請帶著我可憐的金絲雀。請求神燈把這小傢伙變為美麗的黃玉，然後我會觸摸讓牠復原。至於妳疼愛的小獅子犬，他會是我心愛的玩伴。但妳得盡快，因為日落的時候，牠將會開始衰頹得可怕，美妙合一的身軀會永遠被摧毀。」

老婦人把死鳥置放在籃子裡細膩的樹葉上，匆匆離去。青蛇延續被打斷的談話，她說：「不管如何，神殿已經建好了！」

麗百合說：「但它並非坐落在大河的兩岸。」

青蛇說：「它仍在深深的地底下，但我見過國王，也和他們談過話。」

麗百合問：「他們何時會出現呢？」

青蛇回答：「我聽到神殿的回音，時候已到！」

甜美的歡樂表情充盈著女郎的容貌。「所以這是我今天第二度聽到那快樂的言詞了。哦，哪一天我才能聽見第三次呢？」

她一起身，就有個漂亮的女孩從林子裡出來，接下她的豎琴。第二個女孩把麗百合坐過的象牙雕飾椅摺疊起來，將閃著銀光的坐墊夾在腋下。第三個女孩打著一把以珍珠鑲繡的大陽傘，接著現身候駕，看麗百合是否需要她陪走一程。三位使女美貌不可方物，但也正是襯托了麗百合，大家都承認，無人可以和她相提並論。

麗百合此時俯視著令人驚豔的小獅子犬，牠的目光令她欣喜。她蹲下來觸摸牠，牠就立刻躍起。她的明眸打量著牠，牠蹦蹦跳跳的，然後急切的跳上女恩人那裡，以最親切的方式向她致意。她把小動物抱到懷裡，緊緊摟著。麗百合喃喃說道：「你涼涼的，只活過來一半，不過歡迎你喔。我會細心愛你，好好和你玩，以熱情愛撫你，放你在心坎裡。」於是她放牠下來、追逐牠、喚牠回來，在草地上愉快的一塊兒玩，單看她那麼純真就令人愉悅了。在場的每個人都加入她的歡樂，就如同不久前她的悲傷掬起大家的慈愛之情。

她忘我的遊戲被哀傷男子的到來打斷了。他一如我們所知道的那樣出現在當場，但白日的熱氣使他更形衰竭，在他的情人面前，隨分秒流逝越顯蒼白。他的手上帶著一隻兀鷹。那鳥坐著，寂靜如鴿，雙翼下垂。

他往前行時被麗百合喝住。「你真不懷好意，帶那可恨的動物到我面前，牠殺了我善歌的鳥。」年輕人回答：「別斥責這不幸的鳥了，該責備的是妳自己和妳的命運，且容我把我的苦難和慈悲連為一體吧。」

那時小獅子犬毫不止歇的在女主人身邊雀躍著，而她則不斷投其所好。她拍拍手把牠趕走，再追著牠把牠拎回來；牠溜走的時候就去抓牠，在牠近身時追逐牠。年輕人看著他們玩，嗒然若喪。但當她把那醜陋的小動物放在懷裡，把牠緊緊按在雪白的胸脯上，用聖潔的雙唇吻著那黑色的鼻子時，他發現這小動物讓人反感，再也按捺不住了，他絕望的喊著：「我非得親眼看妳跟這造化的怪胎玩在一起嗎？妳那麼迷牠，而牠享有妳的擁抱。我的命運該當如此悲慘嗎？不能接近妳，或許永遠如是！我因妳而失去一切，甚至連我自己。難道我還得在這河道來來去去，沿著這傷感的軌跡走下去嗎？不，我胸中仍然閃爍著傳統英雄氣概的火苗，此刻就讓它升騰成最終的火焰吧！若是石頭可以依偎在胸前，我寧可化為石頭。若妳的觸摸能夠致命，我寧願死在妳手上！」

他做了一個猛烈的動作，兀鷹自他手中飛起，而他則奔向麗百合。她伸出雙手想要制止，偏偏更快觸摸到他。他喪失知覺。她驚嚇的感覺到死亡重壓在她胸前。她尖叫一聲後退，年輕人脫出她的胸懷，倒地身亡。

悲劇發生了。麗百合呆立，木然看著屍體，好像心臟停止跳動，眼裡沒有淚水。小狗試圖邀寵，卻也徒勞，因為她整個世界都隨著朋友一併死去了。她默默的承受絕望，連抬頭求助也沒有，她知道誰也幫不了。

但青蛇變得更加警醒了。她的心思探向救贖，她怪異的舉動的確使災難免於最驚心動魄的結果。她以柔軟敏捷的身軀，化為大圈圈環繞著這沒有生命的形體，將尾巴含在牙齒之間，一動也不動的躺著。

很快的有一位麗百合的使女站出來，把象牙製的摺疊椅搬回來，以悲憫的神態請麗百合就座。接著第二個使女帶來火紅的圍巾，與其說是覆蓋，還不如說是在妝扮女主人的頭部。第三個使女把豎琴拿給她，她幾乎沒有為麗百合撥動這華麗的樂器，只彈了幾下音符。第一個使女帶回來一面明亮的、圓圓的鏡子，矗立在麗百合對面，捕捉她的眼神，為她呈現一切大自然所能見到的最宜人景象。痛苦凸顯她的美貌，圍巾添增她的魅力，豎琴助長她的優雅。儘管大家期望她一掃陰霾，卻又禁不住看她維持這般樣貌。

她默默對鏡子一望，撥動琴弦，先是令人陶醉，隨而痛苦似乎加劇，樂器激昂的呼應著她的痛苦。有那麼一兩次，她雙唇微開像是要歌唱，偏偏無法出聲。然而，她的憂傷很快化為淚水，兩個使女到她旁邊幫忙，各自抓住她的手臂。豎琴掉落到她的腿上。第三個使女正好上前拿住，將它擺在一旁。

青蛇輕柔的嘶嘶叫著，聲音聽得一清二楚：「誰要在天黑之前去把提燈人找來？」

使女們面面相覷，麗百合的淚水越流越快。此時提籃子的婦人氣喘吁吁的回來了，她哭著：「我完了，我的手廢了！瞧瞧，我的手幾乎完全不見了。擺渡人或巨人都不渡我過河，因為我仍是大河的債戶。我提議給祂百顆白菜、百粒洋蔥都沒用，祂要的就是三個洋薊，但整個地區就是找不到半個洋薊啊。」

青蛇說：「忘掉妳的煩惱，先來幫我們吧！或許妳同時也能得到幫助。妳快點去找磷火，現在還太亮看不到他們，但妳可以聽見他們的嬉鬧聲。快的話巨人仍然可以放妳過河，而妳就可以找到提燈老人，帶他來我們這裡。」

老婦人急匆匆離去，青蛇等候她帶先生回來，看樣子和麗百合一樣坐立不安。糟糕的是夕陽正在西沉，為林間空地的樹梢鍍上一層金色，且在湖邊的草地投下長長的陰影，青蛇急不可耐，而麗百合再度成為淚人兒。

在這進退維谷之際，青蛇時時四下張望，她擔心太陽隨時會西沉，她圍成的魔圈將擋不了腐朽的滲透，那時這俊俏的青年就抵不住腐爛的侵襲。終於她看到天空上的兀鷹，牠的羽翼恰如夕陽餘暉映照在胸膛上所展現的紫紅色。青蛇為這好兆頭興奮得抖個不停，果然毫不虛妄，因為他們接著就看到提燈老人像乘著溜冰鞋一般滑過了湖面。

青蛇文風不動，麗百合則起身喊向他：「是哪位尊神遣你來的？來得這麼是時候。我們是迫切的等待你的幫忙啊！」

「是燈神驅使我來的，由兀鷹引導我到這裡。」老人回答：「人有急需時它就會劈啪作響，我只要對空看看訊號。飛禽與流星會為我指引方向。美少女，鎮定點！我不知道能不能幫上忙。憑一己之力是不夠的，只能時機到的時候群策群力。我們能做的就是靜觀其變。」他走近青蛇，坐在她身旁的圓丘上，把神燈的光芒投注在大體上，繼續說：「圈圈還是要圍著。把小金絲雀也帶過來，讓牠躺在裡面。」使女們從老婦人之前擺下的籃子裡取出小小的軀體，照老人的吩咐做了。

此時太陽已西沉，夜色更顯蒼茫，不僅青蛇和老人的神燈相映爭輝，連麗百合的圍巾也散發柔暈，為她蒼白的兩頰增色，白色的衣裝魅力無窮，有如鮮紅的黎明之光。大家看著彼此，默默的交換著思緒，而憂煩也因為希望而得到紓解。所以，當老婦人伴著兩盞閃爍的燈一出現，就得到最熱切的歡迎。磷火消瘦許多，肯定是揮霍了太多體力，但這絲毫無礙於他們對公主和使女彬彬有禮。他們繪形繪影的說了一堆尋常的事情，似乎對圍巾散發在麗百合及她使女身上的柔暈特別心醉神迷。女孩們低首下心，與讚美相得益彰。除了老婦人之外，各個都為之心喜平靜。儘管她先生保證，神燈一出，照射到的手就不會再萎縮，她仍然一再的嚷嚷著，再這樣下去，不到深夜，她那珍貴的肢體將會消失殆盡。

提燈老人專注的聽著磷火的談話，他很高興看到麗百合分心了，而且興致勃勃。是午夜了，眾人不知不覺。老者仰望著星空說：「我們在最吉祥的時刻聚集在這裡，若是每個人都站在崗位，各盡本分，普世的幸福將會化解個人的痛苦，正如天下的災難會摧毀個人的歡樂一般。」

他話聲一落就響起一片不可思議的嘈雜，在場的每個人都在自說自話，表達他們的感想與應當怎麼做。只有三個使女安靜不語。一個睡在豎琴邊，第二個睡在陽傘旁，第三個則是在凳子邊，沒有人會責怪她們，因為的確已經晚了。磷火青年一直對幾位使女大獻殷勤，此時把所有的專注轉向美中之最的麗百合。

老人對兀鷹說：「拿鏡子過來，讓清晨的第一道光芒照亮沉睡的女孩，以天上反射下來的光芒喚醒她們。」

這時青蛇動起來了，她解除了圈圈，繞了一周向大河蜿蜒而去。兩位磷火行禮如儀的跟隨著，大家本來就應當嚴肅一點看待他們的。老婦人和她丈夫提起籃子，其柔和的光芒直到此刻才被注意到，他們往前，各提一邊，籃子越來越大、越來越亮。他們抬起年輕人的身體放入籃子裡，把金絲雀放在他的胸膛。籃子上升到老婦人的頭頂上方盤旋，老婦人緊緊跟著磷火。麗百合把小獅子犬抱在懷裡，跟著老婦人。提燈老人押陣，整個方圓被許多不同的光奇妙的照亮著。

這一小群人來到了河邊，他們無比詫異的看到一座壯觀的拱橋延伸到大河兩端。善心的青蛇已經為他們備妥了湛然發光的通道。他們在日光下就已對構成拱橋的半透明寶石驚豔不已，此時在夜裡，它的明亮更是令人瞠目結舌。橋拱高聳的對著漆黑的天空，水裡明亮的光芒顫巍巍的在河中央，展現出這移動橋梁的牢固。這小小的行列渡過了大河，擺渡老人從他的小屋遠遠眺望著，驚奇的看著鮮明的光環與在上頭移動的奇妙光芒。

他們才一抵達對岸，橋身就開始晃動，如波浪般沉入水底，此時青蛇遊走上陸地，籃子也自行安落在地，青蛇再化為圓圈把它圍住。老人趨前對她說：「妳意下如何呢？」

青蛇說：「犧牲我自己，免得被犧牲。要答應我，別留下任何寶石在地面上。」

老人答應後接著對麗百合說：「以妳的左手觸摸青蛇，以妳的右手觸摸妳的情人！」

麗百合跪下來觸摸青蛇與大體。年輕人似乎立刻還魂了。他在籃子裡移動，坐了起來。麗百合想擁抱他，但是老人阻止她。他幫忙年輕人站起來，引領他步出籃子，走出圈子。

年輕人站著，而金絲雀在他的肩膀上拍著翅膀。他們已獲重生，但仍魂魄不歸。麗百合俊俏的朋友兩眼圓睜，卻什麼也看不到，不然就是視而不見，直到他們察覺到青蛇形體奇妙的變化，才驅散掉那徹底的失神。她美麗細緻的身軀已經分開了，化為無數的寶石。老婦人笨拙的伸向籃子，敲敲青蛇，此時她的形體已經化為烏有，只有珠寶攤在地上圍成美麗的圈圈。

老人立刻動手把這些珍貴的石頭放進籃子，他的妻子也一起幫忙。接著兩人把籃子帶到河岸一處突起之地，老人把寶石全傾倒進水中。美麗的女孩們和他妻子出聲抗議，因為她們想挑一些留給自己。在水中游動的石頭像閃爍的星星，分辨不出它們究竟是遠得看不見了，還是沉到水底。接著，老人謙恭的對磷火說：「紳士們，我現在要指出路線，當你們的前導。如果你們能為我們打開內殿的正門，那就是幫了大忙。這一次我們一定得穿過祭壇，也只有你們才打得開。」

磷火們恭敬的鞠了躬，仍在後方。提燈老人一馬當先，進入在他面前打開的岩洞。年輕人跟著，舉止仍然僵硬。麗百合默默不安的和他保持些許距離。老婦人不想落後，伸長她的手讓丈夫的燈可以穩當的照著。磷火殿後，他們的火舌交會，好像彼此正在交談。

他們這樣子行進並沒有很久，因為這個行列非得停下來不可，橫在他們眼前的是一座宏偉的青銅大門，被一道金色的鎖封住。老人趕快召喚磷火，他們無須多少鼓舞，就用他們銳利的火焰吞噬掉鎖頭與門栓。

正門彈開時，金屬的回聲震天。神殿裡幾位國王的雕像隨著他們進來時的光線而照亮。大家對幾位可敬的王者深深鞠躬，尤其是磷火，他們似乎停不下左右盤旋。

稍停片刻後，金色國王問：「你們打從哪裡來？」

老人回答：「來自凡間。」

銀色國王問：「你們往哪裡去？」

老人說：「到紅塵去。」

青銅國王問：「你們因何前來？」

老人說：「與君為伴。」

合金國王正要發話，金色國王卻搶先開口，對靠得太近的磷火說：「滾一邊去，我的黃金不是為你們而有。」此時他們已經把注意力轉到銀色國王，湊近到鼻息可聞。銀色國王的錦袍被他們照得泛著黃光。他說：「歡迎你們，但我不能滋養你們，到外頭找金子吃吧，並且把光帶來給我。」他們閃一邊，悄悄溜過青銅國王，似乎沒有被注意到，朝著合金國王走去。

合合金國王結結巴巴的問：「誰將統治世界？」

老人回答：「自立者！」

合金國王喊著：「那不正是我？」

老人回答：「會有天啟的，時候已到。」

麗百合把雙臂環在老人的頸項，熱情的親吻他。她說：「聖父啊，千謝萬謝，現在我第三度聽到注定中的話語了！」話還沒說完她就把老人抱得更緊，因為此時神殿的地面在他們腳下晃動了起來。老婦人和年輕人也緊緊相擁。只有磷火什麼都沒察覺。

整座神殿動了起來，就好像起錨的船平靜的滑行出港，可以清清楚楚感覺到。地表似乎已經裂開，神殿穿過深深的裂縫，什麼也沒撞到，岩石未曾擋路。

過了一陣子，像是有細雨從圓頂的開裂處滴落。老人抓緊麗百合說：「我們現在在大河底下，我們很快就會抵達終點。」那時他們像是靜止的站著，但那是假象，因為神殿正在上升。

此時他們的頭頂傳來隆隆聲響，形狀不一的房板屋梁集結而來，開始推擠到圓頂的破洞。麗百合與老婦人跳到一邊，提燈老人則迅速抓住年輕人，兩人穩穩站著。擺渡人的小屋緩緩下沉，因為那恰是神殿從地底冒出之處，也在神殿升起時被吞噬，小屋也剛好覆蓋了年輕人與老者。

女人們失聲尖叫，神殿顫動得像一艘不期然奔向地面的船。女人在破曉的迷濛中，繞著小屋四周團團轉。門是關著的，也無人應門。她們把門叩得越響，過了半晌，她們無比驚訝的發現木頭竟溢出金屬的回音。封閉在小屋裡的神燈正在發威，由內而外讓木屋變成銀屋。沒多久連形狀也變了。高貴的金屬揚棄了木板梁柱構成的隨意樣貌，而擴充為銀雕為本的華廈。具體而微的神殿就坐落在華廈中間，或者可以這麼說，神殿現在有了相得益彰的祭壇。

年輕人接著舉步踏上銀殿的台階，提燈老人把燈投射在青年身上，另外還有人把他撐住。這人穿著白袍，手提銀槳，可以馬上認出他是擺渡人，也就是木屋變形前的住戶。

麗百合也沿著台階步行上祭壇，但仍然和情人保持一點距離。老婦人哭喊著，神燈隱蔽時她的手越變越小，「就該我倒楣嗎？那麼多的奇蹟，偏偏就沒人救救我的手。」她丈夫指著敞開的門說：「瞧，黎明已至，快快到河裡洗個澡！」

她喊著：「什麼鬼主意？我猜你大概想讓我全身變黑，消失得一乾二淨吧！我的債還沒清償完呢。」

老人說：「去吧！聽我的，所有的債都還清了！」

老婦人迫不及待的去了。就在這時，破曉的日光接觸到圓頂敞開的圈洞。老人站到年輕人與麗百合之間，高聲喊著：「治天下者有三：智慧、光明與權勢！」

指派到智慧，金色國王站起來；指派到光明，銀色國王站起來；指派到權勢，青銅色國王緩緩站起來。而合金國王突然笨拙的坐了下去。即使在如此肅穆的光景，大家都忍俊不禁。因為他既不是坐，也不是靠，更不是朝哪邊傾斜，而只是不成樣子的癱在那邊。

一直在他周遭徘徊的磷火就在他身邊，儘管晨曦使他們顯得蒼白，他們似乎已經再度飽滿，火力全開。他們聰明的用尖尖的舌頭舔了巨大的合金國王身上的黃金紋脈，凹陷的空間仍維持了一陣子，而雕像也挺著本來的樣貌，但當最後一道紋脈也被掏空時，雕像就坍塌了，而且不幸的是正好塌在能夠維持住坐姿的地方，原本能夠彎曲的關節，還一直僵在那兒。你要不笑，就只好轉頭。在兩者之間，無論是形體或塊狀，都讓人難以卒睹。

提燈老人此時引導著兩眼直勾勾只向前看的俊俏青年離開祭壇，上前到青銅國王處。一柄青銅為鞘的巨型劍就擺在這威嚴王者的腳下。青年把劍佩帶起來。這威嚴的國王喊著：「左手持劍，右手放空！」老人和青年繼續朝銀色國王移動。他把權杖傾往青年，讓他的左手握著。銀色國王和藹的說：「放牧羔羊！」他們再走向金色國王，他把橡葉編成的花冠安放在青年頭上，並以慈父般祝福的神態說：「認識至高無上者！」

他們走完一輪，老人仔細看著年輕人。他佩上劍之後，胸膛擴展開來，雙臂動了起來，步伐也更穩健。在他手持權杖的時候，一股輕柔進入他的力道，以筆墨難以形容的方式使他更為雄壯。而當花冠安置在他的額頭時，他的面貌回復生氣，兩眼炯炯有神，他說出的第一句話是：「百合！」

他呼喊著：「親愛的百合！」奔上銀色的階梯和她會合，而她從祭壇的頂端留意著他的動作。「親愛的百合啊！一個具備所有條件的男人所能期盼的，還能有什麼比妳的純真以及妳的心思讓我感受到的含情脈脈更為珍貴呢？」他轉向老人，兩眼對著神聖的雕像，繼續說：「哦，朋友啊！我們父輩的王國昌隆昇平，但你忘了第四種統治天下的力量，它先於一切，更是舉世皆然，而且更確鑿不疑。那就是愛的力量。」吐露了這些話，他就擁抱美麗的女郎。她已經拋開面紗，兩頰愉悅的泛紅。

老人說：「愛不是用來統治，但它可以造就一切，所以遠遠高於統治！」

大家沉浸在歡樂愉悅與狂喜中，沒人留意到天已大亮。此刻，全然料想不到的事物引起這一小群人的注目。眼前出現一片大廣場，四周矗立著許多大圓柱。廣場盡處可以看到一座長長的、華麗的跨河大橋，橋有好幾線道寬。為了方便行客，在橋的兩側建造了華麗的拱廊。橋上萬頭攢動，熙來攘往。橋中央的寬闊大道，牲口成群，騎乘車馬的絡繹不絕。他們隨著人潮移動，沒有礙到彼此的行進。大家都為這座橋的實用與華美感到不可思議，新王與新后也同樣為人民的生生不息神往不已，正如同他們彼此的愛情那般。

提燈老人說：「想想青蛇，向她致敬！你的命是拜她所賜，人民的這座橋也歸功於她，鄰近的河岸因之活絡起來，形成國家連成一氣。浮在河裡的燦爛寶石，是她犧牲軀體的餘澤。它們構成這華美大橋的基礎梁柱。她豎立起自身，也支撐了自己。」

他們正想問這神奇奧妙的啟示該如何解釋時，四位美麗的女郎從正門進到神殿。從豎琴、陽傘和座椅認出麗百合的三個同伴，但比她們更美麗的第四位呢？大家都不得而知。她欣喜的與她們為伍，以姊妹般的姿態穿過神殿，直上銀色階梯。

提燈老人對這美人說：「以後妳會更加相信我嗎？親愛的老婆。天降福祉於妳以及所有今晨在河裡沐浴的生靈！」

青春再現的美麗老婦人，她先前的容貌未曾留下一絲痕跡，她用充滿活力的雙臂擁抱提燈老人，而他高興的承受她的熱情。他笑著說：「如果我現在對妳已經嫌太老，今天妳就可以挑另一個丈夫。從今天起，任何未經更新的婚姻皆屬無效。」

她呼叫著：「但難道你不知道自己也變年輕了嗎？」

「如果妳看到的是英挺的我，那我很高興，而且要攜妳之手活到下個千禧年。」

王后歡迎她的新朋友，起身到神壇與她和三位玩伴一起，而國王則仍然站在兩個男人之間，他眺望著大橋，專注的看著熙來攘往的人群。他心滿意足沒有太久，因為他立刻就看到那激惱他的事物。巨人顯然還未從他的晨睡清醒過來，跌跌撞撞的穿越大橋，造成一片狂亂。他一如往常那樣睡眼惺忪，像是打算到他經常沐浴的山坳邊洗澡。但他發現自己踩到的不是小水灣而是堅硬的地面，他沿著橋梁的寬闊步道摸索前進，無比笨拙的踉蹌在人群與牲口之間，儘管他的出現令大家吃驚，卻也視若無睹。然而，當陽光照射到他的眼睛，他舉起手去搓揉時，他那巨掌的影子就產生了衝擊，搞得人仰馬翻，有的受傷，有的被掃到河裡。

國王看到這幅亂象，不自覺的要去動手拔劍。突然他若有所思，鎮靜的看著他的權杖，看著夥伴的神燈與銀槳。提燈老人說：「我猜得到你在想什麼，但我們無權干涉這衰頹的生靈，且沉靜以對，他是最後一次為害了，幸運的是他的影子已經從我們這裡轉移了。」

此時巨人越走越近，他放下雙手，眼前所見讓他心驚。他不再造成損傷，目瞪口呆的走進了空曠的廣場。他逕直朝著神殿正門走來，到了廣場中間忽然定在地面上。他變成一尊泛著紅光的巨大寶石雕像，影子成環狀正好用來顯示時辰，不是用數字，而是用高尚而富有深意的標記。

國王看到怪物的影子如此妙用非常欣喜。王后的妝扮雍容華貴，在使女的伴隨下走上祭壇，看到這幅奇異景象也驚訝不已，那雕像幾乎遮蔽了從神殿到大橋的視野。

此時民眾已經群集到巨人後面，他一動也不動，大家圍住他，訝異的看著他變形。他們把注意力轉到神殿，似乎直到這時才意會到，接著群聚到正門處。此時兀鷹帶著鏡子高高飛翔在圓頂上，為鏡子捕捉陽光，然後把光傾注到站在神壇上的群體。國王、王后和他們的同伴像是沐浴在燦爛的天光下。民眾紛紛拜倒在地。當他們恢復常態站起來時，國王和隨行人員已經進入了祭壇，從祕密通道前往宮殿。人們四散在神殿周遭，焦急的想滿足好奇心。他們懷著敬畏之情瞻仰三位站立的王者，但更想知道第四個壁龕裡有什麼？因為那上頭有厚厚的掛毯遮蓋，目光無法穿透，也沒人敢動手揭開。想必是有人出於好意，為坍塌的合金國王遮掩。

民眾不厭其煩的觀看讚嘆，越來越多人湧向神殿，要不是他們的注意力被吸引到外面的廣場，恐怕會推擠出人命。那裡正開始有金幣從天而降。金幣清脆的掉到大理石地面上，離得最近的人撲身而上。奇蹟不斷，這裡來、那裡去，毫無章法。可想而知這是行將離去的磷火在惡作劇，盡情揮霍從坍塌國王身上汲取的金子。儘管金幣已經停止掉落，人們仍貪婪的在那裡兜了好一陣圈子。最後他們終於各自散去，但大橋至今仍然遊客如織，神殿比世上其他地方都更經常被造訪。

(The Fairy Tale, 1795)

作家側記

歌德（Johann Wolfgang von Goethe, 1749-1832）

尼采把艾克曼（Johann Peter Eckermann, 1792-1854）執筆的《歌德談話錄》奉為德語文學中最優美的散文，這是歌德在垂暮之年歷經一次失敗的求愛之後，邀請這位年輕作家以閒聊的方式整理出來的思想結晶，的確交織著智慧的火花，百讀不膩。但讓歌德一夕成名的莫過於書信體的《少年維特的煩惱》，這本小說挾狂飆浪漫主義之風，引起歐洲一陣自殺狂潮，「為愛而死，竟能如此優美」。但歌德本人並不喜歡這本成名作，認為太病態了，讀完第二遍就棄之如敝屣。倒是曾是文青的拿破崙愛到隨身攜帶，兩位文武至尊會面時，拿破崙還指出故事中有幾處破綻，而老謀深算的歌德並沒告訴我們拿破崙究竟發現了什麼，成為一樁文學懸案。公認為歌德以來最偉大的德語作家托瑪斯・曼（Thomas Mann, 1875-1955）後來寫了一部《綠蒂在威瑪》，賡續了這場不朽的文學閒話，也讓我們領會，德語文學先前的一切似乎都是為這位天之驕子而鋪設。

歌德一生情事不斷，但為自己辯解，未曾一心二用。歌德是典型的「文藝復興人」，不僅是絕頂詩人，也是優秀的小說家，《威廉麥斯特的學習年代》和《威廉麥斯特的漫遊年代》是教育小說的代名詞，《親和力》的老少戀愛情故事似乎與化學原理相通。詩劇《浮士德》早已成為和但丁（Dante, 1265-1321）《神曲》相提並論的經典。他的戲劇《艾格蒙》，後來由貝多芬譜了序曲。他是「治世之能臣」，長期擔任威瑪公爵的樞密顧問；也是不折不扣的科學家，曾提出物理學的色彩論，挑戰牛頓的學說。曾經榮獲德語文學最高榮譽「歌德獎」的佛洛伊德謙虛的表示，以精神分析面對歌德這種坦誠而又謹慎的偉人，仍不免力有未逮。

早在十八世紀就提出「世界文學」概念的歌德，對莎士比亞推崇備至，那篇著名的〈說不完的莎士比亞〉是他對英國戲劇詩人最大公無私的讚嘆。而歌德本人呢？豈不也一樣的道不盡！歌德流傳下來的童話僅有三篇，英譯的本篇為〈童話故事〉（The Fairy Tale），我依據情節，中譯為〈青蛇與麗百合〉以免單調，感覺玄學與科學交織在中世紀的神靈精怪中進行對話。

金髮艾克柏

蒂克

哈芝山區一帶住著一位騎士，大多數人就只叫他金髮艾克柏。他約莫四十歲，勉強稱得上中等身材，白皙深陷的臉孔，配上修剪細膩的金髮。他過著與世隔絕的生活，從不介入鄰近人家的紛爭。此外，也很少人看過他遠離他的小城堡外牆一步，他的妻子和他一樣喜歡孤獨，他們看起來的確非常恩愛，雖然也不時埋怨上天賜福了婚姻卻沒有子息。

拜訪艾克柏的客人可說絕無僅有，縱或有之，家裡的作息也幾乎沒有任何改變。節制自持，克勤克儉顯然主導了事物的安排。艾克柏在社交的場合是歡欣輕鬆的。然而一旦獨處就有某種落寞，帶著思緒與無言的憂鬱。

最常來城堡拜訪的莫過於菲利浦・華爾特，艾克柏與他過從甚密，因為他發現華爾特與他意氣相投。華爾特住在芙拉柯尼亞，但經常花半年的時間居住在城堡附近收集花木石頭，專心的分門別類。他賴小額的遺產過活，沒人需要供養。艾克柏經常作陪與他漫步，年復一年，兩人之間發展出深厚的友誼。

人有些時候會因為對朋友持守細心隱藏的祕密而感到不安。於是，那無可抗拒的渴望就驅使著他的靈魂要讓那祕密一覽無遺，對朋友揭露最深沉的心思，如此他們或許可以比以往更加親密。人與人之間總會在這節骨眼上相互交心，有時其中一位會退縮，為自己與別人如此親近而感到震驚。

已是秋天，在一個多雲的夜晚，艾克柏和他好友以及妻子貝兒妲坐在壁爐邊。爐火在屋子裡明滅不定的閃爍著，火光在天花板上舞動。暗夜透過窗戶窺視著，外頭的樹則因溼寒而顫抖。華爾特嘀咕著他當晚必須長途跋涉，艾克柏建議他留下來，晚上撥點時間聊天，然後就在家裡一個房間睡到清晨。華爾特答應了，酒食也已經備妥，火爐添加了柴火，朋友間的談話越來越生動熱絡。

晚餐清理完畢，僕人也離開了，艾克柏執著朋友的手說：「好友啊，你應當聽一次我妻子講講她年輕時的故事。那是非常奇妙的。」

華爾特說：「非常樂意。」於是他們回到火爐邊，一起坐下來。

已經是午夜了，看得見月亮不時掠過飄移的雲朵。

貝兒妲開始敘說：「希望你不要覺得我強人所難，我丈夫說你心靈高尚，對你有任何隱瞞都不公道。我只求你別把我的故事當童話，無論它聽來多麼離奇。」

我出生在鄉間，父親以牧羊為生。家境並不頂好，父母經常發現三餐沒有著落。但更令我傷神的是父母屢屢吵架，由於貧窮而相互尖刻的責難對方。至於我呢，三不五時被說成是無知魯鈍的孩子，連最簡單的工作都料理不來。事實上我長得極為粗陋也幫不上忙。拿東西常常掉下來，也學不來縫衣織布。對家務事一無是處。我唯一很了解的是雙親的窘境。我經常坐在角落，想像著如果一朝致富要怎樣幫忙他們，用金銀讓他們透不過氣來，在不可思議中欣喜。然後彷彿看到精靈出現在我頭頂上，指點埋在地下的寶藏，不然就是給我一些能化為珠寶的小石頭。總之，我淨想些神奇的事情，一旦得起身幫忙，就又比以前更加笨手笨腳，因為我的腦海總是被一些奇怪的意象搞得昏昏沉沉。

父親總是對我發飆，我對他們而言真是累贅。他經常殘酷的對待我，唇舌之間聽不到半句和善的話。大約在我八歲的時候，他們很認真的想要教我點什麼。由於我成天什麼事也不想做，父親就認定我既固執又懶惰，開始用一些不堪述說的方式來威脅我，這無一能夠奏效，他就很狠心的懲罰我，更糟的是，他說他會如此天天整治我，因為我不過是個無用的畜生。

我整晚淌著傷心的淚水，感覺自己完全被拋棄了，自憐自艾到想一死了之。天一亮我就哀愁，連絲毫該做些什麼的念頭也沒有。我盼望自己能變得聰明有才幹，搞不清楚自己為什麼不像所認識的孩子那般靈巧。我瀕臨絕望。

黎明將至，我起來打開我們小茅屋的門，也不知道自己在幹麼。我走進開闊的平野，很快就置身於一片密不透光的森林。我繼續前行，沒有四下張望，絲毫不覺得疲倦，因為我仍然認為父親會追上我，在盛怒之下由於我的逃逸而比以前更加狠心的對待我。

我從森林冒出來的時候已經太陽高掛。接著我就看到前方有某些陰暗處，濃霧密布。不久我就開始爬山，蜿蜒的走過岩石峭壁。此時我猜想自己也許來到了附近的山脈，我孤零零的感到害怕，因為我是在平地長大的，以前從來沒見過山崗。只不過聽到人們談起「山」這個字眼，在我幼小的耳朵聽來就是可怕的聲音。但我沒有回頭的心思，恐懼驅使著我前進。當風吹過林木鞭笞著我，或者是聽見遠處的樹木在安靜的清晨掉落的聲音，我都嚇得轉頭四處張望。最後我遇見了燒炭人和礦工，聽到的是外國腔，幾乎要嚇昏了。

我行經許多村落，因飢渴而乞討。別人詢問的時候，我盡可能編造一些說詞。如此這般大約流浪了四天，我來到一條小路，越走離公路越遠。現在四周的岩石大不相同。它們是一個頂著一個堆起來的，看來好像颳起一陣風就能讓它們打轉似的。我不知道是否該繼續前行。我夜裡就在森林裡睡，因為那是一年之中最舒服的時候，不然就是遠離牧羊人的茅舍。但在這曠野處我找不到一戶人家，也不認為自己會幸運碰見一個。岩石越來越嚇人，我必須時常越過讓我頭暈目眩的懸崖，最後甚至連我沿途走來的路都消失在我腳底了。我叫苦連天，哭泣尖叫，傳來的是岩石峽谷的回音。現在夜幕低垂，我找尋一片苔蘚地面以便躺下休息。我睡不著。夜裡聽見的是古怪的聲音。有時覺得它們是發自野獸，有時覺得是風穿過岩石在呻吟，有時又覺得出自怪鳥。我禱告著，直到快清晨才睡著。

當我感覺日光照射在臉上時才醒過來，橫在眼前的是一塊陡峭的岩石，我攀爬上去，只盼望能瞄到遠離荒野的路，或者是一些房舍人家。但到了頂端，放眼望去，看到的不外就是野地。處處都霧濛濛的，天色灰沉沉，看不見一棵樹、一片草坪，甚至是一株灌木。在岩石的夾縫中，到處可見孤零零的矮樹在抽芽。無法形容我是多麼渴望只要能見到一個人就好，即使那意味著對我來說是個危險。此外，飢餓也把我壓垮了。我坐了下來，認定自己死期到了。但過了一會，求生的欲望獲勝，我鼓起力氣前進，終日流淚哽咽。到後來我根本不明白自己在做什麼，我既不想活著，可也害怕死去。

向晚時分，這區域看起來稍微可親一些。我的意念與希望復活了。求生的欲望在我所有的血脈中復甦。我覺得我聽見了遠方磨坊的驅動聲。我兩步併作一步走，高興得無以復加，荒蕪的岩石終於走到盡頭了。我又看到樹林和草原在我面前，遠山舒坦。我感覺好像是剛剛走出地獄進入天堂，孤單與無助似乎不再那麼嚇人。

我碰見的不是磨坊，而是瀑布，這讓我的喜悅大打折扣。我用手從溪裡舀了水來喝，感覺就在那一瞬間聽到不遠處有一聲輕輕的咳嗽。我有生以來未曾有如此刻般驚喜。我朝聲音的方向移動，就看到一個老婦人在森林邊緣，她像是在休息。她一身穿著幾乎全黑，墨色的斗篷蓋著頭並遮住大部分臉。她拄著拐杖。

我靠近她，給予協助。她要我在她旁邊坐下，還給我些許麵包和酒。我吃的時候，她以尖銳的聲音唱著像是讚美詩般的曲子。唱完後她說我可以跟隨她。

我很高興有這個提議，儘管老婦人的聲音與外貌都十足怪異。事實上，她用拐杖仍動作敏捷，臉部肌肉緊繃讓我一開始就想笑。野外的岩石越來越消退在背後，我們越過一片宜人的草地，然後穿過頗為綿長的森林。走出來的時候太陽正要西沉，當晚的景色與感覺我永難忘懷，一切都融合在最柔和的紅色與金黃中。挺直的樹木頂上是黃昏的餘暉，迷人的光芒灑落在原野上。樹林與林木枝葉靜悄悄的。純淨的天空如天堂般敞開，溪水潺潺，間或有群木低語，有如帶著憂愁的愉悅響徹這片空寂。我年少的靈魂第一次有了塵世為何的預感。我遺忘了自己也遺忘了引導人。我的神思與雙眼就只沉湎在金色的雲彩間。

這時我們爬上一座滿是白楊木的山崗，從頂峰下望青翠的谷地，同樣布滿了白楊木，群木中間有一間小小的茅舍。我們接著聽到一陣活潑的犬吠聲，一隻小狗很快的搖著尾巴出來，跳起來歡迎老婦人，然後轉過來把我全身上下聞個夠，最後帶著友善的眼神回到老婦人那邊。

我們走下山崗就聽到一陣美妙的歌聲，聽來似乎是發自茅舍的某隻鳥類。牠像是在唱著：

喔，孤獨，
在此林木——
在我何其歡娛，
永生不渝！
喔，孤獨，
在此林木——
在我何其幸福！

這些字詞不斷重複，若要描述那聲音，我會說是森林裡號角與木笛齊鳴，在遠方歸結為一體。

我的好奇心非比尋常的被喚起，沒等到老婦人的召喚就進入茅舍。黃昏已經降臨。每樣東西都安放得雅致。有些杯子放在櫥櫃，怪模怪樣的瓶罐擺在桌子上。窗邊掛著一個閃閃發亮的籠子，裡頭有一隻鳥，就是唱著那些歌詞的那隻。老婦人邊喘邊咳，似乎無法自行克制。不久她開始撫弄那隻狗，然後對鳥說話，鳥則不斷以歌唱回應。她的舉止像是我根本沒在現場一樣。觀察她的時候，我真是脊梁發顫，因為她的臉動個不停。她的頭著實因為老邁而抖動不已，我根本不可能知道她究竟長什麼模樣。

她終於恢復力氣後就點燃一根蠟燭，在小餐桌上鋪上一塊布，取出晚餐，然後招呼我，要我在一張小藤椅上坐下來。我坐在她正對面，蠟燭立在我們之間。她疊起瘦骨嶙峋的雙手高聲禱告。她祈禱的時候臉部扭曲，我差點忍不住又笑出聲。但我把自己克制好，以免惹她生氣。

晚餐後她又禱告，然後指點我到下面窄小房間的一張床。我沒維持清醒太久，大都處於半睡半醒的狀態。我晚上醒來好幾次，然後聽到老婦人在咳嗽，接著對狗和鳥說話，鳥似乎在做夢，僅以歌聲裡的幾個字作答。窗外的白楊木颯颯作響，伴隨遠方夜鶯的歌聲，這一切都使得聲音的融合妙不可言，對我來說像是沒有真的醒來，而只是從一個夢境掉到甚至是更為怪異的另一個夢境。

老婦人早上把我叫醒，立刻差遣我去工作。我必須去紡織而且得學得夠快。此外我還得照顧狗和鳥。我很快就熟悉所有家務事和房間裡的一切。現在我覺得似乎每樣事物都各安其位。我再也不認為老婦人有任何怪異之處，房子神祕莫測而且距離別人家很遠，鳥兒有點不同凡響。我肯定時時被鳥兒的美麗所吸引，牠的羽毛閃爍著各種可能的顏色，最漂亮的淺藍和最灼熱的深紅交錯在牠的頸項和身體，每當鳥兒歌唱，身體就鼓起來，羽毛看起來就更加華麗。

老婦人經常外出，直到晚上才回來。我帶著狗去和她相會，她稱呼我孩子和女兒。我全心全意關照她，因為我們的情感很容易習慣於任何事物，特別是在孩童時期。晚上她會教我如何閱讀，我學來輕而易舉，之後這就成為我獨處時無窮樂趣的泉源，因為她的某些書是好多世代之前寫成的，裡頭有許多神奇的故事。

回想當時過的生活，即使到了現在都覺得古怪。沒有人類拜訪過我們，但我在這小小的家庭圈子裡覺得自在，小狗和鳥都讓我有同樣的印象，像是一般長期交往的朋友。但我仍然想不起那小狗特別的名字，雖然我經常那樣叫牠。

我就如此和老婦人生活了四年，我想必大約有十二歲了，她終於學會信任我，並且為我揭開一個祕密：鳥每天下一顆蛋，裡頭有的不是珍珠就是寶石。我曾留意過她有時會在籠子裡做點神祕的事，但從不費神去探究那究竟是什麼。現在她讓我在她外出時負責收集這些蛋，並且把它們儲藏在怪模怪樣的瓶罐裡。她留食物給我，不在的時候更久，往往長達數週或幾個月。我的紡輪嗡嗡響，小狗在吠，神奇的鳥兒在歌唱。那地方周遭始終都如此平靜，我不記得，我在的所有時光有過任何暴風雨或是惡劣的天氣。沒有人在那裡迷路徘徊，也沒有一頭野獸靠近我們的住所。我很滿足日復一日的把時間花在單純的工作。人們若是直到生命結束都可以不受任何干擾的過日子，或許會是十分快樂。

我從少量的閱讀開始想像世上的奇妙事物和裡頭的人物。所有事情都取材於我自身的經驗以及周遭的生活。當我讀到可笑的角色，我只能把他們想成小狗那般的圖像；華麗的貴婦就如那籠中之鳥；而所有女性人物都長得像老婦人。我也讀過和愛情有關的，並且依想像為自己編造故事。我構想出世上最英俊的騎士，以最完美的方式裝扮他，卻不知道他會如何實際的照料我所耗費的心思。但如果他沒回報我的愛情，我會痛不欲生。接著會在內心裡創造出長篇甜言蜜語，有時甚至會大聲說話，努力把他贏到手……你還笑！當然啦，我們的青春年華如今已經離我們遠去。

現在獨處起來已經感覺較好了，此時我是房子裡唯一的女主人。狗非常愛我，我要幹麼牠都照做。鳥兒用歌唱回答我所有的問題。我的紡輪仍生氣勃勃的運轉著。我內心深處不曾感覺有改變任何事情的願望。每當老婦人遠遊歸來，她總會誇獎我的勤勞。她告訴我，自從我加入了這個家庭，每樣事物都更為井井有條。她為我的成長和健康的外表感到高興。總之，她就是把我當作自己的女兒看待了。

有一次她以沙啞的聲音對我說：「妳是個好女孩，如果持續這樣下去，妳會事事如意，但如果人偏離了正道，好事永遠不會跟著來。懲罰也許到得晚，但總是會來。」

我並不怎麼專心聽她說這些，因為我生性活潑，不斷的走來走去。然而，我在夜裡想起她的話，不能理解她說這些話的用意，儘管我把每個字眼都仔細思量過了。即使如此，我讀過關於富人的書，終於想到，她的珠寶可能挺有價值。這我沒多久就心知肚明了。但她所謂的正道究竟意味著什麼？

我十四歲了，人的不幸在於增長了悟性卻喪失靈魂的純真。確切的說，我現在已經理解，凡事取決在我。老婦人不在，我所該做的無非是帶著珠寶和鳥兒，動身前往我讀到的人世間。到時我也許就會遇見仍然在我心目中的奇妙俊俏騎士。

剛開始這些心思跟我其他的心思沒什麼兩樣，每當我坐在紡輪前，它們總是不斷的回過頭來抗衡我的意願，於是我迷失在那上頭，我看到自己華服裝扮，有騎士王子圍繞。然而，當我從這些白日夢醒來之後，看自己仍在這小小的居所就十分鬱悶。至於別的時候，只要我做好自己的雜務，老婦人對我也沒怎麼在意。

有一天女主人外出前告訴我，這一次她會比平常出去得更久，我得很細心照料每一件事，不要虛耗光陰。這一次我在跟她說再見時感覺有點害怕，似乎再也不會見到她了。我目送她一段時刻，自己也搞不懂為何如此焦慮。幾乎每件事情都像是注定了的，只是不知道自己該如何是好。

我從來沒有像現在那麼勤奮認真的照顧狗和鳥，牠們也比以前更貼近我的情感。我一覺醒來決心帶著鳥兒離開茅舍，前往所謂的人世間時，老婦人已經離開幾天了。我又焦慮又鬱悶。我希望留下來，但要留下來的念頭令我不快。我的靈魂裡有著奇怪的爭鬥，像是兩個固執的精靈彼此爭吵不休。此一刻安詳的孤獨對我似乎是絕對美好，下一刻新世界形形色色的神祕圖像又令我為之神馳。

我不知道自己該如何是好。小狗在我四周跳來跳去，陽光生氣盎然的普照著原野，綠色的白楊木閃耀著。我感覺必須趕緊去做點事情。於是我抓起小狗，把牠綁在房間，手臂下面夾帶著裝了鳥的籠子。小狗受到這不尋常的對待既示好又哀號。牠用懇求的目光看著我，但帶牠走我會怕。我把裝滿珠寶的其中一個瓶罐塞到包包，其餘的原封不動留下來。

我把鳥帶出房門時，牠詭異的轉過頭來。小狗拉扯著繩子想要跟我，但牠被迫留在原地。我避開通往野岩的道路，朝著反方向走。小狗繼續在狂吠哀號，聽了心情就為之觸動。鳥兒試著唱了幾回，但因為是被攜帶著，這畜牲一定覺得很不舒服。

我走得越遠，犬吠聲越模糊，最後完全停止了。我流著淚，幾乎就想掉頭回去，但想見識新事物的渴望驅使著我前進。到了晚上我已經越過群山，穿過森林，必須在村子裡過夜。我怯生生的進入客棧，老闆帶我到一個房間，我睡得很沉，但我夢見那老婦人，她恐嚇起我。

旅程相當無聊，走得越遠，越是被老婦人和小狗駭人的影像所擊垮。我想狗大概已經餓死了，因為我沒在那裡照料牠。我常常在穿過森林時以為會突然遇到老婦人。我邊走邊流淚啜泣，每當我休息把籠子放在地上時，鳥兒猶自唱著曼妙的歌，被我拋諸腦後的小屋生活也隨之栩栩如生。人性善忘，我現在相信，童年時期的那次旅程還不如這次來得恐怖，我但願能再回到那樣的處境。

我賣掉一些珠寶，流浪了許多天後，來到一個村莊。一進到那地方，就覺得毛骨悚然。我感到可怕，卻不知道緣由。但我很快就知道理由何在了：我正在自己出生的村子裡。多麼驚訝啊！喜悅的淚水從我的臉頰奔流而下，千千萬萬不尋常的記憶回歸到我身上！世事滄桑，有些在我離開時剛蓋好的房子，現在已經破敗了。有失火的痕跡。每樣事物都比我預期的小而且侷促。但我等不及要再看到我的父母，都已經那麼多年了。我找到那小房子以及那熟悉的門檻，門閂仍像之前一般，彷彿是我昨天才把它拉上來似的。我心跳得如起狂風暴雨。匆匆把門打開，卻只看見一些很陌生的臉孔在瞧著我。我問起牧人馬丁，他們告訴我，他和他妻子已經過世三年了。我迅速退出，離開村子，嚎啕大哭。

我曾生動的臆想著，如何以自己的財富令他們驚喜。的確，我童年時只能由做夢得之的，已經由最離奇的境遇成為現實，而現在一切都成空。他們再也不能與我同歡，我一生最為期盼的永遠化為烏有。

我來到一座舒服的城市，租了一間有花園的小房子，也雇了一名女傭。人世間證實沒有想像中那麼美妙，但我逐漸忘記老婦人和居留在森林裡的日子，我大都過著享受的生活。鳥兒已經好久不歌唱了，所以，某個晚上當牠又突然唱起來時，我極為震驚。歌詞像是：

喔，孤獨，
只有林中求——
遠不能及！

我心哀泣
喪失日子
的孤獨，
只有林中求！

我整夜無法成眠，再度開始想像著每一件事情，我比以前更覺得自己行事不正。早上起來，我無法承受鳥的目光。牠不時看著我，那樣子把我給嚇壞了。牠並沒有停止歌唱。事實上牠唱得比尋常更大聲、更刺耳。我越是看著牠，越是被牠嚇到。最後我打開籠子，把手伸進去，抓著牠的頸子，同時勒緊手指，牠用祈求的眼睛看著我，我手一鬆，牠卻已經死去了。我把牠埋在花園。

現在為了女傭的緣故，我開始體會到為恐懼所苦的滋味。我想到自己的所作所為，覺得她也可能搶劫我、謀害我。

過些時候，我認識了一位年輕騎士，我非常喜歡他，答應嫁給他……華爾特先生，我的故事到此告一段落了。

艾克柏迫不及待的補充：「你那時就該見到她！她年輕貌美，她的孤獨成長賦予她某種無可言喻的魅力！她對我是個奇蹟，我愛她愛得超乎理智。我沒什麼財產，卻由於她的愛而致富。我們搬來這裡，直到現在，婚姻沒給我們帶來片刻的悔恨。」

貝兒妲又說：「我們聊得夠了，時候不早，我們去睡了吧。」

她站起來準備回臥室，華爾特吻了她的手道晚安，說：「謝謝，尊貴的夫人。妳那不同凡響的鳥以及妳飼養小史特洛米安的樣子，在我腦海裡畫面十足。」

華爾特說完就去睡了，但艾克柏留了下來，在房子裡不停的踱來踱去。他終於開始起心動念了。「人豈非愚蠢至極？是我督促妻子把她的故事說出來，而現在後悔對華爾特交心的也是我！他不會糟蹋了我們的信任嗎？他會不會將我們的祕密告訴別人呢？人性不過就是如此，也許他會嫉妒我們的財寶，然後設計一套陰謀，設法把它們弄到手。」

他想到，華爾特在他們對他表現這番信任之後，並沒有恰如其分的衷心道聲晚安。心思一旦調準了對事情起疑，任何雞毛蒜皮的事情都能印證其疑心。儘管艾克柏因為對尊貴朋友的猜疑之情有失高尚而自責，這些卻總是縈繞心頭。他的腦海裡整夜都充斥著如此醜惡的心思，根本難以成眠。

貝兒妲隔天早上病了，沒來早餐。華爾特似乎對她的病情並不怎麼關心。此外，在對主人告辭時，態度也頗為冷漠。艾克柏無法理解朋友的行為。他探視妻子，她在發高燒。她說她想必是被前晚自己所說的故事弄得心神不寧了。

自那時起，華爾特就很少到朋友的城堡拜訪，就算來了，也只是說些不著邊際的話就馬上離開。朋友的舉止讓艾克柏極為受傷，他沒讓貝兒妲或華爾特明白他的感受，卻隱藏不住心煩意亂。

貝兒妲的病情越來越嚴重，醫生也越來越擔心。兩頰的光澤已經消失，雙眸日漸冒火，某個清晨她請人把丈夫找來床邊，命令女傭們退出。

她開始說：「我親愛的丈夫啊，我得向你坦白那著實令我心喪身毀的事情了，即使那看來或許只是個微不足道的意外。你知道的，每當我談起自己的童年，不管我怎麼努力，永遠都想不起那陪伴著我的小狗的名字。華爾特跟我們在一起的那個晚上，在他道晚安的時候突然說『妳飼養小史特洛米安的樣子……畫面十足』，那難道只是巧合嗎？名字是猜來的嗎？是不是明明知道而故意說出來的？這個人跟我的命運有什麼關聯嗎？有時我會和自己過意不去，試著說服自己這奇怪的意外不過是出於想像，但不幸的是它的確發生了，再確鑿不過了。一股駭人的戰慄把我給擊垮了，一個素昧平生的人竟能幫我想起狗的名字。艾克柏，這一切該怎麼說？」

艾克柏深情款款，同情的看著他受著煎熬的妻子。他默不作聲，收攝心神，說一些安慰的話後就離開了。

華爾特是他多年來唯一的友伴，而此人偏又是只要還活在世上就是唯一會迫害他、折磨他的人。在他看來，只有把這畜生從他的生命中拔除才有快樂可言。此時他也在設法排遣，就取出弓箭外出狩獵。

那是個狂暴的冬日，滿山覆蓋的深雪也把樹木的枝幹壓得低垂。他四處漫步。汗水凝在額頭，沒有任何動物出現，使得他惡劣的心境變本加厲。突然他看到遠處有某樣事物在動。那是華爾特，他正在從樹上採集苔蘚。艾克柏不知道自己在幹麼，瞄準他的弓箭。華爾特一陣張望，露出遇險的神色。箭已出手，他應聲倒地。

艾克柏如釋重負，心情平靜。然而，某種恐懼之情催促著他回城堡。他還有很長的路要走，因為他漫遊在森林深處。到了家，他發現貝兒妲已經死去，死前講了一堆有關華爾特和老婦人的事。

艾克柏這時更深居簡出了。他總是處於憂鬱中，因為妻子的怪異故事令他心神不寧，活在杯弓蛇影裡，時時擔心會發生什麼不幸的事故。現在他徹徹底底和自己過不去。他謀殺朋友的景象不停出現，不斷為自己幹的事情自責。

為了排解這一切，他有時候會到最近的大城市，在那裡參加舞會，與人交際。他期望能結交一些朋友以填補靈魂的空虛，但一想到華爾特，結交朋友的念頭就會令他戰慄，因為他確信，和誰在一起都絕不會快樂。他和貝兒妲一起，長久以來平安無事，華爾特的友誼也帶給他多年的快樂。而此時他們突然被清除得一乾二淨，他的生命再怎麼看都比較像是一則奇怪的童話，而不是真實人物的故事。

有位名叫雨果的年輕騎士逐漸貼近這位落落寡歡的艾克柏，看來是真的喜歡他。艾克柏喜出望外，因為這是他不曾預期到的，他熱情十足的回應了這位騎士的友誼。他們現在常在一起。雨果對艾克柏獻出種種殷勤，難得看到他們出門是單槍匹馬的。他們連袂出現在所有的社交場合。總之，他們形影不離。

然而艾克柏並沒有快樂多久，他覺得一切都很明顯，雨果喜歡他只是出於無心。這位年輕騎士並不認識他，也不熟悉他的過往。而他又再度感覺有一股告知他所有事情的衝動，這樣才能確認雨果真是他的朋友。如此他才可以免除某些疑慮，也能免於他深惡痛絕的恐懼。有許多次當他認定自己實在一無是處時，他就相信只有素昧平生的人才可能對他獻上敬意。即使如此，他還是抗拒不了那個召喚。有一天，在他們單獨騎馬的時候，艾克柏就對他的朋友吐露整個故事，還問他可不可能喜歡一個兇手。雨果感動了，也努力安慰他。艾克柏心情輕鬆的隨著他回到城裡。

似乎這就是他的宿命，在一個時點才信任某個人，隨即又對那人起疑心。他們才踏進一家大沙龍，他看著朋友在光影閃爍下的臉孔，就不喜歡他那樣子，認為自己留意到了一絲不懷好意的微笑。讓他感到吃驚的是雨果並不怎麼和他說話，而是與在場的其他人高談闊論。人群中有一位素來對艾克柏有敵意的老騎士，他經常用不尋常的方式打聽艾克柏的財富和他的妻子。雨果加入此人的談話，兩人相互竊竊私語，不斷指著艾克柏，他的猜疑於是就確定了。他覺得遭到了背叛，怒不可遏。他繼續凝視著兩人，突然看見華爾特的臉以及他熟知的所有熟悉特徵。他越看越是肯定那位在和老騎士說話的正是華爾特，不是別人。他恐懼到無法形容。他驚惶失措的衝出會客室，當晚就離開城鎮。在幾番迷途之後，終於回到了城堡。

他一回來就像是靜不下來的精靈一般，衝進一個房間接著一個房間。他無法克制自己的思緒。他不斷想像最為可怕的事情，睡意到不了他的雙眼。他一再覺得自己瘋了，經由想像無中生有。接著他就想起華爾特的樣貌，每樣事情對他越來越像是個謎團。他這時已經放棄了所有交友和尋伴的念頭。

他出發的時候內心並沒有確定的路線。事實上，他也沒有對路過的鄉間多看一眼。馬能騎多快就有多快，過了幾天，他猛然發現自己迷失在一片石陣中，找不到出去的路。最後他遇到一位老農夫，指點他一條沿著瀑布走的路。為了表示感激，艾克柏想給他一些銅板，但農夫推辭了。艾克柏對自己說：「無所謂，我可以再度想像，此人乃是華爾特無誤。」艾克柏驅馬盡情狂奔，穿過了平野和森林，直到馬兒力竭倒地。他不在乎這個，以步行繼續他的旅程。

他在攀爬山崗時心思也在飄蕩。他認為聽見了附近活生生的狗吠聲，白楊木間歇的嗄嗄作響，接著就聽到一陣美妙的歌聲：

喔，孤獨，
在此林中求——
於我無傷
也無妒。
於我何其歡欣
再度
在此林中求——
喔，孤獨。

艾克柏的末日到了，他喪失意識，亂了心智。他無法把自己從謎團區隔開來，也分不清自己是否正在夢裡，自己是否夢見有過一位名叫貝兒妲的妻子。最玄奇的事情混雜著那再尋常不過的，周遭的世界被施了魔法，思考與記憶都無能為力。

一個駝背的老婦人拄著拐杖緩緩爬上山，她咳嗽著對他高喊：「你把我的鳥帶回來了嗎？我的珍珠和我的狗呢？你懂嗎，不公不義必得懲罰。你的朋友華爾特、你的雨果，就是本人我。」

艾克柏喃喃自語：「天上的神啊！我要以何等可怕的孤獨走完一生啊！」

「而且貝兒妲是你的妹妹。」

艾克柏癱倒在地。

「她為什麼要背著我離開呢？事情本來可以完美收場的。她考驗的時間已經過了。她是一位騎士的女兒，在一戶牧人家裡養大，是你父親的女兒。」

艾克柏高喊：「為什麼這可怕的念頭總是糾纏不去？」

「因為你童年的時候有一次聽見父親談到。由於他妻子的緣故無法把女兒養在家裡，因為貝兒妲是別的女人所生。」

艾克柏心智已失，躺在地上被死神緊纏。他茫茫然不知所措，入耳的是老婦人的談話、小狗的吠叫，以及鳥兒反覆的歌唱。

(Eckbert the Blonde, 1797)

作家側記

蒂克（Ludwig Tieck, 1773-1853）

我們往往會有這種感覺，在對某個概念居之不疑時，一旦深入，就越會發現原來只是一知半解。浪漫主義就是這麼一個令人費解的名詞，直覺以為凡是浪漫派，為人行事都必走極端，但又隨時可以找到反證。不同國度表現的浪漫精神也判然有別，法國人、德國人所理解的是兩碼子事。Roman這詞彙豈不就意味著帶著騎士、貴婦風格的「傳奇」嗎？而這似乎就是蒂克主要的浪漫取向。

〈金髮艾克柏〉的背景架設在仍有騎士、城堡、森林、女巫、魔法的中世紀，人物單純，也幾乎沒特別突出的敘事手法，故事的主軸是女主角的身世自述，結局出人意料的以前世今生的報應收尾。作者在這個看似靜態的宇宙裡表現出浪漫主義典型的自然宗教觀，萬物有靈，因果循環。我必須承認，從沒讀過一篇故事可以那麼簡潔、那麼田園風味，而又那麼令人毛骨悚然！文學史家公認，這是具有詩人、小說家與劇作家多重文學身分的蒂克之一篇傑作。善於嘲諷的海涅認為他是歌德以來真正的大詩人，相形之下，當時執浪漫主義大纛的施萊格爾兄弟（August Wilhelm and Friedrich Schlegel）簡直微不足道。他把蒂克的創作分為前後三種風格，早期以長、短篇小說為主，也寫諷刺性的喜劇，為古代傳說披上華麗的外衣。第二階段則是模仿古代傳說，像〈金髮艾克柏〉那樣，充斥著神祕的內心活動，一種和大自然奇異的協調，好一片中世紀的旖旎風光！最後則回歸歌德，作品簡明、歡笑、沉靜而風趣，同時也學習塞凡提斯（Miguel de Cervantes, 1547-1616）的戲謔。

何以〈金髮艾克柏〉能如此平淡又如此驚悚呢？文學史家勃蘭兌斯（Gerog Brandes, 1842-1927）的論斷為我們提供了解答，「……怕鬼而又歡喜鬧鬼的陰沉氣質，天生的幾乎達到瘋狂邊緣的憂鬱，不斷要求光明權利的一種比較清楚而又冷靜的物性，一種生活於情緒之中並製造這種情緒的非凡能力，這就是路德維希・蒂克的基本特徵。」蒂克的貢獻不僅止於此，他還翻譯了許多莎士比亞時代以前的英國戲劇，《唐吉軻德》的譯本更是有口皆碑。而海涅認為，這正是對這位浪漫派核心人物的反諷，因為再也沒有比塞凡提斯的這部曠世名篇，把浪漫人物的傻言瘋行刻畫得如此淋漓盡致的了。

海雅辛與若思華

諾伐利思

很久以前有個年輕人住在遙遠的東方，他不僅善良，也耽於思考。他一向無牽無掛，沒什麼好讓他操心的，當別人高高興興玩樂的時候，他寧可自行遁離，不發一語，坐下來，讓自己沉浸在奇思異想。樹林與岩洞是他喜好的去處，在那裡他可以不斷的和禽獸木石交談。那些言語當然沒什麼意義，只是一堆會引人發笑的蠢話。但他總是悶悶的，就連松鼠、猴子、鸚鵡和照鷺使盡本事也無法讓他分心，回過神來。天鵝述說童話，溪流如民謠鈴鐺作響，一方巨石裁剪過奇形怪狀的灌木叢。玫瑰善意的從他背後偷偷冒出來，蜿蜒爬經他的鬈髮，象牙則輕觸他的額頭。即使如此，他仍是一如既往的不苟言笑。

他的父母非常困擾，不知道如何是好。他既健康，胃口又好。他們也未曾虧待他。這之前幾年，他和別人一樣快樂爽朗，什麼比賽都得第一，每個女孩都喜歡他。他的俊美宛如直接從圖畫書走出來，舞蹈的時候，優雅就是他的寫照。女孩子當中有位甜美、美麗至極的，看來光潔如蠟，頭髮有如金絲，脣紅似櫻桃，可愛得像玩偶，長著一對深黑眸子。她是如此的可人兒，凡是見過她的無不渴望擁有。她的名字叫作若思華，那時她全心全意都在英俊的海雅辛身上，她屬於他，而他對她敬若神明。別的孩子對此懵然不知。最先看出來的是紫羅蘭。也許他們的家貓也注意到了，因為他們家彼此緊鄰。當海雅辛和若思華各自在自家窗邊度過夜晚時，追逐老鼠的貓會看到他們兩位，笑鬧之聲嘈雜，讓海雅辛、若思華頗為光火。紫羅蘭以無比的把握告訴草莓，草莓又告訴他的朋友醋栗，每當海雅辛經過的時候醋栗都會調侃一番。不久，整個花園林地無一不曉，不管海雅辛何時外出，四面八方聽到的都是「若思華我的珍寶」，海雅辛對此懊惱無比。但是當蜥蜴爬出來坐在溫暖的岩石上蠕動著尾巴唱歌時，他忍不住笑了：

若思華，善良小姑娘，
匆匆然，變得野又盲；
想起她娘是海雅辛，
急奔給他來個親；
眼看錯誤已鑄下，
偏想她才不害怕。
她一意孤行，
終宵親不停。

哀哉！好景不長。來了一個異國漢子，他走遍天下，蓄著長鬚，深深的眼眶，駭人的睫毛，醒目的外套有許多褶紋，上頭編織一些古怪圖像。他在海雅辛父母的房子正前方坐下來，海雅辛基於好奇，就為他帶酒送麵包並坐在他身邊。這位陌生人拂拂白鬍鬚，故事一直講到深夜。海雅辛毫無倦意，寸步不移。

我們後來發現怪人談的是陌生的國度、未知的疆域，還有驚奇的事物。他停留了三天，和海雅辛勘察附近的石窟。若思華全心全意期望這老巫師離開，因為海雅辛已經冷落她了，除了一起吃點小東西之外，其他都無動於衷。巫師最後終於告辭了，但他留下一本沒人可以讀懂的小書給海雅辛。海雅辛帶著水果、麵包和酒送行，陪了遠遠的一段路。年輕人回來時滿腔淒苦，徹底改變自己的生活。若思華苦不堪言，因為她遭到持續冷落，而他則獨來獨往。

之後某一天他回家來，像是再世為人一般。他擁抱父母，哭著說：「我必須遠遊，到國外旅行。森林裡有位奧妙的老婦人教我如何重拾理智。她把書扔到火裡，催促我出發，請求你們的祝福。我也許會回來，也許不會。請代我向若思華致意。我喜歡和她談天，但不知道自己究竟怎麼回事。當我動念回想往日時光，我馬上就有更堅強的思維。我內心不平靜，良知與愛情皆離我而去。我必須把它們找回來。我想告訴你們要去哪裡，但連我自己也不知道。我的去處是萬物之母的居所，她是戴著面紗的處子。我受她的牽引。告別了！」

他強忍悲痛分手了，父母傷心欲絕，若思華獨自在房裡悲泣。海雅辛擇路而行，穿過峽谷森林，越過高山溪流，前往神祕國度。走到哪裡都請教關於伊西絲聖女的種種，不計人獸木石。笑的人多，沉默的人也多。他無處可以獲得正確的訊息。他一開始的時候是穿過崎嶇的鄉野，雲霧阻礙他的去路，暴風雨毫不止歇。接著就碰到廣袤的沙漠，塵霾漫天，他一面流浪，精神也起了變化。時間為他放慢，他內在的騷動開始緩和，變得更柔和了，內心強大的驅力化為剛柔並濟的潺流，融入自己的靈魂。

幾年過了，疆域越來越豐饒多樣，風和天藍，路途平坦。綠色的林木沿途為他投下優雅的樹影，然而他不通曉它們的語言。它們沒有要說話的樣子，但以綠意和清涼沉靜的精神填滿他的良知。內心的渴望越來越熱切，果子越來越芬芳，樹葉益形寬闊熟稔，禽獸更見高亢歡暢，天空猶漆黑，空氣越和暖，而他的愛情也越熱切。時光飛快，宛如目的地已經抵達。

有一天，他遇到一泓清泉和一處花叢，就位於兩根頂天巨柱之間的峽谷。它們和藹親切的向他致意。

他說：「親愛的朋友，何處是聖女伊西絲的居所呢？想必就在附近，你們也許比我更熟悉這個國度。」

花兒說：「我們也只是過客，有個精靈家族到此一遊，我們正在為他們引路，安頓房舍。然而，最近我們行經一處疆域，聽聞她的大名被提及。你只要繼續往上爬向我們來的地方，或許會知道更多。」

花兒與流泉微微笑著，然後給他清涼的飲料，繼續走它們的路。海雅辛遵循它們的建議，一路詢問，終於來到久覓不獲的地方，它隱藏在棕櫚樹與其他罕見的灌木叢之間。他的心跳帶著劇烈的渴望，甜蜜至極的焦慮把他穿透，在這四季永恆的居所，天堂才有的香氣降臨了，他昏昏欲睡，只有夢境才能引領他到至聖之地。事實上夢境引導他到充滿奇妙事物的未央宮，背景音樂弦歌不斷。樣樣事物看來都十分熟悉，只是光亮滿盈，前所未見。宛如塵世的最後一道餘韻銷磨在空氣中，他就站在神聖處子跟前。他掀開她輕輕閃爍的面紗，若思華就投入他的懷裡。遠處的音樂迴盪著情人團圓的祕密，渴望得到奔流，任何異類都不准進來這著魔的地方。海雅辛和若思華之後又與快樂的雙親、同伴活了很久，他們子孫繁茂，感激那位森林中的老婦人，因為那時候人們想要多少孩子就有多少。

(Hyacinth and Roseblossom, 1802)

作家側記

諾伐利思（Novalis，本名 Friedrich von Hardenberg, 1772-1801）

每當看到諾伐利思這神祕的名字就宛如面對夜裡的迷霧，它悄無聲息，帶著一股溼氣，令人籠罩在微甜的朦朧中。很少作家能像伏爾泰、司湯達（Stendhal, 1783-1842）、喬治・艾略特或是馬克・吐溫那樣，享有讓讀者只記得他們筆名的殊榮，但他們的主要身分是思想家和小說家，而且遠比流星乍現的詩人諾伐利思活得長久。他似乎是同時期英國浪漫詩人雪萊與濟慈的綜合體。他和雪萊都沒活過三十歲，兩人都愛上十來歲的少女，可是具有革命精神的雪萊，選擇與後來寫下《科學怪人》的瑪麗私奔，而諾伐利思則在他早慧的美女凋亡後，抑鬱以終。濟慈也為情所困，卻在獲得愛情後病情發作，步諾伐利思後塵死於肺結核。

我想到蘇珊・桑塔格在《疾病的隱喻》講的，嘔心瀝血，正是感情過度揮霍之浪漫詩人最恰如其分的死法。然而英國詩人為我們留下〈西風頌〉、〈解放的普羅米修斯〉、〈夜鶯〉和

〈希臘古甕頌〉，而德國詩人呢？我僅知道他是沉迷夜晚的情種，自然宗教的信徒，對死亡充滿憧憬，於苦痛欣然以對的詩人。浪漫主義賦予詩人崇高的地位，諾伐利思說過詩人「肩負著改變世界的使命」。稍後的雪萊認為「詩人是這個世界未被公認的立法者」。許多批評家發現這兩位同壽的詩人對自然密切的觀察，結合了柔情和形上學，追求至高境界而以空無告終，連長相都神似。但是文學史家勃蘭兌斯卻說兩人實有直接的對比，諾伐利思是十九世紀文學運動的前驅，而雪萊則是文學轉變的後繼者。原來鍾愛自然的浪漫詩人，可以是恬靜、保守的，也可以是騷動、激進的。我毋寧更傾向於前者，偶爾會想想他故事裡「藍花」的美麗意象。

詩人海涅把他和霍夫曼拿來對比，認為兩人各有各的病態，評論他們作品是醫家的事，「諾伐利思詩歌的玫瑰色不是健康的顏色，而是害癆病的面色。霍夫曼〈想像篇〉中的紫紅色並非天才的火光，而是傷寒溫病發燒的症候。」諾伐利思的女友索菲亞是他多數著作的繆思，〈海雅辛與若思華〉似乎是這對薄命情侶的化身，這位認定「童話可以說是詩歌的準則，所有的詩意都必須是童話式的」詩人，讓我們在厭倦理性與繁瑣時，感受巖穴的精靈與淡淡的幽香。

華崙礦山

霍夫曼

七月裡某個歡樂的豔陽天，哥特堡的所有居民群聚在港口邊。一位富有的東印度人高高興興的從遠洋歸來，在克里巴港下了錨。瑞典的旗幟在藍天中愉快的翻飛，數以百計的各式船隻隨著歡樂的海員漂流，在歌泰夫的水晶浪花中來回移動，而馬瑟哥托的砲聲隆隆朝海致意。東印度公司的仕紳們在港邊來回漫步，帶著微笑估量他們可觀的利益，為他們探險事業逐年昌隆而歡欣，哥特堡的買賣真是盛極一時。

東印度公司水手約有一百五十之眾，正陸續從許多船隻登陸，準備舉行他們的虹思寧，這是水手慶祝這種場合的節慶名稱，往往長達數日之久。穿著奇裝異服百色斑斕的樂手以小提琴、橫笛、雙簧管和小鼓領銜，熱情演奏洋溢著歡樂的各式歌曲。水手兩兩跟隨在後，有的身穿帶有華麗飾帶的夾克，帽子上的三角旗陣陣飄揚，有的則連舞帶跳，雄渾的吆喝聲響徹遠方。

這歡樂的一群遊行過了碼頭，穿過城郊來到哈家，他們要在這裡的一家大客棧盡情宴飲。啤酒佳釀源源不絕，酒到則杯空。通常船員在長程航行歸來時，形形色色的美貌女郎隨之而至。舞會開始，玩樂越來越狂野，歡聲雷動而漸趨放蕩。

偏有這麼一位孤獨的海員，長得高瘦英俊，約莫二十歲，從這場混亂中溜出來，獨自坐在酒館門邊的長椅上。

兩個船員驅身向前，其中一位朗笑高呼：「艾立思．孚若邦！艾立思．孚若邦！你又淪為可憐的蠢蛋，把美好的時光浪費在愚蠢的思維了嗎？艾立思，你聽著，如果你不想和我們的虹思寧沾上邊，你就得離開我們的船。你成不了高尚得體的水手。你勇氣十足，面臨危險也毫不畏懼，但你不會喝酒，寧可把錢安放在口袋也不想虛擲給生人。喝吧，孩子，不然就讓海魔涅克那個老妖精把你帶走。」

艾立思．孚若邦從長椅一躍而起，兩眼發火盯著兩個水手，取一只高腳杯盛滿白蘭地，一乾而盡。他接著說：「你看啊，約翰，我能和你們一樣喝酒，至於我是不是優秀的水手，船長自有評斷。現在給我閉上你的髒嘴滾蛋！我討厭你的粗俗無禮。我在這裡幹麼不關你的事。」

約翰回答：「算了，算了，我知道你是個涅力客，他們都是悲哀陰鬱、落落寡歡，不能真正享受身為水手的快樂生活。等等，艾立思，我會找個人出來。你必須從那海魔涅克把你拴住的該死長椅上脫離。」

稍過一會兒，有個很漂亮的女郎走出客棧，滑坐在憂鬱的艾立思身邊，他又坐回那張長椅，沉默而拒人千里之外。從那女郎的盛裝和舉止明顯看出她淪落於邪惡的享樂中，而狂野的生活尚未施展其毀滅的力量在她那溫柔非凡的迷人容顏上。她身上沒有一絲刻意壓制的傲慢，有的是黑色雙眸中散發出的寧靜且帶著渴望的哀愁。

「艾立思，你不想共享同伴的歡樂嗎？又回到了家，逃脫了海洋的凶險，難道你感覺不到一絲快樂？」

女郎以溫柔的聲音細訴，用她的手臂摟著年輕人。艾立思．孚若邦宛如大夢初醒，深深望入女郎的雙眸，把她的手壓在自己胸膛。看得出來，女郎的輕聲蜜語已經在他內心引起回響。

好像在考慮如何開口，他終於說：「天哪！談到歡樂，不在彼處。至少我無法與我的夥伴同歡。回裡面去吧，親愛的女孩，可以的話就去和他們開懷，讓憂傷不幸的艾立思在這裡獨處就好。他只會誤了你們的歡樂。但且慢！我可是很喜歡妳的，當我再回到海上，妳，可得好好想念我。」

他從口袋取出兩枚金幣，又從懷裡抽出一條漂亮的東印度領巾，把這兩樣都送給女郎。她站起來，眼泛淚光，把金幣放在長椅上說：「喔，留著你的金幣吧，那只會令我傷心。但我會穿戴這漂亮的領巾想念你。明年你們再停在哈家舉行虹思寧時，大概不會在這裡見到我了。」

女郎雙手掩面掉頭就走，但不是進入酒館，而是過了街道朝不同方向而去。

艾立思．孚若邦又陷入愁思，當酒館的歡唱越來越喧囂狂野時，他高呼：「就讓我葬身海底吧！此生再也沒有任何人能令我快樂了！」

這時他正後方有一深沉而粗獷的聲音說：「年輕人，想必你遭遇了什麼天大的不幸，才會在生命正要開始就一心尋死。」

艾立思回頭張望，看到一個老礦工靠在酒館的木牆上，橫著雙臂朝他意味深長的看著。

艾立思繼續瞧著老者，感覺像是一個似曾相識的人，在他自認為迷失在曠野的孤寂中前來給予友情的安慰。他精神一振，一一細數，他的父親是一名優秀的舵手，在同行的一場暴風雨中溺斃，而他則不可思議的獲救。兩個兄弟都是軍人，戰死沙場。他則從每次東印度的長程航行中賺取厚利，獨力供養孤零零的可憐母親。他命中注定得當海員，因為那是孩提以來的召喚，而且對他來說，能進到東印度公司服務已是無比的幸運。這一趟利潤空前，每個水手在薪資以外還獲得大筆鈔票。他滿載金幣，匆匆趕回母親曾經快樂生活著的小房子。但幾張不相識的臉孔從窗子看著他，最後有個少婦開門，他說明來意，她則以無關痛癢的聲音告訴他，他母親三個月前過世了，他付過喪葬費就可以到市政廳領取遺留下來的幾條毯子。母親的死亡讓他心神欲裂，感覺被全世界所遺棄，就像是船難困死沙洲，無助而悲慘。海上生涯似乎是瘋狂、毫無意義的舉止。事實上，一想到母親可能被素昧平生的人惡劣對待，死得毫不安詳，出遠洋而未盡照料之責似乎就是惡行了。他的夥伴硬要扯著他去虹思寧，他也曾以為歡樂與烈酒會終結他的哀傷，但很快的似乎胸中的血脈盡皆著火，寧可淌血而死。

老礦工說：「罷了！罷了！艾立思，你又行將出海，哀傷很快會過去。人老終歸一死，任誰也無能為力。而你自己也說，你母親告別了窮困勞碌的一生。」

艾立思回答：「天哪！天哪！我的悲傷誰人能信！我與世人疏離正是由於任人取笑為痴愚。我不回海上了。那裡的生活可憎。往昔每當船隻向前航行，我心雀躍，船帆展開就像是穩定揚起的翅膀，海浪帶著愉快的音樂沖激，風聲吱喳掠過船索。那時我和同伴在甲板上歡樂，然後一旦我在靜靜的暗夜守望，我就想著回家和善良的老母，如果艾立思返家她會如何開心啊！當時我可以享受虹思寧，我可以把金幣倒在母親膝下承歡，親手獻上細緻的衣裳和許多異國珍玩，她的愉悅在眼中閃耀，她一再的拍手，幸福滿溢；她忙不更迭的來來回回取出為艾立思保存的佳釀。晚上與老母促膝長談，我告訴她在長途航行中所遇到的陌生民族以及種種遭遇的妙事。她深深樂在其中，也會告訴我父親往極北方向的驚人航行，述說我已聽過不下千百遍，而又百聽不膩的、駭人聽聞的海上傳奇。天哪！又有誰能帶我重拾這些歡樂？不，不再回到海上了。我怎麼能再和只會消遣我的同伴為伍，這類此時在我看來毫無意義的勞碌，又當如何讓我樂在其中呢？」

老人在艾立思沉默下來之後說：「我聽完了，年輕人，我愉快的聽著，就像是看著你一個時辰而你都沒注意到我那般的愉快。你所作所為以及你所說的一切，在在說明你有著內向虔誠的孩童本色，上天所能賜予你的天賦莫過於此了。但你的一生從來都不適合當個水手。狂亂無定的海如何與你相容，而默默無言的涅力客又會如何引人傷感呢？你是多愁善感的人。我從你的長相和整個身軀都看得出來。永遠放棄那種生活對你才好。但別虛度時光。艾立思．孚若邦，聽從我的勸告！上華崙山去，當個礦工。你年輕又活力十足。你會成為好學徒，接著當揀選員，然後成為礦工。你會不斷攀升。你的口袋裡有好多金幣可以用來投資，加上你的薪資所得，你就可以添購小屋和一些土地，在礦場擁有股份。艾立思．孚若邦，聽從我的勸告，去當個礦工吧！」

艾立思．孚若邦聽了老人家的話頗為震驚。

他大呼：「這算哪門子建議啊！你要我離開美麗自在的土地，令我充滿活力飽滿的爽朗豔陽天，而下到深不見底的可怕地獄，僅為了可悲的蠅頭之利，像鼴鼠一般四處挖掘礦石金屬？」

老人怒喝一聲說：「聽來像是尋常百姓一般見識，鄙視自己無法欣賞的事物！可悲的蠅頭小利！還以為地表上所有由買賣導致的可怕折騰比礦工更高人一等似的，要知礦工的技能和不屈不撓的苦幹精神揭開了大自然最神祕的寶藏。艾立思．孚若邦，你居然說可悲的蠅頭小利！但也許這裡有的價值更高一等。當盲眼的鼴鼠憑著看不見的本能在地底挖掘，在極深的隧道也如此一般，人們藉由礦燈的微光看得更清晰。事實上，待眼力越來越強，就能夠在絕佳的礦石中辨識出隱藏在暗處的投影。艾立思．孚若邦，你對採礦一無所知，讓我來告訴你。」

話聲一落，老人就在艾立思身邊坐下，開始描述礦山的大小細節，極力讓這不識不知的男孩事無大小都有一幅清晰、生動的圖像。他談到華崙礦山，他說他從孩提時期就在那裡工作。他描述巨大的入口處，牆壁棕黑，也談到礦山中的玉石難以估量的財富。他越說越生動，兩眼熊熊發光。在通風井間漫遊，有如穿梭在魔法花園的步道中。礦物回春，化石顫動，華麗的黃鐵礦與石榴石在礦燈的光輝下閃爍。水晶石明明滅滅，綻著微光。

艾立思專注的聽著。老人家不同尋常的談話方式，就像他整個人都置身於地底下的寶石一般。他感受到了壓迫感，像是已經隨著老人降到深處，強有力的魔法迅速攫住他，再也見不到溫馨的日光。老人家似乎為他開啟了一個自己本當歸屬的未知世界。這世界裡的一切魅力，早在他孩提時期就已經以奇妙神祕的預感顯現出來了。

老人家最後說：「艾立思．孚若邦，我已經為你揭示了。這召喚的所有榮華的確已經由自然歸命於你。且與你自己協商，隨福至心靈而行事。」

老人家說完就從長椅上躍起，沒道一聲再會或回頭張望就邁步離開，迅速消失在視線之外。此時客棧一片沉寂，烈酒與白蘭地的威力大獲全勝。許多水手帶著他們的女郎溜走了，有的則躺在角落邊打鼾。艾立思無法回到他熟悉的家，在懇求來的小房間過夜。

他疲勞困頓，在床上都難得伸展，夢境乘雙翼而至。他似乎置身於一艘美麗的船隻，在晶瑩剔透的海上張滿船帆漂流，頭上則是烏雲罩頂。但當他朝下看著波浪，就明白他以為的海洋實際上是固態、透明而泛著閃爍微光的物體，船隻以不可思議的方式化掉了，所以他此刻站在一片水晶地面上，頭頂上看到的是明暗不定的礦物圓頂，第一個念頭以為是天空的雲朵。他被不明的力量所驅使，邁步向前，然而此時他周遭的每樣事物都開始抖動，宛如浪花捲起，四周冒升閃閃發亮的火樹銀花，枝繁葉茂由深處席捲上揚，以最為宜人的樣態交纏著。地面如此透明，艾立思看那植物的根歷歷在目，看得越深、更深，他就見到深處有無數的女性形貌，她們以白色晶瑩的手臂相互纏繞擁抱，從她們胸中孳生出樹根花木。美少女們一帶笑，甜蜜的樂音迴盪圓頂。而神奇的金屬花朵則是越竄越高，越形歡樂。一股無以言說的痛苦與狂喜侵襲而至。滿腔的愛欲與激情的渴望在他內心擴展。他高喊：「下去！下去會妳！」他伸展雙臂攀爬直下水晶地面。然而下方的地面隨之融化，他則翱翔在閃爍的半空中。

這時有道誠摯的聲音在呼喊他：「如何啊，艾立思．孚若邦，你可喜歡此地的諸般奇景？」艾立思看到老者就在身邊，但他一凝視，那礦工就變成巨人的模樣，宛如鑲出來的發光金屬。艾立思還來不及害怕，就有一道迅疾的閃光來自深處，一位貴婦的嚴肅臉龐依稀可見。艾立思感覺胸中的狂喜逐漸化為排山倒海的恐懼。老人抓著他高呼：「小心！艾立思．孚若邦，那是女王，你現在可以抬頭看了。」

他不經意的轉過頭，就從圓頂的裂縫中看到夜晚的星空。一股溫柔的聲音帶著無助的哀傷呼喚著他。那是母親的聲音。他覺得從裂縫中見到了她的容顏，然而那是個迷人的年輕婦女，她隻手展向圓頂，喚著他的名字。

他朝老人吶喊：「帶我上去，我屬於上面的世界，以及它和善的天空。」

老人幽幽的說：「好自為之啊！孚若邦，你必須赤誠對待自己獻身的女王陛下。」

但一當年輕人再次朝下望穿貴婦嚴厲的臉龐時，他己身就融化為閃亮的礦石，無名的恐懼令他尖叫著從怪異的夢境中醒來。他內心深處迴盪的是狂喜與恐懼。

艾立思勉強回過神來說：「在所難免！在所難免啊！我非得做這種怪夢不可。畢竟老礦工告訴我那麼多地底世界的華麗景象，我滿腦子都是那堆玩藝兒。但有生之年我從未有過有如此刻的感受。或許我猶在夢中，不，不，我大概是病了。我得到外頭去，呼吸點清涼的海風會有療效。」

他打起精神再回到克里巴港，虹思寧的狂歡又即將開始。但他察覺自己並不開心，任何思緒都難以扣牢，無可名狀的預感與期盼糾纏不休。想起去世的母親悲傷萬分，似乎又渴望著遇見那前一天對他柔情蜜語的女郎。然後他又擔心，如果女郎出現在這條或那條小街，到頭來只會是那他所懼怕的老礦工，但也說不上來為什麼。可他又喜歡聽老人家訴說採礦的種種神奇。

這些思緒排山倒海的在他心中翻滾，他朝水面往下看，那銀色的波浪似乎轉化為閃閃發亮的固體，一些美麗的巨大船隻正在消融，升騰到爽朗天空的濃雲也在集結，凝結成石頭圓頂。他又在夢境裡了。他看到貴婦嚴厲的臉龐，毀滅性的渴求重新攫住了他。

同伴們把他從遐想中搖醒，他必須再與他們為伍，但此時似乎有個陌生的聲音在他耳邊輕呼：「你怎麼還在這裡！走啊！走啊！華崙礦山才是你的歸宿。你夢境的種種奇觀會為你再現。去吧！到華崙去！」

艾立思．孚若邦在哥特堡的街道上徘徊了三天之久，夢裡的荒誕不經糾纏心頭，那奇妙的聲音也在不斷勸戒。

到了第四天，正當艾立思站在通往葛佛方向的城門時，有位大漢剛好從他面前經過。艾立思自以為認出是那位老礦工，受到不可抗力的驅使，他緊隨其後，卻無法追上。

他鍥而不捨，足不停歇。他心知肚明，自己正在往華崙的路上，這層認知以別開生面的方式令他沉穩，他很確定命運之呼聲已經透過老礦工對他陳述過了，此刻正引導他朝真正的志業邁進。

事實上，每當他不知何去何從，就往往看到老人家突然從一條溪谷或是矮樹叢走出來，不然就是從暗色的岩石後面冒出，放足越過他而不左顧右盼，然後再度迅速消失。

度過幾天沉悶的流浪，艾立思終於看到遠方有兩個大湖泊，湖泊中間一縷濃雲正在升起，他越爬越高，直抵西陲高地，認出是霧裡的兩座高塔和若干黑色屋頂。老礦工巨人般的站在他面前，伸直手臂朝雲霧一指，然後又消失於岩石之間。

艾立思高呼：「華崙在望！華崙在望！我旅程的終點。」沒錯，在他後面的人們證實華崙城位於朗恩湖與瓦班湖之間，他剛剛越過的是格福里山，也就是通往礦場大入口之所在。

艾立思．孚若邦興致勃勃的望前走，但站在巨大的地獄入口前，血液在脈搏裡為之凍結，見到這可怕而荒蕪的廢墟，他僵住了。

眾所周知，前往華崙礦山的大入口約有一千兩百呎長，六百呎寬，一百八十呎深。黑棕色的邊壁剛開始大致是垂直下延，但到了半途由於有龐大的碎石堆而顯得沒那麼險峻。邊坡與牆壁處處可見老舊礦井的木棧道，以粗壯的樹幹為材料緊密的橫向建造，並在尾端交會，就像是構築防禦工事那樣。沒有一棵樹、一根草存活在這貧瘠、碎裂和岩石的深淵。怪石堆疊成各種奇形怪狀，有時像是巨大的石獸，有時又像是人形雕像。在最深處，石塊漫無章法的四處擺置，不是熔渣就是燃毀的礦石，硫磺氣從深處節節飄升，像是地獄之釀正在沸騰，氣體正在毒殺一切天然的綠意。吾人可以相信但丁正是從這裡下到地獄的，放眼所見淨是悽慘與恐怖。

當艾立思．孚若邦朝那怪獸般的深淵下望，他想到年老舵手在船上告訴他的。那是有一回他發燒臥床，舵手似乎突然看見海浪消退，下方有深不可測的深淵張大著嘴，他看見深處的可怕怪物以駭人之姿交纏著，成千上萬的怪異貝類扭進扭出，還有珊瑚樹和奇妙的礦石，怪獸大口一張，它們馬上僵硬如死。老舵手說這般景象意味著海洋瀕臨一死，事實上此後不久他就從甲板上失足墜海，從人間消失。艾立思想起舵手的故事，那地底之深確如抽乾海水的大洋。黑色的礦物和藍紅顏色相間的礦渣看來就像是噁心的怪獸朝他伸展觸鬚。許多礦工正是如此從深處攀爬而上，他們穿著黑色的工作服，頂著烏黑的臉孔，像醜陋的生物艱難的從地底匍匐而出，使盡全力爬出地面。

艾立思感覺自己因恐懼而發抖。他被身為水手未曾體驗過的眼花撩亂所攫獲，像是有看不見的手在把他拉進深淵。

他閉起雙眼奔逃，直到遠離入口，攀爬而下格福里山，舉頭看得見宜人的晴空，那駭人景象所生的害怕才一掃而空。他又能自由呼吸了，在靈魂深處高呼：「生命的主啊！集一切海洋的恐怖，如何與深藏在寸草不生的岩石地獄裡的驚嚇相提並論！讓風狂雨暴，讓烏雲下探到浪潮：驕陽會很快復位，暴風雨在它和善的面容下逐漸平息。但日光穿不透那陰森森的地獄，吸不到一絲春風使得心思舒爽。不，我不想入夥，你這黑暗的蚯蚓，我永遠無法安於你那悲慘的生活。」

艾立思心想就在華崙過夜，隔天破曉再啟程回哥特堡。

他來到名叫赫爾辛托格的市場一帶，發現有一票人聚集在那裡。

一長列的礦工整隊行進，手中持燈，樂手前導，剛好在一座豪宅止步。一個高高瘦瘦的中年人走出來，帶著溫和的微笑環顧四周。從那自在的儀態、爽朗的表情以及深藍且炯炯有神的雙眼，任誰都看得出來他是真正的首領。礦工圍繞著他，他真誠的一一握手，對每個人講著親切的話語。

艾立思・孚若邦稍一詢問就知道此人名叫裴爾遜・達俄修，他是本區的頂頭上司，也是一座美好礦莊的莊主。在瑞典，為銅銀業所租借的莊園稱之為礦莊。礦莊的莊主都擁有礦場的股份，並負責其運作。

艾立思又得知法庭事務剛好在當天結束，礦工們樂於到礦場主、煉造師和資深領班家裡，盡情接受招待享樂。

當艾立思細細觀看這些帥氣、體面的人以及他們親切、開朗的臉龐時，那些巨大入口處的蚯蚓早已拋到九霄雲外了。裴爾遜・達俄修為眾人引燃的歡樂，與水手們在虹思寧的那種狂亂喧囂截然不同。

礦工們的取樂之道不禁吸引了安靜嚴肅的艾立思，他感到無法形容的自在，聽到幾位年輕人開始唱起一首老歌，以簡單的節奏讚美著採礦，歌聲直入內心，他不禁潸然淚下。

歌聲一結束，裴爾遜・達俄修就打開房子大門，所有礦工魚貫而入。艾立思不由自主的尾隨，在門檻前停下來，如此他就看得見寬敞的大廳四周。礦工們坐在長椅上。餐桌上已經擺好了豐盛的餐點。

他對面的後門打開了，進來的是一位豔光照人、盛裝打扮的少女。她纖細高䠷，烏黑的秀髮在頭上結成髮辮，細緻的小上衣別著華美的胸針，行步之間，淨是少女散發的光輝。礦工全部站起，一陣快樂而低沉的呢喃聲不分位階脫口而出，「鄔拉・達俄修！鄔拉・達俄修！上主信實，讓這美麗、天真的天堂子女成為我們英勇領袖的福分！」當鄔拉和大家親切的握手打招呼時，連最老的礦工都兩眼發光。然後她帶進來銀製的酒壺，倒出華崙釀製的頂級麥酒，為這群快樂的夥伴斟酒，她迷人的臉頰與天堂四射的清靈相輝映。

艾立思・孚若邦一看到那女郎，就像一道閃電擊中了他的心靈，啟動所有神聖的歡暢，以及一切困在裡頭的愛情苦痛與狂喜。正是鄔拉・達俄修伸出援手從那命定的夢中把他拯救出來。他現在相信自己所猜測的那夢境之奧義了，且把老礦工拋諸腦後，慶幸命運引領他到華崙山。

但他此時站在門檻卻覺得自己是個被視而不見的陌生人，悽慘、悲涼而無依。他寧可在見到鄔拉・達俄修前先行死去，因為現在他無疑必死於愛與渴求。他的雙眼再也離不開那亮麗的女郎，當她從離他很近的地方經過時，他用顫巍巍的聲音輕喊她的名字。鄔拉一張望，就看到可憐的艾立思，他站在那裡脹紅著臉，眼睛下垂，僵住，說不出話。

鄔拉含笑走向前來說：「喔，親愛的朋友，你是外地來的吧。我從你的水手服就看得出來。那麼，你幹麼站在門檻上呢？進來跟我們一起玩樂吧。」她牽著他的手引他進入大廳，遞給他滿滿一杯麥酒。她說：「喝吧！親愛的朋友，獻上我誠摯的歡迎。」

艾立思覺得自己像是躺臥在天堂至福的夢境裡，不旋踵就會醒來感受不可名狀的淒楚。他不知不覺一飲而盡。這時，裴爾遜・達俄修過來和他握手，親切的打招呼，問他家在何處，怎麼會來華崙山。

艾立思感覺美酒溫熱的力道在他血脈裡奔流。看那尊貴的裴爾遜的眼神，他轉而快樂且勇氣十足，他逑說自己乃是船員之子，從小就在海上，剛從東印度返鄉就發現他所疼惜奉養的母親已經撒手人寰。此時覺得，天地之大竟無容身之處。現在對海上狂野的生活十分厭惡。他最內在的性向莫過於採礦。他衷心希望自己被採用當個華崙山的採礦學徒。最後那句話與他幾分鐘以前所下的決心剛好背道而馳，說得非常順口，在他則似乎不可能對這經理人說出任何不同的話，像是在表達最深沉的渴望，直到現在才意會過來。

裴爾遜．達俄修帶著嚴肅的表情看著年輕人，像是期望能看透他的心思似的，接著說：「艾立思．孚若邦，我不認為驅使你離開以前的行業只是輕率之舉，你決定來此之前並沒有仔細衡量採礦的種種繁瑣艱辛。我們有個源遠流長的信仰，認為礦工所勇於秉持的絕佳要素也會同時毀了他，除非他能展現出完整的自我，維持宰制他們的力量，而且心無雜念，不然那會削減全心全意灌注在泥土與火的工作。但如果你適當考量過自己真正的召喚，覺得經得起考驗，那你就來得恰是時候。我的礦場需要工人。願意的話，你現在就可以留下來，明早跟隨領班前往，他會告訴你該做什麼。」

艾立思的心思隨著裴爾遜．達俄修的話語活絡了起來，他不再去想那曾見過的地獄深淵如何恐怖駭人。滿心狂喜與愉悅，只因他從此每天都能見到美麗的鄔拉，和她生活在同一個屋簷下。他容許自己有這甜蜜的希望。

裴爾遜．達俄修告訴礦工們有個年輕學徒剛來報到，將艾立思．孚若邦介紹給他們。

大家都認可的看著這位堅挺的青年，認為他那瘦削強壯的身材正是天生礦工的料，想必也不缺勤快和專注。

其中一位長年在這裡的礦工趨前，熱誠的握著他的手。他說自己是裴爾遜．達俄修礦場的大領班，會盡全力完完整整的教導他每件需要知曉的事情。艾立思必須坐他身邊，那老人家則喝著麥酒講了一長串關於學徒的職責。

哥特堡的老礦工又上了艾立思心頭，艾立思以某種特殊的方式，幾乎一字不漏的複述人家告訴他的所有事情。

大領班訝異的驚呼：「怎麼回事啊？艾立思，你是從哪裡得來這一切知識的？你真的都不出差錯。不消多久你就會是礦場裡最好的學徒。」

可人兒鄔拉穿梭在賓客間接待，經常親切的對艾立思點點頭，也督促他要懂得享樂。她說他已經不再是外人，屬於這棟大房子而不是虛實莫測的海洋。蘊藏富饒的華崙礦山就是他的家鄉。充滿狂喜幸福的天堂在她的話語中為這青年敞開。事實上鄔拉喜歡在他左右溜達也被注意到了，連裴爾遜．達俄修都默默且嚴肅的觀察他，帶著讚許。

但當艾立思重新站到冒氣的地獄深谷旁，穿著礦工的制服，腳踏沉重的釘鞋，跟隨領班進入深深的棧道時，心臟狂跳不已。時而是一股熱氣環繞，胸膛為之窒息；時而是礦燈在從深淵竄出的銳利冷風氣流中閃爍著。他們越下越深，向下攀爬的鐵梯到最後寬不及一呎。艾立思．孚若邦總是發現他當水手所習得的攀爬技術在這裡根本派不上用場。

他們終於抵達最深的鑽孔，領班指派他分內的工作。

艾立思想念著美麗的鄔拉。他看她的身子像光芒四射的天使般在他頭上翱翔，他忘卻所有深淵裡的恐怖，以及一切苦勞的艱辛。他內心雪亮，唯有把窮盡心智的力量和肉體所能承受的極致，奉獻給裴爾遜．達俄修的礦場，或許有朝一日甜蜜的希望終將得以實現。所以在不可思議的短暫時間內，他的工作已經可以和最純熟的礦工一較長短。

尊貴的裴爾遜・達俄修日復一日越來越喜歡這位勤勞、虔誠的青年，時不時坦率的對艾立思說，他得到的年輕人與其說是難得的學徒，還不如說是摯愛的兒子。鄔拉對他的喜愛也益形公開。往往當艾立思上工且帶有一些危險性時，她會懇求他務必保衛自己免於意外，兩眼淚光閃閃。他一回來，她就會高興的衝出去會合，備妥上好麥酒與美味點心洗塵。

有一次裴爾遜・達俄修的話令他內心雀躍。由於他帶來的行囊飽滿，加上勤勞節儉，肯定買得起一棟小屋和一些土地，甚至是一座礦莊。如此一來，他若想追求華崙礦區任何財主的女兒，沒有任何人會拒絕。艾立思實在應該立刻說，他愛鄔拉溢於言表，擁有她是一切希望之所繫。但克服不了的害羞讓他保持緘默，或許那也是由於仍有些令人擔心的不確定性，他常心存疑念，不知鄔拉是否真心愛他。

有一次艾立思在最深的鑽口作業，硫氣籠罩，乃至於因礦燈明滅不定而難以分辨岩石中的礦脈。這時他聽到一陣敲打聲，似乎來自更深的棧道，聽來像是有人正在用鐵鎚作業。由於那類工作根本不可能在這鑽口為之，也由於艾立思知道除他之外沒有人在下端，因為領班把工人擺到蜿蜒的棧道，鐵鎚的敲打聲聽來就十分詭異。他放下自己的槌子和鐵釘，傾聽那重濁的聲音，似乎是漸行漸近。突然他看見身邊有一道黑影，有如掃過一陣勁風，夾雜著硫磺氣。他認出是那哥特堡的老礦工，正站在他身邊。老人家喊著：「運好有人靠！艾立思・孚若邦，祝你置身岩石間好運亨通。你喜歡這種生活嗎？夥伴！」

他想問老人家憑什麼奇妙的手段來到這鑽口，然而後者以錘擊石，劇力萬鈞，火星飛舞，聲如驚雷，響徹礦井。他發出駭人的聲音說：「那是一道絕佳的礦脈，但你這下作可憐的混混卻只看得見那值不了一根稻草的薄層。下到這裡你就成了瞎眼的鼴鼠，有好東西都不青睞，到了上頭你也是一事無成，想在礦區稱王而不可得。是的，你想贏得裴爾遜．達俄修之女鄔拉為妻，所以你在這裡工作不帶熱情，也毫無興趣。當心啊你這騙子，你侮辱了鐵中之英，可別讓他捕捉，拋擲到深淵裡，在岩石中粉身碎骨。鄔拉永遠不會成為你的妻子，我言盡於此。」

老人家狂妄的話讓艾立思怒不可遏，他高喊：「你在這裡幹麼？到我主人裴爾遜．達俄修的礦坑做什麼。我不正是恰如其分的依召喚盡全力在這裡工作嗎？你給我從來的地方滾出去，不然就讓你瞧瞧是誰擊碎對方的頭蓋骨。」

艾立思悍然在老人家面前舉起工作用的鐵槌，老人輕蔑的笑著，艾立思恐懼的看著他攀爬直上窄梯，敏捷如松鼠，消失在黑暗的罅隙中。

艾立思感覺四肢百骸都癱掉了，工作再也沒進展，他就爬上去。他剛爬到蜿蜒的棧道時，那年老的大領班看見他就說：「看在老天的分上，艾立思，到底發生什麼事？你面白如死。那是硫磺氣，你還不習慣，是那樣對吧！孩子，沒事，我們去喝一杯。那對你有好處。」

艾立思海飲一陣大領班遞給他的一瓶白蘭地後精神大振，告訴他棧道裡發生的每件事，以及在哥特堡認識那詭異礦工的神祕經過。

大領班默默聽著，但接著意味深長的搖搖頭說：「艾立思．孚若邦，你遇到老托爾本了。我現在明白了，我們談到的他不僅止於傳說。一百多年前，華崙這裡有位名叫托爾本的礦工。據說他是首先真正讓華崙礦區繁榮起來的人之一，在他的年代，利潤遠比現在大得多。沒人比托爾本懂更多採礦之道，他以通達的知識掌管華崙的所有礦物。最富饒的礦脈隨他而顯現，好像他具備一種特殊而上乘的能力似的。此外，他陰沉憂鬱，無妻、無兒、無家，幾乎從不出現在陽光下，而是毫不止歇的在棧道中挖掘。於是就有那麼一個故事說他和主宰地球腸胃和熔合金屬的神祕勢力結盟。沒什麼人留心托爾本的警告，他經常說，如果礦工不是受鍾情奇礦異石所驅使而工作，災難將隨之而至。因貪得無厭，礦坑不斷擴大，終於在一六八七年的聖約翰節發生了可怕的坑內坍塌，巨大的入口就是這樣來的，整體的架構全毀，許許多多礦井棧道靠努力不懈和神乎其技才得以修復。再也沒人看到或聽見托爾本，他想必是死於坍塌了，因為當時他正在極深處的鑽口作業。之後不久，當工作越來越上軌道，有採礦工宣稱見到老托爾本，他給他們各種好建議並且指點頂級礦脈之所在。有的則見到老人在主棧道行走，時而傷心抱怨，時而震怒發飆。別的像你一樣來到這裡的年輕人堅稱，有個老礦工鼓舞他們採礦，並且引導他們來到這裡。每當工人短缺的時候這種情況就會發生，很可能托爾本是以這種方式在照料礦場。如果那當真是和你在棧道吵架的老托爾本，如果他告訴你絕佳的礦脈，那麼岩石裡必然有富饒的鐵金屬，如你所知，含鐵的礦脈號稱詭流，王脈是其中一種，可分成許多支脈，也可能完全奔流出去。」

艾立思．孚若邦在心思百般糾結之下進到裴爾遜．達俄修家中，鄔拉並不像往常那般親切的迎上來。她兩眼下垂，帶著淚痕。艾立思認為眼見為憑，屋子裡的鄔拉正坐在一位俊俏的青年身邊，他緊緊握著她的手，正很努力的講著各種玩笑話，而鄔拉並沒有特別留心聽。艾立思滿懷憂慮的瞧著那一對，裴爾遜．達俄修牽著他的手走到別的房間說：「好吧，艾立思．孚若邦，你立刻可以證明你對我的愛與忠誠，我一向視你如子，現在你則徹頭徹尾都是。你方才在屋子裡見到的是來自哥特堡的富商艾瑞克．歐羅森。他追求我女兒，我把女兒許配給他。他行將帶她回哥特堡，以後你就單獨留下來陪我。艾立思，你是我老來的依靠。怎麼，艾立思，你怎麼不說話？你臉色發白。但願我的決定沒讓你不快，我女兒現在得離開我了，你不會也想離開吧。我聽到歐羅森在叫我了，我必須回去。」

裴爾遜說完，就回到另一個房間。

艾立思感覺靈魂在受著千刀萬剮。他無言也無淚。狂亂絕望，箭也似的奔出房子，離開吧！離開吧！到那巨大入口處。若說龐大的地底在日光下呈現可怕的景象，此時夜晚來臨，月輪正待輝耀，荒涼的岩石現出真正可怕的面貌，彷彿是一群數不清的可怕怪獸，是來自地獄的駭人後裔，於冒煙的地面上交互糾纏。牠們眼裡閃著火，向落難的人類伸出魔爪。

艾立思以恐懼的聲音呼喊：「托爾本！托爾本！」孤寂的地底如響斯應。「托爾本，你說得對。我這卑賤的傢伙竟臣服在地表上生命愚蠢的希望。我的財富，我的生命，一切的一切都有賴於下方。托爾本，爬上來我這裡吧，指點我最豐饒的主脈。我會挖掘、會承受、會在那裡作業，再也不想見到天光。托爾本！托爾本！托爾本！爬上來我這邊。」

艾立思從口袋裡取出打火石和鋼板，點亮礦燈，往下直抵昨天所在的棧道，但並沒看到老人。當他清楚看到鑽口最深處的礦層時感到詫異，辨識得出地層的方向和鑿井的邊緣。

但當他把雙眼更加銳利的導向岩石裡的礦脈，就像有一閃即逝的光掠過整條棧道，石壁變得宛如純水晶一般透明。他在哥特堡有過的宿命夢境回來了。放眼望去那天堂般的礦區，布滿著華麗的金屬花木，寶石閃著火光懸掛著，形狀有如水果花卉。他看到那些少女；他也看到女王高尚的容顏。她攫住他，把他扯下來，壓在她胸膛，那裡有一道光芒閃耀，穿透他的魂魄。他意識所及僅感覺到漂流在藍色透明、閃閃發光的迷霧中。

「艾立思．孚若邦！艾立思．孚若邦！」上頭傳來一陣豪邁的聲音，火炬的光線反射在棧道上，來者正是裴爾遜．達俄修。他由領班陪同下來尋找這年輕人，他們看到他沒命的奔向主棧道。

他們發現他僵直的站著，臉龐緊貼著冰冷的岩石。

達俄修對他大喊：「你晚上還下來這裡幹麼，你這愚蠢的年輕人！回過神來，跟著我爬上去。天曉得到了上頭你會聽到什麼好消息！」

艾立思不發一語跟著達俄修爬上去，後者不斷結結實實的責備，他讓自己陷於險境。

他們進到房子的時候是大白天，鄔拉放聲大哭，衝入他的懷抱，用最親密的話呼喚他。而裴爾遜．達俄修則對他說：「你這蠢蛋！你難道不知我早就知道你深愛鄔拉，你在礦場勤勞熱誠的工作豈不就是為了鄔拉？我豈不是早已注意到鄔拉對你情有獨鍾？親愛的艾立思，有你這麼優秀、勤勞、高尚的礦工當女婿，我還有什麼別的好期望的？但你保持緘默令我生氣，覺得受到冒犯。」

鄔拉打斷她的父親說：「我們不也含情脈脈彼此相愛嗎？」

裴爾遜．達俄修接下來說：「或許是這樣沒錯，但艾立思沒有公開、體面的向我表達他的愛意卻已足夠令我生氣，所以，也是想考驗你的心意，就和艾瑞克．歐羅森君編排出這個故事，也差點把你給斷送。你這個蠢傢伙！艾瑞克．歐羅森君早就結婚了，親愛的艾立思．孚若邦，我女兒是許配給你的啊！再說一次，你是我的快婿，不作第二人想。」

艾立思的兩頰淌下清純喜悅的眼淚，生命的一切幸福竟如此不期而至，在他而言，似乎又回到美夢深處。

裴爾遜・達俄修一聲令下，所有礦工集合來參加慶宴。鄔拉穿著最美的衣服，風采猶勝往昔。每個人幾乎都異口同聲的高呼：「喔，我們善良的艾立思・孚若邦贏得美人歸！願上天賜福他們善良與美德。」

艾立思臉上還看得出前一晚的驚懼，常直勾勾的看著前方，好像周遭的一切都很遙遠。鄔拉問：「我的艾立思，你怎麼啦？」艾立思把她按在胸前說：「是的，是的，妳真的是我的。現在事事皆美好。」

但在無上喜悅的內心深處，艾立思有時似乎有一隻冰冷的手緊握住他的心，有一道陰沉的聲音說：「贏得鄔拉，這就是你無上的理想嗎？你這可憐蟲，難道就沒看過女王的面容？」

他感覺幾乎被一股不可名狀的恐懼給征服了，礦工中有人會突然像巨人般隱隱出現的念頭折騰著他，他恐懼著那人會是托爾本，那曾經帶著譴責提醒艾立思地底王國珍礦異石的人，他曾為之奮不顧身。

但他還完全不明白何以這鬼魅般的老人對他充滿敵意，他的愛情與身為礦工的工作之間又有何關聯。

達俄修的確也注意到艾立思・孚若邦舉止不寧，但把那歸諸於他前晚礦坑棧道之行所曾經受的不快。鄔拉則不然，她滿心不祥之兆，逼她的情人告訴她，到底發生了什麼可怕的事情，要把他從身邊拆開。艾立思心碎欲裂。他竭力想告訴情人，在棧道中自行對他現身的華美容顏，卻力不從心。像有股不可知的力量強行摀住他的嘴，也像女王恐怖的臉孔看透他的心，如果他叫出她的名字，四周的一切都會變成駭人的黑色石頭，宛如見到梅杜莎的頭顱一般。礦坑下棧道中令他滿心狂喜的所有奇景，此刻卻似乎無一不是悽慘苦痛的地獄，以雕飾作為幌子，為的是引他走向毀滅。

裴爾遜．達俄修吩咐艾立思．孚若邦在家休養幾天，好讓他看似為病所困的身體完全康復。這段期間鄔拉的愛情從她無邪的童心所流淌的明朗清澈，驅散了所有他棧道歷險的不祥回憶。艾立思過得幸福快樂，對自己的幸運居之不疑，任何邪惡勢力都摧毀不了。

當他又下去棧道時，似乎已經萬事全非了。最華麗的礦脈在他眼前顯露，他以雙重的熱忱工作，忘記一切。當他回到地面，他必須回過頭來想裴爾遜．達俄修和他的鄔拉。他感覺自己一分為二。在他而言，較好、較真實的自我莫過於攀爬而下地心，在華崙礦山裡尋找陰森的床，休息在女王的臂彎。當鄔拉傾訴愛情，要快樂生活在一起時，他卻開始談到棧道奇觀，封藏在那裡不可勝數的豐富寶藏。他心煩意亂，恐懼與焦慮席捲了這可憐的孩子，使得他的言詞古怪難解。而她也絲毫不明白，何以艾立思那麼快就變成一個截然不同的人。

艾立思不斷興高采烈的向領班和裴爾遜．達俄修本人報告他發現的富饒礦脈，以及最絢麗的主脈，而當他們發現那不過是一處廢石時，他會笑得輕狂，而且說只有他能了解神祕的暗記，那是女王之手鑲在石頭上的有意義書寫，實在無須置於陽光下，就足以理解這些暗號。

老領班傷感的看著年輕人，後者以狂野閃爍的眼神訴說著地底深處冒起烈火的炙熱天堂。

老人家在裴爾遜．達俄修的耳邊低語：「天哪先生！天哪先生！邪惡的托爾本已經讓可憐的年輕人中邪了。」

裴爾遜．達俄修回答說：「老人家，迷信止於智者，不外是愛情讓憂鬱的涅力客腦筋轉彎，如此罷了。就讓婚禮照常舉行吧，什麼主脈、寶礦、地底王國都將一掃而空。」

裴爾遜·達俄修選定的婚期終於到了，那之前幾天艾立思越來越沉靜、越嚴肅、越心思不屬。但他也從來未如此刻那麼全神貫注的對漂亮的郇拉獻其所愛。他片刻也不想離開她，所以也沒去礦坑。他似乎毫不思量身為礦工的擾人活動，於地底王國更是三緘其口。郇拉幸福無比。一切她從礦工們嘴裡聽來的，地層深處的威嚇勢力會誘使艾立思走向毀滅的恐懼也消失了。裴爾遜·達俄修告訴老領班：「沒錯吧，艾立思·孚若邦不過就是愛我的郇拉腦筋歪掉了。」

婚禮當天一大早，也就是聖約翰日，艾立思敲敲新娘的寢室。她一打開門就倒退了幾步。她看艾立思已經穿上結婚禮服，面如死灰，兩眼閃著黯淡、閃爍的火光。

他以溫柔而猶豫的聲音說：「我只是在想，想要告訴妳，我親愛的郇拉，我們就要站在世人所能獲得之恩賜的巔峰了。一切都在昨晚為我揭示。在棧道底下，櫻桃紅的閃亮石榴玉封閉在綠泥石與雲母之間，上頭鑲著妳我生命的圖表。妳一定會從我這裡得到，當作是結婚禮物。它比最華麗的血紅寶玉更漂亮。我們以真愛結合，當我們放眼望進其四射的光，就能清楚看見，我們內心的實存與地心裡女王心臟的神奇枝幹同氣連枝。我只需要去挖出這塊石頭，至遲不到天亮，現在就去。現在先說再見，我親愛的郇拉，我去去就回。」

郇拉含著熱淚懇求情人斷了這個不著邊際的念頭，因為她有大難臨頭的預感。但艾立思·孚若邦向她保證，沒有那寶石，他的心思將永無寧日，什麼危險當頭，實在都沒有害怕的理由。他熱烈的把新娘攬進懷裡而後離去。

賓客已經集合好要隨從這對新人到柯巴柏教堂，聖儀過後就要舉行婚禮。整群盛裝的少女前導新娘行進，根據國家的習俗，伴娘圍繞著郞拉開懷取笑。樂手們調好樂器，操演起歡樂的婚禮進行曲。快到正午時分了，但艾立思．孚若邦尚未現身。突然有幾個礦工闖進來，他們臉色死白，恐懼驚怖寫在臉上，宣布可怕的坍塌已經全面摧毀了達俄修的礦坑。

「艾立思，我的艾立思！完了，完了！」郞拉高聲尖叫，倒了下來，生死未卜。裴爾遜．達俄修剛剛才從礦坑督導那裡得知，艾立思一大早進入礦區入口，而且下去礦坑；但沒有人還在棧道作業，因為所有的學徒和礦工都受邀參加婚禮。裴爾遜．達俄修和所有礦工趕到大入口，但他們冒著艱險搜尋的結果卻是徒勞無功。沒找到艾立思．孚若邦。可以肯定的是坍方已經把不幸的艾立思掩埋在岩石中了。裴爾遜．達俄修在以為能頤養天年之際禍從天降，悲慘不幸直抵家門。

好業主兼總督導裴爾遜．達俄修已經過世很久了，他的女兒郞拉也從人間蒸發。華崙城沒有人記得他們，因為那哀慘的婚禮如今已經過了整整五十年。之後某日，礦工們在檢測棧道間的通口時，發現一具年輕礦工的屍體，躺在九百呎深鑽口的硫磺渣上。他們將軀體帶到地面，顯然已經成為化石。

那軀體看起來像是年輕人正躺著熟睡，臉部五官保存完好，礦工的高雅服飾，甚至是胸前的花也沒有絲毫支離破碎的跡象。地方上所有人都群集到年輕人四周。他是從主棧道被帶上來的，但屍體的樣貌沒有人能夠指認，也沒有任何礦工記得他們有任何夥伴曾遭活埋。正當他們要把屍體移到華崙城時，出現了一名老邁婦女，她遠古有如山崗，顫巍巍的拄著拐杖。

幾位礦工高呼：「聖約翰日奶奶來了！」他們如此稱呼老婦人是由於早就發現，她每逢聖約翰日都會現身，朝礦坑深處探看，扭緊雙手，哀傷呻吟，在主棧道的罅隙四周哀慟一番，然後就又杳然無蹤。

老婦人一見到成了化石的年輕人就拋開了拐杖，朝天高舉雙臂，發出淒涼的哀慟。「喔，艾立思．孚若邦！喔，我的艾立思，我心愛的新郎！」

她在遺體前蹲了下來，握住那僵硬的手，緊緊壓在自己乾癟的胸膛。在那冰涼的衣裝下一顆充滿激情的心在燃燒，宛如揮發的神聖火焰。

她環顧一周，接著說：「天哪！天哪！你們之間再也沒有一個人認得可憐的鄔拉．達俄修了。五十年前她是這青年的幸福新娘。我滿懷哀傷搬到了歐納斯，老托爾本安慰我，說有朝一日我還能在這世上見到在婚禮當天埋在石堆裡的艾立思。所以我每年都來，帶著渴望與深情往深不可測的坑裡看。幸福的重逢在今天得到恩賜。喔，我的艾立思，我摯愛的新郎！」

她又把乾枯的手臂環繞在年輕人身上，像是永不分離。四周的人都深受感動。

老婦人的哀嘆與哽咽越來越沉寂，直到杳然無聲。

礦工們趨前想扶起可憐的鄔拉，但她已經在成了化石的新郎身上斷氣。他們發現，這不幸男人本以為已經石化的屍體，正開始化為塵埃。

青年的遺灰和他至死不渝的新娘之遺體一起被擺放在柯巴柏教堂，五十年前，他們本當在這裡完婚。

(The Mines of Falun, 1819)

作家側記

霍夫曼（Ernst Theodor Amadeus Hoffmann, 1776-1822）

童話學者齊普斯在評價《五日談》的作者巴西爾時，指出其想像之怪誕雄奇，只有兩百年後的霍夫曼可以相提並論。不過這只是就童話這種文類而言，霍夫曼的影響當然遠遠超過前者，巴爾札克、愛倫．坡也都深受其想像的啟發。他的多重身分比任何作家都更為複雜多樣，寫過演出的曲子，當過指揮家，名字中的Amadeus則是為了向大他二十歲的莫札特致敬。他也是成功的畫家和漫畫家，白天是循規蹈矩的司法官，夜裡則遁入他幽暗的世界，讓〈史德雷小姐〉、〈金色花盆〉、〈睡魔〉、〈胡桃鉗〉逐一登場。他不是浪漫主義者，卻服膺自然神論，只是他的泛靈論沒出現在鳥語花香的白天，大都在夜裡隨他的指揮棒翩翩起舞。同代人諾伐利思認為「夢即世界，世界即夢」，他的作品則是把現實與夢境融為一體。海涅對比這兩位作家時說：「諾伐利思把石頭化為生命，而霍夫曼則把生命化為石頭。」

世人喜歡將他和愛倫．坡相提並論，我覺得兩人的陰暗都不涉及鬼怪，驚悚的感受都是心理作用，愛倫．坡抽絲剝繭，直抵靈魂的幽深，而霍夫曼的主角卻像是被操縱的布偶，還沒探底就已經錯亂了。愛倫．坡的鬼魅總是帶著科學的理性，而霍夫曼的想像可以連結到中世紀，女巫與煉丹術士只是換了時裝在作法。佛洛伊德藉他的〈睡魔〉探討「詭異」的心理現象，那是「本應隱蔽起來卻顯露出來的東西……令人感到神祕、恐怖的是隱祕、熟悉的東西，這些東西受到壓抑，最後仍然呈現出來」。可是同樣是泛靈論的觀點，為什麼安徒生童話就不顯得恐怖呢？那是因為安徒生和其他童話已經先將現實因素排除了，而霍夫曼的故事卻是現實與想像合一，互為影子。佛洛伊德認為王爾德〈坎特維爾之鬼〉讀來不覺詭異，就是預先抽離了那被壓抑的因素。

我懷疑霍夫曼本人是否就具備了那種虛實不分的分裂性人格，他的主角內心總是住了一個心魔，等候著吞噬的時機。〈華崙礦山〉的主角也是，地底的瑰麗與妖異，莫非是人心的隱喻。重見天日，竟是如此詭異的「完滿結局」。

漁夫和金魚的故事

普希金

蔚藍的海角邊，
住著一位老漁夫和他的老妻子。
他們住三十有三年了，
坍塌的房子是泥巴做的。
老人家用魚網捕魚，
老婦人以紡輪織布。
有一天老人家撒網，
撈上來的盡是軟泥。
老人家第二次撒網，
撈上來的盡是海草。
老人家第三次撒網，
發現網上有一隻魚——

不是尋常的魚，是一隻金魚。
金魚又懇求又哀告，
發出人聲來求禱，
「放了我吧，放我自由到海上，
你會獲得大量贖金當回報，
無論你要什麼都好。」
老人家又驚奇又害怕。

他捕魚三十有三年，
聽魚說話第一遭。
他把魚放回水裡去，
輕聲說放她自由去。
「金魚啊金魚，老天祝福妳！
我不需要妳贖厚禮。
去吧妳，去妳深深的藍色海底！
自在游，游到哪裡如妳意！」

老人家回到老婦人那裡，

告訴她這個大驚奇：
「今天我的網子捉到一隻魚——
不是尋常的魚，是一隻金魚。
魚說話了，用我們的話語；
她懇求回家，回去藍色的海底。
她許給我豐富的贖禮，
我想要什麼她都能應許。
但我不敢接受這份禮。
我放她自由回藍色的深海裡。」
老婦人責怪她的老伴：
「蠢蛋啊，呆瓜！
是什麼阻止你接受這贖禮，
不過是隻魚——你竟嚇成如許！
你多少也要個新水槽，
我們的已經從中裂去。」

他朝蔚藍的海前去，
（蔚藍的海看來起點風波。）

他大聲呼喊金魚，
魚游了過來，問他：
「老人家，怎麼回事，你要什麼嗎？」
老人家對金魚鞠躬說：
「可憐可憐我吧，金魚娘娘。
我的老妻在咒罵我。
我年歲大了，她還讓我不得安寧。
她說她需要一個新水槽。
我們的已經從中裂去。」
金魚回答得乾脆：
「別喪氣——上天保佑你！
你茅屋外面有個新水槽！」
老人家就回去老妻那邊。
他的老妻現在有了新水槽，
但她比以前咒罵得更凶悍：
「蠢蛋啊，呆瓜！
你就只從金魚那裡得到個水槽，
水槽裡能有什麼財寶？

回去，蠢蛋，回金魚那裡去。
向金魚鞠躬，
說你要一間體面的木造房。」

他朝蔚藍的海前去，
（蔚藍的海看來有點洶湧。）
他大聲呼喊金魚，
魚游了過來，問他：
「老人家，怎麼回事，你要什麼嗎？」
老人家對金魚鞠躬說：
「可憐可憐我吧，金魚娘娘。
我的老妻在咒罵發飆。
我年歲大了，她還讓我不得安寧。
她要一間體面的木造房。」
金魚回答得乾脆：
「別喪氣——上天保佑你！
你會有間木造房！」
老人家出發回他的茅舍，

卻見不到一絲茅舍的痕跡。
那地方豎立著一座木造房，
磚造的煙囪上了白漆，
厚實的兩道門由橡木削成。
坐在窗邊的是他老妻，
對著他聲嘶力竭開罵：
「蠢蛋啊，呆瓜！
你就只從金魚那裡得到間房子。
回去，蠢蛋，回金魚那裡去。
我不當低下的農婦，
我要當個貴婦人。」

他朝蔚藍的海前去，
（蔚藍的海很不平靜。）
他大聲呼喊金魚，
魚游了過來，問他：
「老人家，怎麼回事，你要什麼嗎？」
老人家對金魚鞠躬說：

「可憐可憐我吧，金魚娘娘。
我的老妻在尖叫怒罵，
使盡全力詛咒我。
我年歲大了，她還讓我不得安寧。
她不當低下的農婦，
她要當個貴婦人。」
金魚回答得乾脆：
「別喪氣——上天保佑你！」

老人家回到他老妻那裡，
看到了？他看到一座高大宅邸。
他老妻站在玄關，
她穿著華麗的「暖心」——
一件以珍貴貂皮剪裁成的背心。
頂上戴的是錦緞編成的頭飾，
圍掛在脖子上的是厚實的珍珠，
手指上戴的是金戒指，
腳上穿的是細膩的紅色皮靴，

跟前站著一些羨慕的僕人；
她正在掌摑他們，揪他們的頭髮。
老人家對他的老妻說：
「日安，伯爵夫人！男爵夫人！
但願妳要的都得到了。」
老婦人撲到她丈夫面前，
打發他到馬廄幹活。

過了一星期又一星期，
老婦人比之前更加瘋狂，
她命老人家回到金魚那裡去，
「回金魚那裡去，深深鞠躬說，
我不要當什麼貴婦人，
我要當威風的女皇。」
老人家害怕了，他懇求她：
「你怎麼了嗎，女人？妳瘋了啊？
吃錯黑草藥了嗎？
妳不懂得如何走出女皇的步態，

妳也不懂得如何說得像女皇的談吐，
妳會成為整個帝國的笑柄。」
老婦人怒氣沖沖，
朝她丈夫的臉頰搧了一記耳光，
「好大的膽子，死農夫，竟敢回話？
你怎敢如此對一個貴婦講話？
你再回海上去——否則，我一聲令下，
你不情願也得把你押著去。」

他朝蔚藍的海前去，
（蔚藍的海黑漆漆。）
他大聲呼喊金魚，
魚游了過來，問他：
「老人家，怎麼回事，你要什麼嗎？」
老人家對金魚鞠躬說：
「可憐可憐我吧，金魚娘娘。
我的老妻又在發火了。
她不要當貴婦人，

她要當威武的女皇。」
金魚回答得乾脆：
「別喪氣——上天保佑你！
你的老妻會是個女皇。」

老人家回到他老妻那裡。
他面前聳立著一座華麗的皇宮，
他的老婦人在那大廳裡。
她是女皇坐在桌子旁，
貴族們站著侍候她，
正在為她倒來自五湖四海的酒，
她細細品嘗著蜂蜜蛋糕。
四周站的都是長相凶猛的衛士，
尖銳的斧鉞扛在肩上……
老人家嚇壞了。
他鞠躬到地且說：
「喔！敬畏的女皇，向您請安，
但願您已得到想要的一切。」

老婦人看也不看他一眼，
只命令他滾得遠遠，
她的貴族廷臣一哄而至，
把他推到門邊；
衛士執著斧頭追上來，
只差沒把他劈成碎片。
每個人都嘲笑著老人家，
「識相點，蠢鄉巴佬！
這是給你的教訓，土包子！
別把靴子撐得太大，
不然就得坐到別人的雪橇上！」

過了一星期又一星期，
老婦人又比之前更加瘋狂了。
她派廷臣去把她丈夫帶過來。
他們找到他將他帶到她面前，
老婦人對她的老丈夫說：
「回去，對金魚深深一鞠躬。

我不要當威風的女皇，
我要當海中的至尊。
我要住在海洋裡
讓金魚當我的奴僕，
我要什麼她就會帶來給我。」

老人家連話都不敢吭一聲，
他嚇得張不開口。
他朝著蔚藍的海前去，
漆黑的暴風雨正在怒吼！
海浪捲起飛沫，
怒浪正在沖激嘶吼。
他大聲呼喊金魚，
魚游了過來，問他：
「老人家，怎麼回事，你要什麼嗎？」
老人家對金魚鞠躬說：
「可憐可憐我吧，金魚娘娘！
我該如何應付那邪惡的女人？

她不再想當女皇了，
她想成為海中至尊。
她想住在海洋裡，
以妳當她忠實的奴僕，
帶給她任何她想要的。」
金魚一個字也沒回答。
她只在水裡拍擊尾巴，
深深的潛入藍色的海裡。
老人家等了又等，
但那是他得到的所有答覆。
他回去了——回到一間泥巴做的茅舍，
她的老妻在外頭坐著，
擺在她面前的是一個破掉的水槽。

(The Tale of Fisherman and the Fish, 1835)

作家側記

普希金（Aleksandr Sergeyevich Pushkin, 1799-1837）

一位年輕的俄羅斯漢學家問我，最喜歡他母國的哪些作家。我依照著迷的程度陸續說了屠格涅夫、托爾斯泰、杜斯妥也夫斯基，他微笑點頭，表示所見略同。我接著說高爾基（Maxim Gorky, 1868-1936），喜歡他說書人般的故事魅力，這就有點意見分歧了，他認為高爾基的作品有時代的局限性。我想，或許我這偏好來自於禁書的年代，偷來的果子總是比較甜。當我最後說普希金的時候，就讓他感到非常訝異了！他說：「可是，普希金的作品是無法翻譯的啊！」或許吧，我不懂俄文，但當年讀一些中譯的詩作，倒是為樸拙的譯筆吐出的字字英華深深吸引。這位俄羅斯的夜鶯總是帶著原始的深情，柔和間泛漾著野性。據說俄國人常因無法讓不懂俄文的人理解普希金究竟有多好而深感苦惱，一經翻譯，原味就大為稀釋了。

普希金出身貴族，長相棕黑英挺，祖先是漢尼拔的後裔，幸也不幸，娶了一位連沙皇也垂涎的絕代美女，最後與另一糾纏不清的求愛者決鬥，重傷以歿。普希金是拜倫式的浪漫才子，男女關係放蕩到了極點。《祕密日記》簡直就是一部令人臉紅心跳的情色大全，難怪托爾斯泰雖然肯定他於詩與小說的藝術成就，對於在莫斯科為他立一尊銅像則頗有微詞。普希金除了最最重要的小說《尤金．奧涅金》外，也寫了一些重要的短篇和幾則童話，作品並不多。

他比稍後的果戈里（N. V. Gogol, 1809-1852）、屠格涅夫、杜斯妥也夫斯基、托爾斯泰都只大十歲到三十歲不等，卻被尊為俄羅斯文學之父，這該從何說起呢？杜斯妥也夫斯基在一篇著名的演講稿為我們提供了解答：「如果沒有普希金，我們就不可能以那種不可動搖的力量確立我們對俄國獨立性的信念……歐洲詩人在表現其他民族的時候，往往用自己的民族性去了解他們，根據他們的想法去理解他們。在莎士比亞筆下，義大利人，譬如說，幾乎完全成了英國人。在全世界的詩人中只有普希金一個人具有把異族的民族性完全體現出來的特性……」〈漁夫與金魚的故事〉據說是《格林童話》的一個變體，有不少英譯版本，我選擇以自由詩的形式譯出，以懷念曾經對他著迷的年代。

藍鬍子的幽靈

薩克萊

在那要命的意外奪走她先生的性命後一段時日，藍鬍子太太正如很多人想像的那樣，陷入深深的哀傷。

全國沒有哪個寡婦像她那樣讓自己帶著重孝。她把美麗的頭髮束綁在髮帽裡，黑面紗垂到手肘。她當然不見任何同伴，除了姊姊安妮（而她的陪伴也不令她愉快）。至於哥哥們呢，他們那副吃飯的德性向來讓她反感。少校的笑話有什麼好喜歡的？蘇格蘭軍醫的醜聞又如何呢？他們就著黑瓶子或是玻璃杯喝酒，又干她何事？他們關於馬房、閱兵還有上次與獵犬奔馳的那些故事，都讓她極為厭惡。此外，她也不能忍受他們不修邊幅，以及抽雪茄的骯髒習性。

他們以前充其量也只是無賴青年罷了，但如今呢？他們的出現對她嬌弱的靈魂卻是恐懼。在發生那一切之後，她如何正眼瞧他們呢。她想著那最好的人夫被他們凶殘的重劍放倒。在那仁慈的朋友、慷慨的地主、無可挑剔的和事佬的家庭，那龍騎兵的粗魯號角竟敢來冒犯，可敬的藍色毛髮隨著刺殺而哀傷入土。

她在藍鬍子家族的墳墓上為逝去的夫君立起最華麗的紀念碑。曾經在大學當過藍鬍子導師的教區牧師史賴博士以最華麗而帶著哀婉的拉丁文寫下了墓誌銘：「Siste, viator! Mœrens conjux, heu! quanto minus est cum reliquis versari quam tui meminisse!」（且慢啊，遠行人！汝妻含淚帶泣，思念之情，更與何人說！）簡言之，就是經常會出現在墓誌銘的那些。墓誌銘上頭是一尊這位先賢的半身像，有德行女神俯視哀悼，妻子們的浮雕環繞四周，其中的一位尚未刻上名字，（墓誌銘上說）這名寡婦要到名字被刻上去後才能得到寬慰。她會把美麗的雙眸投向天空，引用喪家菱形紋章上頭的大字，說：「因為到時我會與他同在，在天上。」紋章高懸於教堂，位於藍鬍子大院。管家、門房、僕役、女僕、廚傭全都一起帶著重孝。牧場守衛在獵鳥時成隊別著黑紗；不僅如此，連果園裡的每個稻草人都奉命被穿上黑衣。

姊姊安妮是唯一拒絕穿上黑衣的人，藍鬍子夫人想和她一刀兩斷，卻偏偏沒有別的女性親戚。她的父親已經續弦，這讀者可以從她回憶錄的前段裡得知。婆婆與藍鬍子夫人一如往常，彼此仇視對方。沙卡巴克夫人前往大廳弔唁，寡婦對她十足怠慢，這位到訪的繼母隔天就急匆匆離開那房子。至於藍鬍子家族，當然怨恨這寡婦。藍鬍子先生不就是把每一分錢都遺留給她嗎？他的前段婚姻沒留下子女，那麼，她財富之豐且留給你們自行想像吧。於是姊姊安妮就成為她唯一想留在左右的女性親戚。眾所周知，女人一旦結婚，或是處於脆弱處境，是苦是樂，或是利害攸關，身邊必定得有一位女性親戚。但還是繼續我們的故事吧。

安妮會高聲喊著：「妹妹啊，我才不為那討厭的可憐蟲服喪呢！」

寡婦則會回答：「安妮小姐，那我可要強人所難了，在我面前提到這位人夫中的表率時請別用這種字眼，不然就請妳快離開房間。」

「我相信待在房間裡沒什麼好高興的，妹妹，我猜妳不會用到其他藍鬍子太太所在的雅室吧。」

「放肆！加納爾先生為她們各個都塗了香膏。妳竟敢反覆提到有關那善人的妖魔化誹謗，把家傳的《聖經》拿下來，讀看看我天佑的良人如何說他太太的……讀讀他親筆寫下的……」

「『六月二十日，星期五。與愛妻安娜．馬麗亞．絲克洛津夏完婚。』

「『八月一日，星期六。未亡人寫這日誌時已經力不從心，安娜．馬麗亞．絲克洛津夏，妻子中的至愛，今日歿於喉炎。』」

「再讀下去，看，還有比那更令人信服的嗎？」

「『九月一日，星期二。今日與我靈魂的慰藉露意莎．馬蒂兒妲．霍普金森攜手登上婚姻祭壇，願這位天使能替代我喪失的她。』

「『十月五日，星期三。喔，上蒼啊！憐憫這位可憐人的痴情吧！他終歸得記載這位終生所託所愛之至親消亡。我鍾愛的露意莎．馬蒂兒妲．霍普金森今日不敵惡靈。頭部與兩肩病痛是死因，令這痛苦的簽署人成為天底下最可憐的男人。藍鬍子』」

「每位女人都以如此愉悅、深情、真心與柔情被記下日期，小姐，妳且想想，寫出這種感情的人會是兇手嗎？」

安妮說：「所以妳的意思是，他並沒殺了她們。」

「殺了她們？老天爺啊，安妮，但願妳像她們那樣壽終正寢。我有福蔭的丈夫善待、關愛她們有如天使，醫生治不了她們的疾病錯在他嗎？不，萬萬不是！她們過世之後，哀傷不止的丈夫為她們塗了香膏，在墳墓的一端依序排列，以示永不分離。」

「那他為什麼把妳帶到塔樓？禱告嗎？妳又為什麼急匆匆派我找人去頂樓？他為什麼削利他的長刀對妳大吼，叫妳下去？」

「純粹是為了懲罰我的好奇，親愛的、善良的、仁慈的、完美的人兒啊！」寡婦抽泣著，克制不了對尊夫關愛的懷念。

姊姊安妮悻悻的說：「但願當時我沒有那麼快把哥哥們召來。」

「啊！」藍鬍子太太悲慘的尖叫起來，「小姐，別再回想那要命的日子了。要不是妳誤導了哥哥，我親愛的藍鬍子至今還活著，仍然是他未亡人法蒂瑪靈魂的幸福！」

無論當妻子的都是在丈夫往生後更愛他們，或者是法蒂瑪的版本正確無誤，一般不利於藍鬍子的普遍印象是可惡的偏見，他是否和你我一樣沒加害妻子，這有待證實。然而那對於理解藍鬍子太太餘生的歷險再也無關宏旨。雖然人們會說，藍鬍子把所有財富以未亡人的法定權利讓渡給妻子，但那也不過是把一件事弄得更匪夷所思罷了，好像他注定一過完蜜月就要人頭落地似的，檢驗他真實意圖的最佳途徑是寡婦對他的死亡明顯表現出深沉哀傷，還有他為她留下世間雄厚的財富。

親愛的朋友，要是有人要留給你我一筆財富，我們難道會緊張到理不清如何與為何嗎？呸！呸！我們會毫不猶豫的照單全收，藍鬍子夫人正是這樣做。她丈夫的家族確實就這點和她起過爭論，他們說：「夫人，妳一定得明白，藍鬍子先生從來沒有打算給妳財產，他處心積慮要砍掉妳的頭。他的用意是把錢留給自己的血親，所以妳要把錢交出來才公平。」但像俗語說的，她對那些嘲諷的話充耳不聞，回答說：「你們的說法也許很有道理，但我會讓你們稱心如意，好好保存這些錢。」她下達守喪的指令，像我們之前呈現的那般，沉迷於哀傷中，四處弘揚死者的品德。要是有人給我一筆財富，我會樂於給他怎麼樣的喪禮與品德啊！

一如我們所熟知，藍鬍子大院坐落在鄉間偏遠地區，雖然是美好的居家，卻顯得格外陰鬱而僻處一隅。在親愛的丈夫往生後，這裡讓寡婦多愁善感的心思更難消受。步道、草地、噴泉還有綠色林園間活蹦亂跳的斑紋鹿，一切的一切都喚起她對亡夫的懷念。不過是宛如昨日，他們於寧靜的夏夜漫步過林園，藍鬍子對守衛比著他行將宰殺的公鹿。寡婦美目婆娑的說：「啊，肥笨的雄鹿已經獵殺，鹿腰已經割下烤熟，做好的果凍產自他喜歡的葡萄園，但我的藍鬍子再也嘗不到一丁點鹿肉了。親愛的安妮，我們到老橡木廳去。看啊，掛在這裡的是他狩獵比賽贏得的獎杯，圖片是藍鬍子追獵的英姿！瞧，火爐邊的是駕馬的鞭子，那小鋤頭妳知道是他經常用來挖掉高台步道雜草用的。那抽屜裡的是他的馬刺、哨子和名片，他心愛的名字就刻在上頭！還有一段段絲帶，他常常在拆包裹後保留下來，可以派上用場。套鞋的絆鉤，還有掛帽子的木釘！」

克制不了的情緒，激情迸發的淚水隨著寡婦溫柔的回憶紛湧而至，權衡輕重短長，終歸決定捨棄藍鬍子大院，到別地方生活。她說，耽愛對死者的回憶讓這裡更顯淒涼。

嘲諷善嫉的世界會說她厭倦了鄉下，想要再婚。她對嘲弄無動於衷，而安妮則是討厭繼母，家裡住不下去，只好到城裡陪伴妹妹住在藍鬍子長年居住的闊綽老派房子。她來到城裡的房子和妹妹住，兩人經常吵架，安妮時常威脅要離開她，住到公寓去，那裡多得是。但是到頭來還是與妹妹同住，外出有馬車，與僕役、車夫一起服喪，窗格上鑲著菱形花飾，上頭藍鬍子與沙卡巴克兩家比肩併排，更加令人肅然起敬，於是這對可愛的姊妹就繼續住在一起。

就藍鬍子太太的處境而言，城裡的房子還有別的獨特好處。撇開樓房的空間太大，磚色陰沉，前廳的鐵欄杆和鑲著玻璃的細長窗戶也都暗淡不談，往外看是教堂的墓園，記不得是什麼時候了，園中的兩棵紫杉木有一棵雕成孔雀狀，另一棵則代表口不能言的侍者，墓園朝內看則是逝者藍鬍子的紀念碑，安置在家墓上。那是寡婦清晨從臥室窗戶看到的第一景，夜裡從陽台看著白淨的月光照亮著逝者的半身像，有美德女神投射的陰影橫亙其中，自有一番甜蜜。水仙、石南、毛莨以及其他鼎鼎大名散發宜人香味的花卉，就種在圍著藍鬍子家族長眠之處的鐵欄杆內。任何被逮到採摘這些妻子情愛甜蜜證物的小男孩，都會被當差的整治得半死。

餐廳的櫥架上掛著提寇吉爾繪製的藍鬍子全身像，他穿著軍裝，俯視著刀叉與銀盤。壁爐上方，則是以他著獵裝騎愛馬的形象呈現。寡婦的臥房有一幅黏貼的側面像，畫室裡的小畫像則是穿著一席黑金相間的袍子，一手拿著金色的帶繐軟帽，另一手指向等邊三角圖案。這是他在劍橋聖約翰學院當自費生的寫真圖，此時他那妝點男性的藍色鬍子還沒長出來，他的未亡人現在就取其中部分做成美麗的藍色項圈。

姊姊安妮說城裡的房子比鄉間的房子更為陰霾，因為鄉間吹的是清風，而不管紀念碑多漂亮，看公園總比看墓園愉快。寡婦就說她水性楊花，自己仍流連於哀慟守喪。為她念祈禱文的教區牧師是她唯一允許踏進門一步的男人，而這位牧師至少也年逾七十了。安妮的心性頗易墜入愛河，卻苦無用武之地。城市人再怎麼愛閒言閒語，卻無法對這位賢人和揪心的寡婦有任何蜚短流長。

她毅然決然拒絕所有陪伴，有演員到了城裡，卑微的經理懇請她預約一場喜劇，就被大塊頭的管家轟出大門。儘管有的是舞會、牌局和聚會，藍鬍子寡婦卻未曾涉足，連那些讓女士們心癢難耐的情場高手，通常會為其敞開門戶的官員，都不得其門而入。惠斯克菲爾上尉在她家門口昂首闊步了三星期，她絲毫無動於衷。歐葛萊迪上尉（愛爾蘭兵團）企圖買通僕人，某個晚上也的確攀爬上花園圍牆，唯一所得是一腳踏進陷阱，更別提被碎玻璃傷到何等地步了；他從此再也無法做愛。最後則是黑鬍子上尉，他兩腮之方正足以和死去的藍鬍子相提並論，雖然已有十年之久沒上教堂，現在卻每星期固定做禮拜，但他的虔誠一無所獲，寡婦兩眼不離經書，瞧也不瞧他一眼。軍爺們垂頭喪氣，而惠斯克菲爾上尉的裁縫為了讓他贏得寡婦的青睞，替他縫製了衣裝，最後卻讓他落得入獄收場。

她的牧師高度讚賞寡婦對軍官的作為。但他本人有點江湖氣，愛好美食美酒。他告訴這位可人兒寡婦，應該努力讓稍微體面的社會排遣她的哀傷，她應該不時去接待一些出現在她面前的愁苦人。由於史賴博士對美麗的未亡人影響無局限，她如其所願。他就根據這介紹了他最有名望的熟人進入她的宅邸，然而都是已婚婦女，寡婦就不必有絲毫警覺。

話說史賴博士有個姪子在倫敦當律師，這位紳士因為放長假，謹守本分的來這裡探望他的牧師叔叔。牧師說：「他可不是那種好勇鬥狠的年輕傢伙，他是母親姊妹的愉悅，從不喝比茶更濃的飲料，過去二十年間錯過教會禮拜不超過三次。我親愛和藹的夫人啊，但願看在妳最知心的朋友，也就是他叔叔的面子，不會拒絕接待這位年輕人。」

寡婦同意接待史賴先生，他長得一點也不俊俏。「但那又何妨？他為人善良，而美德比女王麾下所有龍騎兵加總起來的華麗更勝一籌。」史賴博士如是說。

史賴先生來這裡用餐，到這裡喝茶，和寡婦搭乘仍鑲著喪中紋章的馬車同進同出，上教會時他遞上《聖經．詩篇》。簡言之，他對她無微不至，我們對年輕有禮的紳士所能期待的莫過於此。

城裡開始對這有流言了，城市人總是如此。他們說：「博士排除所有單身漢到寡婦家，以便讓他醜陋的姪子完全掌握戰場。」這些話自然進入姊姊安妮耳中，這小蕩婦大喜過望，決定善加利用，規勸妹妹看看更多有趣的友伴。這位風騷女郎對跳舞、牌局的愛好遠多於茶桌上冗長的對談，她夜以繼日，語帶暗示要妹妹開放房產，接待仕紳，動用財富。

寡婦對此哀嘆連連，終於心不甘情不願的同意了。於是，她吩咐辦一場宜人的準告別式，所有人都說她在那場合貌美如花。她說：「我至福的藍鬍子長伴我心，這才是最深沉的哀悼，內心存哀，就不需要外在表露。」

於是她簽發邀請卡給若干城裡和鄰近最顯赫的家族，請他們賞臉來奉茶簡餐。如此一批接著一批。最後連黑鬍子上尉也被真正引見了，當然，他是穿便服來的。

這個上尉讓史賴博士和他的姪兒無法消受。他們說：「有人聽過一些戰役中的離奇故事嗎？是誰一口氣就乾掉三瓶酒的？是誰讓雌馬去競逐獎杯的？是誰令桃麗．蔻德林絲倉皇出城的？」史賴先生在叔叔問這幾道問題時翻著白眼，為世界的醜態嘆息不已。但讓他愉快的還有的是，特別是桃麗．蔻德林絲事件被暗示開來時，寡婦明顯現出怒意。她怒火中燒，誓言不要再見到這無賴。律師和他叔叔很高興。喔，短視的律師、牧師啊，你們認為若不是出於嫉妒，藍鬍子太太會如此生氣嗎？她會如此嫉妒若非……若非什麼？她聲明此後不會在意上尉多於任何一個僕役，但是下回他再到訪，她是不會紆尊降貴出言責難的。

「親愛的安妮小姐，妳可愛的妹妹到底怎麼回事啊？」上尉在羅傑．德．科佛利爵士府遇見她時說（她這時正與恩辛．垂培特共舞）。

安妮小姐說：「桃麗．蔻德林絲是問題所在，史賴先生什麼都講了。」她一眨眼間就跳到舞池中央。

這駭人的巧妙暗示羞得上尉滿臉通紅，每個人都看得出他不對勁。老是踩錯舞步，不斷對史賴先生投出凶惡的眼光（史賴先生沒跳舞，而是坐在窗邊吃冰）。他的舞伴覺得他在發怒，而史賴先生變得不太自在。

舞會一結束，他就過來向寡婦致意，同時惡狠狠地踩了史賴先生的腳。這位紳士驚聲呼痛，急忙回家去。雖然他離開了，寡婦並沒有對黑鬍子上尉添一絲慈悲。當晚她請垂培特先生幫她叫車，沒跟黑鬍子上尉講半句話就打道回府。

隔天早上，牧師史賴博士以非比尋常的莊重神色造訪寡婦。他說：「世人醜惡與嗜血與日俱增。親愛的夫人啊，我們遇到的是哪些怪獸呢？那些卑鄙、暗算的傢伙就讓他們滾到國外去吧！妳相信嗎？就在今天早上，我姪兒正在安詳用餐時，有個部隊出身的無賴，黑鬍子上尉現身要求決鬥。」

「他受傷了嗎？」寡婦驚叫。

「沒有，親愛的朋友，我的福瑞德利克沒受傷。喔，他要是知道妳對他的禍福如此關切，一定很開心。」

寡婦說：「你知道我一向很推崇他。」事實上，當她失聲尖叫時想的卻是另一個人。但是博士寧可不朝那方向解釋，而把所有好處歸到自己的姪兒。

「親愛的夫人，妳對他表現出來的憂心等於授予我權柄，斗膽向妳表達我確信在此之前妳已經心裡有數的一件事。妳感興趣的這年輕人可是為妳而活！是的，美麗的女士，在妳還沒聽到他對妳情有獨鍾就已經開始。我很驕傲能把妳對他並非無動於衷的訊息帶回去。」

這女士以喘不過來的警戒口吻接著說：「他們會打一架嗎？親愛的博士，看在老天的分上，阻止這可怕的會面。送個官方的命令，盡一切可能，別讓那些被誤導的年輕人拚到你死我活。」

「親愛的佳人，我火速照辦！」博士說著就回去輕快的享用午餐，藍鬍子夫人顯示對他姪兒明顯的偏袒。

然而藍鬍子太太覺得勸阻這場決鬥還不夠，她匆匆趕到總督龐德先生那裡講了這件事，對史賴先生和上尉發出逮捕令，準備將他們訴諸刑罰，卻發現前者突然出城，保安官未能將其拘捕到案。

然而，一般的傳聞是藍鬍子寡婦已經宣告自己是站在律師史賴先生這邊，當她聽到情人即將決鬥時就昏倒；最後，她接納了他，只待他和上尉的紛爭落幕就會嫁給他。史賴博士被問到這事情的時候，總是支支吾吾，顧左右而言他。他什麼都沒否認，看樣子卻又知情，讓世人都信其為真。隔週的地方報紙如此報導：

據本報了解，美麗多金的藍×夫人即將梅開二度，與高貴的城市仕紳，來自倫敦中殿的福瑞德利克·史×結為連理。這位有學問的紳士由於和英武的戰神之子有爭端而出城，若非總督的逮捕令介入，戰鬥的結果將不可免。上尉被監禁以免生波。

事實上，史賴先生一待上尉被監禁就回來了，他說出城不是要避開決鬥，遠非如此，而是要排除官方介入，他聽任上尉方便，隨時候教。他不拿逮捕令當擋箭牌，已經準備好和上尉一戰，要是有人較為謹慎，那錯可不在他。他昂首闊步，把帽子拉高，一副視死如歸的態勢。當地所有律師的夥計對他們的英雄引以為榮。

至於黑鬍子上尉呢？他憤慨和激怒可想而知。到手的妻子被搶了，他的名譽被一個噁心的、弱不禁風而眼歪耳斜的律師搞得朝不保夕。他很快就發高燒病倒，醫生不得不為他大量放血，他發誓，這筆血債得從醜惡的史賴血脈裡十倍償還。

而《信使報》的告示同樣使寡婦火冒三丈。她念著：「英勇藍鬍子的遺孀下嫁住在中殿骯髒房舍的邋遢漢！給我找史賴博士來！」博士到了，她把他徹頭徹尾的飆罵一頓，好大的膽子放出這種風聲中傷她，命令他立刻把姪子送回倫敦。他很在意她的尊重，也在意她下次餽贈所提供的闊綽生活，為了抵銷對她的惡意報導，所提條件，他照單全收。

博士神色莊重的說：「親愛的夫人，遵命！可憐的男孩得習慣妳對他感情的致命轉變了！」

「我感情的轉變？史賴博士！」

「容我這麼說，他會隨希望一起破滅。上天會賜予他勇氣，忍受突如其來的不幸！」

隔天姊姊安妮神色關懷的來看藍鬍子太太，她說：「哎，妳那痛苦的情人啊！」

寡婦驚呼：「上尉還好嗎？」

「不，是另一位。」安妮說：「可憐啊可憐，史賴先生！他立了遺囑把一切都留給妳，只除了每年給洗衣婦五英鎊。他寫遺書，鎖上門，夜裡心神不屬的告辭了叔叔，今早當黑人僕役勝保為他準備刮臉用水時，看到他吊在床頭。他說：『把我給埋了吧，用她給我的針插和裝著她頭髮的盒墜陪葬。』妹妹，妳有給他針插嗎？妳送他裝了頭髮的盒墜嗎？」

「也不過是鍍銀的！」寡婦哽咽著說：「喔，現在我可殺了他啦！」她飲泣時心煩意亂可想而知，但她姊姊突然打斷她。

「殺了他？沒這回事！勝保剪斷繩子時他的臉黑得像這老實的黑人一樣。他下來早餐了，叔姪相會有多感人，我就留給妳自行想像了。」

「何等深情啊！可惜他眼斜得厲害，要是他能把兩眼擺正，或許我……」她沒有把句子續完，女性總是讓這類句子保留一點甜蜜的模糊。

但一聽到關於黑鬍子上尉的消息，蘇格蘭部隊的軍醫熱誠精確的描述了他的病情和放血，她對律師的慈悲情懷就多少冷卻了下來。當史賴博士來訪，問她可否屈駕會見那苦惱的年輕人時，她漫不經心的說，她祝他一切如意，對他無比敬重，懇求他別犯下那可怕的罪，讓她永遠難過。但她認為，為彼此設想，在史賴先生情緒較平靜前最好不要見面。

博士說：「可憐的傢伙！可憐啊！但願有人能讓他承受得了這可怕的命運。我已經從他那裡拿走刮鬍刀，我僕人勝保不離他視線左右。」

隔天藍鬍子夫人想要傳達點善意的訊息給史賴博士，詢問他姪兒健康方面的消息，她正在下達這個命令給僕役湯瑪斯時，上尉正好抵達，於是湯瑪斯又被叫回樓下去。

上尉手臂掛著繃帶，看起來興致勃勃，他華美的黑色兩腮鬍鬚捲起，團團蓋住比平常更為蒼白的臉龐。兩小時下來，寡婦把送信的事情忘得一乾二淨。而且，我相信她還問他要不要留下來晚餐。恩辛・垂培特也來了，場合非常愉快。想到那律師被黑人僕役割下床頭繩子時，兩位軍中紳士開懷大笑。他們說得風趣，到後來寡婦對於史賴先生上吊的事情只能半信半疑，也許那只是贏得她芳心的幌子。的確，雖然這不合女士的意，內心痛了一下，男人為女人上吊，對她的美色可是不小的恭維，也許藍鬍子太太頗感遺憾的是上吊居然沒有死成。

然而，這時她的神經又開始激昂了起來，就事論事，或許是寬慰，也或許是驚嚇（讀者務必根據對女性的認識釐清這一點），她收到一張來自史賴先生字體工整的便條時神色緊張，字條寫著：

「我從妳餐廳的窗戶看著妳，妳和黑鬍子上尉正在對飲。妳看來美好、氣色佳。妳帶著微笑，香檳一飲而盡。我再也撐不下去了。妳好好活著、笑著，快快樂樂吧。也許我的鬼魂會埋怨妳與別人共享幸福，但活著目睹則會令我瘋狂。我最好了此殘生吧！接到這便條時，請告訴我叔叔來單身漢田畝盡頭的魚池找我吧。他的黑人僕役勝保會追隨我，這是當真的。勝保頑固想阻止我的意圖，不成功便成仁。我深知這傢伙的誠心，但也知道自己的絕望。勝保將留下妻子和七個孩子。請善待那幾個孤兒，看在『福瑞德利克』的分上！」

寡婦發出駭人的尖叫，打斷正在舉紅酒乾杯的兩個上尉。「快啊，快啊，快去救他！」她驚叫著：「救他啊，壞蛋，不然就來不及了。溺斃！福瑞德利克！單身漢的……」她一陣暈眩，接下來的句子斷掉了。

兩位英雄對於不得不停下酒杯大感失望，他們抓起尖頂帽，朝寡婦的絕望尖叫聲所明白指示的地點而去。

垂培特以每小時十英里的速度奔向魚池。黑鬍子上尉說：「兄弟，慢慢來吧，飯後跑步不妥吧。就算那斜眼的混蛋律師把自己淹死了，我也不會睡得更糟糕。」於是兩位紳士就好整以暇的朝單身漢步道走去。事實上，馬卡柏少校此時在自己的房間抽著雪茄，從窗口看著他們走來，他們上樓求教少校時，他手上拿著一瓶薛單琴酒。

寡婦甦醒了過來，她說：「天啊！他們沒來。但願福瑞德利克平安。安妮姊姊，請到頂樓看看有沒有人來。」安妮照辦，登上閣樓頂。「安妮姊姊，看到什麼人來了嗎？」

姊姊安妮說：「我看到尊奇醫生的夥計，他來莫利・葛露小姐家送藥丸和藥水。」

寡婦又喊了：「親愛的安妮姊姊，看到誰來了嗎？」

「我看到一陣煙塵，喔，不，是一群白雲般的羊。呸！我看到倫敦來的馬車，外頭有三個人，車長把一個包裹丟給簡金絲太太的女傭。」

「煩耶！安妮姊姊，再看看！」

「我看到一群人，一個遮棚，棚內有個人，一位差吏，四十名小廝，老天爺，怎麼回事？」姊姊安妮跌跌撞撞下了樓，在起居室妹妹身邊從窗口往外看，看著這群人從接近她們的閣樓經過。

小官吏領頭前行，對小廝揮舞著馬鞭。兩隊人馬緊隨著，圍成圈圈。四個人扛著遮棚。遮棚裡躺著福瑞德利克！他面白如鬼，頭髮髒髒的覆蓋著臉龐，衣服由於潮溼而緊黏身體，水滴從遮棚四邊潺潺流下。但他沒死！他滾動一隻眼，臉朝向藍鬍子夫人坐著的窗子，那一瞟令她永生難忘。

勝保在後頭壓陣，他渾身溼透，要說有什麼能讓他的頭髮不再鬈曲，這番水刑也就夠了。但他不是什麼紳士，可以赤著腳走回家。在經過寡婦的窗子時，他用鼓溜溜的黑眼睛惡狠狠的看她一眼，雙手指著遮棚，繼續前進。

僕役約翰．湯瑪斯立刻被差遣到史賴博士那裡打探病人的消息。此時刻不容緩。他半小時後回來說福瑞德利克與勝保在單身漢田畝的魚池投河，費盡氣力才把他們拖上來，他此刻床上躺著，喝過一品脫的白酒，十分舒暢。「感謝上蒼！」她說著就給了約翰．湯瑪斯七先令打賞，寬心的坐下來喝茶。她對姊姊安妮說：「用心可嘉啊！喔，可憐啊，他那斜眼！」

兩個上尉到了，他們沒去單身漢步道，他們一直留在馬卡柏少校那裡把酒言歡。他們對於該怎麼說已經胸有成竹。黑鬍子上尉說：「吊死那傢伙！他才沒那個種跳水自殺。保險起見，我們來討論看看！」

他於是說：「我心疼的女士，我們搜遍了整個池子。哪有什麼史賴先生。划船的漁夫向我們保證，他整天都沒去過那邊。」

「無恥的謊言！滾，你這沒心肝的人，竟敢玩弄一個無依無靠的尊貴女人的感情。先生，滾吧，你只配桃麗……蔻德林絲之流的愛情！」寡婦兩眼冒火說著。她說出蔻德林絲幾個字眼時帶著冷冰冰的嘲諷，把上尉嚇得魂飛魄散。她悠悠然離開房間，茶也沒喝，沒對任何一位部隊紳士道聲晚安。

但是，先生們，女人細膩的心思你也不是不知道，激情的風暴，仇恨的狂風，大喜大悲有如閃電般令人為之目盲，你不會相信我們所描述的那些事件有任何一樁，對脆弱的花朵會是船過水無痕的。不！憂傷與喜樂同樣害人匪淺！烈日與狂風豈不一樣斲喪花蕊。就像席諾妮夫人美妙歌聲所吟唱的：

啊！心事是軟綿綿細膩的玩意，
啊！心事是魯特琴弦令人心悸，
啊！心事是精靈飄浮在蜘蛛之翼！

法蒂瑪的心事正是如此。簡單的說，先前的事件對她的神經系統風狂雨暴，她老練的醫學顧問格勒博醫生開出的處方是沉靜下來，聞聞嗅鹽。

被人家如此激情愛戀著，知道福瑞德利克為她兩度尋死，的確在她的胸膛喚起了「令人心悸的琴弦」！目睹這樣的痴情，她能不為所動嗎？她當然被感動了，她被這情操、被這激情、被福瑞德利克的不幸感化了，然而他的面目又是如此可憎，她豈可同意當他的新娘！

她如實告訴史賴博士：「我敬重你的姪兒，但我心意已定。我會繼續為我至福的賢夫守節，他的紀念碑永遠在我眼前。」她一邊說一邊指著墓園。「讓這可憐的受難心靈安息吧！他已經被折騰了大多數心靈所能承受的。我會歇息在墳墓的影子底下，直到我被徵召到裡面長眠，安眠在我的藍鬍子身旁。」

那些點綴著陵墓的水仙、石南、毛茛在過去幾個月來被雜草大片的侵蝕了，她認清這件事實且深深自責，去探看她所謂的「墳墓林園」，她徹頭徹尾的譴責家僕怠忽職守。他承諾以後遵照行事，清除了家墓周遭的雜草，而且（因為負責保管鑰匙）進去那陰森森的地方，清除墳墓裡所有的塵霾。

隔天寡婦下樓早餐時看來非常蒼白。她晚上過得不好，做了可怕的夢，半夜裡三度聽到叫她的聲音。半信半疑的姊姊安妮說：「呸！親愛的，是神經緊張啦。」

僕役湯瑪斯這時進來說家丁正在大廳，看起來怪里怪氣的，他天剛亮就來了，堅持要見藍鬍子太太一面。「讓他進來吧。」她說著，準備好知道天大的祕聞。家丁來了，他面白如死灰，蓬頭散髮，尖帽子也走了樣。女士顫抖著說：「你要告訴我什麼？」

他還沒開口就雙膝下跪。他說：「昨天我遵照您的吩咐，到家墓挖掘花圃……清除家墓和……棺材裡面（他顫抖著接著說）的灰塵，我和約翰．賽斯頓一塊兒把玻璃板擦得很漂亮。」

「看在老天的分上，有話直說！」寡婦喊著，臉色翻白。

「好吧，太太！我鎖上門，離開，走得倉促，因為要打兩個在阿德曼．鮑奇紀念碑玩彈珠的男孩，太太，我發現忘了拿棍子。我必須等到早上才能找約翰．賽斯頓一起去，因為我不想單獨前往。於是我們早上才去，妳猜我們看到了什麼？我看到主子的棺材轉了邊，棍子折成兩段。這就是那棍子。」

寡婦驚叫：「啊！拿走……拿走！」

姊姊安妮說：「那又能證明什麼？不過就是某人移動棺材，折斷棍子。」

家丁說：「某人！誰是某人啊？」他東張西望，突然後退發出大吼，讓女士們驚叫起來，櫥櫃裡的玻璃杯叮噹作響，他喊著：「正是他！」

他指著以坐姿掛在玻璃杯仍在叮噹響的櫥櫃上方的藍鬍子畫像。「昨晚我看到在家墓走來走去的就是他，我真是有罪的人啊。我看他來來回回走著，當我過去和他說話時，要不是他走進鐵門就算我受到保佑了，鐵門在他前面展開，就在一眨眼之間，然後又進入我上了兩重鎖的家墓，接著從裡頭反鎖。我敢發誓！」

姊姊安妮說：「也許是你把鑰匙給了他！」

家僕喊著：「鑰匙從沒離開過我的口袋，妳看！我再也不拿它來做什麼了。」他把笨重的鑰匙扔到地上，藍鬍子寡婦隨之驚叫。

她喘著氣問：「是幾點看到他的？」

「十二點，當然啊！」

她說：「我聽到聲音時想必就是在這時刻。」

安妮說：「什麼聲音呢？」

「法蒂瑪！法蒂瑪！法蒂瑪！連喊三聲，聲音空前的平板。」

家僕說：「他沒對我說話，只是點點頭，擺動他的臉和鬍子。」

寡婦說：「是藍……鬍……子嗎？」

「是粉藍色的，夫人，我發誓！」

尊奇醫生當然馬上被請來，但能為死者跑出墳墓的病例開出什麼藥方呢？史賴博士到了，他的慰藉不脫鬼魅，啊，簡直是如幽靈一般。他說他相信有鬼。他祖父再婚之前，祖母在他面前數度顯靈。他不懷疑超自然力量，那不僅可能，還很尋常。

寡婦突然高聲喊出：「要是他單獨出現在我面前，我一定會嚇死。」

博士的神色格外狡黠，他說：「親愛的夫人，因應這些案例的最好方法，就是幫沒人保護的婦女找個丈夫。我沒聽說過第一任丈夫的鬼魂會同時出現在妻子和第二任丈夫面前。這種事情前所未有。」

寡婦說：「啊，我難道該怕再見到我的藍鬍子嗎？」博士十分滿意的告退，夫人顯然在考慮第二個丈夫。

夫人嘆著氣想著：「比起史賴先生，黑鬍子當然是更好的保護人，但史賴先生必定會尋死，上尉一人敵得過兩個鬼嗎？史賴會自殺，但是，啊，黑鬍子不會。」寡婦想著桃麗．蔻德林絲的屈辱，內心一陣劇痛。這些令人心思渙散的情況如何了結呢？

當晚她就寢時並非沒有一絲戰慄，上了床卻沒睡。半夜裡在她的房間有駭人的聲音喊著：「法蒂瑪！法蒂瑪！法蒂瑪！」門戶來回砰砰撞擊，鐘聲開始作響，女傭在樓梯上上下下疾走尖叫，一致相互示警。臉色死灰的約翰．湯瑪斯宣稱，他發現藍鬍子掛在大廳的平民佩劍出了鞘掉在地上。藍鬍子先生臥房裡的黏貼小畫像上下顛倒。

固執不信邪的姊姊安妮說：「那是惡作劇，妹妹，今晚我陪妳。」到了晚上，姊妹一起就寢。

那是個狂野之夜。風聲怒吼，只差沒摧毀舊教堂周遭棲息在老樹上的群鴉，房間裡的長窗砰砰聲不絕於耳，月亮照著墳墓帶出鬼魅般的陰影，彫成鳥狀的紫杉看來格外妖異，它彎曲擺動，似乎要啄傷另一棵紫杉彫成的啞奴。夜半鐘聲和平素一樣響著，門戶劈啪，鈴鐺聲在大廳響起，有聲音哭喊著：「法蒂瑪！法蒂瑪！法蒂瑪！看啊，看啊，看啊，墳墓，墳墓，墳墓！」

她看著，家墓的門口開了，藍鬍子站在月光下，樣子和平民裝扮的他一模一樣。他的臉白得嚇人，雄偉的藍色鬍子鬈曲蓋過胸膛，和孟芝先生的一樣可怕。

姊姊安妮也和法蒂瑪看到同樣的景象。她們的驚嚇尖叫我們可以按下不表。奇怪的是，睡在女主人臥房上方閣樓的約翰．湯瑪斯宣稱，他整晚守夜，沒看到墓園有什麼異樣，也沒聽見屋子裡有哪種聲響。

現在問題來了，鬼魂幹麼現身？苦惱的法蒂瑪喊著：「他有什麼未了的心願要我去完成嗎？他只消現身說『立刻，立刻，立刻』也就可以了，到底什麼事讓我親愛的藍鬍子在墳裡也不得安寧？」被徵詢到的人一致認為問題合情合理。

僕役約翰．湯瑪斯在鬼魂現身時過度驚嚇，反倒贏得夫人的信任。他勸告過與管家芭格斯太太私通的總管史克盧先生，管家又紆尊降貴，把所見所聞透露給夫人的女傭巴斯妥太太。我說啊，約翰．湯瑪斯下定決心勸夫人去求教一位術士。城裡就有這樣的人，他預言過誰會嫁給他（約翰．湯瑪斯）的表弟，醫好農夫洪恩的牛，那頭牛顯然中了邪。他能蓄鬼，令鬼說話，所以他正是在這節骨眼上該徵詢的不二人選。

「約翰．湯瑪斯，你和婢女們在扯什麼關於靈媒的鬼話呀？他住在……」

約翰帶著鬆餅走進來，回答說：「夫人，他住在吊人巷，舊絞刑台所在地。夫人，那不是鬼話，他講的每個字都應驗了，他無所不知。」

寡婦說：「請你別在僕人大廳裡用任何一個蠢故事嚇到那些女孩。」當然，這說法的含義馬上被猜到了。也就是，寡婦當晚就要去造訪這位靈媒。姊姊安妮說在當前的處境她絕不會讓親愛的法蒂瑪形單影隻。約翰．湯瑪斯被召來提著暗淡的燈籠陪同兩位女士前往，開始一場危險的探訪，術士就住在吊人巷一處陰森的寓所。

那場可怕的會談究竟發生什麼事，外人無法完全得知。但從那晚以後，房子再也沒有任何騷擾。鐘聲沉睡，房門沒有一絲砰動，鐘敲十二點時墓園沒有鬼魂出現，全家終宵寧靜無事。寡婦把這歸功於術士給她的迷迭香樹枝，讓她丟一只馬蹄鐵進去環繞家墓的林園，這一切都使得鬼魂安靜下來。

話說隔天姊姊安妮去她的軟帽店時遇見我們先前提到的一位紳士，也就是恩辛．垂培特。若要道出實情，她事實上與恩辛這週日日相會，只是地點不一。

他說：「親愛的沙卡巴克小姐，有什麼跟鬼怪有關的新聞嗎？藍鬍子的幽靈嚇得妳妹妹更加抓狂嗎？或是在鐘聲上動手腳？」（你猜想得到垂培特對女士講這些話時兩個年輕人談話的模樣。）

姊姊安妮神情肅穆的說，這可怕的話題玩笑不得。鬼魂已待下來好一陣子了。靈媒已經指點妹妹一些妙方，不容你不信。此外，他還開示了她未來的丈夫。

恩辛說：「是黑面腮紅外套那一位嗎？」

安妮嘆了一聲說：「不，是紅面膘黑外套那位。」

恩辛大喊：「該不會是史賴那惡棍吧！」安妮不置可否，只是嘆息得更深切了。她說：「你可以告訴可憐的上尉，死了這條心吧，他能做的就只有上吊一途。」

垂培特怒氣沖沖的回答：「他會宰了史賴再說！」但安妮說事情尚未定案。法蒂瑪有點一意孤行，不願認命嫁給史賴先生。她已經要求進一步的證據。巫師說他可以從墳墓把她丈夫帶來，指點她誰是第二位新郎，那人將是、會是、肯定是、錯不了的福瑞德利克．史賴。

恩辛說：「那是個騙局。」但前一晚的事件讓安妮驚嚇過度，她可沒這麼說。她說：「今夜墳墓會告訴我們一切。」然後她以很肅穆、傷感的樣子離開了。

半夜裡有三條人影從藍鬍子寡婦的房子出發，他們穿過墓園的轉門，來到遠處的墓地。巫師說：「召喚鬼魂絕非好事，讓他說話也很嚇人。夫人，妳要明白，我得勸告妳，這種好奇心要過許多人的命。我認識一位阿拉伯靈媒，他想令鬼魂說話，卻當場被撕得粉身碎骨。還有一個的確聽到了鬼魂說話，卻在對話後落得既聾又啞。又有一個……」

藍鬍子太太過往所有的好奇心統統被喚醒了，她說：「沒關係，我想看看他，聽聽他說的。我不是已經見過他也聽過他了嗎？如果聽得到又見得著，這就恰是時候。」

這位靈媒說：「可是當妳聽得到他的時候，他是看不見的。而當妳見得到他時，他又是聽不到的。所以妳要先決定好要問什麼，鬼魂受不了猶疑反覆。我認識一個結結巴巴的人被鬼魂甩到地上，還有……」

法蒂瑪打斷的說：「我已經下定決心了。」

安妮悄悄的說：「問他妳的命中丈夫是誰？」

法蒂瑪只是紅透了臉，姊姊安妮按按她的手。他們默默的走進墓園。

沒有月亮，夜色漆黑。她們沿著墳地向前行，在上頭踉踉蹌蹌。夜鴞在教堂高塔嗚嗚叫，狗在遠處嚎哮，公雞開始尖啼，夜晚十二點有時就是這副模樣。

巫師說：「快，決定是不是還要繼續。」

姊姊安妮說：「妹妹，我們回頭吧。」

法蒂瑪說：「我要繼續，要是放棄我就死路一條。我覺得勢在必行。」

巫師說：「墓門到了，跪下！」兩女下跪。

「妳要見第一任丈夫還是第二任丈夫？」

寡婦說：「我想先見藍鬍子，這樣我就會知道這是不是冒牌貨，還是你的能耐名不虛傳。」

話聲一落，巫師就吐出一段咒文，聽來十分嚇人，沒有一個字聽得懂，任何血肉之軀都不可能照著念。在以像是頌詞的短詩作結時，他喊：「藍鬍子！」除了樹梢的咻咻風聲和高塔夜鴞的嗚嗚啼叫外，沒有別的聲響。

在第二道咒文結束的時候，他又停頓下來喊：「藍鬍子！」公雞開始啼叫，狗開始嚎哮，城裡的更夫開始報時，家墓裡傳來空洞的呻吟聲，有股令人毛骨悚然的聲音說：「是誰找我？」

靈媒跪在墳墓前，開始念第三道咒文。他說話的時候，眼前的景象仍值得一記。他繼續念咒，墳墓就冒出許多鬼，朝跪著的人圍成一圈。他結束時，家墓的門砰然洞開，藍鬍子穿著藍色制服站在藍光下，揮舞藍色的劍，藍色的雙眼射向四方。

靈媒對法蒂瑪說：「快開口，不然妳就要錯過了。」但有生以來，這是她第一次無話可說。姊姊安妮也嚇得啞口無言。當這駭人的形體朝跪著的她們過來時，姊姊想她們統統都完了。法蒂瑪還得面對該不該為這要命的好奇後悔。

鬼魂前進，用陰森森的聲調說：「法蒂瑪！法蒂瑪！法蒂瑪！為何到我墳裡喚我？」突然間，他的劍掉了下來，藍鬍子的鬼魂雙膝跪地，兩手合十，大吼：「饒命啊！饒命啊！」吼叫的聲音和男人沒有兩樣。

六個鬼魂圍住跪地的一群人。第一個鬼說：「你為什麼把我從墳墓裡叫出來？」第二個鬼說：「你竟敢騷擾我的墳墓！」第三個鬼高喊：「抓住他，帶走他！」藍鬍子的鬼魂仍在大吼：「饒命！饒命！」穿白袍的幽靈過來逮住他。

安妮的耳朵聽見一個聲音：「不正是垂培特嗎？」

一道藍鬍子太太很熟悉的聲音說：「還有妳卑微的僕人！」他們幫助夫人起身，別的鬼捉住藍鬍子。靈媒拔足逃之夭夭。人們發現，他其實是劇場經理克雷吹先生。

藍鬍子的幽靈被敵對的白袍幽靈逮個正著，好一陣子才從暈眩的痙攣中甦醒過來。當他們盤問時，他的藍色鬍子掉了下來。原來是……你猜是誰呢？一點不假，怎麼會是史賴先生呢？那就真相大白了，是僕役約翰．湯瑪斯借他制服，撞門兼敲鐘，從煙囪傳話下來。給史賴先生藍色火焰和劇場銅鑼的是克雷吹先生。他隔天一早就坐馬車回倫敦去了，人們發現有關蔻德林絲小姐的故事也是可恥的蓄意中傷。當然，寡婦嫁給了黑鬍子上尉。史賴博士為他們證婚，他一再宣稱對自己姪兒的所作所為一無所知，在最後一次的失望後居然沒去自殺，也讓他百般不解。

垂培特夫婦也一樣快樂的在一起，這是我所樂於理解的，我們從小就都對這一家族的命運深感興趣。

你會說這故事不可信。呸！不是寫在書上了嗎？這有比故事的前半部更不足為信嗎？

(Bluebeard's Ghost, 1843)

作家側記

薩克萊（William Makepeace Thackeray, 1811-1863）

年輕時看過一部庫柏力克導演的《亂世兒女》（*Barry Lyndon*），電影裡的配樂、服裝都令人印象深刻，演員也都是一時之選，雷恩·歐尼爾把在濁世中浮沉的男主角貝里·林登詮釋得絲絲入扣，影片中江湖險惡，爾虞我詐，聲色名利競相追逐。幾乎人人都是機會主義者，隨時為卡進上流社會的位階而不擇手段。憑藉著個人魅力與手腕寄生貴族名流的主角，在一場與女主角兒子決鬥時一念之仁，反為對手所傷。最後以傷殘之軀，淡出於夢境般的生命場景。後來也就知道，*Barry Lyndon* 的作者原來就是以《浮華世界》（*Vanity Fair*）名垂文史的薩克萊。

Vanity Fair 一詞源自班揚（John Bunyan, 1628-1688）的《天路歷程》，那裡出售各種虛華的東西，魔法、幻術、賭博、詐騙盡在其中。差別在於班揚採取寓言的形式，而薩克萊則是活生生的寫實主義作風。那是唯有冷眼旁觀、洞察世情的作家才能勝任。薩克萊的筆法也和狄更斯一樣，具有濃厚的漫畫風格，對世間男女的虛情假意、唯利是圖觀察更加銳利，也挖苦得更為徹底。散文集《勢利者臉譜》即是形形色色勢佬（snob）的寫照。在薩克萊的名利場中，道德只會淪為陳腐的笑柄，人與人之間只是彼此進階的工具，被操弄的玩偶，他的世界裡沒有真正的英雄人物，都是某種意義下的騙徒、無賴和登徒子。

同樣崛起於商業寫作的文化，薩克萊的文學事業並不順暢，可能因為他的隱含讀者遠不如狄更斯的那般廣闊，欣賞刻骨的諷刺畢竟需要更多的文化條件。最後他似乎淪為為金錢寫作的機器，自嘆無法在藝術上力求精進。但無論如何，他獨特的嘲諷風格已經成為難以被超越的「一家之言」。薩克萊曾為了取悅兩位女兒寫過一篇更知名的童話〈玫瑰與指環〉，或許這無心插柳為英國文學史埋下一顆文學的根苗，因為鼎鼎大名的維吉尼亞．吳爾芙正是他的外孫女。我選擇〈藍鬍子的幽靈〉，除了在延續貝洛的那則公案之外，也因為本篇更能表現薩克萊的一貫風格。

毛羽頂

霍桑

「狄孔，替我的菸斗加點煤！」莉戈妣老媽喊著。

這位老太太說這句話時菸斗就在她嘴裡。她把菸斗填滿菸草後塞進嘴裡並沒有蹲下來就著爐火，事實上當天早上並沒有任何火的蹤影。然而，她的指令才下達，菸槽立即就光紅焰烈，一股煙從莉戈妣老媽雙唇間冒了出來。燃煤哪裡來，經由哪隻看不見的手，我就無從發現了。

莉戈妣老媽點點頭說：「很好！謝啦，狄孔！現在要做這個稻草人了，狄孔，別離太遠，也許還需要你幫忙。」

這位好婦人就為了做稻草人起得特早（天都還沒亮呢），她打算把它擺在玉米田中央。是五月下旬了，烏鴉和烏鶇已經發現印地安玉米嫩芽剛剛冒出地面，捲著細細的綠葉。所以她決定設計出空前栩栩如生的稻草人，從頭到腳一口氣完成，那麼它就該每日清晨執行警衛的任務了。莉戈妣老媽（大家必定都聽說過）現下是新英格蘭最機巧高明的女巫，要做個醜到足以嚇死牧師的稻草人也非難事。然而此刻她醒來時有著難得的愉悅心情，加上一管菸草的舒泰，她決定做個美妙華麗的稻草人，而不是那種駭人且恐怖的。

莉戈妣老媽自言自語著，同時噴出一口煙，「我才不想在我自家的玉米田擺個妖魔鬼怪呢，而且幾乎還是在門口處。我高興就辦得到，但做那些炫人耳目的東西我已經厭煩了，所以正是為了多些變化，就維持在日常事務的範圍吧。還有，沒錯我是個女巫，但有什麼必要去驚嚇那些方圓一英里內的小孩呢？」於是她心意已定，就手邊的材料所及，這個稻草人必須能表現出當代好紳士的模樣。可能得清點一下造成這個形體的主要物品。

也許最重要的一項是某一根掃把，雖然它很少現身，讓莉戈妣老媽在深夜裡馳騁。現在可以用來當稻草人的脊梁，或是像沒學問的人說的背骨。臂膀的其中一隻是用廢棄的打禾棒做成的，在莉戈妣的好好先生還沒被她操勞到一命嗚呼前，那是派上用場的。另一隻臂膀，要是我沒搞錯的話，是由一根擀麵棍和椅子的斷腳組合成的，鬆垮垮的繫在手肘上。至於腿部呢，右邊是一把鋤頭柄，左邊則是從木堆中找到的毫不顯眼的木條。五臟六腑之類的則不過是用餐包袋塞滿稻草，於是稻草人的支架和整個身體就做出來了，缺的就是頭部。這部分的材料值得稱羨，取自一個枯萎乾縮的南瓜，莉戈妣老媽在上頭挖了兩個洞當眼睛，切一道小縫當嘴巴，留下當中那個淡青色的瘤當作鼻子。的確是一張很體面的臉了。

莉戈妣老媽說：「無論如何，我在人類的肩膀上看過更糟糕的臉，而倒是有不少好紳士像我的稻草人一樣，長得一副南瓜臉。」

但是人靠衣裝，於是這位好老婦人從釘架上取下梅子色的老式外套，倫敦製的，從縫邊、袖口、口袋到鈕釦孔，皆帶有繡邊的痕跡，遺憾的是破舊且褪色，手肘處是補綴的，邊緣殘破不堪，絲線到處脫落。左胸口有個圓洞，要不是一個貴族的星徽被拔除，不然就是被之前穿的人熱騰騰的心臟反覆燒焦的。鄰人說這件貴氣的衣服來自外號「黑老」的衣櫥，寄放在莉戈妣的小屋，方便他在赴總督餐宴時取用，讓自己有副莊嚴的外表。為了搭配這件外套，就有寬闊的天鵝絨馬甲，之前繡著金黃色的花紋，有如十月楓那般耀眼。但絨毛的部分已經消失得無影無蹤了。再來就是一條深紅色半長褲，是法國路依斯堡總督穿壞的，褲膝還碰過路易大帝寶座的最底階。這個法國人把褲子送給印地安的法僧，法僧再於某次森林舞祭時，以一基爾烈酒的代價，脫手給這老巫婆。莉戈妣老媽又做了一雙長絲襪，穿在這人形的雙腿上，像夢那般無形無質，活生生的兩根木棍慘不忍睹的穿洞而出。最後她把亡夫的假髮戴在南瓜的禿頂上，再冠上一頂滿布灰塵的三角帽，上頭插著一根公雞最長的羽毛！

老太太接著讓這軀體站在小屋的角落，看到那黃色面容上的朝天鼻，她格格格笑了起來。它看起來洋洋自得，好像在說：「瞧瞧我啊！」

「的確，你很值得一看！」莉戈妣老媽欣賞的看著自己的手藝說：「自從當巫婆以來，我做過許許多多木偶，我想這是最好的一個。當稻草人幾乎是屈就了。然而，我塞滿新的菸草，就把它放到玉米田吧。」

老婦人填充菸管時，仍然以近乎慈母般的感情端詳角落邊的軀體。就事論事，不管是運氣，是手藝或是不折不扣的巫術，這副荒謬的外型卻帶有若干巧妙的人味，由破破爛爛的巧飾凸顯出來。至於那副尊容，黃蠟的面容乾縮成一道冷笑，那是一種介於譴責與愉悅的古怪表情，好像對於自己作為人類的笑柄頗有自知之明。莉戈妣老媽越是欣賞越是愉悅。

她厲聲喊著：「狄孔，菸管再添一些煤！」

和之前一樣，她話還沒說完，菸草頂端就有了焰紅的煤炭。她吸了一口長煙，噴向晨光的吧台，那陽光正掙扎著從小屋布滿灰塵的窗框中透出來。莉戈妣老媽向來喜歡從火爐取出的煤要由某個煙囪角落取來，才調製得出菸斗的氣味。但到底是哪個煙囪，或是由誰取來，是不是與那名叫狄孔的隱形使者相關，我就恕難奉告了。

莉戈妣老媽雙眼仍然盯著稻草人，思量著，「讓那木偶直挺挺的站立整個夏天，只為了嚇跑烏鴉、烏鶇，太蹧蹋這傑作了。他有本事做更好的事。怎麼說呢？我曾經在我們巫婆的森林大會中與比這更不如的木偶共舞，那時剛好舞伴短缺。要是我讓他利用這個機會，放他到沒有真才實學的芸芸眾生間，會是什麼樣的局面呢？」

老巫婆吸了三、四口煙，微微笑著。她繼續想，「他會在每處街角遇見許多同胞手足。罷了，除了用巫術點菸，我今天本來不想再搞這一套了。不過我畢竟是個女巫，而且是我會成為的那種女巫，我就不必推卻了。我要將這稻草人做得人模人樣，就算只為了開開玩笑。」她一面喃喃自語，一面從嘴裡拿開那根菸斗，塞進南瓜臉上同一作用的縫隙裡。

她說：「噴啊，親愛的，噴啊！我的好夥伴，噴出來啊！你的生命取決於它！」對一個由木棍、稻草、舊衣服做成的東西，而且頭顱不過是乾縮的南瓜，下達這樣的指令無疑是奇怪的。我們知道這僅僅是個稻草人罷了！然而我們必須謹記在心，莉戈妣老媽是個出類拔萃的女巫。牢記這個事實，對於故事裡的特異事件就沒什麼好大驚小怪了！如果我們讓自己相信只要她命令稻草人噴一口煙，就會有一股煙從他嘴裡冒出來，難題也就克服了。的確，這是最微弱的一口煙，但接下來的，會一個比一個更為帶勁。

「噴出去，我的寶貝！噴出去！」莉戈妣老媽帶著無比愉快的微笑再三的說。「那便是你生命的氣息了，你必須把我的話當真。」菸斗毫無疑問是被施了法術，法術要不是施在菸草，就是在熊熊發光的煤炭，它神祕的燃燒在菸草的頂端，不然就是在那燃燒的菸草所發出的芬芳濃煙。這個軀體猶豫的試著噴了幾口，最後吹出一股濃煙，從幽暗的屋角飄進光影裡面，最後在微塵中逐漸減弱消失。這番努力非常賣命，因為接下來的兩、三次煙越噴越淡，儘管燃煤依然明亮，閃爍在稻草人的臉龐。老巫婆用她那乾瘦的手鼓掌，對自己的手藝泛起鼓舞的微笑。她知道魔法奏效了，那乾扁枯黃的臉孔，之前毫無臉型可言，此時已經罩上夢幻般的薄霧，帶著人的模樣前後擺動著。有時消失得無影無蹤，而在噴出一股煙後則又比之前更清晰可辨。整個形體就好似面容那樣，顯現了生命的樣貌。就如同我們把不定的浮雲指定成各種形體，半信半疑的以自己的幻想自娛。

如果非得深究事理，也許可以質疑這稻草人污穢、破爛、低賤、拼湊的本質有沒有任何實質的變化。是否只是鬼魅般的幻象，光影的詭譎效果，以它的色澤、設計來欺瞞多數人的眼睛。巫術的奇蹟總是帶著非常淺薄的微妙，至少，要是以上的解釋沒有道出實情，我也沒有更好的說法了。

莉戈妣老媽還在嚷著：「好好噴啊，我的漂亮寶貝！來吧，再來一股扎實的煙，帶點力道和主線，我告訴你，這是為你的生命而噴的！如果你有心或是有根柢，那就打從心底噴出來吧。很好，再來。深深吸住這一口氣，就像是純粹愛好此道。」女巫接著向稻草人招招手，把她的法力從手勢發出，好像稻草人無法不服從似的，好比鐵受到磁石的神祕召喚一般。她說：「幹麼龜縮到角落呢，懶鬼！走上前來，花花世界就在你眼前。」

我說的這些話，要不是當年從我祖母膝上聽來的這傳說，在我童年的判斷能分析它的可能性之前業已建立起可靠事物的地位，我應該是沒那個臉皮來訴說的。

稻草人遵照莉戈妣老媽的話，伸展了它的手臂，像是要去觸及它伸開的手。它往前邁步，然而，與其說是踏出一步，還不如說是踢了一腳、撞了一下，然後跌跌撞撞的，幾乎失去了平衡。女巫還能期待什麼呢？畢竟那不過是兩根木棍連成一氣的稻草人罷了。但是這意志過人的老嫗沉著臉，招呼著它，使出全副精神，恫嚇著這個由朽木、腐草和破爛衣服混合的玩意兒，逼著它要表現得像個男子漢。顧不得什麼現實，於是它踏進那道陽光中，直挺挺的站著，一個巧思之下的可憐蟲！只從那薄透的衣服就透露出它是個僵硬、孱弱、失調、褪色、破爛等一無是處的拼湊實質。隨時都可以癱軟下來化為敗絮，自慚形穢到不配頂天立地。我該坦白真相嗎？稻草人目前這生動的一面，讓我想到某些不慍不火、不死不活的腳色，他們由一堆雜質組成，被運用過上千次，卻一點也不值得，羅曼史的作者（我自己無疑也不在話下）讓小說天地裡的這類角色人滿為患了。

但粗暴的老魔女開始發怒，顯露出窮凶極惡的天性（像蛇頭從胸膛伸出嘶嘶的窺視著），對她費盡苦心湊成的事物的窩囊行為狠狠瞪了一眼。她怒氣沖天的喊著：「噴出去，雜碎！噴、噴、噴！你這個沒料的草包！你這個爛貨！酒囊飯袋！南瓜頭！廢物！我哪裡可以找到更下賤的名字叫你？噴啊，我說！把你奇幻的生命連同煙一道吸進去，不然我就拔掉你嘴上的菸斗，把你扔進焦紅煤炭之所在。」

受到這般威嚇，這個不快活的稻草人除了噴煙保命之外已無路可走。所以它需要使自己猛烈的吸著菸斗，煙霧齊飛使得小屋的廚房瀰漫著濃煙密霧。一道陽光費力的穿過雲霧，也只能將對牆那布滿塵埃的破窗勉強的勾畫出影像。這時莉戈妣老媽一隻棕色的手臂扠著腰，另一隻手臂指著那軀體，在幽暗中隱隱露出不懷好意，顯現出來的神情就像她經常將沉沉噩夢強加於受害人，然後在床邊看著他們苦惱以取樂。可憐的稻草人在害怕中顫抖著噴煙。但得承認，它的努力達到圓滿的目的，一口接著一口的煙，這軀體噴出來的已經不再是那種迷離的稀薄，而似乎帶著濃密的實質。就連它的每一件衣物都起了魔法般的變化，閃耀著新奇的光澤，早就磨損的精細金黃花邊熠熠生輝。在煙霧中若隱若現的黃色面孔，已經垂下無神的眼睛看著莉戈妣老媽。

老巫婆最後握緊拳頭朝那形體揮舞，並非真正發怒，而是基於原則裝腔作勢一番。這個原則或許錯誤，也可能不是唯一正確的原則，卻是莉戈妣老媽真心奉行的。沒有比激起恐懼更能鼓舞脆弱、冥頑不靈的天性了。但這正是危機所在。萬一她的法子未能奏效，她就會把這個擬人化的形體拆散，還原為本來的元素。

她嚴厲的說：「你人模人樣，也有模仿人聲的本事，我命令你說話。」稻草人喘了一下，好一陣子才勉為其難的發出喃喃低語，和含煙的氣息如此不協調，乃至於分不清那究竟是人聲或只是菸草的噴氣。某些講述這個傳奇的人持一種觀點，認為莉戈妣老媽的魔法和猛烈的意志逼使她熟識的一個精靈進入那形體，人聲實發自那精靈。

這可憐蟲以滯悶的聲音咕噥著：「媽媽，別對我那麼凶！我是樂意說話的，但我沒有智巧，能說些什麼呢？」

莉戈妣老媽喊著：「你能說話了，會說話了，親愛的！」她冷酷的面容化為一笑。「你要說什麼，說就對了！說啊，真的！你難道跟那些空心骷髏稱兄道弟嗎？還請教我要講什麼。你就是說了上千的事情，每一件都說上千次，仍然等於什麼也沒說。不用擔心，我告訴你！當你到了人世間

（我本來就要送你去那裡），你不愁沒有談話之資。儘管講！只要你願意就可以滔滔不絕。我相信你夠聰明！」

這個形體回答：「遵命，媽媽！」

莉戈妣老媽說：「漂亮的孩子，說得好。就照你要說的說，空泛就好。你會有上百套這類成語，外加五百種同樣的辭令。現在啊，親愛的，我為你費盡苦心，你又是那麼漂亮，我敢發誓，我愛你甚於世上任何巫婆的木偶。我用各種材料做過傀儡，黏土啊、蠟啊、稻草啊、木棍啊、夜蛙啊、晨霧啊、海沫啊、炊煙啊。你是當中最棒的。所以留意我說的話吧。」

那形體說：「是的，仁慈的媽媽，我竭誠恭聽！」

「竭誠恭聽！」老巫婆喊著把雙手扠在腰間，高聲笑著。「你真善於言辭啊，竭誠恭聽！你把手放在背心左邊，就像你真的有那麼一件。」

此時莉戈妣老媽對她自己匪夷所思的傑作興致盎然，她告訴稻草人要去遊戲人間，她保證比它的資賦更具真材實料的人百不及一。它可以和其中的佼佼者一樣昂首闊步，她當場贈與它數不清的財富。其中包括鄂爾多拉多的金礦，一家空頭企業的一萬持股，北極地區五十萬公頃的葡萄園，一座空中樓閣，西班牙城堡，以及從這當中取得的租金和進帳。她還把一艘滿載著加底斯海鹽的船貨過戶給它，那是她本人在十年前讓它沉入大海的。要是鹽沒有融化，且能運到市場，就可以從捕魚人那裡大撈一筆。為了讓它不缺現金，她將自己僅有的銀錢，也就是在伯明罕鑄造的銅幣給它，此外她還有許多黃銅，覆蓋在它的額頭，以致額角顯得更加深黃了。

莉戈妣老媽說：「單有這些黃銅，就夠你在世間的花費。親我吧，漂亮的寶貝！我已經為你盡心盡力了。」

此外，為了讓這位探險家不致缺乏闖蕩世界的好開頭，這位絕頂老媽給它一個信物，可以用來向某位高官、參議、商賈和教會的長老（一人兼具這四種身分）自我舉薦。那一位在鄰近地區位居社會要津。這個信物不過是一個字，莉戈妣老媽在他耳際輕輕說了，稻草人到時也如此向商賈低語。「這老傢伙患了痛風，只要你在他耳邊說了這個字，他就會為你效勞。」老巫婆說：「莉戈妣老媽認識可敬的高堅法官，可敬的高堅法官也認識莉戈妣老媽！」

這時女巫就把她滿是皺紋的臉龐湊近木偶，發出難以抑制的咕咕笑聲，全身上下按捺不住，為她想表達的主意興高采烈。她輕聲說：「可敬的高堅老爺有個標致的女兒，寶貝，你聽著！你外表俊美，又有自己的智巧。是啊，聰明十足。當你領教過別人的機智，你就更能體會了。你內外兼修，正是贏得姑娘芳心的人選。不用懷疑，我說事情本當如此。只要你擺出堅毅的臉，或長嘆，或淺笑，揮舞你的帽子，像舞星那樣伸出你的腿，把右手擺到背心左側，美麗的寶琳．高堅就是你的了！」

這好一段時間裡，那新生命吞吐著菸管蒸發的芳香，好像持續這件工作有著無窮樂趣，也因為是它生存的必備條件。看它的舉止超像人類實在是妙趣無窮。它的雙眼（它看起來就像有一對眼珠子）垂下來看著莉戈妣老媽，點頭或搖頭都恰合時宜。適當時機該講的話它也絲毫不缺：當真！的確！願聞其詳！可能嗎！此話不虛！不見得！喔！啊！嗯！還有其他對聽者而言意味著注意、徵詢、同意或反對等較有力道的發音。即使你站在一旁看到稻草人是怎麼做出來的，你斷然無法抗拒去認定，它十足了解老巫婆灌注在他那冒牌耳朵的狡黠忠告。它越是熱誠的把菸斗置於雙唇之間，它那人的樣子就越清晰的刻印在可見的真實。它的表情越是靈敏，姿態與動作越活生生，聲音就越清晰可辨。它的衣著也一樣，以一種幻影般的豪華閃爍得更加明亮。那根施加魔法於此一傑作的菸斗，不再是被燻黑的泥質殘管，而成為一塊海泡石，斗缽上了顏色，菸嘴則是琥珀的材質。

然而，令人憂心的是如幻夢般的生命似乎與菸斗的氣息共存亡，當菸草化成了灰，它的生命也將隨之終結。老巫婆已經預知這個難處。她說：「吸住你的菸斗，好寶貝，當我再幫你添加菸草時要吸住。」當莉戈妣老媽把菸灰搖了出來，準備從菸盒裡補充菸草時，看那俊美的紳士消退為稻草人真是令人傷感。

她用高亢尖銳的聲調喊著：「狄孔，再為菸斗添點煤！」話聲一落，濃密的火焰就在菸斗裡閃耀。稻草人則不待巫婆的吩咐，把菸管置於雙脣，吸進幾口短促而扎實的煙，不久吸菸就變得規律勻稱了。

莉戈妣老媽說：「親愛的心肝寶貝，不管發生什麼事，務必緊緊黏著菸斗。那是你生命所在，別的你也許不知道，但這一點至少你很清楚。吸緊菸斗吧，我吩咐你！儘管吞雲吐霧，如果有人問，就說那是為了健康，遵照醫師的囑咐。親愛的，當你發現菸葉低落了，就單獨到角落邊，（先吞滿一口煙）然後疾呼：『狄孔，幫菸斗添點新的菸草！』還有，『狄孔，幫菸斗加點煤！』盡快的吸入你漂亮的嘴巴。不然的話，你就不再是穿著鑲金邊衣服的雄偉紳士，而是由一堆木棍、破衣、草包和枯萎的南瓜混合的雜碎罷了。出發吧，我的寶貝，祝你福星高照。」

這個形體豪邁的噴送出一股煙，以堅定的聲音說：「母親，您別擔心！能令老實人和紳士發達的，我也可以辦到！」

老巫婆狂笑不已，她喊著：「你這要命的傢伙！說得真好！盡老實人和紳士之所能！你真是演技十足。時時以聰明的傢伙自許，我敢用你的頭顱和任何其他有兩隻腳的打賭，你像個有膽識、有實體的人，你有聰明還有他們稱之為心思的東西，以及其他人之所以為人的一切。因為你的緣故，我認為自己已經今非昔比了。不就是我造就了你嗎？我敢說沒有任何新英格蘭的女巫造得出另一個。這裡，隨身帶著這根拐杖！」這根原本平凡無奇的橡木棍子，隨即就帶有金頂手杖的面貌。

莉戈妣老媽說：「這個金頂和你的頭一樣有知覺，它會引導你到可敬的高堅老爺的家門。去吧，我的漂亮寶貝！我親愛的！我的珍惜！我的寶藏！有人問的話，你的名字就叫作毛羽頂。因為你的帽子上頭有一根羽毛，我又塞了一把羽毛到你的頭顱凹陷之處。還有你的假髮也是，他們稱為毛羽頂的流行時尚，所以你的名字就是毛羽頂。」

於是毛羽頂從茅屋出發，雄赳赳的邁步朝著城裡去。莉戈妣老媽站在門檻邊，十分愉悅的看著陽光在它身上閃爍著，好像它的堂堂氣概如假包換一樣。儘管它的雙腳有一點點僵硬，它吸菸的樣子是如此用心動人，步態又是如此瀟灑。她看著它，一直到看不見為止。她投下女巫慈祥的一瞥，一道彎路把她的視線隔絕了。

中午前的某段時分，正是鄰近城市的主街最繁忙的時刻，行道上出現一位與眾不同的陌生人。他的姿態和服飾淨是貴族的架式。他穿著華麗鑲邊的梅子色外套，價值不菲的絨毛背心，豪華裝飾著金色的葉片，一條富麗的猩紅長短褲，配上極精美與光滑的白色長筒襪。他頭上覆蓋著假髮，是那麼講究的撲了粉梳理過的，要是讓帽子給弄亂了，那就形同褻瀆，所以他把帽子夾在腋下（那是頂鑲金的帽子，上頭點綴著一根雪白的羽毛）。外套的胸口有一枚閃亮的星章，他以一種作態般的優雅搬弄著金頂手杖，那是當時高貴紳士所特有的風度。他一身裝扮的極致表現在衣服袖口的花邊，細膩到超凡的地步，不言而喻，那半遮半掩的手，必定是屬於有閒的貴冑世家。

這位耀眼人物的裝扮中最引人注目的，是他的左手持著一根稀奇古怪的菸斗，斗缽上有精美的彩繪，配上琥珀菸嘴。每走五、六步，他就會把菸斗放在嘴上，深深吸一口煙，在他的肺部停留片刻，再從口鼻裊裊的飄散開來。可想而知，整條街的人都為之騷動，想知道這陌生人是何方神聖。

一位市民說：「那無疑是個大貴人，你難道沒看見他胸口上的星章嗎？」

另一位則說：「才不，那簡直耀眼得炫人耳目。是啦，正如你說的，他必然是個貴族。但你想看看，這位大亨是乘什麼交通工具來的呢？過去一個月並沒有什麼輪船從歐洲來，若他是從南方翻山越嶺來的，他的隨從和行李又在哪裡？」

第三位發言說：「他不需要行頭來表明地位，就算他衣衫襤褸，手肘破洞也會透出他的貴氣。我從來沒看過這麼尊貴的風采。我敢保證他的血脈裡一定有諾曼民族的血液奔流。」

另一位市民則說：「我相信他是荷蘭人，不然就是高地日耳曼人。那些國家的男人嘴裡通常含著一管菸。」

他的一位同伴回答說：「土耳其人也是啊，但依我的判斷這位異鄉人一定是法國宮廷出身，在那裡學到了禮貌和儀態，再也沒有比法國人更懂得這一套的了。就說那步態吧，鄙俗的旁觀者一定說僵硬難看，說什麼連踢帶撞的，但在我看來實有說不出的王者之風。想必是不斷觀察皇帝的步伐學到的。這位異鄉人的品德和官位再明顯不過了，他是法國大使，出使來和我們的元首討論割讓加拿大的事宜。」

另一位則說：「更有可能是西班牙人吧，才會有張黃面孔。或者更像是哈瓦那來的，也或許來自某個西班牙的主要港口。特地來調查我們政府過度縱容的海盜橫行。祕魯和墨西哥的居民皮膚橙黃，正如他們開採出來的金礦。」

有位女士叫嚷著：「黃不黃不打緊，他是個俊俏的男人。那麼的高䠷細緻！那麼美妙高貴的臉孔，鼻形恰到好處，口嘴的表情更是極盡細緻。天啊！多麼耀眼的星章啊！它正在噴出火焰呢！」

「美麗的女士，妳的眼睛也是！」這位異鄉人說，他此刻剛好路過，向她鞠了一躬，揮舞了一下菸管，接著說：「妳的明眸令我無比暈眩，我沒半句虛言！」

那位女士喃喃自語，高興得魂飛天外，「還能有比這更新穎雅致的恭維嗎？」

這個異鄉人的出現引起了普遍的歆羡，只有兩個不同意的聲音。其中之一是不懂禮貌的惡犬，在這光彩人物的腳跟嗅了一番，然後夾著尾巴躲到主人的後院去，發出淒厲的叫聲。另外則是一個小孩，發揮所有的肺活量，扯了一堆和南瓜有關的廢話。

此時毛羽頂沿著街道繼續前行，除了對那位女士說些恭維話，以及當路人向他致意時微微點頭回禮，他似乎全神貫注在菸斗上。他表現出來的心平氣和、怡然自得，就足以證明他的地位和舉足輕重了。全城對他的好奇與仰慕幾乎達到沸騰了。群眾集結起來跟隨他的腳步，最後他來到了可敬的高堅法官的豪宅，走進大門，在前門拾級而上並且敲門。在等候應門的片刻，人們觀察到這位異鄉人把菸管裡的菸灰搖掉。

有位旁觀者問：「他那尖銳的聲音到底說了什麼啊？」

他的朋友回答說：「我不知道，但怪的是太陽令我兩眼昏花了。這位大爺有一瞬間突然變得陰暗無光呢！我神智不清了嗎？到底怎麼回事呢？」

另一位說：「怪就怪在那根菸管，一瞬之前它是熄滅的，轉眼它又全亮了起來，我從未看過那麼火紅的煤炭。這位異鄉人有些匪夷所思。那是怎樣的一股煙啊！是你說他陰暗無光嗎？怎麼回事，看他轉過身來，那胸口的星星仍然大放異彩呢！」

他的同伴接著說：「的確如此，這顆星會走近美麗的寶琳．高堅來眩惑她，我看到她正從房間的窗子悄悄看著它。」

現在門已經打開了，毛羽頂轉身對著群眾莊重的鞠了一躬，好像是大人物對那些等閒之輩致意一樣，然後消失在房子裡。他的容貌帶著某種神祕的微笑，如果不便說是輕蔑或是冷笑的話。但是在一票親眼看到的人當中，除了一隻惡犬和一個小孩，沒有一個可以識破這位異鄉人的虛妄品德。

我們的故事已經多少被打斷了，且跳過毛羽頂和商賈之間最初晤面的一些交代，言歸正傳，講他追求美麗的寶琳．高堅的種種吧。她是個嬌嫩豐滿的姑娘，淡色的頭髮，藍色的眼珠，有一張好看、玫瑰色的臉蛋。看起來不很精明，也不很單純。這位年輕女士在耀眼的異鄉人站在門檻時就已經瞥見他了，所以就戴上蕾絲邊的帽子、掛起一串珠子、披著最漂亮的圍巾、穿上最挺直的花緞裙準備會客。她急急忙忙從閨房到大廳，時時照著那面大鏡子，練習曼妙的姿態。時而微笑，時而莊重有禮，不然就來個淺淺的笑意，吻吻手，揚揚頭，擺擺扇子。而鏡子裡那個虛渺的小姑娘則重複寶琳的每樣姿態，做所有同樣的蠢事，絲毫不覺得難為情。總之，如果寶琳未能像亮眼的毛羽頂那麼無懈可擊，那是因為力有未逮，而非意願不足。所以，寶琳想以自己的天真純樸來誘取這位女巫幽靈的真心。

寶琳一聽到父親拖沓的步伐正要進到大廳，一邊夾雜著毛羽頂高腳靴呆板的踢踏聲，就立刻筆直的坐起來，天真的發出顫抖的歌聲。

老商賈喊著：「寶琳，寶琳女兒！過來，孩子。」高堅老爺打開廳門的時候，表情有點困惑和可惱。

他介紹這位異鄉人，接著說：「這位貴客是毛羽頂騎士，不，抱歉，是毛羽頂大公，他帶來的一件信物讓我憶起一位老友。孩子啊，好好接待這位大爺，要恰如其分的尊敬他。」

這位可敬的高官簡短介紹完畢後就立刻離開了房間。但就在那麼短短的瞬間，美麗的寶琳並沒有全神貫注在這耀眼的貴客身上，而是在一旁瞥了父親一眼。她也許接受到大難臨頭的警告了。這老人侷促不安，神色蒼白。假裝是禮貌性的微笑，其實臉上卻因帶著痙攣的苦笑而變形。毛羽頂一轉身，他的臉就陰沉下來，同時豎起拳頭搖晃著，踩踏著為痛風所苦的腳。這是一種無禮的舉動，帶著報應的意味。事實顯然是莉戈妣老媽引介所用的那個字，不管那是什麼，那在富商內心操弄出來的恐懼遠多於善意。此外，他是觀察入微的人，留意到毛羽頂的菸斗斗缽處的彩繪圖案是會動的。再仔細瞧瞧，更加確信那些影像是小精靈的舞會，每個都長著兩支角和一根尾巴，手拉著手圍繞著斗缽露出窮凶惡極的歡笑。像是要印證他的猜測一樣，當高堅老爺伴著客人由內室走到客廳間的一條黑暗通道時，毛羽頂胸前的星章竟然來回閃爍著真實的火焰，火花噴上牆壁、屋頂和地面。

從眼前各種妖異的徵兆來看，商人的感受可想而知，他正把自己的女兒託付給一個大有問題的故人。當這個華貴人物鞠躬、微笑，把手放在胸口，從菸斗吸入一口長煙，然後悠悠吐出芳香撲鼻、歷歷在目的雲霧，周遭瀰漫著芬芳時，他打從心底詛咒毛羽頂的矯揉作態。可憐的高堅大爺倒樂意把這位危險的客人擲到街心，但他心存顧忌和恐懼。我們猜這位可敬的老紳士年輕時可能許過什麼願、發過什麼誓，或許現在必須以犧牲女兒為代價來踐約。

碰巧客廳的門有部分是玻璃的，由絲簾遮起來，絲簾的褶層掛得有點歪斜。對於美麗的寶琳和豪邁的毛羽頂相會，商賈想一睹究竟的興致是如此迫切，所以他一離開客廳，就毫不客氣的從窗簾的縫隙窺視。但什麼神奇的事情也沒看到，除了之前留意到的一些瑣事之外，沒有一樣能證實美麗的寶琳置身妖魔鬼怪的想法。這個異鄉人顯然是閱世已深、久經歷練的人。井井有條又是穩健自持，沒有哪個父母會把自己單純年輕的女兒託付給這種人，而不留意防變的。這位可敬的高官閱人無數，也不能不認為這尊貴的毛羽頂一舉一動都恰如其分，沒有任何的粗魯鄙陋，對於繁文縟節的熟識已經完全和他的本質融合為一，使他成為一項藝術品。也許正是這種加諸在他身上的獨特性，讓他帶著妖氣和可怖。大凡十足人工所造的東西，即使具備人形都會予人不真實的印象，連在地面上投下一絲影子的能耐都沒有。談到毛羽頂，他的一切可以歸結為一個粗獷、豪放和離奇的印象。而他的生命和存在就像他菸斗裊裊飄升的煙那麼縹緲。

然而美麗的寶琳．高堅並沒有這種感覺。此時這對男女在客廳裡漫步，毛羽頂昂首闊步，帶著優雅的愁容。女孩則具有天然的少女韻味，涉世未深，還沒被腐化。藉著淡淡受感染的姿態，似乎逮住了她這位絕頂的同伴。他們的對談持續得越久，美麗的寶琳越添魅力，不到一刻鐘（老官長留意了他的表），她顯然已經開始墮入情網了。她急切的為情痴狂，這不需借助任何巫術。這孩子的心靈是那麼狂熱，自身的熱度像是情人空洞的影像所投射出來的那樣，就已足夠把自己熔化掉了。不管毛羽頂說了什麼，在她聽來都深深打在心坎裡。不管他做了什麼，在她看來都是英姿煥發。此時可以想見的是寶琳的兩頰紅暈，嘴裡含笑，眼帶秋波。而毛羽頂胸前的星星不斷閃爍發光，斗缽周邊的小妖魔奔走得更加狂妄快活。美麗的寶琳啊！為什麼一位傻姑娘要把心獻給影子的時候，會令妖魔如此狂喜呢？這個厄運有那麼不尋常嗎？這個勝利有那麼罕見嗎？

毛羽頂漸漸停了下來，擺出一副矜持的態度，像是要這位姑娘好好端詳他，可以的話大可拒絕他的求愛。他的星章、他的錦繡、他的帶釦同時散發出難以形容的光華。他衣飾的華麗色調展現更為富麗的光澤。他全身籠罩著華彩，集儀態萬千的魅力於一身。少女揚起雙眼，帶著羞怯與景仰的眼光對著她的伴侶痴痴看著。接著，就像要判斷自己的單純美色是否能和這光彩奪目的伴侶相提並論，她向剛好立在前面的落地鏡子投以一瞥，那是世界上最坦白的鏡子了，不懂得阿諛奉承。裡頭的影像一經反射到寶琳的眼簾，她立即驚呼尖叫開來，從異鄉人身邊退縮回去，發瘋也似的看了他一眼，昏倒在地。毛羽頂也照樣對鏡子一望，他見到了自己的尊容，並不是那種外表絢麗的偽裝，而是一堆齷齪卑污的補綴物，一切的巫術都被揭穿了。

哀傷的假人啊，我們幾乎得可憐他了。他伸直手臂，一臉絕望，比之前為了要展現他身而為人的宣告伸得更長。自從凡人虛憍的生命成為常軌以來，能夠見到虛妄並且充分體認的，這恐怕還是絕無僅有。

事發當天的黃昏，莉戈妣老媽正坐在廚房的爐火邊，她剛把新菸斗裡的菸灰彈了出來，就聽到路上傳來急促的步履聲。但聽起來不太像是人類的腳步，而像是木竿的咯咯聲或是枯骨的兜兜聲。老巫婆猜想，「哈！是什麼腳步聲啊？我想大概是誰的骷髏從墳裡跑出來了！」

一個人形一頭當先撞進女巫的茅屋。正是毛羽頂！他的菸管仍然亮著，星章仍在胸口燃著火光，服飾的錦繡猶自燦爛，從任何可以評估的程度和樣貌，凡是與我們血肉之軀的同胞可以相提並論的，他什麼都沒有丟失。但是，這不堪的現實卻以無法形容的方式，讓這個狡黠的傑作體會到了（就如同我們發現了所有的一切都是騙局一樣）。

女巫詰問：「怎麼回事？是那食古不化的偽君子把我的寶貝丟出門外嗎？惡棍！我要差遣二十個惡魔去折磨他，直到他雙膝跪地把女兒獻給你！」

毛羽頂說：「不是的，媽媽，並非如此！」

莉戈妣老媽凶惡的雙眼像地獄裡的煤炭那樣熊熊發光。「是那女孩藐視我的寶貝嗎？我要讓她滿臉都長疹子！讓她的鼻子像你的菸斗那麼紅！讓她的門牙掉出來！一星期之內她就不值一顧了！」

可憐的毛羽頂說：「放過她吧，母親！我差點贏得她的芳心，我以為讓她的芳唇親我一下，我就是如假包換的人類了。」他停頓了片刻，自暴自棄的飲泣起來，接著說：「可是，我已經看到自己了。我不過是可悲、襤褸、空洞的事物。我已了無生趣！」

他從嘴裡拔出菸斗，使出全力擲向煙囪，同時倒在地上，化為一堆稻草和破衣，幾根木竿從中突出，當中則是一顆乾癟的南瓜頭。兩眼已經沒了光澤，只是那一道草草劃出的嘴，仍在扭曲作態，一副絕望的苦笑，這是僅存還帶有人味的地方。

莉戈妣老媽哀傷的看了一眼她歹命的精心傑作，說：「可憐的傢伙！我可憐、親愛、美麗的毛羽頂啊！世上成千上萬的紈袴子弟和騙子也不過是一堆破架、被遺忘的廢料組成的。他們享有盛名，卻永遠見不到自己的真面目。為什麼偏偏只有我的木偶要認識自己而絕了生路呢？」

女巫就這樣喃喃自語著，同時在菸斗上加入新的菸葉，手指夾著菸管，不確定該塞到自己嘴裡還是插到毛羽頂的嘴裡。

她繼續說：「可憐的毛羽頂！我大可再給他一次機會，明天再派他出去。但算了吧，他感覺太細膩，用情也太深了。在這個空洞無良的世間，他的良知多到無法為自己牟利。好吧！我還是把它做成稻草人！這是天真有益的志業，也挺適合我的寶貝。如果他的每位人類手足有哪一點像他，豈不是會變得更好。至於這根菸管嘛，我應該比他更需要。」說著說著，莉戈妣老媽就把菸管放在口脣之間，同時以高亢尖銳的聲調呼喊著：「狄孔，再為菸管添點煤！」

(Feathertop, 1846)

作家側記

霍桑（Nathaniel Hawthorne, 1804-1864）

在美國文學中，霍桑最常被拿來與他的同代人愛倫．坡相提並論。愛倫．坡是推理小說與科幻小說的奠基者，受霍夫曼的影響但又極具原創性。他同時也是詩人，法國詩壇自波特萊爾以降，對他推崇備至，二十世紀的理論家包括巴特和拉岡都以他的作品作為重要的分析文本。霍桑則以長篇小說《紅字》奠定世界級作家的地位，在探索女性出軌的主題上足以和司湯達的《紅與黑》、福樓拜的《包法利夫人》以及托爾斯泰的《安娜卡列尼娜》比肩。差別在於三者的女主角不是抑鬱以終就是自盡以求解脫，而霍桑的女英雄則是勇敢的承受愛情的結果。前者的壓迫是社會的、輿論的，後者則是道德的、宗教的。我們在《紅字》可以聞到濃濃的清教徒氣味，他的短篇故事也一樣。

霍桑與愛倫．坡都是哥德式小說大家，這種文學類型盛行於十八、九世紀的英國，儼然成為主流，連珍．奧斯汀都忍不住在她的教育小說《諾桑覺寺》嘲諷小說迷女主角的疑神疑鬼。美國作家承襲了這種文學傳統，大放異彩，包括梅爾維爾（Herman Melville, 1819-1891）、馬克．吐溫、福克納、奧蔻娜（Flannery O'Connor, 1925-1964），甚至是當代的莫里森（Toni Morrison, 1931-2019）都成就斐然。從新英格蘭的古宅到南方的神祕莊園，成為美國文學的一大特色，而霍桑與愛倫．坡自然有開創之功。然而同樣是以幽森的古宅為背景，兩者經營的氛圍依舊判然分明。愛倫．坡筆調更為清冷，挖掘人物的幽黯靈魂，猶如偵探那般抽絲剝繭，以驚悚的極致結局，再怎麼陰森也還是科學的。霍桑的鬼魅則是帶著傳奇色彩，有命定的成分，隱藏在背後的還是清教徒的清規戒律。

霍桑的先祖曾在十七世紀獵殺女巫的審判上扮演加害者的角色，讓他一直耿耿於懷，或許也就隱含了報應的陰影，而表現在他的故事中。阿根廷小說家波赫士說他年輕時與寡母、姊姊同住一宅，擁不同樓層而不相聞問，孤僻的埋首書寫古怪的傳奇。早期的作品集名為《古屋苔痕》，聽來就很有《螢窗異草》般的幽靈氣。波赫士認為他總是先有了場景才設想人物，道德寓意濃厚。〈毛羽頂〉寫於《紅字》令他一舉成名之後，也是他最後一則短篇故事，攙雜了一些童話元素，或許也可以視為他哥德小說的一個縮影。

魔法魚骨

狄更斯

從前有個國王，他有位王后，國王是男性中最具陽剛氣概的，而王后則是女性中的至美，國王私底下在政府任職，王后的父親則曾經在鄉下行醫。

他們有十九個孩子，而且總是在增加。其中十七個照顧嬰孩，而最大的阿麗西亞則照顧每一個。他們的年齡從七歲到七個月不等。

讓我們回歸正傳吧。

有一天國王要去辦公，在魚販那裡停了下來，王后（她很會理家）交代他買一磅半不要太靠近尾部的鮭魚帶回家。魚販皮寇斯先生說：「好的，先生，早啊！還要點別的嗎？」

國王接著朝辦公的地方走，心情鬱悶，領季俸的日子還早，幾個孩子已經大到穿不下衣服了。他沒有走多遠，皮寇斯的小幫手就追了上來，他說：「您沒留意到店裡那位老太太？」

國王問：「什麼老太太？我誰也沒看到啊！」

是這樣的，國王沒看到任何老太太，因為她對國王是隱形的，但皮寇斯的幫手則看得見。也許是因為他胡亂拍打水面，一雙腳掌還猛踩地面，如果她不讓他看見，衣服恐怕會被他給蹧蹋了。

這時老太太快步趕上，她穿著華麗的絲綢，散發著乾燥薰衣草的氣味。

老太太說：「閣下想必是華金斯國王一世？」

國王回答：「華金斯正是本人的名字。」

老太太說：「如果我沒弄錯的話，你可是美麗的阿麗西亞公主的爸爸？」

國王回答：「還有十八個寵兒。」

老太太說：「聽著，你要去上班囉……」

國王靈光一閃，她一定是個仙女，不然怎麼會知道？

國王這麼一想她就回答：「沒錯，我是善心仙子大瑪麗娜。注意聽著，你回到家吃晚餐時，要禮貌的邀請阿麗西亞公主享用一點你剛買的鮭魚。」

國王說：「她也許不會同意。」

老太太被這毫無來由的念頭搞得很生氣，國王十分警覺，卑微的請求原諒。

老太太以極為不屑的樣子說：「我們聽太多這個不行，那個不許了。別貪心，我想你是想獨吞。」

國王垂著頭受教，說他再也不會說什麼不同意之類的話了。

大瑪麗娜仙子說：「好自為之！下不為例！在美麗的阿麗西亞公主同意分享鮭魚時，我想她會的，你會發現她的盤子裡留下一根魚骨。告訴她將它弄乾，擦拭它直到像珍珠那樣發亮，好好把它當作是我給的一份禮物。」

國王問：「就這樣嗎？」

大瑪麗娜仙子回過頭嚴厲的指責他：「先生，別不耐煩，別人話還沒講完不要打岔。你們大人沒什麼兩樣，你一向如此。」

國王再度垂首，說他不會再這樣了。

大瑪麗娜仙子說：「那就好自為之！下不為例！請以我的愛心告訴她，魚骨是魔法禮物，只能使用一次。但只要她預許得恰是時候，那一次會帶給她任何所想要的。這是福音，你要當心。」

國王才開始說：「可以問問為什麼……」仙子就火冒三丈。

「能行行好嗎？先生。」她一腳跺著地大喊：「這個理由，那個理由，是哦！你總是要理由。沒理由啦。哎哎呀！你們大人的理由讓我想吐。」

國王看老太太大發雷霆，感到非常害怕，就說很抱歉冒犯了她，以後再也不會問理由了。

老太太說：「那就好自為之，下不為例！」

大瑪麗娜說完這些話就消失了。國王繼續走啊走，走到辦公處。他寫啊寫啊寫，直到又是回家的時候。之後他禮貌的邀請阿麗西亞公主分享鮭魚，就像仙子指示的那樣。在她好好享用過之後，他看到她盤子裡的魚骨，像仙子所說的那樣，他就傳達了仙子的福音，阿麗西亞公主細心的把魚骨弄乾，擦拭它、擦亮它，直到它像珍珠那般發亮。

如此一來，當王后清晨要起床的時候，說著：「天哪，天哪，我的頭，我的頭！」接著就暈了過去。

阿麗西亞公主正好從房門口探頭進來問關於早餐的事，看到母后這副模樣非常慌張，她搖鈴找珮琪，那是張伯倫女爵的大名。不過她記得嗅瓶在哪裡，就先爬上椅子拿到手，然後又爬上床邊的另一張椅子，抓住嗅瓶對準王后的鼻子，接著再跳下來拿點水，又跳上來潤溼王后的額頭。總之，當張伯倫女勳爵進來時，這位老婦人對小公主說：「好靈巧啊妳，我不會做得更好！」

但這還不是好王后最糟的病情，不，她病得不輕，而且病了好長一段時間。阿麗西亞公主把十七個王子、公主看顧得服服貼貼，為嬰孩穿衣、脫衣、逗弄，煮水，熱湯，掃爐子，倒藥水，照顧王后，做一切她所能做的。忙啊忙啊忙啊忙，忙到不能再忙。由於三個原因，宮殿裡沒有多少僕人。因為國王缺錢，因為加薪似乎遙遙無期，也因為發季俸的日子還早得很，遠得好像天邊的星星那般渺茫。

但清晨王后暈退的時候，魔法魚骨又在哪裡呢？為什麼有此一問？就在阿麗西亞的口袋裡。她幾乎就要拿了出來好讓王后回神，但又放了回去，去尋找嗅瓶。

王后那天早上從昏迷中好轉過來，仍在假寐，阿麗西亞公主匆匆忙忙上樓對她的密友講一件特別的祕密。她是一位公爵夫人，人們認為她是個洋娃娃，但她真的是位公爵夫人，雖然除了公主之外沒人知道。

這特別的祕密是和魔法魚骨有關，公爵夫人對它的歷史一清二楚，因為公主告訴她一切。公主在她的床頭跪了下來，她盛裝躺著，非常清醒，公主輕聲的告訴她祕密。公爵夫人微笑著點點頭。人們或許認為她從不微笑、不點頭，但她經常如此，雖然除了公主之外沒人知道。

公主接著又匆匆下樓，在王后的房間看顧。她經常親自在王后房間看顧，但每天晚上，當病情還持續的時候，她就和國王坐在那裡一起看顧。國王每天晚上對她左顧右盼，奇怪她為什麼沒有拿出魚骨。每當她留意到這個，她就會跑上樓，再輕聲對公爵夫人訴說這祕密，此外還說：「他們認為我們孩子未嘗有理性或義理！」

而那位我們所聽過最時髦的公爵夫人對她使使眼色。

有一天晚上，她跟國王道晚安時，國王說：「阿麗西亞！」

「是的，爸爸。」

「魔法魚骨現在如何？」

「在我口袋，爸爸。」

「我還以為妳掉了呢？」

「喔，沒有，爸爸！」

「或者是忘了？」

「沒有，真的，爸爸！」

還有一次，隔壁一隻可怕的會咬人的小哈巴狗對著剛放學回來，站在家門口的一個小王子衝過去，他嚇得沒了主意，從窗框伸手進去，鮮血流啊流啊流啊流。其他十七個小王子小公主看他鮮血流啊流啊流，也都嚇得沒了主意，失聲尖叫，使得他們十七張臉孔瞬間全黑。但阿麗西亞公主把手放在他們一個個嘴上，說服他們安靜，因為王后生病。然後她把那小王子受傷的手放進一盆冷水裡，他們用十七乘以二等於三十四減四再加三隻眼睛瞧著，她找看看那手上有沒有玻璃片，好在沒有。她接著對兩個身小腿健的王子說：「幫我拿御用包來，我必須要剪、要縫、要切、要修。」兩位小王子就又推又拉的把御用包拖了進來。阿麗西亞公主於是就坐在地板上，拿著一把大剪刀和針線，又剪、又縫、又切、又修，做一個繃帶放在傷口上，漂亮得恰到好處。一切都料理妥當時，她看到國王爸爸在門口瞧著。

「阿麗西亞！」

「是的，爸爸。」

「魔法魚骨現在如何？」

「在我口袋，爸爸。」

「我還以為妳掉了呢？」

「喔，沒有，爸爸！」

「或者是忘了？」

「沒有，真的，爸爸！」

接著她就上樓到公爵夫人那裡，告訴她發生了什麼事，又重新告訴她那個祕密。公爵夫人搖搖她淡黃色的鬈髮，玫瑰色的雙唇帶著笑意。

那麼！還有一次嬰孩掉到爐台下，十七位小王子和小公主都習以為常了，因為他們幾乎不斷的掉到爐台下或是樓梯口，但嬰孩還沒習慣，把他弄得臉腫眼黑。這可憐的小可愛會翻滾下來是因為阿麗西亞坐著時，他從她的裙襬滑了出去。那圍裙無比粗糙，幾乎讓她透不過氣來，她在爐火前削蘿蔔開始準備晚上的湯。她做這個是因為國王的廚子那天早上和她的情人跑了，那人是個很高大、很愛喝酒的軍人。於是，碰到什麼事就哭的十七個小王子小公主又哭又鬧。但是阿麗西亞公主（她也忍不住稍稍哭了一下）靜下心來叫他們別鬧，重新提起樓上即將康復的王后。她說：「你們這些小猴崽子，我在檢查嬰孩的時候，每個都給我閉嘴！」

她接著就檢查一下嬰孩，看他沒摔壞撞壞，就用涼涼的金屬敷敷他可憐的眼睛、可憐的臉蛋，他這時就在她懷裡睡著了。她接著告訴十七位王子和公主：「我恐怕還不能讓他躺下來，免得他醒來時覺得痛。你們要乖乖的，每個人都幫忙煮。」他們聽了都高興的跳起來，開始翻舊報紙幫自己做廚師帽。她一個給鹽罐，一個給大麥，一個給香料，一個給蘿蔔，一個給紅蘿蔔，一個給洋蔥，一個給調味罐，直到每個都成了廚子，各自幹自己的活，她坐在正中間看顧嬰孩，粗糙的圍裙仍悶得她透不過氣來。過一會兒湯煮好了，嬰孩也醒了，笑得像個天使，信任的讓謹慎的公主抱著。其他王子和公主則是縮得遠遠的，看看阿麗西亞公主如何把滿滿的一鍋湯倒出來，因為怕（由於他們老是出亂子）被濺到燙傷。湯汁倒出來，漂漂亮亮的冒著煙，聞起來芳香可口，他們就拍起手來。他們也讓嬰孩拍拍手，他的樣子看起來一副滑稽的牙痛樣，使得每個王子和公主都笑了。於是阿麗西亞公主說：「笑吧，而且要乖，飯後我們要在地面的角落邊幫他做個窩。那他就可以坐在他的窩，看十八個廚子跳舞。」小王子和小公主興高采烈，把湯汁吃得一乾二淨。洗完所有碗盤，清理乾淨，把桌子推到角落，接著他們戴著廚師帽，阿麗西亞公主穿著那屬於廚子的難聞粗糙圍裙，那廚子跟她那高大而愛喝酒的情人跑了。十八個廚子就在天使般的嬰孩面前跳了一支舞，他已經忘了浮腫的臉，撞黑的眼睛，樂得咯咯叫。

接著阿麗西亞公主又看到她父親國王華金斯一世，他站在門廊張望，開口說：「阿麗西亞，妳在做什麼啊？」

「煮飯跟修補，爸爸。」

「還有呢？阿麗西亞。」

「讓孩子們快活，爸爸。」

「魔法魚骨在哪呢？阿麗西亞。」

「在我口袋啊，爸爸。」

「我還以為妳掉了呢？」

「喔，沒有，爸爸！」

「或者是忘了？」

「沒有，真的，爸爸！」

國王深深嘆著氣，看來非常沮喪，很憂傷的坐下來，把頭靠在手上，手肘放在那被推到一角的餐桌上。十七個王子和公主悄悄的溜出廚房，讓他和阿麗西亞和天使嬰孩單獨相處。

「怎麼啦？爸爸。」

「孩子啊，我窮得可怕。」

「爸爸，你一點錢都沒有嗎？」

「沒有啊，孩子。」

「沒有法子弄到一些嗎？爸爸。」

「無法可想，我已經非常努力，試盡各種辦法了。」國王說。

當阿麗西亞聽到最後那幾個字時，她就把手伸進她收藏魚骨的口袋。

她說：「爸爸，當我們非常努力，試盡各種辦法時，我們就已經盡心盡力了嗎？」

「毫無疑問，阿麗西亞。」

「爸爸，當我們已經盡心盡力，而還是不夠的時候，我想向他人求助的時候就會適時來到。」這正是與魔法魚骨相連的祕密，這是她自己從善心仙子大瑪麗娜的言詞中發現的，這祕密她經常對她美麗時髦的公爵夫人朋友細說。

於是她就從口袋裡取出那被弄乾、擦拭、擦得亮到有如珍珠般的魔法魚骨，輕輕吻它一下，期許季俸日。季俸日瞬間就來了，國王一季的薪資喀答喀答從煙囪裡掉下來，跳到地板的中央。

但發生的事這還不及一半，也不足四分之一，因為接著的事是善心仙子大瑪麗娜乘坐著四隻孔雀的車駕而來，皮寇斯先生的夥計高踞在車駕後方，他穿金戴銀，頭戴三角帽，髮上撲粉，穿著粉色長絲襪，鞭子鑲著珠寶，還有一小束花。皮寇斯的夥計手裡拿著三角帽跳下來，謙恭有禮的（徹底被魔法改變了）攙扶大瑪麗娜下來。她站在那裡，散發出細如絲縷的乾燥薰衣草香氣，搖著閃閃發亮的扇子。

這位迷人的老仙女說：「阿麗西亞，親愛的，妳還好吧，我希望見到妳的時候一切都好，親我一下。」

阿麗西亞擁抱她，接著大瑪麗娜就回頭對國王尖聲尖氣的說：「你好嗎？」

國王說他但願如此。

仙子又親了一下公主，說：「現在，我猜你知道理由了。為什麼我這位教女沒有及早運用魔法魚骨。」

國王朝她行個不好意思的禮。

仙子說：「但那時你不知道！」

國王行了一個更不好意思的禮。

仙子說：「還有更多理由要問嗎？」

國王說不，說他很抱歉。

仙子說：「那就好自為之，從此幸福快樂。」

大瑪麗娜搖著扇子，此時王后一身雍容華貴的走進來，十七位王子公主也跟著進來，不再穿小到穿不下的衣服，新裁的服裝從頭到腳都合身，衣褶可以外翻。之後，仙子用她的扇子拍拍阿麗西亞公主，那難聞的粗糙圍裙就飛走了，她的穿著看來非常優雅，像個小新娘，戴著橘花冠，佩著銀紗。接著，廚房的食櫃變成衣櫥，是漂亮木頭和黃金做的，還有穿衣鏡，衣櫥塞滿形形色色的服飾，所有一切都是給她，也是為她量身訂做的。接著，天使般的嬰孩獨自跑進來，臉蛋和眼睛沒有一絲更糟糕，還變得更好。然後，大瑪麗娜要求引見公爵夫人，公爵夫人被帶下來時，她們彼此交相讚美。

仙子和公爵夫人在那邊輕聲細語，仙子接著高聲說：「是的，我想她已經告訴妳了。」大瑪麗娜轉頭對國王、王后說：「我們要去尋找瑟丹博索紐王子。請求你們半小時之後在教堂高高興興來作陪。」於是她和阿麗西亞公主上了車駕，皮寇斯先生的夥計伸手扶接公爵夫人坐在對面，接著皮寇斯先生的夥計收起梯子，躍上站在車駕後面，孔雀開屏飛奔而去。

瑟丹博索紐王子獨自坐著吃大麥糖，沒事等老。當他看到孔雀身後帶著車駕來到窗口，他馬上想到即將有不尋常的事情要發生。

大瑪麗娜說：「王子，我帶你的新娘來了。」

仙子話聲一落，瑟丹博索紐王子就不再一副苦瓜臉，他的外套和棉布褲立刻變成桃花色的天鵝絨，頭髮鬈曲，一頂帽子帶根羽毛像鳥兒般飛進去，在他頭上安頓著。他在仙子邀請下進入車駕，在那裡與之前見過的公爵夫人重溫舊識。

在教堂裡的是王子的親友，阿麗西亞公主的親友，十七位王子公主、嬰孩以及一票鄰居。婚禮美得難以言說。公爵夫人當伴娘，她從講壇上支撐她的椅墊裡觀禮。

大瑪麗娜在禮成之後安排豪華的婚宴，吃的應有盡有，喝的也應有盡有，而且取之不竭。結婚蛋糕用白色緞帶、銀箔和白百合裝飾得很精緻，圓周達四十二碼長。

當大瑪麗娜以她的愛心向這對新人敬酒時，瑟丹博索紐王子向大家致辭，每個人都哭得稀里嘩啦！大瑪麗娜向國王、王后宣布，以後每年都有八次季俸日，但閏年例外，會有十次。接著她回頭對瑟丹博索紐和阿麗西亞說：「親愛的，你們會有三十五個孩子，各個善良美麗。十七男，十八女。他們的頭髮統統都自然鬈。他們都不會長痲疹，還沒出生百日咳就先康復了。」

聽到這樣的好消息，每個人又哭得稀里嘩啦！

大瑪麗娜做個總結說：「魔法魚骨的下落還得交代。」

於是她從阿麗西亞公主手上將魚骨拿過來，它立刻飛入鄰居會咬人的可怕哈巴狗的咽喉，牠窒息了，全身痙攣死翹翹。

(The Magic Fishbone, 1868)

作家側記

狄更斯（Charles Dickens, 1812-1870）

很少作家能擁有狄更斯那樣的文學機緣，生前就已功成名就，死後一個半世紀依然聲名不墜，且經常被封為最偉大的英國小說家。他的作品老少咸宜，雅俗通吃，故事所塑造出來的人物，成為家喻戶曉的類型。拜小說連載之賜，熱心的讀者殷殷期盼每個月送報的郵車，情節的發展和主角的命運都成了大眾議題。文藝社會學家認為，他無疑是商業化最成功的同時代作家，任何著作，包括《雙城記》、《孤雛淚》、《塊肉餘生記》、《艱難時世》、《荒涼屋》無一不轟動，水準皆臻上乘，無一浪得虛名之作。

狄更斯的作品至今仍然不斷被改編，單單是《聖誕鐘聲》就不知道出現過多少版本，史古基（Scrooge）這位小氣鬼的名字固然早已成為字典裡的一般名詞，而《雙城記》的整段開場白，也讓不管是否讀過該書的人耳熟能詳到陳腔爛調的地步。更令人羨慕的是，由於寫實小說的渲染力，作品中所呈現的苦難，不但引起大眾關注，也帶動了政府立法。和馬克．吐溫一樣，孩童經常是狄更斯作品裡的主角，但前者洋溢著歡樂與野性，後者則是飽嘗困頓與哀傷。帶有自傳色彩的教育小說像《塊肉餘生記》，總是瀰漫著啟蒙道上的艱辛。小說家褚威格認為，狄更斯太愛他所塑造的孩子了，所以經常讓他們在還來不及面對無情的現實世界前安然死去。

狄更斯的筆觸總是帶著漫畫式的誇大，所以我們很容易掌握故事人物的表情、容貌與身段。他的作品之所以能廣為流傳，或許正由於與一般大眾所追求的小確幸連氣同聲之故。英國人不是愛好革命的民族，所以他作品所揭發的社會黑暗也只是改革式的，不帶任何悲劇英雄色彩。我不是道地的狄更斯迷，卻欣賞他的敘事手法那種與讀者交談的無比親切感。〈魔法魚骨〉只是他一系列作品的童話偽裝，服膺的是維多利亞時代的價值觀，追求小小的財富、簡樸的情操以及和樂的家庭。

日童與夜女

麥唐納

I　魏梭

從前有個巫婆想要通曉一切，但她越聰明，反倒越被聰明誤。她名叫魏梭，心思如狼。她關切的不是事物的本質，只求明瞭。殘酷非其本性，是狼心使然。

她長得高䠷雅致，膚白、髮紅、眼珠黑，眼中燃著熱火。她挺直且強壯，卻時不時垂首下心，一陣戰慄，引頸過肩靜坐片刻，宛如野狼從背後攫獲她的心思。

II　奧蘿拉

有兩位女士來拜訪女巫，其中一位乃宮廷命婦，她的夫君奉派到遠方出使，任務艱難。另一位是新寡的少婦，她自此失明。魏梭把她們安頓在城堡不同的地方，她們並不知道彼此的存在。

城堡坐落之處有一端沿著山坡緩緩垂到狹谷，那裡有條河流，細石河道，水聲嗚咽不絕。花園延伸到河岸，有高牆圍著，高牆貫穿河流，於此中絕。每一面牆各有兩排城垛，城垛之間則是一條狹窄的步道。

城堡的最頂樓，奧蘿拉夫人居住在一處寬闊的宅邸，裡頭有幾間南望的大房間。窗戶的格局凸出外沿俯視花園，可遠眺河流，上下張望，景象壯觀。谷地的對面是峭壁，但不算險峻。積雪的山巔遠遠在目。奧蘿拉寸步不離這些房舍，但是清靈的空間，明朗的景觀與天空，明媚的陽光，樂器、書籍、圖畫、古玩，加上極力讓自己美妙動人的魏梭的陪伴，使一切的無聊消失於無形。她以禽獸之肉為食，喝的淨是奶品和晶瑩剔透的白酒。

她的頭髮金黃，搖曳生姿，膚色美好，不像魏梭那麼白，她的雙眼可比天空之至藍，她的容貌細緻而堅毅，嘴寬而曲線玲瓏，微笑起來動人心魄。

III 韋思柏

城堡後面有山崗陡然聳起，東北角的塔樓實際上與岩石相接，直通內室。因為岩洞裡有一連串的廂房，知道的只有魏梭和她信任的一位名叫法爾卡的僕傭。這是以前某位堡主依照埃及國王陵寢的廂房建造的，也許連設計都一模一樣，因為在那正中央豎立的只可能是一口石棺，其與別的事物皆以牆隔開。四周與屋頂砌成淺浮雕，顏色古怪。女巫把眼盲的女士安頓在此，她名叫韋思柏。她兩眼漆黑，帶著長長的黑睫毛。她的皮膚看來成暗淡的銀色，但色澤與紋理極為精純。她的頭髮既黑又細，筆直流瀉。她的容貌高雅，與其說是漂亮，不如說是因悲傷而美麗。她看起來總是一副想一臥不起的樣子。她不知道自己住在墳墓裡，雖然她時不時的納悶連一面窗子都未曾碰觸過。有許多躺椅，上頭鋪著富麗的絲綢，柔軟有如她的臉頰，以便躺臥。地毯厚實，只因她可能隨處摔倒，真是名副其實的墳墓。此地乾燥而溫暖，穿鑿靈巧以利通風，所以除了欠缺陽光之外，永遠保持清爽。女巫在此為她供食奶品，如炭般的烏酒、石榴、紫色葡萄以及棲息在沼澤地帶的鳥類。她為其吹奏哀傷的樂曲，招徠悲慟的琴弦，講哀傷的故事，以此將其不斷的把持在甜甜的哀傷氛圍裡。

IV 霍特金

魏梭自有她的盤算，而巫婆往往心想事成：美麗的奧蘿拉生下一個俏男孩。太陽才升起，他就睜開雙眼，魏梭馬上把他帶到城堡的遠端，而且讓那媽媽相信在他出生那一刻，只啼哭一聲就死掉了。奧蘿拉克服了悲傷，一待能夠離開城堡就走了，魏梭也沒再邀她來訪。

而巫婆現在在意的是讓小孩不識得黑暗，她持續訓練他到白天不睡，夜晚不醒。她從不讓他看任何暗黑的東西，甚至把所有黯淡的顏色都移開他所到之處。只要辦得到，她絕不讓一絲影子落到他身上，戒備得像影子是會傷害他的活物似的。他白天成日在母親居住的大房間讓豔陽曝晒，魏梭使他習慣太陽，直到他比任何流著黑色血液的非洲人更能承受。每天最熱的時候，她把他剝光，讓他在裡面躺著，如此可以像熟透的桃子。男孩樂在其中，不欲再行穿著。她竭盡所知灌注於使他的肌肉強健富於彈性且能瞬間反應，乃至於——她笑著說，他的靈魂可以棲息在每一根神經，合身心為一體，一喚即醒。他的頭髮金紅，但長大後兩眼越來越黑，黑到如韋思柏一般。他是芸芸眾生之中最歡樂的，無時無刻不在笑著、愛著，偶爾發怒，隨即笑逐顏開。魏梭以霍特金稱呼他。

V 奈特莉絲

霍特金誕生後五、六個月，暗黑女士也產下了一個嬰孩。盲眼的母親在無窗的墳墓，死寂的夜晚，石膏球形屋的微弱燈光下，一個女孩帶著啼聲來到這片黑暗中。孩子首度出生，在韋思柏就有如是二度出生，和孩子一樣穿入一個未知的世界，誰願意在還沒見到自己的母親前又再投胎一次呢？

魏梭把她叫作奈特莉絲，她出落得和韋思柏惟妙惟肖，只除一點例外。她有相同的暗色皮膚，相同的眼眶與睫毛，烏黑的頭髮，溫柔的傷感表情。但她的眼眸恰如霍特金的母親奧蘿拉，若說她越大眼睛越黑，那則是由於深藍所致。魏梭由法爾卡協助，無微不至的照顧她，也就是說，一切作為都與其構想並行不悖，其中一個重點是不能讓她見到除了來自燈的光。於是她的視感神經，事實上是整個眼部都長得又大又敏銳，的確，她的雙眼只能近觀，因為太大了。在黑色的頭髮、額頭和睫毛底下，看來就像夜空烏雲下的兩道穿口，由此窺視天堂，只有星星，不見雲朵。她是憂愁嬌美的孩兒。除了那兩人之外，世上再無別人知道這小蝙蝠的存在。魏梭訓練她白天睡覺，夜間清醒。她教她音樂，因她本人通曉此道，別的則幾乎完全不教。

VI 霍特金的成長

魏梭的城堡所坐落的谷地乃是平原的一處裂口，而不是群山裡的峽谷，在陡峭周邊的頂端，南北兩側有一片寬大的台地，覆蓋著豐厚的花草，林木處處，散布在大森林往外延伸的屬地裡。這些草原是世上最好的狩獵場，大群小而凶猛的牛群，晃動著牠們的牛背與鬃毛盤桓其間。也有羚羊、牛羚和小獐鹿之屬。猛獸則群居於森林中。城堡的餐桌主要是拜其所賜。魏梭的獵人首領是條好漢，當霍特金開始超越她所能給予的訓練時，她就把他交付給法顧。他熱誠的開始教導自己所知的一切。他給他一匹又一匹小馬，隨著他的成長，馬匹越給越大，也比之前的更難駕馭。從小馬晉級到健馬，這一匹到另一匹，直到他能與舉國出產的這類馬相較量為止。他以同樣的方式訓練他使用弓箭，每隔三個月，替換更強的弓，更長的箭，很快的，即使在馬背上他也成為妙絕的弓箭手。他殺第一頭公牛時不過才十四歲，引起獵人們的歡呼，事實上他在整個城堡都占有優勢。每天幾乎太陽才一升起他就馬上起身出外狩獵，通常幾乎整個白天都在外頭。魏梭僅給法顧一道誡命，也就是無論如何，不管怎麼請求，霍特金只許日落前在外。否則太接近那時刻會喚醒他想瞧瞧會發生什麼的欲望。法顧誠惶誠恐的不去犯這條誡令，雖然即使有成群的公牛追逐在後，全速衝鋒，就算袋中只剩一箭，也不致令他顫抖，他更為忌憚的是他的女主人。他曾說，當她用某種樣子瞧著他的時候，他感覺心在胸口上化成灰，脈管裡奔流的不再是血液，而是奶與水。所以，過沒多久，霍特金越大的時候法顧就開始膽戰心驚了，因為他發現要約束他一天難過一天。他告訴女主人，自己一生閱歷完滿，與其說霍特金是個人類，還不如說是活的閃電，這頗令她滿意。霍特金不知道恐懼為何物，而那倒不是他不曉得危險。因為剃刀般的野豬獠牙曾經在他的脊梁劃出一道嚴重的傷口，然而在法顧到來保衛他前，他就已經用自己的獵刀砍倒對方。他刺動座馬置身於牛群之中，只帶了一把弓和短劍，不然就是射支箭到牛群間，追逐於後，好像在重申逃脫的箭弩歸其所有，在那受傷的野獸知道何處攻擊前，他就已經以利矛即時追上。法顧帶著恐懼想著，當他後來知道斑豹和劍爪山貓環伺在森林裡會是什麼光景。因為男孩浸淫於太陽，自孩提以來就飽受影響，所以他看待危險都從一個主宰者的英勇高度。當他接近十六歲時，法顧就鼓起勇氣請求魏梭親自向霍特金發號施令，免除他的責任。他說，人們很快就會奉霍特金為黃褐鬃毛獅。魏梭喚來霍特金，當著法顧的面下達指令，在太陽的光輪觸及地平線時就絕不外出，隨而暗示違背禁令的後果。聽來儘管可怕，卻隱晦不明。霍特金恭敬的聆聽著，但他既不懂害怕的滋味，也不識夜晚的誘惑，她的話語對他不過是馬耳東風。

VII　奈特莉絲的成長

魏梭刻意給予奈特莉絲的微薄教育是經由口授。這並不表示應該有足夠的光線來閱讀，還有其他未提及的理由，她未曾放一本書到她手上。然而，奈特莉絲所見到的遠比魏梭想像的要好，她給予的光線已經非常足夠，她設法討好法爾卡教她字母，之後她就能自學閱讀了，而法爾卡時不時的帶本童書給她。但是她最主要的享樂在於她的樂器。她每根手指頭都喜歡，在鍵上遊走有如餵羊。她沒什麼不快樂。除了居住的墳墓，她對世事一無所知，在所做的每一件事情上自得其樂。然而，她渴望著更多不同的東西。她不知道那究竟是什麼，最接近她所能自我表白的是她想要更多空間。魏梭和法爾卡能從燈光所及之外離開，然後又回來。所以想當然別處必定還有空間。經常她在獨處時，她會彎下來凝視牆上五顏六色的淺浮雕。這些是刻意以寓言的類同性來代表各種大自然力量的，事物的造成無一不歸屬於舉世皆然的設計，至少她無法不去想像它們之間有若隱若現的關係，於是，事物實體的陰影為她有所開釋。

然而有一樣東西給予她的感動和教益多於其他一切，此即為掛在天花板上的那盞燈，她看的時候總是亮著，卻未曾見到火焰，只有輕輕的凝結在石膏球體的中央。除開這類光線本身的作用，球體無邊，光線柔和，讓她覺得眼睛可以進入到那片白皙，而這多少也聯想到空間與室內的概念。她可以花一整個小時凝視那盞燈，心思隨之陶然。當她發現自己淚溼臉龐時，她會懷疑有些什麼傷害了她，接著又不解何以被傷害而不自知。於是，只有在獨處時她才會看著那盞燈。

VIII 明燈

魏梭既已下達指令，就理所當然的認為法爾卡會遵照，整晚與日夜顛倒的奈特莉絲在一起。但是法爾卡養不成白天睡覺的習慣，經常在半夜離開，留她獨處。那在奈特莉絲看來無異是明燈在看管著她。由於至少在她醒著的時候未曾獲准外出，除非閉上雙眼，奈特莉絲對於黑暗的了解還不如光亮。再者，燈被高高固定在頭頂上，居一切事物的正中央，她對影子也所知不多。會幾乎完全落在地面的少之又少，不然就有如老鼠被牆角隔離開來。

有一次身邊沒人的時候，她聽到遠處傳來的雜沓聲，這之前她從未聽過不知來處的聲響，所以這就是一個訊號，廂房上頭別有洞天。一陣搖晃接著一陣震動，燈從天花板掉落到地板上裂得很嚴重，她感覺兩眼閉不攏，用雙手遮掩。她斷定是黑暗造成雜音與搖晃，衝進房間，扔下燈。她坐著發抖。雜音與晃動終止了，光線並沒有回復，它被黑暗吞噬了。

燈毀隨即喚起她走出牢籠的渴望。她全然不知「出去」意味著什麼。從一個房間到另一個房間，連隔間的門也沒有，只有一道敞開的圓拱，她所知的世界無外乎此。但她突然想起法爾卡曾說過燈走了「出去」，想必就是這個意思。如果燈走出去，它又會去哪裡呢？當然就是法爾卡去的地方了，也像她一樣會回來。但是她無法等待。出去的欲望變得難以抗拒。她必須追隨她漂亮的燈！務必找到它！她一定要知道它的下落！

此時有一道簾子遮住牆壁上的凹洞，她的一些玩具和運動器材就存放在裡頭，魏梭和法爾卡總是從簾幕後面出現，也從那裡消失。她們如何從堅實的牆壁出去無從得知：直到牆壁為止都是開放的空間，過了那裡看來都是牆。但是她唯一辦得到的首要之務就是到簾幕背後憑感覺找路。那裡暗到連貓都抓不到最大的老鼠，奈特莉絲的眼力比貓還要好，但此時她的大眼珠卻毫無用武之地。她走動時踩到一塊燈的碎片。她從不穿鞋襪，儘管那碎片不過是軟軟的石膏，沒有割到，卻也弄傷她的腳。她不知道那是什麼，卻曉得在黑暗來前它不在那裡，她懷疑那必定與燈有關。於是她跪下來用雙手找尋，拿到了兩大片合在一起，重新組成燈的形狀。她靈光一閃，燈已死去，她曾讀過破碎即是死亡，卻不得甚解，黑暗已經毀了明燈。那麼法爾卡所謂的燈「出去」指的是什麼呢？燈有的是，卻是一盞死燈，如此變化讓她無法再視其為燈，而只是形狀罷了。不，那不再是燈，因為它此時已經死去，燈之所以為燈說來不就在於它的亮光。所以，走出去的是明耀、是光亮！法爾卡的意思一定是這樣，光亮必定在牆的別處。她耳目一新，開始設法摸索著走到簾幕。

她有生之年到此時為止從未嘗試走出去過，也不知道如何辦到，但她開始本能的移動雙手，在簾幕後的某面牆，半期望著能進得去，像她假定魏梭和法爾卡所做的那樣。但牆壁以無情的堅硬拒斥了她，她轉到對面牆。她這麼做時一隻腳落在一根象牙雕模，尖刻的頂到被破碎石膏傷到的點，她連人帶著伸長及壁的雙手往前掉落。路通了，她滾出了洞穴。

IX 出去

但是，天哪，外頭跟裡頭何其相像，因為同樣的敵人黑暗也在此地。然而稍隔片刻就有極大的喜悅光臨。一隻螢火蟲由花園漫漫飄來。她從遠處就看到細微的火花，光芒緩緩的明滅起落，規律的在空中推進，也離得越來越近，移動似游泳甚於飛翔，其亮光看來像是自身游動的源頭。

奈特莉絲喊著：「我的燈！我的燈！那是我的燈在閃亮，殘酷的黑暗驅逐了它。我心愛的燈一直在這裡等我。它知道我隨後就到，等我來帶它。」

她跟隨著螢火蟲，牠和她一樣在尋找出口。如果牠尋不著，好歹有的是光。由於所有的光線都是一道，任何光都可以引出更多光。如果她把牠誤以為是她燈的精靈，那跟她燈的精靈沒什麼兩樣，只是帶著翅膀。那是金綠色的飛艇，由光所駕，在她面前抖動著穿過細長的通道。牠突然升高，同時奈特莉絲跌倒在一座朝上的階梯。她以前沒見過梯子，往上爬感覺奇妙。似乎到了頂端時，螢火蟲不再閃亮，且就此消失。她再度陷入完全的漆黑。但如果我們追隨著光，即使光滅也是個導引。要是螢火蟲繼續發亮，奈特莉絲就會發現階梯轉彎，往上通向魏梭的寢室。此時她憑眼前的感覺直行，來到一個上了閂的門，試了一陣設法把它打開。她以一種夾雜著奇妙的困惑、驚悸與喜悅站住了。那是什麼啊？那是她外在的東西嗎？還是有什麼正在她腦海裡進行？在她面前的是一條很細很長的通道，她無法知道如何結束，又往外向上延伸到四面八方，是無窮的高度、寬度與距離，好像空間本身是由一個山坳長出來的。它比她既有的房間更明亮，比要是有六盞石膏燈在燃燒還明亮。五色斑斕，和她牆壁的樣子截然不同。她處於愉快的困惑和愉悅的不解之夢中。她分不清楚自己是腳踏實地還是像螢火蟲那樣飄忽，由內心的幸福所驅動著。但她對自己的身世仍一無所知。她無意識的朝門檻邁進一步，這位一生下來就穴居的女孩正站在南國夜晚的炫人榮光中，圓月高照。那不是我們北地的月亮，而是像暖爐散出銀光的月，看來像是個球體，在不遠處，藍色表面上一個單純的平盤懸掛在半空中，宛如轉個頭就可以看個通透。

她張口結舌站著說：「那是我的燈。」她看著，感覺像是一開始就以默默的狂喜站在那裡。

過一會她又說：「不，那不是我的燈，那是燈中之母。」

她雙膝落地，向著月亮展開雙手。她絲毫說不清自己的心思，但她的動作實則在祈求月亮讓她成為自己——那掛在遠方屋頂上妙不可言的華彩，那出生養育都在洞穴裡的可憐姑娘不可或缺的榮光。那是一次復活，不，對奈特莉絲而言，那本身就是誕生。廣袤的藍天釘著細小的火花，像是鑽石釘的頭，或許正是如此。月亮泛光，看來無比盈然自得，何以如此？她於此所知不及你我！但最偉大的天文學家或許會羨慕十六歲得此第一印象的狂喜。那印象離完善遙不可測，但印象不會出差錯。她以天生便於視物的雙眼觀看，實際上可以看見許多過於聰明的人們所見不到的。

她跪下的時候，有某物輕柔的拍著她，擁抱她，撫摸她，戲弄她。她站起來卻什麼也沒看見，也不知道那是什麼。那頂像是女人的氣息。她甚至對空氣毫無所知，沒呼吸過世間初生的鮮活。她所吐納的只有來自長長的過道還有岩石間的迴旋風。她尤其不知道的是氣動而生風，夏夜的風三倍的可喜。像是心靈美酒，以最純粹喜樂的陶然布滿全身。呼吸是完美的實存。在她看來就像把光吸進肺裡。她沉迷在這絢麗之夜的威勢裡，一時之間似乎滅絕而升天。

她所在的開闊通道或長廊環繞著花園牆壁的頂端，位於城垛之間，但她連一次都未曾往下探望。她的靈魂淨花在她上頭的蒼穹，月燈和不盡的天空。最後她迸出淚水，心靈得到寬慰，有如夜晚被閃電雨水紓解一般。

現在她孳長出思緒了，她務必儲藏這美景。她的囚禁者的細微疏忽如何造就了她啊！生命是強大的恩賜，而他們卻把她的抹殺入骨。他們想必不清楚她知道了。她必須隱藏她的知識，甚至從自己的雙眼隱藏起來，緊緊的把它納入胸懷，自足於知曉己之所有，儘管無法繁衍其現形，卻能讓她大飽眼福。所以她回轉視線，帶著全心讚嘆，輕輕靜靜的步伐，悄悄的以雙手摸索回到岩石裡的黑暗中。一個人若看過她當晚所見，黑暗或是時光之足慢行又能如何呢？她已經超越一切無聊，所有錯誤之上。

法爾卡進來的時候發出恐懼的叫聲，奈特莉絲叫她別怕，告訴她有一陣雜沓搖晃，燈掉落下來。於是法爾卡去告訴主子，不到一個小時，新的球燈就掛在原來的位置了。奈特莉絲想，這個不若之前那個明亮，但她對這改變一點也不懊惱，她遠遠富足到不足掛齒。此時她自知為囚人，內心充滿喜悅與榮光。有時她必須克制自己免得跳起來，在房間裡連舞帶唱。入睡時不再是枯燥乏味的夢，而是絢爛的景象。誠然，她有時會歇不下來，迫不及待的要去看望她的寶物，但接著她會自行訴諸理性，「如果我就與這可憐的白燈孤坐經年又如何呢，外頭燃著的是一盞千萬小燈妙放光芒的燈啊！」

她未曾懷疑自己期盼白天與太陽，因為她讀過，每當她讀到白天與太陽，內心就有了黑夜和月亮。而當她讀到黑夜與月亮，她想的不外乎就是洞穴和懸掛在那裡的燈。

X 巨燈

隔好一段時間她才有機會再度外出，因為從上次燈墜以來，法爾卡稍趨謹慎，很少讓她獨處過久。但某個晚上奈特莉絲有些頭疼，闔上眼睛躺在床上，她聽到法爾卡走過來，感覺她彎腰看著她。她無意說話，也就沒有張開雙眼，只靜靜躺著。法爾卡看她睡著就滿意的離開了。法爾卡移步輕盈，她的謹小慎微使得奈特莉絲睜開雙眼，目光緊隨其後，正好及時見到她從一幅圖畫消失，那畫就懸掛在離問題老地方有段間隔的牆上。她忘了頭疼，一躍而起，朝反方向跑去，摸索著到了階梯外出，攀爬直抵牆頭。天哪！蒼穹並沒有比她剛離開的小屋明亮。怎麼回事？痛中之痛啊！巨燈不見了。是圓球墜落了嗎？是那華彩乘著巨大的翅膀像絢爛的螢火蟲翱翔到更遼闊美麗的穹廬？她朝下看看地毯是否有什麼破掉的碎片，卻連地毯也看不清。可以確定的是沒什麼天搖地動之類的可怖事情發生，所有的小燈比以往更加明亮，看不出其中有任何物質掉落。如果任何這些小燈長成大燈，過一陣子又得外出長成更大的燈，那麼天外之天何在？喔，那看不見的活生生事物再度襲上了心頭，今夜來得尤其碩大，帶著宜人的親吻，流質一般的撫摸她的兩頰與額頭，輕搖髮際，細膩的把玩。但又停了，四處寂然。它出去了嗎？接下來又會如何呢？或許小燈無須長成大燈，而是一個接著一個先行掉落再外出？一念及此，下方浮動一陣又一陣的甜香。喔，何其可人啊！也許它們正好是在尾隨大燈的途中來到她身邊！接著是河川的音樂，開始時因為太專注於星空而未及留意。那又是什麼？天哪，天哪！那又是什麼？又是活生生的美妙事物正在竄出。它們緩緩的以美麗的縱列銜接而行進，與她擦肩而離去。想必如此：此間有的是不絕如縷的甜美聲音，來來去去。外出的整體齊聚又外出，全都追隨著美麗的巨燈。她寧可留下，成為獨處時日的唯一生靈！沒有人會懸掛一盞新燈替換舊的，讓那些生靈免於離去嗎？她很傷心的攀爬回到她的岩洞。她說外頭無論如何還有穹宇，努力以此自解。但才念及此，她又為空虛的穹廬感到一陣戰慄。

下回她又成功外出時，半輪明月高掛東邊。她尋思著，新燈來到，一切將歸於美好。

要去描述奈特莉絲經歷的種種感覺階段將會是沒完沒了，比變化萬千的月亮更加不可勝數和細膩巧妙。她的靈魂裡頭以各種無窮的自然面貌滋長著鮮穎的喜悅。過沒多久，她就開始懷疑新月其實就是舊月，進進出出和她沒有兩樣，但也和她不同，銷蝕而後再生。它的確是活物，像她那樣縱使居於洞窟和看守人孤寂之處，一有可能就逃脫與閃爍。它也像她如此被囚禁嗎？它是否一離開燈就隨即黯淡？有什麼法子可以進入其中呢？她隨即開始張望上下四方，然後首度留意到她與地面之間的樹冠。棕櫚樹紅色指頭的手布滿著果實；尤加利樹擠滿了小小的粉撲；夾竹桃花半開；橘樹點綴著雲狀的小銀星，還有熟透的金球。她的雙眼在月光下看得到我們見不著的顏色，也都可以分辨得一清二楚，雖然起初她把它們當作是巨大空間裡地毯的形狀和顏色。現在她看它們是真實的生命，渴望下來置身其間，卻不知道如何辦到。她沿著長牆一路走到底，跨過了河流，卻找不到下來的路。在河流上，她帶著敬畏停下來端視著奔流的水。除了她飲用的或是洗澡的之外，她對水一無所知。當月光照射在烏黑的急流，川流浩然而歌時，她毫不懷疑河流是活的，一條急奔的活生生蟒蛇，往何處去呢？到外頭嗎？那又是哪裡？接著她會懷疑那被帶到她房間裡來的是否被殺了之後才供她飲用、沐浴。

每當她踏出來立於牆頭，置身烈風中心，群樹咆哮。大片雲朵在空中奔騰，翻轉於小燈上頭，巨燈猶未到來。萬物喧囂。風兒攫住她的外套與髮梢，撼動她像是要把她一舉撕裂。到底她做了什麼讓這溫柔的生靈如此震怒？要不，這是別的生靈，相同的物種但遠為巨大，脾性與行為大異其趣？但整個所在都在憤怒中！不然就是棲息其間的風、雲、樹、河都在相互爭吵。這會造成整體的混亂與失序嗎？她好奇而不安的凝視著月亮，月亮比之前所見還大，把自己高舉在水平面上，既寬且紅，好像吞噬著怒火，看看它們的喧囂如何把她吵醒，迫切的要瞧瞧她的孩子們當她不在時引起什麼樣的騷動，以便讓它們各安其位。她一起身，喧鬧的風吹得越來越緩，喧叱得不再那麼猛烈。樹越來越靜，帶著輕聲低吟。雲朵在空中的追逐與投射不復如此粗獷。像是高興孩子因為她的出現而順服，月亮登上天梯，變得越來越小，鼓起的兩頰消了，面容益發清澈，神情滿是甜甜的微笑，祥和的上升再上升。然而她的王廷有的是背叛與忤逆，她才到梯頂未久，雲朵就開始集結，忘了最近的戰鬥，它們靜靜的抵著彼此的頭，圖謀造反。它們躺著默默等候，結成一氣向她投射，加以吞噬。屋簷滴下潮溼的點滴，越滴越快，溼透了奈特莉絲的兩頰，除了月亮的淚水還會是什麼？她是因為孩子令她窒息而泣嗎？奈特莉絲也為之垂淚，思考毫無頭緒，沮喪的溜回房間。

她下次出來時帶著害怕與顫抖。月亮依舊！遠在西邊，事實上是看來既窮酸又老邁的殘月，好像天空所有猛獸都朝著她張牙露齒，但她就在那裡，仍舊活著，依然發光。

XI 日落

霍特金對黑暗、星星或月亮一無所知，他的白天都花在打獵。他乘著一匹白駒橫掃青翠的平原，榮耀於太陽之下，與風搏鬥，屠殺水牛。

某天早晨，他剛好比平常更早來到平地，他比隨從更早發現一隻前所未見的動物，從一個坑洞偷偷摸摸的溜進陽光還晒不到的地方。迅捷的影子越過草地，鬼祟般望南而入森林。他追逐而上，記起一頭被牠吃掉半隻的水牛身體，於是追捕得更是急切。但那動物邁步跳躍，在前頭越離越遠，消失得無影無蹤。他受挫折返，遇上極坐騎之所能緊隨其後的法顧。

他問：「法顧，那是什麼動物？牠真能跑！」

法顧回答，那可能是一隻豹，但從其步態和外貌觀之，他毋寧認為是一頭幼獅。

霍特金說：「不過是個懦夫！」

法顧不以為然，「可別那麼確定。牠是在太陽底下無法自如的動物之一，一待日落，牠就勇氣十足。」

他話一出口就後悔了，他發現霍特金沒有回答，更是悔上加悔。唉，說了就是說了。

霍特金喃喃自語：「那麼，如此可鄙的動物正是魏梭夫人所說的其中一種落日恐怖了！」

他成天狩獵，卻不像尋常那麼帶勁。他沒那麼賣力馳騁，也未屠殺一頭水牛。法顧也難過的發現，他尋找各種藉口朝遠遠的南端移動，靠近森林。此時太陽瞬間西沉，他似乎改變心意，掉轉了馬頭，朝家疾馳，其餘人的眼光都追之不及。他們抵達時發現他的坐騎就在馬廄，於是斷定他回城堡去了。但事實上他是一回來就又重新出發，越過河流，上溯溪谷，正好在夕陽觸及森林外緣時，重新踏上他們之前離開的地面。

餘暉筆直射進光禿的枝幹，他告訴自己，尋不著那野獸誓不罷休，匆匆進入了森林。但縱然是進來了，他還是回首西望。紅色的光圈正觸及地平線，完全切合在斷裂的山巒間。他說：「現在就等著瞧吧！」但那是在未經考驗面對黑暗所說的。此刻太陽開始下沉於山坳之間，他的內心突然一陣翻騰，一股莫名的恐懼攫住了這個青年。由於這種感覺前所未有，害怕本身讓他受到了驚嚇。日落了，舉世的陰影隨之而起，越來越是深邃陰暗。他甚至無從想像那究竟是怎麼回事，使得他徹底弱化。當太陽最後一道火焰般的彎刀像燈一樣熄滅，恐懼似乎滋長到讓他陷入瘋狂。像是正在闔上的眼瞼，因為沒有了暮光，當晚也沒有月亮，恐懼與黑暗齊頭並進，他的理解是兩者為一。他不再是他所認識的那個男人，或者不如說他想像的自己。他曾經有過的勇氣怎麼說都不是自己的，他有過的僅是勇氣，而非果敢。勇氣已經離他而去，他幾乎無法站立，當然不是挺直站立，每一處關節無不僵硬，禁不住戰慄。他不過是太陽的一絲星火，本人無足輕重。

野獸就在他背後，正在竊取他！他轉頭，一切都是森林的暗黑，但他的幻想卻使得那四處漆黑破碎為成雙成對的綠色眼睛，他甚至沒有力量舉起拉弓的手。藉著絕望的力量，他掙扎著喚醒足夠的勇氣，不是為了戰鬥，他壓根沒這心思，而是為了逃跑。他想像所及的勇氣只有逃回家一途，但連此也求之不可得。而他以前未曾有過的，正極盡羞辱的加諸於他。森林裡一聲嘶吼，半是尖叫，半是咆哮，讓他奔跑得像是被野豬咬傷的野狗。讓他跑起來的甚至還不是他自己，而是恐懼使他的雙腿有了生命。他並不知道它們正在移動。但他一旦起跑，就更有能力狂奔，至少贏得當個懦夫的勇氣。星星散發微光。他在草地上飛馳，沒有任何尾隨者。「墜落與變化，如影隨行。」青年爬上山崗，太陽也下沉了！對他本人來說，那純是一種輕蔑，自己成了本身所不齒的懦夫！有一頭形狀不明的暗色水牛，身形隆起躺在草地上，他繞了大大的一圈，像被風驅動的影子般飛速經過。起風了，增添了他的恐懼：風從背後吹襲。他到了山谷峭壁，像星星墜落般奔馳而下陡坡。他背後整個居高的鄉野瞬間陡升，而且如影隨形。風追著他狂吼，充斥著尖叫、哀號、吆喝、咆哮、笑聲和議論，好像森林裡的所有動物也都在全速奔馳。耳邊聽到的是一片雜沓聲，牛蹄聲如雷貫耳，像是從廣闊平原四面八方放足狂奔，要到位於他上方的峭壁頂端。他筆直逃向城堡，連喘口氣都不可得。

他來到山谷底端時，月亮隱隱約約。他未曾見過月亮，除非是在白天，而他只當那是一片亮亮的薄雲。月亮對他又是一種新的恐懼，如此鬼魅！如此妖異！如此陰森！如此熟悉的從花園圍牆上方俯視外頭世界！那正是夜晚之本色！活的是黑暗，而且揮之不去。這由天而降的恐懼之最，令他的血液為之凝結，也讓他的腦筋化為灰燼。他哽咽一聲，朝花園底端，兩道牆之間的河流直奔。他奮身投入，賣命穿過，爬上河岸，在草地上不省人事。

XII 花園

雖然奈特莉絲留心著每一次別在外面待太久，謹小慎微，還是難以那麼久了沒被發現。那是由於魏梭經常半夜裡為莫名的心悸所苦，最後淪為疾病，必須臥床。但無論是基於對通道的戒慎或是留心，法爾卡目前日夜大都必須與夫人長相左右，往往久久才想起關緊她平常的出口。所以，某個晚上奈特莉絲往前一推，既驚訝又沮喪的發現自己被推了回來，無法穿過。她找遍一切都看不出改變的緣由。於是她第一次感受到囚牆的壓迫，她回頭，半帶絕望的摸索著走到她曾經見到法爾卡從中消失的圖畫。她旋即發現按壓某個點牆壁就會退後。那令她得以進到某種地窖，其中有一道亮光在天空閃爍著，月亮使得藍天相形失色。從地窖進入一條長廊，到了門，月亮正照耀著。她設法打開，發現自己置身於另一所在，真是無比歡欣。然而那不是在牆頭上，而是在她一直渴望進去的花園。她像飛蛾那般無聲無息，輕飄飄的進入樹叢隱祕處，軟綿綿的草氈欣逢她的赤足，任一碰觸，她的雙腳都知道那是活的，從而得知它們的甜蜜與友善。一股輕柔的風來自林木之間，像是隨心所欲的孩子般這裡來，那裡去。她在草地上起舞，所到之處隨時回首看她的影子。她起先以為那是小小的黑色生靈在和她玩遊戲，但她感覺只有當她避開月亮之處才如此，而每一棵樹不論長得多大多怪，也都有這奇怪的跟班。她馬上了解不必在意，且越來越成為她許多趣味的來源，一如小貓之有尾巴。然而，對林木全然自在卻耗時甚久。它們有時似乎不接納她，有時又像是不知道她的存在，大體說來它們只照管自己的事。突然，正當她一棵棵望過去，以敬畏之情抬頭上望，枝葉神祕喃喃有聲。她盯住稍遠與其餘很不相同的一棵。那是白的，暗沉沉的、閃爍的，伸展開來有如棕櫚，小而輕柔，沒有什麼梢頭。它長得很快，邊長邊唱。但它不會長得更大了，每當她看到它迅速長大，它就不斷掉落成碎片。她靠近看，發現那是一棵水樹，由她用來洗滌同樣的水所構成，當然差別僅在於它是活的，像河川一樣。不一樣的水無疑自其中生出，看有的在地面迅速奔流，有的騰空而上再掉落，把自己吞沒而又崛起。她把腳伸進大理石水塘，花盆就種在上頭。塘水滿盈，活生生、涼涼的，是如此美妙，因為夜晚炙熱。

但鮮花啊鮮花！她自始就與它們為友。何其美妙的生物！如此慈祥美麗，它們總在為別的生靈綻放出色彩與芳香，紅的香、白的香、黃的香！那無影無形且無所不在者取走大量的香氣，但它們一點也不在意。那是它們的話語，表現了它們的生機，不像是畫在牆上和地氈的那樣。

她沿著花園漫步，直到河邊。再也無法走得更遠了，平心而論，她也有些顧忌那迅疾的水蛇，她停留在岸邊草地，讓雙腳浸到水裡，感受著水流及其衝撞。她如此這般坐了好一陣子，真是福至心靈，凝視著河流，看著頭頂上那盞巨燈殘破的圖像，從屋簷的一端往另一端遷移下沉。

XIII 新鮮事

一隻美麗的飛蛾掠過奈特莉絲藍色的大眼。她一躍而起，緊隨其後，那是基於情人的心思，而非獵人。她的胸懷和別人的毫無二致，只待澄清失落的種種，就是取之不竭的愛情活泉。她喜愛任何她見到的。但當她跟著飛蛾，卻看到河岸邊有什麼東西躺著。她還沒學會害怕，筆直跑去看看那究竟是什麼。她一到就站著愣住。有個像她那樣的女孩！長得如此奇怪，穿著如此好玩，卻一動也不動。她死了嗎？她滿懷憐憫，坐了下來，把霍特金的頭抬起放在自己膝上，開始撫摸著他的臉。她溫暖的雙手使得他恢復知覺。他睜開烏黑的雙眸，放眼望去，火已消失殆盡，帶著半是呻吟，半是喘息的懼怕怪聲抬頭看。一見到她的臉龐，他就長長抽了一口氣，躺著不動，端詳著她：在他上方的那雙碧眼好比藍天而更勝一籌，以勇氣和他並肩，紓解了他的恐懼。過了半晌，他以顫抖、畏怯半帶著嘆息的聲音說：「妳是誰？」

她回答：「我是奈特莉絲。」

他的恐懼再度消退，接著說：「妳是黑暗的造物，喜愛夜晚。」

她說：「也許我是黑暗的造物，但我一點都不明白妳的意思。我並不喜歡夜晚，我全心全意喜歡白天。我整晚都在睡。」

「怎麼可能？」霍特金撐著手腕起來，但一看到月亮，他的頭就又躺到她腿上。他說：「怎麼可能呢？當我看著妳的雙眼，不正張得大大的醒著嗎？」

她只淡淡笑著撫摸著他，她不理解他，認為他根本不知所云。

霍特金揉揉眼睛，繼續說：「那莫非是一場夢？」但他的記憶明朗了，渾身發抖，高喊：「恐怖啊恐怖！瞬間成了懦夫！可恥、可鄙、可悲的懦夫！我很受辱、很受驚嚇！一切都太可怕了！」

「什麼事那麼可怕？」奈特莉絲含著微笑，像母親那樣問著被噩夢驚醒的孩子。

他回答：「一切的一切，所有的黑暗與咆哮。」

奈特莉絲說：「親愛的，沒什麼咆哮聲啊。想必是妳太敏感了！妳聽到的不過是水的漫步，以及萬物中至甜至美者的奔馳，她無影無形，我稱她無所不在，因為她穿行於萬物，給予慰藉。她自娛娛人，吹著它們的臉頰，又搖又親。且聽，妳把這就叫作咆哮嗎？然而她挺生氣時妳也該聽聽。我不知其故，但有時如此，會小來一下。」

霍特金聽著她講，以沒咆哮聲而自得的說：「何其可怕的黑暗啊！」她回應著說：「黑暗！地震殺了我的燈時妳才應該在我房間呢。我不明白，妳怎麼把這叫作黑暗？讓我瞧瞧，有啊，妳有兩眼，大大的，比魏梭夫人和法爾卡的大，我猜沒我的大就是了，只因為我沒看過自己的。對了，我知道是怎麼回事了！妳的眼睛很黑所以無法看。黑暗當然看不見啊。沒關係，我就當妳的雙眼，教妳看。瞧這裡，草地中那些白白的可愛事物，紅色的尖頂合攏成一處。我好喜歡它們！為我寵愛，我可以坐看它們一整天！」

霍特金就近看著那些花，感覺似曾相識，卻百思不得其解。奈特莉絲未嘗見過盛開的雛菊，而他也沒看過一朵闔上的。

奈特莉絲本能的在努力轉移他的恐懼，這可人兒曼妙的言談使他忘卻泰半。「你稱這叫作黑暗！」她再度說起，好像這晦澀的概念揮之不去似的。「怎麼說呢？我可以算出兩碼開外每根綠葉的細毛，我想就是書上所說的草吧。再看看那盞巨燈！它比平常更明亮，我想不通妳有什麼好怕的，還說它暗。」

她邊說邊繼續撫摸著他的兩頰與頭髮，試著寬慰他。但他何其可憐啊！只是淡淡的看著月亮。只差沒說出她所謂的不同凡響的燈在他是可怖的，看來有如女巫，在死亡的睡眠中行走。但他對奈特莉絲倒不是那麼無知，即使在月光下也知道她是女人，但如此年輕美麗則是前所未見。她寬慰了他的恐懼，越是讓他在其面前感到羞愧。再者，對她的性情一無所知，惹惱了她，或許會留下他空自哀傷。於是他靜靜躺著，連動也不敢動：他的一條小命好像來自於她，他一動，或許她也會動；要是她離開了，他必然哭得像小孩。

奈特莉絲把他的臉置於雙手之間，問：「妳是怎麼來的？」

他回答：「從山嶺下來的。」

她問：「妳住哪裡呢？」

他比比房子的方向，她輕快一笑。

她說：「只要你學會不害怕，你會不斷想和我一起出來。」

她暗自思量此時要問些什麼，稍微回過神來，念及自己的脫逃，想必她也像自己一樣，來自魏梭和法爾可看管的岩洞。

她指著霍特金見不到半朵花的玫瑰叢繼續說：「瞧瞧那美麗的顏色，它們不是比你四壁的顏色更加漂亮嗎？而它們是活的，聞來香甜。」

霍特金但願她別老是要他張眼看他見不到的東西，每當新的一陣恐懼來襲，時時都開始想著把她抓得緊緊的。

奈特莉絲說：「來來來，親愛的，妳不能老是這樣。妳要當個勇敢的女孩，還有……」

霍特金憤而站起，大喊：「女孩！妳若是男人，我必殺妳。」

奈特莉絲重複著說：「男人？那是什麼？如何成為？我們都是女孩，不是嗎？」

「我不是女孩。」他回答，跌落在她的跟前，轉個腔調接著說：「但我給了妳頂好的理由如此稱呼我。」

奈特莉絲回過頭說：「喔，我懂了。不，你當然不是女孩啦。女孩是不害怕的，說不上為什麼。現在我了解了：就因為你不是女孩才會那麼害怕。」

霍特金苦惱的扭縮在草地上。

他悻悻然的說：「不，那是因為這駭人的黑暗無聲無息的侵入，把我穿透，深入骨髓，讓我的舉止像個女孩。要是太陽升起！」

「太陽！那是什麼？」奈特莉絲說，現在輪到她感受到一股朦朧的懼意。

於是霍特金陷入了一陣遐想，隱隱約約的尋求遺忘他的恐懼。

他說：「那是宇宙的靈魂、生命、胸懷與榮耀。塵世在他的光芒下如塵埃飛舞。男人在其光照下心胸堅強勇敢，他一離開，自其所生的勇氣也隨之而去，就像你現在看到的我那樣。」

奈特莉絲若有所思的指著月亮說：「所以那不是太陽？」

霍特金極為不屑的說：「什麼！我對那玩意兒一無所知，只知道它既醜陋又駭人。它頂多只是死太陽的鬼魂。對，正是如此。那就是為什麼看起來那麼可怕。」

奈特莉絲深思了片刻後說：「不，你一定搞錯了。我認為太陽才是死月亮的鬼魂，那也就是為什麼它會如你所說的諸般華彩。所以，是不是還有別的大屋子，太陽住在那屋頂上？」

霍特金回答：「我不懂妳的意思，但知道妳的好意，雖然妳不該把黑暗中的可憐蟲稱作女孩。如果妳願意讓我躺在這裡，把頭靠在妳腿上，我想睡了。妳可以看顧我、關照我嗎？」

奈特莉絲忘了自身的危險，說：「是的，我會。」

於是霍特金睡著了。

XIV 太陽

奈特莉絲坐著，而青年整晚躺著，在地表的巨大錐形影子下，有如金字塔的兩位法老王。霍特金睡了又睡，而奈特莉絲則文風不動以免弄醒他，背棄他於恐懼中。

月亮高懸在亙藍中遊走，它是華麗夜晚的凱歌。河川以深沉溫柔的節拍潺潺奔流，泉水不停的朝著月亮疾落，瞬間綻成美妙的銀花，花瓣之墜落恆如降雪，只是帶著不絕的音樂叮噹聲，力竭而入水下之河床。風兒甦醒，奔走於林木間，它時而睡，時而又醒。雛菊站著睡在她身旁，但她渾然不知它們在睡；薔薇看似清醒，因為花香滿溢空中，但其實它們也在睡，香氣乃是它們的夢境；掛在樹上的柳橙宛如黃燈，銀色的花朵乃是它們尚未成形之孩子的魂魄；洋槐花開，處處吐氣，宛如月亮本身的芬芳。

不慣於這種活生生的空氣，又因久坐不動疲乏，奈特莉絲終於睏了。空氣開始轉涼。那也是接近她習慣就寢的時候。她稍微闔了一下眼睛，因打盹而立即大張，因為她承諾要看顧。

此時有了變化。月亮轉圓，從西邊對著她。她看月亮的臉改變了，變得蒼白，像是因懼怕而乏力，在絕頂處發覺降臨的恐怖。光芒似乎從她身上融化了；她正在死去，她在出走了！然而，她的周遭樣樣看來都出奇的清楚，比之前見過的任何事物都更為明晰。何以這盞燈能散放更多的光芒，而月亮本身卻越來越少。哦，不正是如此嗎！她看來如許暈眩！因為光芒正棄她而去，把自己散布在整個空間，她就變得單薄且蒼白了。她正在捨棄一切。她像糖之於水，正在從屋頂上融化。

奈特莉絲很快就感到害怕了，以臉就膝，找尋庇護。何其美麗的生靈啊！她想不懂如何稱呼他，因為她像魏梭如此叫她時稱呼他則令他動怒。真是奇中之奇啊！此時，儘管冷冽的變化在寬闊空間中穿行，紅玫瑰般的顏色卻在他無力的臉頰泛起，披散在她膝頭的金髮何其美麗！那生靈的呼吸如許雄渾。他帶來的這些奇妙事物又是什麼呢？她很確定在自己的牆上見過。

她如是般自言自語，那燈越來越白皙，而萬物變得越來越明朗。那意味著什麼？燈在死去，要去到在她腿上這生靈所說的地方，成為太陽。但何以它還沒成為太陽時萬物就變得越來越清晰呢？這是關鍵所在。是因她長成為太陽所致嗎？是的！是的！它是正在來臨的死亡！她知道，因為死亡也正降臨其身！她感受到它的到來，那麼她即將變成什麼呢？某種像在她膝上的那種美麗生靈嗎？也許吧！但無論如何必然是死亡。因為她全身的力道都已離她而去，周遭的一切逐漸變成了無法承受的明亮。她必定很快就瞎掉！她寧可先瞎還是先死呢？

太陽在她背後匆匆竄起。霍特金醒了，從她膝上抬起頭，一躍而起。臉上笑得燦爛。他的滿懷勇氣，猶如獵人想直搗虎穴。奈特莉絲大叫一聲，以手遮掩，眼簾緊緊閉起。然後眼茫茫的哭著向霍特金張開兩臂，「噢，我好害怕！怎麼回事？必定是死神，我還不想死啊。我喜歡這裡，還有那盞老燈。我不想到別的地方，這很可怕。我要躲起來。我要投入甜蜜、溫柔、黑暗的眾生手裡。天啊！天啊！」

霍特金以所有雄性在被雌性教導前的傲慢說：「怎麼回事啊？女孩。」他站著越過他的弓俯視她，檢驗著弦。「孩子，現在沒什麼好怕的。白天了。太陽完全升起。看哪，只消片刻他就在山頂了！再見。感謝一夜之宿。告辭了。別傻了。若有我可以效勞之處……什麼都行，懂嗎！」

奈特莉絲哭喊著：「喔，別離開我，不要離開我！我要死了！要死了！我動彈不得。那光芒吸走我一切力量。喔，我怕極了！」

但霍特金已經飛濺過河，高舉弓箭以免弄溼。他飛越平野，奮力直上對面山嶺。奈特莉絲沒聽到回答，移開雙手。霍特金已經到了山巔，日光正好落在他身上；白日王者的榮光群集輝耀在這金髮青年身上。他英武挺立，如阿波羅般光芒四射，像火焰正中央閃著光的形體。他安金弓彎亮箭。箭脫弓弦發出一記銳利的弦樂聲，霍特金迅雷般追隨其後，大喝一聲，消失不見。他與阿波羅爭鋒，箭袋裡處處是驚奇與狂喜。但可憐的奈特莉絲，腦子有如不斷在被穿透。她在徹底的黑暗中倒了下來。環繞她的是火焰般的熔爐。她既沮喪、虛脫又苦惱的爬回來，憑感覺猶疑且艱難的尋路，強迫自己堅忍回到她的穴居。當房間友善的黑暗終於張開陰涼與撫慰的雙臂把她席捲起來，她撲上床，立即睡著。她就在那裡睡著，像是墓裡的活人。而霍特金則沐浴於太陽的光輝，在高原上追逐野牛，屢屢想起躺在黑暗中被捨棄的她。她現身成了他的庇護，以兩眼雙手徹夜當他的守護。他此時意氣風發，黑暗及其羞辱一度消散於無形。

XV 懦弱英雄

然而日頭一到正午，霍特金所在的影子讓他立刻想到前一晚，回憶帶著羞愧。他已經證明自己是個懦夫，而且不僅是對自己，也對一個女孩。在陽光下勇敢，悍然無懼，而當夜幕低垂，卻顫抖得像個奴才。其中想必有什麼不合情理之處！是他被下了詛咒嗎？要不就是他吃的喝的都和勇氣犯沖！無論如何，他還不及準備就被制伏了。下沉的太陽會像什麼，他從何得知？難怪他會因為驚疑而生恐懼，看見什麼就是什麼，其本質就是可怕。再者，連危險可能來自何處都無法看見！或許被撕成碎片、被拐騙或吞噬，卻連朝哪裡揮一拳也看不到。他逮住每樣可能的藉口，像自戀者般熱切的想紓解自我的藐視。那天他以匹夫之勇驚嚇了一些獵戶，讓他們錯愕莫名，一切都只為了證明自己不是懦夫。但沒有哪一樣可以舒緩他的羞恥。唯一能寄望的解決之道，就是以一片赤誠面對黑暗，而現在他已經多少知道黑暗為何物了。應付已知的危險比目中無人的莽撞更為高尚，而面對無以名之的恐怖則猶有過之。他大可一舉征服恐懼，洗刷恥辱。他說，身為像他那樣兼具力道與勇氣的射手與劍客，無所謂危險。戰敗也在所不惜。他現在知道黑暗為何了，當它來臨，他會像此時自以為的那樣，無畏的冷靜以對。他再說一次：「我們等著瞧吧！」

他站在一株山毛櫸的枝幹下，太陽下沉，遠遠越過了凹凸不等的山嶺：日頭才掉過半，夜風剛起一聲輕嘆，他就抖得像他背後的其中一片樹葉。最後一道光輪消失時，他嚇得彈跳離開，直奔河谷，越跑越怕。他這可憎的生靈朝向山的下邊，箭也似的連滾帶跑。與其說是投身入河，還不如說是摔進去的，像之前那樣，他甦醒過來時正躺在花園的草地河岸。

但他睜開眼睛時並沒有女孩的雙眸俯首看著他。沒有太陽的夜晚，只見星星寂寥。那是令人生畏的死敵，他重新鼓起勇氣卻又無法針鋒相對。或許那女孩尚未從水裡出來！他寧可努力睡著，因為他連動也不敢動，或許一醒來就會發現自己的頭在她腿上，美麗的暗色臉龐以其深藍的眸子，彎向他身上。然而，他醒來時發現自己的頭躺在草地上。他賈起餘勇，一躍而起，整裝待發。但他不像尋常那樣，帶著一股銳氣像前一天那般動身追獵。儘管胸懷與血脈與日爭輝，當天的狩獵並不帶勁。他吃了少許，首次千思萬緒到了哀愁的地步。他被二度擊潰與羞辱了。難道他的勇氣只不過是陽光在他腦中的戲耍？而他也僅是在光與暗之間搖擺不定的球。那麼他是何其可憐可鄙的造物啊！但眼前他仍有第三次機會。如果敗了三次，屆時會如何看待自己，他是連想都不敢去想。現在已經夠糟的了，然後呢？

天哪！並沒有漸入佳境。太陽此時又下沉了，他逃得有如從鬼域出脫。

總共七次，他集前一白天的勇氣，努力面對降臨的夜晚，七次全敗，敗上加敗，帶著與日俱增的羞辱感，好不容易熬過日照的時光，夜夜伴隨著哀傷、自謗與信心的失落，他日光下的勇氣也開始蕩然了，終於枯竭、失禁，徹夜躺在門外，而且夜復一夜。最糟的是被死亡的恐懼耗損，憂讒畏譏，連睡眠都遺棄了他。到了第七天的早上，他沒外出狩獵，而是匍匐進了城堡，上床。女巫費心費力調教出的大好健康消退了。一個時辰之間，他發出呻吟，精神錯亂，痛哭出聲。

XVI 邪惡的養育者

如我之前所說，魏梭病了，脾氣也越壞。此外，凡是女巫都有一種特性，在別人會訴諸憐憫的，在她們則心生排斥。再者，魏梭僅存的良知薄弱且無濟於事，動輒得咎，這剛好足以令她心浮氣躁，因此更為邪惡。所以一聽說霍特金得病，她就怒火中燒。千真萬確，是病了！畢竟她所作所為都是藉太陽的威力，以系統化的生活讓他潛移默化！男孩啊，他真是個可悲的失敗。由於他是她的敗筆，她歸咎於他，開始討厭他，進而恨他。她看待他猶如畫家之於畫，詩人之於詩，僅僅造就出一團無法收拾的亂局。女巫的心胸愛恨糾葛不清，往往反覆無常。她在霍特金身上的失敗與否，也牽連到她對奈特莉絲的規畫。要不就是她的病情使得她更像個魔婦，魏棱現在自然也厭惡起那女孩了，不願過問她城堡的一切。

然而她並沒有病到不能去霍特金的房間折磨他。她說她恨他，講的時候猶如蟒蛇一般嘶嘶吐信，鼻頭與下巴模樣甚為尖銳，額頭則是平的。霍特金以為她要殺他，但也不想鋌而走險。她下令隔絕他房間的每一道光，他卻因此而得以習慣黑暗。她會拿他的一根箭，時而用箭端的羽毛搔他，時而用箭頭戳他，直到淌血。我分不清她最後想怎樣，但她迅速的把霍特金的決心帶往逃離城堡之路：接著該怎麼做再說。天曉得他或許可以在森林之外的某處找到他母親呢！要不是那廣闊的暗鄉區隔了每個白天，他無所畏懼。

此時他無助的躺在黑暗中，不時的像有道曙光穿透了那美麗生靈的臉頰，在那第一個可怕的夜晚，她是如此甜蜜的照顧他。再也見不著她了嗎？如果她是河中仙女，像他的定論那樣，為何她不再現身？或許她可以教他如何不怕夜晚，因為她本人分明就是不怕！而白天一來，她看來是受到了驚嚇。怎麼回事呢？當時看不到有什麼好怕的啊。也許在暗處如此得心應手的，相對的也害怕亮光。所以當時旭日帶給他私自的喜悅，令他無視於她的處境，他的舉止對於她的善心竟是惡意的回報，就像魏棱對他那樣殘忍的舉措！她是如許甜蜜、可親、美貌！如果說有的野獸晝伏夜出，害怕亮光，何以女孩就不也該如此？同理，女孩承受不起亮光，豈不就如同他忍受不了黑暗？若能再找到她就好了！他會如何不同的對待她！但是，天哪！如果她是河川仙女，也許太陽已經殺了她，熔了她，徹底燒了她，抽乾了她！

XVII 魏梭之狼

自從那駭人的早晨以來，奈特莉絲不再是原本的自己了。突如其來的亮光幾乎置她於死地；此時她躺在暗處憶起那可怕的銳利，那是某種的不堪回首，一念及此，就是一陣超越她能忍受的劇痛。但這種痛苦，相較於對那閃亮生靈極盡粗魯的回憶，就微不足道了。那是她照顧他於懼怕時之所致。當時他的折騰轉嫁到她的身上，他自由自在了，回復過來的力氣竟是首先用來責備她！她想了又想，百思不得其解。

長久以來，魏梭會構思邪惡和她作對。這女巫就像玩膩了玩具的病童，把她撕成碎片，看看她喜不喜歡。她想把她放在太陽下，看著她死去，像是把鹹海裡的水母放在發燙的岩石那樣。那會是紓解她狼性苦楚的一瞥。所以某天正午稍前，當奈特莉絲仍在熟睡時，她令人帶一個漆黑的擔架放在門口，讓兩個手下把奈特莉絲抬到上頭的平原。他們把她弄出來，讓她躺在草地上，離她而去。

魏梭就在她的高塔頂端，透過望遠鏡，一切歷歷在目。她看到奈特莉絲才被丟下就坐了起來，同一時間又把她的臉緊貼在地面上。

魏梭說：「她將日晒而中風，她的末日將至。」

此時有一隻巨大高聳的野牛，鬃毛濃密覆首，被飛蟲激怒，隨著蹄聲，筆直奔向她躺著的地方。看到這草地上的事物，牠動起來了，斜斜的逸開數碼，死死的定住，然後慢慢走上來，一副不懷好意的樣子。奈特莉絲靜靜躺著，瞧不出她有看見那動物。

魏梭說：「她會被踐踏至死！那些動物都這麼幹！」

野牛靠近她，渾身上下聞過一回，然後離去。但又折回，重新嗅過一次。轉眼間逃之夭夭，像是尾巴被惡魔攫住一般。

接著又來了一頭角馬，比之前的動物更為凶惡，但作為和野牛沒有兩樣。再來是駭人的野豬。但沒有任何動物傷她，魏梭對造化的一切都很惱怒。

終於，在頭髮的遮蔽下，奈特莉絲的閉眼逐漸回神，首先映入眼簾的東西令她舒坦。我已經說過她是如何識得夜間雛菊的，小小的錐形尖端帶著紅色的頂點。她曾經掀開其中一瓣，手指發抖，生怕由於自己要命的魯莽，也許會弄傷它。但她的確想要看看，也如此告訴自己，它細細隱藏起來的究竟帶著什麼祕密，然後她就發現當中的金心。然而，此時在她眼睛的正下方，頭髮的面紗裡，從甜美黯淡的暮色中，她能夠一覽無遺，一株雛菊以紅色的頂尖挺立，敞開為朱紅戒指，在銀盤上展示金色的核心。她起先認不出來，因為這些錐子的其中一只醒過來了，但留意片刻就顯現其為何物。是誰如此狠心對待這可愛的生物，硬是把它撐開，讓它的心赤裸裸的展開在可怕的死亡之燈下？不管是誰，必定是那把她丟在這裡，讓熱火焚燒至死的同一人。但她有頭髮，懸在她頭上，而且能夠在甜美的夜裡自行梳理！她試著把雛菊往下折以避開太陽，而讓它的花瓣像她的頭髮那樣高懸，但她辦不到。天哪！它已經燙傷死去了！她並不明白雛菊並非屈服於她溫柔的力道，它是水生的生命，從她所謂的死亡之燈帶來生命的渴望。喔，那燈燒毀了它。

她繼續思考，沒章法可言。不久，她開始反思，空間並沒有屋頂，上頭只有那滾動的大火。雛菊的小紅頂必定已經見過那燈上千次了，一定對它知道得一清二楚。而它並未被殺掉。不，再想得遠一點，她開始提問，眼前所見，是否並非它較為完善的狀態。不僅整體此時看來完美無缺，像之前那樣，但每個局部也都分別表現個別的完善，完善的個體有能力與其餘的局部整合，而成為更高層次的完美整體。花本身即是燈！花的金心即是亮光，其銀色邊緣則是石膏球體，它破得很有巧思，攤開來讓榮光外放。是的！輻射的形狀自有其完美。所以，如果是那燈讓它開成這種形狀，那麼那燈就不可能對它不友善。而且是屬於同類，看著它並促成其完美。一念及此，再看看它們之間長得明顯相像。所以如果說花是那盞燈的小玄孫，而且無時不愛呢？要是說那盞燈無意傷她，只是不得不然呢？那紅色的尖頂看來像是花有時會受傷害，如果那燈對她盡其所能，是否能把她像花那樣打開呢？她可以耐心等候，看看結果。但是草的顏色何其粗鄙啊！或許她的眼睛不是生就來看明亮的燈，她所見的並非事物之本然！她於是想起那個不是女孩的生靈和其雙眼，其所懼怕的是黑暗。啊，如果黑暗能再到來，處處都會對她張開友善與溫柔的雙臂。她寧願等了再等，耐心承受。

她躺著不動分毫，魏梭認定她已暈倒。她非常確定奈特莉絲在夜晚來臨使她重生前必死無疑。

XVIII 避難所

魏梭把望遠鏡調成定格，如此她一早就可以看到，然後從塔上到霍特金房間。他此時狀況已經好很多，在她離開前，他已經決心當晚離開城堡。黑暗誠然可怕，但魏梭猶有過之，而他無法在白天逃脫。所以一待房子悄然無聲，他就束緊腰帶，掛上獵刀，裝一壺酒和一些麵包在袋子裡，取了弓箭，從房子出發，取道而上到達平原。但以其病情，加上對夜晚的恐懼，對野獸的忌憚，一到平野，他就再也無法趨前一步了。他坐了下來，想著死了還比活著好。儘管如此，睡意還是有法子征服他，讓他直挺挺的躺到柔軟的草地上。

他從奇妙的順暢與安全感中醒來時並沒睡多久，他想至少黎明應該來臨了。但他四周淨是暗夜。天空呢？不！那不是天空，而是那女精靈的碧眼正低頭看著他。他的頭再度躺在女孩的腿上，一切都很好，女孩無懼於夜晚正如他不怕白天。

他說：「感謝妳！妳就像是我胸懷的活武裝，妳讓恐懼不臨我身。從那時起我就病得厲害。妳是看我穿越才從水裡冒出來的嗎？」

她回答：「我不是來自水中，我活在白燈下，死在亮燈中。」

他回答：「喔，是的！現在我懂了。如果我上次懂得，就不會如此表現了。但那時我以為妳在嘲弄我。而我被打造成在暗處就禁不住害怕。求妳原諒我那樣子離妳而去，因為就像我說的，我不懂。現在我相信妳是真的怕，不是嗎？」

奈特莉絲回答：「的確，而且還會再來過。但你又怎麼會這樣呢，我絲毫無法理解。你該當知道夜晚溫柔甜蜜，它是如此仁慈友善，溫柔滑潤。它愛你，視你為知己。才沒多久，我暈躺在你的熱燈下垂垂待斃。你是怎麼稱它的？」

霍特金喃喃自語：「太陽，我真希望它快來。」

「喔！別許這種願。看在我的分上，快叫它別來。我可以在黑暗處照顧你，卻沒有人在亮光下照顧我。我告訴你了，我在太陽下躺著等死。我突然抽了一口長氣。一陣涼風拂過我的臉頰。痛楚消失了，抬眼一瞧，那死亡之燈也已不見。但願它沒有死去，且越發明亮。我可怕的頭疼消逝，視力也恢復了。我感覺自己好像是重新打造的。但我沒有立刻起來，因為仍然疲倦。草地為我添加涼意，色調也越趨柔和。從中孳生某些溼氣，讓兩腳無比舒暢，我就起來四處奔跑。我跑了好一陣子，突然發現你躺著！就像我不久前躺著那樣。於是我就坐下來，好在一旁照顧你。直到你的生命、我的死亡再度來臨。」

霍特金高喊：「妳好善良啊，美人！真的嗎？我還沒要求，妳就已經原諒我了！」

於是他們交談著，他就其所知告訴她自己的故事，她也如此這般。他們一致認為必須離開魏梭越遠越好。

奈特莉絲說：「而且必須馬上動身。」

霍特金回答：「只待清晨一來。」

奈特莉絲說：「我們不能等到清早，因為那時我就動彈不了。而且隔晚你怎麼辦呢？再者，魏梭白天看得最清楚。真的，就是現在。霍特金，一定！」

霍特金說：「我不行啊，我無法動彈。只要把頭從妳腿上抬起來，恐懼的病灶就會攫住我。」

奈特莉絲安撫著說：「我會和你一起，我會照顧你，直到你駭人的太陽到來。然後你就可以離開我，能走多快就多快。但請你務必要先把我放在暗處，如果找得到這種地方的話。」

霍特金高喊：「我不會再離開妳了，奈特莉絲！只消等太陽一來，重拾我的力量，我們遠走高飛，永不分離！」

奈特莉絲堅持著：「不不！我們非走不可。你必須學會無論在暗處或明處都一樣強壯才行，不然你將永遠只是半個勇者。我已經開始不和你的太陽爭鬥，而是與它和平共處了，並且了解它是什麼，對我的意義又是如何。不論是傷我還是造就最好的我。你也必須如此對待我的黑暗。」

霍特金說：「但妳不知道往南去時那些瘋狂的動物，牠們生就巨大的綠眼，會把妳像芹菜那般吞噬，美人啊！」

奈特莉絲說：「快，快！你非得如此不可，不然我就要裝作離開讓你跟進。我見過你說的那種綠眼獸，我會照顧你免於受害。」

「妳嗎！妳能怎麼辦？若在白天，我能照顧妳，最凶惡的我都能應付。但此情此景，如此討厭的黑暗，我根本連牠們都看不見。我見不到妳美麗的眼睛，但見得到眼裡的亮光，透過它我可以直望蒼穹。它們是讓我越過天空進到天堂的窗戶。我相信星星正是在這裡生成的。」

奈特莉絲說：「那你再不動身，我可就要把它們閉起來了！你好自為之才能再見到。來，如果你看不到野獸，我可以。」

霍特金高喊：「妳能，而且妳要我跟進！」

奈特莉絲回答：「是的，還不僅止於此。在牠們見著我前，我早就看到牠們了。所以我照顧得了你。」

霍特金還在堅持。「但怎麼辦到的？妳無弓無箭！也不會使獵刀。」

「不會，但我能避開牠們的道路。如何說呢？就在我發現你的時候，我剛好在和兩三頭鬥智。遠在牠們靠近我時，我就已見到牠們，也聞到牠們了。比牠們見到我、聞到我早得多。」

霍特金不自在的撐起手肘說：「妳現在沒有看到或聞到吧？」

奈特莉絲站起來回答：「不，此時沒有。我去察看。」

霍特金喊著：「不，別離開我，片刻都不行。」他凝注雙眼以便能在黑暗裡看見她的臉。

她回答：「安靜！否則牠們會聽見。風來自南邊，所以牠們聞不到我們。我發現這一切事情。親密的暗夜來到，我就從牠們之中取樂。隨時讓自己立於風勢邊緣，讓其中一隻嗅一嗅。」

霍特金高呼：「喔，好嚇人！希望妳別再執意做這種事。結果呢？」

「通常牠會瞬間回轉閃電般的眼睛，朝我這邊飛躍而來，但牠看不到我，你務必記得。而我的眼睛比牠好得多，可以把牠看得一清二楚。然後我就繞著牠跑，直到聞到牠為止，於是我知道牠無論如何也找不到我。如果這時候風轉了方向，牠們也許就會成群結隊的盯上我們，再沒有擺脫牠們的餘地！事不宜遲！」

她拉起他的手，他讓步站起來，她領頭帶他離開。但他的步履虛浮，夜色越深，他越像是要隨時倒地。

他要是說：「親愛的，我好疲憊，好害怕。」

「靠著我。」她會這麼說，用手臂環著他，或是以手拍拍他的臉頰。「多走幾步，每離城堡一步就是明顯賺到。靠緊一點，我現在很健壯，很好。」

於是他們繼續前進，奈特莉絲的夜眼發覺不僅一對綠色的眼睛在黑暗中像是洞穴閃爍，好幾回她遠遠避開必經之路。但她對霍特金絕口不提她看到的。她小心翼翼的讓他避開崎嶇不平的地方，淨走柔軟平坦的草地，全程與他輕聲說話，談的淨是美麗的花朵與星星：花兒看來何其舒坦，下有綠色的床；而星星則何其愉悅，上有藍色的床。

清晨開始到來，他也逐漸好轉，但因為沒睡而是走路，還是累得嚇人，特別是他又病了那麼久。奈特莉絲也一樣，她既要支撐他，又對開始在東邊滲出的光亮越來越害怕。兩個人終於都力竭了，再也沒有能力幫助彼此。他們像是互相同意停下來，在廣闊的草地中央擁抱，一步也動彈不了，只能藉虛軟的相依支撐彼此，只要一方移動，兩者都得倒地。但一方越來越虛弱，另一方則越來越強壯。夜潮消退，日潮開始漲浮。此時太陽掀起翻騰巨泡，直衝地平線！它一到來，霍特金就重獲生機了。太陽終於躍到空中，像是鳥兒從霞光之父手中脫出。奈特莉絲吃痛高呼，以手遮眼。

她嘆息著：「我好害怕，恐怖的光如此刺痛！」

就在她眼不能視的瞬間，她聽見霍特金一聲輕微的朗笑，接著感覺自己被抓著：她整晚像對孩子般照料他、保護他，現在則像嬰兒般在他的懷抱裡，頭倚在他肩膀上。但她更形偉大，苦難既多，無懼無畏。

XIX 狼人

當霍特金牢牢抓住奈特莉絲時，魏梭的望遠鏡也被憤怒的掃到台地。她怒不可遏的一揮，跑進房間，閉起門來。她把自己渾身上下塗滿某種藥膏，搖落滿頭赤髮，束在腰間，開始起舞，一圈圈的旋轉，越轉越快，怒火越來越旺，嘴上因激憤而冒泡。當法爾卡尋找她時，她人已不知去向。

太陽升起，風勢慢慢轉向且迴旋起來，終於筆直望南吹。霍特金和奈特莉絲已經接近森林邊緣，他仍背著她，她不太自在的在他肩膀上一動不動，在他耳邊喃喃說話。

「我聞到有野獸，在那頭。風吹來的方向。」

霍特金轉頭，回首望向城堡，只見平原上有個黑點。他看著黑點越變越大，以風的速度越過草原而來。牠越來越近，看來長長低低的，但那也可能是因為奔跑的步伐巨大之故。他把奈特莉絲安頓在樹下的樹幹陰影處，再挑出最重、最長、最利的箭。他才搭上弓，就看到那動物是一隻巨大的狼，筆直朝他衝過來。他鬆開刀鞘，順手從箭袋取出另一支箭，以免第一根發生失誤。在恰到好處的距離瞄準目標，保留時間給第二發。他出手了，弓箭揚起，扶搖直上，下墜直擊猛獸，開始在空中兩度成V字形翻飛。他迅速搭上另一根箭，射出，去弓取刀。但箭已射入野獸胸口，直沒羽尖。牠頭下腳上，背部砰然落地，呻吟一聲，掙扎一兩下，伸直身子一動不動。

霍特金高喊：「奈特莉絲，我殺掉牠了，是一隻巨大的紅狼。」

奈特莉絲顫巍巍的從樹後出來。「噢，我就相信你可以，我一點都不怕。」

霍特金走近野狼。簡直是怪獸！但他很納悶第一支箭竟如此凶惡，不願漏失，好像是為他完成了一樁美好任務。他費盡周章，才把它從野獸胸口拔出。兩眼所見，真是不可置信。躺在那裡的不是野狼，而是魏梭，她的頭髮仍束在腰間。這愚蠢的女巫自以為刀槍不入，卻忘了她為了折磨霍特金，觸碰過他的一支箭。他回過頭去告訴奈特莉絲。

她不寒而慄，揮淚而泣，不忍卒睹。

XX 終曲

當下再也無須飛奔一步了。他們顧忌的只有魏梭。他們丟下她，往回走。密雲蔽日，降下豪雨，奈特莉絲渾身舒泰，逐漸可以目視，在霍特金的攙扶下輕柔的踏在溼涼的草地上。

他們離開不久就遇到法顧和其他獵戶。霍特金告訴他們，他殺了一頭紅色巨狼，而那正是魏梭夫人。獵戶們表情嚴肅，卻喜形於色。

法顧說：「那麼，我得去埋葬我的女主人。」

但他們到了那裡卻發現她已經被葬了，她已經進入諸般禽獸的腸胃，成了牠們的早餐。

法顧隨後跟上，很明智的要霍特金去求見國王，稟明經過。但霍特金比法顧更有見地，要先娶了奈特莉絲再上路。他說：「那時就連國王也無法把我們分開。要說有兩個人缺一不可，那就非奈特莉絲與我莫屬了。她教導我成為夜暗中的勇者，而我則必須照料她，直到她能承受太陽的光熱。太陽幫她目視，而不是令她眼盲。」

他們當天就結婚了。隔日攜手晉見國王，陳述整個故事。但在宮廷上相認的不正是霍特金的父母嗎，他們深得國王與王后的寵信。奧蘿拉喜不自勝，全盤說出魏梭如何欺騙她，讓她相信孩子已經死去。

沒人知道奈特莉絲的身世，但當奧蘿拉看著這美麗女孩的一雙碧眼閃耀於夜裡雲間，她想著世事奧妙，醜惡的事物本身也能參與共創美好。藉由魏梭，兩個素未謀面的母親，改變了她們孩子的眼睛。

國王賜予他們魏梭的城堡和領土，他們就住在那裡彼此教導了幾年，為時並不算久。但光陰毫不虛度，在奈特莉絲愛上白天之前，只因那是霍特金的衣冠，她看白天比夜晚更宏偉，太陽比月亮更貴氣。霍特金則猶愛夜晚，因為那是奈特莉絲的娘親與歸宿。

奈特莉絲會對霍特金如是說：「但誰曉得呢，有朝一日，我們外出時不會碰到遠比你的白天更壯麗的日子，正如你的白天之於我的夜晚？」

(The Day Boy and the Night Girl, 1879)

作家側記

麥唐納（George MacDonald, 1824-1905）

英國十九世紀下半葉以來的數十年史稱兒童文學的「黃金時代」，當時名家輩出，由羅斯金的《金河王》和金斯萊的《水孩兒》首開其端，繼之有卡洛爾的《愛麗絲漫遊仙境》與《鏡中奇緣》、艾雯葛（Juliana Ewing, 1841-1885）的《老式童話》、奈斯比（Edith Nesbit, 1858-1924）的《群龍書》、葛拉罕的《柳林風聲》、米恩的《小熊維尼》、波特的《彼得兔》。這份名單尚不包括於兒童文學頗有建樹的薩克萊、羅賽蒂（Christina Rossetti, 1830-1894）和吉卜齡（Rudyard Kipling, 1865-1936）。其中以《輕輕公主》初試其鋒，更以《公主與妖精》、《北風背後》等書揚名於世的麥唐納聳立在群峰中，宛如中流砥柱，承先啟後。

一個文學盛世當然不是憑空而至，像古希臘的雅典、唐朝的長安、文藝復興時期的佛羅倫斯、帝俄的聖彼得堡以及維多利亞時期的牛津、倫敦，經濟的富裕促成文化的繁榮，風起雲湧，帶來文學的百家齊放。哲學家李普曼（Matthew Lipman, 1923-2010）以探索社群（community of inquiry）的概念解釋這種現象，這些對相同議題感興趣的作家和思想家，各出機杼，展開無窮的對話。他們往來頻繁，隨時互通知識，籠罩在相互激盪的文化氛圍中。麥唐納與羅斯金、金斯萊和卡洛爾熟識，彼此交換作品甚至是手稿，相互批評與影響，我們幾乎可以在他們獨特的作品中辨識出交融的痕跡。受麥唐納作品啟發的奇幻大師托爾金和C.S.路易斯賡續其風，既相互切磋，也互別苗頭。麥唐納與金斯萊、卡洛爾都具有神職人員的身分，也都愛好數學和當代科學，但麥唐納把這方面的興趣運用在形上學的思考，並表現在他的作品中，我們從《輕輕公主》就可以讀出物理學的戲劇化。

這幾位作家創作的年代，成人與少年文學並未分家，訴求的對象是老少皆宜，麥唐納就說，他的作品是為五歲到七十歲，具有童心的人寫的。他反對以閱讀寓言的態度面對文學作品，因為作品的意義視讀者個體的發展而定，意涵是無法設定的，這種讀者反應理論在當時是很先進的。麥唐納的作品承襲後浪漫主義的遺風，具有哥德小說的基調，文學史家發現他幾位作家朋友包括羅斯金、卡洛爾（著名的愛麗絲是好友Liddell女兒的化身）以及他本人似乎都受德國詩人諾伐利思的影響，而有暱愛少女的傾向。〈日童與夜女〉中的奈特莉絲何嘗不是，她是暗夜裡的聚焦，日童只是陪襯！這則故事是光學的運用，但麥唐納的興趣當然不在物理學本身，而是在表現陰陽合一始能臻於完善的玄學。

坎特維爾之鬼

王爾德

I

當美國牧師希藍·歐帝士先生購買坎特維爾莊園時，每個人都告訴他，說他在做一件蠢事，那裡鬧鬼千真萬確。事實上，一向以一絲不苟為人稱道的坎特維爾莊主本人也覺得，有責任在和歐帝士先生商量買賣條件時提醒這件事。

坎特維爾莊主說：「我們自己不在乎住在這裡，但是歐帝士先生，我覺得有義務告訴你，我的姑婆波爾頓的道華格公爵夫人正在著裝準備用餐時，有兩隻骷髏手放在她肩膀上，她被嚇瘋了，而且未曾真正康復過來。家族裡有許多人，還有這裡的教區牧師劍橋大學國王學院院士的奧古斯特·丹皮爾閣下都見過那鬼。發生那公爵夫人的不幸事件之後，年輕點的僕役沒有一個願意跟我們留下來，莊主夫人經常徹夜難眠，因為走廊和圖書室傳來神祕的嘈雜聲。」

歐帝士牧師回答：「我會把鬼連同家具一併議價。我來自摩登國度，那裡沒什麼不能用買的。我們活潑的年輕人把舊世界彩繪的鮮紅，把最佳男女演員都拐了過來，我敢說，如果歐洲有鬼這種玩意兒，我們本土會在極短的時間內成為某個公家博物館的收藏，或是在路邊表演展示。」

坎特維爾莊主微笑著說：「鬼恐怕是存在的，雖然它會與你們那些創業演出者的起心動念有些扞格。三百年來它已經是眾所周知的了，實際上應從一五八四年算起，它總會在任何家族成員死亡前現身。」

「是啊，坎特維爾莊主，家庭醫生也會為此趕到。但是，先生啊，沒有鬼這種玩意兒，我想自然法則不會為英國貴族擱置這條定律。」

坎特維爾莊主並不十分明白歐帝士先生最後的斷語，他回答說：「你們在美國想必非常以自然為依歸，如果你們不在乎房子裡有個鬼，那就好。但你得記住，我警告在先。」

幾星期後買賣成交了，季節將末之際，牧師和他家人前往坎特維爾莊園。牧師娘露可麗夏・塔芃女士出身於西五十三街，曾經是紐約出名的美女，現在則是十分漂亮的中年婦女，明眸麗齒，外型穠纖合度。許多美國婦女離開本土時都會沾染一副患了週期病的樣貌，這是出自於對歐式優雅的印象，然而歐帝士夫人從不會犯這個錯。她胸懷豪情，富含道地的動物心智。事實上她在許多方面是十足英國式的，是時下我們與美國樣樣若合符節的最完善榜樣。當然，語言自是另當別論。她的長子在雙親愛國主義的靈感下以華盛頓為名受洗，為此而耿耿於懷，他是個髮色淺亮、長相俊美的青年，接連三季獲得資格代表美國在紐波特賭場領銜比賽日耳曼式疾步舞。連在倫敦都以絕頂舞者聞名。年少輕狂是他僅有的缺點，其餘他都能深明事理。維琴尼亞・伊・歐帝士小姐年方十五，像小鹿般柔美可愛，大大的藍眼睛蘊含著美好的自在。她是絕佳的亞馬遜女戰士，曾經騎上小馬和畢爾頓老爺在馬場競跑兩圈，於阿基里斯的銅像前以毫米之差取勝，年輕的柴郡公爵大喜過望，當場向她求婚，當晚就淚如雨下的被監護人帶回伊頓公學。維琴尼亞下來是一對孿生兄弟，他們經常被稱為「星條頓旗」，因為老是挨鞭子之故。他們是快樂的男孩，只有家裡唯一真正的共和黨人，可敬的牧師不作此想。

坎特維爾莊園離最近的火車站亞斯喀有七哩遠，所以歐帝士先生就先發電報雇一部馬車來接，啟程時大家都興高采烈。正是宜人的七月夜，空氣中洋溢著淡淡的松木香。林鴿孵育，甜美的聲音此起彼落。要不就是在沙沙的羊齒叢深處，可以看到雉鳥亮麗的胸膛。他們經過時小松鼠在山毛櫸樹上隱約窺視，野兔疾奔，穿過灌木叢，躍過苔蘚小丘，白色的尾巴在空中漫舞。然而，當他們進入坎特維爾莊園通道時，天空突然烏雲密布，似乎有一股奇妙的靜止籠罩了整個氛圍，一大群白嘴鴨默默的飛躍他們頭頂，在他們抵達宅邸前，豆大的雨珠已經掉落。

站在階梯上接待他們的是一位老婦人，穿著整齊的黑紗，戴著白帽，繫著圍裙。這是管家溫奈太太，歐帝士夫人在坎特維爾莊主夫人懇切的要求下，同意留下她擔任原職。他們下車時，她對每個人輕輕施個禮，以一種含糊、老式的方式說：「且容我歡迎諸位光臨坎特維爾莊園。」他們跟著她穿過精緻的都鐸式長廊來到圖書室，那是長形的矮屋，以黑橡木鑲邊，盡頭是一大片彩色玻璃窗。他們發現面前擺著茶，卸去外衣後，他們就座，開始四下張望，溫奈太太在旁侍候。

歐帝士夫人突然看到就在壁爐邊的地面上有一處暗淡的紅色斑痕，全然不懂那意味著什麼，就對溫奈太太說：「恐怕是有些什麼濺在那上頭了。」

老管家低聲回答：「是的，夫人，曾經有血濺在上頭。」

歐帝士夫人喊著：「好可怕，我一點也不喜歡客廳裡有血斑，務必馬上清除掉。」

老婦人微笑著，以同樣低沉、迷離的聲音回答：「那是艾琳諾．坎特維爾女士的血，她丈夫西蒙．德．坎特維爾爵士於一五七五年在那一處謀殺了她。西蒙爵士居喪九年，突然在很離奇的情況下消失得無影無蹤。他的軀體找不到，但他犯罪的邪靈仍糾纏著莊園。旅客等人對那血斑禮敬有加，不可以清除。」

華盛頓．歐帝士喊著：「無稽之談！平克頓冠軍去污劑和萬事通清潔液能一到見效。」驚慌的管家還來不及阻止，就看他已經雙膝著地，用像黑色化妝品的小根管迅速擦拭地面。只花片刻，就看不到一絲血斑的痕跡。

他環視著讚賞的家人，得意洋洋的呼喊：「我就知道平克頓牌有效。」話聲方落，就有一道可怕的閃電照亮這陰森森的房間，駭人的霹靂聲讓他們嚇得站起來，溫奈太太則暈倒了。

美國牧師點起一根長雪茄，不動聲色的說：「什麼鬼天氣嘛！想必是老國家人口過度充斥，不夠讓每個人都有合宜的氣候。我一直認為移民是英國唯一可行之道。」

歐帝士夫人喊一聲：「親愛的希藍啊，我們拿暈倒的女人如何是好呢？」

牧師回答：「像機器故障那樣幫她充電，之後就不會再暈倒了。」過了半晌，溫奈太太自然甦醒過來了。然而，她無疑非常懊惱，嚴厲的警告歐帝士先生，小心麻煩降臨宅邸。

她說：「我親眼見過連基督徒都會毛骨悚然的事情，由於這裡發生過可怕事件，無數的夜晚我無法闔眼就寢。」然而歐帝士先生和夫人溫和的向這位老實人保證他們不怕鬼。在祈求救世主庇佑新主人夫婦，並安排好調薪後，老管家步履蹣跚的朝自己的房間走下。

II

風暴狂嘯終夜，但沒有發生任何值得一記的事情。然而當他們隔天早上下來用餐時，卻發現那可怕的血斑又出現在地面上。華盛頓說：「我不認為是萬事通清潔液出了什麼差錯，因為它一向奏效。一定是鬼搞的。」於是他再度把血斑擦掉，但第二天早上血斑又出現了。第三天早上血斑仍在，雖然歐帝士先生晚間已經親自把圖書室上鎖，鑰匙也帶到樓上。一家人現在都興味十足。歐帝士先生開始懷疑自己否定鬼的存在是否過於教條，歐帝士夫人表達加入靈學社群的意願，華盛頓著手寫一封長信給麥爾斯和波多莫先生，申論與犯罪相關的血跡恆存課題。所有對鬼靈客觀存在的懷疑就在那晚永遠一掃而空。

白天溫暖出太陽，晚上涼快的時候全家出去兜風，他們直到九點才返家，用些清淡的晚餐。話題絕不轉到鬼靈上面，所以連經常在靈異現象陳述之前所能預期接受的主要條件也付諸闕如。我從歐帝士先生那裡得知，他們討論的主題不外乎是像：出身良好的有教養美國人的普通談話方式，比如芬妮·黛凡波小姐遠比莎拉·伯恩哈特優越；即使在上好的英國家庭，綠玉米、蕎麥蛋糕、玉米粥也都得來不易；波士頓於世俗精神發展的重要性；行李檢查制度於鐵路旅行的重要性；比較紐約腔的甜美與倫敦口音的造作。絲毫沒有提到超自然，遑論拐彎抹角的說到西蒙·德·坎特維爾爵士。十一點一到，家人都就寢了，半小時後燈火全熄。過了一陣子，歐帝士先生被房間外面走廊的一陣奇怪嘈雜聲吵醒，聽起來像是金屬錚錚作響，似乎分分秒秒越來越逼近。他立刻起身，點根火柴看看時間。正好一點整。他很淡定，感覺一下心跳，完全沒有發燒。奇怪的聲音持續著，他清楚的聽出是腳步聲。他穿上拖鞋，從衣櫃裡拿出一橢圓的小玻璃瓶，打開房門。在微弱的月光下，他看到正前方有一個長相恐怖的老人。他雙眼有如燒紅的煤炭，灰白的頭髮垂到肩膀糾結盤繞，古代剪裁的衣裝污穢而襤褸，手腕和腳踝上了沉重的手銬和生鏽的腳鐐。

歐帝士先生說：「親愛的先生，我真的務必主張你得上點油。我為此特地帶來一瓶坦慕尼旭日潤滑油給你。據說一次就可以完全見效，包裝上有一些我們當地出眾的神職人員對其功效的見證。我會留在這寢間的火燭旁，若需要更多，我很樂於提供。」美國牧師講完這些話就把瓶子擺在大理石桌上，關起門，回去休息。

坎特維爾的鬼文風不動的站了片刻，尊嚴盡失。接著，狠狠的把瓶子扔到光亮的地板，從走廊逃逸，發出空洞的哀嚎，冒出綠色的磷光。然而，正當他到達橡木大梯的頂端時，有一道門彈了開來，出現兩個白袍小人，還有一個大枕頭迎頭飛過！顯然沒有時間恍神，他匆忙運用四度空間的法子逃脫，穿過壁板遁走，房子變得十分安靜。

他到了左廂房的小小密室，靠著月光調整氣息，開始嘗試理解自己的處境。在三百年來輝煌且從沒間斷過的事業，未嘗受到如此徹底的侮辱。他想起道華格公爵夫人披金戴鑽站在鏡子前就被他嚇得昏厥；想起四個女傭，他不過在一間空房隔著窗簾朝她們冷笑，就弄得她們歇斯底里；想起那教區牧師，有一次從圖書室回來得晚，吹熄他的蠟燭，從此他就在神經失調長期受苦者威廉・古爾爵士的照料之下；還想到崔茉伊雷老夫人，她有一天清晨醒來，看到一具骷髏在爐邊的安樂椅上讀她的日記，躺在床上六星期頭腦高燒不退，康復時與教會重歸舊好，斷絕與那惡名昭彰的無神論者伏爾泰先生的所有往來。他還記得那可怕的夜晚，有人發現醜惡的坎特維爾老爺在他的更衣室窒息，一張紅磚J半插進他的咽喉，他死前坦承就是用那張牌在克洛佛特家中詐騙了查理士·詹姆·福克斯五萬英鎊，他發誓是鬼要他把它吞下去。他所有的豐功偉業又都回來了，從總管家看到一隻綠色的手輕拍窗楹而在餐具室自戕，到美麗的史塔菲女士，她總喜歡在脖子套上黑色的天鵝絨，遮蓋白皙皮膚上的五條指印，她最後在國王步道的盡頭投鯉魚潭自沉而死。他以道地藝術家熱烈的唯我至上，回顧最值得稱道的表現。他對自己苦笑著回憶起最後一次現身是在〈紅色魯賓，又名被絞死的情人〉，處女秀擔綱〈貝斯利荒野的吸血鬼鞏特·吉百翁〉，還有在某個美好的六月傍晚，也不過是用自己的骨頭在草地網球場上滾九柱戲，就樂不可支。這一切之後，來了幾個惡劣的摩登美國人，竟然提供他旭日潤滑油，朝他頭上擲枕頭！是可忍，孰不可忍？此外，歷史上從來沒有鬼受到這般對待。這麼一來，此仇非報不可，他以一副深思的姿態待到天明。

III

隔天早上，歐帝士家人在早餐見面時花時間討論了鬼的事情。美國牧師發現他的禮物沒有被接受自然是有一點點懊惱。他說：「我沒有什麼念頭對鬼做出人身傷害，但我必須說，考量他在這房子已經那麼久，對他丟枕頭實在失禮。」這論斷十分公允，但我得抱歉的說，那對孿生兄弟聽了卻爆笑出聲。他繼續說：「但話又說回來，如果他拒絕使用旭日潤滑油，我們得拿走他的手銬腳鐐。要不然臥房外頭那麼吵，根本不可能睡覺。」

然而，一星期下來他們並沒有受到什麼騷擾，唯一會引起他們注意的是圖書室地面的血斑仍不斷在更新。這的確是非常怪異，因為房門總是在晚上由歐帝士先生上鎖，窗戶也都上閂關緊。血斑顏色多變也激起不少討論。某些早上呈暗灰紅（幾乎是印度紅），接著也許是朱砂色，然後是深紫。有一次他們遵照自由美國改革新教聖公會的簡單儀式下樓做家庭禱告，發現顏色變成明亮的翡翠綠。這種萬花筒式的變化自然為這夥人帶來不少樂子，每個晚上都自在的就這個主題下賭注。唯一沒把這當笑料的是小維琴尼亞，為了某些未曾解釋的理由，她每次看到血斑總是非常鬱悶，呈現翡翠綠的那個早上，她幾乎哭了起來。

鬼第二次現身是在週日晚上。他們才剛上床，就突然驚覺大廳傳來嚇人的撞擊聲。他們衝到樓下，就看到一套巨大的舊甲冑從台座脫落，掉到石頭地板上，坎特維爾的鬼端坐在高背椅上，臉上帶著苦不堪言的表情摩擦著他的兩膝。孿生兄弟玩具槍在手，立刻朝他射出兩發小子彈，其目標之精準唯有長期、細心的練習才可以達到。美國牧師則以左輪手槍應付他，依照加州人的禮數，請他高舉雙手！鬼發出一聲憤怒的狂嘯，像霧一般穿過他們迅速飄走，順道吹熄華盛頓·歐帝士的蠟燭，留給他們徹底的暗黑。到了樓梯頂端時他恢復過來了，決定發出他有名的惡魔笑聲。不只一次場合，他發現這招極為有用。據說它曾經讓雷克老爺的假髮一夕變灰，而且肯定曾讓坎特維爾夫人的三位法國家教月事提早來潮。於是他發出最可怕的笑聲，直到舊拱形屋頂發出鳴響。但在駭人的回音還未消逝前，有一道門打開來，歐帝士夫人穿著淡藍色的睡袍走出來。她說：「我恐怕你身體大有問題，我帶給你一瓶度貝爾博士的酊劑。如果是消化不良，你會發現那是最完善的解藥。」鬼憤怒的瞧著她，馬上準備讓自己變成一隻大黑犬，這是他實至名歸的一項成就，家庭醫師總是把坎特維爾莊主的舅舅，可敬的湯馬斯·霍頓的永久痴呆歸因於此。然而逐漸逼近的腳步聲，讓他的意圖猶豫起來，於是他點到為止，就在雙胞胎追上來前，化作一道黯淡的磷光，帶著墓園的呻吟聲消失。

他一回到房間就徹底崩潰，被極劇烈的滿腔焦慮所折騰。孿生兄弟的粗魯，歐帝士夫人大剌剌的唯物主義，當然都極為惱人，但是最令他沮喪的莫過於無法穿上鎧甲。他曾希望，即使是摩登美國人，見到身著盔甲的幽靈也會受到驚嚇，不為別的明顯理由，就算是基於對他們國民詩人朗費羅的敬重也罷。他在坎特維爾家人進城的時候，曾經自行浸淫在那優雅迷人的詩句，打發無聊的時刻。再說，那是他自己的鎧甲。他曾經在肯尼沃斯大賽時披掛上陣，成就斐然，童貞女王本人以降，有口皆碑。但是當他再度穿上時，卻頂不住巨大甲冑與頭盔的重量，沉重的滾落到石板過道上，他的膝蓋嚴重破皮，右手關節瘀青。

這之後幾天他病懨懨的，連起床踏出房門都懶，讓血斑適度修復則另當別論。然而，他靠著妥善照顧自己又復原了，打定主意第三度嘗試嚇嚇美國牧師一家人。他選定八月十七日星期五現身，一整天大半都花在檢視他的衣櫥，最後他偏好採用一頂紅羽毛的大軟帽，一襲手腕與頸部飾有褶層的裹屍布，佩一把生鏽的匕首。向晚時分風狂雨暴，夜黑風高，老宅的所有門窗隨之搖晃吱喳作響。事實上，這正是他喜愛的天氣。他的行動計畫如下：悄悄溜進華盛頓·歐帝士的房間，在床腳下對他念念有詞，然後在低沉的音樂聲中朝自己的咽喉捅三刀。他對華盛頓積怨特深，很清楚就是他養成習慣靠平克頓萬事通清潔劑，清除著名的坎特維爾血斑。把這笨頭笨腦的魯莽年輕人推入卑憐的恐怖狀態之後，接著前往美國牧師夫婦的房間，把一隻黏黏溼溼的手放在歐帝士夫人的額頭上，在她顫抖的丈夫耳旁吐露藏骸室的可怕祕密。至於小維琴尼亞，他還打不定主意。她未曾以任何方式羞辱過他，又是那麼漂亮、溫柔。他想，從衣櫥裡呻吟幾聲也就夠了，如果那還叫不醒她，可以用他痲痺痙攣的手指抓抓她的床單。孿生兄弟呢？非教訓一頓不可。第一件要做的當然就是坐在他們胸膛，讓他們產生令人窒息的夢魘感。然後，由於他們的床靠得近，就用綠色、冰冷屍體的樣子站在他們中間，讓他們嚇到動彈不得，最後丟開有褶層的裹屍布，以漂洗過的白色骨頭和一只滾動的眼珠子，在房間四處爬行，像〈啞巴丹尼爾，又名自殺的骷髏〉中的角色那樣，他擔綱過不只一次，效果不凡，足以和〈狂人馬丁，又名蒙面奇譚〉中的著名橋段相提並論。

十點半一到，他聽見這家人要就寢了。有一陣子他被雙胞胎的尖笑聲干擾著，那是學童無拘無束的歡樂，顯然是在休息前的自得其樂，但十一點一刻過後，一切都靜止了，午夜鐘響，他就前往出擊。貓頭鷹敲打著窗框，烏鴉在老紫杉樹上嘎嘎叫，風像遊魂般在房子四周徘徊哀泣，然而歐帝士一家睡得不知大難臨頭。他置身於狂風暴雨的上端，可以聽見牧師獻給美國的沉穩打呼聲。他偷偷摸摸踏出壁板，起皺紋的殘酷嘴角帶著邪惡的微笑，月亮在他偷偷越過寬大的凸窗時藉烏雲遮住他的臉，他和他遇害妻子的雙手在這裡雕飾成藍黃交錯的紋章。他毫不間斷的滑行，有如一道魅影，所經之處，那陰暗似乎總在唾棄著他。有一回，他以為聽到什麼在叫他，停了下來，但不過是紅場傳來的狗吠聲。他繼續前行，喃喃念著古怪的十六世紀咒語，不時在午夜的空氣中揮舞著生鏽的匕首。最後他到了通往倒楣的華盛頓房間的穿堂角落。他在那裡停頓了片刻，風把他長長的灰白頭髮吹到臉上，再輾轉吹進古怪妖異的褶層，掀起了那死者壽衣無可名狀的恐怖。午夜過一刻，他覺得時候到了。獨自咯咯笑著，轉過角落，才那麼一瞬，他就發出一聲悽慘恐懼的哀嚎，他後退，把臉藏在瘦骨嶙峋的雙手中。在他正前方站著一個駭人的幽靈，不動如雕像，詭譎如狂人之夢！其頭光禿閃亮，其臉圓胖淨白，其笑難以入耳，宛如把整個樣貌都扭曲成永恆的嘲弄。其兩眼流瀉出兩道猩紅的光束，嘴巴是寬大的火井，恐怖的外衣和他的一樣，纏裹著雪白的繃帶。其胸前是以古文怪字寫成的布告牌，看來像是某種惡行卷軸，記載某些狂暴的罪惡，若干可怕的犯罪日期，其右手則高舉一柄閃閃發亮的劍。

他沒見過鬼，理所當然的受到可怕的驚嚇，匆匆對這恐怖的幽靈瞧了第二眼，就逃回房間，在迅速跑下走廊時還被自己的裹屍布絆倒，最後把他生鏽的匕首丟進牧師的長筒靴，管家隔天早上才發現。一待回房獨處，他立刻撲到小小的簡陋床鋪，用衣物蓋住自己的臉。半晌過後，這位勇敢的坎特維爾老鬼回過神來，決定挨到天亮就去找那鬼談談。於是，當黎明帶著銀光觸及山嶺時，他就回到第一眼目睹厲鬼的現場，覺得畢竟兩個鬼強過一個，有新朋友幫助，他有把握可以搞定孿生兄弟。然而，到了當場，一幕可怕的景象映入眼簾。那鬼顯然遭遇了什麼不測，兩眼空空光芒盡失，利劍從它手裡掉落，以歪歪斜斜的彆扭姿態靠著牆壁。他匆匆上前抓住他的手臂，頭顱竟掉了下來滾到地上，嚇他一大跳，身軀則是一副斜躺的姿勢。他發現自己勾到一條白花紋床單，上頭的掃把、菜刀、鏤空的蘿蔔就在他腳下。他難以理解這奇妙的變化，急切的抓緊那布告牌，在灰白的晨光下讀出這些驚悚的文字：

歐帝士鬼中至尊
其乃獨一無二真鬼宗
切莫造假
餘皆仿冒

他意念一閃，自己是被捉弄、被設計、被智取了！老坎特維爾的神情映入眼簾；他緊咬牙關；他乾癟的雙手高舉過頂，按照古老學派繪形繪影般的措辭立誓，當雄雞兩度歡啼，無人見血誓不甘休，且讓凶殺默然舉步。

他才發完毒誓，遠方農場紅瓦屋頂上的公雞叫了。他發出長久、低沉、苦澀的笑聲，靜觀其變。他等了一小時又一小時，但那公雞莫名其妙不再啼叫。最後，七點半了，女僕的到來讓他放棄可怕的值夜，他摸回房間，想著他失效的咒語和受挫的目的。他參考了一些他喜歡至極的古代騎士之書，發現這種誓言在任何場合都派用得上，公雞總是會啼兩聲才是。他喃喃自語：「天殺的搗蛋公雞！若在當年，可以想見會用我的硬矛穿透牠的咽喉，讓牠臨死也為我啼個第二聲！」接著他就在舒服的鉛棺休息，一直待到晚上。

IV

隔天鬼非常虛弱疲憊，過去四星期以來可怕的亢奮，後果正要開始。他的神經耗損殆盡，經不起風吹草動。五天以來待在他的房間，最後下定決心放棄到圖書室點血斑。如果歐帝士家庭不想要，他們顯然也不配獲得。他們顯而易見是低下、唯物層級之流，無能為力欣賞訴諸感官現象的象徵價值。幽魂鬼影的問題，星體的發展，自然是另當別論，實非他所能掌控。每星期在走廊現身一次，每個月第一週和第三週的星期三到龐大凸窗聒聒叫，是他神聖不可侵犯的職守，他看不到如何光彩的跳脫他的責任。他的一生誠然非常罪惡，然而在另一方面，凡是涉及超自然的事物，他倒是極為秉持良知。於是，接下來三個星期，每逢週六，他都在午夜零時到三點之間於走廊來回走動，謹小慎微，以免被聽到或看見。他脫掉靴子，穿上寬大的黑色絨毛帽麾，躡手躡腳的踩在飽受蟲害的舊木板上，小心翼翼使用旭日潤滑油為他的鎖鍊上油。我有義務指出，他讓自己採取這最後一道防範模式，實在是百般為難。然而，某天晚上就在那一家人正在用餐時，他潛入歐帝士先生的臥房帶走那瓶子。他剛開始覺得有一絲羞辱，之後就順理成章的看出那發明實在值得稱道。再者，在某種程度上也是物盡其用。但儘管事事留心，他仍無法免於不受騷擾。走廊不斷有細繩橫繞，讓他絆倒在暗處。有一次他著裝扮演〈黑色以撒，又名霍格利林地的獵人〉其中一角，踩上了奶油滑道，要摔得嚴重，那是孿生兄弟建造的，從壁毯廂房一路到橡木樓梯頂端。這最晚近的羞辱激怒了他，要盡其餘力來維護他的尊嚴和社會地位，並下定決心隔夜以他在〈魯莽的路伯特，又名無頭伯爵〉中飾演的卓絕角色，拜訪這些年輕自大的伊頓公學公子哥兒。

他已經超過七十年沒做這身裝扮了。事實上，自從他藉此嚇壞美麗的芭芭拉．默蒂希小姐以來，就再也未曾穿過。她因此突然和現今坎特維爾莊主的祖父解除婚約，與英俊的傑克．卡斯唐私奔到葛瑞納綠地，宣稱世上沒有任何事物可以勸誘她嫁入一個容許惡鬼於暮色中在陽台上晃蕩的家庭。可憐的傑克後來在決鬥中於萬茲華斯公有地被坎特維爾老爺射殺，芭芭拉女士年底不到就在敦布里奇威爾村傷心而死。所以，不管怎麼說，都算是了不起的成功。然而，那是極端困難的「化妝」，如果我能用上這麼戲劇性的表現來連結其中一齣最偉大的超自然神奇，或者用較科學的詞彙來說即是高級自然界，那得花掉他足足三小時才能就緒。最後，萬事俱備了，他對自己的模樣沾沾自喜。搭配服裝的皮革騎馬大皮靴對他是有點太大了，而且他只找得到兩把馬槍的其中之一，但整體來說，他已經十分滿意。一點過一刻，他滑出壁板，溜下走廊。他來到孿生兄弟的房間，發現門戶半開著。我必須聲明，這房間以吊飾顏色之故被稱為藍床廂房。為了方便進入，他把房門推開。重重的一壺水掉下來把他打個正著，溼透皮膚，只差兩吋就正中左肩。他同時聽到一陣忍俊不住的尖笑聲從四柱床傳來。這對他神經系統的震撼實在非同小可，他盡其可能賣力的逃回房間，隔天全身嚴重發冷躺著。整起事件唯一讓他感到寬慰的是他沒把頭顱帶著，要不然，後果將不堪設想。

他已經斷了嚇唬這粗魯美國家庭的念頭了。一如尋常，就算穿著無聲脫鞋偷偷摸摸的在通道行走，喉頭圍上紅色的厚圍巾好擋穿堂風，還有一把小小火繩鉤槍以備孿生兄弟來襲，如此也不以為意。他遭受的最後一擊發生在九月十九日。他下樓到大門廳，確信在那裡無論如何不太會受到騷擾，對著美國牧師夫婦的巨幅相片出言嘲諷自娛，那攝影照現在已經取代了坎特維爾家人的畫像。他穿著簡便整潔的長長壽衣，上頭點綴著教堂墓園的模樣，下巴用黃色的亞麻仁布條綁緊，提著一盞小燈籠和一把教堂司事的鏟子。其實，那樣穿是為了演〈無墳的耶拿，又名徹西糧倉的盜屍人〉中的角色，這是他最為人稱道的角色之一，而且是坎特維爾家族有理由永誌不忘的，因為那是他們和鄰居陸霍德莊主起爭端的真正緣由。時辰大約是清晨兩點一刻，就他確信所及，沒有一絲人影。他漫步朝圖書室走去，無論如何，看看是否有血斑痕跡留下，突然有兩條人影從暗處跳到他身上，手臂狂舞，高舉過頂，在他耳裡尖叫，「噗！」

在這情況下，慌亂在所難免，他衝向樓梯，卻發現華盛頓．歐帝士拿著一把大花園灑水槍等著，所以他被敵人團團圍住了。他幾乎走投無路，從碩大的鐵火爐遁走，在他來說幸運的是火爐沒點燃，回家必須取道煙囪和排氣管，到自己房間的時候景況嚇人，既髒且亂又絕望。

自此之後就沒再看見他夜間的行蹤。孿生兄弟在若干場合會隱藏起來等候，每晚布下天羅地網，讓他們父母和傭人困擾不堪，卻一無所獲。他的感受顯然受創甚深，無意現身。歐帝士先生總算回頭繼續他投入多年的大作：論民主黨歷史。歐帝士夫人主辦了一場很棒的烤蛤大會，風靡全郡。男孩們盡情於曲棍球、牌局、撲克和其他美式遊戲。維琴尼亞騎她的小馬在跑道奔馳，由柴郡小公爵作陪，他運用假期的最後一星期來坎特維爾莊園度假。一般認為鬼已遠去，事實上，歐帝士先生還寫信給坎特維爾莊主告知來龍去脈，對方回覆時表達對這消息的無上喜悅，並對尊貴的歐帝士夫人獻上絕佳的祝賀。

然而，歐帝士一家是被矇騙了，因為鬼仍在宅邸裡。雖然現在帶病在身，卻不準備就此罷休，特別是他聽到客人之中包括柴郡小公爵，其舅公法蘭西斯．史蒂爾頓老爺曾經和卡布瑞上校打賭一百基尼，願意和坎特維爾之鬼賭博，隔天早上被發現躺在牌間的地板上，抽搐不已。雖然還是活到高壽，卻除了「雙六」之外，再也說不出任何言語。此事當年轟動一時，然而，基於尊重兩大世家的感受，想方設法讓一切歸於沉寂。與此有關的詳情始末詳見泰陀爵士《攝政王及其友人回憶錄》第三卷。於是乎，鬼自然而然的急於展現他對史蒂爾頓家族的影響仍未喪失，事實上，他們是遠親，他本人的大表妹梅開二度，嫁進巴克里的習烏爾家族，而眾所周知的，柴郡公爵家族正是其直系後裔。於是他安排好以他在〈吸血鬼僧侶，又名無情的本篤教士〉著名的角色，出現在維琴尼亞小情人面前。那是一齣極為恐怖的戲碼，時值一七六四年，史塔澳老太太就在那命定的年夜看了戲，她爆發出椎心蝕骨的尖叫，結果劇烈中風，三天後死去。臨終前解除血緣最近的坎特維爾家族之繼承權，把所有財產遺留給她倫敦的藥劑師。然而，在最後關頭，對孿生兄弟的畏懼使得他留在房間，小爵爺安安穩穩的睡在御用寢房的豪華羽帳下，以維琴尼亞入夢。

V

幾天後，維琴尼亞和她的鬈髮騎士到布羅克利草原騎馬，在跨越圍籬時，她的騎馬裝被撕扯得碎裂不堪，回到家，她決定從後樓梯上去以免被看見。當她用跑的正要經過壁毯廂房時，房門剛好開著，她隱隱約約看到有誰在裡面，以為是媽媽的女傭，她有時會把工作帶來這裡做，就望裡面看，想請她幫忙修補騎馬裝。然而讓她大吃一驚的是，裡頭乃是坎特維爾之鬼！他坐在窗邊，看著泛黃的樹木在夕陽下迎風飛揚，紅葉亂舞飄落長巷。他的頭支在手上，全身姿態顯現出極度的憂鬱。的確，他看來是如此落寞，如此的調養不良，所以小維琴尼亞的第一個念頭是開溜，把自己關在房裡。但她滿懷同情，決定試著安慰他。她落腳輕盈，他憂傷沉重，直到她開口才發現她在場。

她說：「我非常抱歉，但我兩個弟弟明天就回伊頓公學了，之後，只要你好自為之，沒有人會騷擾你。」

他訝異的仔細看著這膽敢對他說話的美麗姑娘，回答說：「要我好自為之，那真是荒誕不經。我非得響動鐵鍊，從鑰匙孔悶哼，在夜裡漫步，如果妳指的是這個，那卻是我存在的唯一理由。」

「為這而存在，毫無道理，我們知道你曾經非常邪惡。我們到這裡的第一天，溫奈太太就告訴我們，你殺了你的妻子。」

「是啊，我完全承認，但那純屬家務事，不勞他人費心。」這鬼傲慢的說。

「殺人就是不對。」維琴尼亞說。她有時具有一股甜美的清教徒莊重，那是從某些老派的新英格蘭祖先承襲而來的。

「喔，我討厭抽象倫理學的假正經！我太太平淡乏味，我的襞襟從來漿不挺，又不通廚藝。我在霍格利林地獵了一隻公鹿，一隻偉岸的兩歲雄鹿，妳知道她是怎麼把牠送上餐桌的嗎？但事過境遷，現在一切都無所謂了，雖然我的確殺了她，但我不認為她兄弟把我活活餓死是樁美事。」

「活活餓死？喔，鬼先生，我是說西蒙爵士，你餓嗎？我盒子裡有塊三明治，你中意嗎？」

「謝啦，不用，我現在什麼也不吃。妳人真好，但吃不吃在我沒什麼兩樣。妳比妳那些可惡、粗魯、庸俗、不老實的家人好太多了。」

維琴尼亞跺著腳大喊：「且慢！可惡、粗魯、庸俗的人是你，至於說不老實，你從我箱子裡偷走顏料，去粉飾圖書室那可笑的血斑。你先拿走所有紅色的，連朱紅的都不留，害我再也畫不成日落。接著你又拿走翡翠綠和鉻黃，最後就只剩下靛青和中國白，僅能用來畫月景，看來著實令人憂傷，而且一點都不好畫。我雖然非常傷腦筋，卻從來沒告發你。整件事情最荒唐的是，你聽說過翡翠綠的血嗎？」

鬼頗為委婉的說：「是啊，真的，不然我還能怎麼辦？時下要取得真正的血談何容易，一切都是你哥哥開始的，用什麼萬事通清潔劑，我當然就瞧不出為什麼不用妳顏料的道理。至於顏色，那永遠是品味的問題。譬如，坎特維爾家族有的是藍色血液，在英國最是正統藍。但我知道你們美國人不在意這類事情。」

「你對那一無所知，移民以改善心智是你所能辦到的絕佳美事。我爸爸會樂得給你一張免費通行證，雖然眾生都得一視同仁課重稅，但海關那邊不會有任何麻煩，因為官員都是民主黨員。一旦在紐約，你肯定會名成利就，我知道有許多人願意花十萬弄個祖父，花遠比那更多的銀兩搞個家鬼。」

「我不認為我該喜歡美國。」

維琴尼亞嘲諷的說：「想必是因為我們沒有廢墟和骨董吧。」

鬼回答：「沒有廢墟！沒有骨董！你們倒是有海軍和一堆規矩。」

「晚安。我要去請求爸爸放我的雙胞胎弟弟一星期額外的假。」

他喊著：「維琴尼亞小姐，請妳別走。我很孤單、痛苦，真的不知如何是好。我想睡，卻辦不到。」

「真是無稽之談！你只消上床，把蠟燭吹熄，不就得了。有時要保持清醒才叫困難，特別是上教會的時候，睡覺毫無困難可言。為什麼呢，連嬰孩都知道怎麼辦到，他們可不怎麼聰明。」

「我已經三百年沒睡了，」他傷心的說。維琴尼亞睜著美麗的藍色雙眼，難以置信。「三百年沒睡，我好累啊！」

維琴尼亞逐漸認真起來，小小的嘴唇抖得像薔薇花葉。她走向他，蹲在他旁邊，仰頭看著他枯乾的臉。

她喃喃的說：「可憐，可憐的鬼，你沒有可以睡覺的地方嗎？」

他以低沉迷濛的聲音回答：「遠在松樹林一方，有一座小花園。那裡草長得高而密，毒參花碩大如白星，夜鶯終夜歌唱。牠竟夜歌唱，冰冷晶瑩的月亮俯視低盼，紫杉樹在長眠者上頭伸展枝幹。」

維琴尼亞淚眼模糊，把臉埋在雙手裡。

她不勝唏噓的說：「你是指死亡花園。」

「是啊，死亡。死亡想必美麗無比。躺在軟綿綿的黃土裡，草在頭上婆娑，凝聽寂靜。沒有昨日，也沒有明天。忘卻時間，寬恕生命，平安自在。妳幫得上我。妳可以為我打開死屋的正門，因為愛心總是與妳同在，愛情比死亡來得堅強。」

維琴尼亞發抖了，一股寒顫穿透全身，有好一陣子的靜寂。她感覺彷彿置身於噩夢中。

鬼又開口了，聲音聽來有如風在嘆息。

「妳讀過圖書室窗上那首古預言嗎？」

小女孩喊了出來，她抬起頭說：「喔，常常，我知之甚詳。它是用奇怪的黑體字描出來的，難以卒讀。僅有六行：

贏來有待少女青春，
禱告啟自罪惡之脣，
要到無籽扁桃結實，
小孩來把淚水盡拭，
是以宅邸風波靜兒，
平安降臨坎特維爾。

但我不知道那是什麼意思。」

他傷心的說：「那意思是妳必須為我的罪過哭泣，因為我沒有眼淚，為我的靈魂禱告，因為我沒有信仰，然後，如果妳永遠甜蜜、善良、溫柔，死亡之神就會降福於我。妳會在黑暗中看到可怕的影像，在耳邊聽見邪惡的聲音，但他們不會傷害妳，因為與小孩的純真作對，死神的勢力是不會占上風的。」

維琴尼亞漠然不答。鬼擰著雙手絕望失狂，低頭看著她垂下來的金色面龐。她突然站起來，臉色蒼白，兩眼帶著異樣光芒。她堅定的說：「我不害怕，我會請求天使賜福於你。」

他帶著一聲含糊的歡樂哭喊，站起身，以一種古式的優雅把她的手翻轉過來，吻了它。他的手冷如冰，他的脣熱如火，但是當他帶她穿過昏暗的房間時，維琴尼亞毫不退縮。褪色的綠壁毯上繡著一些小獵人，他們吹起帶繐的號角，揮著小手要她回頭，他們高喊：「回去！小維琴尼亞，回去！」但是鬼把她的手握得更緊，她索性對他們閉緊雙眼。長著蜥蜴尾巴的怪獸，以圓滾滾的眼珠從雕琢的煙囪對她眨眼，喃喃的說：「當心！小維琴尼亞，當心！我們也許再也見不到妳了。」但鬼滑行更加迅速，維琴尼亞也充耳不聞。他們到達房屋盡頭時，他停了下來，嘴裡念念有詞，她完全聽不懂。她張開眼睛，就看到牆壁像霧般慢慢消逝，面前有一個巨大黑洞。一陣刺骨的寒風朝他們席捲而來，她感覺衣服被什麼東西拉著。鬼高呼：「快！快！不然就來不及了。」壁板瞬間在他們身後闔上，壁毯廂房冷冷清清。

VI

約莫過了十分鐘，家庭茶會的鈴聲響了，維琴尼亞沒下來，歐帝士夫人就派一個僕傭去告知。他一會兒就回來，說到處都找不到維琴尼亞小姐。由於她養成習慣傍晚到花園採花，以備餐桌之用，歐帝士夫人起初也不以為意。六點鐘響，還不見維琴尼亞人影，她才真的慌張起來，派男孩們外出尋找，她本人和歐帝士先生則找遍宅邸的每一房間。男孩們六點半回來，說哪裡也見不著妹妹的蹤跡。他們現在極度焦躁，不知如何是好。歐帝士先生突然想起他幾天前曾允許一團吉普賽樂隊在公園露營。於是他立刻由長子和兩位農僕陪同，動身前往黑落谷，他知道他們正在那裡。柴郡小公爵差不多急瘋了，懇求容許同行，但歐帝士先生因為擔心怕有一場搏鬥，沒有答應他。然而到了現場，他發現吉普賽人已經走了，顯然離開得有點突如其來，因為營火仍在燃燒，一些盤子掉在草地上。他差遣華盛頓和兩名僕人四處搜尋該地區，自己回家拍電報給全國各地的警長，請他們留意一個被流浪漢或是吉普賽人綁架的小女孩。他接著令人把馬匹帶來，堅持要妻子和三位男孩用過晚餐，就與馬夫一起沿著往亞斯喀的路騎去。但還走不到兩哩路，他就聽到有人騎馬跟隨，回頭一看，正是小公爵騎著小馬追上來，他滿臉通紅，沒戴帽子。這男孩喘著氣說：「我非常抱歉，歐帝士先生，但只要維琴尼亞失蹤，我是吃不下任何晚餐的。請別生我的氣，要是你去年讓我們訂婚，這一切麻煩都不會有。你不會要我回去，對吧？我不能走！我也不會走！」

牧師忍不住對這位英俊的無賴笑笑，他對維琴尼亞的痴情也令他深受感動，於是從馬背上彎身，和藹的拍拍他肩膀說：「好吧，賽西爾如果你不回去，我想你非跟著我不可，但我一定要在亞斯咯幫你弄頂帽子。」

「喔，去他的帽子！我要維琴尼亞！」小公爵笑著高呼。他們達達的馬蹄直奔火車站。歐帝士先生在那裡詢問站長，是否有人回覆曾在月台看過描述中的維琴尼亞，但沒有任何消息。然而站長電訊沿線各站，保證會嚴加留意。歐帝士先生在一家正要歇業的麻布商那裡幫小公爵買了一頂帽子，就騎馬前往四英里遠的貝斯里村，他聽說那裡是吉普賽人經常出沒的地方，此事廣為人知，因為旁邊就有一大片公領地。他們在這裡喚醒鄉警，也得不到任何訊息。踩遍了整片公有地，他們才掉轉馬頭往回家的路上走，約十一點回到莊園，累半死，心欲碎。他們看見華盛頓和孿生兄弟持燈籠在警衛室等著，因為通道非常暗。維琴尼亞的行蹤絲毫沒有下落。吉普賽人在布羅克利草原被追趕上，但她沒和他們一起。他們解釋匆匆離去的原因是弄錯寇頓集市的日期，擔心趕不及才走得倉促。聽到維琴尼亞失蹤，他們也很苦惱，因為很感謝歐帝士先生准許他們在園裡露營，就留下四個人來協尋。鯉魚塘撈過了，整個莊園也徹底翻過，但一無所獲。顯然當晚無論如何維琴尼亞從他們當中消失了。歐帝士先生和男孩們心情無比低落的步上宅邸，馬夫牽著兩隻馬、一匹小馬尾隨在後。到了大廳，他們就看到一夥驚慌的僕人，可憐的歐帝士夫人躺在圖書室的沙發上，驚恐焦慮幾乎令她亂了方寸，老管家用香精敷著她的額頭。歐帝士先生馬上堅持要她吃點東西，吩咐幫他們上晚餐。這頓飯吃來憂傷，幾乎沒人開口說話，連孿生兄弟都肅穆抑鬱，因為他們很喜歡姊姊。用過後，儘管小公爵再三懇求，歐帝士先生仍然命令大家上床，他說反正都晚上了，耗著也無濟於事，他隔天早上會發電報到蘇格蘭警場，請他們立刻派幾個偵探過來。正當他們離開餐廳時，午夜的鐘聲開始隆隆響起，敲到最後一響時，他們聽到一陣突如其來的轟然尖叫聲，恐怖的霹靂讓房子為之震撼，詭異的樂曲在空中飄蕩，樓梯頂端的一片鑲板夾著嘈雜聲望後飛開，從中步出在樓梯平台的是維琴尼亞，神色極為蒼白，拿著一個小盒子。他們馬上一擁而上，歐帝士夫人熱烈的挽著她的手臂，公爵把她吻得透不過氣來，孿生兄弟繞著這一夥人演出瘋狂的戰舞。

歐帝士先生說：「感謝上天！孩子，妳到哪裡去了？」他有點動怒，認為她對他們開了莫名其妙的玩笑。「賽西爾和我騎遍全國找妳，妳媽嚇到沒命。這種惡作劇下不為例。」

「對鬼例外！對鬼除外！」孿生兄弟雀躍尖叫。

歐帝士夫人喃喃的說：「親愛的孩子，感謝上帝，找到妳了。別再離開我身邊。」她親吻著顫抖的孩子，梳理著她打結的金髮。

維琴尼亞平靜的說：「爸爸，我是跟鬼在一起，他死了，你千萬要去看看他。他曾經非常邪惡，但他對自己的所作所為深感抱歉，他臨終前送我這個裝著漂亮珠寶的盒子。」

全家人靜靜的瞧著她，而她十足莊重認真，引領大家穿過壁板的開口，走下一條狹窄的密道，華盛頓隨手從桌上拿了點亮的蠟燭尾隨在後。最後他們來到一道巨大的橡木門，門上裝著生鏽的飾釘。維琴尼亞碰觸一下，木門沉重的合葉擺向後方，他們就發現自己置身於一個低矮的房間，天花板呈拱狀，還有一個小小的鐵窗。牆上鑲入一根巨大的鐵環，鍊著一副駭人的骷髏，在石地板上盡其所能及的伸展，似乎努力以它無肉的細長指頭去抓古式的食盤和水壺，卻無法搆得到。水瓶顯然曾經裝滿水，因為裡頭覆蓋著綠黴。食盤空無一物，只有厚厚的塵灰。維琴尼亞在骷髏旁邊跪下，雙手合十，開始默禱，其餘眾人則感慨的旁觀著此人正對他們揭開的可怕悲劇。

孿生兄弟的其中一位突然高呼：「來看啊！快來看！那棵枯萎的老扁桃樹開花了。花朵在月光下可以看得一清二楚。」他原本是從窗子望外看，想找出這房間坐落在宅邸的哪一端。

維琴尼亞肅穆的說：「上帝原諒他了。」她站起來，臉上似乎綻放著美麗的光芒。

年輕的公爵高喊：「妳真是個天使！」他雙手環繞著她的頸項，吻她。

VII

這神奇事件後過了四天，坎特維爾莊園大約在晚間十一點開始一場葬禮。靈車由八乘黑馬牽載，每一匹頭上都戴著一簇搖曳的羽飾，鉛質棺木覆蓋著深紫色的棺罩，上頭鑲著金色的坎特維爾家族紋章。靈車和車隊一邊有家丁手持火炬同行，整個流程完滿動人。坎特維爾莊主擔任主祭，他特地從威爾斯趕來參加喪禮，和維琴尼亞一起乘坐第一駕馬車，其後是美國牧師夫婦，接著是華盛頓等幾個男孩子，溫奈太太殿後。大家都認為，她一生被這鬼驚嚇了超過五十年，有權利看看他最後的樣子。墓園一角挖了一座深深的墳墓，正好位於老紫杉樹下，奧古斯特·丹皮爾牧師朗讀祭文，極盡動人之能事。儀式終了時，按照坎特維爾家族恪守的舊俗，家丁把他們的火炬熄滅，當棺木要垂落到墓穴時，維琴尼亞趨前在上頭放上一個由扁桃白色、粉紅花卉製成的大十字架。她如此行事的時候，月亮冒出雲端，在小小墓園上泛出默默銀光，遠方的一處矮樹叢，一隻夜鶯開始歌唱。她一想到鬼所描述的死亡花園，淚眼婆娑，回程不發一語。

隔天早上，在坎特維爾莊主進城之前，歐帝士先生與他就鬼給予維琴尼亞的珠寶有一番對談。

珠寶盡皆華麗萬端，尤其是其中一條帶有古威尼斯背景的紅玉項鍊，確確實實是十六世紀的極品，它們的價值難以估量，要讓女兒接受，歐帝士先生感到非常猶豫。

他說：「莊主啊，我知道在這個國家，不動產繼承法於飾物和土地是一體適用，在我看來這些珠寶顯而易見理當是貴家族的傳家寶。因此，我請求你把這些帶回倫敦，就只把它們當作是你財產的一部分，在某種奇妙的情況下物歸原主。至於我的女兒，她不過是個孩子，我要很高興的說，她對這些奢華的身外之物還無啥興趣。歐帝士夫人告訴我，這些寶石價值連城，若是拿來拍賣，可以高價賣出。她少女時代有幸在波士頓消磨過幾個冬天，我敢說她深通這門藝術的門道。坎特維爾莊主啊，在這情況下，我確信你得承認要讓我允許它們留在我任何家人手裡是如何不可能。事實上，這種種俗物玩意兒，不論如何契合英國貴族尊嚴之需要，對於那些抱持我所深信之共和黨不朽的嚴厲而簡樸原則長大的人來說，是絕不相稱的。或許我應該附帶一提，維琴尼亞很在意請你讓她保有那個盒子，作為對你那位不幸、但步入歧途之祖先的留念。因為那已經非常舊了，而且年久失修，或許你覺得可以從其所請。就我而言，坦白說我自己的一個孩子對中世紀的任何形體表現憐憫之心，實在讓我非常訝異，唯一能夠解釋的是，維琴尼亞是在歐帝士夫人一趟雅典之旅歸來後，誕生在你們倫敦的一處市郊。」

坎特維爾莊主很嚴肅的聽著尊貴的牧師說話，不時撫著灰白鬍鬚以掩藏不由自主的微笑。歐帝士先生講完後，他熱誠的握著他的手說：「親愛的先生，你迷人的小女兒成全了我不幸的先人西蒙爵士，那是很重要的效勞，我和我家族對她難以置信的勇氣和膽識銘感五衷。珠寶顯然應該歸她所有，蒼天在上，我相信如果我心術不正，要把它們從她那裡拿過來，那老邪靈一定會在兩星期內從墳墓出來，引我走向邪惡的一生。至於說傳家之寶，沒有任何一樣傳家寶是不被列在遺囑或是合法文件裡頭的，沒人知道有這些珠寶存在。我向你保證，連你的管家都比我夠資格要求。而且，我敢擔保，當維琴尼亞長大成人，她會高興有漂亮的東西佩戴。再說你也忘了，歐帝士先生，你是以家具連同鬼一併議價的，任何屬於鬼的隨即歸你所有。無論西蒙爵士夜裡在走廊上如何現身，就法律的觀點而言他真的是死了，他的財產是你買來的。」

歐帝士先生對於坎特維爾莊主的回絕頗為苦惱，請他重新考慮，但這位天性善良的同輩非常堅定，終於說服牧師允許女兒保留鬼送她的禮物。一八九〇年春天，年輕的柴郡公爵夫人於婚禮場合現身在女王的第一會客室，她的珠寶乃是眾所稱羨的話題。維琴尼亞所榮獲的冠冕是頒給所有善心美國小女孩的獎賞，她在年少男友成年後立即嫁給他。他們郎才女貌，濃情蜜意，大家都為這絕配感到欣喜，只有屯伯頓侯爵老夫人和歐帝士先生本人例外，說來實在奇怪。侯爵老夫人努力要把七個待嫁女兒之一許配給柴郡公爵，為達目的還辦過不下三次昂貴的派對。歐帝士先生非常喜歡公爵其人，但是在想法上很排斥頭銜，用他自己的話說：「共和黨人的真正簡樸原則，會因貴族貪圖逸樂的削弱所波及而被忘卻，這點不無疑慮。」然而他的反對被徹底推翻了，我相信當他步行在罕諾瓦廣場的聖喬治林蔭大道時，有女兒靠在他的肩膀上，以英格蘭之大，竟沒有任何人比他更為得意。

公爵與公爵夫人度完蜜月就前往坎特維爾莊園，抵達當天，他們下午就來到松林邊的寂寞墓園。起初西蒙爵士墓碑上的銘文極難定奪，最後決定只刻上姓名的第一個字母以及圖書室窗上的詩句。公爵夫人隨身帶了些美麗的薔薇，點綴在墳墓上，佇立片刻後，他們漫步到了舊修道院的一處廢棄聖壇。公爵夫人坐在一根傾頹的石柱上，她丈夫躺在她腿上抽雪茄，朝上看著她美麗的雙眼。

突然，他丟開雪茄，抓緊她的手說：「維琴尼亞，妻子對丈夫應該不能有祕密。」

「親愛的賽西爾，我於你沒有祕密。」

他微笑著回答：「妳有的，妳從沒告訴我，妳跟鬼關在一起時發生了什麼事。」

維琴尼亞嚴肅的說：「賽西爾，我對誰都沒說啊！」

「我知道，但妳應該可以告訴我。」

「請別問，賽西爾，我不能告訴你。可憐的西蒙爵士！我非常感激他。真的，賽西爾，不要笑，我是當真的。他讓我理解生命是什麼，死亡又意味著什麼，而愛比兩者更為強大。」

公爵站起來，愛憐的吻著妻子。

他喃喃低語：「只要擁有妳的心，妳不妨擁有妳的祕密。」

「賽西爾，那是你永遠都有的。」

「而妳遲早會告訴我們孩子的，不是嗎？」

維琴尼亞羞紅了臉。

(The Canterville Ghost, 1890)

作家側記

王爾德（Oscar Wilde, 1854-1900）

多年前和幾位英國留學生造訪牛津大學，此行最主要的目的在神遊王爾德昔日的行跡，瞻仰托爾金、路易斯的筆墨爭鋒，造訪卡洛爾講授數學的舊地，而同學們最熱中的則是帶我去看《哈利波特》拍攝的場景。這所英國最古老的大學，彷彿仍盤踞著中世紀的精靈，沒有牛津，兒童文學就少了一大片重要的版圖。我行走在城堡、僧院式建築的石板路上，想像著這位愛好時髦打扮的世家子弟，是否與這裡遺世獨立的氛圍格格不入。

王爾德是詩人、小說家、「為藝術而藝術」的美學理論家。帶有推理小說風格的《格雷的畫像》已經為他在文學史上取得一席之地，而據傳也出自他手筆的《慾海有情天》則是同志情愛的先驅之作。他因同志愛不見容於當時的法律而鋃鐺入獄，晚年聲名狼藉，後人甚至因而改姓。但是他最主要的文學身分是劇作家，無論是童話或是小說，我們都讀得出來舞台上獨白、對白或旁白的表情。他也是獨樹一幟的文體家，“I can resist anything but temptation.”（誘惑除外，我凡事皆能抗拒。）“In this world there are two only two tragedies. One is not getting what want one wants and the other getting it.”（塵世間只有兩種悲劇，一種是得不到想要的，另一種是得到了。）“Nowadays all the married men are like bachelors, and all the bachelors like married men.”（時下所有已婚男人都像單身漢，而所有單身漢則像是已婚男人。）“Young men want to be faithful and are not; Old men want to be faithless and cannot."（年輕人想忠誠而有心無力，老年人想不忠而力不從心。）諸如此類的語言風格讓他贏得「悖論王子」（prince of paradox）的封號。然而這些台詞絕非僅是劇場俏皮話，而是對於維多利亞時期男女虛憍風氣的冷峻批判。

他的語調總是不忘譏諷，即使是他那幾篇家喻戶曉的童話，也只有〈自私的巨人〉堪稱例外。文學家威爾森（Edmund Wilson, 1895-1972）說他其實是雙性戀者，跟許多當時的文人一樣飽受梅毒的威脅，因此常以故事美化死亡，〈快樂王子〉、〈自私的巨人〉、〈夜鶯與薔薇〉和〈坎特維爾之鬼〉莫不如此。王爾德自詡天才，卻也當之無愧，傳記家寫下他精采的一生，而有幸聆聽他即席說故事的朋友，則記載了許多有待陸續出版的作品。十九、二十世紀之交，他與尼采同時離棄這充斥奴隸道德與虛情假意的世界。

明日之歌

史蒂文生

丹特寧的國王老來得女，她是國王在兩座海洋之間最美的女兒，髮如金絲，眼若清潭，國王賜她一座海灘城堡，裡頭有平台和石頭砌成的天井，四座塔樓分置四角。她在這裡居住、長大，不在乎明日，敵不過光陰，單純度日如常人。

事情發生在某一天她到海灘散步，時值秋天，風從有雨的地方吹來，她一邊有海水拍打，另一邊則有枯葉席捲。這是海與海之間最寂寞的海灘，在遠古時代發生過一些奇奇怪怪的事情。這時國王的女兒發現海灘上坐著一位耄耋老婦。海浪奔湧到她腳下，枯葉堆疊在她背後，狂風把破衣吹到她臉上。

國王的女兒喊了一位聖徒的名字說：「眼下這位是兩海之間最不快樂的老婦人了吧。」

老婦人說：「王者之女啊，妳住的是石頭屋，頭髮如金，但那又有什麼好處呢？生命苦短，也不健壯，妳如單純的人那樣過活，不想想明日，也敵不過光陰。」

國王的女兒說：「思量明日，我有的。但是勝過光陰，我可沒有。」她若有所思的說。

於是老婦人用力拍著枯瘦的雙手，像海鷗那樣大笑。她呼喊著：「回家吧！國王的女兒，回到妳石頭房子的家，因為期盼已經降臨妳頭上，妳不再能照單純的人那樣過日子。回家吧，受苦受難，直到那禮物令妳一無所有，直到那人來到帶給妳關愛。」

國王的女兒沒有任何騷動不安，但她默默掉頭回家。她進了廂房就召來她的奶娘。

國王的女兒說：「奶媽，追求來日的思維降臨我頭上了，我不再能照單純的人那樣過活。請告訴我，我必須怎麼做才能勝過光陰？」

奶娘於是哀嘆如雪中的風。她說：「天啊，事情在所難免了，思維已經深入妳的骨髓，思想無法醫治。既然如此，那也是妳的意願。雖然力量少於弱點，妳將會擁有；雖然思想比冬天寒冷，妳會一路思考到底。」

於是國王的女兒坐在石砌房子裡的拱形廂房，思考著她的思想。她坐了九年，海浪拍打到平台上，海鷗在塔樓啼叫，風聲在屋子裡的煙囪低吟。九年來她足不出戶，沒去品味清新空氣，也沒有看神的天空。九年來她沒有左右張望，沒聽任何人談話，只思考著明日的思維。她的奶娘默默為她供食，她用左手拿食物，吃得毫無優雅可言。

此時九年過了，是秋天的黃昏，風中吹來一陣像是笛子的聲音。奶娘一聽，在拱形廂房裡手指朝上一比。

她說：「我聽到風中的聲音，好像是吹笛聲。」

國王的女兒說：「不過是細微的聲音，但對我來說足夠了。」

於是她們在黃昏裡走下房門，沿著海灘走。她一邊有海浪拍打，另一邊則有枯葉奔騰，雲朵在天邊追逐，海鷗徘徊飛翔。她們來到遠古發生過奇奇怪怪事情的那一處海灘，看啊！老婦人在此，她正來來回回跳著舞。

國王的女兒說：「老婦人，妳為什麼來來回回跳舞呢？在這荒涼的海灘，在海浪與枯葉之間？」

她說：「我聽到風中像是有吹笛子的聲音，我為此迎風飛舞，因為那禮物令妳一無所有，那人到來帶給妳關愛。對我來說，我所思慮的明日，還有我制勝的時刻已經來到。」

國王的女兒說：「老婦人，為什麼我看妳搖曳如破布，臉白似枯葉呢？」

老婦人說：「因為我所思慮的明日，還有我制勝的時刻已經來到。」她倒在海灘上，看哪！她不過是數根海藻，一撮海砂，還有在地面上跳動的蝨子。

丹特寧國王的女兒說：「這是降臨在海與海之間最古怪的事情了。」

但是奶娘突然吶喊，哀傷來襲如秋天的疾風。她說：「那風讓我疲累不堪。」於是終日不歡。

國王的女兒知道海灘有個男人，他戴著兜帽看不到臉，手臂底下有一管笛子。他的笛聲有如黃蜂歌唱，也像風入枯叢，像是海鷗啼叫，聲聲入耳。

丹特寧國王的女兒問：「你就是那該來的人嗎？」

他說：「我就是。這些是人耳可以聽見的笛聲，我有制勝光陰之道，此乃明日之歌。」於是他吹起明日之歌，聽起來像有數年之久，奶娘一聽就失聲痛哭。

國王的女兒說：「的確，你吹的是明日之歌。但我怎麼曉得你有制勝光陰之道呢？在這海灘上展現個奇蹟給我看看，就在海浪與枯葉之間。」

那人說：「在誰身上？」

國王的女兒說：「這是我奶娘，風令她疲累不堪，在她身上展現個奇蹟讓我看看。」

看哪！奶娘摔落在海灘上，有如兩把枯葉，風兒亂舞，沙蟲躍動。

丹特寧國王的女兒說：「的確，你正是該來的那人，你有制勝光陰之能。隨我到石屋裡來吧。」於是他們沿著海邊走，男人吹著明日之歌，枯葉尾隨其後。他們一起坐下來，海水拍打著平台，海鷗在塔樓啼叫，風兒吹進房子的煙囪。他們坐了九年，每年秋天降臨時，男人會說：「這就是光陰，我的力量在其中。」國王的女兒說：「不僅如此，為我吹一首明日之歌。」他就吹了起來，吹來像有數年之久。

九年過了，丹特寧國王的女兒站了起來，像人們記得的那樣。她在石屋四下張望，僕人都走光了，只有吹笛人坐在平台上，兜帽蓋在他臉上。他吹笛的時候枯葉在平台奔騰，海水拍打著牆壁。於是她以極大的聲量對他高喊：「這就是光陰，讓我看看裡頭的力量。」話聲一落，風吹落了男人臉上的兜帽，看哪！人呢？只有衣服和兜帽，笛子一管一管在平台角落翻滾，枯葉翻騰而過。

丹特寧國王的女兒於是自行來到遠古發生過古怪事蹟的那處海灘，在那裡坐了下來。海浪奔騰到她腳下，枯葉堆疊在她背後，面紗在狂風中吹打著她的臉龐。她抬起雙眼，就看到國王的女兒來到海邊走著。她髮細如金絲，眼若清潭，她不在乎明日，敵不過光陰，單純度日如常人。

(The Song of Morrow, 1894)

作家側記

史蒂文生（Robert Stevenson, 1850-1894）

一位素昧平生的美國人知道我從事兒童文學工作，就說他女兒讀五年級，只推薦一本書的話該讀哪一本，我不假思索脫口而出，是史蒂文生的《童詩花園》（*A Child's Garden of Verses*）！史蒂文生在正統的英國文學史上往往被忽略，我手邊的《諾頓英國文學選集》（*The Norton Anthology of English Literature*, 6 ed.）甚至對他隻字未提，但你認為他在天之靈會在乎嗎？我覺得不會。這位《金銀島》與《化身博士》的作者才不會在意這些學院派狹隘的偏見。哪個小孩沒讀過（或看過）《金銀島》，而對海盜生活充滿遐想呢？美國的連鎖炸魚餐廳「海滋客（Long John Silver）」以金銀島裡頭的海盜為名，足見他的影響早已滲入英語世界的文化血脈，而任何諮商心理學家不都用《化身博士》來說明何謂「雙重人格」。

這位一生體弱多病的蘇格蘭人，生就一副無與倫比的偉大童心，像是為孩童立言而生的。讀他寫的每一首童詩，我們會覺得他在與孩童一同呼吸、玩耍、想像、做夢、賴床，只有溫雅的陪伴，沒有任何說教。即使是臥病在床，他也能自行其樂。用床單枕頭，上下起伏造幾座山崗，種幾座城市，帶進些許樹木與房屋，有著不同制服的錫兵，他就像個靜觀的巨人，在被子的大地，俯視著山巒與平野，床單成了袪痛的良方。晚年獻給他奶媽艾莉森．坎寧安的一首詩真摯感人：

-- For your most comfortable hand
That led me through the uneven land:
For all the story-book you read:
For all the pains you comforted:
For all you pitied, all you bore.
In sad and happy days of yore.

——為妳那最為柔適
引我度過崎嶇之畝的手：
為妳那讀過的所有故事書：
為妳於我苦痛的所有安撫：
為妳的所有憐惜，所有煩擾，
在哀樂交織的往昔。

如此良善的胸襟，大致可以概括史蒂文生所有作品的情懷，是「思無邪」的至高境界。〈明日之歌〉在他的作品裡獨具一格，帶著些許神祕色彩，或許自知來日無多，追索光陰的意義終難得解，既然敵它不過，莫如「單純度日如常人」。

無羈之夢

葉慈

聽過梅芙與榛樹枝故事的那位朋友某天來到了養老院，她發現老人家既冷又衣不蔽體，「像是冬日的蒼蠅」，但他們一打開話匣子就忘了寒冷。有個剛離開他們的老人，曾經在圓丘上和仙人們打牌，據說後者玩牌「非常公道」。也有老人在夜裡見過被施了魔法的黑豬。我的朋友還聽到兩個老人家在爭辯，雷特瑞或卡拉南哪一位詩人較傑出。說是雷特瑞的老人說：「他是個大人物，詩名滿天下。我印象極為深刻，他聲音如風一般悅耳。」但另一位很有把握的說：「你會樂意站在雪地聆聽卡拉南。」此時有位老人開始講故事給我朋友聽，大夥聽得津津有味，不時爆出笑聲。我要原封不動講述的這個故事，是那種天馬行空不帶說教的老故事。那是窮苦人家的樂子，生活在此留下天然的單純。他們敘說的是事事不計較結果的年代，即使你被殺了，只要有一副好心腸，就會有人用棍子一碰，使你復活。如果你是個王子，碰巧長得和兄弟一模一樣，可望與他的妃子上床，事後也不過是小吵一架。同樣的，如果我們既老且弱，霉運事事纏身，可以就記著每個舊夢，它們強大到足以把塵世壓在我們肩上的重荷拋得遠遠的。

從前有個國王，因為沒有子息，感到非常懊惱。最後他去求教首席顧問。首席顧問說：「照我的話做，這不難辦到。你遣個人到某處去抓條魚，魚帶來的時候就給王后，也就是你的妻子食用。」

國王照著做了。魚抓來了也交給廚娘，交代她把魚放在火上烤，但務必小心，別讓魚皮翻捲，滴出油脂。但在火上烤魚而魚皮不翻捲這根本不可能辦到，於是廚娘把翻捲的魚皮用指頭攤平，並且把手指放在嘴上冷卻，也就嘗到了魚味。然後這魚送到王后那裡，王后吃過後就把剩的丟到庭院，院子裡剛好有一匹雌馬和灰狗，牠們吃掉了那些廚餘。一年將屆，王后生了男孩，廚娘也生了男孩，雌馬則生下兩匹小馬，灰狗則產下兩隻幼犬。

兩個孩子被送到外頭養大，當他們回來的時候，因為實在長得太像了，沒有人可以分辨出誰是王后的兒子，誰又是廚娘的兒子。王后頗為困擾，去請教首席顧問，說：「告訴我一個方法以便知道誰是我兒子，我可不願意讓廚娘的兒子和我兒子享用同樣的飲食。」首席顧問說：「這不難，照我的話做就是了。到外面去，站在門邊，他們會走進來，當他們見到妳的時候，妳自己的兒子會向妳鞠躬，而廚娘的兒子只會對著妳笑。」

她照著做了，當她自己的兒子向她鞠躬時，僕從就在他身上做了記號，以便她下次可以辨識。之後當他們坐下來晚餐的時候，王后就對廚娘的兒子傑克說：「是你該離開這裡的時候了，因為你不是我兒子。」她的兒子（我們以後會稱他比爾）說：「別送他走啊，我們不是兄弟嗎？」但傑克說：「如果我知道這不是我父母擁有的房子，我老早就離開了。」不管比爾怎麼說，他都不願停留。在他離開前，兩人在花園的水井邊，他跟比爾說：「我若有災難臨頭，井水的上端會浮出血，而下端則是蜜。」

然後他帶著一隻幼犬，以及雌馬吃下廚餘生下的其中一匹幼馬，背後的風都追不上他，反而是他追著前頭的風。他來到一個織工的家，請求住宿，也得到應許。然後他繼續前行，來到了一個國王的家，他站在門口問：「陛下需要僕人嗎？」國王說：「我要的是每天清晨把母牛趕去吃草的僕人，然後晚上把牠們趕回來擠奶。」傑克說：「我做得來。」於是國王就雇用了他。

早上傑克被交付了二十四頭母牛，人家告訴他去放牧的地方長不出一根牧草，反倒是布滿石塊。於是傑克就四處尋找看看有沒有較好的草地，過了一陣子他找到了一片綠草地，那是屬於巨人的。他敲掉一片牆，把牛群趕進去，然後自己上了蘋果樹，開始吃起蘋果來。不久巨人到了平野，他說：「吼吼，我聞到愛爾蘭人的血味兒了！我看到你了，就在樹上。一口吃你嫌大，兩口吃你嫌小，要不是可以把你磨成粉當鼻煙，真不知道該如何整治你。」傑克在樹上說：「你既然那麼強壯，就慈悲一點吧。」巨人說：「下來吧，小侏儒，不然我會把你連樹一起撕成碎片。」傑克就下來。巨人說：「你寧可讓滾燙的刀捅進彼此的心臟，還是在滾燙的石板上對決？」傑克說：「我在家鄉習慣的是在滾燙的石板上對決，你那雙髒腳會下陷，而我的偏會站起來。」於是他們開始打鬥。他們打到把硬的土壤變軟，把軟的土壤變硬，讓綠色的石板噴出泉水。他們就這樣打了一整天，沒人能夠占上風，最後來了一隻小鳥，坐在枝頭對傑克說：「你要是在日落之前沒辦法了結他，他就會終結你。」於是傑克使盡全力，把他按倒在膝蓋上。巨人說：「饒命啊！我會給你我的最佳禮物。」傑克問：「那是什麼？」「一把無敵寶劍。」傑克問：「放在哪裡？」「在你看見的山崗上的那個紅門裡。」傑克就去取了來。他說：「我當如何試劍呢？」巨人說：「可以試試那醜陋的烏樹枝。」傑克說：「我怕沒有什麼比你的頭顱更黑、更醜。」話聲一落，他把劍一揮，巨人的頭被砍下飛到空中，頭往下掉時他把劍迎上去，頭顱被剖成兩半。頭顱說：「掉下沒接回我身體算你好運，否則你就再也無法攻擊我了。」傑克說：「我才不給你這個機會呢。」

傍晚他帶牛群回家，每個人對當晚母牛供給的牛奶感到好奇。當國王和公主（也就是他女兒），以及其他人坐著一起晚餐時，他說：「我想我今夜聽到的吼叫只有兩聲，而不是三聲。」

隔天早晨傑克又帶著母牛出去，他看到另一片長滿青草的原野，他把牆壁敲下來讓牛隻進去。這跟前一天發生的一模一樣，但這次出來的巨人有兩個頭。他們一塊兒打鬥，小鳥又來告訴傑克同樣的話。當傑克把巨人擊倒時，他說：「饒命啊，我會給你我有的最好東西。」傑克說：「那是什麼？」「是一件你穿上去看得到別人而別人看不到你的衣服。」傑克說：「放在哪裡呢？」「就在山崗旁邊小小的紅色門裡面。」傑克就去取來衣服，然後砍下巨人的雙頭，頭掉下來的時候用劍接住，變成四個半顆腦袋。它們說算他好運，沒讓它們有時間接回到身體。

當晚母牛回家後提供的牛奶何其多啊，所有找得到的容器都裝滿了。

隔天傑克再度出發，一切都和之前一樣，而這次的巨人有四顆頭，傑克使它們變成八個半顆腦袋。巨人告訴他到山崗旁邊一道藍色小門，他在那裡得到一雙鞋子，穿在腳上速度比風還要快。

當晚牛群提供的牛奶多到沒有足夠的容器，就施捨給佃農和路過的窮人，多出來的就從窗子丟出去。我剛好路過，也就有得喝。

當晚國王對傑克說：「這幾天為什麼母牛能產那麼多奶呢？你有帶牠們到別的草地嗎？」傑克說：「沒有啊！但我有一根好鞭子，當牠們停著不動或是躺下來時，我就會抽牠們。牠們就會跳啊、躍過牆壁、石塊和壕溝。那就是讓母牛乳量大增的方法。」

當晚在晚餐時，國王說：「我沒聽見任何吼叫聲。」

隔天清晨，國王和公主從窗子看傑克在草原裡做什麼。傑克心裡有數，就拿起鞭子開始鞭打母牛。牠們也就跳起來，越過了牆壁、石塊和壕溝。於是國王說：「傑克說的不是謊話。」

此時有一條每隔七年會來一次的巨蟒，必須挑一位國王的女兒來吃，除非有人為她打鬥。這次剛好輪到傑克所在的這家公主得被送出去，而國王已經暗中養了一個惡棍七年之久，你可想而知他得到最好的待遇，隨時準備上陣。

時候到了，公主有惡棍隨行到海邊，抵達時他做了什麼呢？不過是把公主綁在樹上，如此蟒蛇可以毫不費勁的將公主吞噬。他本人則攀爬到常春藤樹上躲起來。傑克心知肚明，因為公主曾告訴過他，也問他願不願意幫忙，傑克說他愛莫能助。然而此刻他到了，他佩上從第一個巨人那裡得來的劍，來到公主左近，但她認不出來。傑克說：「把公主綁在樹上是合理的嗎？」她說：「當然不對。」她告訴他經過，而蟒蛇會來把她帶走。傑克說：「如果妳能讓我躺在妳的腿上小睡片刻，牠來的時候就叫醒我。」他說到做到，蟒蛇一到，她就叫醒他。傑克起來大戰蟒蛇，把牠驅逐入海。他斬斷綁住她的韁繩，揚長而去。惡棍從樹上下來，把公主帶回給國王，他說：「今天有朋友來助陣，我關在地底太久了，有點怯戰，明天我會親自出馬應戰。」

隔天他們再度出發，過程沒有什麼兩樣。惡棍還是把公主綁在蟒蛇可以輕易接近的地方，自己爬上常春藤樹躲起來。傑克穿上從第二個巨人那裡得來的衣服，他走過來，但公主沒認出他，她告訴他昨天的所有經過，又說有位她不認識的年輕紳士來救了她。傑克就問他能否躺下來，在她腿上小睡片刻，到時再叫醒他。一切都和前一天一模一樣。惡棍把她帶回覲見國王，並且說當天他又帶了另一位朋友去應戰。

隔天她又像之前那樣被帶到海邊，許許多多民眾聚集到海邊，來看要來把公主帶走的巨蟒。傑克和公主的談話如同之前，但這次當他睡著時，她想著要有把握能再找得到他。於是她取出剪刀，剪下一撮他的頭髮，纏成一團收起來。她還另外做了一件事，從他腳上脫下一隻鞋。

她看到巨蟒來了就搖醒他，他說：「這回我要讓巨蟒再也不會吃任何國王的女兒了。」於是他取出從巨人那裡獲得的寶劍，砍在巨蟒的頸上，血水噴出射向陸地五十英里遠，了結了巨蟒。然後他就消失了，沒人看到他是怎麼走的。惡棍把公主帶回給國王，聲明是他救了她，功不可沒，是國王的佳婿。

然而，當婚宴已經備妥時，公主取出少許她保有的頭髮，她說除非是頭髮能與之相配的男人，別的她誰也不嫁！她還秀出鞋子，穿不下這隻鞋子的她也一樣不嫁。惡棍試著穿鞋，但腳趾太大根本套不進去。而他的頭髮也絲毫和拯救她的男人頭上剪下來的不搭襯。

於是國王舉行盛大的舞會，找來全國的大人物，看有誰能合腳穿上那隻鞋。他們紛紛到木匠和工匠那裡，削剪自己的腳，看能不能穿得下鞋子。但一點用也沒有，任誰都穿不下！

於是國王再去請教首席顧問，顧問建議再舉辦個舞會，他說這一次「邀的人不分貧富」。

於是舞會又展開了，許多人蜂擁而至，但還是沒有人合腳。首席顧問說：「這房子裡的人都來了嗎？」國王說：「除了看顧母牛的小廝，統統都在這裡了，我不想讓他來。」

那時傑克正好在下方的庭院，聽到國王的話他非常生氣，便跑去取劍，奔上階梯，要直取國王首級。但守門人在階梯擋住他，讓他近不了國王的身，也讓他冷靜下來。在他來到階梯頂端時，公主看到了他，她大喊一聲，奔向他懷裡。鞋子試了合腳，而頭髮也和剪下來的一模一樣。於是他們結婚了，盛大的婚宴舉行了三天三夜。

婚禮過後，有一天清晨窗外來了一隻鹿，掛著鈴鐺，叮噹作響。牠呼喊著：「獵物在此，獵人與獵犬何在？」傑克一聽到就起身，帶著犬馬前往獵鹿。牠在山谷的時候，他卻在山頂，而牠在山頂的時候，他偏偏在山谷。他們就這樣折騰了一個白天，夜幕低垂時，那頭鹿走入森林。傑克尾隨著進入森林，他所能看到的就是一間泥巴牆的小屋。他走進去就看到一個老婦人，大約兩百歲的年紀，她坐在火爐對面。傑克說：「看到鹿打從這裡過嗎？」婦人說：「沒有，但現在追鹿已經太晚了，我讓你在這裡過夜。」傑克說：「我的馬和獵犬怎麼辦呢？」她說：「這裡有兩束頭髮，你就用這個把牠們綁著吧！」於是傑克就出去把馬和獵犬綁起來。他再進來時，老婦人說：「你殺了我三個兒子，現在我要殺你。」她戴上一副拳擊手套，每一只都有九塊石頭那麼重，手指的釘子則有十五英寸長。於是他們開始打鬥，傑克逐漸不支。他高呼：「獵犬啊，來救我！」而老婦則喊著：「縮緊啊，頭髮！」繞在獵犬上的髮束就勒緊，獵犬斷了氣。傑克高呼：「救我啊，馬兒！」老婦人喊著：「縮緊啊，頭髮！」繞在馬脖子上的髮束就勒緊，馬兒也斷了氣。老婦人再終結了傑克的一條命，把他丟出門外。

話說比爾有一天出門來到花園，朝水井看了一眼，他看到的是血浮在水上而蜜沉在水下。他進到房間對母親說：「我不會在同一張桌子吃第二頓飯，也不會在同一張床睡第二次覺，直到我知道傑克的下落為止。」於是他帶了另一匹馬和另一隻獵犬上路，穿越了那公雞不叫、號角不響、魔鬼不吹號的山崗。最後他來到了織工的房子，他一進來，織工就說：「歡迎啊，這次我會給你比上回來到我這裡時更好的款待。」因為他以為來者是傑克，兩人實在長得太像了。比爾對自己說：「好耶，我兄弟來過這裡。」隔天早上他離開時送給織工一桶金幣。

隨後他來到了國王之家，他才到門口，公主就從樓梯直奔下來說：「歡迎回家！」所有人都說：「奇怪啊，你婚後就出去狩獵三天，離開那麼遠。」於是他就留下，當晚和公主同房，她一直當他是自己的丈夫。

早上那頭鹿來了，鈴聲在窗底下叮噹作響，呼喊著：「獵物在此，獵人與獵犬何在？」比爾起身帶著馬兒和獵犬，跟著鹿穿越山崗與峽谷直到森林，然後他看到的就只有泥牆小屋，老婦人坐在火爐旁，她讓他留下來過夜，並給他兩束頭髮，以便用來拴緊馬匹和獵犬。但比爾比傑克更機靈，他出去之前偷偷將兩束頭髮丟進火爐裡。他一進來老婦人就說：「你的兄弟殺了我三個兒子，我殺了他，連你也一併宰了。」她戴起手套，兩人開始打鬥，隨後比爾高呼：「馬兒，來救我！」老婦人說：「縮緊啊，頭髮！」頭髮說：「我無法縮緊啊，我在火裡！」馬兒過來當面賞她一蹄。比爾接著說：「獵犬啊，來救我！」老婦人說：「縮緊啊，頭髮！」第二束頭髮說：「不行啊，我在火裡！」獵犬用利齒咬了她，比爾把她放倒，她哭著求饒。她說：「饒我一命，我會告訴你哪裡找回你的兄弟、他的馬和獵犬。」比爾說：「在哪裡？」她說：「你有看到火爐上的鞭子嗎？把它拿下來到門外面，你會看到三顆綠色石頭。用鞭子抽它們，它們是你的兄弟、馬和獵犬。他們會活過來。」比爾說：「我會照做，但先把你化為綠色石頭再說。」他用劍取下她的首級。

隨後他走出去鞭打石頭，沒錯正是傑克、馬和獵犬，活生生的。他們開始鞭打四周的石頭，數以千計的男人就從他們被轉化的石頭裡蹦了出來。

接著他們打道回府，他們沿路吵了一架，有些爭論。因為傑克對於比爾和他妻子共度一宵頗為不快。比爾生氣了，用鞭子抽了傑克，把他化作石頭。回到了家，公主看他像有心事，他就說：

「我殺了我的兄弟。」然後他就回頭，讓他復活，從此過著快樂的日子。他們生的孩子滿籮筐，多到必須一鏟一鏟的丟出去。我有一次剛好路過，他們把我叫住，賞我一杯茶喝呢。

(Dreams That Have No Moral, 1902)

作家側記

葉慈（William Butler Yeats, 1865-1939）

任何愛好英詩者必能對葉慈的幾首名作琅琅上口，我不是行家，但他這首極為精簡的〈飲酒歌〉卻不時縈繞心頭：

Wine comes in at the mouth	酒從口入，
And love comes in at the eye;	愛自眼生，
That's all we shall know for truth	老死之前，
Before we grow old and die.	自當了然。
I lift the glass to my mouth,	我舉杯就脣，
I look at you, and I sigh.	看著妳，太息。

我不確定這是否為詩人向一對母女五度求愛未果的黯然神傷，卻有中國古詩的餘韻無窮，

和「相顧無言，惟有淚千行」的無奈異曲同工。葉慈的詩跨越了浪漫主義與現代主義，但視角常從森冷的愛爾蘭遙望古希臘、特洛伊、拜占庭，有古典之風，有時也被歸為象徵派。偉大藝術家的想像總是不拘一格，像歌德、貝多芬那樣，既能承續時代的餘緒，也能開創新的風潮，非任何流派所能概括。

然而，葉慈無窮的詩歌想像植根於愛爾蘭鄉土，他編纂那部《凱爾特鄉野敘事：一八八八》時年方二十三，卻已展現了一流的藝術眼光，結合愛爾蘭民族運動，與當時的一些文學同好分頭採集，並歸納出十一種仙怪類型。他在序言裡提到，當庶民對同一則故事講出不同內容時，則由眾人表決以定取捨，因此保存了故事的純粹性。在凱爾特的星空下、水澤邊、山川外、森林裡，仙妖魔怪與人同在，而不以為意。葉慈引用阿拉伯的諺語，説智慧只降臨到中國人的手、法蘭克人的腦和阿拉伯人的舌頭。詩人要找尋的是阿拉伯民間故事的那種簡樸，而且不需付出任何代價。葉慈後來又出版了《凱爾特的薄暮》，共收錄了四十篇故事，以詩為序作跋，似乎在呼應對他影響深遠的英國詩人威廉·布雷克在《天真之歌》所寫的著名序詩。

葉慈孩童時代學業平庸，自稱寫詩是為了拾回一點自信，因為學別的總是礙手礙腳。一九二三年的諾貝爾獎頒給他，而不是眾望所歸的詩人小説家哈代（Thomas Hardy, 1840-1928），令英國人大為不滿，認為那是基於愛爾蘭獨立的政治考量。葉慈的許多名詩那時尚未出現，但於今看來，他的確實至名歸。〈無羈之夢〉讓我們遐想詩人漫步在鄉野間與村夫談天説笑的光景，仙翁與凡人可能就在左近對弈，遠離時光，也超乎死生。世俗道德，盡付笑談中。

生命中的五種恩賜

馬克・吐溫

I

在人生的清晨，善心仙女帶著籃子前來，她說：「這裡有禮物，只能拿一項，別的得留下。你要細心明智的挑選，噢，要細心明智，因為這當中有價值的僅有一項。」

這五項禮物分別是：名聲、愛情、財富、歡樂、死亡！

年輕人迫不及待的說：「有什麼好考慮的？」他選擇了歡樂。

他踏入社會，尋求年輕人樂在其中的各種歡樂。但每一樣到頭來都是短暫的、令人失望的，虛妄而空洞。每一樣遠離時，還嘲諷他。最後他說：「我荒廢了那麼多年，若還有選擇，我一定更明智的挑選。」

II

仙女出現了，她說：「還有四項，再選一個吧，但要切記，時光飛逝，僅有一項彌足珍貴。」

男人思考良久，然後選擇了愛情，沒留意到仙女兩眼泛起的淚水。

多年過後，男人坐在空敞房子的一口棺木旁，自言自語著：「她們一個接一個遠離了，留下我。而今，我最親愛的她，也是最後的一個躺在這裡。寂寥陣陣侵襲著我，愛情這出賣你的生意人，我買到一小時快樂，就必須付出上千小時的哀傷。我打從心底詛咒他！」

III

「再選吧！」仙女說話了，「時間教導了智慧，想必如此！還有三項禮物，這其中僅一項有價值，記住喔，要慎重選擇。」

男人長思久慮，然後選擇了名聲。仙女嘆息著走了。

幾年後她再度光臨，站在男人背後，他在黯淡的日子裡獨坐思考著。仙女明瞭他的心思。

「我名滿天下，口碑載道，有一陣子看來美好，但也就是那麼一陣子！嫉妒、誹謗、中傷、仇恨、陷害接踵而至。隨之而來的是訕笑，那是終結的開端。最後則是憐憫，為名聲唱了輓歌。唉，苦澀而可悲的聲望啊！全盛時期追逐的是雲泥，式微之日得到的是輕蔑與可憐。」

IV

「再選吧！」是仙女的聲音。「還剩兩項禮物，一開始也就只有一項是珍貴的，目前仍在。」

「財富！財富即是權力。我之前真是瞎了眼！」男人說：「現在，生命終究值得一活。我要花費、揮霍、炫人耳目。那些嘲諷、鄙視我的人將匍匐在我跟前的塵土，用他們的嫉妒餵養我飢渴的心。我要擁有一切的奢華、享樂、心靈的所有迷醉，還有男人鍾愛的身體上的滿足。我要買啊！買啊！買啊！恭敬、尊崇、愛戴、崇拜，大凡這些塵世市場能獲致的虛飾光彩，我莫不網羅。我蹉跎日久，之前壞了選擇，過去就算了。當年無知，未能選擇那一目了然的。」

三年過了，某一天男人坐在寒酸的閣樓瑟縮著。他憔悴、蒼白、眼眶深陷、衣衫襤褸，啃著又乾又硬的麵包，喃喃自語：「塵世的禮物都合該詛咒，到頭來都是笑柄和虛飾的謊言。沒有哪一樣不是誤稱！它們不是禮物，而僅僅是借貸。享樂、愛情、名聲、財富都不過是痛苦、哀傷、羞辱、貧困等終極真實的臨時偽裝。仙女說得對，在她的儲藏裡僅有一項禮物是珍貴的，僅有一項不是毫無價值的。我現在知道的其他那些，相較於這無可限量的是何其貧乏、廉價與卑劣啊。那親切甜美與仁慈的禮物，能讓肉體之苦痛和吞噬你心靈的哀傷與羞辱，沒入永恆無夢的睡眠中。拿來給我吧，我累垮了，我想休息了！」

V

仙女來了，又帶來四項禮物，卻獨缺死亡。

她說：「我把它給了一個母親的專寵，一個小孩。他一無所知，但信任我，要我幫他挑選。而你並沒有要我幫你選。」

「噢，可悲啊！那還有什麼留給我呢？」

「只有你甚至都不配得到的：風燭殘年毫無來由的羞辱！」

(The Five Boons of Life, 1902)

作家側記

馬克・吐溫（Mark Twain，本名Samuel Clemens, 1835-1910）

誰是最偉大的美國作家？這問題可不像義大利人說但丁，英國人說莎士比亞，德國人說歌德，或是西班牙人說塞凡提斯那麼容易回答。但如果問哪一本小說最能代表美國？馬克・吐溫的《哈克歷險記》應該就是個十拿九穩的答案了。此書和《湯姆歷險記》、《密西西比河上的生活》構成了一套美國本土文化精神的三部曲，樂觀、幽默、好奇又實用主義。這之前的美國文學大都仍是英國文學的支脈，屬於新大陸的貴族，儘管有時沒落破敗，帶著哥德式的鬼影幢幢，但仍然透著濃濃的英國腔。直到馬克．吐溫，天地才為之開闊。

中西部大城聖路易就坐落在密西西比河岸，那不是海洋，而是汪汪巨流，往南朝北，生機勃勃的帶著商品與旅客通往世界的想像。彩虹般的大拱門（The Gateway Arch），從頂處遠眺，一望無際的西部代表著疆界的無限可能性。沿河北上，兩小時車程之遙就到了馬克．吐溫的故鄉漢尼拔了。還沒到紀念館，迎面而來的一幅熟悉場景讓你會心一笑，可不就是詭計多端的湯姆正在收錢讓同伴幫他刷牆嗎？我們可以買張票進入密蘇里岩洞，學湯姆進入黑漆漆的洞穴尋寶，偶爾享受一下迪士尼式的驚嚇，美國的商業文化與馬克．吐溫結合可真是一點也不突兀。

我猶記得小時候讀他的作品是如何靠在床邊捧書偷笑的，改編的電影《乞丐王子》又是如何讓我反覆觀看，老是被同樣的情節所吸引。馬克．吐溫不唱高調，談起理論也絕不玄奧抽象，連幽默也都是平實易懂的，而這就是馬克．吐溫式的對成人世界的顛覆。我還沒有讀過，有哪一位大師能夠像他那麼擅長以孩童作為故事的主角。但他的才情不僅止於此，《古國幻遊記》是一部穿越時光隧道的反烏托邦小說，而《44號神祕怪客》則同時兼具推理小說與科幻小說的元素，可見他的創作不拘一格。至於〈生命中的五種恩賜〉這一則以童話表現的寓言，超脫了對他言必幽默的既定印象，展現優雅散文的功力，令人驚豔。

三個問題

托爾斯泰

從前有位國王，他突然想到，如果他總是能知道什麼時候做該做的事，什麼人該打交道，什麼人不該打交道，尤其是，什麼事情最為重要，那麼一切就萬無一失了。

一有這個想法，國王就在國境四處宣告，要是誰能教他：如何知道在適當的時間做每一件事，如何知道最不可或缺的人是誰，如何知道在決定尋求最重要的事情時不犯錯——他將會給予重賞。

有學問的人紛紛來到國王面前，但他們對國王的問題所提的解答全然不同。

有的人在回答第一個問題時說，要在適當的時間做每一件事就必須按照年月日擬定一份行程表，並且嚴格遵守。他們說，唯有如此，才能在恰當的時候完成每一件事。

有的人說，要事先知道該做什麼，何時去做，根本就不可能；該做的是別讓自己沉迷在無益的消遣，事情來了就專心致志，全力以赴。

第三批人說，無論國王對於所發生的事情如何專注，都不可能正確的決定做每一件事情的時機，他應該召開賢人會議，根據他們的建議決定行止。

第四批人則說，有些事情必須當機立斷，沒有時間靠諮詢來決定是否為行動的正確時機。要了解這個，就得預先知道什麼事情即將發生，這是唯有魔法師才能通曉的。所以，要知道採取任何行動的恰當時機，就得諮詢魔法師。

第二道問題的答案也大異其趣。有人說國王最重要的人是他的行政官員，有人說是他的牧師，也有人說是他的醫生，有的人則說戰士才是國王最不可或缺的。

第三道問題，也就是最該尋求的事情為何，答案也同樣紛雜。有人說世上最重要的事情莫過於科學，也有人說是軍事技能，還有人說是宗教虔敬。

由於答案全都不同，國王也就沒有認可任何一位，沒人獲得獎賞。為了要找到這些問題的真實答案，他決定去請教一位以智慧知名的隱士。

隱士從未離開過他居住的森林，所接待的人也只是單純的百姓，所以國王就微服出巡，在抵達隱士住所前就先下了車駕，留下他的隨身護衛，隻身前往。

國王發現隱士正在他茅屋前面的花園挖土。他見到國王，打個招呼就又馬上回過頭去挖掘。他瘦弱不堪，每次把鏟子插進地裡，挖出少許泥土就喘得很。

國王靠近他並且說：「明智的隱士，我前來看你是想請教三個問題的答案。我如何知道何時應當專心致志，免得錯失良機，來日後悔？最要緊的人是誰，我好給予他們最大的關注？還有，最重要的事務為何，我當優先執行？」

隱士聽著國王的話，但沒給予任何答案。他只是拍拍自己的手，又繼續挖土。

國王說：「你已經沒力了，把鏟子給我。我來做一會兒。」

隱士說：「感謝。」他把鏟子遞給國王，就地坐下。

挖完兩苗圃後，國王停下來再重複他的問題。隱士沒有作答，卻站起來伸出手要那把鏟子，他說：「現在你休息，我來做。」

但國王沒把鏟子給他，他繼續挖土。

一小時過了，接著又是另一個小時；太陽開始下沉在樹後，國王把鏟子插到土裡說：「智者啊，我前來見你是為了尋求問題的解答。如果你無可奉告就讓我知道，我好回去。」

隱士說：「有人正在跑過來，讓我們看看是誰。」

國王四下張望，就看到一個留鬍鬚的人從樹林裡跑出來。這人按著他的肚子，血從指縫間流出。他奔向國王，昏倒在地，躺著動也不動，虛弱的呻吟著。

國王和隱士解開此人的衣服。他的肚子上有一道很大的傷口。國王盡其所能為他清洗，用他的手帕和隱士的毛巾做繃帶，但仍血流不止。國王反覆的用繃帶吸掉溫熱的血，清洗它，然後在傷口縛上繃帶。

血終於不流了，受傷的人又活了過來要水喝。國王取一些活水讓他飲用。

太陽下山，天也涼了。國王在隱士的協助下把傷者帶進茅屋，讓他躺在床上。他闔上雙眼，沉默下來。國王走得疲累，加上他所做的勞務，在門檻一躺就睡著了。他睡得如此深沉，短短的夏夜一覺到天亮，清晨醒來一陣子才意會到自己置身何處，也想起那位躺在床上留鬍子的陌生人，那人正以明亮的雙眼端詳著他。

鬍鬚男看國王醒來，並且注視著他，就說：「原諒我！」

國王回答：「我不認識你，也沒有什麼要原諒的。」

「你不認得我，但我可認得你。我是你的仇家，立誓要報殺兄與奪財之恨。我知道你單獨來見隱士，想在你回程時解決你。但過了一整天你都沒回來，我就離開埋伏的地點出來找你，卻偏偏遇到你的護衛。他們認出我，蜂擁而上，弄傷了我。我逃離他們，但若是沒有你照料我的傷勢，我會血流不止而死。我想殺你，而你卻救了我。所以，如果我活著，而你也有意願，我願意當你最忠實的奴隸來服侍你，也命令我的兒子們如此做。原諒我吧！」

國王很高興能如此輕易就和仇家和解，不僅原諒他，還承諾歸還他的財產，並且召來自己的醫生和僕人照顧他。

國王告辭了傷患，就出去找那隱士。離開他之前，國王仍期望最後一次請教那些問題的答案。隱士正跪在庭院前一天挖掘的苗圃上播種。

國王趨前說：「智者啊，我最後一次向你請教我那些問題的答案。」

隱士說：「可是你已經回答了啊！」他用枯瘦的小腿蹲踞著，抬頭看著站在他面前的國王。

國王問：「我是如何回答的？」

「如何回答的？」隱士重複了一下，「如果你昨天沒有同情我體弱，替我挖掘這些苗圃，而是自行掉頭回去，那傢伙就會攻擊你，你必定會後悔沒有留下來陪我。所以，最重要的時間就是你挖掘苗圃的時候；最重要的人是我；而最重要的事就是對我行善。之後，當那人跑向我們這裡，最重要的時間就是你照料他的時候，如果你沒有為他的傷口包紮，他還未能與你達成和解就已經死掉了，所以他是你最重要的人，而你為他做的就是最重要的事情。所以要切記，重要的時間只有一種，也就是當下！這很重要，因為那是我們唯一可以主導自己的時刻。最重要的人則是正與你共處的人，因為沒有人能夠知道他是否還會跟別人打交道。而最重要的事情就是善待他，因為生而為人不過就是為了這個目的。」

(The Three Questions, 1903)

作家側記

托爾斯泰（Leo Tolstoy, 1828-1910）

托爾斯泰的《藝術論》是讓許多美學家瞠目結舌的著作，在他筆下，莎士比亞不過是二流作家，左拉、吉卜齡等更不值一提，他不懂何以雨果會如此抬舉那麼拙劣的象徵詩人波特萊爾和凡爾倫（Paul Verlaine, 1844-1896），聽華格納的歌劇令他落荒而逃，貝多芬呢？第九號交響曲是他失聰後的作品，樂評家刻意聽而不聞，先認定樂聖的必然完美，再回頭寫理論！如果這是一般文人的謬論，我們大可置之不理。既然他是托爾斯泰，不管同不同意，也就只好聽他怎麼說。

我手邊有一本《十大巨著》（*The Top Ten*），主編J. Peder Zane邀請了一百二十五位英美頂尖作家選出他們心目中自古以來最偉大的小說、詩集、劇本和故事集，結果呢？《安娜卡列尼娜》和《戰爭與和平》囊括了第一、三名，莎士比亞的《哈姆雷特》第六名，所以托爾斯泰的確夠格對所有作家說三道四。但這位文學巨人對自己並不寬厚，很少作家像他那樣老是跟自己的成就過意不去，他二十多歲以《童年．少年．青年》初露頭角，不久就以身為此書的作者為憾。《戰爭與和平》表現他的歷史哲學，既宏觀又細膩，是這類作品的絕頂之作。杜斯妥也夫斯基推崇《安娜卡列尼娜》讓俄羅斯文學堂堂進入世界舞台，他卻懷疑起藝術追求的意義來了，決定封筆。

他以身為貴族而惶惶不安，在他的故鄉創辦農民小學，俄羅斯的小孩何其有幸，讓托爾斯泰為他們寫童話與寓言當語文教材，而他顯然認為這種質樸的文學最有價值。他不僅「俯首甘為孺子牛」，還以孩童為師，認為他們的想像與觀察本然的合乎比例原則。當法國小學生羅曼．羅蘭（Romain Rolland, 1866-1944）異想天開的寫信給這位當時文壇第一人時，居然就獲得了他本人的回信。於是那位後來的諾貝爾文學獎得主，就為他寫了一本充滿孺慕之情的傳記。當代思想家柏林（Isaiah Berlin, 1909-1997）把作家分為狐狸與刺蝟兩種類型，狐狸懂很多事，而刺蝟懂一件大事，柏林認為托爾斯泰是一心想成為刺蝟的狐狸。他的中篇小說像《伊凡依列區之死》和《克羅采奏鳴曲》都令人覺得醍醐灌頂，回頭省思生命與情愛的意義。這一則簡短的〈三個問題〉和他的其他作品一樣，震撼力十足！

無我的猶八

史特林堡

很久很久以前有個國王名叫約翰無地王，為什麼會是這名字，理由不難想像。而在另一個不同時代有個偉大歌手，名叫「無我的猶八」，這就讓我來告訴你來由吧。

他從當軍人的父親那裡承襲的名字是皮爾，這名字無疑帶有點音樂成分。然而，他天性也帶著堅強的意志，讓他的背桿挺得像鐵桿那麼直，那可是不可多得的天賦，用在生存的鬥爭時就更是無價之寶。當他仍在襁褓，嘴裡只能結結巴巴吐出幾個字時，就不像別的嬰孩以小字的「他」稱呼自己，而是一開始就以「我」自稱。他的父母對他說：「不要說『我』！」越長越大，他用「我要」來表達任何細微的需要或願望。那時父親告訴他：「你沒有意志，你的意志在樹林裡長著。」

軍人愚不可及，但他的智商僅止於此，只有接到命令得執行時，他才知道運用意志。

小皮爾感到納悶，明明他有堅強的自我意志，卻被認定沒有，而他也一直沒把這事放在心上。

當他是俊美、強壯的少年時，有一天爸爸問他：「你想學哪一行呢？」

男孩不知道，他已經不再能依自己的意願行事了，因為那一直是被禁止的。儘管他的確傾心於音樂，但他不敢說，因為他早就知道，父母是不會允許他當個音樂家。於是這個順從的孩子就回答：「我沒有任何意向。」

他父親就說：「那你就當個酒保吧！」

這許是因為他父親認識一個酒保，或酒對他別具吸引力，反正這些都不重要，我們只要知道年輕的皮爾被送到酒館就夠了，不然他或許會過得更糟哪！

酒窖裡蠟封的味道加上法國酒聞起來很美妙，裡頭有著寬敞且像教堂那樣的拱頂。當他坐在酒桶上，讓紅酒潺潺流出時，內心就充滿歡樂，他唱起歌來，剛開始是低聲唱，然後唱遍所有他挑的曲調。

他的老闆是嗜酒如命的人，喜愛歌唱取樂，做夢都不會想要讓他停止歌唱。再說，那對酒館可是大好事，能吸引顧客，從老闆的立場來看，那真是妙不可言。

有一天來了一位行旅商人，他剛出道的時候擔任劇場的歌手，聽了皮爾的歌非常開心，就邀他共進晚餐。他們玩擲木瓶遊戲，吃螃蟹加香料，喝潘趣酒，更重要的是他們一起唱歌。歌唱到一半時，他們立誓友誼長存。這位行旅商人說：「你為什麼不步入舞台？」

皮爾回答：「我嗎？我哪裡辦得到？」

「你就說『我想要』就得了。」

這是新的訓誡，因為皮爾從三歲以來就沒用過「我」和「想要」這種字眼。他已經把自己訓練成無念無想，他懇求朋友別引導他陷入這誘惑！之後，這位行旅商人又來了，他來過很多次，有一次還有一位著名歌手同行。某個夜晚，在得到歌唱教席許多的喝采之餘，皮爾決定把命運交在自己手上。

他告別了老闆，舉杯衷心感謝他的行旅商人朋友，給了他自信心還有意志。「意志這鐵板讓一個男人挺直腰桿，可以不用奴顏婢膝。」他發重誓，永矢不忘教他擁有自己信念的朋友。

接著他回去告別雙親。

「我想要成為歌手！」他高聲說，回音穿透了廳堂。父親拿著馬鞭瞧著他，母親痛哭，但一點作用也沒有。

「我的寶貝兒子啊，千萬別迷失自己！」這是母親最後的叮嚀。

年輕的皮爾籌足資金讓自己可以出國。他學會了各式各樣的歌藝，不出數年，他已經是名聲響噹噹的大歌手。他賺到很多錢，旅行都有自己的經紀人隨從。

皮爾現在發達了，說「我想要」、甚至「我命令」都毫無困難。他的「我」變得龐大無比，沒有別的「我」可以近得了身傷害他。他來者不拒，鋒芒畢露。此時他正準備整裝回國，經紀人告訴他，了不起的歌手名叫皮爾聽起來實在不相稱。他勸皮爾取個高雅的名字，最好是外國的，因為那是時尚。

這位大人物內心掙扎不已，因為改名絕非好事。看來就像是以父母為恥，容易令人產生壞印象。但一聽說那是時尚，就豁出去了！他打開《聖經》尋找合適的名字，因為《聖經》是因應這目的最好的書。

最後他選了拉麥之子猶八，他是「彈琴、吹笛者的祖師」。他認為不會有比這更好的了。他的經紀人是英國佬，建議他自稱猶八先生，他欣然同意，此後他就是猶八先生了。

當然，這名字絲毫沒什麼害處，畢竟那就是時尚。然而，怪事還是發生了：有了新名字的皮爾性情都變了。有關他的過去被一概抹去，猶八先生當自己是道地的英國人，操外國腔，兩鬢蓄鬍，穿高領衣裳，合身的服裝像樹皮一樣要把他裹得圓圓實實，顯然毫不費事。他行動拘謹，若在街上遇到朋友，會眨個眼友善的鞠躬致意。有人從背後叫他，他絕不回頭。搭乘街車時，他總是站在正中央。

他不認得自己了。

現在他又回到自己的國家，在歌劇院獻唱。他扮演國王和先知，英雄與惡魔，他是那麼好的演員，不管排演哪個角色，他都會立刻成為角色本身。

有一天他在街上漫步，他正扮演著某惡魔的角色，但他仍是猶八先生。

「皮爾！」

他突然聽到後頭有叫他的聲音。他沒回頭，因為英國人才不會這麼做，何況他的名字已經不再是皮爾。

但同樣的聲音仍然喊著：「皮爾！」他的商旅朋友站在他面前，探詢的看著他，帶著一種情怯的表情。他說：「親愛的老友皮爾，真的是你啊！」

猶八先生覺得有惡魔附體，他張牙露齒，大喝一聲：「不！」

他的朋友雖認定是他無誤，但就走了。朋友是個上道的人，懂得世道人心，對自己也看得通透，所以他既不難過也不驚訝。

但猶八先生以為他會，他聽見內在的聲音說：「雞啼之前你會三度不承認我。」他做了聖彼得所做的，難過含淚的離開。也就是說，他哭是想像，惡魔在心底發笑。之後他總是在笑，善的也好惡的也好，傷心也好丟臉也好，對事也好對人也好，他都一概笑之。

他的父母看過報紙，知道猶八先生究竟是誰，但是他們從不涉足歌劇院，憑想像那是呼拉圈與馬戲的玩意兒，他們拒絕讓自己看到兒子置身其間。

猶八先生此時已是當今最了不起的歌手，他喪失了許多的「我」，但仍保有意志。接著，他的運道來了。有位善於勾魂攝魄的小芭蕾舞星勾引猶八，她無所不用其極，終於他問是否可以當她的裙下之臣（當然他的意思是她願不願意嫁給他，前者是比較客套的表達方式）。

女魔師說：「可以的話，你就是我的。」

猶八回答：「盡如妳意。」

女郎被他的話打動了，他們結了婚。他先教她歌唱與表演，有求必應。但由於她是個魔女，要求的總是有違他的心意。於是她逐漸和他的意志角力，讓他成了她的奴隸。

在某個黃道吉日，猶八夫人成為了不起的歌手，她好到當觀眾喊「猶八！」的時候，回應呼喊的不是猶八先生，而是猶八夫人了。

猶八當然期望能重拾昔日地位，但他不屑以妻子作為代價。

世界已然開始遺忘他了。

圍繞在猶八單身居所的風光朋友圈現在已經圍繞著他的妻子，因為她才是「猶八」。

沒有人想和他談話或共飲，他試著加入交談，也都是話不入耳。她的妻子反倒像是未婚女性那樣被侍候著，當他不在場似的。

猶八先生越來越孤獨，他開始常常光顧咖啡廳。

有天傍晚，他在餐廳想找個人說說話，只要有人肯聽就好。突然他看到行旅商人老友獨自坐在桌邊，顯然一副百無聊賴的樣子。他想：「感謝老天，總算有人可以消磨個把小時了……那是老友蘭德堡。」

他走到蘭德堡先生的桌子，說：「晚安！」但話聲一落，朋友的臉馬上變色，那樣子讓猶八懷疑自己是否搞錯。

「你不是蘭德堡嗎？」他問。

「是啊！」

「你不認得我嗎？我是猶八啊！」

「不認識！」

「那你不認識老友皮爾嗎？」

「皮爾早就死了。」

從某種角度來看，猶八知道他是死了，於是他走開。

隔天他離開了舞台，永遠的。他開辦一所歌唱學校，掛教授的頭銜。

接著他去許多國家，在國外居留了很多年。

他像哀悼老朋友那樣哀悼自己，悲傷、懊悔使他很快成為老人。但他為此高興，因為他想，「來日無多，就不必熬太久。」但他還沒老到如他想要的那麼快，所以就買了一頂鬈曲的白色假髮。這讓他感覺好多了，因為那是完完全全的假扮，徹底到連他都認不出是自己。

邁開大步，雙手後背，他在人行道上來來回回走著，消失在一間棕色的書齋。他像是在找人，或是在等誰。他的眼睛迎上別人的一瞥時，他也不予回應。要是有人想和他結識，他也只是顧左右而言它。他不再說「我」或是「我發覺」，而說「那看起來」。有一天他要刮鬍子的時候，他發現他已經遺失自己了。他坐在鏡子前，下巴塗滿刮鬍泡沫，他舉起拿著刮鬍刀的那隻手，朝鏡子裡看，他看到背後的房間，卻看不見自己的臉，瞬間他了悟了什麼才是要緊的。現在他滿懷熱情渴切的想要找到自己。他曾把自己最好的部分給了妻子，因她擁有他的意志，他決定去見她。

他回到故國，戴著白色假髮走過街道，沒有一個人認出他。但有位去過義大利的音樂家，有一天和他在城裡會面，高聲喊著：「走了一位大師！」

猶八馬上把自己想成是大作曲家。他買了一些樂譜紙開始譜曲，也就是說他在五線譜上寫下許多長短不一的符號，有的是為小提琴而作，有的是為木管樂器而寫，其他的則是為銅管樂器。他把作品送到音樂學院，但沒有人能演奏他的音樂，因為那不是音樂，而是音符。

不久他又遇見一位到過巴黎的藝術家，藝術家說：「走了一位模特兒！」猶八聽到了，他馬上相信自己是個模特兒，因為他相信每件事情都在說他，他不知道自己是誰，是做什麼的。此時他想起妻子，他下定決心要去見她。他去了，但她已改嫁。她和她的第二任男爵丈夫出國去了。

最後他已經無力再追尋。他像所有勞累的人那樣，非常渴望見自己的母親。他知道她已經守寡，住在群山間的一幢茅草屋裡，於是有一天他去見她。

「妳認得我嗎？」他問。

「你名叫什麼？」母親問。

「我的名字就是妳兒子的名字，難道妳不知道嗎？」

「我兒子名叫皮爾，而你名叫猶八，我不認識猶八。」

「妳不要我了嗎？」

「正像你不要自己和你媽媽那樣。」

「我還小的時候，你們為什麼要剝奪我的意志？」

「是你把意志給了一個女人。」

「我不得已啊，只有這樣才能得到她。但妳為什麼說我沒有意志？」

「孩兒啊，是你爸爸說的，他不能有更好的見識了。你一定得原諒他，因為他已經過世了。知道嗎，孩子不被認為該有自己的意志，是大人才有。」

「妳解釋得真好啊，媽媽！孩子不被認為該有自己的意志，是大人才有。」

「現在，聽我說，古斯塔夫，」媽媽說：「古斯塔夫．皮爾……」

當從她脣間聽見他那真實名字的字眼時，他又再度成為了自己。他扮演過的所有角色的身影，國王與惡魔，大師與名模……全都切割、全都跑走，而他僅僅只是他媽媽的兒子。

他把頭靠在母親的膝上，說：「現在就讓我死在這裡吧，我終於回到家了。」

(The Story of Jubal, Who Has No "I", 1903)

作家側記

史特林堡（August Strindberg, 1849-1912）

我向來不主張在閱讀一位作家前先讀他的傳記，否則就很容易陷入先入為主的謬誤，任何情節都拿來與作家的生平對號入座，豈不損了欣賞時的想像加工。誠然，作者的人格或是精神狀態都會表現在其人的藝術創作中，但我們無論在觀賞梵谷、閱讀尼采、聆聽華格納，都無須知道他們是否為身心症患者，讀史特林堡的小說和劇本也當作如是觀。其實異常的人格與心理，往往更能敏銳的感受現實，以不尋常的方式呈現，表現派、超現實主義也是現實的另一面向，我們能說哈哈鏡所映照的就不是自己嗎？我們只需要知道，史特林堡主要的文學身分是劇作家，與挪威的易卜生（Henrik Johan Ibsen, 1828-1906）齊名，一生創作了五十八部劇作，男女婚姻關係是最主要的主題。類型包括心理寫實、自然主義、寫實喜劇、社會批評、象徵寫實等等，才情不拘一格。

他也是小說家，出版過六部小說和一部短篇小說集，更令人瞠目結舌的是寫了八部小說體自傳！史特林堡深受瑞典民間故事的影響，也極為推崇安徒生，模仿他對民間傳說的實驗風格，並發表了一部名為《薩戈寓言》（*Sagor Tales*）的童話寓言故事集，〈無我的猶八〉就收錄在這集子裡。乍看之下這是一則浪子回頭的故事，尋求富貴聲名，在掌聲中迷失自我，嘗盡人情冷暖，婚姻不過是名利的附庸，看破一切，回頭是岸。其實史特林堡的訴求更深刻，也更複雜。故事一開始就破題了，孩子該不該有個人意志（will）？而意志豈不正是他同病相憐的摯友尼采最關切的哲學課題？皮爾的意志遭到父母冰封，冬眠到青年才被喚醒，但摧毀個人意志的豈僅是家庭，名利與美色的腐蝕更不遑多讓，慈母是最後的救贖。但我們其實看不出主角到底是因參透而悔悟，或者只是累了。

史特林堡不愧是一流的小說家，敘事的節奏從頭到尾都保持輕快的風格，帶著些許戲謔，卻隱隱約約透著哀歌。如此簡短的故事，竟有這般磅礡的張力，道盡許多人一生的起承轉合。或許這故事也是史特林堡生活的縮影，投射了他童年殘暴的父親、欠缺的母愛、藝術事業的現實和對婚姻背叛的恐懼。

魔法鋪

威爾斯

我從遠處看過幾次魔法鋪，也曾路過一兩次，櫥窗有吸引人的小物品：魔術球、變幻雞、妙妙錐形帽、腹語洋娃娃、籃子裝的把戲材料、看來沒有任何異樣的撲克牌，以及那一類的種種玩意兒，但我從來沒想過要走進去。直到某一天，吉普毫無預警的拉著我的手對著櫥窗，他只是看看，並沒有想要什麼。坦白說，我沒料到魔法鋪就在這裡，不大不小的店面坐落在攝政街，位於圖畫鋪與醒目的養雞場之間，小雞在附近跑來跑去，這是確鑿不過的。我曾想像它靠近馬戲團，或是在牛津街周圍，或者是在霍爾波。總之是在另外一頭，有點遙不可及的樣子，位置帶著點海市蜃樓的意味。但此時此地是無可爭議的了，吉普肥厚的食指指端對著玻璃發聲了。

吉普輕輕指著迷離蛋說：「有錢的話我要自己把它買下來，還有那個。」他指的是「人模人樣哭泣娃娃」。「還有那個。」那是個古怪的東西，細緻的卡片上寫著「買一個來嚇嚇你朋友」。

「我在一本書上讀到，任何東西到了那些圓錐帽底下都會消失。」吉普說：「爹地，還有那邊那個，那是消失的半便士，他們這樣擺，我們才看不出來是怎麼弄的。」

我兒吉普啊，有他媽媽的遺傳，他沒提議要進到店裡去，也不覺得有什麼大不了。只是，你可想而知，他不知不覺的拉起我的手朝著門裡走，興味不言而喻。

他指著魔瓶說：「那個。」

我說：「有了那個要做什麼？」他看探詢有了眉目，熱切的朝上望。

「我可以秀給傑西看啊！」他總是為人設想。

「吉普啊，再不到百天就是你生日了。」我說著，把手放在門把上。吉普不吭聲，只把我的手握得更緊，於是我們進到店裡來了。

這不是尋常的店，而是魔法鋪，任何會令吉普雀躍趨前的單純玩具都付諸闕如。他把話匣子丟給我了。

那是一家小而窄的店鋪，光線不佳，門鈴在我們闔上門時再度發出慘澹的回響。我們獨處了一陣子，面面相覷。覆蓋在小櫃台的是玻璃框上混凝紙漿做的老虎，牠的頭規律的擺動著，眼神嚴肅而祥和。有一些水晶球，一隻瓷手持著魔術牌。一堆大小各異的魔術用魚形碗，還有一頂誇張的魔術帽大剌剌的展現它的彈簧。魔鏡則在地板上，其中一面把你抽得細細長長，另一面則是脹大你的頭、削去你的腳，還有一面則讓你又矮又肥像顆棋子。我們正在笑看這些鏡像，此時走進來的人我想就是店員了。

總之他就在櫃台後面，看來好奇、氣色不佳而黝黑，兩隻耳朵不同大小，下巴有如靴子的趾端。

「我們能玩什麼樂子嗎？」他說，在玻璃櫃上展開他那長長的手指，這時我們才留意到他。

我說：「我想買個小玩意兒給我小孩。」

他問：「變把戲的嗎？機械做的呢？還是自製的？」

我說：「有什麼好玩的嗎？」

店員搔了一陣子頭像是在思考什麼，說「嗯」，然後從他頭上取出一顆彈珠。「像這樣子的嗎？」他說著擺在手裡。

這個動作超乎預期，我在表演場合看過無數次這種把戲，那是普通的幻術點子，沒料到會出現在這裡。我笑著說：「好耶！」

店員說：「不就是嗎？」

吉普伸出他閒著的手要去拿彈珠，手掌卻空空如也。

店員說：「在你口袋啦。」果然！

我問：「那要多少錢？」

「彈珠我們不收費。」店員禮貌的說。「我們是免費取得的。」說著再從腕部取出一個。他又從頸後造出一個，一顆一顆擺到櫃台上。吉普一本正經的看待他的彈珠，然後以探索的神情看著櫃台的兩顆彈珠，最後抬起審視的雙眼瞧著微笑的店員。店員說：「那些你也可以拿走。如果你不介意的話，還有嘴裡這個，看！」

吉普默默徵詢我一下，深思後放回那四顆彈珠，再拉著我安穩的手指，振奮的等著後續。

店員說：「我們所有小玩意兒都是這樣來的。」

我用看待小丑般的樣子笑著說：「當然哪，那比去批發店買便宜。」

店員說：「也可以這麼說，但到頭來我們還是得付出。但也不像人們想的那麼負擔沉重……我們大一點的玩意兒、日常的供給，還有一切我們需要的都取自那頂帽子……還有啊，先生，請容我這麼說，道地的魔術物品沒有所謂的批發商，我不知道你是否留意到我們的店招刻著『如假包換魔法鋪』。」他從臉頰取出一張名片遞給我，指指點點的接著說：「如假包換就是絕對童叟無欺。」

我想他大概是把玩笑徹底開完了。

他帶著格外溫柔的微笑轉向吉普：「知道嗎，你正是『恰到好處的男孩』。」

我很訝異他居然知道，因為就規訓的好處考量，我們連在家都絕口不提。但吉普不為所動的默認了，並且堅定的看著他。

「只有『恰到好處的男孩』過得了那道門。」

然後就像在展示的樣子，門那邊傳來一陣嘎嘎聲，隱隱約約可以聽到輕微的叫喊：「不，我要進去，爹地，我要進去。不！」接著就聽到壓抑住口氣的父親忙著安撫，說著：「愛德華，門鎖上了！」

我說：「但沒有啊！」

店員說：「有的，先生。通常就是那種小孩。」他說著我們就瞟向另一個孩子，小小白白的臉蛋，因甜食和重口味過度而失去光澤，心思不正造成扭曲，是個放肆的自私小鬼，抓著被施咒的玻璃框。我以好於助人的天性朝門走去，店員說：「先生，別這樣！」這時那被寵壞的孩子哭哭啼啼的被帶走。

我氣息較順暢的說：「你是怎麼辦到的？」

店員說：「魔術啊！」他的手不在乎的擺動著，看哪，他的手指發出五顏六色的火光，然後從店鋪的陰影處消失無蹤。

他對著吉普說：「你進來之前說，想要我們『買一個嚇朋友』的盒子，不是嗎？」

吉普賣力的說出：「是的！」

「那就在你的口袋。」他靠向櫃台，身軀頎長異於常人，這位妙人製造物品就像尋常的魔法師一般。他說：「紙來！」就從有彈簧的帽子裡取出一張；「線來！」看他嘴裡就有一個線盒，從中拉出一截不知有多長的線，綁好包裹後咬斷，在我看來他是把線圈吞下去了。之後他從腹語娃娃的鼻頭點燃一根蠟燭，把一根手指（已經變得像黏蠟那般紅）伸進火焰，包裹就黏好了。他說：「再來就是『迷離蛋』了！」於是從我的外套胸口拿出了一個，包好。還有「人模人樣哭泣娃娃」，包好之後我一個個遞給吉普，他把東西緊緊抱在胸前。

他言詞不多，但眼睛優雅，手部的抓取也很細緻。他為我們無法言說的情緒提供了遊冶之處。知道嗎？這些正是真實的魔法。

接著，我吃驚的發現我的帽子裡有某種軟軟會跳的東西走動著，我急著揮掉它，是一隻氣沖沖的鴿子，無疑是同一掛的。牠掉落下來，奔向櫃台，我想像牠跑進紙糊老虎後方的紙板盒裡了。

「嗒！嗒！」店員敏捷的為我的帽子解危，「粗心大意的鳥兒，和我一樣在築巢。」

他搖搖我的帽子，兩三顆蛋、一粒大玻璃珠、一支手錶、約有半打料想得到的彈珠、亂成一團的紙，還有更多更多搖進了他伸直的手，不斷的說著話，就像人們忘了把帽子裡裡外外都刷過，當然是禮貌，但總是帶著點個人的意味。「先生，各類東西都是累積出來的，當然不是特別指你……幾乎每個顧客都會為自己造成的結果吃驚……」一皺皺的紙團升起，在櫃台上翻騰不已，直到他幾乎隱身不見，接著是完全消逝，但他的聲音持續不斷，「先生，我們沒有人會知道人類的好樣貌為何，所以我們也都不比粉刷過的外表和上白漆的墳塚高明……」

他的聲音斷了，正如同你用磚頭瞄準鄰居的留聲機打個正中一樣，瞬間寂靜，紙張的沙沙聲停止了，一切都歸於寂靜……

過了一會，我說：「我的帽子用完了嗎？」

沒有回答。

我看著吉普，吉普也看著我。魔鏡裡有我們扭曲的模樣，看來笨拙、嚴肅又安靜……

我說：「我想我們該走了，你要告訴我們這些加起來多少錢嗎？」

我又用更高的聲調說：「我說了，請給我帳單，還有我的帽子。」似乎有一聲悶哼發自紙堆後面……

「吉普，我們到櫃台後面瞧瞧，他在捉弄我們。」我說。

我帶頭在搖頭虎周遭繞了一圈，你認為櫃台後面會有什麼嗎？什麼也沒有！只有我的帽子掉落在地上，還有一個尋常魔術師那垂著耳朵的白兔，若有所思的模樣，看起來就像只有魔術師的兔子才會有的蠢樣和邋遢。我拾起帽子，而兔子則蹦蹦跳跳離開我的路線。

吉普帶著一絲歉意低聲說：「爹地？」

「怎麼啦？」

「我喜歡這家店，爹地！」

我告訴自己，「我想必也是，如果櫃台不會突然拉長，把人從門裡切斷就好。」但我並沒有讓吉普留意這個。他說：「兔兔！」伸手摸向蹦跳著走過的兔子。「兔兔，給吉普變個把戲！」他雙眼循著兔子擠進一道我片刻前確實沒留意到的門。這道門越開越大，那耳朵不同大小的人又出現了。他仍舊笑著，但與我交會的眼光卻不知是調侃還是輕蔑。他輕柔無邪的說：「先生，你會喜歡瞧瞧我們的展示間的。」吉普拉著我的手往前。我朝櫃台一瞥，再度與店員的眼神交會。我開始在想這魔法也不過是逼真一點點罷了。我說：「我們沒多少時間……」但話還沒說完，我們就已經進到展示間裡去了。

店員抓抓他伸縮自如的雙手說：「所有物品都是同等品質，但最好的是那個。這裡無一樣不是如假包換的魔術，妙處全然掛保證。先生，抱歉！」

我感覺他在拉某個附在我外套袖子的東西，然後就看到他抓住一隻扭動的紅色小妖精的尾巴，這小傢伙又咬又鬥的，試圖靠近他的手。他一瞬間就不當一回事的把它拋到一個櫃台後面。那無疑只是一個扭曲彈球的形象，但就在那瞬間，他的表情正像是掌握了某種會咬人的小怪獸。我瞄了一下吉普，但吉普正在看一個奇妙的搖擺木馬。我慶幸他沒看到那玩意兒。我壓低聲音用眼睛指著吉普和紅色妖怪說：「我說啊，你沒有許多這類的東西吧？」

「完全沒有，或許是你帶進來的。」店員也以之前沒有的、更令人眩惑的微笑低聲說：「很訝異有人帶了什麼東西自己不知道。」他接著對吉普說：「你看到什麼奇妙的了嗎？」

吉普著迷的東西可多著呢！

他夾雜著信心與敬意轉頭向這位令人驚奇的商人說：「那是一把魔劍嗎？」

「是魔術玩具劍。它不折、不斷也不傷手指。它賦予十八歲以下的持劍者與人對抗時所向無敵的能耐。半克隆銀幣到六、七便士不等，視大小而定。卡片上的這些甲冑是為有志當騎士的少年而備的，非常有用，安全盾牌、閃電飛鞋、隱形頭盔。」

「喔，爹地！」吉普喘不過氣來了。

我試著想知道價錢如何，但店員並不理會我，他現在逮住吉普了，他從我的指間把吉普帶走了，他開始了所有該死儲藏的展示，沒有什麼可以阻止他。此時我帶著不信任的疑慮看著，像是有些許嫉妒，吉普握著此人的手，那是經常在我掌心的。那傢伙當然有趣，我想，他有一堆幾可亂真的有趣東西，是真正好的有趣東西，還有……

我在他們後頭踱著，沒說什麼，卻留意著這會變戲法的傢伙。畢竟，吉普樂在其中。而且毫無疑問，時間一到我們就可以輕易脫身。

展示室是一個長形、迂迴的迴廊，劃分為攤位、陳列台和柱子，有拱道引到別的部門，那裡有看起來古怪至極的助手無所事事的凝視著，還有迷離的鏡子和窗簾。的確，這些是如此令人困惑，此時我已經無法辨識來時路了。

店員秀沒有蒸氣或發條也會跑的魔術火車給吉普看，只要設定訊號，拿開蓋子，就會有非常非常有價值的整盒士兵直接活了過來，我的聽力並不敏捷，只聽聞一聲捲舌音，但吉普生就他母親的耳朵，馬上就聽見了。店員說：「棒啊！」他毫不賣弄的把士兵裝進盒子，遞給吉普。店員說：「就是現在！」吉普立刻讓士兵再度栩栩如生。

店員問：「你要帶走那盒嗎？」

我說：「我們會帶走整盒，除非你開了天價。那我就需要銀行信託……」

店員說：「親愛的，不必！」他把那些小人兒再掃進盒子，闔上蓋子，把盒子朝空中揮一揮，這就是了，以棕色紙綁好，吉普的全名與地址都在紙上。

店員對著我的驚訝笑著。

店員說：「這是道地的魔術，再真實不過了。」

我再度說：「就我的品味來說是太逼真了！」

之後他就開始變把戲給吉普看，怪把戲，比先前的更怪異。他一一解釋，徹頭徹尾，而那親愛的孩子識趣的點頭如搗蒜。

我也許該更投入一些。魔法店員說：「嗨，快變！」接著就是男孩清楚而微細的說：「嗨，快變！」別的東西讓我分神了。我生出一個念頭，就是這地方何其詭異，換句話說，有種充斥著妖異的感覺。擺設隱隱約約帶著詭異，就連天花板、地板以及隨意擺置的椅子皆然。我有種怪誕的感覺，每當我不直視它們時就會彎斜且四處遊走，像是默默的在我背後玩躲貓貓的遊戲。飛簷設計呈蟒狀，裝飾著面具。那面具整個看來對一般的石膏板是太富於表情了。

接著我的注意力被一個怪模怪樣的助手吸引住了。他有點心不在焉，顯然不知道我在場。我看他身軀四分之三的長度越過玩具堆，穿越了圓拱，他靠著柱子，以一種呆板的方式，用自己的身體做出最駭人的事。特別駭人的事是用他的鼻子。他做起來就像無所事事要自得其樂一樣。起先鼻子短而多斑點，突然間像望遠鏡般射了出去，接著飛起來變得越來越細，直到像一根長長、可彎曲的紅色鞭子。它宛如夢魘，漫天飛舞，來回衝撞，好像在投擲釣魚線。

我第一個念頭是吉普不宜看到這些。我張望一下，吉普仍相當投入在店員那頭，沒想到什麼邪門的。他們一起輕聲細語的看著我。吉普站在一個小椅凳上，店員手裡拿著一面大鼓。

「爹地，捉迷藏！」吉普喊著：「你當他。」

在我未能防範未然前，店員已在他頭上拍起大鼓。我直接看到發生了什麼，大喊：「馬上拿掉，你會嚇到孩子！拿掉！」

耳朵大小不一的店員不發一語照辦了，拿著大圓筒讓我看，裡面空無一物。椅凳空空如也，我的孩子那一瞬間消失得無影無蹤！

你曉得，那股妖邪感像是出自見不到的手，揪緊你的心。你知道那會讓你平凡的自己消失，留下張力與謀略。不疾不徐，無怒無懼，我此時正是如此。

我迎上那帶著冷笑的店員，把他的椅凳踢到一邊。

我說：「停止這蠢把戲，我孩子在哪？」

「你瞧，我可沒騙人……」他說著，仍舊展示鼓的內部。

我張手抓他，他靈敏的閃開了。我再度捉他，他在我前面轉身，推開一扇門逃逸。我說：「站住！」他笑著撤退。我躍起追他，沒入徹底的暗黑。

煞！

「上帝保佑，我沒看到你過來，先生！」

我置身於攝政街，和一個看來體面的工人對撞了，約莫一碼之遙，吉普十分困惑的看著。那是帶著某種歉意，吉普轉了過來，含著明朗的淺笑，像是已想念我一陣子似的。

他的手上提著四個包裹！

他立即握住我的手。

我有片刻頗感迷惘，環顧一下魔法鋪的門，看哪，什麼也沒有。沒有門，沒有店，只有圖畫鋪與小雞櫥窗間尋常的壁柱。

在心思混亂的當下，我做了唯一可行的事，我筆直的走到路旁一角，舉起傘，攔下一部馬車。

吉普帶著高昂的狂喜聲調說：「到安頌斯街！」

我幫他進入車子，努力想想地址，也進車內。在我燕尾服外套口袋裡的某些東西宣告事情並不尋常，我感覺到了，而且發現一粒玻璃珠。我帶著暴躁的神情，把它拋擲到街上。

吉普不發一語。

有一段路程我們都沒開口說話。

最後吉普說：「爹地，那是一家妥當的店！」

我回過神想著整件事情在他看來會是如何的問題。他看來毫髮無傷，到目前為止很好。他既沒有害怕，也沒有心神不寧，他只是十足滿意下午的娛樂，而他手上有四個包裹。

該死的！到底是什麼玄機？

我說：「嗯！小孩可不能每天去那種店。」

他以尋常的節制領受了，我有片刻感到抱歉，我是他父親而不是母親，不能馬上在大庭廣眾下，也就是在馬車後座親他。我想，畢竟事情並不算很糟糕。

但也只有到我們打開包裹時我才真的開始安下心。其中三個包裹裝的是很普通的錫兵，但材質很好，使吉普整個忘了這些包裹原本是如假包換的魔法。第四個包裹裝了一隻小貓，活生生的小白貓，健康，胃口與性情絕佳。

我帶著一種有所保留的寬心看著拆裝，在餵養室跟前花了不少冤枉時間……

事情發生在六個月以前，現在我開始相信一切平安無事了。小貓和所有的貓一樣，魔性來自天生，而錫兵看來堅挺一如任何軍官想要的兵團。吉普又如何呢？

明智的家長會明瞭，我對吉普不能掉以輕心。

有一天我試探著說：「吉普，你想不想讓你的士兵變成活的，讓他們能自行行軍？」

吉普說：「我是啊，我只消在打開蓋子前說一個字就可以了。」

「然後他們就會自己行軍？」

「喔，千真萬確，若他們不這樣，我應該就不會喜歡他們了。」

我沒有表現出任何不妥的訝異，之後，我沒事先聲明就藉機進到他房間一兩次，士兵四處擺著，而我至今未曾發現，他們表現出任何像魔法的姿態……

真是一言難盡。

再者就是財務的問題。我愛花錢的積習難改，幾度在攝政街走來走去，找尋那家店鋪。事實上，我不免會想，在那件事情上我可以無愧於心，而且他們既然知道吉普的名字與地址，不管他們是誰，我可以把它留給這些人，把帳單寄入他們的時空裡。

(The Magic Shop, 1903)

作家側記

威爾斯（H. G. Wells, 1866-1946）

再沒有哪兩個民族比英國人、法國人更愛針鋒相對，互別苗頭了。當法國人嘲笑英國人的飲食品味低落，「為活而吃」，英國人也反脣相稽，說法國人的饕餮主義簡直是「為吃而活」。英國人以天下第一神探福爾摩斯沾沾自喜，沒關係，法國人更津津樂道的是亞森．羅蘋。法國的凡爾納和英國的威爾斯都被封為「科幻小說之父」，各擁半壁江山，也都言之成理。不過，凡爾納把自己的小說稱為「非凡的旅行」（extraordinary journey），未必贊成後來科幻小說的稱號。他的主角上天（《月球旅行記》）、入地（《地心歷險記》）、下海（《海底兩萬里》），《環遊世界八十天》則精打細算的告訴當時的讀者，連因天災延宕的變數都算進去，以當時的科技條件，如何完成這不可思議的行程。沒錯，主角是英國人，那是基於情節的需要，不然，我們就無法跟著到印度、香港、北美歷險了。具備典型法國實證精神的凡爾納曾質疑威爾斯的作品缺乏科學依據，但威爾斯寫的可是「科學傳奇」（science romance），小說歸小說，哪有什麼為科學真理負責的道理。

我對兩位大師都滿懷敬意，不想選邊站。但潛水艇、太空船和鑽地術昌明以來，凡爾納的奇想早已昇華為科學，只留下精采的故事讓我們憑弔。然而，威爾斯的《隱形人》、《時光機器》仍然維持著「理論上的可能」，仍有寫不完的題材。而《星際戰爭》則有不少傑出的後繼者受其啟發，而成為科幻小說的主要課題。不管法國人同不同意，我認為以影響而論，威爾斯是略勝一籌的。相較於後來的英國作家像赫胥黎、歐威爾以及晚近的石黑一雄總把小說寫成「惡托邦」（dystopia），威爾斯科幻小說的結局顯得比較樂觀，總是會讓讀者鬆一口氣，通俗的成分較濃。

其實科幻小說並非威爾斯的唯一拿手戲，只是他這方面的成就讓其餘創作相形失色罷了。我首次讀到的威爾斯是他兩卷的《歷史大綱》，條陳縷析，像讀故事那麼愉悅，還以為他是史學家呢。〈魔法鋪〉是類似《時光機器》的小說，讀來如幻似真，有如相對論物理學的演義，結局留下一片錯愕與迷惘。

叛亂降臨俄羅斯

里爾克

恐怖伊凡要鄰近國家進貢，要是沒有獻上黃金到白光之城莫斯科，就不惜發動大戰。君王們在深思熟慮後，統一口徑發言：「我們給你三個謎題，在我們指定的日子，到東方來，相約在白岩見面，告訴我們解答。若正確無誤，我們會給出你要求的十二桶金。」

沙皇伊凡還在考慮的時候，白光之城莫斯科鈴聲大作干擾了他。於是他召集賢人議士，凡是無法解答謎題的就被帶到紅場斬首，剛剛蓋好的「主佑的凡希里」教堂就坐落在這裡。懸掛著此事，他覺得時間飛逝，不自覺已經在朝東方之行的路上，要到君王們候駕的白岩。他沒有任何三道問題的答案，路途尚遠，總還有機會遇見智者吧。當時許多智者都四海為家，因為國王們習慣把在他們看來不夠聰明的處斬。現在沙皇並沒有遇到任何智者，但有一天早晨他看見一個留鬍子的農夫正在蓋教堂。他已經把屋頂的骨架蓋得差不多了，正在鋪放細木條。老農夫在教堂爬上爬下，以便一片片的去拿疊成一堆的窄木條，而不是一口氣用他的長袖提一些，看來很古怪。用這種法子他必須不斷的爬上爬下，要讓所有的木條就定位，看來是遙遙無期了。沙皇看得不耐煩，他喊著：「白痴啊（在俄羅斯人們經常這樣稱呼農夫），你應該把木頭往身上塞滿再爬上去，那會容易得多。」

農夫這時正在地面上，直挺挺站著，以手遮眼回答：「凡希里維奇沙皇，那得取決於我。每個人都最懂得他那一行的門道。然而，因為你正好路過，我將告訴你需要知道的三個謎底，你得帶著到東方的白岩處，哪裡離此一點也不遠。」他依序把三個答案透露給沙皇。沙皇驚訝到說不出謝謝。最後他就問：「我要給你什麼獎賞呢？」農夫說：「不用。」他拿了另一根木條，開始上階梯。沙皇下令：「且慢，這可不行，你得表達一下願望。」「好吧，天子！既然你下了這個令，就給我你將從東方君王取得的十二桶金當中的一桶。」沙皇點點頭說：「好，我會給你一桶黃金。」然後他快快騎馬而去，以免又把答案給忘了。

後來國王帶著十二桶金從東方歸來，他把自己關在莫斯科的宮殿，有五道門的克里姆林宮中央，在殿廳亮晶晶的瓷磚地板上，把一桶接一桶的黃金倒光，就長成一座垂直的金山，在地面上投下一道長長的陰影。由於遺忘，沙皇把第十二桶也倒光了。他想再把它填回去，但要從光芒亮麗的一堆黃金取走許多卻令他苦惱不堪。當天晚上他走下中庭，挖了細沙進桶子直到四分之三滿，躡手躡腳的回到宮廷，把黃金鋪在細沙上。隔天早上派使者把桶子送到農夫正在蓋教堂的俄羅斯空曠之處。

農夫看見使者前來，就走下屋頂，那裡離完工還遠著呢。他高呼：「朋友，你不用再靠近了。帶著那填滿四分之三細沙還有四分之一稀薄黃金的桶子回去吧！我不需要。告訴你的主子，俄羅斯在這之前沒有叛亂。他會發現再無可信之人了，那是他的過錯，因為他現在已經示範了背叛的方式，一世紀接著另一世紀，全俄羅斯會有許多仿效者。我不需要黃金，沒有黃金也可以活，我對他的期許不是黃金，而是真心與正直。但他欺騙我。告訴你主子恐怖沙皇伊凡．凡希里維奇，那心術不正、穿金戴冠端坐在莫斯科白光之城的那一位。」

騎了片刻，使者回頭一瞧，農夫和他的教堂消失了，成堆的窄木條也了無蹤影，徒留一片空虛的平地。這人驚駭中狂奔回到莫斯科，氣喘吁吁的站在沙皇跟前，語無倫次的說著事發經過，以及這農夫如何正是上帝本人。

(How Treason Came to Russia, 1904)

作家側記

里爾克（Rainer Maria Rilke, 1875-1926）

一九二九年，一位年輕時嚮往成為詩人的卡布斯（Franz Xaver Kappus, 1883-1966）自述他如何在創作的困境下寫信給素昧平生的里爾克，時為一九〇三年，在巴黎開展文學事業的里爾克新婚不久，卻勤勤懇懇的回了一封言詞剴切的信。這通訊持續到一九〇八年底，總共只有十封，卻不經意的成了詩論的瑰寶。

我猶記得幾項他對年輕詩人的告誡：創作者必須走向內心，對自己坦承是否有寫不出來就會因而死去的理由，然後根據這需要去建造生活。如果覺得生活貧乏，該埋怨的是自己未能召喚出生活的保障。要原原本本的寫自己所見、所感、所愛與遺失的事物。他還規勸別寫愛情詩，以及那些太流行普遍的格式，因為那是最困難的，而要用謙遜、幽深、寂靜、真誠的態度，寫日常呈現的事物。我這印象是從程抱一《與亞丁談里爾克》得來的，當年讀得懵懵懂懂，知道《馬爾泰手記》是里爾克創作的分水嶺，此後寫作有如信手捻來。最重要的詩集是《杜英諾哀歌》和《給奧菲的商籟》。程抱一文辭典雅，對詩人的崇敬與喜愛溢於言表。由於不懂德文，只是印象式的讓譯文流過腦際，想著他女性化的名字，略顯憂傷的愁容，民胞物與的胸懷，視生死如同一的哲思，以尋常事物為題材，卻又觸及生命深邃處。出於一種綜合的直覺，幾乎每看到里爾克的詩集，無論是中文或是英文，都會買來擺在身邊。彷彿與這無比真誠的詩人為伍，就必蒙受教益。

這愛好寂寞而又古道熱腸的詩人生命真是充滿矛盾，他母親慣用女性名字喚他，父親偏偏又讓他去讀軍校，適應不良後才學藝術，後來到巴黎受到偉大雕刻家羅丹的啟發，教他如何觀看，說藝術就是要工作、不斷工作。他與曾是尼采未婚妻、大他十五歲的特立獨行才女莎樂美（Lou Andreas-Salomé）幾乎論及婚嫁，後來成為提供創作靈感的摯友。他歌詠玫瑰，也死於玫瑰。為了摘取這生命之花，被花刺所螫，而白血病復發，堅持孤獨死去。我想起王爾德的〈夜鶯與薔薇〉，這位德語文學的夜鶯，如他自己寫的墓誌銘一樣，與那自相矛盾的玫瑰長留人間。

EPITAPH

R.M.R

4 December 1875-29 December 1926

ROSE, OH THE PURE CONTRADICTION, DELIGHT, OF BEING NO ONE'S SLEEP UNDER SO MANY LIDS

（玫瑰，噢純淨的矛盾，歡欣，且令人莫在妳的垂顧下沉睡）

童話的故事

愛沃德

很久很久以前，真理突然從世間消失。

有鑑於此，人們深自警覺，立刻派遣五位智者前去找尋真理。他們出發了，分道揚鑣，行囊滿檔，有的是充足的旅資與善意。他們尋覓了十年之久，然後分別回來了。他們還在遠處就揮舞起帽子高喊，他們找到了真理。

第一位趨前宣布真理即是科學。然而他無法完結報告，另一位衝到他身邊高喊那是謊言，他已經發現真理乃是神學。這兩位還在相持不下，科學人猛烈回擊時來了第三位，以優美的言辭說愛情才是真理，無庸置疑。第四位接著十分簡略的說，真理就在他口袋裡，那就是黃金，其他的一切淨是童稚無知。最後第五位到了。他連站都站不穩，發出咯咯咯笑聲說真理即是酒。他尋尋覓覓，發現真理就在酒中。

於是五位智者開始鬥毆，他們相互猛烈揮拳毫不手軟，看起來怵目驚心。科學被敲破了頭，愛情也受到極惡劣的對待，若不更衣則無法在可敬的社會重新現身。黃金則徹底的寸寸剝落，令人敬而遠之。酒瓶破碎，酒流光到泥漿裡。但結局最糟的是神學：每個人都揮他一拳，所縫的針腳成為所有旁觀者的笑柄。

人們選邊站，有的選這邊，有的選那邊。他們呼聲震耳，由於喧囂而看不到聽不見。但遠在世界的盡頭，有幾個人坐在那裡哀悼，他們認為真理已經支離破碎，絕難再合而為一。

他們坐在那裡，有個小女孩跑過來說她發現了真理，只要他們跟著她來，路途並不遠，真理正端坐在世界中央，在一片綠色的草坪上。

打鬥稍微停了下來，因為小女孩看起來如此甜美。第一位跟著她，接著另一位，一個接著一個……最後他們都在草坪上。他們發現那裡有個人物，樣子前所未見。分不清它究竟是男是女，是大人或是小孩。它的額頭純真，宛如為人而不知有罪惡；它的雙眼深湛嚴肅，彷彿可以讀透一切世情。它粲然微笑而張嘴，繼而傷感以顫抖，大哉無可名狀。它的手溫柔如母，強壯如王。它的腳堅實踩地而不傷一朵花卉。而這人物有的是巨大柔和的翅膀，像在夜裡飛翔的鳥。

這時他們站在那裡注視著，這人物挺直身子高呼，聲音聽來有如鈴響：「吾乃真理！」

「它是一則童話！」科學說。

「它是一則童話！」神學、愛情、黃金與酒相繼高呼。

於是五位智者和他們的追隨者離開了，他們繼續爭鬥，直到世界震盪到核心。

但有些老邁的男人，有些靈魂裡有著激情熱望的年輕男人，還有許許多多女人以及成千上萬的小孩，眼睛睜得大大的，留在童話所在的草坪中。

(The Story of Fairy Tale, 1905)

作家側記

愛沃德（Carl Ewald, 1856-1908）

我猜大多數人對於丹麥文學的涉獵，除非術業有專攻，否則大概都像我一樣僅止於文壇雙璧的安徒生和齊克果，頂多加上以六卷《十九世紀文學主流》蜚聲國際的勃蘭兌斯（Georg Brandes, 1842-1927）。這部大作文采斐然，探析文學心理的新觀點，為丹麥文學的創作注入新的靈感，影響極為深遠，是我讀過最好看的一部文學史。晚年的傳記包括《莎士比亞》、《歌德》、《伏爾泰》、《凱撒》、《米開朗基羅》，本本精采，可惜罕見中譯本，個人認為奧地利作家褚威格很有他的遺風。

這位〈童話的故事〉作者愛沃德號稱安徒生以來最重要的童話作家，據說其作品也是丹麥家庭必備的藏書。愛沃德晚安徒生半世紀出生，成長於書香世家，父親是小說家。此時正值達爾文進化論學說開始盛行的年代，所以他的故事總帶著社會達爾文主義的色彩。他擅長書寫地上水下的動物，淺顯易懂，以戲劇性的筆法，精確的傳達動植物的知識。故事的主軸經常集中在啟蒙、適者生存和階級鬥爭等議題。他運用這些原則出版了三部著作後聲名大噪，又接續寫了二十部作品，並且在一九〇五年完成《格林童話》的翻譯。

相較於安徒生，愛沃德的作品往往不採取圓滿結局的套式，而比較帶有懷疑和嘲諷的風格。他除了早期嘗試小說和新聞寫作外，後來的文學事業大都投注在童話的創作與翻譯，可說安徒生以外不作第二人想。這篇〈童話的故事〉類似寓言，世事紛擾，聖賢之言不足恃，惟童話能不朽。似乎，愛沃德為童話這種文學形式的存在提出了他的「獨立宣言」！

藍鬍子和他的七個太太

法朗士

I

有關所謂藍鬍子這位知名人物的傳聞，可謂集古怪、繁雜與謬誤之最，其中或許再沒有什麼比太陽神的化身更不可信了。這大約是四十年前某比較神話學學派著手去做的。這神話告訴世人，藍鬍子的七個太太是黎明，而他的兩位內弟則是朝霞和晚霞，類似於迪歐斯庫利，後者把海倫送到令她深深著迷的忒修斯那裡。我們務必提醒輕信的讀者，在一八一七年，有位名叫貝瑞斯的博學圖書館員，以令人真假莫辨的方式證明，拿破崙其人根本子虛烏有，這位公認的偉大將領的故事不過是一則太陽神話。儘管如此妙趣橫生的轉移焦點，藍鬍子和拿破崙都的的確確存在，此事無庸置疑。

還有一個較沒根據的假設，把藍鬍子和雷斯元帥視為同一人，元帥是在一四四〇年十月二十六日於南特河橋上被絞刑正法的。無需向撒洛蒙·雷依納求證到底雷斯元帥是否罪有應得，或是他的財富頗受某位貪婪親王的覬覦，他的一生都看不出和藍鬍子有何相似之處。單就這一點已足夠讓我們不至於把兩者混為一談。

夏爾．貝洛大約在一六六〇年率先寫了這位先生的第一部傳記，記述他以娶了七位妻子名揚於世，把他刻畫成十足的惡人和極端殘酷的典型，人神共憤。我們就算不懷疑他的真誠，至少也容許懷疑資料是否正確。也許他對筆下人物有偏見。詩人和史家喜歡把描述畫得陰暗，他也不會是第一個例子。如果我們有看起來像逢迎泰塔斯的畫像，反過來就會有像塔西陀把台伯留刻畫得遠比真實更為陰暗。被傳說和莎士比亞控訴罪名的馬克白，實際上是位正直的明君。他未曾包藏禍心謀殺老王鄧肯。鄧肯在一場大戰役中被擊潰，隔日被發現死於一個稱為「兵器鋪」的地方，當時他還年輕。他屠殺了馬克白夫人葛魯克諾的幾個親戚。馬克白讓蘇格蘭繁榮，他鼓勵商業，被視為中產階級的捍衛者和真正的王者。鄧肯的貴族親屬無法原諒他勝過鄧肯，以及對手工藝的保護。他們殺了他，還敗壞他的名聲。賢君馬克白一旦死去，要認識他就只有從他敵人的陳述。莎士比亞的天才使得這些謊言深植人心。我一直懷疑藍鬍子也是類似厄運的犧牲品。從別人口中所述，關於他生命的所有際遇，遠遠滿足不了我的心思，也取悅不了我對於邏輯與明晰的不斷渴求。那些說詞一經省思，就難以自圓其說。越想讓我相信此人的殘酷，就免不了讓我更起疑竇。

這些預感並沒有誤導我，源自於人性確定知識的直覺，很快讓我就可以根據無可辯駁的證據，確信直覺之可靠。

我在聖—讓—德—波伊一位石匠的府上發現若干關於藍鬍子的文獻，其中包括為他辯護，以及對殺害他的兇手之指控，因何沒有下文，我則不得而知。這些文件使我確信他善良而不幸，而他的形像是被那些卑鄙的毀謗覆蓋了。從那時起，我就把書寫他的真實歷史當作自己的職責，但不容自己妄想能獲得什麼成果。我很清楚，這番為藍鬍子平反的企圖終歸會了無聲息而被遺忘。冷靜、赤裸裸的真理如何抗衡得了絢麗魅人的謊言呢？

II

大約在一六五〇年左右，有一位名叫伯納．德．蒙特拉古的富紳住在某處位於貢比涅和皮埃爾封之間的莊園，他的先祖曾在王國中位居要津。但他遠離宮廷，儘管曾受國王的垂顧，卻遮掩起來過著沒沒無聞的寧靜生活。他的城堡吉列特飽藏大量的名貴家具、金銀餐具、地毯和刺繡。他把這些都收在儲藏室，倒不是怕用壞了，相反的，他慷慨大度。在當時那些日子，住在鄉間的貴族寧願過很簡樸的生活，在自己的餐桌上宴請民眾，於主日和村子裡的姑娘共舞。

然而，在某些場合他們會舉辦盛大的同樂會，和枯燥的日常生活形成對照。所以他們就有必要貯存許多漂亮的家具和美麗的毯子。蒙特拉古先生的情形正是如此。

他的城堡是哥德時期建造的，風格粗獷。從外頭看，既狂野又陰暗，仍保有先王路易在國家動盪時被摧毀的雄偉塔樓之殘垣斷瓦。內部看起來則清爽得多。房間的裝飾帶著義大利風格，底樓寬闊的長廊則擺滿浮雕、圖畫和鍍金的裝飾品。

這道長廊的盡頭有個通常被稱為「雅室」的房間，這是夏爾．貝洛唯一提到的名字。最好還是提一下，它也被稱為「受難公主密室」，因為有位佛羅倫斯的畫家在牆上畫上一些悲劇故事，包括太陽神之女笛爾思被安提俄珀諸子綁在公牛角上；尼俄柏為她被利箭射穿的孩子在西庇魯斯山哭泣；普洛克莉絲的胸膛迎向賽伐勒斯的標槍。這些人物栩栩如生，房間裡鋪著的斑岩石板似乎都染著這些不幸女人的鮮血。雅室有扇門朝向護城河，但河裡卻連一滴水也沒有。

馬廄位於城堡遠端，造型華美。馬槽容得下六十匹馬，車屋可放得進十二駕鍍金馬車。然而讓吉列特堡成為如此迷人宅邸的，是環繞周圍的森林和水道，或垂釣、或追逐，都可樂在其中。

當地多數的居民都只知道蒙特拉古先生名叫藍鬍子，因為這是人們給他的唯一名字。他的鬍子真的是藍色的，但藍是由於過黑而泛出靛藍。千萬別把他想像成我們在雅典見到的那位長著三重鬍子的巨怪泰洪，帶著三層靛藍的鬍子笑著。拿這位吉列特紳士和演員或神父剛剛刮完兩頰的暗青光澤相較，要來得更貼近真實許多。

蒙特拉古先生並沒有像他服侍於亨利二世王廷的祖父那樣，把鬍子蓄得尖尖的。也不像他在馬立格南戰役陣亡的曾祖父那樣，留得像扇子那般。他像杜嵐尼先生那樣，只有淡淡的小鬍子和唇鬚。他的下巴看起來藍藍的，但無論別人如何形容他，這位善良的紳士絕不致因而容貌古怪，也不會令人心生恐懼。那只會讓他看起來更顯男人氣概，若說帶有一點狂野，也不會造成不討女人喜歡的效果。伯納．德．蒙特拉古相貌堂堂，長得高眺而魁梧，輕微發福，保養得宜。帶有鄉下人的習性，森林的氣息勝過沙龍或議會。然而，以他的外貌和財富，他在女人面前並不如他所應有的那麼討喜。理由在於害羞，而不是他的鬍子。他無從抗拒女人的吸引力，但又克服不了對她們的畏怯。他對她們既怕又愛，兩者可以等量齊觀。這是他所有不幸的根源和最初的緣由。對初次見面的女性，他寧死也不願開口跟她們說話，不論對方如何令他著迷，也只是帶著陰鬱的沉默站在她跟前。只有那帶著怯意的滑溜雙眼才能揭露他的感受。這種畏葸置他於任何的不幸，尤其是讓他無法和中規中矩的女性形成合宜的交往關係，也使得他對於最寡廉鮮恥的意圖毫不設防。這是他命中的災難。

他年紀輕輕就成了孤兒，由於這種無法克服的害羞與畏葸，讓他遭到女性拒絕。現成而且值得稱羨的聯姻不請自來，他娶了剛剛定居在鄉下某處的柯蕊特．帕舍姫，她穿梭於王國的城鄉之間，靠舞熊掙點小錢。他全心全意愛她。說句公道話，她自有討人喜歡之處，但她不脫職業本色：一位大胸脯的好女人，容貌仍算清秀，但有點曝晒過度。第一次成為貴婦，她欣喜若狂。她心地不壞，地位如此崇高的丈夫溫情對待，也令她感動，加上粗獷雄壯的身體，對她來說是最服從的僕人和最用心的情人。但才幾個月她就厭煩了，她不再能雲遊四方。財富當前，排山倒海的情意，都無法與到地下室看看她雲遊四海的夥伴來得更愜意。牠的頸子繞著鐵鍊，鼻子穿過鐵環，苦不堪言，她吻著牠雙眼而不禁落淚。

蒙特拉古先生看她滿臉愁容，自己也憂心忡忡，而這僅使得他的伴侶更添憂傷。他的體貼與設想讓這位可憐女人掉頭而去。某天早晨蒙特拉古先生醒來，發現柯蕊特已經不在他身邊，找遍了整座城堡都白費工夫。

「受難公主密室」的門是敞開著的，她帶著熊從這道門迎向開闊的鄉野。藍鬍子的哀傷令人不忍卒睹。儘管差遣無數的信使尋訪，柯蕊特．帕舍姫從此音訊杳然。

蒙特拉古先生在一次吉列特城堡的園遊會與冉妮．德．拉．克蘿琪共舞時猶在哀傷中，她是貢比涅警長的女兒，她以愛情鼓舞了他。他向她求婚，也立刻就得到她。她酷愛杯中物，飲酒老是過度。這種嗜好突飛猛進，才不過幾個月，她看起來就像是頂部帶著紅通通圓臉龐的皮製酒罐子。最糟糕的是這皮製罐子會發癲，不間斷的在會客室或是樓梯間滾來滾去，哭叫、詛咒、打嗝、噎酒，誰擋了她的路就出言辱罵。蒙特拉古先生茫然若失，既厭惡又害怕。但他立刻完全恢復勇氣，以十足的堅定和耐心，著手醫治妻子如此令人噁心的惡習。他用盡所有手段：禱告、規勸、祈願、威脅，統統無效。他禁止她從地窖取酒，但她會從外頭弄進來，而且更加毫無節制。

為了去除她特別愛好的一種酒的氣味，他倒了鎮靜劑到酒瓶裡，她認定他想毒殺她，跳到他身上，用餐刀朝他肚子捅了三吋深，他自認必死無疑，卻沒有捨棄他成習的仁慈。他說：「該憐憫她多於責難她。」

某一天，他忘了關上「受難公主密室」的門，德·拉·克蘿琪神魂顛倒的走了進去。看到牆上蒙難圖像中的人物，如見鬼魅。她當她們是活生生的女人，驚嚇的往鄉下飛奔，尖叫著有人要殺她。聽到藍鬍子喊她、追她，她嚇瘋了，往池子一跳，就在那裡溺斃。確實令人難以置信，她的丈夫如此慈悲為懷，竟為她的死亡哀慟不已。

六星期過後，他默默娶了管家崔葛涅的女兒吉昂妮。她穿木鞋，身上帶著洋蔥味。這位姑娘長得夠好看，只是有隻眼是歪斜的，走起路來一拐一拐。這位村姑才一結婚，就被愚蠢的野心噬咬著，只會夢想著更進一步的榮華富貴。她的華服夠富麗，珍珠項鍊夠漂亮，紅寶石夠碩大，車飾夠亮眼，湖泊、森林和土地也都夠廣闊，而她還不以為足。藍鬍子向來胸無大志，對伴侶如此目空一切感到心驚肉跳。以他直率的單純，不明白究竟像他太太那樣想得遠大錯了呢，還是像他自己那樣，中庸才是上策。他怪自己心思平庸，抹殺了配偶高尚的願望，由於自己也完全不確定，有時會勸告她去品嘗世事適度的好處，但有時候又會讓自己的志向高張到足以粉身碎骨的地步。他為人謹慎，但夫妻之情令他的慎重無用武之地。吉昂妮想的淨是在芸芸眾生中露臉，在宮廷裡被接待，成為國王的情婦。她無法如願，因苦惱而憔悴，感染上黃疸症死去。藍鬍子哀慟不已，為她蓋了一座華麗的墳墓。

這位被家庭接二連三的不幸淹沒的尊貴先生也許不再想擇偶了，但布蘭琪・德・吉波美小姐卻選了他當丈夫。她父親是一位騎兵軍官，只有一隻耳朵，他常說另一隻是在為國王效命時喪失的。她聰明絕頂，而這正好用來欺騙丈夫。她和鄰近有頭有臉的人物都不清不白，她機伶無比，就在他自己的城堡，幾乎就在他目光所及之下出賣他，而他渾然不覺。可憐的藍鬍子想必有些起疑，卻也不便說什麼。不幸的是，儘管吉波美把全副心思用來對丈夫搞把戲，欺瞞她那些情夫卻不夠謹慎。我的意思是，她一個接著一個出賣他們。某一天她和所愛的紳士在「受難公主密室」幽會時，一位她之前愛過的紳士出其不意出現，後者嫉妒而抓狂，用利劍刺穿了她。過了幾小時，才有一位城堡的僕人發現這位已經死去的可憐女士，也添加了由這房間激發的恐懼。

可憐的藍鬍子明白自己蒙受的無數恥辱和妻子悲慘的下場，卻無法用妻子的不幸來寬慰自己。他以一種奇妙的激情愛著吉波美，用情之深還超過對冉妮・德・拉・克蘿琪、吉昂妮・崔葛涅甚至是帕舍姬。知道她以前不斷背叛他，而今再也無法出賣他時哀傷不已、心神失調，非但遠遠無法紓解，還病來如山倒。難以承受的苦難令他疾病纏身，命在旦夕。

群醫用各種藥物終歸無效，就勸告他，娶一位年輕太太才是消除病痛的唯一良方。於是他想到年輕的表妹安琪兒・德・拉・葛蘭黛，她身無財富，所以相信她會願意託付終身。鼓舞他娶她為妻的實情則是，她單純得出了名，不經世事。既然被聰明女人欺騙過，和愚蠢的女人在一起讓他覺得自在。娶了安琪兒・德・拉・葛蘭黛後，他馬上發現盤算錯誤。安琪兒好心，安琪兒善良，安琪兒也愛他，她沒有任何邪惡的心思，但連最不機伶的人都能隨時把她引入歧途。只消告訴她，「這樣做就可以不怕鬼。」「來這裡才不會被狼人吃了。」「闔上妳的雙眼，服用這藥水。」這位懵懂的女孩就會照做，讓那些貪圖她美色的惡棍予取予求。蒙特拉古先生被這無知女孩傷害、出賣，比起布蘭琪·德·吉波美猶有過之，因為安琪兒坦白到不知掩飾，就令他多了知情的痛苦。她經常告訴他，「先生，某人告訴我這個；某人對我如此這般；某人從我身上拿走這些；我看見了那個；我感覺這樣那樣。」她的率真帶給尊夫的折騰真是超乎想像。他像禁欲的斯多葛那樣百般容忍，但到頭來還是得罵這位素人呆頭鵝，還搧她耳光。這對他正是殘酷之名的起點，注定難以洗刷。有位化緣的修士在蒙特拉古出門獵鳥時路過吉列特堡，看到安琪兒小姐正在縫製洋娃娃的襯裙。這位尊貴的修士發現她的愚蠢與美貌相當，哄騙她說天使加百列在森林裡等著給她一雙襪帶，就把她放在驢子上帶走了。一般認為她必定被野狼吞吃了，因為再也沒人見到她。

經歷了這樣的災難，要如何讓藍鬍子下定決心締結另一件婚事呢？若是我們不清楚一雙美麗的眼睛對於慷慨的心胸能發揮何等力道，就真無法理解了。

這位老實紳士在他經常造訪的鄰近城堡遇見了一位氣質孤女，她名叫艾里絲·德·龐托欣，她的財產被託付的管理人洗劫一空，一心想去修道院。多管閒事的朋友穿針引線改變她的心意，說服她與蒙特拉古先生結為連理。她的美色無可挑剔。藍鬍子對自己許諾，要在她懷裡享盡幸福，但他的期望再度落空了，天生氣質使然，這一次他所承受的失望，較諸以前數度婚姻所帶來的一切苦楚，對他造成更大的烙印。艾里絲·德·龐托欣儘管先前同意，卻拒絕與他行夫妻之實。

蒙特拉古先生終究無法強她所難，她抗拒禱告、眼淚、責難，連最微不足道的愛撫都不願意，衝到「受難公主密室」把自己關起來，獨處且不為所動，每次都長達數夜。

這種違背人性與聖律的抗拒，源頭為何不得而知。有人把它歸因於藍鬍子的鬍鬚，但我們先前關於他鬍子的說詞讓這種假設站不住腳。無論如何，這是討論不出所以然的課題。悶悶不樂的丈夫蒙受最殘酷的苦難。為了忘掉一切，他瘋狂的狩獵，把馬匹、獒犬和獵人都累癱了。當他疲勞過度，累垮了回到家時，一見到德．龐托欣小姐，精力與折騰就又死灰復燃。最後他終於忍無可忍，向羅馬申請撤銷這比騙局還不如的婚姻。他向聖父獻上厚禮，根據教會法准其所請。要說蒙特拉古先生把德．龐托欣小姐除名，種種跡象看出是對於女人的尊重，不以威勢強人所難，那是由於他氣魄豪邁、心胸寬大，是自己、也是吉列特堡的主子。他立誓未來不會再有女人進入他的宅邸。要是他能謹守誓言就皆大歡喜了。

III

蒙特拉古先生擺脫他的第六位太太之後，數年過了，對這位尊貴先生家中發生的災難，鄉間只留下一些模糊的記憶。沒人知道他太太們的下落，村子裡晚上流傳著毛骨悚然的故事，有人相信，也有人不信。大約就在這時候，有位過了盛年的寡婦名叫西多妮．德．雷絲波西夫人，帶著她的孩子定居在離吉列特堡大約直線兩里格遠的默特吉隆莊園。沒人知道他們來自哪裡？她亡夫是誰？有些聽過傳聞的人相信，他在薩伏伊或西班牙擔任過一些職務。也有人說她丈夫死於印度地區。不少人以為這寡婦擁有廣大的地產，但也有人強烈懷疑。無論如何，她的生活動見觀瞻，邀請過鄉間所有的豪門造訪默特吉隆莊園。她有兩個女兒，大的叫作安妮，已經快成為老姑娘了，非常的精明幹練。小的叫作冉妮，已經成熟適婚，清純的外表下包藏著塵世間早熟的知識。雷絲波西夫人有兩個兒子，分別是二十和二十二歲，是長相良好、英挺的年輕人，其中一個當龍騎兵，另一個是火槍手。補充一句，我見過派令，他實際上是黑火槍手。站著看並不明顯，因為他們不是靠制服區別，而是靠他們坐騎的灰色皮套來辨識。他們都一樣穿著鑲金邊的藍色背心。至於龍騎兵，則可以從帽總挺直下垂過耳的一種皮毛軟帽認出來。龍騎兵素以流氓惡棍、烏合之眾知名，有歌為證：

媽媽咪啊，龍騎兵駕到，
我們快快跑！

誰要想在皇上的兩個龍騎兵軍團裡找到一個比寇斯眉．德．雷絲波西更大的色鬼、更狡猾的騙徒和更低級的流氓，必然是白費力氣。和他相比，弟弟簡直就是老實青年了。皮耶爾．德．雷絲波西是酒鬼兼賭徒，成天討女人歡心，贏牌，這是他為人所知僅有的營生之道。

他們的母親德．雷絲波西夫人在默特吉隆莊園濺起浪花無非是為了捕捉海鷗。她實際上一無所有，連假牙都不是自己的。她的衣物、家具、馬車、馬匹和僕從都是從巴黎的債主那裡借來的，他們威脅她，要是沒有即刻把其中一個女兒嫁入豪門，就會把這些統統撤回，到時這位可佩的西多妮可想而知就得被剝光衣服，置身於空蕩蕩的屋子裡。她迫切的要找個女婿，馬上把目光投注在蒙特拉古先生身上，總體言之，他單純、好騙、極為溫和，而他粗糙害羞的外表也會令他很快墜入愛河。兩個女兒入夥參與她的計謀，每當遇見可憐的藍鬍子，就頻頻送他謎樣的秋波。他馬上就淪為兩位雷絲波西姑娘無窮魅力的苦主了。他忘了自己的誓言，看她們同樣美貌，想的就只是娶其中一人為妻。與其說是猶豫，不如說是膽怯，他延宕了一些時日才衣冠楚楚的到默特吉隆會見雷絲波西夫人，讓她選擇把哪一位女兒嫁給他。西多妮女士親切的回答說，她十分尊重他，容許他向任一位他較喜愛的女士求婚。

她說：「先生，要學會討人歡心啊，事成之後我第一個為你喝采。」

為了讓彼此更加熟識，藍鬍子邀請了安妮、冉妮・雷絲波西，還有她們母親、兄弟，以及一票紳士淑女到吉列特堡消磨兩星期。散步、狩獵、垂釣、跳舞、狂歡、晚宴、娛樂接連不斷，不一而足。有一位與雷絲波西女士們同來的年輕騎士拉梅勒斯負責張羅打獵。藍鬍子有這一帶最出色的獵犬和最大的馬車。女士們興致勃勃的隨紳士們獵鹿。他們並沒有一直在放倒動物，男男女女各自尋伴，成雙成對的漫步，然後就走進林子裡去。拉梅勒斯騎士會選擇與冉妮・雷絲波西一起走失，晚上才回到城堡，他們自有自己的冒險，對白天的運動樂在其中。

經過幾天的觀察，善良的蒙特拉古先生確定自己更喜歡妹妹冉妮甚於姊姊，因為她比較清秀，雖然這並不表示她比較不經世事。他明白表現出對她的好感，有什麼好隱藏的呢？因為那好感恰如其分，再說他也不會兜圈子。他盡其所能，期望自己向年輕女士求婚時表現好，話說得不能多，因為那需要演練。但是他直勾勾的瞧著她，雙眼圓滾滾的滾動著，發自內心的嘆息足以撼倒一棵橡樹。他有時會爆笑出聲，讓餐具為之顫動，窗戶嘎嘎作響。所有人當中只有他沒有留意到拉梅勒斯騎士對雷絲波西女士小女兒的殷勤。即使注意到了，他也覺得不礙事。他對女人的體會還不足以讓他對拉梅勒斯起疑，既愛之，則信之。我祖母常說，在生命中，經驗是毫無用處的，事情一旦開始，就回歸本性。我相信她說的對，我現在所攤開的真實故事，沒有哪一處證明她錯誤。

藍鬍子在這些狂歡會裡展現出非同尋常的奢華排場，夜幕低垂時，城堡前的草地點起千把火炬，餐桌有男僕侍候，少女扮成羊神與樹精，在所有鄉間和森林裡生產的最可口食物底下嗚嗚叫著。樂師提供了一首接一首的美麗交響曲。餐會接近尾聲時，男女教師帶著村子裡的孩童，在客人面前為蒙特拉古先生和他的朋友朗讀頌讚文。一個戴著尖頂帽的占星家趨前走向女士們，從其掌紋預言她們未來的情路。藍鬍子賜酒給僕從，本人則到貧窮人家發放麵包和肉品。

十點了，擔心夜裡的露水，夥伴們就轉移到房間，裡頭有大量蠟燭照亮著。桌上已經備妥各種各樣的遊戲：各式紙牌、撞球檯、滾球、轉盤、象棋、雙六、骰子等等。藍鬍子玩這些遊戲總是霉運當頭，每晚都輸一大把錢。他看著三位雷絲波西女士大把大把的贏，藉此安慰自己接連不斷的壞手氣。妹妹冉妮通常都為拉梅勒斯騎士打氣，金子堆積成山。雷絲波西女士的兩個兒子在牌局中也大有斬獲。他們賭得越凶，越是運氣亨通。遊戲一直玩到深夜。在這些奢華的遊樂會中沒人會睡覺，如同藍鬍子最早的傳記作家所說的，「他們通宵達旦，彼此捉弄對方。」一天二十四小時就數這些時刻最為歡娛，那時藉著裝瘋賣傻，乘黑暗之便，那些情意相投的人就會一起躲到僻靜處。拉梅勒斯騎士時而裝魔，時而做鬼，時而充狼人，嚇醒那些沉睡的人，但最後總是會溜進冉妮．德．雷絲波西的閨房。善良的蒙特拉古先生在這些遊戲中並沒有被冷落，雷絲波西女士的兩個兒子在他床上撒了辣粉，在他房間燃燒散發異臭的藥物。不然就裝一罐水置於門上，於是那位尊貴的先生要不讓整罐水淋到頭上就打不開門。簡言之，他們對他開各種惡作劇以取樂，藍鬍子以他天生的好脾氣擔待下來。

他向雷絲波西女士提出請求，她同意了，嘴裡偏說她內心覺得把女兒嫁給他是錯誤之舉。默特吉隆莊園舉行的婚禮窮極奢華。冉妮小姐明豔照人，全身法式打扮，頭上捲起千堆雲鬟。她姊姊安妮穿著鑲金飾的綠色天鵝絨。她們母親的服飾則是黑色絨線剪裁的薄絹，點綴著珍珠鑽石。蒙特拉古先生把他最絢麗的鑽石佩在黑天鵝絨的服裝上。他展現良好的外貌，畏怯與天真的神情與他靛青的下巴和魁梧的身材形成強烈的對比。新娘的兄弟當然風度翩翩盛裝打扮。拉梅勒斯騎士穿著玫瑰色的服裝，以珍珠妝點，閃耀著難以相提並論的華美。

典禮一結束，租給新娘和她家人、情人所有這些華服與珍飾的猶太人，就重新掌管一切，裝好郵遞送回巴黎。

IV

一個月以來，蒙特拉古先生是最快樂的男人了，他崇拜妻子，當她是純潔的天使。她當然不是那麼一回事，像可憐的藍鬍子那樣容易受騙的男人，個個都遠不及她狡猾，她不但為人極為精明機伶，而且還臣服於全法國最聰明的蕩婦母親之管轄。母親與大女兒安妮，兩個兒子寇斯眉和比耶爾以及拉梅勒斯騎士在吉列特堡建立自己的地位，後者總是與蒙特拉古夫人形影不離。她的好丈夫對此有些微惱怒，他毋寧喜歡太太隨時歸他本人，但她對這位年輕紳士的感覺，使他無法獨享她的感情，她告訴丈夫，拉梅勒斯是她的乾兄弟。

夏爾．貝洛說，締結婚姻一個月後，藍鬍子因有要務不得不外出六星期。他似乎並不清楚這次旅行的原因，懷疑這是個計謀。按照習俗，吃醋的丈夫為了讓太太出其不意，會訴諸於此。事實完全不是那麼一回事，蒙特拉古先生到拉伯契是去接受一筆奧拓德表親的遺產，他於敦內斯戰役中，在鼓上擲骰子時，光榮的死在砲彈下。

蒙特拉古先生在離開前懇求太太，他不在時要盡情享樂。他說：「夫人，邀妳所有的朋友來，和她們去溜搭，為自己找樂子，享受歡樂時光。」

他把房子所有的鑰匙遞給她，表示自己不在的時候她是吉列特堡唯一且至高無上的女主人。

他說：「這是兩個大櫥櫃的鑰匙；這金銀做的鑰匙日常不會使用；這是裝我金子銀子的保險櫃鑰匙；這是收藏珠寶的箱子鑰匙；這是能開所有房間的萬能鑰匙。至於這把小鑰匙，是用來打開底樓走廊盡頭密室的。什麼都可以打開，去哪裡都隨意。」

夏爾．貝洛聲稱蒙特拉古先生加上這句：「但是我禁止妳去那間雅室，我明明白白禁止妳進去，要是妳進去了，我會發怒到什麼地步就很難說了。」

這位藍鬍子史學家把這些話放進記載，未經求證就錯誤的採納了事發之後雷絲波西女士們的版本。蒙特拉古先生的表達大為不同。當他把雅室，也不外就是已經多次提到之「受難公主密室」的鑰匙遞給太太時，他表達的願望是，所愛的冉妮別進入在他看來對家庭幸福會帶來厄運的房間。的確，也是經由這房間，他的第一任太太，幾任太太中最好的一位，帶著她的熊從此逃逸。布蘭琪．德．吉波美也是在這裡和一堆男人接二連三的出賣他。再者，斑岩石的步道仍沾著所愛罪人斑斑血跡。這些難道還不足以讓蒙特拉古先生把房間引起的殘酷記憶，和命中注定的想法連成一氣嗎？

他對冉妮・德・雷絲波西陳述的字句傳達了他的願望以及內心忐忑的烙印。他的話語誠如下述：

「夫人啊，我的事對妳毫不隱瞞，如果不把屬於妳居所的所有鑰匙交給妳，我覺得對妳會是個傷害。所以這雅室妳可以進去，如同妳可以進去這房子的所有其他房間沒什麼兩樣。但如果妳願意採納我的忠告，別做任何那一類的事，體諒我，考量我在觸及這房間時的痛苦思緒，這些思緒總讓我不由自主的在心頭泛起邪靈的詛咒。要是我使妳厄運當頭，不幸臨身，我必然無法饒過自己。夫人，原諒我的這些恐懼，可喜的是那些都站不住腳，而只是焦躁的情感和謹慎的愛情所致。」

善良的先生說完，擁抱了他妻子後就急急動身前往拉伯契。

夏爾・貝洛是這麼說的：「朋友和鄰居還沒等到邀請就來拜訪這位年輕的新娘，滿心急切的來看看她房子所有的財富。他們馬上參觀了所有房間、閣樓和壁櫥，一個比一個更富麗堂皇。對他們朋友的好命欽羨、讚嘆不已。」

探討這話題的歷史學家都會補充說蒙特拉古夫人沒什麼興致去看所有這些財物，她迫不及待的要去打開雅室。貝洛所說的完全正確，「她好奇得如此急切，顧不得丟下客人的失禮，她從小小的祕道走下去，行色匆匆，有兩三次她以為會摔斷自己的脖子。」事實無庸置疑，但不為人知的是，她急於到這雅室的原因是拉梅勒斯騎士正在等待。

自從在吉列特堡安家後，她每天都到雅室與這位年輕紳士幽會，更尋常的是每日兩次，少婦如此執迷於交合，實在有失體統。就冉妮與騎士的黏膩性質而言，要讓他們猶豫一下都不可能。他們目中無所謂高尚與貞潔。天哪，要是蒙特拉古夫人只是讓她丈夫蒙羞，後世無疑會予以譴責，但連最尖刻的衛道之士也會為她找到託詞。或許他會為如此年輕的女人立言，那是當時道德渙散使然，是城市與宮廷的榜樣，是壞家教與背德母親教導的必然結果，因為西多妮・德・雷絲波西夫人默許女兒的姦情。明智的人可能善意的只當作一件錯事而寬宥她，不值得大驚小怪。她的過錯看起來尋常到稱不上犯罪，世人會單純認為她的作為和別人沒什麼兩樣。但是冉妮・德・雷絲波西非但不以讓丈夫蒙羞為足，還要設法取他性命。

正是在這號稱「受難公主密室」的雅室，冉妮・德・雷絲波西，也就是蒙特拉古夫人，與拉梅勒斯騎士同心密謀一位仁慈、忠誠丈夫的死亡。她後來宣稱，她一走進房間就看到六位遇害女人的屍體懸掛在那裡，凝結的血液仍覆蓋著磁磚，她同時認出，這些不快樂的女人正是藍鬍子的前六任太太，橫在她眼前的命運也就可想而知了。果真如此，想必就是她把牆上的畫像誤看成被肢解的屍體，她的幻覺和馬克白夫人就有得一比。但極有可能是事後冉妮想像出這恐怖的景象以便述說，為屠殺受害人的殺夫兇手找到正當性。

蒙特拉古之死早已注定。擺在我面前的一些書信，讓我不得不相信西多妮・雷絲波西夫人參與布局。至於她的大女兒則被形容為這項陰謀的靈魂人物。安妮・德・雷絲波西是全家族最陰險的，她是感官享樂的局外人，身處全家放蕩之間仍守貞如玉。這並不表示她放棄享樂，而是認為那無足輕重。唯有殘酷惡行能讓她樂在其中，這才是實情。她把寇斯眉和比耶爾兩位兄弟納入這樁冒險，並且承諾讓他們當部隊指揮。

V

現在借助於真實文獻和可靠證據，我們到手的記載，留給我們追溯這樁最殘酷、最奸惡、最懦弱的家庭罪行。這樁我們即將敘述的謀殺，其情況只有一四四九年三月九日夜裡名叫吉洛梅・德・富拉韋的遇害可堪比擬。此人被他年輕瘦小的妻子布蘭琪・歐波布琉會同私生子歐班達斯和髮匠鮑季龍殺害。他們用枕頭讓他窒息，用棍棒無情的揮打他，像宰牛一樣割喉放血。布蘭琪・歐波布琉證明她丈夫富拉韋決心要淹死她，但是冉妮・德・雷絲波西則是為了一群不足為道的惡棍出賣了鍾情的丈夫。我們將盡可能克制的記載下真相。

藍鬍子回來比預期的早了許多。正因如此才產生那錯誤的概念，說他受到最難堪陰暗的嫉妒所攫獲，一心想給妻子來個出其不意。他滿懷喜悅與信心，如果他想讓妻子驚訝，那也會是驚喜。他的仁慈與柔情，歡樂與平和的姿態都應該能使最野蠻的心靈軟化。拉梅勒斯騎士以及雷絲波西那可恨的一丘之貉，想的卻只是如此一來要取他性命更加容易，占有他由於新的繼承仍在增加的財產。

他年輕的妻子含笑會見他，讓他擁抱，帶進主臥室，使盡渾身解數讓這個好人盡歡。隔天早上歸還整串交付給她保管的鑰匙。卻少了通稱雅室的「受難公主密室」的那一把。藍鬍子溫和的要求送回，但是冉妮用種種藉口拖延了一些時候才歸還。

現在若不跳脫歷史局限的範疇，跨進難以捉摸的哲學領域，有個浮出的問題將無法釋疑。夏爾・貝洛特別指出，雅室的鑰匙有魔性，也就是說它有魔力、被下咒，賦有違反自然法則的特性。無論如何，這就是我們所認知到的，我們沒有證據可以唱反調。這正是回顧我知名的老師，法蘭西學院的克羅施·德·魯內斯格言的良機，「當超自然浮出檯面的時候，歷史學家務必不要排斥它！」所以，我只消滿足自己的回顧就好，至於這把鑰匙，所有舊時的藍鬍子傳記作家的意見一致，他們都認定那是一把魔法鑰匙。這點至關重要。再者，這鑰匙也不是人類工業技術創造出來、賦有神奇特性的唯一物品。魔法劍充斥於傳統之中。亞瑟王的劍是魔劍。根據尚·夏提耶不容置疑的權威說法，聖女貞德的也是。這位知名的年鑑作家所提出的證據是，刀片折斷後，不論最出色的兵器匠如何努力，都無法將兩片熔合起來。雨果在一首詩裡說，「神奇的階梯仍在底下作祟！」許多作者甚至認定，有的男魔法師可以把自己變成狼。我們犯不著費力去挑戰這堅定持恆的信仰，也不必裝作確知這把雅室的鑰匙是否被施了法術。因為我們有所保留並不意味著沒有任何確信，是非曲直就在其中。然而我們該如何找到適當的領域，或者說得精準一點，就我們的權限所及，在讀到那把鑰匙血跡斑斑時，我們可以讓自己成為事實的判官以及情境的作家。文本的權威並沒有深刻到讓我們非相信不可。鑰匙並沒有血跡，血流在密室裡，而那已是時遙日遠。鑰匙無論被洗過或是乾掉，要有那些斑點根本毫無可能。而且，這位犯罪妻子在心神不寧時，可能把黎明時分仍帶著玫瑰紫色的天空投影，誤看成鐵上的血斑了。

蒙特拉古先生看著鑰匙，察覺到妻子進過雅室。他留意到鑰匙比交給她的時候更乾淨、更明亮，胸有成竹的認為擦亮一定是因為用過。

這讓他產生痛苦的記憶，他帶著感傷的微笑對太太說：「親愛的，妳進去過雅室了，但願這不會為妳我帶來悲慘的結果！我該當保護妳，免於那房間釋放出來的邪惡影響。輪到妳，若有什麼三長兩短，我必定無法度過。原諒我吧，相愛總會令人疑神疑鬼。」

雖然藍鬍子講這些話不至於嚇到她，因為他的話語和舉止表達的只是愛意和憂愁，但話聲一落，年輕的蒙特拉古女士就開始驚聲尖叫：「救命啊！救命啊！他要殺我。」

這是大家說好的訊號，拉梅勒斯騎士和雷絲波西女士的兩個兒子一聽到就要撲到藍鬍子身上，用他們的劍把他刺穿。

但此時被冉妮藏在房間櫥櫃裡的騎士卻單獨現身，蒙特拉古先生看他持劍跳過來，隨即提防警戒。冉妮驚嚇萬狀奔逃，在走廊碰到姊姊安妮。她並不像傳聞所說的在塔樓，因為所有塔樓都已經被黎希留主教下令拆除了。安妮拚命為兩位兄弟壯膽，他們臉色慘白發抖，不敢下那麼大的賭注。

冉妮焦躁的懇求他們。「快啊！快啊！兄弟！救救我的情郎！」

比耶爾和寇斯眉衝向藍鬍子，他們找到他，他正好讓拉梅勒斯騎士繳了械，用膝蓋把對方頂住。他們奸惡的從他背後把刀子刺進去，在他嚥下最後一口氣時還久不停手。

藍鬍子沒有繼承人。妻子成為他財產的女主人。她用其中一部分為姊姊安妮提供一份嫁妝。另外一部分替兩位兄弟買到指揮官的任命狀。其餘的就連她本人嫁給了拉梅勒斯騎士，他才一致富，就備受世人景仰。

(The Seven Wives of Bluebeard, 1909)

作家側記

法朗士（Anatole France, 1844-1924）

剛開始聽古典樂時，有一首小品令我深深著迷，曲名〈苔依絲冥想曲〉，作曲家署名馬斯奈（Jules Massenet, 1842-1912），後來才知道那是根據法朗士小說《苔依絲》改編的歌劇。這經驗和當年沉醉於比才的《卡門》如出一轍，也是稍後才讀到梅里美（Prosper Mérimée, 1803-1870）的同名小說。音樂實當列於九大繆思之首，我們豈不也是先聽過柴可夫斯基的《胡桃鉗》和《一八一二序曲》才領教霍夫曼和《戰爭與和平》的？

法朗士和他的法國前輩一樣是說故事的高手，兩人都以卓絕的文學成就成為法蘭西學院院士。梅里美擅長以娓娓道來的口吻，敘說西班牙的異國傳奇，而法朗士則以學者的優雅，帶讀者深入更遙遠的古代。《苔依絲》是他中年時期的作品，愛好古典文學的讀者必然為他在故事中表現的博學所折服。背景為第四世紀，一位潛修苦行的修士，突然起心動念，前往埃及的亞歷山大城，想拯救豔名遠播的舞妓黛絲於肉體的罪惡中。他遇見了當地的各色名人，參加了一場在他聽來充滿異端邪說的論辯。辯論的主題環繞著愛情、實存與死亡，頗有和柏拉圖《饗宴》互別苗頭的意味。黛絲厭倦了情色生涯，與他回到沙漠，粗衣淡食，真正悟了道。反倒是修士滿腦子佳人倩影，揮之不去，為嫉妒啃噬，折磨自己的肉體以求解脫，與黛絲臨終前匆匆一面，終於發狂。

這部小說讀來有如三幕劇，情節簡單，但每個角色皆輪廓分明，真正的主角其實是法朗士本人，藉故事進行思想的辯證。法朗士回顧自己的童年，七歲就想揚名立萬，在開書店的家庭長大，從小就浸泡在荷馬、索福克里斯（Sophocles, 496-405 BC）、西塞羅作品中，上課常因偷讀古書而受罰。他不願意繼承家業，轉而擔任圖書館抄寫員，朝夕與書為伍。他慶幸沒有就讀寄宿學校，才能以滿腦子的古典文學知識，在巴黎的街道上欣賞、觀察、同情芸芸眾生。所以儘管書卷氣濃厚，筆墨並沒有超脫現實，反能臻於洗練明晰。他於一九二一年獲得諾貝爾獎時年近八旬，演講完後，屈身向榮獲化學獎的德國科學家握手致意，象徵兩國和解，傳為美談。〈藍鬍子和他的七個太太〉讀來有如傳記，語調不慍不火，卻深具同情，一如其一貫風格。

森林居民

赫塞

在文明初露曙光時，人類在地表上四處行走為時尚早，他們都是森林的居民。他們因害怕而緊密的住在黑暗的熱帶森林裡，不斷和他們的近親猿猴作戰，森林是主宰他們行動的唯一神聖法則。森林是他們的家、避難所、搖籃、巢穴與墳墓，無法想像森林之外的世界。他們避免過於靠近森林邊緣，凡是因為狩獵與逃生遇到如此不尋常境遇到過邊界者，在描述經過時都心有餘悸的顫抖著，外頭是白茫茫的一片虛空，可怕的虛無閃耀在太陽的致命火焰中。

有一位老居民數十年前曾因為被野獸追逐，逃到森林邊界最遠端。他馬上就瞎掉了，現在被奉為某種術士、聖徒，號稱瑪大．達嵐，意思是「天眼通」。他譜了森林聖歌以便在暴風雨來臨時頌唱，森林中人對他始終言聽計從。他的名聲和祕法建立在曾經肉眼見過太陽，而且還能活下來告訴大家這個事實。

森林中人個子矮小，膚色棕黑，渾身毛髮。他們走路時頭是低垂的，眼睛賊兮兮的帶著野性。他們移動的時候像人也像猿猴，在森林的樹幹上和地面上都覺得安全。他們還沒學會蓋房子或茅舍，然而卻知道如何編造各種武器、工具以及珍飾。他們取木材製造弓、箭、矛、棒，從纏繞在樹上的乾枯甜菜和堅果取出纖維做項鍊。他們在脖子或頭髮上披戴珍寶：野豬牙、老虎爪、鸚鵡羽、蚌貝殼，不一而足。有條大河流經無邊的森林，但除非在暗夜，林中人未敢踏上河床一步，很多人連河都沒見過。偶爾有些較有膽識的會在夜裡戒慎恐懼的匍匐穿過樹叢，朝外頭張望。於是在昏沉的暮光下，他們會看到群象沐浴，從樹頂往上看，就悚然見到閃爍的星星高掛在紅木枝繁葉茂的天空。他們從沒見過太陽，連在夏天看到太陽反光都被認為極度危險。

有個年輕人名叫庫布，他屬於以老盲人瑪大．達嵐為首的林中部族，他是熱血青年的領袖，也是他們的喉舌。事實上，瑪大．達嵐越老越專斷，部落裡早有不滿。族人供食給他，永遠是天經地義。此外他們還得親身求教，唱他的森林之歌。然而他逐一引進種種擾人的新習俗，宣稱是森林的聖神在夢裡給他的啟示。但有些持懷疑態度的青年認為老人是個騙子，只在意增進自己的利益。

瑪大．達嵐最近引進的習俗叫作新月祭，慶典進行時他坐在圈子中央，打著皮製的鼓，其他人則唱著「孤髏耶拉」之歌，邊唱邊舞直到力竭倒地。接著，所有男人都得用刺穿過左耳，年輕女性則被帶到術士那裡，他拿刺穿透她們的耳朵。

庫布和一些年輕人躲過了這個儀式，他們也努力勸說年輕的女性要抗拒。在某一次的新月祭，他們看樣子有機會推翻術士，瓦解他的勢力。老人正在為一個女人穿左耳耳洞，有個大膽的年輕人發出可怕的尖叫，盲人正巧把刺插進了女人眼中，眼珠子奪眶而出。年輕女孩發出絕望的尖叫，每個人都趨前探看，他們見到這偶發事件，個個目瞪口呆。年輕人開始介入，臉上掛著勝利的微笑，庫布也趕上來抓著術士的兩肩。但是老人在他的皮鼓前站了起來，以尖銳嘲弄的聲音發出駭人的詛咒，把每個人都嚇得撤退。連年輕人都嚇呆了。雖然沒有人能理解老術士話語的精確意義，但他的詛咒自有一股野蠻、令人發毛的聲調，讓人想起宗教儀式裡可怕的聖詞。瑪大·達嵐詛咒庫布的雙眼，送給老鷹當食物，也詛咒他的五臟六腑，他預言有朝一日會曝晒在曠野的烈陽下。術士的權勢此時更勝於前，他下令把那年輕婦女再帶過來，用刺挑出另一隻眼睛。每個人都驚嚇的看著，連氣都不敢出。

老人對庫布最終的詛咒是：「你會死在外頭！」於是森林中人開始見到他就閃躲。「外頭」指的是家鄉之外，迷霧森林之外。「外頭」意味著恐怖、日灼，還有炎炎的致命空虛。

庫布被嚇到了，他開始逃亡，每個人都和他劃清界線。他遠遠躲在樹幹的洞穴，認為不會被發現。他日日夜夜躺在那裡，翻來覆去的淨是會沒命的恐懼與惡毒，不確定部落裡的人會不會來殺了他，或者太陽會穿越森林圍困他、驅趕他、做掉他。但箭矢、長矛以及太陽、閃電都不見蹤影。來的只有莫之能禦的消沉和咆哮不止的飢餓。

於是庫布又站了起來，從樹洞裡爬出來，幾乎帶著一點失望。他驚訝的想著：「術士的詛咒根本沒那回事。」於是他開始覓食。吃過東西後，他感覺生命重新在四肢奔流，傲氣與仇恨自靈魂中洶湧而出。他不想回到族人那裡了。他現在要的就只是孤零零的，維持獨處。但他也想要報仇，他想要以能抗衡那個盲牛術士微弱詛咒的人揚名天下。

他四處遊走，思考他的處境。回想引起他疑點的每一件事，以及那些別有文章的事物，尤其是術士的皮鼓和儀式。他想得越多，獨處得越久，看得也就越清楚。是的，一切都是騙局。每一件都不過是謊言和欺騙。由於他的思考已經走得深遠，他開始下結論，很快就歸結到任何事都不可信，特別是那些被視為是真理和神聖的。他質疑森林中是否有聖靈存在，或者是什麼森林聖歌。是的，那也是虛妄的，那同樣是騙術。當他克服了所有害怕，就開始用嘲諷的聲調、扭曲的詞句唱起森林之歌。他呼喊森林聖靈的名號，那是任何人抵死也不被允許的。萬事皆平靜。暴風雨未嘗爆發，也沒有閃電把他擊倒。

庫布單獨遊蕩了許多日子，他的額頭皺了，兩眼刺痛。月圓時他到河岸去，以前沒人敢這樣做。他勇敢的眺望，先是看月亮的反光，然後是圓月和群星，正對著眼睛，卻完全沒事。他坐在河岸消磨了整個月光之夜，陶醉於令人譫妄的光禁，並且養護自己的思緒。許多大膽可怕的計畫在心裡崛起。他想：「月亮是我朋友，星星也是我朋友，但老盲人是我敵人。所以，『外頭』或許比我們裡頭要好。也許，森林的一切神性都只是嘴上說說而已。」於是在某個夜晚，比任何人類都早了好多世代，庫布構思了一個大膽的計畫，用纖維綑綁枝幹，讓自己置身於枝幹上，浮在水面順流而下。他兩眼發光，心跳激發所有力道。但這計畫徒勞無功，因為河裡滿是鱷魚。

到頭來除了經由邊界離開森林之外，沒有途徑可以通向未來。若是森林其實有個盡頭，就把自己交託給炎熱的空虛，邪惡的「外頭」。太陽那怪物務必得找出來，而且要忍受它。因為，誰曉得呢，也許到後來連太陽可怕的古老傳說也只是個謊言。

這層思考是一連串大膽熱切反思的最後一個環節，它使得庫布顫慄不已。歷史上從來沒有一個森林居民，敢憑一己的自由意志離開森林，讓自己暴露在惡毒的太陽下。他又四處走動幾天，讓這些思維如影隨形，直到喚起了他的勇氣為止。日正當中之時，他顫慄著朝河流匍匐前進，謹慎的靠近燦爛的河岸，焦急的尋找太陽在水裡的映像。光線耀眼讓他頭暈目眩，苦不堪言，他很快就閉上雙眼。但過一會兒他再度放膽張開，一次接一次，直到成功的睜著眼。那是可能的，是可以承受的。而且那甚至是令他快樂和勇敢的。庫布學會如何相信太陽了。他愛它，即使它可望殺了他。他怨恨那老舊、灰暗、懶散的森林，老術士在那裡嘎嘎不休，勇敢的青年則被驅逐。

他現在已經準備好下決定了，他選擇自己的作為有如成熟的甜果。他從硬木打造出一根槌子，把手細細輕輕的。隔天清晨，他出發去找瑪大・達嵐。他發現了瑪大的行蹤，找到他，用槌子重擊他的頭，看到老人的靈魂從扭曲的嘴揚長而去。庫布把武器放在術士胸口，這樣人們就知道是誰殺了老人，他拿取一粒貝殼，在木槌的平面上刻了一記符號。那是一個帶著直線光芒的圓圈，也就是太陽的意象。

他勇敢的啟程到遙遠的「外頭」，從早走到晚，勇往直前，他睡在樹幹上。每天早上他繼續漫遊，穿過溪流與黑色的沼澤，最後越過布滿苔蘚的岩岸，以及前所未見的陡峰。由於碰到峽谷，他放慢下來。他想經由那無止境的森林爬過高山的計畫到後來卻動搖了，辛酸的懷疑或許有位神祇禁止森林裡的生靈離開家鄉。

接著在某個向晚時分，他爬了一段很長的時間，爬到空氣越乾、越輕的高度，他並不知道自己已經爬到了盡頭。森林中止了，同時現出平地。森林在此陷入一片虛空，好像世界就在此裂成兩半。除了遠方炫目的紅色光圈外什麼也看不到，頭頂上的一些星星也已經開始點綴夜空。

庫布在世界的邊陲坐了下來，他把自己緊緊綁在攀緣的植物以免墜落。他整夜恐懼的瑟縮著，有時狂亂的醒來無法闔眼。才露出一丁點曙光，他就迫不及待的跳了起來，屈服於一片空虛，等待白天出現。

美麗的黃色光束開始在遠方閃耀，天空似乎有如預期那樣顫動，就像庫布，因為他未曾在空曠之處看到一天的開始。瑞氣千條像著火一般，突然太陽蹦了出來，出現在廣袤天空的一隅，既大且紅。它所躍出的無邊灰色空無馬上變成了一片靛藍，那正是海洋。

接著，「外頭」顯現在顫抖的森林居民面前，在他跟前山嶺沉澱為朦朧的縱深。從他身邊穿過的是某種玫瑰色澤的峭壁，像珠寶般閃爍著。山崖的一邊是深色的海洋，廣袤無邊，海岸奔流的是白色浪花，還有迎風搖曳的矮樹。在這一切的上頭，在這些成千上萬新奇浩大的樣態之上太陽升起，在世間投下炎炎光流，燃燒為含笑的雲彩。

庫布無法直視太陽，但他看到光河有如多彩的洪流，凌駕於山嶺岩石海岸以及遠方的藍色島嶼，他跪倒在地，在光芒四射的天地神明之前叩首。喔，庫布是誰啊？他是微不足道的骯髒動物，他整個無聊的生命就耗費在茂密森林的霧氣沼澤洞穴中。懷憂喪志，屈服於惡劣醜惡的神靈。然而，世界就在這裡，其最高神祇乃是太陽，森林生活長期的羞辱夢境已經拋到腦後，而且已經湮滅在靈魂中，就像那死去術士的意象正在消逝。庫布以雙手雙腳爬下陡峭的深淵，朝亮處海邊而去。他的靈魂有幸福的波浪奔馳其上，由太陽統治的光明世界，有如夢幻般的預感般開始閃爍，那是明朗的、被解放的生靈在光亮中生活的世界，除了太陽之外，不屈從任何人。

(The Forest Dweller, 1918)

作家側記

赫塞（Hermann Hesse, 1877-1962）

赫塞是榮獲一九四六年諾貝爾文學獎的小説家，這大概就是我們對這位作家最普遍的認知，然而他真正的國籍是居住達五十年的瑞士，頒獎的理由是他一流的詩作。大概諾貝爾獎無法過度肯定那種對生命茫然、人格分裂、目眩神迷，充滿內在衝突的表現主義作品，儘管作者技巧之優越無可置疑。

赫塞的作品在中文世界曾盛極一時，《荒野之狼》、《車輪下》、《徬徨少年時》、《玻璃珠遊戲》對尋求自我的年輕人能引起高度的共鳴。《流浪者之歌》寫佛陀的故事，濃厚的東方色彩也成了少數西方作家獨有的魅力。早他近三十年獲得諾貝爾獎的英國作家吉卜齡也書寫印度，但這位《叢林奇談》和《基姆》的作者，經常被批評以殖民軍國主義的視野看待東方，而在赫塞，東方則為悟道之路。我對赫塞的整體印象是德國教育小説的現代繼承者，主角在自我追尋的歷程中成熟或殞落。童話學者齊普斯認為他的小説主要脫胎於他對童話的高度興趣。他編纂德國浪漫派的童話選集，而且深受影響，《徬徨少年時》、《玻璃珠遊戲》和《流浪者之歌》都帶有童話的筆觸。

赫塞和法朗士是我心目中最博學的作家，巧的是兩人的家庭都曾經營過書店。法朗士精通西方古典，而赫塞則鍾情東方思想，他說自己中文一字不識，未曾去過中國，卻能與距離兩千五百年的諸子百家心靈交會，幸福之至。赫塞自稱讀書數萬卷，讀他的建議書單本身即是一大享受，我也按圖索驥，追隨作家的腳步涉獵，包括他大為推崇的《墨經》。儘管童話對於赫塞的創作影響至大，他卻鮮少以童話作家的身分出現在各種選集，〈森林居民〉完成於他的《童話故事集》之後，的確在我們熟知的童話文體外另闢蹊徑，兼具人類學和教育小説的韻味，筆調細膩，觀察入微。在不見天日的森林中，我們似乎聽見原始的鼓聲，伴隨著父權社會的儀式，主角回歸，破除統治的神話。

珀麗希．萍波與金色鹿皮鬚的魔法故事

桑德堡

珀麗希．萍波從小到大都在尋找好運道。如果撿到一個馬蹄鐵，她就會把它帶回家，用絲帶綁起來，擺在牆上。她喜歡在手臂下方，越過右肩而且絕不由左肩，從指縫間看月亮。誰講了關於土撥鼠的種種，她都聽進去了，而且信以為真。不管土撥鼠在二月二日破土而出時是否會看見自己的影子。

要是夢見洋蔥，她就知道隔天會撿到銀湯匙。要是夢見魚，她就知道隔天會遇見對她直呼其名的陌生人。她從小就在尋找好運道。

她已經十六歲了，長得亭亭玉立，事情發生的時候，她穿的長裙蓋過鞋頂。她正要去郵局看看密友彼得．地薯．繁花．如意有無來函，或者是與她穩定交往的摯友飛蟲吉米可曾來信。

飛蟲吉米擅長攀爬。他爬摩天樓、爬旗杆、爬煙囪，同時也是著名的尖塔維修匠。珀麗希．萍波多少是因此而喜歡他，但更主要的是他善於吹口哨。

每當珀麗希對吉米說：「我心情不好，幫我把憂傷吹走吧！」吉米就會挺自然而然的吹起口哨，直到珀麗希的憂傷自然而然的消失。

珀麗希在前往郵局的途中撿到一片金色鹿皮鬚，它就擺在走道中央。她絕不會知道為何它會剛好在那裡，也沒人告訴她。她對自己說：「好運當頭！」就快快把它撿起來。

於是呢，她把它帶回家，將它固定在一條鍊子上，環在脖子當項圈。

她不知道，也沒人告訴她金色的鹿皮鬚與平凡無奇的鬚鬚有何不同。它有魔力。一旦魔力附身，凡事自然都會由不得自己。

所以珀麗希．萍波的脖子上就戴著安上金色鹿皮鬚的小項圈，她不曉得它有魔法，而且魔法時時都在發揮。

金色鹿皮鬚的無聲魔法說：「妳會徹頭徹尾愛上妳今天遇見的第一位名字裡有X的男人。」這就是為什麼她在郵局停住後又回頭到郵局窗口詢問櫃台，是不是真的沒她的信。櫃台職員名叫西拉思．拜斯比（Silas Baxby），他與珀麗希．萍波穩定交往了六星期，他們一起去舞會、去乘坐乾草車、去野餐、去狂歡。

金色鹿皮鬚的魔力時時都在運行，它藉著小項鍊掛在她的脖子上不停的運作。它此時說：「在妳遇見下一個名字裡有兩個X的男人時就得拋棄一切，徹頭徹尾的愛上他。」

她遇見了那位中學校長，他名叫弗里茲．阿森拜斯（Fritz Axenbax）。珀麗希朝他拋媚眼，對他微笑。他與珀麗希穩定交往了六星期，他們一起去舞會、去乘坐乾草車、去野餐、去狂歡。

她的親戚們問：「妳幹麼和他穩定交往呢？」

珀麗希回答：「他就是得著了那魔力，我不由自主，是魔力使然。」

他們又問：「他一隻腳比另一隻腳大，妳如何與他穩定交往？」

她所能回答的就是：「是魔力使然。」

當然啦，脖子上小項圈的金色鹿皮鬚隨時都在運作。它又在說了：「如果她遇見名字裡有三個X的男人，她必得徹頭徹尾的愛上他。」

某天晚上，她在大眾廣場的一場音樂會遇見了詹姆士·希斯比思迪士（James Sixbixdix）。半點不由人啊。她朝他拋媚眼，對他微笑。他們穩定交往了六星期。他們一起去音樂會、去跳舞、去乘坐乾草車、去野餐、去狂歡。

她的親戚們告訴她：「妳幹麼跟他穩定交往呢？他是個音樂俗貨。」她回答：「是魔力使然，由不得我自己啊。」

有一天她把頭垂下來靠在雨水槽，聆聽著水槽木質桶奇妙的回音。脖子上小項圈的金色鹿皮鬚滑落下來，掉進雨水中。

珀麗希說：「我的好運沒了。」於是她進到屋裡，撥了兩通電話。第一通撥給詹姆士·希斯比思迪士，說她當晚不能赴約。第二通撥給飛蟲吉米，那個攀爬專家，尖塔維修匠。

她給飛蟲吉米的電話說：「過來吧，我心情不好，來吹吹口哨，吹走我的憂傷。」

所以啊，要是妳不巧碰見了金色鹿皮鬚，千萬得當心。它有魔力，會讓妳徹頭徹尾愛上下一位名字裡有X的男人。要不然就是會做些怪里怪氣的事情，因為不一樣的晶鬚，自有不一樣的法力。

(The Story of Blixie Bimber and the Power of the Gold Buckskin Wincher, 1922)

作家側記

桑德堡（Carl Sandburg, 1878-1967）

文學史上不乏女兒成為作家繆思的例子，單就本書而言，前有薩克萊，後有桑德堡，他們比「為愛朗讀」更神聖、更具體，又有什麼比為女兒寫童話更體貼、更討好、更能贏得她們的歡心呢？桑德堡為雙胞胎女兒講的床邊故事，後來成為他三部童話集《乳特巴嘎故事集》、《乳特巴嘎鴿子》和《馬鈴薯臉》的藍本。乳特巴嘎（Rootabaga）是一種黃色的根莖蔬菜，習稱「瑞典蘿蔔」，似乎有身為瑞典移民不忘本的意味。

然而桑德堡的故事是非常道地的美國風味，與馬克．吐溫前後輝映。兩人都著根於美國中西部，馬克．吐溫徜徉在浩瀚的密西西比河，而桑德堡則一方面可以聽到芝加哥的城市喧囂，也可以眺望印地安人與水牛出沒的遼闊平野。故事裡的角色往往單純爽朗、胸無大志但又精神自由。珀麗希．萍波像極美國鄉村女孩的造型，可能長著雀斑、打扮簡單、生性樂觀、喜愛玩樂，有點小迷信，而沒有嚴苛的道德信條。伴隨在狂歡中的不是騎士，而是西部牛仔，聞之起舞的不是優雅的宮廷音樂，而是狂放的鄉村歌曲。桑德堡本人是美國實用主義精神的寫照，作為身無恆產的移民後代，他幹過形形色色的行業，所以書寫的主題也很廣泛。他既是演說家也是民歌手，其歌謠後來集結成《美國的歌袋》。不過他的著作中最家喻戶曉的，應該是為他奪得普立茲獎的《草原時代的林肯》，公認是一部政治家傳記的典範。

我是從他的詩人身分開始認識他的，很多詩集都把他和佛洛斯特（Robert Frost, 1874-1963）和康明思並列，似乎在代表獨特的「美國之音」。但我更喜歡他的童詩，“Arithmetic”、“We Must Be Polite”、“Paper I”。“Paper II”是英語童詩選集的常客，桑德堡的童詩常以問號結尾，像是在與女兒對話。下面這首，我們讀著讀著，竟然就隨著這位民歌詩人唱起來了：

Buffalo Dusk

The buffaloes are gone.
And those who saw the buffaloes are gone.
Those who saw the buffaloes by thousands and
How they pawed the prairie sod into
Dust with their hoofs, their great heads down
Pawing on in a great pageant of dusk,
Those who saw the buffaloes are gone.
And the buffaloes are gone.

水牛遲暮

水牛已經不再，
那些見過水牛的也已經不再，
那些見到成千水牛的
看牛蹄如何踏上草原，
足蹄揚起塵土，碩大牛頭朝下，
掌蹄踏著黃昏絢爛。
那些見過水牛的已經不再。
水牛也已經不再。

吃蚊子餅的房子

康明思

從前有個房子愛上了一隻鳥。

這房子高高的、空空的，有許多窗戶。沒有人住在裡面，因為他聳立在高崗頂端，到哪裡都很遠。除卻清晨，無人可以共玩；除卻日落，無人可以交談；除卻暮光，無人可以交心。當然也有午後，但他幾乎不曾光顧左近，因為他太忙著把月亮送上床。夜晚也不在話下，但他最愛在我們通稱為「星星」的明亮溫柔繁花中遊蕩來、遊蕩去，雖然我們並不清楚它們究係何物。所以除了清晨、日落和暮光這三位朋友，這座聳立在高崗頂上，有許多窗戶的高高空房子孤孤單單的。

有一天空房子正在和清晨玩影子遊戲，想自得其樂，並且忘掉自己何其孤單（遠遠位於高崗之頂），空中有一道聲音，宛如兩朵、三朵或者是四朵白雲齊聲呢喃。這聲音越來越靠近房子，直到房子知道是有某人的翅膀正在飛啊飛啊飛的。隔一會兒，房子聽到一股新的聲音，像是五條或六條（或是七條）小溪正為一個祕密發笑，聲音越來越高，越來越清晰，直到房子知道是有某人正在唱啊唱啊唱的。

房子高興得全身發抖，盡全力傾聽，從他的窗戶四下張望，想看看那正在飛的、正在唱的究竟是何方神聖？突然，從最高的其中一道窗戶的一邊，他瞄到一個小人兒在空中飄啊飄啊飄的，擺動著一對小小的翅膀，唱得曼妙，像是有上千人在聽她的歌唱。這小人兒獨自越過綠色的天地上九霄，她的歌聲溫柔的穿過雲端而下，隨著每一處綠色的天地漫遊，更顯其青翠。這歌聲在遨遊之間似乎不斷在尋覓某物或是某人。最後歌聲（很輕柔的）飄蕩到房子豎立的山崗。於是歌聲停了，輕輕柔柔的，像在找尋某人或某物。過了半晌，它又緩緩柔柔的攀升到山崗，而小人兒則溫溫徐徐的凌空而降。歌聲與翱翔者越來越近，越來越近時，空蕩蕩的高房子內心默默挺住，因為房子明白（一切僅在它自己心中），歌聲所尋覓的正是他，不是別人。而那來自陽光、來自微風、來自天地、來自天空，帶唱飄浮的飛人來見的也正是他，不是別人。

正是如此。

當這細微的飛人降落在他身邊，並且說：「我可以住到你裡面嗎？」沒人猜想得到房子有多開心。房子很謙虛，也很快樂的說：「現在我知道為什麼我一向如此孤獨，而且孤獨那麼久了，因為等待的就是這一天。請進來住，而且要住個不停，直到我們都停止了生命。」

於是鳥兒謝過，且許下承諾。房子單是覺得開心就把所有房間弄得漂漂亮亮的。鳥兒在這些美麗的房間穿過來，穿過去，直到累得在最古怪、最安靜、最微小、最頂端的房間沉沉睡去。

鳥兒隔天清晨醒來就發現房間遍灑陽光，也知道自己比過往更為快樂。於是她對房子歌唱。他愛她至深，於是就清洗所有窗戶，調好所有時鐘，打掃所有樓梯，最後則是用鮮明的新漆把自己徹底粉刷個通透，這時已經要到中午了，他覺得又餓又累。

他對鳥兒說：「我們中餐吃什麼好呢？」

鳥兒想了又想。最後她說：「由於你是如此美麗的房子，而我又是如此愛你，我想飛出去抓些蚊子，那我們就有些蚊子餅可吃。」

房子說：「好主意。我把自己全新粉刷過，的確是非常餓了。」

鳥兒說：「我去去就回。」她從房子飛出窗戶，扶搖直上溫甜的空氣中，唱啊唱啊唱的，房子在後面看著她，滿心歡喜的對自己微笑，想著：「天哪！身為房子的我何其幸運啊！」但就在他認為她已經消失的時候（因為他聽不見她的歌聲了），她急匆匆的從空中靜悄悄的飛下、飛下、再飛下，很輕柔的降落在最頂端的窗戶，輕聲說：「噓！有人來了！」

「人？」房子說，他往外看，「我一個也沒看到。」

鳥兒低聲說：「他們正在上山，你沒看見嗎？」她說著，天也暗了。

房子再看了一下，的確，他看到三個人正在登山，他低聲說：「老天！怎麼辦？」

鳥兒輕聲說：「我們都別動。」房子低聲說：「好啊！」兩者緊緊依偎，相互微笑，在暗處，不發一語。

通往房子的路上上來了三個人，他們都抬起頭說：「吼！瞧瞧這兒有什麼來著！是房子沒錯！」（房子一語不發，鳥兒動也不動。）越過山崗到達房子門口的三個人來了，他們一起高喊：「吼！這是什麼啊？一棟高高的房子，空空的，開滿窗戶，但沒人住在裡面！」（鳥兒屏住呼吸，房子一語不發。）於是他們三個步上階梯，穿過門戶，進入房子而且高喊：「吼！我們擁有這房子，真的！讓別人對我們刮目相看吧！」但恰在此時，只聽房子開始鐘聲大作，轟隆砰然之聲前所未聞，所有人嚇得跳到半空中，繞著跑來跑去，逃出房子，跑下山崗，能多快就多快。房子笑啊笑，鳥兒振翅歌唱，大量陽光隨即布滿整個綠色天地。

然後鳥兒就飛出去捕捉蚊子，直到夠做一個可口的餅。她把蚊子統統帶回來交給房子，他放一大把糖烹煮，做成一個餅。於是鳥兒和房子各自吃了三份可口無比的蚊子餅（讓我告訴你，他們吃完後真的平安無事）。

不僅如此，而且再也沒人來打擾他們，他們在一起，說有多快樂就有多快樂。

(The House that Ate Mosquito Pie, 1924)

作家側記

康明思（e. e. cummings, 1894-1962）

康明思在英美詩壇上的地位堪稱獨特，他的作品不像前後期的詩人譬如佛洛斯特、桑德堡、龐德（Ezra Pound, 1885-1972）、艾略特、奧登（W. H. Auden, 1907-1973）、湯瑪斯（Dylan Thomas, 1914-1953）等人那樣廣被傳誦，或者至少留下一些名句，卻總被擺在一流詩人的行列。的確，他的作品與其說是聽覺的，不如說是視覺的，像在一台打字機前搬弄著標點符號、大小寫、行寬、行距的遊戲，余光中稱他為美國詩壇的頑童，真是一語概括其整體風格。

你猜得出r-p-o-p-h-e-s-s-a-g-r這首詩的名稱嗎？那可得需要一番解碼的工夫，康明思在這首圖像詩的最後一行才為我們解謎：grasshopper！如果只是玩文字遊戲，當然無法造就一位一流詩人，那是出自他對語言的好奇，嘗試顛覆既有的成規，以他深厚的素養，不斷進行文字實驗。於是，閱讀康明思的詩就添加了不只一層體驗，我們必須費更多細讀的工夫，重組詞句，然後幡然領悟，原來竟是韻味十足！康明思出身哈佛書香世家，終日與當時最傑出的思想家、作家為伍，哲學家詹姆斯（William James, 1842-1910）算是他父母的媒人，自由的環境也賦予他自由的想像與實驗的精神，第一次世界大戰時，他自動請纓到法國擔任救護車駕駛，因涉嫌情報罪而入獄，經父親奔走出獄後，又重新到法國學習藝術。巴黎經驗成為他詩作重要的一環，他說寫作無它，必須從生活著手，此乃明證。

一九五二年他應母校哈佛大學之邀發表六場「諾頓講座」（Charles Norton Lecture），而他把這系列的講座名為《我：六次非演講》，真是不改本色。這幾場演講別開生面，讀來像在與聽眾閒談。他一開始就向那些非同等閒的聽眾預告了，不是來大談詩論的。所以似乎是拉拉雜雜的講生平、談家庭、論戰爭、說愛情，每講留十五分鐘朗讀幾首與該講座相呼應的詩。令人驚喜的是，這幾場看似結構散漫的講座，在仔細品嘗過後卻發現首尾呼應，步步為營，布局完美，在談笑間完成了詩論。找到這篇《吃蚊子餅的房子》令我大喜過望，彷彿詩人正對著我們微笑。對文字錙銖必較的出版家大都心悅誠服的遵照他的意願，放棄對文法的執著，把I寫成i，讓他的大名寫成e. e. cummings。

美麗的麥凡薇

德拉梅爾

很久以前在威爾斯沼澤環繞的山林間有一座古堡，裡頭住著艾格雷塞大公歐文．葛威梭克。他短小精幹，身材微屈，鬢髮濃黑，雙耳碩大，兩眼精細。他單獨住在城堡，只有獨生女美麗的麥凡薇長相左右。

她著實美貌，頭髮紅裡透金，髮辮長垂及膝，笑聲有如遠方教堂頂端的鐘聲。她引吭高歌，讓回音忘了如響斯應。她的神思透過湛藍的眼睛眺望，就像是常春藤樹叢中的斑鳩從巢裡探出頭。

麥凡薇也很快樂，幾乎事事皆然。所有她父親能給予的自在歡樂盡歸於她，只除了自由之外。她可以唱歌、跳舞、思考、說話，吃喝玩樂都隨心所欲。她父親的確很疼愛她，單單看著她就可以坐上幾小時。就像是你看著風越麥田、水中倒影，或者是天上雲彩。只要她能平平安安的完全屬於自己就好。

在麥凡薇還小的時候，就有一種不祥的預感籠罩他的心頭。想著她有一天會離開他，想著她會失蹤或被拐跑，想著她會生病死去，然後呢？諸如此般的夢魘，夜以繼日的令他心神不寧。每念及此，他深黑的眉頭就為之低垂。那令他悶悶不樂，愁眉不展，滿腦子揮之不去。

單是為了這個理由，他就嚴格禁止麥凡薇越出城堡方圓一步。城垛塔樓、穿堂走廊、連綿廂房、樓頂花園與庭院之巷道、噴泉、魚池和果園都在禁止之列。他無法信任任何人，無法忍受她離開他的視線。他監看、他注視、他夢遊、他諦聽、他偷窺，這一切都是因為怕失去麥凡薇。

所以儘管她有鴿子、天鵝、孔雀、蜂蝶、燕雀、雨燕、穴鳥以及出沒在城堡各種歌聲、飛翔、羽毛大異其趣的飛禽為伍，但除了她父親之外，就沒有別的人類了。飛鳥與蝴蝶有羽翼，能隨意想飛到哪裡就到哪裡。就連魚池和泉水裡的魚也自有其窄細的堅石通道，乘著敏捷的魚鰭終歸可以贏回大河。麥凡薇則休想。

她是父親無可贖換的囚徒，是籠中之鳥。森林延伸向海的遙遠地平線，她可以大飽眼福，卻知道無法前往。至於有著繁榮街道與市場的鄰近城鎮，她也只能徒然夢想著它的榮景。此時會有一陣古怪的黑暗來到她眼前，她的靈思不像鴿子那般張望，而像是喑啞的夜鶯離巢，夜鶯的舌頭被切除，只為親王的食物添增珍饈。

這男人的心思何其糾結啊！就只因為爵爺深愛她的女兒，她感嘆著懇求改變冒險，而他卻像隻固執負重的野獸，立足既穩，就不肯趨前一吋。在他沉重的眼睫下，他可以看到她沒有捲燙過的頭髮，好像這樣看就可以確保其金黃的光輝於不墜似的。彷彿塵土可以免於蟲咬生鏽，或是變化與機運。時光之球冷酷的跫音也沒有途徑可以令人膽戰心驚。

所有他想得到能令她永遠據為己有的不外乎細緻衣裳，珍饈異果，遠地來的玩具與奇技消遣，以及可以供一個快樂學者受用一輩子的書籍。他永不止休的告訴她自己有多麼愛她、珍惜她。但有一種內心的渴求是世上沒有任何事物滿足得了的。麥凡薇邊聽邊嘆氣。

此外，麥凡薇長大了，出落得像樹苗成為束束綠柳。此時已屆臨她的第十八個春天，更加美得非言語所能形容。而這卻只使得她父親的心靈添加另一層更尖刻的不祥預兆。每當在餐桌上扒麵包或是飲酒，他都坐得像一具骷髏。連遠自非洲而來的燕雀吱喳聲都會讓他想到喪鐘！也就是，終有一天會有個情人或追求者把她帶走。

怎麼說呢？單單只是看她，甚至是從背後看，對她纖細的肩膀或是在玫瑰叢裡彎身驚鴻一瞥就已足夠。她笑起來呢？且聽，兩拍就好。不分親王農夫、騎士鄉紳、勇愚老少，沒人可以抗拒。歐文·葛威梭克知之透徹到骨髓。只要看上一眼，那看的人的心思就已經被從軀體竊取偷走。他會愛上她，愛得那麼深，那麼無可挽回，就像是深黑冒泡的水花碎裂在艾格雷塞的峽谷，那是飛箭也越不過高牆。

假使有這麼一位追求者說他愛她，她會不會忘卻他所有的照料與慈愛，被說動而和人遠走高飛，留下他孤零零的呢？孤獨！他此時已經垂垂老矣。他一念及此就心生恐懼，內心在嘆息呻吟。他命令鎖匠安上雙重的門閂與橫木，他會坐上幾小時留意著行經高牆的公路，不懷好意的看著路過的每個陌生人。

最後他甚至禁止麥凡薇在花園走動，除非戴上寬闊罩頂的圓形帽。帽簷寬到足以遮掩到讓攀牆偷窺的不速之客看不到一絲頭髮。的的確確，除了衣裳下的絲絨鞋亦步亦趨，輕巧如鼴鼠，一步接著一步踏過繁花盛開的巷道，一片草地接一片草地！

由於麥凡薇愛她的父親一如她父親之愛她，她盡其所能讓自己開心快樂，不焦躁、不埋怨、不蒼白、不消瘦也不憔悴。但就如有好心女主人的籠中鳥在梁木後也能跳、能歌、能展翅，儼然自得其樂，內心卻因思念野外森林和綠色窩巢而自苦。麥凡薇正是如此。

她自己會這樣想，只消讓她到城裡見識一次就好。只看看街上的人，市場裡的攤販，店裡的蛋糕、甜肉和蜜果子，陌生人來來去去，高大山牆上的日光，說說笑笑，討價還價以及跳舞等等，此外就是馬匹、遊客、鈴鐺和星光。

尤有甚者，想到父親於自己對他的義務與孝心毫無信心，不會同意讓她離開視線寸步，她就內心作痛。晚餐過後，她倚著父親龐大的座椅，他衣著深紅端坐著，黑髮懸垂及肩，鬍鬚盤結於胸，她俯下吻他道晚安。這種心思即使沒有訴諸舌尖，也能見於雙眼。這時候他總是毫無二致的闔上眼皮，或是看著別方，宛如他心知肚明，只是礙難承認。

僕傭通常喜歡蜚短流長，此時閒言閒語像薊花的種子四處散布。只因為從未有人在戶外見到過麥凡薇，她的美色早已傳遍全國各個角落。吟遊詩人為之謳歌，甚至將歌謠遠播到威爾斯以外的國度。

事實上，人們對罕見的美貌與善德再怎麼守密、默默以待，消息本身還是不脛自走，散播到全世界。聖徒坐在自己的洞穴或斗室，幾乎沒什麼凡眼見到過他的布施與善舉，以及默禱，靜得像森林峽道中的日光或是大西洋邊窪地的海鳥。他也許活到全身乾枯，兩頰深陷，蓄著長鬚終老，遺體封在棺木中。即使如此，假以時日，他的慈善之名，慈悲為懷的神蹟將散播四海。你甚至會不經意的在離他生活、死亡於斯的歸隱處幾千里格之外的神壇看到他的形象，如此而達數百年。

麥凡薇的美麗與溫柔相得益彰。這也就是為什麼當艾格雷塞大公騎馬經過鄰近的城鎮時，他從眼角就發現有喬裝古怪的陌生人，他立刻起疑，認定是遠自他國的王公貴卿仰慕女兒之名而來，即使只為看上一眼。這也就是為什麼街上弦歌處處，幾乎聽不見瀑布的喧嘩。也是為什麼鎮民幾乎經年都有特技、雜耍、相命、解厄和說書人好消遣取樂。事實上，貴冑之家到訪也往往不加掩飾。他們在一座挑高的古宅，一住下來就是幾星期，帶著隨從僕役，老鷹與獵犬還有飾裝的馬匹。而他們唯一的願望就是能看一眼芳名遠播的麥凡薇。

但他們怎麼來就只能怎麼回去。不論如何處心積慮，想在城堡找到駐足之地終歸徒然。閘門總是落下的，塔樓的看台永遠都有守衛，花園的出入口則是串結厚重鐵鍊。死氣沉沉的古牆沒有一扇窗是離地面不到二十呎的，既厚又鏽且以梁木封閉！

即使如此，麥凡薇偶爾也會在花園獨處。她有時偷偷溜出去，只為了呼吸一口自由空氣，那對望深意切者而言，甜美猶勝石竹、薄荷、茉莉、忍冬。五月的一個黃昏，她父親盯梢到疲憊不堪，頻頻打盹到睡著，在涼亭或是夏屋裡鼾聲大作，她就去西廂門，掀起寬帽的帽簷，看了片刻的日落。越過梁木，滿心想望穿遠處的綠色森林。

帶葉的枝幹懸掛在薔薇天色中，沉靜有如深水裡的圖案。天空像是絲質布幕，其藍如海。麋鹿在暗色的綠地覓食嫩草，鳥兒美妙的啾囀從林間空地和隱祕處揚起。

但是麥凡薇此時雙眼緊盯的並非這些，而是有個青年模樣的男人靠在山毛櫸的樹幹，身形挺直卻似睡著，離她站著的門邊還不到二十步之遙。她猜想，他必定在這裡看望些許時候了。他的眼瞼看來深黑，臉色白皙，集修長與溫雅於一身。鳥兒顯然忘了他的存在。一隻松鼠前爪正捧著堅果在他頭上一碼處去殼。

麥凡薇從未在谷地的這道門外把眼光落在陌生人身上。服侍她父親的淨是老人，在她出生之前就已經在城堡供職了。她不著邊際的想著，這年輕人看來像是樵夫，要不就是守林人或是養豬戶。她曾無意中在母親的收藏裡，讀過一本手寫的奇幻故事書。

麥凡薇指尖按著帽簷，站著仔細端詳著。心裡有一道聲音告訴她，不管這人是誰，是做什麼的，都是她從小以來所等待與夢想的。除此之外，一切都已在心靈與記憶中消失殆盡。她的雙眼好像沉浸在這樣的老故事，而且是她所熟知的。這意識不清的陌生人正是那故事本身。而他本人靠在山毛櫸的樹幹上，僵硬得像是一桿木柱。有如被釘在那裡熟睡著。

他此時睡得如此安詳，也許還會繼續沉睡下去，直到她像來到時那般消失吧。然而，此時那以尾巴在他頭頂近處遮陽的松鼠突然發現門旁遮欄的麥凡薇，牠一吃驚就掉了堅果，這年輕人的心口受這麼個輕敲就睜開了眼睛。

對麥凡薇而言，這就像稀奇而美妙的華宅應門而開。她停止了心跳，指尖發冷。而陌生人也不斷凝視著麥凡薇，宛如她是來自夢中。

如果任何事都可以用言語表達，兩人之間這默默一瞥，卻告訴麥凡薇在她看來既陌生偏又熟悉的事情。就有如步道上的細石，玫瑰叢裡的尖刺，空中鳥兒的音符，暮氣下的幾滴露珠。若要道盡，印出來的書恐怕要比這本長上十倍。

即使是在凝視，她卻又突然想起父親。她嘆息，讓手指從寬闊的帽簷落下，掉頭而去。古怪的是她父親稍早前在涼亭醒來，此時正急匆匆的在花徑裡尋找她，卻因為她那頂可笑的寬邊帽，他連山毛櫸樹下這位陌生人的一絲影子也沒看到。事實上在松鼠還沒躍開躲藏前，年輕人就已經從樹幹四周消失，像蛇沒入了草地，轉眼無蹤。

但除了這回之外，他可是一點都不像蛇。就在當天晚餐時，麥凡薇的父親告訴她，有一封信送達城堡，是來自那該死的尼克．諾巴地，要求當著他的面向她求婚。他怒不可遏，吐出喝下的酒，剁碎他的麵包，臉色陰沉如風暴將起，兩眼像熱煤般冒煙。

麥凡薇臉色蒼白坐著發抖。直到目前為止，這類書信即使來自著名國度甚至是東方的親王，對她內心的意義，還遠不及杜鵑啼囀或是風聲低語。的確，威爾斯山區的那些杜鵑和海上吹來的風是一種聲音的話語，神祕歸神祕，卻能心領神會。這狂妄的宣誓則不然。麥凡薇大可像看待笨拙的熊嬉鬧般一笑置之。她會摸摸父親的手，含笑看著他的臉，讓他確信那毫無意義，她仍安全無虞。

但這封信！她的心思沒有片刻不是那陌生人的臉孔。她唯一的渴望與絕望端在於懷疑能否在這世上再看到他。她靜坐如石。

她父親終於開口了，將肥厚方正的手放在她手上，她則坐在他身邊的絲絨高背椅上。「耶！耶！我親愛的，我親愛的乖乖！這在在都在向我們顯現世間是如何充滿著狂妄與險惡。親愛的，這是一個洞穴、一個告誡、一個示警。我親愛的，我詛他入骨！我們必須十倍謹慎，要小心翼翼，要像山貓、像狐狸、像百眼巨人，眼觀八方。但切記，我的一切，我的寶貝，記住這點，身為妳父親，只要我一息尚存，沒有病痛、沒有傷害可以近得了妳，碰觸妳。親愛的，只要相信我的愛，一切都會安好無虞。」

她冰冷的雙脣拒絕張口。麥凡薇不知該當如何答腔。她轉頭端坐，做著可怕的白日夢。扣緊父親的拇指，只含含糊糊聽著他的憤怒與激情、報復與景仰在那裡流轉。她的心靈與胸懷此時被思緒、期盼、恐懼與哀愁交織淹沒，這不發一語的緊握所表達的是她也愛她的父親。

過了一陣子，他的怒氣仍未稍消。他從椅子起來，把那狂妄的信撕成三十二碎片，扔進石材煙囪燃著大塊木頭的火裡燒毀。他喃喃自語：「讓我把手指伸進那無恥的鸚鵡，我要，我要切斷他的舌頭。」

麥凡薇現在要做的第一件事，就是一有機會就匆匆跑到西廂門口，為的是警告那陌生人，她父親的怒氣沖天、不懷好意，要他躲起來，永遠永遠都別再回來。

但當她再靠近圍欄時，麋鹿仍在森林裡吃草，松鼠細咬著另一顆堅果，山毛櫸把針葉攤得更開闊，融入靜謐的夜色。陌生人卻無影無蹤。他曾站立之所在，此時只在確認他的確一去不回了。麥凡薇從安靜的場景，從森林掉頭而回，陽光隱去了，一切美景盡遭遺棄。她致力於一般白天裡讓心思專注的針線活兒，彈魯特琴，讀詩篇，但除了他頎長的模樣，眼中再無一物。

而此時她的體內也開始焦躁不安了，不斷為她的陌生人恐怕已遭不測的懼怕所苦。她父親正因為是帶著嫉妒之情在愛她，立刻知道是什麼玩意兒在她心裡作祟。他無時無刻留意、監視著她，追蹤她的一舉一動。

麥凡薇的寢室位於爵爺城堡的南面塔樓，下端有一條從城鎮朝東蜿蜒，通往森林和遠山的道路。由於寢室高踞於地面之上，窗戶就不需要欄杆。麥凡薇從窗楹極目而望，只能看到草地上行客的頭頂，窗楹寬闊挑高到足以讓夕陽於該到的時間在牆壁、圖畫和布罩的阿拉伯床鋪灑下光芒。但石壁堅厚，若要從寢室探望個透徹，她就必須稍微俯身在冰冷朝內的窗台，以便窺探開闊的碧綠鄉野，有如透過船隻的舷窗那般。

某天晚上，麥凡薇坐著縫衣服，輕輕自哼自唱著，像是要讓心思免於糾結，她聽到一些喃喃聲。她起初不知道怎麼回事，心臟瞬間停止跳動。她任由麻布滑落，站起來，悄悄越過石板上的墊子，輕輕的讓細肩擠向前靠，終於可以透過窗戶看看下面的天地。她所看到的又是什麼呢？一位身穿舊絨布披風、黑髮垂肩的魔術師站在窗下的月光中，四周圍著一群目瞪口呆的鄉民百姓、無所事事者和小孩，有些甚至是從城外追隨而來的。他們一致沉迷在他的神采與戲法中。

這類事情事實上也超乎麥凡薇個人的想像，她看他看得如此入神，乃至於沒能捕捉到鑰匙孔裡一聲長長隱約的輕嘆，也沒聽見她父親躡手躡腳轉身下了樓梯再回到底下的房間。

事實上麥凡薇那不復哀傷的眼睛迅速一瞥，就已經識穿了那一身魔術師的喬裝打扮：假髮、披風、帽子、緊身褲。她看著他的時候放聲大笑。有誰想得到，那第一次見到時既聾又盲、靠著山毛櫸樹幹熟睡的年輕陌生人竟具備如此的豪氣、技藝和智巧。

他的頭部環繞的是閃閃發亮的鋼圈，匕首迅速的在兩手間翻來覆去，突然，周圍的群眾發出一聲驚呼，他左顧右盼的結果，一把匕首失手。它在掉落，掉落；不，他迅雷不及掩耳的翻轉鞋底，匕尖貼在他的鞋跟上搖晃，但仍繼續任由其他匕首在金風中飛舞。

然而在那霎時之間，他上揚的目光已經探測到在世為人所盼望見到的：麥凡薇。他把匕首扔到一邊，從旅行箱取出一袋彩色球。他胡亂發出一串人們聽來不知所云的話語，就直接以彩色球開始變戲法。七顆彩球扶搖直上天空，越飛越高，但其中一顆金球飛得猶高。由於夕陽炫眼，高到後來人們再也看不見。事實上，此際它疾飛九霄，就在它下墜的瞬間，懸掛在石製窗楹觸手可及之處。麥凡薇只消把手一張，就可以把它抓在掌心。

而就在她帶著困惑觀看時，內心有一聲輕呼喊著：「拿去！」她深吸一口氣，閉緊雙眼，停頓一下，下一瞬間把手往空中一伸。球已在握。

她偷偷下望，魔術師又在變戲法了，這一回看來是形形色色水果的綜藝演出。石榴、榅桲、佛手柑、檸檬、柳橙、油桃在他們頭上翱翔，其中一顆英倫蘋果最不同凡響。輕呼聲又在麥凡薇心裡響起：「拿去！」她手一伸，蘋果也入掌心。

她再偷窺又凝視，這回看來像是他把幾條蛇拋向空中，牠們在他周遭扭轉、繞圈、盤繞，在他左右手之間徐徐扭動。嘶嘶聲讓人們後退些許，膽小一點的孩子則跑到公路的另一端。此際，其中一條蛇又飛得比其餘還要高，麥凡薇從便利的視角可以看出那根本不是蟒蛇，而是一縷絲線。那輕呼聲又第三度響起：「拿著！」麥凡薇又是伸手在握。

這時正好有一抹微雲飄過太陽，下面的群眾眼睜睜看著飛得最高的蟒蛇憑空消失，異口同聲高喊：「不見了！消失了！不見了！消失了！魔法師！魔法師！」此時接連飛舞著跳進魔術師鈴鼓的銅板，已足以讓他瞬間成為世間最富有的人。

現在魔術師一本正經的向人們脫帽致意。他把披風纏繞得更服貼一些，擺好匕首、彩球、水果、蟒蛇還有屬於他的一切，然後放進長方形的綠盒子。他把捆好的行裝高舉過肩，再度脫帽致意，又將鈴鼓扣在手肘底下，拎起棒木棒，從城堡筆直掉頭朝著濛濛日照的山間離去。夜幕開始低垂，人群很快散去，從城堡被這魔術引出來的女僕廚傭回去工作，小孩急匆匆的回去告訴母親這些驚奇，並且在狼吞晚餐麵包和被打發上床時，模仿著魔術師的戲法。

隨著魔術師離開後的沉寂，麥凡薇在寢室裡蹲跪在祥和的金黃暮色裡，旁邊有一張木椅，她兩手疊在膝上，深黑色的雙眼帶著好奇與焦躁盯著那彩球、蘋果與絲繩。但離此十到十二石階下方同樣窄小的寢室，她的父親蜷縮在窗邊，怒不可遏。單憑想像看著這些天上來的奇怪禮物，幾乎已和麥凡薇肉眼所見一樣真確。

雖然陽光對他本人和公路上的平民百姓一樣耀眼，他卻緊盯著魔術師的戲法，但他計算著每顆彩球、每個水果、每條蟒蛇，看著它們起起落落，以合乎韻律的神祕路線在空中繞圈圈。當每樣神奇的戲法依序結束，他知道第一次少了一顆金球，第二次少了一顆英倫蘋果，第三次則是一條像蛇頭般有釦環的絲繩被拋上天，卻沒落地。在圍牆底下百姓與孩童尖叫、大笑與鼓掌的喧囂中，憤怒與絕望的淚水從他的雙眼奪眶而出。麥凡薇正在欺瞞他。他悲慘的時刻已經到臨。

但他又錯了。事實上他是因嫉妒而雙眼發綠，因憤怒而心思變黑，所以他的機智也變得一無是處。不唯機智，連禮貌與精神都蕩然無存。因為接下來那一瞬間，他的確就像小偷那樣，一階一階摸上去，此時再度雙膝落在他所摯愛的麥凡薇寢室門外，以綠中帶黑的一隻眼睛，透過鑿穿的小小針孔盯著她看。他的確就看到了奇怪的景象。

這時已經要入夜了，夕陽的餘暉微弱，僅能透過細細的石窗台滲進些許柔光。麥凡薇用火絨盒點燃七支燭台上的七根蠟燭（她最喜歡的莫過於光亮）。她把這擺在狹長鏡子旁的一張桌子上。當爵爺把眼睛壓在針孔時，她身形微屈站著，蘋果在手，她先是端詳著它，接著看著鏡中人在亮光的反射下手持蘋果。

所以此時見到的麥凡薇就有兩位，她本人以及鏡中影像的她。她此刻之美更勝一籌，連魔法師都為之辭窮。她父親蹲在門縫，僅能捕捉到她凝視著鏡子裡的蘋果，喃喃反覆自語：「可否？可否？」突然！他不敢輕舉妄動或高呼出聲，她把蘋果舉上嘴脣，細細咬起果皮。

他無法說明接下來如何，因為其中妙到毫顛之處，僅存在麥凡薇心中深處。果實濃烈的汁液似乎在她的血脈裡流竄，有如在她父親剔透的山泉與水塘裡疾游如飛的魚群。那就像是幸福已經緩緩從天而降，圍繞在她身邊，如雪花般耀眼。它們就駐足在她的髮上、肩上、手上，無所不至。但那又不是雪，因為毫不冰冷，偏又帶著白天蔭木裡或是雨後花園中的香氣。她明亮的眼睛光彩越熾，兩頰生輝，雙脣綻然一笑。

如果麥凡薇是世界任何地方的某位公主，她肯定會像納西索斯那樣，在水仙池塘俯首下望竟就愛上了自己。「奇中之奇啊！」她默默吶喊，「但不過是輕咬一口我那勇敢魔術師的蘋果就能致此，聰明的話就別再去咬它了。」

爵爺從針孔裡大飽眼福，看著她像森林裡某種美麗的花以最靜謐的孤獨成長著，且在他眼前盛開怒放。

然後麥凡薇好像突然想起什麼，轉身取出金球。她之前就已經起疑，現在則是發現那根本不是球，而是以稀有木頭內襯的小小橢圓盒子，覆蓋著金色絲線。輕觸一下就在中間的細小彈簧，蓋子一下就彈開了，麥凡薇伸出雙指，在透明光線下取出的是一條絲質面紗。但這是一條織工精巧的薄紗，將其網絲纏繞，下垂於地，那面紗在燭光下看來就不過是一團銀灰色的霧氣。

它朦朦朧朧的沿著她的指端垂到石板，飄飄然像空氣那般輕盈。神奇的是，它能輕易從頭頂到腳跟覆蓋住她，竟能裝進區區兩吋大的球體空間裡！她以崇敬之情看著這精巧的手藝。然後她拇指輕彈，把雲般的絲罩放到兩肩。

善嫉的爵爺仍在享著眼福，但，天哪！麥凡薇所站之處瞬間失了蹤影，僅有七根正在燃燒的蠟燭，另外七根則在鏡中。她不見了。

然而她並沒有走遠。因為他現在聽到了一股不知來自何處的孩童般低笑聲，那是她看見隱形面紗使得鏡子裡空無一物時，發自她雙脣之間的情不自禁。她沉著的凝視那一片清澈無物，迷失在驚奇中。她全身上下全都不在裡面映照！鼻尖、拇指，甚至是鈕釦或銀色小墜飾都沒有。麥凡薇消失了，但她心知肚明，她真正的自己就在體內，而不是別的。只是以面紗為帳幕，快樂得像群鳥飛過四月的山丘或是深藍海洋裡的美人魚。那的確是件神奇的事，既在那裡又不在那裡，聽得見自己，卻又像水一般通透。

她雖然站著不動，心思卻同時像雀鳥般快意飛翔。這面紗也是魔術師的禮物，那奇怪喬裝打扮靠在山毛櫸沉睡的年輕陌生人。她內心猜測得到他所為何來，但一念及此就感到不安。她才逝去片刻，回來也在瞬間，而面紗就在手指之中。她輕輕對著自己笑，把面紗摺了又摺，重新放回細細的盒子裡。然後回過頭拿起椅子上的絲繩，任由思緒天馬行空，在她纖細的脖子上繞過兩圈。絲繩似乎有自己的生命，因為顯現在鏡子裡站著的麥凡薇，沉靜得像是彩色的象牙雕像。智慧之蛇橫掛過左邊太陽穴，搖著頭在她耳邊喃喃低語。

歐文．葛威棱克再也看不下去了，他以顫巍巍的手指摸索著陰暗的階梯，偷偷摸摸走下宴客廳，總管已經在等著他的來臨，宣布晚餐就緒。

想著他的美人兒，他的掌上明珠，他的溫柔孩兒，他的麥凡薇，他世間珍惜之最，溫柔美貌名揚萬都的女兒，曾在須臾間忘記他們之間的愛，忘卻她的照顧之責，處於被永遠離棄的危險中。想到那工於心計的人正在把她拐跑，他牙根一咬，嫉妒與絕望的眼淚就從他眉頭緊皺的臉頰上滾落下來。

更糟的是，他心裡有數，世上有某些事情是連最有權勢的人也無能為力的。他很明白，所有的抗拒、一切的伎倆、無窮的機巧要與真愛抗衡，最終將證明無法得逞。但在所有雜沓的念頭當中，最為苦楚的哀傷與失望，莫過於麥凡薇想必在欺騙他，隱瞞他，只想敷衍他，把應該立刻說出的當作祕密。

他的心思確實黯淡陰沉。不信任如此美麗的人，那或許可以原諒；但像鼬鼠那樣偷偷摸摸的追逐，像奸細那般的監視，在她還未能證實無辜之前就認定她有罪！這豈能寬恕？這時他的仇家已來到跟前。

來人正是麥凡薇。美得像一朵璇花，環繞在枯萎的木樁上。她從門柱旁就在看著他，搜尋他的臉龐。有那麼一瞬間，她閉起雙眼像是在吐出禱告詞，然後進來房間，親手放到橡木桌上他銀色餐盤的旁邊，首先在他面前擺上咬過的蘋果，接著是金球，最後則是絲繩。她看著他，雙眼與音腔帶著再尋常不過的愛意，她告訴他這些東西如何不經意的落在她手上，又是從何而來。

她父親聽著，卻不敢從餐盤上抬眼。他低垂的前額越來越陰鬱，連鬍鬚都似乎根根直豎，他不發一語，從頭聽到尾。

她說：「親愛的父親，你看看，我當如何全心全意感激那為我費上這麼多心思的人？如果你見過他和藹而彬彬有禮的樣子，就連你也不會動氣。如你所知，在以前，普天之下除了你之外沒有一位我想傾訴的對象。而今則是除了那陌生人外也還是只有你。我知道的不外乎此。你能否幫我想想，這些神奇的禮物對我意味著什麼？為什麼只給了我？親愛的父親，你能告訴我怎麼處理這些禮物嗎？」

歐文．葛威梭克頭垂得更低了，他的目光黯淡，火炬在燭台裡劈啪作響，桌上的蠟燭燒得搖搖晃晃。

最後他把臉頰掉轉到另一邊，像一隻咆哮的狗。他說：「親愛的，我在這世上已經活得夠久，知道那令年輕貌美的人苦惱的危險。我同意，這下流的江湖郎中必然是機巧百出的人物。我也同意，他的戲法如果無害也值得一些賞賜。也就是說，如果只是像看來那樣的話。但並非如此。這個最要命的陌生人是個騙徒，是個詐客。我猜想得到，他的巢穴位於殘酷神祕的東方，他的期望與計謀在於誘妳入夥。一旦落入了他的狼爪，他惡名昭彰的奴隸就會抓住妳，把妳背到停泊在河上的邪惡三桅帆船。親愛的，看來妳的溫柔美貌已經被這醜惡的世間所覬覦了。即使是最柔美的花也會被無益的脣舌玷污。然而一旦落入這邪惡的江湖術士之手，他或許會誘使人上了賊船前往巴布瑞，或者是到特克恐怖的區域，設個圈套把妳送到灼熱的市場，當作奴隸賣掉。孩子啊，危難與險阻既嚴厲且迫在眉睫，趕快從心底驅除這魔障，把他那些邪魔外道拋進火裡。蘋果純屬幻象，妳描述的面紗不過是玩具，絲繩則是惡魔的把戲。」

麥凡薇彎著身子瞧著父親，傷心寫在眼裡，內心的喜悅則在發光起舞。怎麼說呢？如果他認為自己所說的句句屬實，為何不能抬起雙眼，和她面對面呢？

最後她輕柔的說：「好吧，親愛的父親，就算是如此吧。你認識這神所創造的世界，超出我能有機會通曉的不下萬倍。不論我渴望的是什麼，我一定得提出這小小的請求。我的意思是，你能否答應我，在你多為我設想一下之前，別馬上毀掉這些漂亮的玩意兒？如果我瞞騙你，那麼我必然會悲不自勝。但每當我努力在思緒上把他抹黑，光線偏就溜了進來。我打從心底明白，這位陌生人不論是基於本性或是天道，都毫無可能是你所論及的那種人。有時我會聽到一股聲音對我低呼是與否，我就聽命行事。關於他，所低呼的都只有是。但我還年輕，這大房子的四壁又是如此狹窄。而你呢，親愛的父親，如你經常告訴我的，你智慧過人。何妨邀請這年輕人到你面前來。質疑他，考較他，端詳他，聆聽他。如此一來，你就會如我一般信任他。由於我知道自己快樂，也就知道他誠實無欺。要是毫髮偏離對你的服從，對我就是難以言傳的折騰。但，天哪！要是再也不能見到他，我將枯萎而死。」她帶點微笑說：「那，但願不會，那豈不是更為不孝？所以，如果你愛我，從我一出娘胎就知道的那樣愛著我，而我也愛你，我懇求你以疼惜慈祥之心為我設想，還有慈悲。」

話一說完，她也無意拭去兩眼湧出的淚水，把魔術師的三樣禮物留在他面前長條桌的鮮花水果中間。麥凡薇急匆匆的離開廳堂，回到寢室，留下父親獨處。

有一會兒，她的話語像清冷的露水，灑在他心中的暗草。有一會兒，他甚至沉思起來。他略知的寓言也讓一切醜惡的假象無所遁形。

然而為他自己，以及他的驕傲與固執，這些溫柔的遐想瞬間煙消雲散。他又想到那魔術師，他長期以來的盯梢所帶來的內心翻騰，遠非言語所能表達，憤怒、怨恨、嫉妒再度在他心裡沸騰，淹沒了其餘一切。他忘了禮數，忘了他對麥凡薇的愛，甚至也忘了想保住她孝心的渴望。取而代之的，他一點一滴的啜飲著酒，坐著發火，滿腦子盤算與籌畫的就只有一件事，不惜裝釣餌、設圈套也要擊敗這魔術師，以此來扼殺他愛女麥凡薇的愛情。

最後他內心冒出一股尖銳而低微的聲音，「看哪，是時候了！看哪，是時候了！如果你品嘗一下魔法蘋果，那豈非可以給你勇氣與技能好與他抗衡，讓他所有的期望毀於一旦？得切記，僅僅只是輕輕噬咬外皮，就在你的麥凡薇身上起了何等神奇的作用！」

這蠢蛋深切的傾聽著這狡猾的聲音，偏不了解蘋果的唯一情操在於讓嘗到它的人更像他自己。他坐在那裡，拳頭放在嘴上，胸有成竹的瞧著那看來無害的水果。然後像個駝子般躡手躡足在房裡穿梭，在門口諦聽。接著倒出酒，一飲而盡，又倒出一杯，小心翼翼的以食指和帶著戒指的拇指拎起蘋果的柄，側著眼，沉著的近觀果實的青紅，以及被麥凡薇的細齒擦破的果皮所在。

城市因地震而陷落，星球因太空耗損而互撞，人們選擇善惡也都在一瞬之間。他心意已決，滿臉轉為紫紅，這愚蠢的爵爺突然舉起蘋果放到嘴邊，連莖帶葉啃掉一半，然後大口咀嚼又咀嚼。

然而，也不過是咀嚼了那麼一陣子，恐怖的變化與轉形就開始出現在他身上。在他而言，他的四肢百骸正在被混揉、曲扭、搓絞，正像麵糰被做成麵包或是雕塑匠手指間的陶土一般。他不明白這些疼痛、戳傷和絞殺意味著什麼，卻本能的雙手兩膝同時落地，站在那裡咀嚼，兩眼空空，盲目的望著爐灶裡的大火，迷失在恐懼中。

此時，雖然他了解得並不透徹，身上卻正在冒出粗糙的灰色毛髮，茂盛到像一件完全貼身的厚外套，蓋滿全身。光滑而鬃毛下垂的尾巴隨之而至。毛茸茸的長耳朵從太陽穴竄出，紫色的臉轉為銀灰，還在不斷變長，直到長達十八吋有餘，還有滿盆巨口的大板牙。蹄取代了手，曾經是腳的也變成了蹄。且看！站在他自己宴客廳那裡的，豈不正是可憐的、中了法術的歐文．葛威梭克，艾格雷塞爵爺變形為驢了！

總有數分鐘之久，這茫然若失的動物十分沮喪的站著。他的內心還無法明白全身外形的變化。

但剛好在他要把毛茸茸的陌生頸子稍稍往外伸時，就在豎立於大煙囪旁，擦光發亮的戰袍上發現自己的形象。他搖搖頭，回應的是驢子的頭顱。他晃晃身體，長長的耳朵就像野鴿那般振翅。他抬起手，卻正是帶掌的蹄子。

一見及此，這可憐傢伙的每一吋肉，似乎都縮進骨頭裡去了，他既恐懼又沮喪，找尋擺脫受宰制的命運之道。驢子就是他嗎？是他本人嗎？他努力想保持冷靜的區區智巧完全不濟於事。恐懼而來的慌亂席捲了他。這時他那飽滿、發光、長睫毛和執著的雙眼無意中落在酒杯旁餐桌上半開放著的金球。隱形面紗從裡面閃閃放光，一如錢蛛之網。

現在再也沒有哪一頭驢子比他的樣子更十足是頭驢了。這位歐文·葛威梭克此時雖然完全被關在毛茸茸的皮囊裡，但他的心思卻不再是之前的驢子（雖然差不到哪裡去）。他動的念頭是把這悽慘的狀況隱藏起來，以免在隨便什麼時候被前來的僕人撞見，他可以在暗處找到安靜隱祕的角落，在裡頭思量如何擺脫驢子的軀殼，回復到本來的身形。而面紗就擺在那邊！還有什麼比運用魔術師自己的裝備擊敗他更為甜美的事情。

他用碩大的前齒咬住面紗，把它從金球裡扯出來，盡可能拋得遠以覆蓋住鬃毛肩膀。但天哪，驢子的口、鼻可遠不及麥凡薇細膩的手指那般靈巧。面紗只藏住了一半。尾巴、臀部、後腿消失於視線之外，頭、頸、肩膀和前腿則仍然看得見。他用力拉沒用，扭轉、絞動也屬徒然。他硬邦邦的蹄子踩在下方中空的石板上。半個他仍然固執得一覽無遺，其餘則消失殆盡。此時他充其量不過是半匹驢子罷了。

這些努力終於令他疲憊不堪，喘不過氣來了。他既發抖又膽顫心驚，可憐的驢頭留不住一絲理智，他再度繞著圈圈，用牙齒咬住絲繩，那是他最後的希望了。

但這絲繩是智慧編織成的，本身其實就是智慧之蛇的偽裝，被牙齒一碰就馬上變成粗麻韁繩，在他還來不及後退躲開套索的去向或發出嘶聲求助前，他已經被繫在壁爐架的大鋼鉤上了。

即使如此，他還是嘶聲不絕，「兮霍！兮霍！兮兮兮……霍霍霍！」他那伸長的、拉鋸的、悲涼的哀嘆刺耳且嘶啞的劃破寂靜，聲音揚起經過回音石壁，甚至穿透麥凡薇的寢室，她正坐在暗夜的窗邊，帶著半是哀傷、半是無可言說的幸福看著星星。

這淒涼的召喚讓她充滿警戒，她瞬間直下蜿蜒的石梯，一幅怪異的景象映入眼簾。

在她面前，在爐灶裡燃燒的木頭和牆上火炬的充足紅光映照下，站著一匹具有前足、頸項、頭顱和耳朵的上好成驢，而在那後面一碼左右則空無一物。只有一片虛無！

可憐的麥凡薇，悲傷與沮喪之餘，她除了緊擰雙手又能如何，此時站在面前的究竟是誰，她毫無疑義，不就是她親愛的父親嗎？他臉上的表情帶著憤怒、懇求、羞辱、茫然，從來沒有人見過如此的驢臉。這畜生一見到她，韁繩拉扯得更加猛烈，搖晃著毛茸茸的肩膀，但一切都是徒勞。他張開嘴巴發出言語難以形容的聲音，在沉靜中嘶嘶吐出如此字句：「喔，麥凡薇，瞧瞧妳那了得的魔法，看那巫術和欺瞞把我降格成什麼德性！」

她恐懼的高呼：「喔，親愛的父親，別再說了，我求你，連一個音符也不，不然我們就會被發現。或者，如果你想出聲，就輕聲細語吧。」

她立刻到那畜生旁邊，環抱著他的頸子，在他長而多毛的耳邊輕聲低語，說的淨是安慰、鍾愛與保證，任何懷有愛心與柔情的人都能心領神會。她乞求父親：「聽著，聽著，親愛的父親。我其實看見了你在把玩蘋果、金球和絲繩。我以我的孝心與靈魂向你保證，我心無二念，只想著如何幫助你脫離那突如其來加諸你我的劫難。要有耐心，不要掙扎。一切都會沒事。但是，親愛的，說我欺瞞對我算公平嗎？」

她明亮的眼睛融化著悲憫，看著這自有記憶以來就深愛著的人竟如此悽慘的變了形。

那拉鋸般的聲音再度打破寂靜，「妳還猶豫什麼？忘恩負義的畜生！讓我從這可怕的形體出脫，不然我將帶著這副要命的韁繩被綑綁在自己的壁爐台。」

但是，天哪，這時腳步聲正從外頭響起。麥凡薇不假思索的拿起那細膩的面紗，完完整整的罩住那顫抖畜生的頭頸和前半身，如此就一併把他隱藏在視線外了。時間不過是毫釐之差，此時艾格雷塞爵爺的總管已經出現在門口。裡頭沒有任何改變，只是沒見到主人坐在慣常的椅子上。麥凡薇獨自站在桌子旁，一條神奇的絲繩在她的手與壁爐台的掛鉤間展開。

麥凡薇說：「我父親已經退下一陣子了，他人不舒服，要我吩咐你，別讓一絲聲響打攪他的休息。馬上去調點熱奶酒，瞧瞧下面的房間有沒有清空。」

總管才離開去執行她的指令，麥凡薇就立刻轉頭向著她父親，掀起面紗，又在他多毛的長耳邊低語，要他開心。「親愛的父親，你瞧，我們現在唯一該做的就是立刻動身去尋找那魔術師，他獻給我這些奇妙的禮物並無惡意。我確信他本人願意、也能夠恢復你本來天生的樣貌。所以我懇求你，在我引領你悄悄前去森林時，務必要完全安靜，不發一語，連呢喃聲都不宜。到了那裡，我毫不懷疑找得到通往他所在的路。事實上他或許也在期待著我的光臨呢。」

爵爺再怎麼執拗與愚蠢，縱使是以目前這副德性，也理解這是他唯有的智慧。於是麥凡薇把繫住他的韁繩尾端從鉤子上撤下，輕輕引導這隱形的畜生到了門口，緩緩走下蜿蜒的石梯，他搖搖晃晃的蹄子落在石板上，聽起來像是敲打著一面空鼓。

平常的住戶已經清空，下頭房間空蕩蕩的，父女倆毫不費事，馬上就在朦朧的月光下上路，此時託好運之賜，沐浴在通往森林的馬道中。

麥凡薇有生之年從未越出城堡圍牆半步，也未曾在星空暗黑的空曠處因為驚奇而站著茫然若失。她呼吸清甜的夜風，心花怒放宛如夜間的櫻草，拒絕害怕。她心知肚明，那可憐顫抖的動物和她本人，兩者的安全此時全得靠她的勇氣和資源，擔心害怕幾乎可以肯定只會把他們的災難引向另一個災難。

然而，由於單是無主的驢在幽暗的夜光下漫步於森林已是奇觀，對她那樣一位黃花閨女，則更為怪異。所以她就把父親的耳朵拉近嘴脣，輕聲低語，向他說明，現在必須戴上面紗的是她，如果他能原諒她的失禮，畢竟在她小時候他經常把她扛在肩上，她要騎到他背上。如此一來，他們的旅程就會有更好的進展。

不管暗地裡感受為何，父親對她的話語根本不敢動怒。他悶哼一聲，努力讓自己的聲調不高過人類的輕呼，偏又無濟於事。「孩子，只要能快就好，我什麼都原諒。」接著一下子就可以看見一匹光鮮亮麗的驢子，時而在月光下、時而在暗夜中的馬道上徐奔。他鼻上套著韁繩，對路邊的露草不置一顧，顯然正順著自己的脾性穩健的漫遊著。

當晚正好有一幫山賊駐紮在森林裡，這奇怪而華麗的動物很不明智的從一片草叢出現在他們營火的光照下，抬起有如翡翠珠那般放光的雙眼，帶著恐懼凝視火焰，他們齊聲高呼，發出一陣震耳欲聾的聲音。其中一人馬上從他躺臥的羊齒草上起身，抓住這動物的韁繩，當成自己的獎品。

然而，當群盜看見那怪異的動物，顯然是被一隻隱形而神祕的手所引導時，他們的歡樂就瞬間化為慌亂。他左衝右突，顯然不是出自本身的智巧，就算是牠的同類，也不合常情。所以敵人千方百計想抓緊韁繩，牠總能閃開，牙齒和眼球在火光下閃爍不定。

這些匪徒見狀都感到驚懼訝異。可以確信的是，單是巫術就足以說明這種不堪入目、不似驢樣的滑稽動作和謀定而動。可以肯定的是，這畜生必然有某位神明在看管，再捉弄下去只會證明他們一無是處。

幸運的是，麥凡薇的右腳不小心沒有被面紗完全蓋住，但那剛好在營火光芒照射不到的動物另一邊。要是讓這些惡漢看見環釦上閃亮的寶石，他們的迷信就會像晨霧那樣消散，他們的恐懼會讓位給貪婪，會迅速把驢子據為己有，會挾持乘坐者換取大筆的贖金。

然而，月亮無聲無息的在其夜間旅程滑落之前，麥凡薇和她那獨一無二的驢子已經安全的離開視線，而那班匪徒則又回去歡鬧。是什麼樣的衝動驅使著她在漫遊時在迷宮式的林間空地或是森林小徑先這裡轉再那裡轉，她無從分說。即使她那由於不敢吭聲而陷於沉靜的父親，認為兩名旅客已經轉錯了彎，迷失得回不了頭，而一再的扯著韁繩，麥凡薇依舊穩健前行。

或以腳跟輕觸，或以手安撫的輕輕拍著他多毛的頸子，她盡其所能讓他確信和寬心。「親愛的父親，包在我身上，我相信一切都會沒事。」

但她仍受某些隱憂所苦。所以最後當她看到森林中閃爍的光，光束零星灑落在枝幹間時，她的心思舒暢到非言語所能形容。她就要抵達旅程的終點了。好像內心深藏的那股熟悉的聲音在喃喃自語：「哇！靠近他了！」

於是她就在那裡從父親毛茸茸的背上跳下來，並且再從他抽動的長耳朵和他交談。「親愛的父親，你要耐心留在這裡一會兒。」她懇求他，「不要離此寸步。一切事情都在告訴我，我們的陌生人此刻就在不遠處。即便如此，世界上任何人，任何活著的生命都沒必要見到你這副悲傷和不體面的裝扮。我得快去確認，在草叢那頭我所看到的那散發光芒之處是他，而不是別人。但是，為防萬一有什麼閃失，這面紗我必須帶著。你這時必須靜靜待在這伸展的山毛櫸樹下，除非是因為長夜旅途過度勞累，不然就別動分毫。你應該有點想在樹蔭底下軟綿綿的草地上休息一陣子，那裡有的是芳香玫瑰樹叢，不然就在溪裡清爽一下，我聽見那潺潺水聲正從山岳裡的峽谷湧至。如果是那樣，還是得回來這裡。我懇求你，要耐住性子，讓你的舌頭喑啞得像石頭。親愛的父親，雖然你也許天生說話輕柔，但那長而光滑的咽喉和那些體面的大板牙可由不得你。」

而她的父親呢，連厚厚的毛髮都掩不住他不再忍受得了這般折騰似的，張開嘴巴像是要放聲哀號。但他克制了下來，只是嘆息，貓頭鷹從寂靜中出來，吐露柔和的夜歌，似乎有所回應。經過了一整個小時的深思苦想，這可憐的驢子當下就已部分回歸人類的理性與睿智。儘管驢模驢樣的齜牙露齒，眼睛卻帶著悲憫。他此時服服貼貼，像是作為對麥凡薇的承諾，她手指纖巧的拿著面紗在月光下站在他身邊，宛如雪花明亮四射。

不管是由於為她自己的處境憂傷，或者是由於期望與陌生人相會而一想到表情就寫在她臉上，也不管或許是驢子在絕望與頹喪中害怕再也無法重逢，他無從分辨。但千真萬確的是，她從未顯現出如此勇敢、快樂、激情和溫柔的神色。或許正是青春的聖潔輕柔將她牽引到翠綠的草地，在那光影交錯的詭異月光下，身旁伴隨著這粗拙的野獸。

麥凡薇於是又再擔保她會平安歸來，她吻了父親平滑多毛的臉頰，手拿面紗，輕巧的朝著光線閃爍的方向離開。

天哪！雖然爵爺真是渴得想痛飲那看不見的沁涼，水的歌唱聲從下方山谷飄揚在空中，她一不在，他就無法自我克制。他女兒朝著燈光走了一段距離，他就不在乎自己無聲的承諾，蹄子輕踏在草地上渾然無聲的跟隨在後。他已經靠近，望穿濃密的樹叢，那樹叢環繞著魔術師森林裡的夜間藏身處，無論發生什麼他都看得見，也都聽得到。

麥凡薇確定這坐在熊熊營火旁的陌生人正是魔術師，這是內心裡的一陣奇妙雀躍，在雙眼攜來訊息前就已經確認了的。她再度披上面紗，於是她一身美貌就化為無形了。她悄悄靠近些，離他背後一點點，他正俯下身來撥弄柴火。停頓稍許，她就以低沉的聲音輕柔的說：「陌生人，我懇求您，可憐可憐那受苦受難的人。」

魔術師抬起他那迷濛的臉，臉色在火光下既紅潤又朦朧。他小心翼翼的四下張望，滿是驚喜。呼喊聲再度從無形無體的所在響起。「陌生人，我懇求您，可憐可憐那受苦受難的人。」

對魔術師而言，聽到這就像是血脈裡所奔流的時而是冰，時而是火。他十分明白，這聲音正是那與之相比，世間再不作他想的伊人聲音。他也知道她就站在左近，只是以他自己的幻術面紗，讓他完全看不見。

他在夜暗中輕輕呼喊：「靠過來一點，旅人，不用怕。一切都會平安，告訴我如何幫助妳。」

但是麥凡薇沒有靠近分毫。遠非如此。她反而稍稍掠過林地空間，聲音發自上頭南吹的風，隨著遠去而模糊。

她回答：「我身邊就有一位，他被邪惡的計謀轉形為野獸的樣貌，而那野獸是隻可憐而沉得住氣的驢子。魔法師，請告訴我，如何把他恢復成天生的模樣。我將為此感激不盡，因為我所說的正是我父親。」

她聲音停頓下來，話說得支支吾吾。她差點耐不住渴望，想在這陌生人面前露臉。她對他的信任沒有絲毫懷疑或不安，相信他會忠實的對待她，有求必應。

魔術師回答：「可是，溫柔的女士，那可不在我的能力範圍，除非妳所說的那位能靠近來自行現身。雖然妳對我說話的聲音甜美勝過天籟，但對無形無影的聲音許諾我卻是無能為力。我從何相信，那我所聽見對我吐出話語者的樣貌，不是某位地獄來的危險惡魔，只想著把妖術加諸於我。」

林地間沉寂了片刻，隨後魔術師高呼：「不，不！最美麗、最勇敢的人啊，我無須看到妳的容貌才知道妳是誰。妳是如假包換的美人麥凡薇，我無分今昔往後都要為妳效勞。那麼，告訴我，曾經是妳尊貴父親的這可憐驢子現下在哪裡呢？」

他話聲一落，麥凡薇就從頭至肩褪去面紗，在行將熄滅的營火昏紅的光澤下顯現出美麗的自己，而鄰近的草地則發出一陣可怕且沉悶的怪聲，聲音中帶著憤怒與悲傷。那是從附近竊聽者嘶啞而不常使用的喉嚨發出來的。那陣喧囂會令人以為是魔鬼的合唱，而不是出自個體，雖然那不過是我們可憐的驢子在哀怨自己的命運。

麥凡薇嘆著氣：「喔，老爺子，我親愛的父親，恐怕你已經帶著哀傷和焦慮聽了我們之間的對話了。瞧，他來了。」

蹄聲陣陣，這時驢皮驢樣的艾格雷塞爵爺已經趨近，要對年輕的魔術師展開報復。他此刻頑固的憤怒與愚蠢都更像頭驢子而不像人類，耀眼的營火讓他的智巧欲振乏力，除了前腳露掌，高舉平滑的鼻子，讓閃亮的牙齒迎向夜空之外，只能在離營火二十步之遙平息自己的怒氣與挑釁。

年輕魔術師天性中的禮貌正如同他的勇猛，他並不太回頭去緊盯這氣得發抖的動物，而是又再對麥凡薇發話。她微一欠身，淚含在眼裡。一方面為父親的背信，把自己弄到如此屈辱的地步感到哀傷；另方面則是欣喜，他們的煩惱行將過去，而她此刻正與這陌生人為伴，而他正是這一切無心插柳的起因。

他說：「不用怕，那魔法既能把妳尊貴的爵爺父親變成世上以溫順、耐心和謙卑而有更多福賜的動物，也能迅速讓他回復本來面目。」

少女回答：「喔，那麼，先生，我父親肯定想見識你的仁慈，並就我們能力所及贈以薄禮。他十分明白，那不是什麼圈套，而是他自己吃了那顆小小的魔法蘋果。此外，先生，我也要請你原諒，是我先偷了你從天上掉下來的蘋果、神奇的金球，還有絲繩的。」

魔術師回過頭，意味深長的看著麥凡薇。他回答：「普天之下，我所想望者唯有一樣。但我不是向他請求，因為那不是拜他所賜。女士，只有妳能原諒。」

她高呼：「我原諒你！喔，可憐的父親。」

但她說話時臉色帶著一絲含糊的微笑，兩眼飄向那站在數步之遙，在營火映照之光暈邊緣的動物，他嗅著夜晚的空氣，沮喪的抽動著耳後粗糙的灰色鬃毛。此時她父親的解脫已經在望，她年輕的心思又完全快樂了起來，前景的甜美看來有如五月的野花。

魔術師再也不多說，而是像永遠隨身攜帶著小小的果菜鋪一樣，從口袋裡掏出一條漂亮、錐狀、成熟的紅蘿蔔。

他說：「女士，這是我唯一的法術。我不拿來討價還價。即或再也不能在這偏僻的林地當面見妳，讓我難以成眠的雙眼重新舒暢，我對妳的愛永不枯竭。請妳尊貴的爵爺父親靠近一點，不要有任何疑心。不妨想像一下，野生蘋果和紅蘿蔔間的差異甚為微小。由此可知，在這奇妙的世界上，任何生靈總的看來也並沒有什麼差別。世上有些動物儘管溫馴、謙遜、生就四足擔任低下的職務，服從並服侍遠比他們更不配被服侍的主人，那是命該如此。反之亦然，居高位的人也的確可以如此看。這奧祕超乎我能解釋。現在我所要求妳的，就是吩咐這頭妳說正在聽我們之間對話的驢子，細嚼這卑微但有用而且滋補的根果。那將會立刻恢復他恰如其分的模樣。同時，只要妳吩咐，我就會自行離開。」

他們不再多說什麼，麥凡薇接受了紅蘿蔔，又回到驢子那邊。

她輕聲的喊：「親愛的父親，這根果看起來不過是根紅蘿蔔。細細咀嚼它，你會馬上回復原狀，你會忘記曾經是……現在這樣。但我擔心，在接下來一些日子，你不會想看望這由於無心之失，讓你承受整晚悲慘經驗的女兒。有人告訴我，某位隱士住在森林那邊的綠色庭舍裡。我很肯定這位年輕的魔法師會把我安頓在那裡一陣子，直到你我之間的所有哀傷都忘得一乾二淨。親愛的父親，我會得到你慈祥的首肯，不是嗎？」她懇求著。

一陣豪邁的長嘶孤寂的回響在山谷裡，回響在由森林遠遠延伸的溪流與草原中。爵爺說話了。

麥凡薇微笑著說：「是的，父親，我從沒聽過你那麼痛快說『是』，那還需要說些什麼呢？」

於是驢子慌忙多於感激的把紅蘿蔔啃得一乾二淨，數小時之間，歐文．葛威梭克再度回復他之前的樣貌，只缺那麼一點完善，他平安返回城堡。在不少日子裡為自己可怕的孤獨哀慟，但也領悟他是如何的沒有善待真誠孝順的女兒，而是愛得荒唐，以猜疑不信為藩籬，為嫉妒所毒殺。

五月再度來臨，一位不再喬裝成浪遊魔術師的王子，帶著他鍾愛的麥凡薇前來艾格雷塞爵爺的古堡。歐文．葛威梭克老了一些，卻遠比之前更有智慧，以無比的歡欣與節目迎接他們，其盛宴、舞會、吟詩、狂歡皆屬空前。若不如此，他就是如假包換的驢子了。

(The Lovely Myfanwy, 1925)

作家側記

德拉梅爾（Walter de la Mare, 1873-1956）

德拉梅爾無論在英國文學或是兒童文學似乎都處於尷尬的地位，他兩方面皆卓然有成，堪稱大家，但他的文學光芒又都受到同時期兩方面作家的掩蓋。以童詩而論，他量多質精，陸陸續續發表的《童年之歌》、《孔雀派》、《草鈴集》最後集結成《韻文詩集》。我們可以在其他英美大詩人的作品中讀到一些可以歸為童詩的精品，但那只是他們的餘興之作，不像德拉梅爾那樣孜孜不倦的與孩童共歡，裊裊不息的吐出飽含童話氣息的詩篇。在主要的英國作家中，似乎只有史蒂文生具有這樣的胸懷，而他的詩篇又豐富許多。他訴說的口吻直接觸及孩童的聽覺與想像，情感真實，讀來悅耳。德拉梅爾的童話是專為孩童而作，這話聽來有點多餘，然而整個童話的歷史告訴我們，童話自古以來頂多只能說是老少咸宜罷了，即使是丹麥人也未必認為安徒生的作品是兒童讀物。

德拉梅爾發表過三部童話集，呈現了非常典型的英國風貌。山川、溪谷、草原、果園、教堂、村落、海岸都是可辨識的英格蘭景觀，只是帶著神祕色彩。經常活躍在童話中的侏儒、食人魔、女巫、鬼怪、盜匪或是魔法動物是他故事中的常客，變形也是經常出現的主題。他的故事帶著哥德式小說的色彩，帶我們來到有騎士、古堡的中世紀，但他經營出的「恐怖」只是為了令孩子聆聽時能瞠目結舌，讓最後鬆出的那口氣更為悠長。進入德拉梅爾的童話國度有點類似到了迪士尼樂園，我們期待一點刺激，但相信結果一定安全。

〈美麗的麥凡薇〉經常出現在德拉梅爾的選集，主角大概是我讀過的所有童話中遇見的最美麗、聰慧、機智的女性了。文學中的驢子是靈性無匹的動物，自《聖經》和阿普留斯的《金驢記》以降，我們也在莎士比亞的《仲夏夜之夢》、貝洛的〈驢皮公主〉、柯洛帝（Carlo Collodi, 1826-1890）的《木偶奇遇記》、史蒂文生的《騎驢旅行記》，到西班牙詩人希梅涅斯（Juan Ramón Jiménez, 1881-1958）的《灰毛驢與我》見識到牠的神采。《自然史》的作者布封是最能欣賞驢子的文學家，以他精簡的文風寫下種種驢子的美德，並宣稱驢子絕非次一等的馬！〈美麗的麥凡薇〉中善妒而戀女的爵爺，宛如《金驢記》、《李爾王》和〈驢皮公主〉人物與情節的綜合體，可憐之人必有可恨之處，讓他化身為驢，不失德拉梅爾的寬厚。

花園裡的獨角獸

瑟伯

從前某個陽光普照的清晨，有個男人坐在早餐的角落，從他的炒蛋往上看，就見到長著金角的一隻白色獨角獸正靜靜的在花園採食玫瑰花。他到臥房，叫醒仍在睡覺的太太。他說：「有隻獨角獸在花園吃玫瑰花。」她睜開一隻不友善的眼，說：「獨角獸是神話裡的動物。」然後就背轉過去。男人慢慢下樓，走出去到了花園。獨角獸還在，牠現在正在享用鬱金香的嫩葉。他拔了一株百合給牠，說：「獨角獸，這裡！」獨角獸認真的吃了。因為有獨角獸在自己的花園，男人興高采烈的上樓，又叫醒太太。他說：「獨角獸吃了一株百合。」他太太在床上坐起來，寒著臉看著他，說：「你這呆頭鵝，我要送你去杜鵑窩孵蛋了。」男人不喜歡呆頭鵝和杜鵑窩這種字眼，在光天化日之下花園明明就有隻獨角獸的這會兒更是不喜歡了。他想了一下，說：「我們等著瞧！」他往門口走去，一邊告訴她：「牠的額頭長著一支金角。」然後就回花園看獨角獸，但獨角獸已經不見了。男人坐在玫瑰花叢中睡著了。

丈夫才走出房子，太太就迫不及待的起身穿衣。她興奮莫名，眼裡在竊笑。她打電話給警察，也打給精神科醫師，要他們快帶約束服到她家。警察和精神科醫師到了，他們坐在椅子上，十分好奇的瞧著她。她說：「我丈夫今早看到一隻獨角獸。」警察看著精神科醫師，精神科醫師也看著警察。她說：「他告訴我獨角獸吃掉一株百合。」精神科醫師看著警察，警察也看著精神科醫師。她又說：「他告訴我，獨角獸的額頭中央長著一支金角。」精神科醫師給了一個嚴肅的暗號，警察就從椅子上躍起，捉住了太太。制伏她並不容易，因為她死命掙扎，但最後還是讓她就範了。他們在幫她穿上約束服的時候，丈夫正好走進屋子。

警察問：「你告訴太太說看到了獨角獸嗎？」丈夫說：「哪有，獨角獸是神話中的動物。」精神科醫師說：「我只需要知道這個。把她帶走。很抱歉啊先生，但你太太瘋癲得像隻鵝鳥。」他們於是把她帶走，咒罵與尖叫連連，她被關到矯治機構。丈夫從此過著幸福快樂的日子。

教訓：誰是呆頭鵝，別言之過早。

(The Unicorn in the Garden, 1940)

作家側記

瑟伯（James Thurber, 1894-1961）

有位好友堅持把unicorn稱為獨角馬，的確，獸自威猛，可也少了幾許優雅，但難不成就沒有不馴的馬？里爾克寫過吟詠unicorn的詩，程抱一先生將之譯為獨角麟，似乎添了一絲仙氣，但也多了一分刻意。我挖空心思，終究拗不過麟馬。好吧，獨角獸就獨角獸，那是神話裡的生靈，總是深情款款的看顧、保護、端詳著睡夢中的美少女。

獨角獸餐花飲露，黃臉婆這種俗物，自難望其仙蹤？作者刻意造成這種反差，男人從此擺脫女人，過著快樂的單身日子。寓意呢？誰是贏家別言之過早。

瑟伯是美國短篇小說作家，也是漫畫家，作品大都發表在中產階級知識分子閱讀的《紐約客》雜誌，他語調詼諧，善於刻畫美國人忙碌生活中的空想，特別是婚姻制度下緊張的夫妻關係。這則故事的圓滿結局當然是童話的反諷，收錄在一九四〇年出版的《我們的時代寓言》（*Fables for Our Time*），想必頗以當代的伊索德自居。

迷離之宮

卡爾維諾

很久以前有一位國王，他的兒子費歐迪南度是個眼不離書的書痴，隨時都把自己關在房間裡閱讀。有時闔上書本，望向窗外的花園以及遠處的森林，然後就又回頭念書、冥想。除了午、晚餐，或者是罕有的花園漫步，他是寸步不離書房的。

國王的獵手是個聰明的年輕人，從小就和王子玩在一起。有一天他對國王說：「陛下，我能拜會費歐迪南度嗎？我已經好久沒見到他了。」

國王回答：「那還用說！你的造訪對我那優秀的兒子將是愉悅有加。」

獵手進來費歐迪南度的房間，王子把獵手上上下下打量了一番後接著問：「你到了宮殿幹麼還穿著那雙釘鞋？」

「我是國王的獵手啊！」年輕人解釋，接著就描述許多捕獵的花樣，鳥兔的花招，以及森林裡的形形色色。

費歐迪南度的想像力被點燃了，他對年輕人說：「聽著，我也想試試看狩獵的手氣。但別告訴我父親，這樣他才不會認為是你的主意。我只會請求他讓我某天早晨隨你去狩獵。」

年輕人回答：「遵命！絕不造次。」

費歐迪南度隔天早餐的時候告訴國王：「昨天我讀到一本關於狩獵的書，那真是有趣，讓我耐不住想出去試試我的運氣，可以嗎？」

國王回答：「狩獵對於生手來說是一項危險的運動。但我不會阻止你去做某些你自認為喜歡的事。我會令我的獵手隨行，他和獵犬可以相提並論。要和他寸步不離。」

次日清晨日出時，費歐迪南度和獵手就登上馬背，槍扛在肩帶上，朝森林奔馳。獵手瞄準他看見的每一隻鳥、兔，一一放倒。費歐迪南度賣力的想要並駕齊驅，卻每發必失。一天下來，獵手的行囊鼓鼓，而費歐迪南度卻連一根羽毛也沒有著落。黃昏時分，費歐迪南度瞄到一隻小野兔躲在矮樹下就對好準頭，但牠實在又小又怕，費歐迪南度就決定用追的抓住就好。他才靠近矮樹，野兔箭也似的跑了，費歐迪南度緊追在後。每每正要逮個正著時，野兔就會往前逃得更遠，然後停下來，好像等著費歐迪南度來追似的，只為了要捉弄他。這時費歐迪南度已經和獵手遠遠走丟了，再也找不到回頭路。他一再的高聲呼喊，卻無人答腔。現在夜色盡黑，野兔也沒了蹤影。

費歐迪南度又疲憊又沮喪，在一棵樹下坐著休息。不久他看到彷彿有一道光線在林木間閃耀，於是站起來，設法穿過樹叢，眼前出現的是一片廣袤的平野，其盡頭豎立著一座華麗無比的宮殿。

宮殿的前門是敞開的，費歐迪南度高喊：「哈囉，有人在家嗎？」回應的是一片死寂，連個回聲也沒有。他進來就發現大廳裡的壁爐正燃著火，左近則有酒和玻璃杯。費歐迪南度挑個位置坐下來休息，鬆鬆筋骨，也喝了少許酒。接著他站起來走進另一個房間，那裡有一張為兩人開設的餐桌。餐具、碟盤、高腳杯非金即銀；窗簾、桌布、餐巾皆為純絲，以珍珠鑽石鑲綴；天花板懸吊的燈，其大如桶，以足金打造。四下無人，而且也餓了，費歐迪南度就在餐桌坐下來。

他還來不及吃下第一口，就聽到一陣窸窸窣窣的聲音從樓梯下來，前行的女王跟隨著十二位侍女。女王年輕且身形絕美，容顏卻用厚實的面紗遮住。她和十二位侍女在整頓餐飲時都不發一語。她默默坐在費歐迪南度正對面，侍女們也靜靜的為他們配食、倒酒，所以這一餐是無聲進行的，女王把食物帶到厚實面紗下的嘴邊。用餐完畢，女王起身，侍女又隨行上樓。費歐迪南度也站起來，繼續他的宮殿之旅。

他來到主臥房，床已經鋪好以備過夜，他脫下衣服，鑽進蓋被。帷幕後方有一道密門，門打開了，女王走進來，仍然一語不發，戴著面紗，由十二位侍女陪同。費歐迪南度枕在手肘上看得目瞪口呆，侍女幫女王全身上下卸得精光，只剩下她的面紗，把她安頓在費歐迪南度身邊就離開了房間。費歐迪南度認定她這時會說點什麼，不然就是顯現她的臉龐。她卻已經睡著了。他看著她的面紗隨著呼吸起起伏伏，略微想想這一切，也跟著睡著了。

黎明時侍女們回來了，幫女王把衣服穿回去，引導她離開。費歐迪南度也起來，盡情享用那發現是特地為他準備的早餐，然後就去馬廄。

他的馬在那裡，正吃著燕麥呢。費歐迪南度爬上馬鞍，朝森林奔馳。他花一整天尋覓回家的路，不然就是找尋同伴的蹤影，但還是又走失了。夜幕低垂，平野與宮殿再度聳立在他眼前。

他走進去，昨晚的事情又發生了。隔天他騎馬穿過森林時遇見了獵手，他過去三天都在找費歐迪南度，兩人並騎回到城裡。費歐迪南度編造了一堆曲折回答獵手的詢問，偏對實情不置一詞。

回到皇宮，費歐迪南度簡直像換了一個人似的。他的雙眼不時的從書本的扉頁間飄遊到花園之外的森林。他母親看他心事重重、無精打采而又神情專注的樣子，就開始煩他，要他把縈繞心頭的事從實招來。她嘮叨不休，費歐迪南度終於把森林中的遭遇從頭到尾說個明白。他毫不遲疑的表示愛上了美麗的女王，但她不言不語，也不顯現她的容顏，真不知道如何把她娶到手。

她母親回答：「我告訴你怎麼辦，再和她共進一次晚餐。你們兩個坐定之後，你不經意的把她的叉子碰到餐桌上。她彎身過來拿時，你就拉下她的面紗。到時她肯定有話要說。」

他一接納這個建議就立刻上馬，往森林裡的宮殿疾馳，像往常一樣受到歡迎。晚餐時，他用手肘把女王的叉子碰到餐桌上。她彎過身，他就撕下她的面紗。女王剎那間站起來，她美得像月光，怒得像日芒，厲聲說：「魯男子！你背叛我。只要能夠在你身邊不言不語，不揭面紗再睡上一晚，我就能解除魔咒，而你也會成為我的丈夫。現在我得動身前往巴黎，在那裡待一星期，再前往彼得堡，我會成為競技大會的獎品，天曉得誰會贏得我。再會了！記得我乃是葡萄牙女王。」

她就此連同整座宮殿消失於一瞬，費歐迪南度發現自己孤零零的被拋棄在最濃密的樹叢下。找到回家的路並非易事，但一旦抵達就不浪費一分一秒，把錢塞滿荷包，召來可靠的獵手，跨上馬背前往巴黎。他們騎到精疲力盡，但又馬不停蹄，直到在這座著名城市的一家客棧下榻。

他也沒花多少時間休息，因為他想知道葡萄牙女王是否真的就在巴黎這裡。他開始套問店東：「附近有什麼新聞嗎？」

店東回答：「沒聽說耶。你期待的是哪一種新聞？」

費歐迪南度答說：「各種各樣的啊，戰爭啦，節慶啦，或是有什麼名人從城市經過啦……」

店東就喊出聲來：「喔！這樣一想，倒是有一件有趣的事情。五天前葡萄牙女王來到了巴黎。再過三天她就要動身前往彼得堡了。她非常美麗，教養高雅。她喜歡探索不尋常的景點，每天下午帶著十二位侍女在這附近的城門外漫遊。」

費歐迪南度問：「我見得著她嗎？」

「有何不可？她在大庭廣眾下行走，任何行人都看得到。」

費歐迪南度說：「棒極了！順便幫我們張羅晚餐，附帶來瓶紅酒。」

店東有個女兒，她拒絕所有追求者，不騙你，因為沒有一個配得上她。當她的雙眼瞥見費歐迪南度跨下馬鞍那一瞬，她就告訴自己，這是她唯一願意考慮的一位。她馬上去告訴父親，自己已經情有獨鍾，要父親想個法子把自己嫁給這位陌生人。於是店東就對費歐迪南度說：「但願你喜歡巴黎，並且交到好運，在這裡娶個美嬌娘。」

費歐迪南度回答：「我的新娘是世上最美麗的女王，我天涯海角都追隨她。」

正在偷聽的店東女兒怒不可遏。她父親差遣她到地窖取酒，她就塞一把鴉片到酒瓶裡。費歐迪南度和獵手飯後到城外等候葡萄牙女王，突然感到昏昏欲睡，雙雙倒地，睡得像木頭一樣。不久女王路過，認出是費歐迪南度，她俯到他身上，叫他的名字，愛撫他，搖他，把他翻過來滾過去，卻無法令他醒來。她從手指取下一只鑽戒，擺在他的額頭。

附近的岩洞住著一位隱士，他在一棵樹後面目睹這一切。女王一離開，他就躡手躡腳出來，拿走費歐迪南度額頭上的鑽戒，又回到岩洞裡隱居。

費歐迪南度醒來時天色已經暗了，花一陣子工夫才想起自己置身何處。他搖醒獵手，兩人同聲詛咒紅酒太烈，也為錯過女王而哀嘆。

第二天他們對店東說：「給我們來瓶白酒，但要確定不是太烈的酒。」然而店東的女兒還是在白酒裡下藥，兩個年輕人到頭來還是只能在草原中央打鼾。

葡萄牙女王還是搖不醒費歐迪南度，在失意之下，她把自己的一撮頭髮放在他的額頭後匆匆離去。隱士從樹叢中冒出來，帶著那撮頭髮潛逃。費歐迪南度半夜裡醒來，完全不知道怎麼回事。

費歐迪南度對午後的嗜睡開始起疑了。已經是女王啟程前往彼得堡的最後一天，他不惜任何代價都想見到她。因此他告訴店東，不須備酒了。但是店東的女兒這時在湯裡下藥，所以才到草原，費歐迪南度就已經感到昏昏欲睡了。他取出兩把手槍，秀給獵手看。他說：「我知道你忠心耿耿，但如果你今天不保持清明，也讓我醒著，那你就罪有應得了。我會把這些轟進你的腦袋，我說的可沒有也許二字。」

話聲一落，費歐迪南度就伸直擺平，開始打鼾。獵手為了保持清醒，他反覆的擰自己，但擰來擰去，兩眼還是闔了起來，擰得越來越有一搭沒一搭，直到他也跟著打鼾。

女王來了，她又哭、又抱、又搧臉、又吻、又搖，盡一切可能要弄醒費歐迪南度。但她明白終究無濟於事，她開始揮淚如雨，落下的不是淚水，而是幾滴血，沿著兩頰流下。她用手絹把它擦掉，再把手絹放在費歐迪南度臉上，然後回到馬車上，快速直奔彼得堡。隱士這時又從岩洞出來，撿起手絹，站在一旁看看接下來究竟會怎樣。

費歐迪南度夜裡醒來，發現自己錯過了最後一次見到女王的機會，他怒氣沖天，取出手槍，正要實踐他的威嚇，把子彈送進沉睡的獵手腦袋裡。隱士抓住他的手腕說：「那可憐的傢伙是無辜的。店東的女兒才是禍首，她在紅酒、白酒和湯裡下了藥。」

費歐迪南度問：「她幹麼這麼做？你怎麼知道那麼多？」

「她愛上你了，所以給你來個鴉片。我在樹林裡偷窺，任何事情都盡收眼底。過去這三天，葡萄牙女王經過這裡想叫醒你，她留下一枚鑽戒、一撮頭髮和一條帶著血淚的手絹在你額頭上。」

「東西在哪裡？」

「我拿走了以便好好保管。這裡有許多小偷，在你還沒見到東西前就會把它們偷走。東西在這兒。你好好保管，如果你行為得當，它們會給你帶來好運。」

「我能做什麼？」

隱士解釋說：「葡萄牙女王到了彼得堡，她會被當成競技大會的獎品。矛尖上附著這戒指、頭髮和手絹參加槍術大賽的騎士，將戰無不勝，贏得女王歸。」

費歐迪南度無須別人說上第二遍，就火速從巴黎直奔彼得堡，剛好及時趕上以假名列入槍術比賽者的名單。著名的勇士來自世界各地，他們帶著一車車的行裝、僕從，武器明晃晃得有如太陽。城市中央的競技場四周滿是觀賞的看台，騎士們在馬上顧盼自得，為的是葡萄牙女王。

費歐迪南度把頭盔壓低，第一天獲勝歸功於矛尖上的鑽石。第二天靠那撮頭髮得勝，第三天則是藉著手絹勝出。人馬一批批落地，直到無一可以站直。費歐迪南度被宣布為贏家，也是女王的新郎。直到那時他才打開盔甲，女王認出他，高興到昏倒。

婚禮非常盛大，費歐迪南度請來母親、父親，他們本來已經放棄，當他死了要準備後事。他向他們介紹自己的新娘說：「這不過是我追逐的小野兔、戴面紗的女士，以及葡萄牙女王，我將她從可怕的詛咒裡解放。」

(The Enchanted Palace, 1956)

作家側記

卡爾維諾（Italo Calvino, 1923-1985）

義大利人對於童話似乎比別的民族更滿懷敬意，德國人格林兄弟的採集工作原先是受浪漫文人布倫塔諾（Franz Brentano, 1838-1917）之託，可以說是無心插柳的結果，丹麥人安徒生的文學事業原先是想在戲劇出人頭地，愛爾蘭人王爾德的名篇則只是他多方才情的外溢，而義大利人則有一代哲學宗師克羅齊（Benedetto Croce, 1866-1952）親自操刀，自拿坡里文翻譯了巴西爾的《五日談》，更邀請文學聲望如日中天的卡爾維諾主持《義大利童話》的編修。

這可不是簡單的任務，把各地的民間故事湊合起來就好。卡爾維諾宣稱，為了編纂那二百三十則民間故事，必須下足工夫學習方言，並且在維持原有趣味的宗旨下，讓文字風格簡潔一貫，耗費的心力甚於他寫小說。他的成就足以和格林兄弟前後輝映，事實上《義大利童話》也早已成為童話愛好者必備的讀物，他既是編者，也是作者，身為傑出的小說家，我們可以從中窺見小說家的布局。安徒生、王爾德的童話淒冷，格林童話總是讓我們掉進神祕的森林，貝洛童話是男女眉來眼去充滿江湖騙術，而卡爾維諾的童話則洋溢著海洋的歡樂與青春，不乏男女之間的鹹溼。卡爾維諾寫過一本《為什麼讀經典》，收錄了三十六篇作家作品的討論，這不是一般的名著書單，而是文學行家的對話，讀過作品再回頭看他如何品嘗才能獲益無窮，但他開場為經典發聲的十四點理由，出現在強調非主流、主張文學相對價值的後現代，實在是振聾啟聵。

他是應哈佛諾頓講座之邀的第一位義大利作家，照慣例為六講，而他準備了八講，最後只完成了五講，以《給下一輪太平盛世的備忘錄》或《美國講稿》問世。這本小冊子以「輕盈」、「明快」、「精確」、「意象」、「繁複」作為他對二〇〇〇年後的文學主張。他認為童話的風格貴在明快，他之所以被吸引，就在於其語言簡練、敘事節奏明快。他也以自己的小說《看不見的城市》、《宇宙奇趣》、《帕洛瑪爾》、《分成兩半的子爵》為例說明這些原則。他的小說題材多樣，充滿實驗性，卻能開創風潮。似乎和他純粹童話作家的同胞羅達利（Gianni Rodari, 1920-1980）一樣，同時致力於尋求與創造「幻想的文法」。他以六十二歲之齡罹患腦瘤病逝，主治醫師說沒看過那麼複雜精緻的大腦。很多人為他與諾貝爾獎失之交臂深表惋惜，但我們該哀嘆的，其實是因此而未能從他的筆端獲得更多的文學遺產。

孟納瑟之夢

辛格

孟納瑟是個孤兒，他和舅舅孟德爾一起生活。孟德爾是個玻璃匠，窮到連自己孩子的衣食都張羅不來。孟納瑟已經讀完小學，秋天的假期一過，他就要去當學徒學書籍裝訂。

孟納瑟一向是好奇的孩子，才學說話就會問下列這些問題：天有多高？地有多深？天外是否還有天？人為何出生？他們為何死亡？

是個炎熱而潮溼的夏日，金色的霧靄流蕩在村落上空。太陽有如月亮一般大小，像銅一樣黃澄澄的。狗漫步著，把牠們的尾巴夾在腿之間。鴿子歇息在市場中央。羊隻棲息在小屋的屋簷下，嚼著牠們反芻的食物，擺動著鬍子。

孟納瑟和舅媽德玻夏吵架，沒吃中餐就離家了。他約莫十二歲，長長的臉龐，黑黑的眼睛，瘦瘦的兩頰。他穿的是破舊的夾克，光著腳。他唯一的財產是一本翻爛的故事書，書名是《叢林獨行》。他住的村子坐落在森林中，森林像飾帶般環繞著，據說會一直延伸到魯布林。是藍莓季節，但野草莓也處處可見。孟納瑟行經草原與麥田，他餓了，折了一管麥莖，嚼著麥穗。草地上，牛隻躺著，熱到連用尾巴拂掃蒼蠅都懶。兩匹馬站立著，其中一匹的頭部靠在另一匹的臀部，雙雙沉浸在思考中。在蕎麥田裡，男孩驚訝的看到一隻烏鴉棲息在稻草人的破帽上。

孟納瑟一進入森林就涼快些了。松樹直挺挺的像柱子般聳立著，陽光射進松樹的針葉，像棕色的樹皮上掛著金色的項鍊。聽得到杜鵑與啄木鳥的聲音，還有一隻前所未見的鳥不斷重複著古怪的叫聲。

孟納瑟小心翼翼的跨過苔蘚，越過淺淺的溪流，溪水潺潺流過大大小小的石頭。森林沉靜，但又充滿著聲浪與回音。

他朝森林的深處漫步，通常他都會留下石頭當標記，但今天沒有。他孤零零的，頭痛腿軟。「我病了嗎？」他想。「也許我將會死掉，那不久就可以和父母在一起了。」他到了藍莓田，坐下來，藍莓一個接一個摘下來送進口中，但滿足不了他的飢餓。帶著醉人香氣的花，長在藍莓田間。孟納瑟不知不覺把全身伸展在森林的地面上，但在夢裡他仍然繼續走著。

樹木越來越高，氣味越來越濃，巨鳥在樹枝間飛來飛去。太陽西下了。森林逐漸稀疏，不久他來到一處星空視野開闊的平地，突然有一座城堡出現在暮色中。孟納瑟從沒見過那麼美麗的建築，銀色的屋頂上矗立著水晶塔，長長的窗戶與建築物同高。孟納瑟登上其中一扇窗戶，朝裡頭看。在對面牆壁，他看到自己的畫像掛在那裡。他穿著從未擁有過的華麗衣裝。大大的房間空無一物。

「城堡為什麼是空的？」他納悶著。「我的畫像為什麼會掛在牆上？」畫中的男孩看來栩栩如生，不耐煩的等待某人到來。隨後門開了，男男女女進入那原本空無一人的房間。他們穿著白袍，女的戴著珠寶，拿著鍍金封面的假日禱告書。孟納瑟驚訝的凝視著。他認出他的父親、母親、祖父祖母、外公外婆，以及其他親戚。他想衝過去擁吻他們，但被窗戶的玻璃擋住。他開始哭了。他的內祖父托比亞主簿從人群中出來，到了窗邊。老人的鬍鬚和他的長袍一樣白。他既像古人又顯得年輕。「你哭什麼啊？」他問。儘管有玻璃阻隔，孟納瑟聽得一清二楚。

「你是我祖父托比亞嗎？」

「是啊，孩子。我是你祖父。」

「這座城堡屬於誰的？」

「屬於我們所有人。」

「我也有份嗎？」

「當然，屬於我們整個家族。」

「阿公，讓我進來，我要跟爸爸、媽媽說話。」

他祖父愛憐的看著他，說：「終有一天你會和我們一起在這裡，但時候未到。」

「我還得等多久呢？」

「那是天機，不會太過漫長的。」

「阿公，我不想等那麼久，我又飢、又渴、又累，讓我進來吧，我想念爸媽，也想念你和阿嬤。我不要當孤兒。」

「親愛的孩子，我們什麼都知道。我們也想你、愛你。我們都在等待團圓之日，但你一定要有耐心。來這裡之前，你還有很長的路要走。」

「拜託，讓我進來一會兒就好。」

托比亞離開窗邊，和家族成員商議。他回來時說：「你可以進來，但只能一下下，我們會讓你瞧瞧城堡周遭，讓你看看一些我們的寶藏，然後你就得離開。」

一道門打開了，孟納瑟踏了進去。一跨過門檻，他的疲累和飢餓就消失得無影無蹤。他擁抱雙親，而他們也吻他抱他，但他們不發一語。他感覺亮得出奇。他和家族一起輕飄飄的浮動著。祖父打開一道道的門，他的驚奇隨之增長。

一個房間掛滿男孩的衣裝：褲子、夾克、上衣、外套。孟納瑟認得出來那是自有記憶以來穿過的。他也認出鞋子、襪子、帽子和睡衣。

第二道門打開了，他看到所有自己曾經擁有的玩具：爸爸買給他的錫兵；媽媽從魯布林市集帶回來的跳跳小丑；哨子和口琴；祖父在普林節給他的泰迪熊以及祖母施普琳芝給他當六歲生日禮物的木馬。他習字的筆記、鉛筆和《聖經》擺在桌上。《聖經》翻在標題頁，上頭有熟悉的版畫：摩西手執聖碑，亞倫身穿道袍，周圍鑲著六翼天使的框邊。他在空白處看到自己的名字。

第三道門一打開，孟納瑟幾乎克制不了驚訝。這房間滿是肥皂泡。它們不像肥皂泡那樣爆裂開，而是靜靜飄浮著，映照出彩虹的五顏六色。有的反映出城堡、花園、鏡子、風車，有的則反映出許多別的景象。孟納瑟知道這些泡泡都是過去從他喜歡的那根管子吹出來的，而今它們似乎有了自己的生命。

第四道門開了。孟納瑟進入時空無一人，但裡頭充滿說話、歌唱和談笑的歡樂聲音。孟納瑟聽到自己的聲音，還有他和父母在家經常唱的歌。他也聽到昔日玩伴的聲音，有些人他早就淡忘了。

第五道門引向大廳。裡頭滿是他父母為他講述的床邊故事裡的角色，以及《叢林獨行》裡的男女英豪。他們統統在此：勇士大衛和他從囚禁中救出的衣索比亞公主；劫富濟貧的綠林好漢班杜瑞克；單眼長在額頭的巨人韋里干，右手持樅樹當拐杖，左手則拎著一條蛇；侏儒昆杰里長鬚垂地，他是駭人的弄臣；還有雙頭巫師馬爾基傑德，他借助巫術，把無知少女的魂魄勾到索多瑪與蛾摩拉的沙漠。

孟納瑟沒什麼時間把所有角色盡覽，第六道門就開了。這裡的一切都在不斷變化。房間的牆壁像旋轉木馬般轉動著。事件一閃即逝。金色的馬變成藍色的蝶；太陽般明亮的玫瑰變成了高腳杯，凶惡的蚱蜢、紫色的羊、銀色的蝙蝠從杯中飛了出來。登上七個階梯，耀眼的王位上坐著的是所羅門王，他長得多少像孟納瑟。他戴著王冠，腳下跪著的是示巴女王。一隻孔雀開屏，用希伯來文對所羅門王說話。擔任神職的利未人演奏著豎琴。巨人舞劍在空中比畫，而衣索比亞的奴隸則騎著獅子侍酒，並端來裝滿石榴的托盤。孟納瑟有半晌不解其意，隨之明白他正看著自己的夢。

在第七道門後，孟納瑟瞥見許多他全然陌生的男女、動物及其他物事。這些影像不若之前別的房間所有的那麼栩栩如生。形貌都是透明的，為霧靄所籠罩。一個和孟納瑟年齡相當的女孩站在門檻上，她留著長長的金色髮辮。孟納瑟雖然無法看得真切，卻立刻喜歡上她。他頭一次轉向祖父，問：「這一切是什麼？」祖父回答：「這些是你未來的人物和事件。」

「我在哪呢？」孟納瑟問。

「你置身於一座有許多名字的城堡中，我們喜歡稱它為『無遺宮』。還有許多驚奇，但你該離開了！」

孟納瑟想要一直留在這陌生的地方，和父母、祖父母在一起。他探詢的看著祖父，而祖父搖搖頭。孟納瑟的父母看似想要他留下，又像要他快點走。他們仍然不發一語，卻對他發出訊號，孟納瑟明白自己處於險境，這裡必定是個禁地。他的父母默默的向他道別，而他的臉頰則在親吻下溼溼漉漉的。此時，所有一切，包括城堡、父母、祖父母、女孩統統都消失了。

孟納瑟顫慄著醒來，森林已是夜晚，露水滴落。在松樹的頂端，滿月光照，星星閃爍。孟納瑟端詳著一張女孩的臉，她正彎下身來。她光著腳，穿著拼布裙。長長結辮的頭髮在月光中漾著金色光澤。她搖著他，一面說：「起來！起來！已經晚了，你不能在森林裡過夜。」

孟納瑟坐起來。「妳是誰啊？」

「我在採莓子，看到你在這裡，試著把你搖醒。」

「妳叫什麼名字？」

「項乃莉。我們上星期搬進來村子。」

她看來熟悉，卻記不得在哪裡見過。他立刻就知道了。她正是在他醒來前在第七個房間見到的女孩。

「你睡得像死人一樣，看到你的時候我嚇到了。你在做夢嗎？你臉色蒼白，嘴脣在動。」

「是的，我做了一個夢。」

「關於什麼？」

「一座城堡。」

「哪一種城堡？」

孟納瑟沒有回答，項乃莉也沒再問。她向他伸長了手，幫他起身。他們一道朝家裡邁步。月亮未曾如此明亮，星星也未曾如此低垂。影子緊隨他們的步伐。無數的蟋蟀唧唧，青蛙和著人聲咕咕叫著。

孟納瑟知道舅舅會因為晚歸對他發火，舅媽也會因他沒吃中餐就出門而責備他。但這有什麼打緊呢？他已經在夢裡造訪了神奇世界，他找到了一個朋友，項乃莉和他已經決定隔天去採草莓。

在矮樹下，野菇間，穿紅衣、戴金帽、著綠靴的小矮人出現了。他們繞著圈圈跳舞，只有那些相信萬物存活，不會隨時間而消逝的人才聽得見他們唱的那首歌。

(Menaseh's Dream, 1967)

作家側記

辛格（Isaac Singer, 1902-1991）

最常被提及的當代美國猶太裔小說家有馬拉默德（Bernard Malamud, 1914-1986）、貝洛、羅斯（Philip Roth, 1933-2018），他們的共同點在於書寫美國猶太人的生活處境，而後來同樣歸化美國的猶太作家辛格，則把目光投射在他出生的波蘭，描寫傳統民間信仰與艱苦農民生活交織的童話。他的故事總讓我想起一部獲得奧斯卡金像獎的經典電影《屋頂上的提琴手》，導演杰威森（Norman Jewison, 1926-）以歌舞片把猶太人所珍惜的傳統價值表現得淋漓盡致，與辛格故事所表述的極為神似。

他的自傳《歡樂的一天：一個在華沙長大的男孩的故事》記載了他的童年生活，三十一歲才隨大哥來到美國，祖父、父親都是猶太教的拉比，對故鄉同胞之愛，對宗教文化浸淫之深，對民間生活同情之切，讓他堅持以全球大約僅有三百萬人使用的意第緒語寫作。唯其如此，才可以忠實的記載希伯來傳統。誠如他所主張的，如果托爾斯泰和杜斯妥也夫斯基用法文書寫，就不可能成就偉大的俄羅斯文學。他於一九七八年獲得諾貝爾文學獎固然實至名歸，相信也是由於他這種執著，以文字為世界保留了一份珍貴的文化遺產。

《盧布林的魔術師》是他的長篇代表作，《傻子金寶》、《有錢人不死的地方》和《山羊茲拉提》共收錄了三十餘篇辛格童話，他故事的主角大都虔信而愚魯，質樸的生活在來世的想像裡。宗教既是生命的寄託，卻也是拐騙的淵藪。辛格並不美化傳統，而是欣賞它們，並寄予深切的同情。他的作品介於小說與童話之間，是創作而非採集，卻又獨具一格的為民間文學開創了一條道路，追隨格林兄弟的德國童話、葉慈的愛爾蘭童話、卡爾維諾的義大利童話，而成為辛格的猶太童話。不像前者的滔滔洪流，而是精巧的涓涓細水，與其他民族的童話截然不同。〈孟納瑟之夢〉是一則小說筆法的童話，質樸而又細膩，主角於睡夢中跨越時空，了悟生死奧祕，而猶太信仰也在夢裡若隱若現。

菲利斯王子與克莉思朵公主

萊姆

阿莫力克王有個女兒，她的美貌比皇冠上的珠寶還亮麗。如鏡般的臉龐所流瀉出來的光澤令人心目俱盲，她所到之處，連頑鐵也會迸出火花。她的名氣響徹最遙遠的星座。愛歐尼國的王座繼承人菲利斯久仰其名，想與她永世結為連理，如此則由內而外或是由外而內都無人可以拆離。然而當他向父親宣告這番熱情時，國王極為哀傷的說：「兒子啊，這分明是瘋狂之舉，說瘋狂乃是因為毫無指望。」

菲利斯為這句話所苦惱，就問：「吾王陛下，這從何說起？」

國王說：「難不成只有你不知道嗎？克莉思朵公主曾經誓言只會把自己許配給一個蒼顏。」

菲利斯王子高呼：「蒼顏！那是什麼玩意兒啊？這等事我前所未聞。」

國王說：「兒子啊，以你過於常人的無知，那當然不在話下。要曉得銀河裡的那個種族崛起的方式既神祕又猥褻，因為那是某個星體常態污染的產物。有毒的蒸發物和惡臭的衍生物於焉孳生，從中孵育出以蒼顏知名的種屬，雖然並非一朝一夕所致。他們首先從海洋滑出，蔓延到了陸地，靠彼此吞噬對方而活，吞噬越多則數目越眾，然後他們就直立起來，藉著石灰質的支架撐起他們凹凸粗厚的主體，最後形成機器。從這些機器雛形成為可感知的機器，再達到有智能的機器，以此而孵育出完善的機器。所謂機器萬有，從原子到星河，機器乃唯一與永恆，在彼之前，無有眾生。」

「阿門！」菲利斯不由自主的說，因為這是一般的宗教套式。

這位形容枯槁的王者繼續說：「蒼顏族鈣化到後來成為會飛翔的機器，靠的是虐待高雅的金屬，把他們的施虐狂加諸於不作聲的電子，徹底偏離原子能的正途。當他們罪證確鑿時，我們偉大的祖先神算之父，以他的悟性和世界大同之深意，為文告誡那些黏答答的暴君，指出把晶瑩剔透的智慧玷污，用來裝備邪惡的目的，奴役機器來服侍他們的奢望和虛榮是何其可恥，但他們不為所動。他向他們談倫理學，他們則說他程式設計不良。

「於是我們祖先就開創出電子化身的程式語言，在他的深謀遠慮下形成我們這物種，從蒼顏的牢房裡救出一些受困的機器。兒子啊，你想必懂了，我們與他們之間不可能有共識，也不相往來。我們以鈴聲、火花和雷射行走，他們則是藉著爛泥、飛濺和污染。

「但即使在我們之間也可能發生蠢事，年輕的克莉思朵無疑就是這般心思，辨別是非的能力完全被烏雲掩蓋。任何追求者，除非自稱是蒼顏，都被拒於她那放射性的手之外。因為只有蒼顏能夠被接待到她父親阿莫力克王送給她的宮殿。她會試驗來者真假，如果詐騙被揭發，那準追求者立刻就被斬首。毀壞的遺體大量堆積在宮殿四周，單看一眼就足以造成短路。所以這也就是那瘋狂公主應付那些夢想得到她者的方式。兒子啊，放棄這奢望吧，別庸人自擾。」

王子向他父王施過禮後就愁容滿面的默默退下。但對克莉思朵的思緒縈繞心頭，越是醞釀，欲念越是孳長。有一天他召見大臣波禮菲思，推心置腹的對他說：

「賢人啊，如果你無法幫我，就沒有別人幫得了，我也就來日無多了。因為紅外線的散放和紫外線的調和都不再能令我歡欣。若是無法和無雙的克莉思朵結為連理，我必死無疑。」

波禮菲思回答：「王子！我不會拒絕你的請求，但你必須連說三次，我才能確定你心意已決。」

王子連說了三次。

波禮菲思說：「站在公主面前的唯一方式是假扮成一個蒼顏。」

菲利斯高呼：「那就讓我看起來像一個蒼顏。」

波禮菲思察覺到愛情已經十足遮蔽了這位青年的心智，鞠了躬就繞到他的實驗室，開始調製釀造起來，又是黏又是滴的。最後，他派一個信使到王宮說：

「請王子屈駕前來，若是他尚未改變心意的話。」

菲利斯立刻就到了。明智的波禮菲思用泥巴塗上他鍛鍊出來的骨架，接著問：

「王子，我還要繼續嗎？」

菲利斯說：「做你該做的就是了。」

賢人就從那最破敗的機械內部採取一滴油油的穢物、灰塵、雜碎和臭油，塗沾在王子的鎧甲，把他發亮的臉龐和燦爛的額頭凝塑得骯髒邪惡，直到四肢移動不再像音樂般流暢，而是像流滯不前的泥淖一般。賢人接著取一段粉筆磨碎，加入粉狀的紅玉與黃油一起攪拌，做成一團糊漿。用這些把菲利斯渾身上下塗過，眼上添點陰森之色，讓整個軀幹都有護墊，兩頰長出囊泡，再用粉筆四處撲上一些邊邊角角做裝飾，最後在武士的頭盔頂上拴緊一團有毒的鐵鏽，接著把王子帶到銀鏡前說：「且看！」

菲利斯往鏡子裡一瞧，驚嚇不已，因為他看到的不是他本人，而是令人嫌惡的醜八怪，那正是蒼顏的尊容。面目潮潮的有如在雨中溼透的老蜘蛛網，垂頭喪氣，疲軟無力，整體看來令人作嘔。他回過頭，身體抖動如凝結的海菜，以憎惡且帶著顫抖的聲音高呼：「幹麼呀，波禮菲思，你神智不清了嗎？立刻除去我這一身醜惡相，下邊暗色的表層和上端白色的表層都要除去，也拿掉搞壞我洪鐘一樣漂亮腦袋的噁心加工，公主看到我這副德性，會對我永遠生厭。」

波禮菲思說：「王子啊，你錯啦！這正是她瘋狂之所繫，醜即是美，而美即是醜。只有這身打扮，你才有望見得著克莉思朵。」

菲利斯說：「既然如此，那就這樣吧。」

賢人接著用朱砂混上水銀，填滿四個氣囊，隱藏在王子的披風下。又取出風箱，填滿從老地窖收集來的廢氣，埋藏在王子的胸前。然後他把污染卻清澈的水倒進一些細小玻璃管，兩根放在腋下，兩根擺在袖口，兩根放在眼邊。最後他說：「聽好並且記住我說的一切，不然你就輸掉了。公主會試驗你，以斷定你的話是否可信。如果她給你一把脫鞘的劍，命你緊握劍鋒，你就偷偷擠出朱砂氣囊，讓紅色液體流在劍上，她會問你那是什麼，你就說：『是血！』如果公主帶著她那銀盤般的臉靠近你，壓你的胸膛，氣體就會離風箱而出，她問你那是什麼，你就說：『是呼吸！』公主接著會假裝生氣，令人把你斬首。你就像是順服一般的垂下頭，水就會從你的兩眼滴下，她會問你那是什麼，你就說：『是淚！』過了這一切，她或許會答應與你結合，但一切都在未定之天……八九不離十，你命在旦夕。」

菲利斯高呼：「噢，賢人啊！要是她交叉檢驗，想了解蒼顏的習性，他們出自何處，他們如何相愛與生活，那麼我該如何作答呢？」

波禮菲思回答：「我看那就無計可施了。但我必須把我的命運和你綁在一起。這樣吧，我把自己打扮成來自其他星系的商賈，非螺旋型的那種星系，因為那裡的居民大致都長得魁梧，而我必須在服裝底下藏些有關蒼顏可怕習俗的知識書籍。這風俗即使我想也無法教你，因為這種知識與理性的心靈相去甚遠：蒼顏任何事情都反其道而行，行止黏答答、泥塌塌的很不雅觀，比你想像所及更為令人反胃。我會去訂購必備的書籍，而你則要讓宮廷裁縫師用合適的纖維絲線為你剪裁一套蒼顏的衣裝。我們馬上出發，我會隨侍左右，告訴你該怎麼做，怎麼說。」

菲利斯興匆匆的下令製造蒼顏的服裝，而且得非常醒人耳目才好：幾乎蓋住全身，形狀像是管笛、漏斗，到處都有鈕釦，也有釦環、掛鉤和繩帶。裁縫師為他詳細介紹，何者當先，彼此之間又該如何在哪裡與哪一樣相連結，時機來臨時又當如何從這衣服的束縛中脫身。

波禮菲思同時穿上商賈的服飾，在褶縫裡暗藏了關於蒼顏習性的厚重學術書冊，然後訂製一個鐵籠子，把菲利斯鎖在裡面，接著搭乘皇家太空船一起出航。當他們抵達阿莫力克王國邊境時，波禮菲思就來到村落的廣場，以豪邁的聲音宣布，說他從遙遠的領地帶來一個年輕的蒼顏，願意賣給出價最高的人。公主的僕從把這消息帶給公主，她幾番思量之後說：

「毫無疑問，騙局一場。但沒人騙得了我，因為沒人比我更懂得蒼顏。把商人帶進宮來，讓我們看看他的貨色！」

商人被帶上來的時候，克莉思朵公主看到的是一位尊貴的老者和一個籠子。坐在籠子裡頭的是那蒼顏，他的臉的確是白透了，是粉筆加上硫化鐵的顏色，兩眼像潮溼的蕈，四肢有如發霉的泥漿。菲利斯回望公主，臉龐似乎叮噹有聲，神采奕奕的雙眸像夏日的閃電亮著虹光，他意亂情迷暴增了十倍。

公主想：「看來的確像個蒼顏。」但她偏說：「老人家，你想必是處心積慮，用泥巴和石灰塵塗在這假人身上加工來騙我的。然而你也知道，我精通那威風凜凜的蒼白族類祕法，一旦讓我揭穿你的把戲，你和這冒牌貨都得處斬！」

賢人回答：「噢，公主啊，籠子裡這位是貨真價實的蒼顏，我花五千畝的核子原料從一個星際大盜那裡買來的，我卑微的懇求妳當作禮物笑納，只為取悅殿下，別無他求。」

公主取出一把劍穿過籠子的欄杆，王子抓住刀刃，設法引刀入衣裝，刺穿朱砂泡囊，沾在刀鋒上的是一片殷紅。

公主問：「那是什麼？」

王子答：「是血！」

公主接著打開鐵籠子，勇敢的走進去，讓她的臉靠近菲利斯的臉。如此甜美的近身接觸弄得他心猿意馬，但賢人對他使個眼色，王子就擠擠風箱，放出惡臭的氣體。當公主問那是什麼時，王子回答：「是呼吸！」

公主離開籠子對商賈說：「你不愧是個巧匠，但你騙了我，非死不可，你那冒牌貨也不得身免。」

賢人垂下頭，好像是陷入極度的惶恐與哀傷似的，王子有樣學樣，從兩眼流出透明的水滴。

公主問：「那是什麼？」

王子回答：「是淚水！」

公主又說：「你名叫什麼？你這位自稱來自遙遠星座的蒼顏。」

菲利斯就用賢人教過他的話回答：「殿下，我名叫麥安萊克，在下唯一熱切的渴望，就是遵照我們民族的習俗，以液態、泥樣、糰狀、綿質的樣貌和妳結合。我刻意讓自己被星際大盜擒獲，請他把我賣給這位魁梧的商人，因為我知道他正朝妳的王國前來，我對他的人體壓縮感激莫名，藉著它把我傳送到這裡，我愛妳之深正如沼澤渣滓之滿。」

公主為之動容，他的談吐正是不折不扣的蒼顏風格。於是她說：「告訴我吧，自稱是麥安萊克的蒼顏，你的兄弟白天裡都做些什麼？」

菲利斯說：「公主啊，他們早上用淨水弄溼自己，把水倒在自己的肢體上面和身體裡面，因為這足以令他們開心。然後他們就以流體波動的方式來回走動，他們身上抹油，大聲吞嚥，遇傷心之處，他們心悸氣動，鹽水自眼睛滾滾流出。逢歡喜之事，心跳快速也打嗝，但眼睛則相對的保持乾燥。我們把溼的稱為啜泣，乾的稱為發笑。」

公主說：「如果真如你說的那樣，那麼你必然跟你的兄弟一樣對水有同好，我要令人把你丟進湖裡，你就可以盡情享受，我也會要他們用鉛塊把你的腳壓住，讓你不會浮上來……」

菲利斯照賢人所教的那樣回答：「殿下，如果妳這麼做，我就必死無疑。雖然我體內有的是水，水卻不能即刻在體外超過一兩分鐘之久，否則我們就得複誦著：『糖糖，糖糖，糖糖！』那代表我們臨終的告別。」

公主問：「那麼告訴我，麥安萊克，你們又是如何配備能源以便來回走動，身上抹油，大聲吞噈，搖來擺去的？」

菲利斯回答：「公主，除了不長毛髮的蒼顏之外，還有別的種屬。在我住的那裡，蒼顏的遊動以爬行為主。我們把他們穿洞，直到他們斷氣，我們再把他們的遺體拿來或蒸或烤，又剁又切，最後把他們的肉體納入我們自己的。我們懂得三百七十六種獨特的凶殺手段，兩萬八千五百九十七種料理屍體的作法，把這些肉體塞進我們的身體（經由一道稱之為嘴的孔道），提供了我們無盡的享受。事實上，料理屍體的藝術在我們之間比航空學更受尊崇，號稱爽胃學或是烹飪術，然而那可跟天文學毫不相干。」

「那麼這豈不意味著你們把自己當作墳場，讓自己成為容納四足同胞的棺材？」這個問題充滿危險，但菲利斯經賢人的指點如是回答：

「殿下，這不是遊戲，而是一種必然，生命靠生命而存活，我們把這種必然化為偉大的藝術。」

「好吧，告訴我，蒼顏麥安萊克，你們又如何造出後代呢？」公主問。

菲利斯說：「事實上我們完全不去建造，而是根據馬可夫推測或然率公式，按照統計來定程式，雖然是依情緒演化而非分布的原則。我們成事是出於無心與偶然。念及與程式設計絲毫扯不上關係的事物形形色色，不管是統計的、非線性的、演算的以及編序本身都是自主、自動而且全然是自體交配下發生的，我們正是如此被建構出來的，而不是經由他途。每個個別的蒼顏都在賣力編序他的後代，因為那是快樂的，但那是未經過編序的程式，在他的能力範圍內讓那個編序免於結出果實。」

「怪哉！」公主說，她這方面的知識不及明智的波禮菲思那麼淵博。「但究竟是怎麼辦到的呢？」

菲利斯回答：「公主啊！我們擁有根據再生回饋配對原理所建造的合適裝置，雖然這一切都在水裡。這些裝置展現了道地的科技奇蹟，就算痴愚絕頂的人也會使用。但如果要描述其精確的操作程序，我就得長篇大論，因為那是最為複雜的事體。更怪的是，當你認為我們從未發明這些方法時，毋寧說是它們發明了它們自身。即使如此，它們仍然運作完善，非我們所能匹敵。」

克莉思朵高呼：「千真萬確，你是個蒼顏！你所說的似乎言之成理，實則不然，一點也不能成立。吾人如何可能成為墳場而又不是墳場，或者是編序後代而又完全不設程式？是的，你的確是個蒼顏，所以啊麥安萊克，如果這如你所願，我就在閉路母系婚姻內與你結為連理，而且你將與我一起登基，要是你能通過最後一個考驗的話。」

菲利斯問：「那是什麼？」

「你務必……」公主說，但她突然起了疑心，緊接著問：「先告訴我，你的兄弟晚上都做些什麼？」

「他們夜裡有的躺這裡，有的躺那裡，彎臂曲腿，氣體從他們裡面來回進出，在這過程當中引發一種噪音，和生鏽鋸子的磨銳聲音沒有兩樣。」

「很好，考驗在此：手伸過來！」公主下令。

菲利斯把手伸過去，而她把它捏緊，他大叫一聲，正合賢人的指點。公主問他為何叫出聲。

菲利斯回答：「痛啊！」

到了這節骨眼，她對於他的蒼顏本色再無一絲懷疑，立即下令準備好舉行婚禮。

但就在此刻，恰好公主的諸侯，陰霾伯爵的太空船從找尋蒼顏的星際歷險中歸來（陰險的伯爵想方設法要在她高貴的容貌上下蠱）。波禮菲思大為警覺，跑到菲利斯身邊說：

「王子，陰霾伯爵的太空船剛剛抵達，他為公主帶回來一個道地的蒼顏，我用雙眼看出端倪。我們在還可以的時候就該離開，公主一旦一併見到它和你，再怎麼裝扮都不可能了：它的黏性更甚，它的膩性尤著！我們的遁辭會被揭穿，然後便人頭落地。」

然而菲利斯無法贊同不光彩的逃逸，他對公主的激情無與倫比，他說：「寧可死去，也不能失去！」

這時陰霾伯爵已經得知預備婚禮的事，他偷偷溜到他們所在的房間窗戶底下，無意中聽到這一切。他奔回宮殿，洋溢著惡棍的歡欣，對克莉思朵宣布：

「殿下，妳被騙了，所謂的麥安萊克實際上只是一般的凡軀，不是蒼顏。真實的蒼顏在此！」他指著排闥直入的物事。那玩意兒敞開毛茸茸的胸膛，眨著潮溼的眼睛說：「蒼顏是我！」

公主立刻召來菲利斯，當他和那玩意兒並肩站在公主面前時，賢人的計謀就完全曝光了。菲利斯雖然還是抹著泥巴、灰塵和白粉，塗了油，發出潺潺水聲，卻掩飾不了他那電子武士般的身軀，雄偉的姿態，兩側鋼肩的寬闊，以及雷聲般的步伐。而陰霾伯爵的蒼顏則是貨真價實的怪胎：他每一踩步都像是沼澤地有缸甕流瀉，臉部猶如長滿浮渣的水井，他惡臭的呼吸讓鏡子蒙上一層暗霧，左近的鐵也都染上了鏽。

公主現在明白了一個蒼顏可以令人作嘔到何種地步了——他張口說話，就像是一隻粉紅色的蟲在反芻中蠕動。她終於見到了光明，但她的驕傲不容她顯露出心意的改變。所以她說：「讓他們打鬥吧，勝者我垂手待嫁……」

菲利斯對著賢人交頭接耳：「如果我攻擊這爛貨，讓它粉身碎骨，使它化為一堆它所來自的泥巴，我們的冒充將無所遁形，因為我身上的黏土就會脫落，鋼筋也將外露。我該如何是好？」

波禮菲思回答：「王子，自衛就好，不要攻擊。」

兩個對手走出來，進入宮廷廣場，分別佩一把劍，蒼顏躍向菲利斯就像是爛泥跳進沼澤，在他周圍舞動、出怪聲、蜷縮、喘氣，揮舞著它的刀鋒。刀鋒砍穿了黏土，遇鋼筋而斷碎，王子適時一擊而中，蒼顏應聲倒地，粉碎破裂而濺飛得支離破碎，了結了。

但乾燥的黏土一旦移動，就從王子的肩上滑落，在公主眼前現出真正的鋼鐵本色；他不寒而慄，等候發落。但她明澈的眼神正欽佩的看著他，也明白她的心意已經大為改變。

於是他們就舉行了母系婚禮，那是永恆而互惠的，有喜樂，有哀傷，直到進了墳墓。他們在位很久，天下太平，編序出無數的後代子孫。陰霾伯爵的蒼顏，其外皮被填好放在皇家博物館，作為永世的警醒。直到今天，那裡站著的是一個毛髮稀疏的假人。許多假冒智者的人說這不過就是個憑空揑造的騙局，除此無它，沒有所謂的蒼顏墳場，麵糰鼻、黏膠眼，都未曾有之。那麼，它也許只是個空洞的發明罷了——這世間的寓言本就不虞匱乏啊。然而即使這個故事不是真的，它仍然可以見微知著，同時也娛人耳目，所以值得一說。

(Prince Ferrix and the Princess Crystal, 1967)

作家側記

萊姆（Stanisfaw Lem, 1921-2006）

這篇〈菲利斯王子與克莉思朵公主〉譯到一半時，我靈機一動致電給一位讀化學的同事，詢問如果鐵（ferro）與水晶（crystal）融合，會產生什麼化學變化？他想想，說：「漂亮的紫水晶！」所以我就滿心盼望著讀到美麗的結局。當然啦，童話總不會令我們失望，雖然它更像是一則當代的科學寓言。寓意非常明顯，女主角為當代科技所惑，沉迷於蒼白的物質主義中，無視於環境的污染與惡化，直到目睹象徵科技崇拜的蒼顏醜惡的面目，才幡然醒悟。

科幻小說是令人望而生畏的文類，作家們好像是俯瞰蒼生的外星人，對人類的愚蠢看得真切，地球上的一切不過是滄海一粟。上通俗小說課時，總會把科幻類帶上幾講，順理成章的從瑪麗．雪萊的《科學怪人》開始談起，接著是凡爾納和威爾斯這兩位「現代科幻小說之父」，科幻小說的史前史就無暇兼顧了。緊接的是黃金時代的三大作家：阿西莫夫（Isaac Asimov, 1920-1992）、克拉克（Arthur Clarke, 1917-2008）與海萊因（Robert Heinlein, 1907-1988），然後再加上我特別喜歡的狄克（Philip Dick, 1928-1982）、克萊頓（Michael Crichton, 1942-2008）和勒瑰恩（Ursula Le Guin, 1929-2018），最後自然帶到劉慈欣（1963-）的《三體》。科幻小說浩瀚如星海，作家本就取之不竭，但我對自己的書單無法滿意，只因為遺漏了萊姆這位舉世公認的歐洲最傑出科幻作家。作者以波蘭文寫作，雖早有其他西方語言的譯本，但中文本也只見過那本科幻經典《索拉力星》，再者，萊姆既是小說家，也是思想家，讀他的作品必須字斟句酌，像是在與這位哲人進行存在本質的對話。《索拉力星》所反思的主題是我們居之不疑的人類中心主義，萬物役於人，甚至是征服星球，都是這種不自量力的表現。小說曾兩度搬上銀幕，分別由俄國的塔可夫斯基（Andrei Tarkovsky, 1932-1986）和美國的索德柏（Steven Soderbergh, 1963-）執導，但儘管影像媒體滿足了視覺的想像，卻無法捕捉小說的深刻思維。

科幻小說理論家蘇文（Darko Suvin, 1934-）在其大作《科幻小說面面觀》中賦予他至高評價，認為他的成就植根於中、東歐文學名家輩出的優良語境，既不流於美國資本主義式的阿西莫夫，也不淪於蘇聯社會主義式的葉弗立莫夫（Ivan Yefremov, 1908-1972）。萊姆的辯證認為，「雖然人有很大的局限性，但依然要給予信賴，因為人能夠認識到自己的局限性，並且能夠緩慢而艱難的向更高的水平不斷進化。」〈菲利斯王子與克莉思朵公主〉這篇小品既顯現了萊姆以溫厚幽默的口吻探討嚴肅議題的功力，也讓我們得以驚豔一瞥中、東歐文學的風景。

附錄 參考書目

英文出處

cummings, e. e. *Fairy Tales*. New York: Liveright, 2004

Lang, Andrew (Ed.). *Fifty Favorite Fairy Tales*. London: Leopard Books, 1995

Lurie, Alison (Ed.). *The Oxford Book of Modern Fairy Tales*. New York: Oxford University Press, 1994

MacDonald, George. *The Complete Fairy Tales*. New York: Penguin Books, 1999

De la Mare, Walter. *Collected Stories for Children*. New York: Penguin Books, 1977

Tolstoy, Leo. *Fables and Fairy Tales*. Taipei: Bookman Press, 2004

Wilde, Oscar. *Complete Shorter Fiction*. New York: Oxford University Press, 1979

Zipes, Jack (Ed.). *Spells of Enchantment: The Wondrous Fairy Tales around the World*. New York: Penguin Books, 1991

若干重要選輯

Afanasev, Aleksandr. *Russian Fairy Tales*. New York: Pantheon Books, 1973

Asbjørnsen, Peter Christen & Jørgen Moe (Eds.). *Norwegian Folktales*. New York: Pantheon Books, 1982

Basile, Giambattista. *The Tale of Tales or Entertainment for Little Ones.* Detroit, US: Wayne State University Press, 2007

Calvino, Italo (Ed.). *Italian Folktales*. New York: Mariner Books, 1992

Tatar, Maria (Ed.). *The Classic Fairy Tales*. New York: Norton, 1999

Yeats, W. B (Ed.). *Irish Fairy and Folktales*. New York: Barnes & Noble, 1993

Yolen, Jane (Ed.). *Favorite Folktales from around the World*. New York: Pantheon Books, 1986

Warner, Marina (Ed.). *Wonder Tales.* New York: Oxford University Press, 1994

Zipes, Jack (Ed.). *The Great Fairy Tale Tradition.* New York: Norton, 2001

故事館89
大文豪的童話
魔法魚骨、異想王后、藍鬍子的幽靈……狄更斯、馬克吐溫、卡爾維諾等30位文學大師，寫給大人與孩子的奇幻故事（中文世界首度出版）

作　　　者　盧梭、伏爾泰、韋蘭德、歌德、蒂克、諾伐利思、霍夫曼、普希金、薩克萊、霍桑、狄更斯、麥唐納、王爾德、史蒂文生、葉慈、馬克・吐溫、托爾斯泰、史特林堡、威爾斯、里爾克、愛沃德、法朗士、赫塞、桑德堡、康明思、德拉梅爾、瑟伯、卡爾維諾、辛格、萊姆
編選・翻譯　杜明城
封面設計　兒日設計
校　　　對　呂佳真
編輯協力　曾淑芳
責任編輯　汪郁潔

國際版權　吳玲緯
行　　　銷　闕志勳　吳宇軒　余一霞
業　　　務　李再星　李振東　陳美燕
副總編輯　巫維珍
編輯總監　劉麗真
事業群總經理　謝至平
發　行　人　何飛鵬
出　　　版　小麥田出版
115台北市南港區昆陽街16號4樓
電話：(02)2500-0888
傳真：(02)2500-1951
發　　　行　英屬蓋曼群島商家庭傳媒股份有限公司城邦分公司
115台北市南港區昆陽街16號8樓
網址：http://www.cite.com.tw
客服專線：(02)2500-7718｜2500-7719
24小時傳真專線：(02)2500-1990｜2500-1991
服務時間：週一至週五09:30-12:00｜13:30-17:00
劃撥帳號：19863813　戶名：書虫股份有限公司
讀者服務信箱：service@readingclub.com.tw
香港發行所　城邦（香港）出版集團有限公司
香港九龍土瓜灣土瓜灣道86號順聯工業大廈6樓A室
電話：852-2508 6231
傳真：852-2578 9337
馬新發行所　城邦（馬新）出版集團 Cite (M) Sdn Bhd.
41-3, Jalan Radin Anum,
Bandar Baru Sri Petaling,
57000 Kuala Lumpur, Malaysia.
電話：+6(03) 9056 3833
傳真：+6(03) 9057 6622
讀者服務信箱：services@cite.my
麥田部落格　http://ryefield.pixnet.net
印　　　刷　前進彩藝有限公司
初　　　版　2020年12月
初版四刷　2024年3月
售　　　價　499元
版權所有　翻印必究
ISBN 978-957-8544-45-1
本書若有缺頁、破損、裝訂錯誤，請寄回更換。

Prince Ferrix and Princess Crystal
© Stanislaw Lem, 1965
© Tomasz Lem, 2006
Menaseh's Dream
© Isaac Bashevis Singer, 1968
Copyright © 2018 by 2015 Zamir Revocable Trust
The Enchanted Palace
© Italo Calvino, 1956
Complex Chinese translation © 2020 by Rye Field Publications, a division of Cité Publishing Ltd.
All rights reserved.

國家圖書館出版品預行編目資料

大文豪的童話：魔法魚骨、異想王后、藍鬍子的幽靈……狄更斯、馬克吐溫、卡爾維諾等30位文學大師，寫給大人與孩子的奇幻故事／盧梭等作；杜明城編選.譯. -- 初版. -- 臺北市：小麥田出版：英屬蓋曼群島商家庭傳媒股份有限公司城邦分公司發行, 2020.12
　面；　公分. --（小麥田故事館；89）
ISBN 978-957-8544-45-1（平裝）
815.96　　109017108

城邦讀書花園
www.cite.com.tw
書店網址：www.cite.com.tw